Mit dem vorliegenden Werk ist der Spielkartenzyklus, der in bunter Folge Novellen und Erzählungen der Genres Technik & Wissenschaft, Science Fiction & Fantastik und Reiseberichte sowie Lyrik bietet, vollendet. Er besteht aus folgenden Bänden:

Kreuz	Bitstaub
Pik	Geschichten von der Erde
Herz	Vergangene Zukunft
Karo	Lauernde Mächte

Michael Maniura

LAUERNDE MÄCHTE

Unheimlich-fantastische
Novellen und Kurzgeschichten

Bibliografische Information der Deutschen Nationalbibliothek:
Die Deutsche Nationalbibliothek verzeichnet diese Publikation
in der Deutschen Nationalbibliografie; detaillierte bibliografische
Daten sind im Internet unter http://dnb.dnb.de abrufbar.

Deckelfoto: Ahu Tahai auf der Osterinsel. Aufnahmedatum:
　26. Mai 1997.
Rückdeckelfoto: Shibam im jemenitischen Wadi Hadramaut ist
　das orientalische Manhattan aus Lehm. Aufnahmedatum:
　6. Februar 1993.

Umschlaggestaltung: Isabell Maniura, Lektorat: Adelheid Buri

Herstellung und Verlag: BoD – Books on Demand, Norderstedt
© 2022 Michael Maniura
ISBN: 978-3-7562-0281-2

Inhaltsverzeichnis

Steingestalt
    Ein Einfall mit weitreichenden Auswirkungen   7
    Vorbereitungen   13
    Einstieg und erster Tag   19
    Seltsame Vorkommnisse   27
    Labyrinth   37
    …schlug mit ihrem Stab zwei Mal gegen den Felsen   43
    Keander   52
    Ermittlungen   60
Eine Sekunde der Ewigkeit   67
Die Verlobungsringe   116
Der Schrei   126
Wehrwald   184
Theobald   232
João Cariocas sonderbare Expedition   241
Die Türme von Morgatón   300
    Der Plan   301
    Der Dreh   310
    Die Ehe   320
    Der Geist   327
    Die Brücke   335
    Der Fund   354
    Die Freundin   365
Das Schachspiel   369
Dreieinigkeit   377
Einundzwanzig oder sechsunddreißig   423
Das Haar der Medusa   427

Im Andenken an den Universalgelehrten Athanasius Kircher
(1601-1680)

Steingestalt

Ein Einfall mit weitreichenden Auswirkungen

Steig in den Krater des Snæffels Jökull, den der Schatten des Scartaris vor den Kalenden des Juli bestreicht, kühner Wanderer, und du gelangst zum Mittelpunkt der Erde.

„Was auch immer Scartaris sein mag", nörgelte ich. „So wie Jules Verne es darstellt, handelt es sich um eine Nadelspitze wie die einer Sonnenuhr im Süden der drei Einstiegskrater, dessen Schatten den Weg in den richtigen weist", kommentierte Tobias Ton, unser Geologe. „...den es aber nicht gibt, genauso wenig wie die drei Einstiegskrater", fügte unser Anthropologe Siberius Steine hinzu. „Erstaunlich übrigens, dass Otto Lidenbrock automatisch annahm, dass Saknussemm den mittäglichen Schattenwurf meinte, obwohl dieser das in seinem Dokument nicht erwähnt."

„Ist auch nicht unser Thema", schwenkte ich in versöhnlicheres Fahrwasser, „sondern was sich da unten...' ich wies mit dem Zeigefinger senkrecht zum Boden, „...an Leben tummelt."

Außer den beiden Genannten gehört meine Wenigkeit, der Biologe Sigurd Scherben zum Triumvirat der Alternativen, wie wir in unserer Universität von den Kollegen genannt werden. Der Begriff ‚Spinner' fällt nur in unserer Abwesenheit. Uns schweißt die Hochachtung für den mittelalterlichen Alchemisten und das Universalgenie Athanasius Kircher und die Suche nach alternativem Leben zusammen – nach wirklich alternativem, meine ich, nicht nur die nach einer bisher unbekannten Ameisengattung. Daher unser kollektiver Spitzname.

Ich kehre zu meiner Kritik an dem Autor des 19. Jahrhunderts zurück. „Jules Verne hatte keine Fantasie. Statt in die Sphäre des Neuen, bisher Unvorstellbaren einzutauchen, begnügte er sich mit der Beschreibung einer mesozoischen Tier- und Pflanzenwelt, die im und am Lidenbrock-Meer, dem unterirdischen Gegenstück des Mittelmeers, überlebt haben." „Das war für seine damaligen Leser wahrscheinlich spannend genug." „Sicher, Tobias, aber für den Intellekt wenig ergiebig." „Es ist ohnehin enttäuschend, wie wenig Fantasie auch seine Nachfolger aufbrachten. Immer sind überdimensionierte Spinnen und tentakelbewehrte Glibberwesen die entsetzlichen irdischen Mutationen oder Außerirdischen, die die Menschheit in Angst und Schrecken versetzen. Sowas von primitiv!" „Für Angst und Schrecken reicht's", warf Siberius ein, „und das brachte die Kasse zum Klingeln." „Ich weiß eine Ausnahme." „Und welche, Tobias?" „Ausgerechnet Jack Arnold, der für etliche der von dir angeprangerten Filmchen wie ‚Tarantula' Regie führte, ist mit ‚Das Geheimnis des steinernen Monsters', im Original ‚The Monolith Monsters' der Urheber eines durchdachteren Szenarios, in dem siliziumbasiertes Leben die Hauptrolle spielt. Es sieht aus wie ein Wald von Stalagmiten und entzieht den Menschen in ihrer näheren Umgebung alles Silizium, sodass sie sterben."

Ich nickte anerkennend. „Wann wurde der Streifen gedreht?" „1957." „Nicht schlecht. Ich weiß von einer ähnlichen, wesentlich älteren Idee, die in dieselbe Richtung geht." „Und welche?" „Stanley G. Weinbaums ‚Mars-Odyssee' von 1934. Er handelt sich um eine Kurzgeschichte, in der Marspioniere auf in gerader Reihe angeordnete Pyramiden stoßen, die umso neuer aussehen, je weiter sie die Reihe entlangschreiten. In der letzten öffnet sich gerade die Spitze. Ein unförmiges Wesen plumpst heraus und beginnt unverzüglich mit dem Formen frischer Ziegel, um die nächste Pyramide in Angriff zu nehmen." „Hört sich ziemlich sinnlos an." „Reine Fortpflanzung. Denk' an die Kaulquappen in Namibia, die in irgendeiner Senke jahrelang auf Regen warten, um dann innerhalb weniger Tage fruchtbar zu werden und Nachwuchs zu erzeugen. Die nächste Generation gräbt sich dann wieder für viele Jahre in der trockenen Wüste ein, um bei Eintritt dieses Ereignisses für wenige Tage erneut zu leben. Hört sich das sinnvoller an?"

Die Diskussion verebbte und wir widmeten uns unseren Karten, um zu ermitteln, wer das neue Spiel an sich ziehen würde. Wir sind keine alten Säcke, aber auch nicht mehr blutjung, im Nebenberuf ordentliche Professoren unserer jeweiligen Fachrichtung und im Hauptberuf Skatprofis mit sozialem Engagement, denn das Bier, das wir im Lauf eines Abends dem Wirtschaftskreislauf entziehen, dient der Verhinderung von Suchtgefahr ungefestigterer Charaktere als der Unsrigen. Das ist problemlos möglich, denn wir wohnen in fußläufiger Entfernung voneinander.

Ein Triumvirat dreier Junggesellen mag dem einen oder anderen merkwürdig erscheinen, aber bei Eintritt in den Ehestand oder einer festen Beziehung hätten wir uns eines Privilegs beraubt, das beamtete Lehrkörper auszeichnet. Tobias hat es am schwersten, denn für Geologie interessieren sich nicht allzu viele Mädchen und als Lehrfach in der Schule glänzt das Wissensgebiet auch nicht, während sich für Siberius' Menschen- und meine Naturkunde deutlich mehr Büchsen hinter dem Ofen hervorlocken lassen. Biologie wird darüber hinaus ab dem Mittelstufenunterricht angeboten und der Lehrerberuf ist heute de facto ein -innenberuf. Ab und zu verirrt sich eine angehende Pädagogin in einen Hörsaal, den ich mit meinen Ausführungen zu füllen versuche, denn obwohl Frauen lieber weiche Fächer wie Deutsch, Soziologie oder Philosophie geben, gebietet der erbitterte Konkurrenzkampf unter den künftigen Halbtagsangestellten zum Ganztagsgehalt um die begehrten unbefristeten Verträge auch mit Fächern Vorlieb zu nehmen, um die sich nicht alle reißen.

Nun sind nicht alle Studentinnen Überflieger – bei denen haben wir keine Chance – und wir sind bereit, der einen oder anderen aus der schwächeren Fraktion gegen Bezahlung in Naturalien Nachhilfe zu gewähren. Wir sorgen in dem Fall dafür, dass sie ihre Examina mit brauchbaren Noten abschließen. Danach sehen wir sie zwar nie wieder, aber das ist kein Drama. Es sprießen ja jedes Semester neue langbeinige Gewächse nach.

Unsere Skatabende sind natürlich frauenfrei. Wir sind, wie bereits die erste Zeile dieses Berichts andeutet, keine fanatischen Spieler. Es geschieht sogar hin und wieder wie an jenem fraglichen Abend, von dem im Augenblick die Rede ist, dass ein packendes Gesprächsthema das Interesse an einen Grand mit Vieren überdeckt. Ich hatte ein Luschenblatt auf der Hand – Karobube, drei Damen, zwei Könige, zwei Achten, eine Sieben und eine blanke Zehn –, sagte „17,9", Tobias hielt wenigstens bis 23 – der einfachen Null – mit und Siberius zog einen Oma-Grand Hand mit Dreien, einer Pikflöte von oben und geschenktem Schneider durch. Damit hatte er die 500 Punkte plus Datum voll und die Runde war zu seinen Gunsten beendet.

Nach den längst fälligen Toilettengängen griff ich den Faden wieder auf, den wir einige Spiele zuvor fallengelassen hatten. „War's das eigentlich mit literarischem und filmischem Leben auf Siliziumbasis?" „Neben seinem Sherlock Holmes verblasst Conan Doyles Professor Challenger natürlich", sagte Tobias bedächtig. „Immerhin erlangte der umfangreichste Roman um den streitbaren Wissenschaftler, ‚Die vergessene Welt', einen Achtungserfolg. Gerade den halte ich für unausgegoren. Dass – wie hast du dich ausgedrückt, Sigurd? – die mesozoische Tierwelt ausgerechnet auf einem Hochplateau überlebt haben soll, ist sicher unglaubwürdiger als in einem Talkessel mit senkrechten Felswänden. Als noch schlimmer empfinde ich, dass im letzten Drittel auch

noch Urmenschen auftauchen, mit denen Doyle die Erdzeitbestimmung ins nicht Nachvollziehbare verwässert. Viel besser ist ‚Als die Erde schrie' von 1928, eher eine Kurzgeschichte, die die Erde in ihrer Gesamtheit als lebenden Organismus darstellt, was sich bei Tiefenbohrungen herausstellt." „Da ist Doyle ja recht nah an Athanasius Kircher", kommentierte ich, „ob ihm das wohl bewusst war?" „Vermutlich nicht."
Besagter, in Geisa in Thüringen geborener Athanasius Kircher lebte von 1601 bis 1680 und hatte eine Professur in Würzburg inne, bevor er 1635 als rechte Hand des Papstes nach Rom berufen wurde. Er vertrat und verteidigte einschränkungslos die Lehre der Kirche, obwohl in seinem epochalen Werk ‚Mundus subterraneus' Ansätze von Häresie erkennbar sind. Zu Deutsch heißt es ‚Die unterirdische Welt', behandelt erschöpfend die Vorgänge im Inneren der Erde und schreckt nicht vor dem Gedanken zurück, diese als lebenden Gesamtorganismus ins Spiel zu bringen. Die Häresie besteht darin, dass sich eine allmächtige Mutter Erde nicht mit dem allmächtigen Herrn der Bibel verträgt. Erstaunlicherweise bekam Kircher nie Ärger mit der Amtskirche – ob er zu hoch in deren Hierarchie angesiedelt war oder diese von seinem Buch keine Notiz nahm, wird sich nicht mehr feststellen lassen.

„Wenn das so wäre, hätte auch Kircher Silizium als Lebensgrundlage angenommen, denn das ist das häufigste auf der Erde vorkommende Element." „Davon kann man ausgehen, auch wenn er das nicht explizit schreibt, Siberius." „Was erwartest du, Sigurd? Wir reden von einem Werk, das 350 Jahre alt ist. Ich glaube, da hat man in völlig anderen Kategorien als heute gedacht. Zumal Kircher an seine Weltsicht eher philosophisch als naturwissenschaftlich herangegangen ist."

„Dann gehen wir mal naturwissenschaftlich 'ran", schlug Tobias vor. „Worin besteht Leben?" „In Fortpflanzung und Stoffwechsel." „Richtig, Biologe Sigurd. Vorerst nicht mehr. Für Leben auf Kohlenstoffbasis bedeutet das ein Druck-/Temperaturverhältnis, das Wasser in flüssiger Form ermöglicht. Für alles andere besteht eine Riesentoleranzbandbreite. Meines Erachtens können gänzlich andere Sinne zum Zug kommen als sehen, riechen, hören und schmecken. Es bedarf folglich nicht unbedingt der Augen, der Nase, der Ohren und des Mundes. Energiezufuhr in irgendeiner Form und eine Atmosphäre, um Stoffwechsel in Gang zu setzen und zu halten, sind allerdings unverzichtbar. Und alles zwischen

-50°C und +50°C…" „…oder wesentlich höheren oder niedrigeren Drücken." „Keineswegs, Tobias. Was sind die Bausteine des irdischen Lebens?" „Die DNA?!" „Soll das eine Frage oder Antwort sein? Jedenfalls ist sie richtig. Die DNA, wie die deoxyribo nucleic acid oder zu Deutsch Desoxyribonukleinsäure abgekürzt heißt, besteht aus wasserlöslichem Zucker, ebenfalls wasserlöslichen Phosphaten und nicht-wasserlöslichen Basen. Diese werden von den beiden Kollegen in der bekannten Doppelhelix umschlungen und verbinden sich mit ihnen zu Nukleotid, das in seiner Gesamtheit wiederum wasserlöslich ist. Du siehst – ihr seht –, dass die Wasserlöslichkeit eine entscheidende Voraussetzung dafür ist, dass uns hier zusammenzusitzen und über diese Dinge zu schwatzen vergönnt ist.

Eine Helix ist übrigens nichts anderes als eine schnöde Schraube. Im Zusammenhang mit DNA greift man immer zu diesem Begriff. Wahrscheinlich, weil er wissenschaftlicher klingt."

„…oder man die Assoziation an ein Regal aus dem Billigmöbelmarkt zu vermeiden versucht. Schön und gut und auch bekannt, Sigurd. Wir reden aber von Kohlenstoffbasis. Den Kohlenstoff vermisse ich in deinen Ausführungen." „Und woraus besteht Zucker, Tobias?" „Aus…; richtig, jetzt seh' ich's." „Im Wort Kohlehydrate steckt bereits die Kernaussage. Und die sind sehr hitzeempfindlich. Ihr seht, dass die Bandbreite von Drücken und Temperaturen sehr eingeschränkt ist – die empfindlichen DNA-Ketten brechen bei ungünstigen Voraussetzungen wie nichts auseinander. Es ist mehr als erstaunlich, dass das ganze System überhaupt so zuverlässig funktioniert, wie es sich uns darbietet."

„Genau das ist bei siliziumbasiertem Leben irrelevant", warf Siberius ein. „Was Temperatur und Druck betrifft, hast du wahrscheinlich Recht. Atmosphäre muss aber sein, denn keine Verbrennung ist ohne Gas möglich." „Und wenn das Steinwesen das selber erzeugt, Sigurd?" Ich schürzte die Lippen. „Das kommt mir sehr weit hergeholt vor."

„Lassen wir beide Optionen mal stehen", schlug Tobias vor, „und wenden uns dem Aussehen zu. Gibt es da irgendwelche zwingenden Vorgaben?" „Irgendein Denkorgan sollte vorhanden sein und zwar geschützt gelagert." „Richtig, Sigurd. Es gibt Filme über Wesen, deren Intelligenz als dermaßen überragend dargestellt werden soll, dass ihr Gehirn offen liegt, um Platz zum hemmungslosen Ausdehnen zu haben. Völliger Schwachsinn, denn dieses Wesen würde am ersten Stolperstein scheitern und seine überragende Intelligenz würde auf dem Bürgersteig zerschellen." „Sofern es über ein Sehorgan oder einige davon verfügt, muss auch das beziehungsweise müssen auch die geschützt werden." „Richtig, Siberius. Stephen Kings Schöpfung in seinem Roman ‚Der Buick' zeugt davon, dass er sich über die Funktionsweise eines lebenden Organismus keinerlei Gedanken gemacht hat, sondern rein auf den Gruseleffekt aus war. Ein nach Kohl und Gurken stinkendes Geschöpft mag angehen, aber Augen, die in einem Bauchrüssel untergebracht sind, sind völlig unsinnig, denn verletzlicher geht's nicht."

Ich fasste zusammen: „Ein Siliziumwesen könnte folglich so ähnlich aufgebaut sein wie das Ziegeltier in Weinbaums Geschichte. Es wäre nur dadurch als lebendig zu erkennen, dass es sich bewegt." „Nicht einmal das, Sigurd. Eine Pflanze bewegt sich ja auch nicht." „Stimmt, Tobias. Dann stehen wir vor dem Problem, es überhaupt zu identifizieren."

Wir stellten fest, dass wir uns nicht mehr aufs Kartenspiel zu konzentrieren vermochten, so sehr hatte uns die Diskussion auf eine andere geistige Bahn gelenkt. „Machen wir uns auf die Suche?" fragte ich provokativ, nachdem ich ein sicheres Kreuzblatt vergeigt hatte, weil ich mit meinen Gedanken woanders gewesen war. „Auf was für eine Suche?" „Na, nach den Steinwesen." „Ich glaube, langsam schnappst du über, Sigurd. Wo sollen wir anfangen? Auf dem Mars?" „Leider ist das auf Grund menschlicher Schwerfälligkeit bisher nicht möglich. Warum sollte es hier auf der Erde keine Steinwesen geben? Du bist doch das beste Beispiel." „Ich heiße nur Steine, bin aber keine", knurrte Siberius. „Das weiß ich doch." „Außerdem", warf Tobias ein, „dürften die längst durch uns Kohlenstoffler verdrängt sein, sollte es sie je gegeben haben." „Ich glaub' ja auch nicht, dass du einfach einen Wacker aufheben und adoptieren kannst, der dich plötzlich mit ‚Papa' anspricht. Aber vielleicht haben tief unten in der Erde einige Exemplare überlebt. In völlig unwirtlichen – für uns unwirtlichen – Regionen wie die anæroben Bakterien."

„Die erst kürzlich entdeckten Gommericher Grotten sollen in unglaubliche Tiefen hinabreichen. Man ist gerade erst am Anfang ihrer Kartografierung." „Soweit ich weiß, gibt's dort bisher keine Absperrbänder, Sigurd. Wir sollten einfach einsteigen und losschnüffeln können." Siberius wirkte plötzlich geschockt. „Hört mal, ihr habt das doch nicht ernsthaft im Sinn?" „Warum nicht? Geben wir uns acht Tage, 3½ für den Abstieg und 4½ für den Rückweg.

Dann schauen wir, was wir an Wasser, Lebensmitteln und Instrumenten brauchen, und los geht's." „Einiges zum Überleben sollten wir auch dabei haben", brummte Siberius, „einige Medikamente, Verbandmaterial und power packs, denn im Gegensatz zum guten Professor Lidenbrock und seinen Begleitern werden wir kein lichtdurchflutetes Meer vorfinden, sondern Stockfinsternis." Mochte Siberius auch eine Weile weiter brummeln; mit dem Einbringen konstruktiver Vorschläge hatte er unwiderruflich signalisiert, dass er dabei sein würde.

„Also abgemacht", versuchte ich mich erneut als Zusammenfasser, „in zwei Wochen beginnen die Semesterferien. Vermutlich sind wir in der ersten Woche mit Aufräumarbeiten beschäftigt, aber dann startet das tollkühnste Projekt seit Professor Challengers Anbohren der irdischen Haut." „Jetzt übertreib' nicht. Ich erinnere daran, dass vorerst die vorlesungsfreie Zeit anbricht und nicht die Ferien." „Hast du ein Praktikum zu leiten oder so?" „Hm, nein. Das versuche ich immer zu vermeiden." „Siehst du, ich auch."

„Was", führte uns Siberius zum Projektkern zurück, „suchen wir eigentlich? Kirchers und Challengers lebenden Großorganismus oder Weinbaums pyramidenbauende Ziegelwesen?" „Wir orientieren uns in beide Richtungen." „Bis ein Stein ‚Papa' zu uns sagt."

Wir lachten überlaut, um zu verbergen, dass uns angesichts des wagemutigen Vorhabens doch ein bisschen mulmig zumute war. Unser turnusmäßiger Ton-Steine-Scherben–Treff, der diesmal gar nicht turnusmäßig abgelaufen war, fand damit sein Ende.

Vorbereitungen

Wir studierten Jules Vernes ‚Reise zum Mittelpunkt der Erde', um herauszufinden, was dessen Protagonisten in den Abgrund mitgenommen hatten. *„Der gesamte Flüssigkeitsvorrat bestand aus Wacholderschnaps"*, zitierte Siberius, *„Wasser fehlte vollständig; aber wir führten Kürbisflaschen mit uns und mein Onkel verließ sich auf unterirdische Quellen, um sie zu füllen; all' meine Einwände in Bezug auf deren Qualität, Temperatur oder gar Ausbleiben waren unbeachtet geblieben.* Sowas von blauäugig!" „Wasser wird unseren größten Gewichtsanteil ausmachen. Wenn wir einen Liter pro Tag rechnen – und das ist bei der trockenen Luft da unten verdammt wenig! – brauchen wir unter Einrechnung von einem Liter Reserve sechs Petflaschen von 1½ Litern Fassungsvermögen, um zu überleben." „In Petflaschen bildet sich verdammt schnell in Riss, Sigurd." „Aber sie sind konkurrenzlos leicht. Neun

Liter Wasser wiegen ohnehin schon neun Kilo. Müssen wir halt unsere Schlafsäcke drumwickeln." „Ich frage mich, ob Lidenbrock & Co. einfach auf dem nackten Fels geschlafen haben. Schlafsäcke in unserem Sinn gab es damals noch nicht und von Decken ist nirgends die Rede." „Ist auch nur ein Roman, Tobias. Wir werden jedenfalls Schlafsäcke mitnehmen." „Kurz und gut, unter 20 Kilo Gepäck kommen wir nicht weg, da können wir knausern so viel wir wollen." „Ich fürchte, du hast Recht, Siberius. Immerhin wird es täglich leichter, je mehr wir gegessen und getrunken haben werden." „Tolle Sache." „Was? Das tägliche essen und trinken?" „Nein, dein Futur 2."

Ich fühlte mich bemüßigt, dem Gespräch einen Schubs ins Technische zu geben. „Die kaliumbichromatbetriebenen elektrischen Lampen, die Heinrich-Daniel Ruhmkorff erfunden hat, sind nichts als Leuchtstoffröhren. Für das 19. Jahrhundert eine epochale Entwicklung." „Ob die mitgenommene Leuchtstoffmenge für die drei Monate gereicht hätte, die die Lidenbrock'sche Expedition unter Tage war?" „Brauchte sie gar nicht, denn ab der Entdeckung des Meeres am 10. August 1863 sorgte dieses ja für immerwährendes Licht." „Das wussten die Teilnehmer vorher aber nicht." „Sie nicht, aber Jules Verne."

Ganz im Gegensatz zum vielzitierten Otto Lidenbrock machten wir uns sehr wohl Gedanken, wie wir heil und gesund an die Erdoberfläche zurückkehren würden. „Ich hab' eine App verzapft", verkündete unser Möchtegern-Hacker Tobias stolz, „die den beschrittenen Weg invertiert, das heißt auf dem Rückweg aus einer Links- eine Rechtskurve macht." „Das kann das billigste Navi." „Aber nicht Hunderte Meter oder gar ein oder zwei Kilometer unter undurchdringlichen Gesteinsschichten. Da gibt's nämlich keinen Empfang." „Was soll das Ganze überhaupt?" „Kannst du mir verraten, mein lieber Siberius, wie wir auf andere Weise zurückfinden sollen? Mehrere Kilometer Faden mitschleppen und abrollen wie einst Ariadne im Labyrinth?"

Siberius gab einen Grunzlaut von sich. Offensichtlich hatte er das Problem bisher beiseitegeschoben. „Ariadne hat den Faden nicht geschleppt, sondern nur Theseus gegeben, damit dieser wieder zurückfindet, nachdem er den schrecklichen Minotaurus besiegt hat." „…besiegt haben wird", verbesserte Tobias, „vergiss nie das Futur 2." Siberius grunzte erneut. „Dabei entsprang der Faden nicht einmal ihrem Gehirn, sondern dem des Dädalus – Futur 2 hin oder her."

Ich fühlte mich wieder einmal zum Vermittler berufen. „Da sieht man, zu welchen Komplikationen zu viel Bildung führt. Kommt, lasst uns Tobias' App ausprobieren." Zu diesem Zweck unternahmen wir am letzten Wochenende vor Vorlesungsschluss einen Ausflug in die Nähe des Zielgebiets.

„Es ist keineswegs so, dass die Gommericher Grotten erst kürzlich entdeckt wurden", dozierte Tobias, der Ortskundigste von uns. „Abenteuerlustige Jungs spielten bereits vor 200 Jahren darin Verstecken. Die enorme Tiefe wurde allerdings tatsächlich vor einigen Jahren zunächst vermutet und vor Kurzem die Vermutung bestätigt. In nicht allzu ferner Zukunft soll eine professionelle Expedition die Sache ergründen." „Und wir kommen ihr zuvor." „Richtig, Sigurd. Wobei ich mir davon nicht allzu viel versprechen würde. Eine Höhle ist eine Höhle." „Stell' dir vor, wir gelangten tatsächlich versehentlich zum Mittelpunkt der Erde." „Das ist Quatsch und das weißt du ganz genau. Dass Axel Lidenbrocks vielbeschworenes ‚Zentralfeuer' mittlerweile allgemeines Wissensgut geworden ist, hat jeder außer dir seitdem mitgekriegt."

Eine gute Autostunde entfernt liegt das Eifeldorf Gommerich, der dem Brennpunkt unserer Begehrlichkeit nächstgelegene bewohnte Ort und Namensgeber der Grotte. „Arg profan", nörgelte ich, „statt mit der Bahn nach Kopenhagen, per Schiff von dort nach Island, von Reykjavik zu Pferde zum Einstiegsort zu gelangen und dann immer noch vor einer respektablen Klettertour zu stehen, hocken wir uns in eine Blechbüchse und sind zwischen zweitem und drittem Frühstück vor Ort." „Einige Annehmlichkeiten sollte das 21. Jahrhundert schließlich bieten." „Ich sehe, Tobias, du hast mich nicht verstanden."

Tobias ist nicht nur in Gommerich aufgewachsen, sondern auch Geologe und fühlte sich in dieser doppelten Kompetenz verpflichtet, uns in die Abgründe seines Wissens einzuführen. „Der Parkplatz hier", begann er seine Ausführungen wissenschaftsneutral, „kennt keine zeitliche Begrenzung. Ein Pkw darf hier acht Tage stehen, ohne dass ein Hahn danach kräht. Wir werden ihn folglich auch für die eigentliche Aufführung nutzen.

Bis zu dem bekannten Eingang haben wir ungefähr eine Stunde Fußmarsch. Dort steht ein Verbotsschild, wenngleich niemand Schicht fährt, um das Verbot zu überwachen. Es informiert auch eine Tafel den Neugierigen, welche touristischen Attraktionen zukünftig hier vorgesehen sind." „Seit kurzem?" „Nein, Sigurd, seit ewig. Das liegt an der Kausalkette, dass es keine Neugierigen gibt – jedenfalls keine, die gewillt sind, hier Geld liegenzulassen. Dadurch liegt auch kein Geld herum, das zur Verschönerung unserer vergessenen Welt verwendet werden kann. Dadurch ist die Eifel nach wie vor von den großen touristischen Strömen abgeschnitten. Ich sehe auch zu meinen Lebzeiten keinen Ausweg aus der Sackgasse. Gommerich rühmt sich eines Gasthauses mit drei Zimmern und unauffindbar – auch für ein Navi der unteren Preisklasse – hofft ein winziger Campingplatz auf Gäste, meist vergeblich."

Zu meinen Lebzeiten. Welch' bitteren Nachgeschmack würde diese hingeworfene Aussage wenige Tage später hinterlassen.

Wir stapften den wenig gepflegten Kiesweg entlang. Tobias führte seine Einweisung fort: „Die Beschilderung ist, wie ihr seht, korrekt. Da keine vorhanden ist, führt sie auch nicht in die Irre." „Ohne das schönreden zu wollen: Für uns ist's natürlich ideal." „Für jeden, der für sich sein will, ist's ideal, Sigurd.

Ideal ist auch die tektonische Vergangenheit der Eifel. Vor etwa 12.900 Jahren brach der Vulkan aus, der sich heute Laacher See nennt. Die Intensität der Eruption überstieg die des Vesuvs von 79, des Mt. St. Helens 1980 und des El Chichón 1982 bei Weitem. Sie lagerte ihre Sedimente bis Südskandinavien und Italien ab." „Seitdem ist der Laacher See erloschen?" „Seitdem. Man glaubte lange, für immer, aber neuere Rechenmodelle haben durchaus die Möglichkeit eines nächsten Ausbruchs aufgezeigt." „Nächste Woche?" „Nächste Woche, nächstes Jahr oder in tausend Jahren – wer weiß."

Siberius sah die Gelegenheit gekommen, seine humanistische Bildung heraushängen zu lassen. „Als Goethe zusammen mit dem Freiherrn von Stein vor dem Loch stand – dem Laacher See, meine ich – sagte er: *Ich kann nicht aus meinem Neptunismus heraus [...] Warum sollte denn das Wasser nicht auch löchrige Steine machen wie die Bimssteine?* Beinahe 40 Jahre vor Goethes Einschätzung, genauer gesagt 1777 hatte Cosimo Alessandro Collini bereits geschrieben: *...dass der Laacher See aus einem sehr wichtigen Vulkan entstanden sei, der sich hier selbst versenkt hat und erlosch.* Damit hat dieser vor 250 Jahren das heutige Wissen vorweggenommen."

„Was ist denn Neptunismus?" fragte ich, der von uns Dreien vom Wissensgebiet Geologie und Vulkanologie am weitesten entfernt ist. Tobias sah sich wieder in der Pflicht. „Neben einigen Aussetzern wie sein Geschimpfe über die Respekt- und Interesselosig-

keit der Jugend prägten einige Erkenntnisse Aristoteles' die 2000 Jahre nach ihm. So war er der Meinung, dass Vulkane durch ein Feuer im Innern der Erde tätig werden. Feuer entsteht durch einen brennbaren Stoff, der angefacht wird. Als Stoff nahm er Schwefel an und Stürme in der Tiefe der Erde, die dessen Anfachen besorgen.
Diese Meinung hielt sich bis ins 19. Jahrhundert, vermutlich, weil sie dem intuitiven Empfinden nahekommt. Dann begannen die Auseinandersetzungen zwischen den Anhängern der Götter Neptun – daher Neptunianer – und Pluto, die den alten Antagonismus zwischen Wasser und Feuer widerspiegelten. Zur Feuerschule stießen die Vulkanisten unter der Federführung des Franzosen Nicolas Desmarest, die der Meinung waren, dass prismatische Basaltsäulen, wie sie im nordirischen Antrim, bei Stolpen östlich von Dresden und an einigen Stellen auf Gran Canaria auftreten, dadurch entstanden seien, dass durch Erdhitze geschmolzenes Gestein an der Oberfläche erkaltete und erstarrte. Das ist auch der heutige Kenntnisstand."
„Da hat sich der naturwissenschaftlich interessierte und auch kundige Goethe ausnahmsweise auf die falsche Seite geschlagen", stichelte ich, denn ich weiß, dass Siberius nicht nur Kircher, sondern auch den großen deutschen Dichter bewundert. „Er hat ja auch zugegeben, dass er aus seiner Denke nicht herausfindet, obwohl es gewichtige Indizien zu Gunsten der Gegenseite gibt", bekam ich zur Antwort.
„Wie dem auch sei", fuhr Tobias ungerührt fort, „über die Basaltsäulen kommen wir zu den Höhlen, die klaffende Wunden in der Erde infolge tektonischer Tätigkeit sind." „Wie ein ‚Bäcker' in einem Brötchen, ein Hohlraum mitten im Teig, entstanden durch die Hitze." „So könnte man es einer Hausfrau erklären", pflichtete Tobias mir bei, ohne sich bei dem Vergleich ein Lächeln zu verkneifen. Dann zeigte er auf die sich vor uns erhebende Felswand und sagte: „Genug der Diskussion. Wir sind da."
Wir betrachteten die Tafel, die die beeindruckenden Pläne des Landes und des Kreises bezüglich der Zukunft des Standortes verkündete. An Stelle eines Kassenhäuschens, das den Zugang regelte, verkündete allerdings vorerst eine weitere Tafel, auf der ‚Betreten untersagt' stand, das Ende all' unserer hoffnungsvollen Höhlenforscher-Ambitionen.
„Wir könnten das Verbot ignorieren", sagte Tobias, „denn wie erwähnt ist hier keine Sau, um es zu überwachen...." „Und Video-

kameras?" „Selbst für die müsste jemand ab und zu einen frischen Akku vorbeibringen und den Speicherchip austauschen, Siberius. Aber ich darf dich beruhigen. Wir bleiben brave Staatsbürger, gehen ein paar hundert Meter weiter nach links und stehen vor einer anderen, verbotsfreien Öffnung – verbotsfrei, weil sie bislang außer von den erwähnten abenteuerlustigen Jungs von niemandem entdeckt wurde."

Immer wieder begleiteten uns Risse in der Felswand, die sich jedoch für einen Einstieg als zu schmal oder zu hoch gelegen entpuppten. Abrupt blieb Tobias stehen. „Hier!" Wir sahen uns um. Nirgends lud eine Lücke im Gestein zum Eindringen ein. Tobias lächelte. „Er ist wirklich gut verborgen, der Eingang. Passt auf." Er huschte zwischen zwei Bäumen durch, führte eine weitere Kehrtwendung durch, war plötzlich hinter einem Gebüsch verschwunden und rief uns. „Da sollen wir durch?" „Wir müssen uns nur kurz bücken; dann sind wir durch die Pforte durch und stehen in einer Grotte, die bequemes Stehen erlaubt."

Wir schalteten die Lampen unserer Smartphones ein und folgten Tobias' Beispiel. Tatsächlich, hier drin sah es recht gemütlich aus. „Wären wir Steinzeitmenschen, könnte ich mir das als komfortable Wohnstatt vorstellen." „Super, Sigurd. Dann bleibst du hier, bis wir dich nächste Woche abholen." „Du mich auch. Von hier aus willst du also starten?" „Leuchte mal dahin – ja, genau. Da seht ihr einen Gang, der sich ins Innere zu immer weiter verzweigt. Einige kenne ich noch von damals. Allerdings durften wir nicht weiter vorzudringen wagen als unser Ariadne/Theseus/Dädalus-Faden reichte. Ihr wisst schon.

So", bestimmte Tobias, als wir wieder draußen waren, „nun gehen wir in Abständen von zehn Minuten los und versuchen unabhängig voneinander mit meiner App zurück zum Fahrzeug zu finden. Und wehe, ihr schaltet euer Navi ein oder versucht, euch auf euren Orientierungssinn zu verlassen."

Meinen Blick ausschließlich auf das Smartphone fixiert wies mir das Gerät an Gesträuch und Geäst vorbei den Weg zurück. „Gut", sagte ich, als wir uns wieder gefunden hatten und unsere Ergebnisse abglichen. „Allerdings sollte man trotzdem ab und zu auf den Boden schauen, damit man nicht in einer Zweigfalle hängen bleibt." „Ist dir das passiert?" „Fast." „Zweigschlingen werden in der Höhle kaum auf uns lauern", kommentierte Tobias trocken, „aber dafür wird's felsig. Da lässt sich's auch sauber den Fuß verknacksen."

Einstieg und erster Tag

Der große Tag war gekommen. Da ich einen Kombi besitze, entschieden wir uns für ihn als Transportmittel, denn alles Gepäck zusammen ergab einen stattlichen Berg an unförmigen Rucksäcken und Schnüren. Bei unseren Kolleginnen und Kollegen sind wir zwar außer als Triumvirat der Alternativen auch als das Ton-Steine-Scherben–Trio bekannt bis berüchtigt, hatten aber diesmal nicht an die große Glocke gehängt, dass wir gemeinsam unterwegs, sondern getrennt verlautbart, dass wir für gut eine Woche nicht erreichbar seien. Sollten die anderen doch denken, was sie wollten.

Die Autofahrt war als Spaziergang zu werten. Vorsichtshalber speicherte ich die Parkplatzkoordinaten auf meinem Smartphone. Dann marschierten wir los. Mit 22 Kilo auf dem Buckel schien der Trampelpfad durch den Wald ungleich länger als die Woche zuvor, als wir nur ein Plastikteil pro Mann zu tragen hatten. Tobias' App wog zum Glück nicht allzu viel, aber nun hatte jeder von uns eine Hochleistungstaschen- und eine ebensolche Stirnlampe plus zwei power packs dabei, um den Weg professionell auszuleuchten, für acht Tage Wasser und Proviant, einen Schlafsack, einmal Wechselkleidung, einen Schlafanzug, eine Rolle Toilettenpapier, ein Packen Erfrischungstücher und ein Paar Wanderstöcke pro Teilnehmer. Barometer, Thermometer und Hygrometer, um Luftdruck, -temperatur und -feuchtigkeit zu messen, und den Kompass hatte Tobias an sich genommen; Seile und Strickleitern trug Siberius, während Pickel, Spaten, Nägel und der Hammer, um diese notfalls irgendwo einschlagen zu können, an mir hängengeblieben waren. Auf eine Kamera hatten wir kollektiv verzichtet. Alles, was diesbezüglich zu leisten sein könnte, wälzten wir auf unsere Smartphones ab. Wir brauchten auch keine Stifte und Notizblöcke, denn zum Tagesabschluss gedachten wir unsere Erlebnisse und Erkenntnisse deren Speicherchips anzuvertrauen. Alles, was gegen Regen schützt, hatten wir aus selbsterklärenden Gründen ebenfalls zu Hause gelassen.

Allen gegenseitigen Frotzeleien zum Trotz entbehrte der Augenblick nicht einer gewissen Feierlichkeit. Tobias war in stillem Einvernehmen zum Leithengst erkoren worden und in dieser Rolle hielt er eine kurze Ansprache. „Also Jungs", sagte er und verdeutlichte mit dieser Anrede, dass er sich wieder als 15jähriger fühlte. „Wir bewegen uns 3½ Tage lang ins Innere, egal ob es tiefer oder nur weiter geht. Wir wollen nicht zum Mittelpunkt der Erde vordrin-

gen, sondern Anzeichen von bisher unbekanntem, um nicht zu sagen undenkbarem Leben zu entdecken. Nach Ablauf dieser Zeit kehren wir um, egal, ob wir 'was gefunden haben oder nicht. Ich wiederhole unsere Abmachungen. Wir bleiben unter allen Umständen zusammen. Sollte einer abgängig sein, schalten wir alle sofort unsere App auf Rückweg um und streben so schnell wie möglich ans Tageslicht zurück. Finden wir uns alle wieder ein, ist's gut. Fehlt einer, versorgen sich die beiden anderen eventuell neu mit Vorräten und machen sich auf die Suche.
Und nun: Auf geht's!"

Wir klatschten uns ab und wandten uns dem Loch zu. Siberius hielt vor dem ultimativen Schritt wenige Sekunden lang inne und verkündete: „Im Andenken an den großen Denker und Universalgelehrten Athanasius Kircher, dessen Annahme, dass die Erde ein lebender Organismus sei, wir mit unserer Expedition einem Beweis näherbringen wollen." Dann tauchten wir unwiderruflich ins Dunkle.

Wir hatten beschlossen, dass im Vorwärtsgang nur der Vorderste von uns seine Stirnlampe einschaltete und die beiden anderen hinterherstapfen sollten. Wenn diese erschöpft war, würde der nächste die Führung übernehmen und die Stirnlampe des bisher Ersten an dessen power pack aufgeladen werden. Sollte jemand etwas Beachtenswertes entdecken, hatte er „halt" zu rufen und die anderen auf seine Entdeckung aufmerksam zu machen. Zu diesem Zweck hatten wir die stets griffbereiten Taschenlampen mitgenommen, denn damit sind mit knappen Handbewegungen Ecken ausleucht- und inspizierbar.

Im Lauf der ersten paar hundert Meter wurde mir klar, dass die Lidenbrock'sche Gruppe mit ihren Ruhmkorff'schen Laternen besser ausgerüstet gewesen war, denn diese strahlen Licht nach allen Seiten ab und vermitteln auf diese Weise ein heimeliges Gefühl, während die punktförmigen Strahler der modernen Welt kalt genau nach vorn zielen und die ihnen folgenden Träger im Dunkeln lassen. Naja, dachte ich, dafür ist ihre Effizienz um einen gewaltigen Faktor besser. Lidenbrock & Co. hätten für kaum länger als zwei Tage $K_2Cr_2O_7$ mitzuschleppen geschafft.

Als Erster hatte – natürlich – Tobias die Führung übernommen. Bei einem Hindernis rief er aus: „Obacht, Loch!" oder „Obacht, Schwelle!". Gefühlt waren wir bereits Stunden unterwegs, obwohl kaum mehr als eine halbe davon vergangen sein dürfte. Noch bewegten wir uns in Regionen, in denen sich unser Einheimischer auskannte, und noch hatte das Ganze eher den Charakter eines Abenteuerspiels als einer ernstgemeinten Forschungsexpedition. Während des Vorwärtsdringens schwiegen wir weitgehend. Plötzlich blieb Tobias stehen und mahnte: „Pst!" Wir verharrten. „Haltet am besten kurz die Luft an." Tatsächlich, ein kaum vernehmbares Schleifgeräusch von links unten ließ unsere Herzen höher schlagen. Wie auf Kommando zogen Siberius und ich unsere Taschenlampen aus dem Halfter und richteten ihren Strahl dorthin, wo wir das Geräusch vermuteten. Ein ungefähr 40 Zentimeter langes Band wand sich im Knick zwischen Felsboden und -wand entlang. Ich atmete hörbar auf. „Eine Blindschleiche, völlig harmlos."

Wir versuchten das Tier unbehelligt zu lassen, drückten uns am anderen Ende des Ganges an ihm vorbei uns setzten unseren Weg fort. „Die braucht wohl kein Licht, weil sie blind ist." „Das ist ein Irrtum, Tobias", dozierte ich, „die Bezeichnung rührt vom Althochdeutschen plint her, was glänzend bedeutet – wegen ihrer glänzend geschuppten Haut. Sie ist keine Schlange, obwohl Carl von Linné sie mit anguis fragiilis irrtümlich ‚zerbrechliche Schlange' getauft hat, sondern ein beinloses Reptil." „Anscheinend braucht sie kein Licht." „An sich ist sie sogar tagaktiv. Ich denke, unser Exemplar hat hier eine Nische zum Überleben gefunden. Felswände schwitzen immer ein bisschen und Beute findet sie offenbar auch." „Was frisst denn eine Blindschleiche?" „Schnecken und Käfer, aber auch Blattläuse und Ameisen. Sie ist nach der unsinnigen menschlichen Einordnung folglich ein Nutztier. Es wäre interessant zu erforschen, ob sie hier unten eine kürzere Lebenserwartung hat, denn auf Grund der steten Temperatur entfällt die Winterstarre und sie bleibt ununterbrochen aktiv."

„Sag' mal, Sigurd…" „Ja, Siberius?" „Wenn es hier Blindschleichen gibt…; denkst du, es könnte unter Tage auch richtige Schlangen geben?" „Selbst wenn. Die einzige in unseren Breiten vorkommende Art ist die Ringelnatter, und die ist harmlos, weil ungiftig. Im Gefahrenfall gibt sie allerdings ein stinkendes Sekret ab." „Giftig oder nicht. Ich möchte nicht wirklich gern, dass eine in meinen Schlafsack kriecht." „Das Risiko hast du immer, wenn du im Freien übernachtest. Die Wahrscheinlichkeit ist allerdings sechs Richtige mit Zusatzzahl und hier drin noch geringer.

„Wisst ihr, wem ich hier gern begegnen würde?" Ich erntete keine neugierigen Grunzlaute, denn mir als Biologen wird immer eine Affinität zu sich windenden Glibberwesen unterstellt. Ich beantworte deswegen meine Frage selbst. „Einem Grottenolm. Das ist ein sehr selten anzutreffender Schwanzlurch, der in Höhlengewässern lebt. Dessen Augen sind tatsächlich degeneriert und hinter die Kopfhaut abgetaucht." „Dann gilt es auf ein Höhlengewässer zu stoßen."

„Das liegt durchaus drin", meldete sich Tobias, unser Geologe zurück. „Und zwar nicht nur, weil die Felsen schwitzen, sondern auch, weil Höhlen zuweilen tief ins Erdinnere hinabreichen und das Regenwasser sich bekanntlich seinen Weg abwärts sucht. Unterirdische Seen sind deswegen eher der Normalfall und es ist durchaus möglich, dass auch wir auf einen stoßen. Ganz falsch lag Otto Lidenbrock mit seiner Einschätzung nicht. Lediglich die von ihm erwarteten unterirdischen Quellen sind unsinnig. Mit Millionen Jahre altem Regenwasser hätte er richtig gelegen." „Dann hast du ja eine Chance auf deinen Grottenolm", knurrte Siberius, „aber eins sag' ich dir, Sigurd: Wenn das widerliche Viech zu mir ‚Papa' sagt, verweise ich es an dich." „Woher weißt du, dass es widerlich ist?" Siberius' neuerlicher Knurrlaut blieb unverständlich.

Bis zur ersten Pause trat wieder Schweigen ein, nicht zuletzt, weil uns kein weiteres Lebewesen mehr begegnete. Dann setzten wir uns und gaben uns unserer ersten unterirdischen Mahlzeit hin. Wir probierten eine Weile herum, bis wir die auf Streulicht eingestellte Lampe so platziert hatten, dass sie unser ausgewähltes Areal einigermaßen ausleuchtete. Das menschliche Auge ist erstaunlich lichtempfindlich, bereits acht Photonenquanten nimmt es wahr. Wie wir dasaßen und uns gütlich taten, hätte auch eine mittelalterliche Räuberhöhle nicht funzliger gewirkt. Nur dass uns keine Rauchschwaden von Fackeln oder Gerüche von Petroleumlampen belästigten.

Ob von ‚gütlich tun' die Rede sein durfte, lasse ich dahingestellt. Wir hatten uns weitgehend mit Müsli- und Schokoladenriegeln versorgt, um unseren Energiehaushalt möglichst gewichtsarm abzudecken. „Um eine Verstopfung kommen wir wohl nicht herum", meinte Siberius skeptisch. „Schlimmstenfalls gibt es in der Apotheke immer noch Rizinusöl", erwiderte ich tröstend. „Bah!"

Bevor wir weiterzogen, testeten wir Tobias' App. Tatsächlich hatte sie Daten generiert, die sich in der Waagerechten als gut lesbare Karte präsentierte und, vor den Bauch gehalten, den Weg zurück ins richtige ‚Loch' zurück an die Oberfläche wies. „Du solltest deine Professur aufgeben und deine Software verkaufen, Tobias. Die macht dich zum Millionär." „Keine schlechte Idee, Sigurd. Der Lackmustest besteht allerdings darin, dass wir mit ihr anstandslos zurückfinden." „Wenn der Test negativ ausgeht", merkte Siberius in seiner typisch destruktiven Art an, „ wird's sowieso nichts mit dem Verkauf. Dann sind wir nämlich alle verreckt." „Immerhin haben wir alle erdenklichen Vorkehrungen getroffen, um den Rückweg erfolgreich zu meistern. Jules Verne hat ja nicht nur den drei Höhlenforschern, sondern auch den drei Astronauten in seinen Mondromanen zugemutet, keinerlei Gedanken daran zu verschwenden. Axel wurde von Onkel Otto jedes Mal, wenn er laut daran zu denken wagte, rüde ob seines Kleinmuts gerüffelt. Herrlich die zeitgeistige Übersetzung Joachim Fischers in dem rigoros zusammengestrichenen Text bei Bärmeier & Nikel 1966", fuhr ich verträumt fort, „als der Neffe vom Weg abkommt und im Gebet ausruft: ‚Onkel, Onkel, warum hast du mich verlassen?'" Tobias lachte. „Auch der Ausruf: ‚Niedergefahren im Snæffels, verloren, verlaufen und im dritten Monat wieder ausgespieen mit der Lava' klingt sehr biblisch." „Dabei stimmt nicht, dass der Roman ein grandioses Scheitern beschreibt, wie Volker Dehs es in seiner kommentierten Ausgabe von 2005 hinstellt." Siberius gab sich wie immer sachlich-nüchtern. „Jules Verne hat vermeiden wollen", fuhr er fort, „sich dank der überraschenden Rettung durch den Stromboliausbruch festzulegen, ob das Erdinnere glühend oder kalter Stein sei und sich nach Abschluss der seinerzeitigen heftigen Kontoverse eventuell zu blamieren. Dabei hat er sich festgelegt."

„Wie meinst du das?"

„Die Lidenbrock-Expedition folgt den Spuren Arne Saknussemms, der den Mittelpunkt der Erde nicht nur erreichte, sondern auch den Weg zurückfand, wie das verschlüsselte Dokument beweist, das der Professor in einer alten Schwarte findet. Lassen wir außen vor, dass der Isländer allein schaffte, was Vernes Helden zu Dritt bewältigen, dass er all' die Instrumente nicht besaß, über die Lidenbrock verfügte und und und: Er hatte sein Ziel erreicht und das wäre nur bei kaltem Erdinneren möglich gewesen."

„Wie hätte Saknussemm denn feststellen sollen, dass er am Ziel war?" „Am Erdmittelpunkt herrscht Schwerelosigkeit, Tobias. Es kann natürlich sein, dass das einem Menschen des 16. Jahrhunderts nicht bewusst war. Darauf will ich aber nicht hinaus. Ich will darauf hinaus, dass Vernes Roman impliziert, dass es Saknussemm erreicht hat, und er sich damit sehr wohl auf den kalten Steinbrocken im Weltraum festlegt. Das wurde zu meinem Erstaunen nie diskutiert. Auch Volker Dehs scheint den Widerspruch nicht bemerkt zu haben. Jedenfalls weist er in dem umfangreichen Schrifttum zu seinem Lieblingsautor und dem Roman nirgends darauf hin."

Nachdem die Diskussion wie häufig bei uns theorieverliebten Kathedergrößen vom Hölzchen aufs Stöckchen geraten und die Pause deswegen zu ungeplanter Dauer ausgeartet war, packten wir nichtsdestoweniger zufrieden unser Gerödel zusammen. Eine geistige Entdeckung ist ja auch eine Entdeckung. Dann setzten wir unseren Weg besten Mutes fort.

Bisher ging es moderat, aber beständig bergab. Plötzlich rief Siberius, der nach der Pause die Führung übernommen hatte: „Vorsicht!" „Was ist?" „Hier ist ein Schacht in die Tiefe."

Wir untersuchten das Hindernis im Schein dreier Streulichtquellen und stellten fest, dass es sich um keinen Schacht, sondern einen beinahe gestuft gestalteten Steilhang handelte. Tobias, der Jüngste von uns und auch der erfahrenste Kletterer, seilte sich an und begann sich hinab zu tasten. Dank der Schall-Trichterwirkung in den Gängen war es möglich, dass wir uns über weite Entfernungen verständigten.

„Und?" „Bis jetzt hat's wirklich Treppenhauscharakter, jetzt – ah, jetzt bin ich unten. Wartet, ich leuchte mal, ob es irgendwo weiter geht." Nach einer Weile: „Ja, es geht weiter. Ich denke, ihr könnt mir problemlos folgen. Ab und zu braucht ihr Hände, aber keine Seilschaft."

Siberius und ich stellten uns vermutlich deutlich ungeschickter als Tobias an, aber nach einer Weile standen wir neben ihm. „Der Rückweg ist gesichert", urteilte Tobias, „denn einen Hang, den man herunter schafft, schafft man auch wieder hinauf." „Was hättest du eigentlich gemacht, wenn hier einfach Schluss gewesen wäre?" „Na, wieder hoch gekraxelt, Siberius, und wir hätten uns woanders hin orientiert. Wir haben ja ein biologisches und kein geografisches Ziel."

Danach ging es ereignislos weiter wie bisher. „Wie tief sind wir eigentlich, Tobias? Kannst du das feststellen?" Der Angesprochene zückte sein Barometer. „Ungefähr tausend Meter ab Eingang, Sigurd, also 600 Meter unter Normal Null."

Als der Abend – an der Oberfläche Abend – herannahte, weitete sich der Gang und zum ersten Mal wähnten wir uns in einer Grotte, wie sie die Attraktivität zur Besichtigung freigegebener Höhlen markant erhöhen. Es plätscherte. „Stopp!" rief Siberius, „hier ist's nass."

Wir leuchteten unsere Umgebung aus, so gut es ging, und stellten fest, dass wir tatsächlich vor einem Gewässer standen. „Hier hat sich im Lauf der Jahrmillionen Regenwasser gesammelt", dozierte Tobias, „das heißt, wir dürften die tiefste Stelle des Labyrinths erreicht haben." „Ob man das Wasser trinken kann?" „Theoretisch spricht nichts dagegen, Sigurd. Allerdings ist es vermutlich biologisch tot und so wird's auch schmecken." „Dann habe ich nachher etwas zu tun."

Entfernungsschätzungen in die Senkrechte geraten dem menschlichen Auge ohne Hilfsmittel äußerst grob. Unter dem Gesichtspunkt, dass die Reichweite der Taschenlampen bei stärkster Spoteinstellung 50 Meter beträgt und ihr Strahl die Decke gerade erreichte, trugen wir besagte 50 Meter in unsere Smartphonedateien ein. „Sollen wir dem Ding einen Namen verleihen", fragte ich, „Tobias- oder Siberiusgrotte?" „Wenn, dann Sigurdgrotte." „Kommt nicht in Frage!" „Du willst abwarten, bis wir auf ein richtiges Meer stoßen, das du dann nach dir benennst?" „Sicher nicht. Das hieße selbstverständlich Lidenbrock-Meer."

Es blieb vorerst bei Grotte A und wir bereiteten uns auf das Nachtlager vor. Dazu gehörte auch das Aussuchen einer möglichst abgelegenen Nische, um von unliebsamen Gerüchen verschont zu bleiben. Irgendwohin galt es schließlich die offizielle Toilette zu platzieren.

Unser frugales Müsli-/Schokoladenmahl rundeten wir mit einem ebenso frugalen Apfel ab, von denen jeder einen für jeden Tag im Gepäck hatte, um unsere Verdauung wenigstens einer Spur von Ballaststoffen auszusetzen.

Zum Tagesabschluss ging jeder einer anderen Beschäftigung nach. Ich setzte mich ans Wasser und hoffte. Als ich des Hoffens überdrüssig wurde und bereits von meinen Kameraden gehänselt wurde, sah ich ihn. Den 30 Zentimeter langen, bleichen Aal, der jedoch in eine Schwanzflosse auslief. Bei genauerem Hinsehen waren zudem Gliedmaßen erkennbar, wenn auch in stark unterentwickelter Form. „Sigurd...." „Pssst!" „Oh. Hast du 'was entdeckt?" Ich nickte und gebot mit einer Handbewegung Schweigen.

Nach einer Weile hatte Hugo, wie ich meinen Fund getauft hatte, genug von mir und schwamm außer Sicht. Ich erhob mich und kehrte zu unserem Lager zurück. „Hast du einen gesehen?" „Ja, habe ich. Damit ist klar, Tobias, dass das Gewässer nicht biologisch tot ist, denn der Olm muss ja von etwas leben." „Und was ist das?" „Das sind kleine Krebstiere, Wasserasseln und Flöhe.

Die muss es hier folglich geben." Jetzt war es an mir zu dozieren. „Die Sehorgane sind weitgehend funktionslos, aber nur weitgehend. Licht nehmen sie wahr. Das Tier ist sehr flexibel und kann sowohl über die Haut im Freien als auch über Kiemen den Sauerstoff des Wassers atmen. Der Teich ‚lebt', Tobias." „Dann können wir ja probieren, unsere Wasservorräte damit aufzufüllen. Extrem sauerstoffhaltig dürfte es allerdings nicht sein. Es geschieht ja keine Umwälzung durch Strömung oder Wind." „Wir werden's sehen. Die Temperatur hier ist jedenfalls ideal. Wir haben konstant 14°C und der Grottenolm liebt solche zwischen zehn und 17 Grad." „Was hast du jetzt von deiner Entdeckung, Sigurd? Kein Foto, keine Tonaufzeichnung, nichts." „Ich habe einen Grottenolm auf freier Wildbahn gesehen, Siberius. Das werde ich auch gleich in meinem elektronischen Tagebuch vermerken." „Wie dem auch sei und wie selten ein Grottenolm auf freier Wildbahn vorkommen mag: Wir hängen immer noch an kohlenstoffbasierten Organismen." „…und æroben." „Meckert nur. Für mich ist jede seltene Tierart ein Gewinn." „Wie heißt das Biest eigentlich wissenschaftlich?" „Proteus anguinus." „Deinen proteus anguinus in Ehren, Sigurd, aber wenn der sich schon wie eine Stecknadel im Heuhaufen versteckt: Wie sollen wir gänzlich unbekannte Organismen aufspüren?" „Das fällt mir heute Abend keine Antwort ein, Siberius. Immerhin haben Grottenolm und Stecknadel einen Vorteil gemeinsam." „Und welchen?" „Den, den du angedeutet hast. Der Sucher weiß, wie aussieht, was er sucht."

Wir wickelten uns in unsere Schlafsäcke und testeten die Multifunktionsfähigkeit unserer Multifunktionsanoraks, indem wir sie als Kopfkissenersatz unter unsere Köpfe knäuelten – für richtige flauschige Kissen hatte sich beim besten Willen kein Platz mehr gefunden. Für Pyjamas sehr wohl, wie ich bei der Gepäckauflistung bereits beschrieben hatte, denn die Vorstellung, in Tageskleidung die Nacht zu verbringen, war uns allen grenzwertig, um nicht zu sagen eklig erschienen. Als alle Lichter gelöscht waren, wurde mir zum ersten Mal bewusst, wie stockfinster es hier war.

Bisher war es angenehm gelaufen. Der Gedanke, in einen engen Felsschlund kriechen zu müssen, schreckte mich. Ich bin nicht so klaustrophob, dass ich in keinen Fahrstuhl oder in kein Flugzeug steige, aber immer froh, wenn ich wieder im Freien bin. Gebirgsjäger versus Tunnelbohrer ist für mich eine leichte Wahl. Mit dem Gedanken, dass für mich spätestens im Fall zu großer Beklemmung Schluss mit unserem Ausflug wäre, schlief ich ein.

Seltsame Vorkommnisse

Ich tastete dort nach meinen Schuhen, wo ich sie gestern Abend abgestellt zu haben meinte. Nach einer Weile erkannte ich, dass ich sie im Dunkeln nicht finden würde, und schaltete die Taschenlampe ein. Da waren sie, allerdings nicht rechts, sondern links neben dem Schlafsack-Fußteil. Ich runzelte die Stirn, denn das war für mich ungewöhnlich, und begann mich anzukleiden. Morgentoilette mit Dusche entfiel natürlich. Meine Kameraden waren mittlerweile auch erwacht und taten es mir gleich.

Zum Frühstück holten wir wie auf Kommando Petflaschen aus den Rucksäcken, deren Inhalt nicht durchsichtig war. Siberius hatte eine mit dunkelgrünem, Tobias mit hellbraunem und ich eine mit schwarzem Inhalt gezückt: Tee, Milchkaffee und schwarzem Kaffee. Wir grinsten uns an, vor allem Tobias und ich. „Es gibt eine Romanserie von Patrick O'Brian um einen Kaperkapitän namens Jack Aubrey zur Zeit der napoleonischen Kriege, Siberius, und der ist wie sein Schiffsarzt Stephen Maturin Kaffeefan." „Was willst du mir damit sagen, Sigurd?" „Die haben naturgemäß mit zahlreichen anderen Kollegen aus derselben Zunft zu tun und nach einer Weile schält sich als roter Faden heraus, dass teetrinkende Kapitäne ihre Schlachten verlieren und kaffeetrinkende gewinnen." Siberius grunzte. „Romanserie, sagst du. Das heißt, die Geschichten sind fiktiv. Das heißt des weiteren, dass dieser O'Brian Kaffeetrinker war und sonst nichts. Das wiederum scheint mir kein Wunder zu sein, denn dem Namen nach ist er ja Ire." „War." „Gestorben ist er auch noch?! Da siehst du mal, wie wenig die Kaffeetrinkerei nützt."

Ob Tee oder Kaffee: Wie schön, einmal etwas anderes als Wasser hinter die Zähne gegossen zu haben, auch wenn wir mit erkalteten Varianten hatten Vorlieb nehmen müssen. Nachdem wir alles zusammengepackt hatten, wählten wir einen der zahlreichen Gänge aus, die von der Grotte aus weiter ins Innere des Berges führten, und marschierten los. Heute war ich zu Beginn als Führer auserkoren worden.

Mir kam wieder Jules Vernes ‚Reise zum Mittelpunkt der Erde' in den Sinn, in dem sich die Lidenbrock'sche Expedition kurz nach ihrem Einstieg ins Innere für den falschen Weg entscheidet. Joachim Fischers Übersetzung von 1966 trifft Axels Befindlichkeit am besten: *Wir entschieden uns für die Galerie mit den gotisch anmutenden Gewölbebögen. Damit begann der entsetzliche Irrweg.*

Für uns gab es keinen Irrweg, denn es gab kein erklärtes geografisches Ziel. Meine Schuhe brachten sich wieder in Erinnerung beziehungsweise wie unkonventionell ich sie am Vorabend abgestellt hatte. Ich schnitt das Thema an, um etwas zu sagen, und erntete Schweigen. „Was ist mit euch? Hat euch mein gestriger Grottenolm so imponiert, dass ihr es ihm in Zukunft gleichzutun und in immerwährendes Schweigen zu verfallen gedenkt?" Siberius' Stimme hinter mir klang leicht knarrend. „Das ist es nicht." „Sondern?" „Mir ist das Gleiche passiert." „Was sagst du da?" „Mir ist das Gleiche passiert." „Mir auch", erhob sich Tobias' Stimme eine Menschenbreite weiter hinten.

Vor Bestürzung blieb ich so abrupt sehen, dass die anderen auf mich aufliefen. „He! Spinnst du?" „Entschuldigt. Jetzt bitte auf Ehre und Gewissen: Hat sich einer von euch heute Nacht diesen lustigen Gag ausgedacht?" Wir hatten uns die Gesichter zugekehrt und sahen uns an. „Auf Ehre und Gewissen, nein", gelobte Siberius. „Auf Ehre und Gewissen, auch nein", gelobte Tobias. „Auf Ehre und Gewissen, auch nein", gelobte ich als Letzter. Wir sahen uns an. „Aber wer...?"

Wir vermochten die Frage nicht zu beantworten. Ob sich ein Vorreiter oder Nachahmer unseres ehrgeizigen Plans ebenfalls hier unten befand? Ich hielt das zwar für möglich, aber für unmöglich, dass sich jemand in der unterirdischen Totenstille anzuschleichen und in der Stockfinsternis den eher harmlosen Streich fertiggebracht haben sollte. Auch im Schlaf hätten wir jedes Geräusch und jeden glimmenden Span wahrgenommen und wären aufgewacht.

Oder ein Mensch lebt seit ewigen Zeiten hier unten, braucht kein Licht mehr und bewegt sich lautlos wie eine Katze?

Oder ein Riesen-Grottenolm...?

Oder sonst ein Wesen...?

Das Verrückte war, dass wir dieses sonst-ein-Wesen eigentlich suchten und bei dem Gedanken hätten in Jubelrufe ausbrechen müssen, es gefunden zu haben.

Oder es uns. Naja, wenn es nichts weiter vorhatte als uns ein bisschen mit dem Verschieben von Utensilien zu unterhalten, hielt sich die Gefahr in überschaubaren Grenzen. Wenn das allerdings nur der Anfang gewesen sein sollte....

Ich verstaute die unerfreulichen Aspekte dieser Überlegungen zunächst in einer unzugänglichen Ecke meines Gehirns und stapfte weiter. Meinen Freunden ging es offenbar ebenso, denn selbst das Mittagessen verlief schweigend.

Beim Zusammenpacken hielt ich es nicht mehr aus und fragte in die Runde: „Zu welchen Ergebnissen seid ihr gekommen?"

Es stellte sich heraus, dass Tobias und Siberius ebenso weit gediehen waren wir ich, nämlich nicht über Spekulationen hinaus. „Kann es sich nicht auch um eine kollektive Halluzination gehandelt haben?" fragte Siberius hoffnungsvoll – seine Hoffnung bestand darin, ein zweifaches „ja" als Antwort zu hören.

Leider enttäuschten Tobias und ich ihn. „Wäre es mir allein so gegangen", erklärte Tobias, sichtlich jedes Wort abwägend, „könnte ich dir zustimmen. Aber nicht bei drei synchronen Vorgängen – vorausgesetzt, wir sind untereinander ehrlich." „Das versichere ich dir", doppelte ich heftig nach, „zumal ich als Linkshänder meine Schuhe nie rechts deponieren würde, sofern ich die Wahl habe." Siberius schwieg eine Weile, bevor er bekannte: „Mir geht's genauso, nur anders herum. Die Gegenläufigkeit der Wanderungen schließt auch ein Erdbeben mit geringfügigen Bodenbewegungen aus."

Ein Erdbeben! Warum war ich darauf nicht gleich gekommen? Auch Tobias biss darauf sofort an. „Das ist nicht gesagt", führte er aus und seine Erleichterung war ihm anzuhören, „ein Erdbeben hat keine Richtung wie ein Strudel. Wir selbst in den Schlafsäcken und unsere Rucksäcke waren zu schwer, um uns davon beeindrucken zu lassen, aber für unsere Wanderstiefel hat der Impuls gelangt." „Und warum haben wir nichts gehört? Ganz geräuschlos lief das sicher nicht ab und hier unten herrscht Totenstille." „Ich gehe davon aus, Siberius, dass wir bei der Totenstille extrem tief geschlafen haben."

Die Schlussfolgerung stellte alle zufrieden, denn wir wollten glauben, was unser Geologe überlegt hatte. Deutlich besseren Mutes marschierten wir weiter und erreichten am Abend wie bestellt eine weitere Grotte, die zum Biwakieren wie geschaffen schien. In zwei Dingen unterschied sie sich allerdings von der der vergangenen Nacht. Es hatte sich kein Wasser in ihr zu einem See gesammelt und sie wies Stalaktiten und Stalagmiten auf. „So tief unten eine Tropfsteinhöhle?" äußerte ich mich verwundert. „Auch Gestein kann wasserdurchlässig sein", dozierte der zuständige Professor Tobias Ton, „außerdem wissen wir nicht, wie dick oder dünn der Fels über uns ist. Vielleicht fänden wir nach wenigen Metern nach oben bereits Humus." „Die Mieten und Titten befinden sich noch weit auseinander. Lässt sich daraus schließen, dass entweder die Höhle selbst nicht sehr alt ist oder sie noch nicht lange tropft?" „Genau das, Sigurd. Weißt du eigentlich, welche von oben hängen und welche von unten wachsen?" „Äh...?" „Sehr gut, richtige Antwort. Nicht die eben, sondern die in der Frage davor versteckte. Die Titten hängen 'runter und die anderen Dinger erwarten sie sehnsüchtig von unten." „Die Eselsbrücke lautet also: Frau ist oben." Siberius hatte nach langer Abstinenz endlich wieder einen humorigen Einfall erbrochen.

Der zweite Abend unter Tage unterschied sich organisatorisch nicht vom ersten, aber mental mehr als deutlich. Hatten wir gestern vor lauter Diskutieren erst spät in die Schlafsäcke gefunden, fiel uns heute kein Thema mehr ein. Offenbar hatte uns die Schuhgeschichte mehr belastet als wir uns selbst zuzugeben bereit waren. Wir untersuchten unser Schlafgemach gründlich, fanden aber nichts Verdächtiges.

So lagen wir nunmehr bereits um Neun in den Daunen, obwohl es uns an Müdigkeit gebrach. Ich hörte, dass die anderen sich genauso ruhelos herumwälzten wie ich. Irgendwann schliefen wir dennoch ein.

Ich erinnere mich an keinen Traum während der ersten Nacht unter Tage, auch nicht vage an aufblitzende Gedankenfetzen. Die zweite machte diese Lücke mehr als wett. Ich befand mich auf wilder und zielloser Flucht vor Steinschlägen und unterirdischen Gewittern, die sich wiederum als Steinschläge entpuppten. Von allen Seiten prasselten die Geschosse auf mich ein, trafen mich aber nicht, da es mir immer wieder gelang, ihnen auszuweichen. Panikartige Ängste beherrschten und hetzten mich und erlaubten kein Ausruhen.

Irgendwann hatte ich dennoch die Tiefschlafphase erreicht. Die sorgte dafür, dass ich einigermaßen erholt erwachte und erlaubte mir, mich wohlig zu räkeln. Ein paar Minuten döste ich weiter, während denen mir verschiedene Gründe für meine halb missratene Nacht durch den Kopf wanderten. Anscheinend begannen die völlige Stille und Finsternis und das Gefühl des Eingesperrtseins ihre Wirkung zu zeigen, denn meine Beklemmung war mit schlechter Atemluft nicht begründbar. Ich wundere mich immer wieder, wie frisch sich diese auch in der tiefsten Gruft hält. Sie hat unendlich viel Zeit, war meine Erklärung, sich gleichmäßig auszubreiten, wird nicht aufgebraucht und hält eine gleichmäßige Kühle, im Fall der Gommericher Grotte 14°C. In die relativ kleinen

Gemächer, auf die wir bisher gestoßen waren, müsste bei einem eventuellen Touristenandrang mit Sicherheit künstlich Sauerstoff eingespeist werden. Die Kathedralen, wie sie die Adelsberger Grotten bei Postojna in Slowenien oder die Mammuthöhlen in Kentucky zu bieten haben, bleiben auch bei Tausenden von Besuchern täglich unbeeindruckt.

Auch Tobias und Siberius begannen sich zu rühren. Zeit, sich zu erheben. Die natürlichen Kathedralen blieben vorerst an meinen Gehirnzellen haften.

„Vielleicht finden wir ja auch eine", stellte ich während des Frühstücks beziehungslos in den Raum. „Wenn du uns verrätst, wovon du sprichst, vielleicht", brachte Tobias undeutlich, weil kauend heraus. „Halt so Riesengewölbe wie…" „…das Lidenbrock-Meer?" „Ich wäre schon mit den Mammuthöhlen zufrieden."

Die Schuhepisode war vergessen, aber irgendwie auch das Ziel unserer Exkursion. Leben auf Siliziumbasis – auf der Erde? Wo gibt's denn sowas?!

„Welchen Gang nehmen wir?" Tobias' gestrige Frage wiederholte sich. Wir leuchteten die verschiedenen Bögen ab. Während sich in meinem Gehirn Joachim Fischers Worte wiederholten: *Damit begann der entsetzliche Irrweg*, blieb Tobias' Lichtkegel an einer Stelle haften. „Sagt mal, war das gestern auch schon da?" „Was denn?" „Na, da!" Wir starrten die Stelle an und allmählich formte sich eine Inschrift, grob aus dem Fels gehauen und kaum, aber unter konzentriertem Hinsehen doch erkennbar. Wären Siberius' oder meine kurzsichtigen Sehwerkzeuge heute Morgen für die Führung zuständig gewesen, wäre sie uns entgangen.

Die Inschrift.

Kehrt um!

Uns sträubten sich die Nackenhaare. Minutenlang waren wir zu keinem Wort und keiner Bewegung fähig, bevor sich Tobias aufraffte, die eingeritzten Runen mit den Fingerspitzen nachzufahren. „Wie mit einem Messer eingeschnitten", waren seine ersten Worte nach langem Schweigen. Sie klangen rau und ungesund.

„Aber wer…?" Meine Stimme klang nicht besser – gefühlt eher schlimmer.

Tobias zuckte die Schultern. Wir hatten alle ein Schweizer Armeemesser dabei, aber die waren viel zu wenig hart, um derart deutlich in Basalt einritzen zu können. Ich dachte wieder einmal an Jules Verne und seinen Roman ‚Schwarz-Indien', in dem ein vergessener Büßer namens Silfax versucht, den Abbau des letzten, ‚seines' Flözes im schottischen Aberfoyle zu verhindern. Der Büßer hatte seine Bezeichnung von der mönchskuttenartigen Dienstkleidung, in der er in den Schächten über den Boden kroch und dabei eine Fackel hochhielt. Mit dieser löste er eine kleine Explosion aus, wenn sich Schlagwettergase gebildet hatten, und befreite den Schacht damit von ihnen. Aus der Schilderung der Arbeitsumstände liest sich von selbst heraus, dass es sich um eine dreckige und lebensgefährliche Schinderei handelte, die den Untersten der damaligen gesellschaftlichen Rangordnung oblag.

Des Weiteren dachte ich an ‚Das Tier in der Höhle', die erste Geschichte von Howard Phillips Lovecraft, die er je veröffentlichte. Dort verirrt sich ein namenloser Ich-Erzähler in den Mammut-Höhlen, trifft auf ein fellbewehrtes Etwas, das er für gefährlich hält, und tötet es. Erst danach dämmert ihm, dass er eine Kreatur umgebracht hat, die wenigstens früher ein Mensch gewesen war.

Nach und nach gewannen wir unsere Fassung wieder und diskutierten, wie die Schrift wohl dort hingelangt sein mochte. „Gestern war sie noch nicht da." „Woher nimmst du die Sicherheit, Tobias? Hast du genau diese Stelle intensiv ausgeleuchtet?" „Nein; aber so wie ich die Schrift heute Morgen wahrnahm, hätte ich sie auch gestern Abend wahrgenommen, Sigurd." „Da bin ich nicht sicher. Gestern hatten wir konkret nichts gesucht; heute hingegen haben wir die Gänge gezielt auf Begehbarkeit geprüft." „Hm." „Versuchst du zu argumentieren, Sigurd", ließ Siberius verlauten, „dass du der Meinung bist, die Schrift stünde schon länger hier?" „Ausgeschlossen ist es nicht." „Das nicht. Aber wer soll ihr Autor sein? Ein paar Jungs mit Schabernack im Sinn wie Tobias vor 20 Jahren, die hier herumstromerten?" „Sowas haben wir natürlich verbrochen", schaltete sich wiederum der Beschuldigte ein, „aber nie im Leben sind wir oder irgendwelche anderen Jungs so tief hier eingedrungen, wie wir uns jetzt befinden. Wir hatten ja auch noch keine Apps, die uns den Rückweg gewiesen hätten." „Höchstens den Ariadnefaden." „Und wenn sie den Rückweg nicht mehr fanden?" Ich dachte an ‚Das Tier in der Höhle'.

Tobias und Siberius sahen mich an, als gedächten sie mich zu hypnotisieren. Beide schluckten. „Ich glaube, das hättest du besser nicht gesagt, Sigurd." Mir selbst lief ein kalter Schauer den Rücken hinunter. „Entschuldigt, das ist mir 'rausgerutscht. Meines Wissens verschwand hier in der Gegend nie jemand spurlos." „Meines Wissens auch nicht", bestätigte Tobias und wir zogen los.

Ganz ließ mich der Gedanke nicht los, plötzlich über ein menschliches Skelett zu stolpern. Dennoch diente die Theorie, dass ein paar Jungs vor Jahren die Buchstaben als harmlosen Streich in die Wand geritzt hatten, zur Beruhigung, denn sie bot die bevorzugte natürliche Aufklärung des Geheimnisses an. Weder Tobias noch Siberius, überlegte ich, war eingefallen, die Höhe des Schriftzuges für ungewöhnlich zu halten. Graffitis bringt der Mensch intuitiv in Augenhöhe an und unser Menetekel hatte sich einige Zentimeter über unseren Scheiteln befunden, in geschätzten zwei Metern Höhe. Wir sind nämlich alle Drei ungefähr 1,80 Meter groß.

Irgendwie war die Stimmung trotz unserer uns selbst eingeredeten Erleichterung gedrückt, denn wir bahnten unseren weiteren Weg schweigend. Ich beschäftigte mich mit dem Dreikörperproblem. Angenommen, einer von uns hätte heute Nacht doch heimlich die Zeichen in das Gestein geritzt, weil er in böser Absicht von vornherein ein Hämmerchen und einen Meißel tief unten in seinem Rucksack verstaut hatte: Wer könnte es gewesen sein? Mich selbst schloss ich aus, sodass zwei potenzielle Missetäter übrig blieben. Wäre es Tobias, würde Siberius sich natürlich genauso ausschließen und für ihn blieben Tobias und ich übrig. Dasselbe galt mit anderen Koordinaten für Siberius. Man konnte es drehen, wie man wollte: Erst die Sicherheit von Zweien, es nicht gewesen zu sein, würde zweifelsfrei auf den Dritten hinweisen. Und die Sicherheit gab es nicht. Siberius ist der Schweigsamste und häufig Mürrischste von uns, aber das weist ja nicht unbedingt auf einen miesen Charakter hin. Tobias und ich führen seine zeitweilige Misslaunigkeit darauf zurück, dass er in seiner Fakultät die wenigsten Mädchen abkriegt. Insgeheim wissen wir indes, dass das eine alberne Einschätzung ist.

Als wir zum Mittagessen abhalfterten, hatte ich mich zu der Erkenntnis durchgerungen, dass aus drei Gründen keiner von uns als Täter in Frage kam: Er hätte eine Leiter und Licht gebraucht und so viel Lärm verursacht, dass die anderen unbedingt aufgewacht wären.

Allmählich normalisierte sich unser Verhalten in das übliche jahrzehntelang befreundeter Kumpel. „Morgen Mittag heißt's den Rückweg antreten", verkündete Tobias. „Nach 3½ Tagen wie geplant", murmelte ich. „Glaubst du, dass wir einen vollen Tag länger brauchen, um zurück ans Tageslicht zu gelangen?" „Wir sind jetzt ganz schön tief unten." „Wie tief?" „Beinahe 2.000 Meter, also 1.600 Meter unter Normal Null." „Das ist ja schier nichts im Verhältnis zur Strecke, die wir zurückgelegt haben." „Stimmt schon. Der Tag länger für den Aufstieg ist ja auch nur Reserve. Wenn uns die Welt nach sieben Tagen wiederhat, ist's auch nicht schlimm. Oder findest du das?" Das fand ich nicht und musste zugeben, dass mir der Gedanke sogar angenehm war. Nach 60 Stunden in den dunklen Gängen war mir, als hielte ich mich bereits 60 Tage darin auf. Dass wir kein ungewöhnliches, sozusagen unirdisches Leben hier entdecken würden betrachtete ich mittlerweile als gesetzt.

Kurz nach dem Wiederaufbruch geschah, was statistisch schon längst hätte geschehen müssen: Wir standen vor undurchdringlichem Fels, der den Gang mikrobensicher abschloss. „Na gut", beschied Tobias, „gehen wir solange zurück, bis wir einen vielversprechenden anderen Durchlass finden. So testen wir gleichzeitig nochmal meine App." Und wenn sie in dieser Umgebung, fernab jeglicher menschlicher Orientierungspunkte, nicht funktioniert? fragte ich mich bange, aber nicht laut.

Sie tat es und nach einer Weile standen wir in einer Grotte, die wir am frühen Vormittag bereits passiert hatten und die mit ihren zahlreichen Löchern einem Schweizer Käse glich. Nach einiger Überlegung, die auf einen Abzählreim hinauslief, entschieden wir uns für eins, dessen Querschnitt uns erlaubte, nebeneinander zu marschieren.

„Ein bisschen wundere ich mich, dass wir nicht über den einen oder anderen Kadaver haben steigen müssen", sagte Siberius, „unabhängig von einem menschlichen; es verirrt sich doch sicher hin und wieder ein Tier hier herein und findet nicht mehr heraus." „Tiere haben einen untrüglichen Orientierungssinn", antwortete ich, „viel besser als der unfähige Mensch. Ein Hund schnüffelt sich zuverlässig nach Hause zurück und auch eine Katze ist dazu imstande. Zudem haben sie einen ausgeprägten Gefahreninstinkt – ich meine, hätten wir uns ohne Rückversicherung durch Tobias' App soweit hier herein getraut? Und selbst wenn sich ein Viech verirrt haben sollte: Wir sind hier viel zu weit weg vom Eingang, als dass es die Distanz bis hierher geschafft hätte." „Da bin ich nicht so sicher." „Wieso nicht, Tobias?" „In wenigen Metern Entfernung könnte sich ein senkrechter Schacht auftun, der an einem Punkt ins Freie führt, von dem bisher niemand eine Ahnung hat. Für Nager und Krabbler und Kriecher aller Art stellte der kein Hindernis dar."

Bei dem Gedanken an Skorpione, Schlangen oder Ratten lief mir ein Schauer über den Rücken. „Kann, sagst du, nicht muss." „Natürlich nicht."

Der Gang verschmälerte sich und wir kehrten zum Gänsemarsch zurück, diesmal unter Siberius' Leitung. „Das ist sowieso ein merkwürdiges Gebilde. Ein verwirrendes Labyrinth von Gängen mit einzelnen Wohnstuben drin, aber keine..., äh...." „Keine Kathedrale, Tobias?" „Genau, Sigurd. Irgendwo findet sich immer ein zentrales Gewölbe." „Das wird's auch hier geben; wir haben es eben bisher nicht entdeckt."

Ein leichtes Knacken von oben warnte Siberius und er blieb abrupt stehen. „Was...?" In diesem Augenblick fiel ein medizinballgroßer Stein vor Siberius' Füße, der sich von der recht hohen Decke gelöst hatte. Hätte er einen unserer Schädel getroffen, wäre von diesem nicht mehr viel übrig.

Wir standen fassungslos vor dem Ding. Tobias leuchtete nach oben, identifizierte einen frischen Bruch und teilte trocken mit: „Von dort hat er sich selbstständig gemacht." Die Passgenauigkeit zu prüfen besaßen wir keine Ausrüstung, sodass wir uns mit der Aussage zufrieden gaben. „Gerade jetzt?!" Tobias zuckte mit den Schultern. „Irgendwann passiert's halt und unsere Schritte verursachen eine leichte Erschütterung, die den Tropfen bildet, der das Fass zum Überlaufen bringt."

Rundum zufrieden war ich mit Tobias' phlegmatischer Analyse nicht. Ich kniete mich hin, um das Geschoss zu untersuchen, rollte es hin und her, da es zum Hochheben zu schwer war, und sah sie.

Die Inschrift.

Letzte Warnung!

Ich deutete auf sie. „Was sagt ihr dazu?" Die Frage erwies sich als rhetorisch, denn weder Tobias noch Siberius wussten ‚dazu' etwas zu sagen. Auch ich verstummte. Durch meine Gehirnwindungen raste ein Gewitter. Niemand konnte diese Warnung von langer Hand vorbereitet haben, denn dass wir diesen Gang passieren würden, wussten wir selbst erst seit wenigen Minuten. Ich horchte in mich hinein. Hatte uns einer – von uns? – mit unmerklich-sanfter Gewalt des Weges gewiesen? Falls, wäre sie sehr sanft ausgefallen, denn wir hatten nach meiner Erinnerung sachlich über die einzuschlagende Richtung diskutiert und uns für den Gang mit dem breitesten Querschnitt entschieden. War das vorauszusehen gewesen?

Das Dreikörperproblem arbeitete sich wieder an die Oberfläche. Wenn, war ich es nicht gewesen – das war bekanntlich das einzige, was ich wusste. Siberius hatte die Führung übernommen, aber das war turnusmäßig geschehen. Hätte er soweit im Voraus...? Er hatte erstaunlich schnell und instinktiv richtig reagiert, als er das Knacken über unseren Köpfen vernahm. Ist das ein Beweis oder wenigstens ein Indiz? Ich merkte, dass ich mich in einem Gedankenkarussell verfangen hatte.

Tobias war es, der als Erster das Wort ergriff. „Soso", knurrte er und Grimm und Entschlossenheit lagen in seiner Stimme, „man will uns am Weitergehen hindern. Im Grunde wären wir in 20 Stunden ohnehin umgekehrt beziehungsweise werden wir das tun, aber die geben wir uns noch – Warnung hin oder her. Schlage ich vor."

Wir debattierten eine Weile, aber nachdem die ersten Angstgefühle abgeklungen waren, obsiegte Tobias' Durchhaltewille. „Also gut", fasste ich unseren gemeinsamen Entschluss zusammen, „lassen wir uns von keinem Mineral beirren und gehen weiter. Eine Nacht noch und morgen Mittag oder wenn wir wieder auf ein abruptes Gangende stoßen, treten wir den Heimweg an." Siberius brummte zustimmend.

Während wir im üblichen Gänsemarsch weiterstapften, drehte sich mein Gedankenkarussell weiter. Wir waren auf der Suche nach DNA-freiem Leben, um es einmal so auszudrücken. Entweder um Athanasius Kirchers Theorie von der Erde als gesamthaftem Organismus zu bestätigen oder Wesen zu finden, deren Existenzbasis nicht Kohlenstoff, sondern – zum Beispiel – Silizium ist. Bisher waren wir nicht fündig geworden.

Oder doch? Oder waren wir gefunden worden? Von Mutter Erde, die sich zu der Meinung durchgerungen hatte, wir seien nunmehr tief genug in ihre Eingeweide vorgedrungen? Oder von einer Sippschaft lebender Steine, die hier unten in Ruhe gelassen sein wollte? Auffällig jedenfalls, dass beide Spezies die deutsche Sprache und Schrift beherrschten.

Dass Tobias und Siberius, sofern keiner der beiden als Verursacher der seltsamen Vorkommnisse zeichnete, Grübeleien ähnlicher Art nachhingen, war daran zu erkennen, dass sie, wie ich, keinen Ton von sich gaben. Erst als sich der Gang öffnete und unsere Stirnlampen in keine weiterführende Richtung mehr auf Widerstand stießen, hielten wir an.

„Ob sie das ist?" „Die Kathedrale?" „Das meine ich."

Wir tasteten uns vor, leuchteten sorgfältig den Boden vor uns aus, um nicht versehentlich in ein Loch zu fallen, und stellten fest, dass wir uns tatsächlich in einer ausgedehnten Grotte befanden. „Tropfstein?" „Nichts. Anscheinend dringt hier kein Wasser ein." Tobias sah auf die Uhr. „Fünf. Von mir aus bleiben wir über Nacht hier. Morgen früh überlegen wir, ob wir ein Stückchen weitermachen oder umkehren." Es war unausgesprochen geblieben, aber die beiden Warnungen hatten uns nur geringfügig in Angst versetzt. Es war, als glaubten wir an eine sich uns bald eröffnende natürliche Lösung. Die deutschen Worte hatten uns davon abgebracht, an eine völlig fremdartige Ursache zu glauben.

Nun schien es so weit zu sein, sie aufzudecken. Wir hatten unser Gepäck für das Nachtlager abgelegt, standen aber noch im Dreieck und sahen uns an, als erwarteten wir eine Rede. Als wolle er die Stimmung der wohlwollenden Neugierde nutzen, öffnete Siberius den Mund und begann: „Ich muss euch etwas sagen...."

Wir erfuhren nicht, was er uns sagen zu müssen geglaubt hatte. Tobias und ich vernahmen ein Geräusch wie berstendes Material, einen Sekundenbruchteil ein leises Pfeifen, spürten einen Lufthauch und Siberius wurde wie ein Kegel nach einem Volltreffer davongeschleudert. Das geschah so schnell, dass es vorbei war, bevor wir uns besannen. Mit angehaltenem Atem und zitternd näherten wir uns dem Kleiderbündel, das bis vor wenigen Sekunden einen im blühenden Leben stehenden Menschen namens Siberius Steine bedeckt hatte.

Labyrinth

Ein Stein hatte Siberius mit ungeheurer Wucht am Schädel getroffen, diesen schier vom Rumpf getrennt und mehrere Meter weiter ein unappetitliches Etwas hinterlassen. Es bedurfte keines Arztes, um den Tod zweifelsfrei festzustellen. Siberius' Gehirnmasse ergoss sich über den Felsen und besudelte ihn auf unbeschreiblich widerwärtige Weise.

Tobias und ich würgten, fügten der ekligen Substanz unseren Mageninhalt hinzu, stolperten zum Gepäck und waren zunächst zu keiner Aktivität und Emotion fähig, auch nicht zu Entsetzen oder Trauer.

Erst allmählich kehrten unsere Lebensgeister zurück, zunächst die, die sich um die unmittelbare Zukunft kümmerten. „Ob uns das auch passieren wird?" Tobias' Blick irrlichterte herum wie der eines gehetzten Wildtiers. „Was ist überhaupt passiert?"

Die Frage war gar nicht so leicht zu beantworten. Die Wand, aus deren Richtung der – Wurf? – erfolgt war, befand sich keine zehn Meter entfernt. Höchstens eine Kanone wäre fähig gewesen, dem rugbyballförmigen und -großen Klumpen einen Anfangsimpuls der Intensität zu verleihen, dessen wir Zeuge geworden waren. Nachdem wir besagte zehn Meter abgeschritten und festgestellt hatten, dass sich dort keine Kanone befand, kehrte unsere analytische Denkfähigleit soweit zurück, dass wir die Wand zu untersuchen begannen.

Wie immer hatte Tobias das bessere Gespür. „Hier!" verkündete er. Wir betrachteten fassungslos die Delle, die offenbar frisch aus dem Felsen herausgebrochen war. „Wer um alles in der Welt besitzt die Kraft, einen solchen Brocken aus dem Gestein zu reißen und mit 300 Metern in der Sekunde auf einen Menschen zu schleudern?" „Und ohne einen Laut zu verursachen und sonstige Spuren zu hinterlassen?!" „Einen Laut habe ich gehört." „Das Pfeifen?" „Nein, davor. Es klang wie wenn jemand eine Schieferplatte durchbricht." „Stimmt!" „Als der – jemand – den Brocken hier heraus riss." „Jemand oder etwas?"

Es blieb uns nichts anderes übrig als uns dem Projektil zuzuwenden, wollten wir Weitergehendes erfahren. Im Nachhinein erscheint mir seltsam, dass Tobias und ich uns weder um Siberius' sterblichen Überreste noch darum sorgten, ob eine eventuelle Bedrohung weiterhin bestand. Ich erkläre es mit unseren Wissenschaftlergenen, die unerklärliche Phänomene nicht akzeptieren, sondern ohne Rücksicht auf Verluste ihre Erklärung herauszufinden entschlossen sind. Wir taten in unserer morbiden Situation nichts weiter als zu ‚funktionieren'.

Wir schlugen um Siberius' sterbliche Überreste einen Bogen und robbten uns an das Mordwerkzeug heran. „Sollen wir etwas Wasser opfern, um es zu reinigen?" „Siberius' ist überzählig und wir werden schnellstmöglich den Weg ins Freie suchen." Ich nickte, denn Tobias' Vorhaben klang vernünftig.

Wir stellten fest, dass wir zu Zweit das Ding nur unter größten Mühen wenige Zentimeter zur Hochstrecke zu bringen vermochten. „Das hat keinen Zweck", keuchte ich, „lass' uns hier schauen, ob wir die Bruchstelle identifiziert kriegen. Wir vergleichen sie dann so gut es geht mit der im Felsen." „Okay."

Die Methode war alles andere als wissenschaftlich, aber sie hatte angesichts unserer beschränkten Möglichkeiten zu genügen .Wir hatten einige Fotos der konvexen Steinoberfläche verfertigt, verglichen diese mit der Aushöhlung der verdächtigen Quelle und fanden gewisse Übereinstimmungen. „Ganz klar, das Geschoss stammt von hier." „Das sagst du so, Tobias. Wie ging das aber vonstatten?" Tobias seufzte. „Wenn ich das wüsste...." Sein Pragmatismus kehrte zurück, das merkte ich deutlich, denn er begann sich mit konkreten Plänen zu beschäftigen.

„Für Siberius bleibt hier und jetzt nichts zu tun. Wir wissen, wo er liegt, und werden beizeiten mit einer Delegation zurückkehren, die ihn hier herausholt, damit er ein christliches Begräbnis erhält. Für uns gilt: Sofort zurück. Für alle Fälle teilen wir uns Siberius' Vorräte, damit wir zusätzliche Reserven haben, falls...." Das ‚falls' modellierte er nicht aus. Ich schluckte, nickte aber zustimmend.

Unser Palaver mag pietätlos klingen, aber im Interesse uns bisher Überlebender war dieses Vorgehen das einzig Sinnvolle. Wir wandten uns unserem früheren Kameraden zu; Tobias sprach ein stilles Gebet und ich verbeugte mich mit nach asiatischem Brauch vor dem Gesicht gefalteten Händen einige Male. Dann betraten wir, unserer Smartphones App auf ‚Heimweg' umgepolt, den Gang, durch den wir gekommen waren. Hier verließ uns endlich die lauernde Furcht, einem ähnlichen Anschlag zum Opfer zu fallen, denn wir gehorchten ab jetzt den zweifachen eingeritzten Aufforderungen zur Umkehr. Irgendwie ging uns nicht auf, wie irrational das Ganze war.

Wir unterhielten uns nicht, während wir zu der Grotte zurückmarschierten, von der aus wir zunächst eine Sackgasse gewählt hatten. Tobias murmelte ständig „warum nur, warum?" vor sich hin, während ich überlegte, was uns Siberius hatte sagen wollen, bevor ihm abrupt das Wort abgeschnitten worden war. Ich hegte keinen Zweifel, dass es etwas mit den in Stein gemeißelten Warnungen zu tun gehabt hätte. War er doch für die erste verantwortlich gewesen? Falls auch für die zweite, wäre unerklärlich, wie er die hätte bewerkstelligen sollen. Und die dritte, der er selbst zum Opfer fiel, lag gänzlich außerhalb des Bereichs seiner Möglichkeiten. Sonst hätte es sich um den effektvollsten Suizid aller Zeiten gehandelt. Und das ohne jegliche technische Hilfsmittel. Tobias und ich hatten jedenfalls keins aufgespürt.

Viel später sollte ich Aufklärung erhalten, aber von einer Seite und auf eine Weise, die zum jetzigen Zeitpunkt undenkbar war.

Der Gang war zu Ende und wir zückten unsere Smartphones, damit uns Tobias' App sagen würde, wo es weiter- oder besser gesagt zurückgehen sollte. Beide Grafiken wiesen auf nackten

Fels. „Was…?" Wir vergewisserten uns, dass auch nach Ausschalten und Wiederhochfahren der Geräte diese dasselbe Ergebnis zeitigten. „Leichte Unschärfe deiner Entwicklung", frotzelte ich. Noch war uns nicht bewusst, dass wir in akuter Lebensgefahr schwebten.

„Sollte nicht sein", brummte Tobias, wischte auf seinem Display herum und versuchte die Ortung zu fixieren. Das schien ihm nicht zu gelingen, denn nach einer Weile sagte er: „Hm. Wohl doch eine Unschärfe. Nehmen wir den nächstgelegenen Stollen."

Der befand sich zwar nur zwei Meter links davon, aber irgendwie beschlich uns ein mulmiges Gefühl. So einfach ins Blaue…

„Erkennst du etwas wieder?" fragte Tobias, nachdem wir einige hundert Meter in den ausgewählten Gang vorgedrungen waren. „Wie sollte ich? Wenn, müsstest du als Geologe in der Lage sein, die Formationen und Schichten zu bestimmen." Tobias schüttelte den Kopf. Seine Miene zeigte Anzeichen gelinder Verzweiflung.

Mangels Alternativen stapften wir weiter. „Ob wir uns nach der Himmelsrichtung orientieren?" Tobias ergriff den vermeintlich rettenden Strohhalm sofort. Er schnallte seinen Rucksack ab, suchte den Kompass heraus und starrte darauf. Dann wies er vorwärts. „Dort ist Osten, wo wir herkamen. Ganz falsch scheinen wir nicht zu liegen."

Ganz falsch lagen wir nicht, aber auch nicht ganz richtig. Da wir nicht mehr dem Ariadnefaden folgten, wusste Tobias' App nicht weiter und wies wild in beliebige Richtungen, wenn wir eine Gabelung oder Grotte erreicht hatten. „Immer weiter nach Osten", beschied Tobias jedes Mal und tat, als hätte er den Stein der Weisen gefunden.

Es kam, wie es hatten kommen müssen. Wir standen vor einer massiven Wand, die dem Stollen ein abruptes Ende bereitete. Tobias' flackernde Pupillen straften seine äußerliche Gelassenheit Lügen. „Zurück bis zum vorigen Abzweig und dort einen anderen Weg suchen", schlug ich vor. „Wir haben hier herein gefunden, also muss es irgendwo wieder hinaus gehen." „Irgendwo", murmelte Tobias mehr zu sich als zu mir.

Nach mehreren Irrtümern winkte uns Hoffnung. „Was glimmt denn da?" fragte Tobias. Ich kniff die Lider zusammen. „Tatsächlich. Was gibt's denn hier, was leuchtet?" „Selbst leuchtet?" „Nicht unbedingt. Es kann eine Reflexion unserer Stirnlampen sein."

Die zwei glimmenden Punkte näherten sich. „Was ist...?" „Ein Hund!" „Ich denke eher, ein Wolf. Der hat eine genauso gute Witterung wie ein Hund. Er muss wissen, wo es ans Tageslicht geht." Tobias reagierte nervös. „Ein Wolf, sagst du? Der ist wohl mordsgefährlich?!" „Quatsch! Ein hungriges Wolfsrudel kann enorm gefährlich sein, weil es gezwungen ist, ohne Rücksicht auf Verluste vorzugehen. Ein Einzeltier ist praktisch hilflos und wir sind zu Zweit. Er soll uns führen." „Bist du sicher, dass es sich um ein Einzeltier handelt?" „Ein Rudel wäre unüberhörbar."

Das Einzeltier winselte, als bettele es. Das kam mir seltsam vor. „Ob es sich selbst verirrt hat?" stellte ich verhalten in den Raum. „Das wäre schlecht." Tobias sagte nichts. Ich näherte mich ihm langsam und unter Abgabe lockender Schnalzgeräusche. Es zitterte ein wenig, lief aber nicht weg. „Na Süßer", ermunterte ich den Wolf, „such', Liebchen, such'." Er sah mich bittend an. „Er hat Hunger", urteilte ich, „Hunger und Durst." Jetzt erst nahm ich wahr, dass sich Tobias kreidebleich und stocksteif in eine Art Salzsäule verwandelt hatte. Ich überlegte, ob ich ihn anschreien oder ohrfeigen sollte, besann mich dann aber darauf, ruhig zu bleiben, um mir den Vierbeiner als Komplizen zu sichern. Ich suchte eine Kuhle im Boden und opferte ein Viertelliter meines Wassers, indem ich es hineingoss. Der Wolf schleckte es gierig auf und winselte um mehr oder um Futter. Grillfleisch hatten wir keines dabei, aber wenigstens nach Fleisch schmeckende Riegel. Einen davon befreite ich von seiner Verpackung und hielt ihn dem geöffneten Maul hin.

So reaktionsschnell bin ich nicht, dass ich mit bekommen hätte, wie die Zähne ihn mir entrissen und in den Schlund beförderten, aber so vorsichtig, dass ich gerade eine sanfte Berührung gespürt hatte. Kein Raubtier beißt in die Hand, die ihn füttert. Ein weiterer Viertelliter Wasser und eine weitere Portion veganen Möchtegern-Fleischs und ich dachte, dass meine Dressur beendet wäre und ich mich wieder um Tobias kümmern solle.

Dieser hatte sich immer noch kaum bewegt, so sehr lähmte ihn die Angst vor dem vermeintlichen Ungeheuer. Irrational, wie manche Zeitgenossen Schoßhunde geradezu vergöttern und ihretwegen manchmal vergessen, dass Ihresgleichen wichtiger sind, aber schier ihre Hose besudeln, werden sie eines Exemplars der Wildausgabe ansichtig. „Ruhig, Tobias", hauchte ich und kam mir plötzlich mehr wie ein Dompteur vor als beim Vertrauenserwerb kurz zuvor.

„Scheuch' das Vieh weg!" krächzte er. „Bitte, bitte, scheuch' das Vieh weg!" „Aber Tobias, das wird unser Lebensretter." Tobias schüttelte seinen Schädel, blickte abrupt hinter mich und stieß ein zufriedenes „Gott sei Dank!" hervor. Mir schwante Ungutes. Langsam, wie in Hypnose wandte ich mich um und erkannte den Grund für Tobias' Zufriedenheit. Der Wolf hatte sich, gesättigt und gestärkt, unauffällig davongestohlen.

Sollte ich Tobias böse sein? Hätte ich die kostbare Nase als Sofortmaßnahme noch vor der Fütterung anbinden sollen? Hätte ich…?

Ich stöhnte. Tobias ging nicht auf, welche Chance wir gerade vertan hatten, so erleichtert war er, nicht gefressen zu werden. Ich brauchte eine Weile, um meine Enttäuschung zu überwinden. Schließlich schaffte ich es und sagte resignierend: „Los, weiter, dort entlang, wohin er gerannt ist. Vielleicht ist's nicht mehr weit." Vielleicht, tröstete ich mich, hätte uns seine Nase doch nicht zu retten vermocht, verzweifelt, wie ihr Besitzer gewirkt hatte. Kann sich ein Wolf derart verlaufen, dass er seine Spur nicht mehr zurückfindet? Das wäre interessant zu untersuchen, wenn ich mich dereinst wieder in meine Naturbeobachtungen vertiefen würde.

Wenn? Oder falls?

Tobias schien jeden Lebensmut verloren zu haben, so willenlos trottete er hinter mir her. Dass seine App versagt hatte, verwand er nicht. Er gehört bereits zu jener Generation, die sich blind auf ihre technische Ausrüstung verlassen, und wenn die ihren Dienst quittiert, wissen sie nicht weiter. Dabei ist Tobias gar nicht so viel jünger als ich. Wobei ich nicht verschweige, dass auch mir das Ganze ein Rätsel war. Ich rekapitulierte im Geist die Rückkehr aus der Grotte, in der Siberius den Tod gefunden hatte. In der Verzweigung davor hatte auch ich unabhängig von Tobias' Software gemeint, dass es geradeaus hätte weitergehen müssen. Allein, dort war eines Durchgangs Fehlanzeige gewesen. Als hätte sich das Labyrinth in der Zwischenzeit selbst umgebaut – was natürlich nicht sein konnte.

Ich merkte, dass Tobias immer öfter stolperte und leer trat. Rechts tat sich unvermittelt ein Loch auf, vor dem ich stoppte und in das ich hineinleuchtete. „Zeit für die Nachtruhe", bestimmte ich, der ich mich schleichend zum Expeditionsleiter ernannt hatte, „und hier sieht's gemütlich aus."

Seit einigen Stunden war ich gewohnt, keine Antwort zu erhalten, und sah mich um. Es sah wirklich gemütlich aus. Beinahe ebene

Platten, einige höher wie Tische und einige niedriger wie Bänke luden zum Verweilen ein. Leider schenkte ich den fingerhohen und auch diesen menschlichen Gliedern ähnelnden Mini-Stalagmiten, die das Arrangement umzingelten, am Abend nach diesem an den Nerven zehrenden Tag nicht die gebührende Aufmerksamkeit. Zu meiner Entschuldigung gilt zu sagen, dass nicht nur ich, sondern auch sonst niemand auf diesem Planeten vorauszusehen gewagt hätte, was während unseres Schlafs geschehen sollte.

Während des Essens und den Vorbereitungen zur Nachtruhe benahm sich Tobias zu meiner Erleichterung beinahe wieder normal. Gemeinsam gingen wir unsere Vorräte durch und stellten fest, dass sie für 120 Stunden ohne Rationierungen reichen würden. „Okay", resümierte ich, „bis dahin haben wir auf alle Fälle hinausgefunden. Wir sollten uns nicht beunruhigen.

Gute Nacht." „Gute Nacht."

Da uns nach den dramatischen Ereignissen des hinter uns liegenden Tages jeglicher Nerv zu ordentlichem Camperverhalten abging, hauten wir uns in voller Montur in unsere Schlafsäcke.

Ganz so beruhigt wie ich mich gab, war ich bedauerlicherweise nicht. Sollten wir es in, sagen wir einer Woche ins Freie zu gelangen nicht schaffen, stünde uns ein langsamer und qualvoller Tod bevor. Ich wälzte mich in meinem Schlafsack herum und vernahm, da ich mich so leise wie möglich verhielt, dass es Tobias nicht anders erging. Irgendwann fiel ich trotz aller Sorgen und Bedenken vor Erschöpfung in einen betäubungsähnlichen Schlaf. Deswegen entging mir das leise Knirschen, das die Aktivitäten unserer Feinde zweifelsfrei begleitet hatte.

...schlug mit ihrem Stab zwei Mal gegen den Felsen

Als ich erwachte, nahm ich zunächst nichts Ungewöhnliches wahr. Ich horchte, wie es um Tobias stand, und vernahm seliges Schnarchen. Da mich die Blase drückte, schaltete ich meine Taschenlampe ein und sah mich nach eine stillen Ecke um. Jenseits einer Stalagmite schien mir der geeignete Ort zu meiner Erleichterung und ich verrichtete zunächst diese, bevor mir etwas Offensichtliches auffiel. Waren die Dinger, die das Tisch-/Bankensemble umzingelten, nicht gestern Abend lediglich fingerhoch gewesen? Nunmehr überragten sie mich.

Mir lief es kalt den Rücken hinunter. Stalagmiten brauchen Hunderttausende, wenn nicht Millionen von Jahren, um eine solche

Größe zu erreichen, das wusste sogar ich als Biologe. Ich meinte zu meinem Entsetzen mit bloßem Auge das Gestein wachsen zu sehen. „Tobias!" schrie ich mit vor Panik überkippender Stimme, „Tobias!!" Das Schnarchen verstummte und wich einem verblüfften Schnorcheln. „Wa-as?" „'raus hier, aber schnell!" kreischte ich und versuchte, zu unserem Lagerplatz zurück zu gelangen. Entgeistert stellte ich fest, dass ich durch die Lücke, die ich soeben als Durchgang benutzt hatte, nicht mehr passte. Ich lief an der sich schließenden Wand entlang, um eine genügend weite Öffnung zu finden, als mir aufging, dass das tödlich enden könnte. Als ich daran vorbeikam, schlüpfte ich aus einem Reflex heraus durch das Portal in den Gang zurück, den wir gekommen waren, und sah sozusagen von außen zu, wie sich auch jenes in Minutenschnelle schloss – ein Vorgang, der normalerweise eine Million Jahre währt! Am Gespenstischsten daran war, dass er beinahe geräuschlos verlief. Nur ein leises Knacken war zu vernehmen, sofern ich nicht zu laut atmete.

Nachdem besagte Minuten vergangen waren, stand ich vor einer geschlossenen Felsmauer, als wäre diese immer schon dort gewesen. „Tobias", murmelte ich hilflos vor mich hin, ließ mich zu Boden fallen und war zu keiner Regung mehr fähig. Ich wage zu behaupten, dass ich eine mir unbestimmbare Zeit lang nichts dachte – mein Gehirn war dunkel und leer.

Als ich mich endlich besann, schaute ich zunächst auf mein Smartphone, um die Tageszeit zu ermitteln. Zwei Uhr! War ich ohnmächtig gewesen oder hatte gar in einer Art Koma gelegen? Ich wusste es nicht. Allmählich kehrten meine Lebensgeister zurück und veranlassten mich zur Überprüfung meiner verbliebenen Ausrüstung. Naturgemäß war diese rasch abgeschlossen, denn außer dem, was ich in meinem Gürtelhalfter stets am Mann mitführte, war mir nichts verblieben. Das Verbliebene waren Auto- und Hausschlüssel, das Smartphone, die Taschenlampe und meine leere Feldflasche.

Leere Feldflasche. Ich hatte nichts, aber rein gar nichts zu trinken!

Merkwürdig, wie schnell sich der menschliche Intellekt in das Unvermeidliche fügt. Die Trauer um meinen Freund Tobias, der fraglos bei lebendigem Leib eingemauert und erdrückt worden war, wich den Gedanken um mich selbst und dem unvermeidlichen Schicksal, dass ich bald bei ihm sein würde. Ohne Wasser in meiner aktuellen lebensfeindlichen Umgebung wären es kaum mehr als ein paar Stunden, die mir blieben.

Merkwürdigerweise schaltete mein Denkapparat weiterhin nüchtern analysierend. Die Macht des schnellwachsenden Basalts beschränkte sich anscheinend auf dessen ‚Wohnung', denn mein Stollen bereitete der üblichen Bezeichnung ‚felsenfest' alle Ehre, notierte ich in mein geistiges Notizbuch. Dann kippte meine Stimmung erneut. „... hier sieht's gemütlich aus", hatte ich gestern gesagt und fiel ungewollt in hysterisches Lachen, als ich mich daran erinnerte.

Die paar Stunden, die ich mir selbst zugebilligt hatte, gedachte ich zu nutzen. Ich wusste, dass das einladende Loch rechts von uns gelegen hatte und wusste auch, wo es sich bis eben befunden hatte. Folglich galt es weiter in die gestern eingeschlagene Richtung weiterzugehen, die als ermutigendes Zeichen leicht bergan führte.

Wie nicht anders zu erwarten gewesen war, gelangte ich nach kurzer Zeit an eine Abzweigung. Ich zog Tobias' App zu Rate, die auf eine Wand verwies. Hilflos und verzweifelt brachte ich gerade noch fertig, mir zu merken, von woher ich gekommen war, bevor ich mich auf meinen Allerwertesten plumpsen ließ und hemmungslos weinte.

Ich hörte ein Knacken und sah hoch. In einem der beiden Gänge, die als Weg nach draußen in Frage kam, stand eine leicht übermannshohe Basaltsäule, die eben noch nicht dagewesen war. Ich runzelte die Stirn. Nein, sie war eben noch nicht dagewesen, das hätte ich bei aller Erschöpfung und Resignation vor jedem Richter geschworen. Ein leicht exponierter Ast – oder was immer das bei einer Versteinerung sein mag – wies in den Gang, dessen Querschnitt die Säule halb verdeckte.

Ich erhob mich, sagte zu der Steingestalt „danke" und begab mich in den gewiesenen Stollen. Er ließ sich vielversprechend an, aber ich merkte, dass die trockene Kehle mein Fortkommen immer mehr beeinträchtigte. Ich krümmte mich, stützte mich an der Wand ab und keuchte: „Wasser!"

Wieder ein Knacken. Ich sah hoch und dieselbe Säule, die mir weiter unten den Weg gewiesen hatte, neben mir stehen und ihren – Ast? – sich bewegen. Merkwürdigerweise empfand ich keine Furcht und war auch bar jeglichen Zweifels, dass so etwas möglich war. Selbst das, was nun folgte, erschütterte mich nicht.

Die Säule schlug mit ihrem Stab zwei Mal gegen den Felsen. Dieser öffnete sich und gurgelnd spritzte Wasser in einem kräftigen

Strahl aus ihm heraus, plätscherte auf den Grund und floss dorthin, wo ich – wir? – her gekommen war(en) – bergab.

Vorsichtshalber befühlte ich das Nass. Es war lauwarm, aber genießbar, wie ich alsbald feststellte. Ich trank in kleinen Schlucken, befüllte meine Feldflasche und spürte meine Lebensgeister zurückkehren. Dass ich soeben Zeuge eines biblischen Wunders geworden war, verdrängte ich um meines Geisteszustands Willen.

Während ich weitermarschierte, flackerten Farbblitze durch meine Gehirnzellen wie in einer Diskothek. Tobias' schreckliches Schicksal war offenbar feindlich gesonnenen unbekannten Wesen geschuldet, während meine Rettung einem freundlich gesonnenen zu verdanken sein dürfte. Wie konnte es geschehen, dass sich massiver Fels in wenigen Minuten schloss wie ein Jahrmillionenakt im Zeitraffer und mir eine Säule folgte und folgt, obwohl ich sie bisher bei keiner Fortbewegung erwischte hatte. Dennoch schien sie immer dort zu stehen, wo sie mir nütze war.

Das sprach gegen Athanasius Kircher und dessen Annahme, dass die Erde ein einziger lebender Organismus sei, denn die mörderischen Stalagmiten und mein steinerner Moses schienen gegeneinander zu arbeiten. Die gewaltigen plutonischen Kräfte, die hier am Werk waren, ließen hingegen eher auf eine Zentralgewalt schließen. Und nur wegen mir – wegen uns…?

Ich entnahm der Flasche den letzten Schluck, unvorsichtigerweise im Gehen, und strauchelte dabei. Inzwischen war die Mitternachtsstunde längst überschritten und ich am Ende meiner Kräfte. Ich suchte einen bequemen im Sinn von halbwegs ergonomischen Stein und bettete mich darauf. Ohne mir um mein weiteres Schicksal Gedanken zu machen entschlummerte ich. Irgendwie war ich innerlich überzeugt, dass die Säule mir nochmals helfen würde.

Sigurd?!

Ich schreckte hoch. „Wer…, wer ist dort?"

Ich bin's, Keander.

„Welcher Keander?"

Mach' deine Lampe an, dann siehst du mich.

Ich tat wie mir geheißen und blickte auf ‚meine' Säule. „Bist du das tatsächlich?"

Ja.

„Kannst du…, kannst du Gedanken lesen? Wirklich hören tue ich dich nicht."

Ein bisschen. Gedanken sind messbare elektrische Ströme und die kann ich verfolgen. Manchmal ist's schwierig, sie zu interpretieren und ich brauchte den ganzen gestrigen Tag, um alles zu lernen. Ich denke aber, dass ich's nun im Griff habe.

„Dass du dich in Deutsch ausdrückst, finde ich erstaunlich."

Tue ich gar nicht. Du könntest jede Sprache der Erde sprechen oder in ihr denken. Für mich sind einzig die Inhalte der Ströme relevant, nicht ihre äußere Form.

„Was wäre das für ein Fortschritt der Völkerverständigung, wenn alle Menschen sich verstünden."

Ich glaube nicht, dass das ewigen Frieden bedeutete. Der Mensch ist wie jedes Wesen, das Erkenntnisgewinn anstrebt, in gewisser Weise auf Konflikt programmiert. Eine stupide auf ihrer Weide grasende Kuh wird kaum je eine Mondrakete konstruieren.

„Woher weißt du, was eine grasende Kuh ist? Warst du schon einmal oben?"

Nein. Ich sehe alles in deinen Strömen. Du hast nämlich Sehnsucht danach und möchtest so schnell wie möglich wieder einer Kuh beim Grasen zusehen dürfen.

Allmählich wurde Keander mir unheimlich, denn sie hatte völlig richtig in mir gelesen. Dennoch lag mir eine andere Frage als die nach meiner Rückkehr in meine Heimat, die Oberfläche, mehr am Herzen. „Seid ihr denn auch auf Konflikt programmiert? Ihr, die Siliziumkreaturen, die ihr meiner Meinung nach seid."

Deine Meinung ist richtig. Die Antwort lautet ja. Stalaktiten, Stalagmiten und Säulen sind sich feindlich gesonnen und ich habe dir zunächst geholfen, weil dich die Stalagmiten verfolgten. Dann dachte ich, wenn ich dich aus einer Gefahr rette, ist es sinnlos, dich bei der nächsten im Stich und sterben zu lassen. Deshalb übernahm ich die Rolle deiner Betreuerin.

„Dann zunächst vielen Dank. Weißt du, warum uns die Stalagmiten umbringen wollten?"

Weil sie es nicht gern haben, wenn Fremde in unser Reich eindringen. Eigentlich mögen wir das alle nicht, aber ich bin eine Ausnahme, ein Außenseiter. Deshalb möchte ich…; doch das später. Lass' mich zunächst weiter erklären. Einen deiner Kumpel hatten sie soweit, dass er mitzuspielen und euch im Guten zurück zu locken bereit war. Ich schluckte. „Siberius. Er war von Anfang an der Skeptischste von uns gewesen und das hatten die unheimlichen Mineralwesen erkannt. Dann war er aber reumütig geworden und wollte uns gerade...." *Genau. Die Stalagmiten mussten ihre Verbündeten, die Massivwände aufbieten, um ihn sofort zum Schweigen zu bringen, nachdem er einmal den Mund zu öffnen begonnen hatte.*

„Könnt ihr eure Welt nach Belieben formen?"

Die Wände können das. Deswegen funktioniert das Navigationsprogramm, das einer von euch......Tobias." So hieß er wohl, richtig. Deswegen also funktioniert es nicht. Sie – die Wände – stellen sich bei Bedarf, vor allem Gefahr nach Belieben um. Euer Herweg ist verschüttet und durch einen anderen ersetzt.

„Kostet das nicht enorm viel Kraft und Energie?"

Tut es. Sie machen es darum ungern und selten. Euer Eindringen hielten sie allerdings für Anlass genug.

Unwillkürlich stieg mir die Erinnerung an Athanasius Kircher hoch. Keanders Erläuterungen wiesen einerseits der unterirdischen Steinwelt individuelle Empfindungen zu, andererseits zumindest dem Massivblock, als der die Wände besser bezeichnet würden, eine Art kollektiven Bewusstseins. Immerhin vermag dieser offenbar seine Eingeweide nach Belieben hin- und herzuschieben. Das kommt der Sicht des einheitlichen Erd-Organismus dramatisch nahe. Keander war ich auf Grund ihres Verhaltens mir gegenüber als eigenständiges Wesen wahrzunehmen gewillt und versuchte mich dessen durch vorsichtiges Fragen zu vergewissern. „Warum hilfst du mir erst jetzt? Hättest du nicht Siberius und Tobias auch retten können?"

Ich muss zugeben, dass ich die Machenschaften meiner Feinde zunächst tatenlos hinnahm, weil ich es emotionslos sah.

„Zunächst. Und jetzt?"

Heute finde ich dich sympathisch und hoffe, dass du mir einen Gefallen tun wirst.

„Ich werde mich nach Kräften bemühen, obwohl du gesehen hast, dass sie äußerst schwach sind."

Für das, was ich möchte, langen sie, glaub' mir.

„Sag' mal...."

Ja?

„Wisst ihr über alles Bescheid, was hier abläuft? Auch was die Stalagmiten, die Wände und so weiter denken und unternehmen?"

Nur was wir uns mitteilen. Natürlich haben wir – wie die anderen auch – Spione. Ich verrate dir, dass wir Verbündete unter den

Wänden haben. Eine davon wird dich und uns in Kürze unterstützen.

„Das alles hört sich sehr menschlich an."

Alle Lebewesen im Universum pflegen ihren Alltag. Ihr Kohlenwasserstoffler leidet unter dem Nachteil, dass ihr genetische Verbesserungen nur abwärts, in die nächste Generation weitergeben könnt. Wir Steine kennen den Queraustausch, das heißt, auch die existierende Schicht verbessert sich nach neuen Erfahrungen. Das ist nötig, denn wir werden ja beliebig alt und kämen kaum in den Genuss einer Weiterentwicklung, wenn wir jeweils auf unsere Nachkommen warten müssten.

„Das ewige Leben. Beneidenswert."

Der wichtigste Vorteil ist die Wahrung des Wissens. Alles, was ein Kohlenwasserstoffler nicht per Aufzeichnung an seine oder die nächste Generation weitergibt, ist mit seinem Tod für immer verloren. Und der tritt durch die Begrenzung eurer Zellteilungsaktionen auf ungefähr 50 pro Individuum früh ein.

Ich schluckte. Um mich von der Gefahr destruktiver Gedanken abzubringen, schwenkte ich unvermittelt auf begehrliche. „Bist du eine Frau?"

Ganz verstehe ich die Frage nicht, weiß aber, was unter dem Begriff bei dir abläuft. Wenn dir lieber ist, dass ich eine Frau bin, bin ich es auch.

Ich spürte, dass ich rot wurde und hoffte, dass Keander wenigstens diese Farbveränderung nicht wahrnahm oder für unwichtig hielt. Ich blickte sie an, ohne zu wissen, ob sie das zu würdigen wusste. Eine spannende Frage durchfuhr mich. „Bin ich der erste Mensch, der mit euch in Kontakt tritt?"

Wie erwähnt offenbaren wir uns ungern und selten. Ein prominenter Fall geschah vor einiger Zeit, für euch vor einigen hundert Jahren auf einer unbedeutenden Insel im größten Ozean der Erde.

„Dem Pazifik?"

So heißt er wohl. Die Insel ist der von jeglichem Festland weitest entfernte Punkt, Rapa Nui.

„Die Osterinsel."

So bezeichnet ihr sie, weil ein niederländischer Kapitän sie als erster Europäer an einem Ostermontag sichtete. Bevor das geschah, standen wir mit den dortigen Bewohnern auf gutem Fuß. Sie meißelten bis zehn Meter hohe Gestalten aus dem Vulkan Rano Rarako und baten sie, sich auf vorbereitete Podeste, soge-

nannte Akus zu postieren. Diese Phase des Verständnisses endete, als sich die Menschen gegenseitig zu bekriegen begannen.
Ich starrte Keander nicht mehr mit gerötetem Gesicht, sondern fassungslos an. Ich hatte selbst die Insel einmal besucht und alle Ansätze von Wissenschaftlern verworfen, die zu erklären versucht hatten, wie um alles in der Welt Steinzeitbewohner bruchlos tonnenschwere Skulpturen über Dutzende von Kilometern durch unwegsames Gelände zu bugsieren und an ihrem Bestimmungsort aufzurichten fertiggebracht haben mochten. William Mulloys Vorschlag des zweibeinigen hölzernen Bocks, der die fertige Figur um mindestens zwei Meter überragen muss und von dem aus sie mit Seilen von oben wechselweise links und rechts halbseitig in die Höhe gehoben und nach wenigen Zentimetern Vorwärtstriebs wieder abgesetzt wird, um den nächsten ‚Schritt' vorzubereiten, klingt und ist durchführbar, wie Tests bewiesen, scheiterte aber im speziellen Fall der baumlosen Osterinsel an der Tatsache, dass deren Bewohner nicht nur kein Metall, sondern außer dürrem Gestrüpp kein Holz zur Verfügung hatten. Die Annahme, dass passend zum Bedarf stets in Form und Größe passendes Treibgut anlandete, hieße die Gunst des Zufalls überfordern. Die Erklärungsversuche, die bis heute Bestand haben, verdanken dies ausschließlich dem Umstand, dass ihr Versagen nicht direkt beweisbar ist.

Und nun erzählte mir Keander trocken, dass die felsenfeste Überzeugung der Insulaner, die Moais hätten sich einst aus eigener Kraft an ihre Standorte bewegt, der nackten Wahrheit entspricht. Welche Sensation wäre das für die Wissenschaft, sähe ich ansatzweise die Möglichkeit, die nackte Wahrheit kundzutun, ohne in einer geschlossenen Anstalt zu landen!

Zum Schluss nahmen die Statuen sogar einen Umweg von zwölf Kilometern in Kauf, um im Puna Pau-Krater die eigens für sie geschaffenen rötlichen Haarschopfe, die Pukaos aufzusetzen und sich dann erst auf den Weg zum Strand zu begeben.

Mir schwindelte. Ich stellte fest, dass das keineswegs der unerhörten Informationsdichte, sondern meinem biologischen Zustand geschuldet war, und räusperte mich. „Sag mal...."
Nochmal?
„Naja. Wie sieht's mit meiner Rückkehr aus? Lange halte ich nicht mehr durch, weißt du?"

Leider ist keine Wasserader in der Nähe. Schaffst du ein paar weitere hundert Meter? Dann befinden wir uns am nächsten Punkt deiner Rettung.

„Die schaffe ich." Ich sah auf mein Smartphone. Nur noch 10% Ladung und ich hatte mein Powerpack verloren; auch Taschen- und Stirnlampe ließen deutliche Anzeichen von Erschöpfung erkennen. Merkwürdigerweise bereitete mir das weniger Sorgen als begründet gewesen wäre. Irgendwie vertraute ich voll auf Keander. Immerhin wusste ich jetzt, dass ich die ganze Nacht durchgeschlafen hatte und draußen heller Vormittag herrschte. Draußen! Was für ein Traum!

Halt!

Ich gehorchte.

Tritt ein wenig zurück. Du wirst jetzt eine bestimmte Art von Wunder ein zweites Mal erleben.

Ich gehorchte gern. Keander bewegte wieder ihren merkwürdigen Auswuchs in einer Weise, als klopfe sie gegen eine Tür. Klopfet an und euch wird aufgetan, fiel mir eine biblische Weisheit ein.

Ich schwöre, dass ich es mit eigenen Augen sah. Genau wie die Schließung unseres vermeintlichen Wohnzimmers tat es sich auf. Zunächst ein winziges Loch, das sich rasch verbreiterte und nach weniger als einer Viertelstunde einen Querschnitt bot, der mir eine bequeme Passage versprach. „Genug", sagte ich.

Vergiss mich nicht; ich will auch mit.

„Ach so, gern. Ist das dein Wunsch? Du willst ins Freie?"

Ja.

„Wenn's weiter nichts ist. Ich habe einen wunderschönen Garten, in dem ich dich als dekoratives Element platzieren werde. Du wirst es schön bei mir haben.

Danke. Der Ausgang ist fertig. Es geht ein bisschen steil bergan, aber es dauert nicht lange.

In meiner ausgemergelten Kondition fiel mir der Aufstieg tatsächlich schwer, aber die Aussicht auf baldige Rettung beflügelte mich. Ich hatte nicht die geringsten Bedenken, dass Keander mich belügen könnte. Verrückt, dass unsere Expedition von Erfolg gekrönt war, wenn auch unter Verlust eines Zweidrittels der ursprünglichen Teilnehmer. Ich scheute mich zurückzuschauen, ob Keander mir folgte, war mir dessen jedoch sicher – wie immer sie das bewerkstelligte. Ihre Art der Fortbewegung schien sie als ihr Geheimnis zu betrachten und ich hütete mich, es ihr entreißen zu wollen. Auch wissenschaftlicher Forscherdrang sollte vor den Grenzen der Pietät seinen Respekt bewahren.

Was lange dauert, sind für Stein und Mensch zwei Paar Schuhe. Ich keuchte und war kurz davor, mich verzweifelt fallen zu lassen, so erschöpft war ich. Nur mein eiserner Überlebenswille verhinderte den Kollaps und endlich, endlich sah ich Licht am Ende des Tunnels.

Als ich am sechsten Tag unserer Expedition ans Sonnenlicht kroch, schmerzten meine Augen – so sehr hatte ich mich an den Stromsparmodus künstlicher Lichtquellen gewöhnt.

Keander

Die Unterwelt hatte mich in einem dichten Wald ausgespuckt. Ich riss mir reflexartig das Band mit der Stirnlampe, das mir seit dem Einstieg in die Gommericher Grotten den Schädel einengte, herunter und warf es achtlos ins Unterholz, suchte sofort Schatten auf, um meinen Pupillen Zeit zu allmählicher Anpassung zu geben, und sah Keander neben dem Loch geduldig ausharren. Plötzlich, hier im freundlich-heiteren Sommer der Krustenwelt kamen mir meine Erlebnisse wie ein Alptraum vor und die Basaltsäule in meinem Blickfeld wie eine – Basaltsäule. Der Gedanke, dass sie lebendig sei und sprechen könne, kam mir absurd vor.

Um die Absurdität auf die Spitze zu treiben, sprach ich sie an. „Keander?!"

Ja? Ich erschrak heftig. Es war keine Halluzination gewesen! „Wie geht's dir?" *Gut.* „Warst du schon einmal hier oben?" *Nein.* „Und? Wie gefällt's dir?" *Gut.* „Hast du keine Probleme mit dem Licht, der Temperatur?" *Du weißt doch, dass ich ein Stein bin. In glühender Lava schmelze auch ich, aber alles darunter bis zum absoluten Gefrierpunkt macht mir nichts aus. Dasselbe gilt für euer Farbspektrum. Ich brauche es fürs Sehen nicht.* „Ich staune.

Hör' mal, ich habe dir versprochen, dich in meinen Garten mitzunehmen, und das Versprechen werde ich halten. Ich brauche allerdings eine Transportmöglichkeit für dich. Zu diesem Zweck muss ich zunächst zu meinem Auto zurückfinden. Das heißt, zunächst…."

Ich hatte hinter mir ein Gurgeln und Plätschern vernommen und mich daran erinnert, dass ich sehr durstig war. Bevor ich weitersprach, tauchte ich meine Feldflasche in die Quelle und trank diese, da sie nun erstmals seit Langem mit frischem Wasser gefüllt war, bis zur Neige aus. Gern hätte ich meiner Kehle eine zweite Runde gegönnt, aber mein gluckernder Bauch warnte mich, es zu übertreiben. Mein Überleben war jedenfalls gesichert. Jetzt ging es darum, mich zu orientieren und in den Alltag zurückzukehren.

„Hast du eine Ahnung, wo ich hin muss?" *Leider nicht. Ich kann nur verarbeiten, was ich sehe und was du denkst. Wenn du nicht weiterweißt, weiß ich es ebenso wenig.* „Nun gut. Dann sehe ich mich um."

Die Felswand sah aus wie die, in die wir zu Dritt eingestiegen waren. Da ich wusste, dass der Bergzug nach Westen sanft auslief, musste ich mich an der Ostseite befinden. Die Mittagssonne, deren Strahlen sich von links auf mich ergossen, bestätigte diese Vermutung. Die einzige Frage war, ob ich südlich oder nördlich von dem offiziellen Einstieg und damit dem Parkplatz ausgespuckt worden war.

Ich schlug mir vor die Stirn. Ich Depp! Das Navi meines Smartphones musste doch hier wieder funktionieren und ich hatte die Parkplatzkoordinaten gespeichert gehabt. Ich zog es aus meinem Halfter wie einst John Wayne seinen Revolver und schaltete es ein. Leider hatte ich verdrängt, dass praktisch keine Ladung mehr übrig war. Nur wenige Sekunden blieben mir, um mir mitteilen zu lassen, dass es ungefähr vier Kilometer nach Norden ging. Dann verstummte das Display.

„Okay, Keander. Ich werde losmarschieren. Kannst du mir durch den Wald folgen?"

Nein. In meiner Steinwelt ist es nur mein Bewusstsein, das bleibt. Meine Gestalt kann ich immer und überall auflösen und neu entstehen lassen, denn die Grundstoffe bleiben gleich. Deswegen sahst du mich nirgendwo ‚gehen'. Hier oben ist das nicht so. Du wirst gezwungen sein, mich zu holen – wenn du weiterhin dazu bereit bist.

„Das bin ich, liebste Keander. Leider musst du mir einfach vertrauen. Wärst du dich zu bewegen imstande, hättest du mich bis zum Parkplatz begleitet und ich hätte einen Lastwagen aufgetrieben, auf den wir dich aufgeladen hätten. So muss ich einen Hubschrauber organisieren. Das wird ein paar Tage dauern. Weißt du, was ein Tag ist?"

Ist das der Wechsel von Dunkelheit zu Helligkeit und zurück?

„Richtig. Leider wirst du dich ein wenig langweilen, bis ich wieder da bin. Das ist jedoch nicht zu ändern. Bücher habe ich keine bei mir und mein Handy hat schon seinen Geist aufgegeben."

Denk' dran, ich bin ein Stein. Ich vermag Millionen Jahre herumzustehen, ohne mich zu rühren oder zu ‚langweilen'. Meinte ich ein leises lächeln wahrgenommen zu haben? „Dann mach's gut und bis bald." *Bis bald.*

Auf mich selbst gestellt liest sich schlimmer als es war. Ich musste mich zwar durch den weglosen Wald schlagen, aber solange ich die Wand links von mir hatte, war ein Verirren unmöglich. Nach beinahe zwei Stunden stieß ich auf einen quer verlaufenden Trampelpfad. Kein Zweifel der, über den vor sechs Tagen ein gut gelauntes Ton-Steine-Scherben–Trio seinen Weg in die Unterwelt begonnen hatte. Ich musste mich lediglich nach rechts wenden und mein Kombi würde mir nach wenigen Biegungen winken.

Erst als ich mich in den Fahrersitz fallen und den Motor anließ, stiegen mir schreckliche Erinnerungen aus dem Verdauungstrakt hoch. Kein Trio mehr und auch kein Gepäck im Laderaum; was für ein trauriges Ende einer voller Enthusiasmus begonnenen Expedition! Bevor ich loszufahren fertigbrachte, musste ich mir mehrmals die Tränen aus den Augen wischen. Nie mehr Skat mit Tobias und Siberius. Beide Opfer ihres Forscherdrangs und ihres ungestümen Optimismus. Und aus einer unerfindlichen Laune des Schicksals heraus war ich es, der überlebt hatte.

Irgendwann schaffte ich die Heimfahrt. Alles war in bester Ordnung, kein Einbruch, weder ein menschlicher noch ein flüssiger; auch die Erdbeben hatten sich offenbar zurückgehalten. Als ich den Garten inspizierte, an welcher Stelle sich Keander wohl von ihrer besten Seite zeigen würde, winkte mir Nachbarin Mathilde über den Zaun zu. „Wieder zurück?" „Ja, bin ich. Nichts vorgefallen, wenn ich richtig sehe." „Du siehst richtig. Es passiert doch immer nur 'was, wenn du da bist." Nun übertreib' mal nicht, liebe Mathilde. Wenn in der Siedlung Schabernack getrieben wurde, waren zu 80% kindisch gebliebene Universitätsprofessoren dafür zuständig – gewesen. Ich schluckte. Das Ton-Steine-Scherben–Trio, das nie wieder Schabernack treiben würde. Ich überlegte, was ich antworten sollte, wenn sich über kurz oder lang Fragen nach dem Verbleib von Ton und Steine Bahn brechen würde. Glauben würde mir meine Geschichte niemand. Niemand wusste auch, dass wir gemeinsam aufgebrochen waren. Was blieb folglich? Hartnäckiges Abstreiten irgendwelchen Wissens.

Aber das käme später. Einige Tage vorlesungsfreie Zeit verblieben mir und die hatte ich gemäß meinem Versprechen zu nutzen, um meine geliebte Retterin heimzuholen.

Einen Hubschrauber zu Transportzwecken zu mieten erwies sich als schwieriger denn gedacht. Für einen Rundflug hätte ich mit einem Fingerschnippen – und Abdrücken einer Stange Geldes – einen organisiert bekommen, aber einen mehrere Tonnen schweren Stein in meinen Garten einfliegen zu wollen erweckte Misstrauen. Ich sah mich gezwungen, den ordentlichen Professor in die Waagschale zu legen. „Wissen Sie", beschwatzte ich den Geschäftsführer der Baugesellschaft, „es handelt sich um eine sehr seltene Kombination von Schichten, an der ich meine Studenten zu intensiven Studien heranführen kann." Ich bin zwar Biologe und kein Geologe, aber dass unbedarfte Unternehmer grobmotorischer Branchen die …logen-Fachrichtungen nicht auseinanderzuhalten vermögen, dessen durfte ich mir sicher sein. „Und weswegen schaffen Sie das Ding nicht aufs Universitätsgelände?" lautete die nicht ganz unüberlegte Gegenfrage, für die ich mir allerdings in vorauseilender Vorsicht eine Antwort zurechtgelegt hatte. „Die Universität ist eine Behörde und Sie wissen wahrscheinlich genauso gut wie ich, welchen Papierkrieg es bedeutet, dort eine nicht im Jahresplan vorgesehene Aktion durchzuführen." „Das kann ich mir denken: Aber Sie tun das ja auf eigene Kosten, wenn ich Sie richtig verstehe." „Umso schlimmer. Das wäre eine Schenkung von über mehr als hundert Euro Wert und deren steuerliche Einstufung würde unsere Buchhaltung hoffnungslos überfordern."

Das sah der Mann ein und ich hatte meinen Transporter. Eins verweigerte er mir dennoch. „Die Dinger sind dazu da, schweres Gerät an unzugängliche Orte zu spedieren", erklärte er mir. „Auf keinen Fall darf ich mehrtonniges Gestein aus Jux und Dollerei – und das Luftfahrtamt sähe das so – über bewohntes Gebiet schaukeln. Sie müssen zusätzlich einen Pritschenwagen mit Kran aufbieten, der das Teil vom Parkplatz bis zu Ihrem Grundstück bringt, wo es der Fahrer nach Ihrer Maßgabe absetzen wird."

Den Pritschenwagen mit Kran hatte der Unternehmer zufällig im Angebot und am Samstag nach unserem Geschäftsabschluss startete die Aktion. Ich hatte mich zum Parkplatz fahren lassen und war anschließend in den wartenden Helikopter umgestiegen, um dessen Führer den Weg zu weisen. Ich hatte das Pfad finden für eine einfache Übung gehalten – einfach an der Felswand entlang, die rechterhand aufragte, bis die Lichtung auftauchen würde, auf die mich die Unterwelt entlassen hatte, und fertig wäre die Laube. Leider waren aus wenigen dutzend Metern Höhe keinerlei Konturen oder Durchbrüche zu erkennen, sondern nichts als Grünschattierungen. Ich starrte hinab und fühlte gelinde Verzweiflung in mir aufsteigen. „Warum haben Sie damals die Koordinaten nicht in Ihr GPS-Gerät einprogrammiert?" „Weil ihm der Saft ausgegangen war. Ich hatte nach längerem Aufenthalt als geplant aus der Grotte herausgefunden und es gelang mir, dem Gerät mit Mühe und Not abzuluchsen, wo sich mein Auto befand. Danach versank es in unergründliche Schwärze."

Der Pilot nickte verständnisvoll und strengte sich nach dieser Information an, mich zu unterstützen. „Wie sieht Ihre Säule denn aus oder, anders gefragt: Wie groß ist sie?" „Leicht übermannshoch mit ungefähr 1½ Metern Durchmesser." „Könnte sie das da sein?" Ich kniff die Lider zusammen. Doch, da war etwas. „Möglich. Gehen Sie bitte tiefer."

Ein lizenzierter Rettungsflieger verfügt eben über ein weitaus besseres Ortungsgespür als ein Kathederhengst und bald gingen wir in der Lichtung nieder, in der Keander geduldig wartete. Ich meinte sie mir zuzwinkern zu sehen. „Du hast lange Geduld haben müssen. Nun ist's aber soweit", sagte ich zu ihr. *Ich hatte nie Zweifel, dass du wiederkommen wirst.* „Wie bitte?" fragte einer aus der Zweimann-Crew, die die Aufgabe hatte, die Schlaufen und Ösen so zu befestigen, dass Keander unbeschädigt transportiert werden konnte. „Nichts. Sehen Sie einem zerstreuten Professor nach, dass er ab und zu in seinen Bart brabbelt." „Das tue ich; ich meinte aber, eine weitere, weibliche Stimme gehört zu haben." „Da haben Sie sich sicher getäuscht." „Muss ich wohl."

Keander war klug genug, während der folgenden Aktionen zu schweigen, denn anscheinend waren auch andere Menschen außer mir genügend sensibel, ihre Worte zu vernehmen. Nachdem sie nach langem Herumgemurkse endlich so stabil festgekettet war, dass an den Aufstieg gedacht werden durfte, flüsterte ich ihr zu: „Es wird schwanken, was du nicht gewohnt bist, aber das bleibt dir leider nicht erspart." Keander begnügte sich mit einem zustimmenden Nicken.

„Wo ist eigentlich die Höhle, aus der Sie kamen?" fragte der Pilot vor dem Abflug. „Dort drüben." „Das ist ja wenig mehr als ein Mannloch." „Das sehen Sie richtig." „Ist sie denn überhaupt zum Betreten freigegeben?" Der Kerl war eine Spur schlauer als mir

lieb war. Fehlte nur, dass er zwischen Biologe und Geologe zu unterscheiden wusste. „Ist sie nicht. Dafür bin ich Wissenschaftler. Einer muss ja erforschen, was man unbedarften und schlecht oder gar nicht ausgerüsteten Touristen zumuten darf und was nicht." „Hm-m. Na schön. Auf geht's!"
Keander pendelte so sanft unter uns, dass der Flug als Krankentransport durchgegangen wäre. Nach wenigen Minuten hatten wir den Wald überwunden und gingen genau über der Pritsche des Straßenfahrzeugs in Standflug über. Zentimeterweise ließ der Pilot Keander hinab. Der Fahrer erwartete sie auf der Ladefläche, packte sie, sobald sie in Griffweite war, jonglierte sie möglichst nahe ans Führerhaus, damit seine Fuhre nicht hecklastig geriet, und bedeutete mit für mich unverständlichen Handzeichen, dass Keander sicheren Stand gefunden hatte. Der Pilot ließ die Kette, mit der Keander befestigt war, locker und ein an ihr befestigtes Seil folgen. Der Fahrer löste das Seil von der Kette, winkte mit auch für mich nachvollziehbarem Wedeln, dass alles erledigt sei, und der Pilot zog das Seil rasch in die Kabine hoch.

Ich wurde unmittelbar neben der Kühlerhaube abgesetzt, händigte der dreiköpfigen Besatzung ein fürstliches Trinkgeld – das bei böswilliger Betrachtung als Schweigegeld zu verstehen war – aus und verabschiedete mich von ihr. Dann schwang ich mich auf den Beifahrersitz. Nachdem er seine Fracht bombensicher befestigt hatte, folgte mir der Chauffeur, seufzte ein „dann wollen wir mal" und ließ den Motor an.

Die Fahrt in die Vorstadt bis zu meinem Grundstück verlief unspektakulär. Am Ziel dirigierte ich den Lkw rückwärts hinter meine beiden Eiben, damit Keander nicht sofort für alle Passanten sichtbar war. Die Bäume zu fällen hatte ich mich zum Ärger meiner Nachbarschaft stets geweigert, denn gefährliche Pflanzen existieren allenthalben und ich empfinde die allseits verfemte Eibe, dieses wunderschön knorrige, verbeulte Gewächs in ihrem dichten, dunkelgrünen Gewand als ungerecht behandelt. Das Innere ihrer beerigen Früchte mag hochgiftig sein, aber deren Mantel mundet köstlich. Als auch bei den Kelten der Tod zu einem Tabuthema wurde, ersetzten sie die Eibe in ihrem Baumkreis, in dem diese die Spannen 2. bis 11. Januar und 5. bis 14. Juli umfasst hatte, durch die schnöde, schnell wachsende Tanne. Seit ich das weiß, ist meine Bewunderung für die keltische Kultur getrübt.

Nun stand meine geliebte Keander zwischen meinen geliebten Gartenwahrzeichen. Ich versorgte auch den Cockpitkapitän der

Flughöhe Null mit einem üppigen Schweige..., äh Trinkgeld und beobachtete sein Vehikel, bis es ums Eck und vollständig außer Sicht war. Dann breitete ich die Arme aus und umarmte meine Traumfrau, eine Außerirdische, wie sie irdischer nicht denkbar war. „Willkommen daheim", schluchzte ich und drückte sie immer fester an mich. Und je fester ich sie drückte, ein desto zarterer und betörenderer Frauenkörper schmiegte sich in meine Arme. „Ich glaube, hier wird es mir gefallen", hauchte Keander mit leicht vibrierender Altmodulation, bevor unsere Münder zum ersten für unendlich viele Male ineinander verschmolzen.

Mathilde war wie erwartet die Erste, der es auffiel oder wenigstens die Erste, die mich darauf ansprach. „Wo sind eigentlich deine beiden Freunde abgeblieben? Wenn ihr miteinander Skat kloppt, hört man das drei Häuser weiter." „Ich hab' sie zum Bahnhof gefahren, denn sie wollten mit dem Zug ins schweizerische Tessin zum Bergsteigen." „Ohne dich?" „Ich hab' doch Höhenangst und mich mit heimischen Wäldern und Grotten begnügt." „Du bist also eher ein Grottenolm." Die vorlaute und harmlos gemeinte Bemerkung hätte mir in Erinnerung an meinen ersten Höhlenfund im Kreis meiner Kumpane um ein Haar einen Schreckensschrei abgerungen; es gelang mir gerade noch, ihn zu unterdrücken. Musste mir ausgerechnet die unbedarfte Mathilde ihre biologischen Kenntnisse unter die Nase reiben?

Während der vorlesungsfreien Zeit gab es kein Aufhebens um die Abwesenheit Tobias Tons und Siberius Steines, aber als sie zu ihren Dozentenpflichten hätten erscheinen müssen, wurde es unwiderruflich ernst. Die Universitätsleitung alarmierte die Polizei und diese setzte die beiden auf die Vermisstenliste.

Natürlich wurde auch ich als Zeuge befragt. Zum Glück hatte ich bereits gegenüber Mathilde angegeben, dass ich Tobias und Siberius zum Bahnhof gefahren habe, denn uns Drei hatten außer meiner Nachbarin auch andere Personen in meinem Auto beobachtet. Da es offenbar keinen triftigen Grund gab, mich mit dem Verschwinden meiner Kollegen in Zusammenhang zu bringen, wurde ich danach nicht mehr behelligt.

In meinem Inneren tobte es ob Tobias' und Siberius' gewaltsamen Ablebens deutlich weniger als es hätte nach den vielen Jahren gemeinsamer Erlebnisse und Streiche der Fall sein müssen. Keander hatte den emotionalen Teil meines Denkapparats derart für sich eingenommen, dass für andere Regungen wenig Raum blieb. Die weniger fleißigen Studentinnen mit sechstem Sinn für

Männer registrierten, dass ich auf Nachhilfeunterricht-Angebote verzichtete und sahen sich deshalb gezwungen, Helfer für Kopf und Unterleib anderweitig zu rekrutieren.

Keanders Schönheit und Geist waren unschlagbar. Wenn ich des Abends neben ihr im Bett lag und vor mich hin sinnierte, wurde mir klar, warum das so war. Ihr Geist war weitgehend mit meinem identisch und ihr Körper entsprach meinem sexuellen Idealbild, das einer aus Kohlenwasserstoffen niemals zu erfüllen vermocht hätte. Ich besorgte mir ein T-Shirt mit dem Aufdruck: *Menschen, Tiere und Pflanzen sind Scheiße; Steine sind super*.

Ich frage mich, wie andere Keander sehen. Sie ist ja nach wie vor eine Basaltsäule, die in meinem Garten steht. Mathilde fragte mich eines Tages, wie ich es schaffe, das zentnerschwere Ding ständig zu versetzen. „So? Tue ich das?" „Na hör' mal! Erzähl' mir nicht, dass du das nicht tust. Ich hab' doch Augen im Kopf."

Ich saß mit Keander unter meiner Pergola und diskutierte darüber. „Ich werde dir ein paar Klamotten besorgen", sagte ich zu ihr, „dann kannst du auch 'raus und dich ein wenig umsehen, wie die menschliche Welt außerhalb meines Gartens aussieht. Traust du dir zu, beim Bäcker und im Lebensmittelladen einzukaufen?" „Ah, das möchtest du, mein lieber?! Sicher traue ich mir das zu."

Bisher war Keander splitternackt geblieben, aber als ich sie in knackigen Miniröcken oder kurzen Jeanshosen, Netzblusen oder vorbaubetonenden Tops und hochhackigen Riemchenschuhen bewunderte, hätte ich sie stündlich besteigen mögen, so sexy sah sie in diesen Bums-mich-Accessoires aus. Ich fotografierte sie in allen erdenklichen Posen in Haus und Garten und stellte mir ein geiles Fotobuch mit dem Titel ‚Keander' zusammen.

Ich habe diese Geschichte nunmehr aufgeschrieben, und zwar wie in der guten alten Zeit mit Füllfederhalter auf Papier, sodass sie auf keiner Festplatte zu finden sein wird. Ich gedenke sie sorgfältig zu verstecken, damit sie erst posthum auftaucht, wenn überhaupt, und nehme mir dafür Edgar Allan Poes Geschichte ‚Der entwendete Brief' zum Vorbild. Ich bin gespannt, ob ein moderner Auguste Dupin auftaucht, der das Geheimnis enträtselt – auch wenn die Spannung dann für mich keinen Nutzen haben wird, denn ich werde es nicht mehr erfahren.

Nun nichts wie in den Garten, um mit Keander zum ersten Mal ‚Frau ist oben' zu spielen.

Ermittlungen

Der Mann fluchte im Stillen vor sich hin. Vor Jahren hatte der Fall des verschwundenen Thomas Müller in der Voynichstraße für eine Delle in seiner Laufbahn gesorgt. Ihm war nie gelungen, diesen aufzuklären. Die einzige Spur war die Aussage des Nachbarn Bertie Mayer gewesen, der behauptet hatte, im Dach des fraglichen Hauses die Schatten merkwürdiger, flatterhafter Wesen gesehen zu haben, bei den es sich seiner Meinung nach um Außerirdische gehandelt hatte, die Thomas Müller letztlich entführt hätten. Wie verworren und spinnert sie auch gewesen sein mochte, blieb die Tatsache, dass Thomas Müller trotz internationaler Fahndung nie wieder auftauchte.

Zum Glück war es ihm, Kriminaloberkommissar Heinrich Wagener, danach gelungen, einige spektakuläre und zunächst unlösbar erscheinende Fälle aufzuklären, sodass er als Fahnder allmählich wieder ernst genommen wurde.

Und nun hatte er die beiden Professoren am Hals, die sich anscheinend wie einst Thomas Müller in Luft aufgelöst hatten, und den einen, der in sehr realer und widerwärtiger Weise von einem Findling in seinem Garten zerquetscht worden war.

Der zweite Fall – Biologieprofessor Sigurd Scherben – hatte zu Lebzeiten ausgesagt, die beiden Vermissten zum Hauptbahnhof gefahren zu haben, weil sie einen Zug ins schweizerische Tessin hätten besteigen wollen, um im Valle Mággia und/oder Val Verzasca Wander- und Klettertouren zu unternehmen. Das Datum war bekannt, aber Nachfragen beim Verkaufspersonal am Bahnschalter förderten keine konkreten Erinnerungen zu Tage, dass zwei rustikal ausgestattete Herren eine Fahrkarte nach Locarno erstanden hätten. Das musste nichts heißen, denn noch ist es möglich, Bargeld auf den Tisch zu blättern und die Beute anonym davonzutragen. Vor allem amerikanische, japanische und chinesische Touristen machen von dieser Variante häufig Gebrauch und auch ordentliche Professoren haben nicht unbedingt nötig, zu einem personifizierten Billigticket zu greifen. Allerdings hatten sie, falls die Geschichte stimmen sollte, wie die überseeischen Besucher bar und nicht mit irgendeiner Karte bezahlt, deren Spur sich zurückverfolgen ließe. Nun ja, jeder weiß, dass Professoren manchmal ein wenig weltfremd sind.

Schwerer wogen die Aussagen der normalerweise zuverlässig arbeitenden Schweizer Kolleginnen und Kollegen. Nirgendwo im Tessin hatten sich zwei Herren mit den bewussten Namen in die

Gästebücher eingetragen und auch nicht im Urnerland, Graubünden, Berner Oberland oder Oberwallis, falls sie sich kurzfristig zu einer Änderung ihrer Pläne entschlossen haben sollten. Mit an Sicherheit grenzender Wahrscheinlichkeit hatten Ton und Steine nie die Schweiz erreicht. Es war noch nicht einmal klar, ob sie den Hauptbahnhof wirklich betreten hatten, denn Scherben hatte sie seiner Aussage nach im Taxirondell aussteigen lassen und sich nicht weiter um sie gekümmert, da er zum zügigen Weiterfahren angehalten worden sei. Zudem durfte nicht vergessen werden, dass die ganze Schweiz-Fahndung ausschließlich auf den Aussagen des nunmehr nicht mehr aussagefähigen Sigurd Scherben aufgebaut hatte.

Als sicher durfte lediglich gelten, dass Ton und Steine ihre Wohnungen geplant und ordentlich aufgeräumt verlassen hatten, denn nirgends war Fremdeinwirkung in irgendeiner Form erkennbar gewesen.

Käme ihm nicht irgendwann Kommissar Zufall zu Hilfe, sah Heinrich Wagener für diesen Fall kein Land mehr.

Und nun die Sache mit dem dritten Professor, besagtem Sigurd Scherben. Tödliche häusliche Unfälle geschehen häufiger als tödliche Verkehrsunfälle, aber der vorliegende war unerklärlich. Auch hier wies keine Spur auf Fremdeinwirkung hin, keine Fußstapfen außer denen des Bewohners oder geknickte Zweige im Außen- und keine aufgebrochenen Schlösser oder Unordnung, die über die normalen häuslichen Wirtschaftens hinausging, im Innenbereich.

„Wieviel wiegt das Ding?" fragte er den Baggerfahrer, dem nach Abschluss der Spurensuche die Aufgabe zugeschanzt worden war, die Leiche freizulegen. „5.767 Kilo, Herr Kriminaloberkommissar." „Keine Nachkommastellen? Schwach!" Der Mann grinste. „Ginge auch, aber da müsste jemand vorher Dreck und Blut ablecken, sonst wird's zu ungenau." Offenbar gehörte er zu den abgebrühteren Typen. Unvermittelt wurde er jedoch ernst. „Wissen Sie, ich war zufällig auch der, der die Säule hergebracht und aufgestellt hat." „Und Sie sind sicher, dass Sie sie bombenfest aufgestellt haben?" „Bombenfest, das schwöre ich Ihnen."

Später gab der Mann einige erhellende Äußerungen zu Protokoll. „Komische Sache, die mit dem Findling. Er ist ein schönes Stück, aber so schön, dass man sich in es verlieben könne, kommt's mir nicht vor." „Verlieben? Wie meinen Sie das?" „Naja, der Prof redete mit ihm, als wäre er es. Ich glaube, er merkte das gar nicht und ich habe natürlich nichts gesagt, denn er war Kunde – gut zahlender Kunde, der wie erhofft reichlich Trinkgeld 'rausrückte. Und die Herren Professoren…; ich denke, da gibt's einen Haufen merkwürdiger Gewächse mit Auswüchsen."

Der Gerichtsmediziner hatte mittlerweile Scherbens sterbliche Überreste fortschaffen lassen, um in seinem Labor zu obduzieren, was zu obduzieren übrig geblieben war. Wagener begrüßte das, denn trotz offensichtlicher Todesursache treten bei einer medizinischen Untersuchung immer wieder erstaunliche Begleitumstände ans Tageslicht. Das T-Shirt, das Scherben während seiner finalen Aktion getragen hatte, wies den witzigen Schriftzug *Menschen, Tiere und Pflanzen sind Scheiße; Steine sind super* auf – so wenig witzig er angesichts der Umstände anmutete, unter denen eine Reinigung ihn hatte erkennbar werden lassen. „Nicht besonders professoral", murmelte Wagener vor sich hin, „als Diplombiologe hätte er schreiben müssen: *Kohlenwasserstoffwesen sind Scheiße; Siliziumoxidwesen sind super*. Naja, so versteht's wenigstens jeder." Auch ein Kriminaloberkommissar wirft zuweilen Diplombiologe und -geologe durcheinander.

Eine weitere Maßnahme hatte Wagener ergriffen, da er auch dafür das Mandat innehatte. In Erinnerung an die verschwundenen Ton und Steine hatte er Scherbens Haus durchsuchen lassen, ob irgendwelche Hohlräume als Versteck für Ermordete dienen könnten. Er hatte zwar kein Motiv zur Hand, warum ein Universitätsdozent zwei Kollegen und gleichzeitige Freunde beseitigen sollte, aber man weiß ja nie.

Besonders fest glaubte Wagener allerdings nicht, dass diese Spur erfolgversprechend sei, denn da alle Drei in verschiedenen Fakultäten gewirkt hatten, war Berufsneid ausgeschlossen. Außerdem hatte Nachbarin Mathilde Ramsbod sie mit Sack und Pack in Scherbens Auto davonfahren sehen. Die Dame gilt zwar als schwatzhaft und sensationslüstern und deshalb als unzuverlässige Zeugin, aber dass sie sich ihre Aussage komplett aus den Fingern gesogen haben sollte bestand anzunehmen kein Grund. Erstaunlich und nicht recht erklärlich war allenfalls, dass die Wandervögel zu Dritt bei Scherben gestartet waren und dieser nicht seine beiden Fahrgäste zu Hause abgeholt hatte.

Jedenfalls hatte die Suche in Scherbens Eigenheim außer gemeinsam benutzten Skatkarten keine Hinterlassenschaften von Ton und Steine ausgegraben. Ein Mord in diesen vier Wänden durfte ausgeschlossen werden.

Eine Aussage Mathilde Ramsbods gab bezüglich ihrer Glaubwürdigkeit zu denken. „Sigurd hat die Säule ständig versetzt." „Wie, versetzt?" „Na, sie mal hierhin und mal dorthin gestellt. Meistens musste ich ein wenig herumschnüffeln...", bei diesem Satz schaffte Wagener nicht ganz, ein Grinsen zu unterdrücken, „...aber meistens habe ich sie gefunden." „Was denken Sie denn, wie Sig..., Herr Scherben sie bewegt hat?" „Na, gepackt und vor dem Bauch woanders hin geschleppt." „Wissen Sie, dass das Ding beinahe sechs Tonnen wiegt?" „So viel? Ich hatte gedacht, zwei oder drei Zentner. Das schafft ein kräftiger Mann doch." „Haben Sie wirklich gesehen, dass Herr Scherben den Findling gestemmt hat?" „Nein, das nicht. Aber er stand ja ständig woanders – der Findling, meine ich, nicht Herr Scherben."

Der Garten wirkte gepflegt, aber außer von den neugierigen Blicken Mathilde Ramsbods wenig benutzt. Reifenspuren eines Krans, mit dem Scherben den Brocken hätte bewegen müssen, sofern die Aussage der Zeugin der Wahrheit entsprach, fehlten. Nach Auswerten aller Spuren und Indizien war unmöglich, was geschehen war, und doch war es geschehen.

Wagener durchstöberte im Wohnzimmer Scherbens Bücherschrank. Ein Fotobuch mit dem Titel ‚Keander' fiel ihm auf, dessen Seiten eine wunderschöne Frau in Haus und Garten in für Minderjährige haarscharf akzeptabler Kleidung zeigte. Der Kriminaloberkommissar runzelte die Stirn. Selbst Mathilde Ramsbod, für die eine solche Sichtung ein gefundenes Fressen gewesen wäre, bestätigte wie alle anderen Nachbarn, dass Scherben sicher keine feste Partnerin gehabt, jedoch bis zum Sommer immer wieder Besuch angeblich lernwilliger Studentinnen seines Fachs eingelassen habe, denen es Nachhilfeunterricht zu erteilen gäbe. Seit Beginn des aktuellen Semesters sei das aber nicht mehr vorgekommen. „Also, auf die Suche!"

Wagener beorderte nacheinander Uniformierte unterschiedlichen Wuchses auf den Sessel, auf dem eins der Porträts geschossen worden war. Bei einer Polizistin äußerte er sich zufrieden. „Okay, das passt. Sie messen 1,70 Meter?" „Ja." „Sehr gut. Dann hatte die Unbekannte ungefähr Ihre Statur."

Die Bedienungen der umliegenden Läden erinnerten sich bestens der Kundin, was sicher deren Auffälligkeit geschuldet war. „Fast jeden Morgen kaufte sie frische Brötchen", gab die Bäckerin zu Protokoll, „und blieb auch leichtgeschürzt, als der Herbst nahte und es kühl wurde. Man meinte, dass sie überhaupt nicht fror."

„Bis wann setzte sich das fort?" „Bis vor ungefähr einer Woche." Wagener nickte zustimmend. Auf ‚vor einer Woche' war von der Gerichtsmedizin Scherbens Tod eingeschätzt worden.

Wagener krraulte sich vor dem bescheidenen Kleiderbündel und den high heels mit Riemchen das Kinn. „Genau die Sachen, in der sie abgelichtet ist", murmelte er. „Fällt Ihnen nichts auf?" fragte die Polizistin, die bereits als Größenmodell gedient hatte. „Alles sexy?!" „Typisch Mann. Nehmen Sie's mir nicht übel, Herr Kriminaloberkommissar, aber ich vermisse Unterwäsche." Stimmt! Wagener schalt sich einen Hornochsen erster Güte, dass ihm das nicht aufgefallen war.

Die Polizistin steuerte eine weitere Inspiration bei. „Wissen Sie, was mir bei der Frauenperson in den Sinn kommt, Herr Kriminaloberkommissar?" „Was bitte?" „Sie sieht nicht richtig echt aus, sondern eher wie eine Computeranimation, das unpersonifizierte Idealbild einer weiblichen Schönheit." „Aber sie wurde eindeutig identifiziert." „Das ist nicht abzustreiten. Dennoch wirkt sie auf mich wie eine Puppe."

Gefühlte Eindrücke spielen in der Kriminalistik zwar keine Rolle, aber eine Tatsache wurde immer mehr zur Gewissheit. Obwohl die Aufnahmen auf dem Speicherchip von Scherbens Kamera und der Festplatte seines Laptop gespeichert war und auf diese Weise ein weltweiter Abgleich der Physiognomie durchführbar war, gelang es nicht, die Person zu identifizieren. Kein zweiter Mensch auf der Erde glich ihr und sie selbst war nirgendwo aufzufinden.

Heinrich Wagener blätterte hilflos die zusammengestellten Unterlagen durch. Er hatte sich ein letztes Mal in Scherbens Wohnung eingefunden, bevor er sich gezwungen sehen würde, den Fall als ungelöst abzuschließen. Das heißt widersprüchlich gelöst, denn ein Opfer war ja vorhanden und Suizid oder Mord waren ausgeschlossen. Er schmiss das Papier auf den Schreibtisch und schritt ruhelos auf und ab. Irgendetwas musste doch der zerstreute Herr Professor außer dem Fotobuch hinterlassen haben, was auf die Gespielin – und die war Keander offensichtlich gewesen – und ihre Herkunft hinwies.

Wagener trat in den Garten hinaus, wohl wissend, dass er dem unstillbaren Wissensdurst Mathilde Ramsbods nicht entging. Er betrachtete die Basaltsäule, die still und stumm den Platz hinter den beiden Eiben zierte. „Na, Keander", sagte er mehr zu sich als an eine bestimmte Adresse, „es wäre zu schön, wenn du reden könntest. Ich wette, du trägst die Lösung einiger Geheimnisse in dir."

Er fuhr zu Tode erschrocken zusammen. Sein Blick irrlichterte ziellos in alle Himmelsrichtungen. Wer hatte da geredet? Es war niemand da.

Es tut mir sehr leid.

„Das mit Sigurd Scherben?" Wagener sprach ins Blaue, obwohl er plötzlich zu wissen meinte, mit wem er kommunizierte.

Ja. Wir wollten etwas Neues ausprobieren und ich hatte nicht bedacht, dass ich nur als bewusste Transformation menschliches Gewicht habe, jedoch nicht bei Erregung.

Der Kriminaloberkommissar ahnte, dass ihm soeben der Schlüssel des Geheimnisses in die Hände gelegt worden war. „Ich glaube zwar nicht, dass das sonst jemand glaubt, aber ich glaube zu verstehen und ich glaube dir. Hast du sonst einen Hinweis?"

Schau' zwischen den Kaminhölzern nach und denk' an Edgar Allan Poes Geschichte ‚Der entwendete Brief'.

Heinrich Wagener holte tief Luft und richtete sich kerzengerade auf. „Danke, Keander", stieß er hervor, „mich umwogt eine vage Vorstellung, wer und was du bist, und hege die feste Überzeugung, dass du mich nicht hinters Licht führst. Kann ich etwas für dich tun?"

Ich bliebe zusammen mit meinen beiden Freunden, den Eiben, gern hier.

„Ich werde sehen, was ich erreiche. Es wird irgendwelche Erben geben und mit denen werde ich reden. Vielleicht kaufe ich ihnen die Liegenschaft ab."

Danke.

Beinahe geistesabwesend fixierte Wagener das Siliziumwesen. Einen Wimpernschlag lang präsentierte es sich nackt als die betörende Frauengestalt, die spärlich bekleidet für Scherbens Fotobuch Modell gestanden hatte, bevor es sich in eine formschöne Steingestalt zurückverwandelte.

Er betrat das Wohngebäude, das er insgeheim bereits als das Seine betrachtete. Das Kaminholz war flüchtig untersucht und die Papierbündel, die als Fidibus gedacht waren, achtlos in eine Ecke geschoben worden. Uralten Zeitungsausschnitten, durchgerissenen Liebesbriefen, Rezepten, jahrzehntealten Hotelrechnungen und ähnlichen vergessenen Unterlagen drohte das Schicksal, bei Wintereinbruch als Vorbereiter zur Wärmespende zu dienen.

Wagener holte vorsichtig und bewusst Blatt für Blatt an die Oberfläche und besah sich jedes einzeln. Er hatte bereits einen ansehnlichen Stoß langweiliger Druck- und Schreiberzeugnisse neben sich liegen, als ein kompakter Block eng mit Füllfederhalter beschriebener Zeilen das Tageslicht begrüßte. So gut wie keine nachträglichen Korrekturen zeugten von der Sorgfalt, mit der sie verfasst wurden. Die Blätter hatten zuunterst gelegen und waren unbeschädigt, als habe der Kamineigentümer nicht die Absicht gehabt, sie den Flammen zu überantworten. Was für ein Versteck! Keander hatte ihn nicht belogen. Wagener klemmte sich das Bündel unter den Arm und legte es zärtlich wie ein Kleinkind auf Scherbens Schreibtisch. Dann blätterte er mit zitternden Fingern das Deckblatt um und begann auf Seite 3 zu lesen.

Steig in den Krater des Snæffels Jökull, den der Schatten des Scartaris vor den Kalenden des Juli bestreicht, kühner Wanderer, und du gelangst zum Mittelpunkt der Erde.

Eine Sekunde der Ewigkeit

Einen Felsen im fernen Land
Kreuzt ein Vogel auf seiner Bahn
Und wetzt alle hundert Jahre
Sein Schnäbelchen daran.
Und ist der Felsen – so meint der Weise –
Endlich abgewetzt, dann sei
Erst eine Sekunde der Ewigkeit vorbei.
Joana Emetz 1975

⌘

Was ist geschehen? Ich bin sicher, dass eben noch nichts war und jetzt ist Etwas. Ein Bewusstsein. Ich bin, ich lebe. Lebe ich wirklich oder bin ich nur ein Bewusstsein? Kann ein Bewusstsein sein, wo kein Leben ist?

Genug der Fragen. Ich meine zu schweben, was gegen eine physische Existenz spricht. Selbst wenn ich ein Vogel wäre, würde ich meine Bewegungen wahrnehmen, meinen Flügelschlag steuern und die Energie spüren, die ich beim Fliegen verbrauche. Es sei denn, ich wäre ein Albatros, der tagelang in höchsten Sphären in Beinahe-Erstarrung zu segeln vermag.

Woher weiß ich, was ein Vogel, was ein Albatros ist; woher weiß ich, was Luft ist? Stimmt, ein Lebewesen braucht Luft zum Atmen. Brauche ich Luft? Schon wieder eine Frage.

Offenbar brauche ich keine. Folglich lebe ich nicht. Irgendeine Erinnerung durchzieht dennoch meinen Geist, Erinnerung an eine unbeschwerte Kindheit mit Ballspielen auf einer lichtdurchfluteten Wiese, an ein Lernen auf harten Schulbänken, die später ebenso harten Sitzreihen in einer Universität weichen, einen Alltag mit Arbeit und Familie und einen Lebensabend, den ich mit Enkeln verbringe, die als Kinder auf einer lichtdurchfluteten Wiese fröhlich und unbeschwert Ball spielen.

Ich war ein Mensch und bin anscheinend gestorben. Ob ich zurück zur Familie soll? Haben sie mich gerufen? Ich erinnere mich an eine Tante, die angeblich die Fähigkeit besaß, in spiritistischen Sitzungen verstorbene Verwandte in die manifeste Welt zurückzurufen. Ich lachte immer darüber und sie vermochte auch nie den Beweis zu erbringen, dass die Antworten der Vorfahren einer anderen Quelle als ihrer Fantasie entsprang.

Woran ich mich nicht erinnere, ist mein Name. Dabei wäre der wichtig, um meine Familie wiederzufinden. Ob sie überhaupt auffindbar ist? Auch Kinder und Schwiegerkinder waren nicht mehr die Jüngsten, als ich abtrat, und mittlerweile mag eine geraume Zeit vergangen sein. Vielleicht sind sie auch schon alle tot. Und alle Enkel und Urenkel auch schon.

Wenn ich mich so umblicke, ist da überhaupt nichts. Doch, einen Boden gibt es, aber der sieht aus wie in Genesis 1, Vers 2 beschrieben: *Und die Erde war wüst und leer und es war finster in der Tiefe.*

Zweifellos ist es finster dort unten. Wieso sehe ich dennoch? Klar, ich bin keine physische Existenz, sondern ein Bewusstsein, das sieht, aber ohne Augen, das hört, aber ohne Ohren, und das schmeckt, aber ohne Gaumen. Habe ich bisher gehört oder geschmeckt? Ich erinnere mich nicht, nehme mir vor, es auszuprobieren, und gehe tiefer.

Wüst und leer ist die einzige Beschreibung, die zutrifft. Lebt denn überhaupt nichts und niemand mehr? Ich merke, dass ich mit unglaublicher Schnelligkeit vorwärtsstrebe, so unglaublich schnell, dass ich einen sich nähernden Schimmer wahrnehme. Aha, bis jetzt war ich nachts unterwegs und nun folgt der Tag. Der Tag-/Nachtstrich ist genau unter mir und ich verharre, ihm zuzusehen gespannt, wie er sich allmählich voran arbeitet.

Der erste Schock erfolgt nach wenigen Minuten. Der Strich rührt sich nicht von der Stelle! Das kann nur eins bedeuten.

Ich bewege mich längs des Strichs und stelle fest, dass sich der dunkle und helle Teil des Bodens auffällig voneinander unterscheiden. Während der dunkle irgendwie ‚normal' aussieht, gilt das für den hellen ganz und gar nicht. Von ewiger Sonne ausgebleicht ist er unfähig, irgendwelches Leben zu tragen außer solcher Art, die sich menschlicher Vorstellungswelt gänzlich entzieht. Ewige Sonne!

Das Zerren des Mondes und auch der Sonne, das Schwappen in ihrem Innern und das generelle physikalische Gesetz, dass auch der kleinste Widerstand durch Mikroteilchen, wie sie im All in erstaunlicher Dichte auftreten, irgendwann zum Erliegen eines Drehimpulses führt, bedeutete für die Erdrotation irgendwann das Aus. Wann das geschah, ist natürlich von meiner jetzigen Warte nicht feststellbar, sodass mir jede Information abgeht, in welchem

Jahr nach Christus ich mich remanifestiert haben mag. Nach Christus? Was für ein Unsinn! Sofern im neuen Testament überhaupt ein Körnchen Wahrheit steckt, muss das Jüngste Gericht längst stattgefunden und die Seelen ihre Plätze in der Hölle oder im Himmel gefunden haben. Hier werde ich folglich keine finden. Habe ich eine? Eigentlich muss ich ja, da ich denkfähig bin. Oder ist das ein Trugschluss? Da fällt mir eine weitere entsetzliche Möglichkeit ein. Hat die Erde in den vielen Milliarden Jahren, die zweifellos seit meiner körperlichen Anwesenheit auf ihr vergingen, ihre Atmosphäre gehalten oder hat sie sich längst in den Weltraum verflüchtigt?

Ich lasse mich nieder und stelle zu meiner Verblüffung und Freude fest, dass ich das kann. Eine erstaunlich lange Zeitspanne ist mir, als spaziere ich wie einst am Strand von Sylt im Sand entlang. Sand? Strand? Richtig, ich tappe neben einem Gewässer entlang, das sich bis in die Unendlichkeit erstreckt und ein Ozean zu sein scheint. Wenigstens den gibt es noch.

Ich versuche zu schnuppern und rieche salzhaltige Luft. Die Illusion ist perfekt, denn nach wie vor entbehre ich des sicheren Wissens, in welchem Aggregatzustand ich mich befinde.

Ich beschließe, dass ich so tun werde, als wäre alles wie gewohnt. Ich sauge die Meeresbrise ein und genieße sie. Anscheinend atme ich, denn ich rieche. Wie soll ich herausfinden, ob ich auch schmecke? Nicht irgendeinen Riesenkrebs, wie sie einst H. G. Wells so wunderbar eindringlich in seinem Erstling ‚Die Zeitmaschine' beschrieb, als sich der namenlose Reisende aus Versehen der falschen Richtung verschreibt und in ähnlich unendlicher Zukunft wiederfindet wie ich jetzt. Bin ich eine Manifestation dieser Person? Wurde ich in eine Romanfigur projiziert?

In einiger Entfernung erblicke ich den Beweis von dessen Gegenteil: Eine Imbissbude, wie sie an einen ordentlichen Strand gehört. Mir läuft das Wasser bei dem Gedanken im Mund zusammen, in eine saftige, mit reichlich Senf bestrichene und in ein Brötchen geklemmte Bratwurst zu beißen und zwischen die einzelnen Bissen einen Schluck kalter, prickender Limonade zu schieben.

Ich lehne mich an den einzigen runden Stehtisch, der davor aufgebaut ist, und fröne meiner morbiden Fantasie. Speise und Trank munden, wie ich mir beides vorgestellt hatte, aber: Bediente mich eigentlich jemand? Mir fällt ein, dass ich bisher nicht wagte, an mir hinunterzublicken, und das auch jetzt nicht tue. Ich schließe die Lider, um Mut für diesen Akt zu sammeln. Als ich sie wieder öffne, sind Meer, Strand und Imbissbude verschwunden und ich schwebe erneut in beträchtlicher Höhe.

Das Bild ändert sich zunächst nicht, dann wenig und zum Schluss augenfällig. Ich registriere, dass die Sonne langsam, ganz langsam über den Horizont kriecht. Aha, sage ich mir, ich scheine in der Zeit rückwärts zu reisen und mitzuerleben, wie sich die Erde wieder zu drehen beginnt. Nach einer gewissen Zeit geschieht die Tag-/Nachtabfolge in gefühlt normalem Rhythmus, der sich jedoch rasch so dramatisch beschleunigt, dass ich den Sonnenball eine Zeit lang innerhalb weniger Minuten auf der einen Seite auftauchen und auf der anderen untergehen sehe. Nicht lange danach rast er dermaßen über die Erde, dass er mehrfach gleichzeitig am Himmel zu stehen scheint, und einen weiteren Wimpernschlag später verschmelzen die Einzelprojektionen zu einer grellgelben durchgehenden Linie. Mir ist klar, dass ich innerhalb von Sekunden durch Jahrmillionen gespult werde, von welcher Macht auch immer das ausgelöst sein mag.

Mit Entsetzen erkenne ich, dass ich vom hinteren zum vorderen Ende der Schöpfungsgeschichte katapultiert werde, vom Stillstand der Erdrotation zu einem Planeten der unablässigen Erdbeben und Vulkanausbrüche mit Methanatmosphäre, und frage mich, ob ich das zu überleben fähig bin, auch wenn ich mich als reines Geistwesen betrachten darf.

Mit meinen eigenen Gedanken beschäftigt achte ich nicht darauf und bekomme erst verzögert mit, dass meine Umgebungshelligkeit flackert. Die Sonne hat sich wieder in Einzelprojektionen aufgelöst, die stetig weniger werden, bis sie nur noch einmal am Himmel steht und sich kaum mehr bewegt. Offenbar bin ich am Ziel.

Wie erwartet und befürchtet branden unter mir rotglühende Massen, deren Dämpfe bis zu mir heraufdringen und mir kaum einen Blick auf die Oberfläche erlauben. Während ich überlege, was ich tun solle, stellt sich mir eine massive Felswand in den Weg, die unpassend kalt und stabil wirkt. Ich nähere mich ihr und erkenne, dass sie Teil eines unglaublich hohen Berges ist, der seine gesamte Umgebung überragt.

Ich schaffe es auf seinen Gipfel und verspüre tatsächlich so etwas wie Erschöpfung. Wie hoch mag er sein? Meiner Meinung nach überragt er den der Menschheit bekannten Mount Everest alias Chomolungma alias Sagarmatha bei Weitem.

Während ich mich umsehe, geschieht eine Merkwürdigkeit. Ein kleiner Vogel, meiner Einschätzung nach ein gemeiner Haussperling oder Spatz, nähert sich mir und lässt sich in geringer Entfernung nieder. Die Merkwürdigkeit basiert auf einer doppelten Unmöglichkeit: In dieser Ur-Zeit existieren keine Warmblüter und wenn sie existierten, wären sie außerstande zu atmen. Dem Spatz scheint dagegen die Unmöglichkeit seiner Existenz nicht aufzugehen, denn er wetzt deren ungeachtet sein Schnäbelchen an dem harten Felsen, was diesen sichtbar nicht beeindruckt, erachtet damit seine Aufgabe anscheinend als erledigt und fliegt wieder davon – an einen Ort und in eine Zeit, die mir weit, weit entfernt dünken.

Ich frage mich, ob ich tausend Jahre warten soll, bis der Spatz wiederkehrt, um ein zweites Mal sein Schnäbelchen an dem Berg zu wetzen, entschließe mich aber trotz aller Geduld, die mir zur Verfügung steht, mein Glück in einer weniger langweiligen Tätigkeit zu suchen.

Worin soll diese indes bestehen? Die Erde scheint mir in ihrem wilden Aufruhr, in dem sie sich vor geschätzten 4½ Milliarden Jahren befand, nicht heimelig genug, als dass ich kommod auf ihr wandeln könnte. Mich wundert nach einigen Tagen, dass die Sonne auf der anderen Seite auf- und wieder untergeht als sie das auf ihrem ungestümen Ritt durch die Zeit tat, bis mir einfällt, dass der ja rückwärts geschah, und bin angesichts dieser einfachen und schlüssigen Erklärung beruhigt.

Höre ich auf meine natürliche innere Uhr, erscheint mir der Tag deutlich kürzer als 24 Stunden. Klar, der Glutklumpen, der die spätere Heimat der Menschheit werden würde, bildete sich erst vor kurzem und wird von eintreffenden Meteoriten aus dem Weltraum immer weiter mit Drehimpulsen versorgt. Dass das immer mit verstärkender und nicht mit bremsender Wirkung geschieht, liegt an der Rotationsrichtung des Sonnensystems, die alle Himmelskörper in dessen Einzugsgebiet zur Harmonie zwingt.

Wir befinden uns ungefähr vier Milliarden Jahre vor der Zeit, in der erstmals das Säugetier und der Mensch auf den Plan tritt. Ich schweife kurz zu der Überlegung ab, ob in meiner aktuellen Umgebung ein Jahr überhaupt ein Jahr ist, erkenne aber alsbald, dass die Tages- nichts mit der Jahresdauer zu tun hat oder haben muss. Sollte im Archaïkum das Jahr kürzer oder länger als im Holozän sein, bedeutete das, dass sich die Erde in geringerer oder größerer Entfernung von ihrem Zentralgestirn befindet. Irgendwelche Erkenntnisse darüber gibt es meines Wissens nicht. Ich nehme also das Jahr als Jahr hin, bestehend aus ungefähr 365¼ Tagen à 86.400 Sekunden.

Merkwürdigerweise verspüre ich Appetit, und zwar auf Kaffee und Kuchen. Wie von Zauberhand manifestiert sich die mir bereits bekannte Imbissbude, als ich um eine Ecke biege, und finde mich flugs an dem einen Stehtisch wieder, vor mir ein Stück Schokosahne und Latte macchiato. Jetzt erkenne ich die Bude wieder. Es handelt sich um die, die in fußläufiger Entfernung von meiner Wohnung aufgestellt war und die ich oft heimsuchte, als ich noch Herr meiner Sinne und zu faul war, mir selbst etwas zu essen zuzubereiten. Max bot das ganze Sortiment an, das einem männlichen Singlehaushalt zur Ernährung genügt: Kaffee, Limonade und Bier, Gebäck, belegte Brötchen, Frikadellen beziehungsweise Hamburger, Bock-, Brat- und Currywurst mit Pommes und Pizza.

„Wie schön war es, als Opa sich allein versorgen konnte." „Wenn ich überlege, dass das gar nicht so lange her ist."

Verschwommen tauchen vier Gestalten aus dem Nebel in meine konkrete Welt ein. Ich bin mir schemenhaft bewusst, dass es sich um Tochter, Schwiegersohn, Enkelin und Enkel handelt, erinnere mich aber nicht an ihre Namen. Ich versuche etwas zu sagen, weiß aber nicht mehr, wie das geht, obwohl ich jedes Wort verstehe, das fällt.

„Irgendwie eine Schande", sagt gerade mein Schwiegersohn, „was dein Vater für einen Kopf hatte, Sabine." Aha, Sabine heißt meine Tochter. Mein Schwiegersohn fährt fort: „Eine unschlagbare Bildung und Belesenheit und nun weiß er nicht mal mehr, wer er selbst ist." „Wie wahr, Hermann." Aha, auf Hermann ist folglich der Schwiegersohn getauft; mal sehen, ob mir das zu merken gelingen wird.

Sabine wedelt mit ihrer Hand vor meinen Augen herum. „Er sieht mich, merkt ihr's? Seine Pupillen folgen meinen Zeichen." Die beiden Kinder verhalten sich mucksmäuschenstill. Vermutlich ist ihnen ein lebender Mensch unheimlich, der lediglich rudimentär auf äußere Reize reagiert. Himmel, wenn sie wüssten, wie glasklar ich alles mitkriege!

„Ich weiß genau, wie Opa hoppe-hoppe-Reiter mit mir spielte, als ich ganz klein war", erzählt das Mädchen gerade. Ihre Stimme klingt ein bisschen weinerlich. Auch ich erinnere mich daran, wenn ich recht überlege, und dass das Mädchen Alice heißt, fällt mir soeben wieder ein. Der Junge...? Auch das dämmert mir sicher gleich wieder.

Eine junge, weißbekittelte Frau tritt in meinen visuellen Wahrnehmungsbereich von 52° und bestimmt: „Ihr Herr Großvater ist erschöpft. Ich glaube, es ist besser, ihn jetzt ruhen zu lassen und ihn nächste Woche wieder zu besuchen."

Nächste Woche?! Welch' eine lächerliche Zeitspanne umfasst eine Woche, verglichen mit den Äonen, mit denen ich in Wirklichkeit zu tun habe. Ich vernehme ein zweifaches glockenhelles „tschüss, Opa" und ein einfaches „tschüss Papa" von einer hellen und ein „tschüss, Martin" von einer dunklen Stimme. Ich heiße folglich Martin; wenigstens das nehme ich aus dem merkwürdigen Intermezzo in dem geschlossenen Raum, der mich wie ein Krankenzimmer anmutet, mit.

Als wäre die Aussage der Weißbekittelten, die mich an eine Krankenschwester erinnert, ein Befehl gewesen, schwebe ich erneut über die Welt, die sich seit meinem ersten Besuch erheblich verändert ist.

Ozeane haben sich gebildet und ich weiß, dass dort drin die ersten Algen, aber keine anderen Vertreter der Fauna ihr Dasein fristen. Ich übersprang erster Analyse nach innerhalb des Präkambrium, der Erd-Urzeit, die die ersten vier Milliarden Lebensjahre unseres Heimatplaneten umfasst, das Archäozoikum und befinde mich nun mitten im Proterozoikum.

Folglich wandle ich 1½ Milliarden Jahre nach Erschaffung unserer Welt – wer immer dafür verantwortlich sein mag oder mochte – über den Boden von Mutter Erde. Wieder habe ich das Gefühl, gleichzeitig fest aufzutreten und zu schweben. Die Hitze ist groß und mit läuft der Schweiß in Strömen das Gesicht hinab, obwohl ich...; was habe ich eigentlich an?

Immer noch wage ich nicht, an mir herunterzuschauen und tue diese Scheu als harmlose Marotte ab. Auf keinen Fall ist es so, dass ich mich völlig ungefährdet auf jedes beliebige Abenteuer einlassen darf, dessen bin ich mir bewusst.

Andererseits: Was für ein Abenteuer? Feinde in Form wilder Tiere befinden sich in ferner Zukunft eingesperrt; allenfalls die auch in dieser Periode aktive Erdbebentätigkeit könnte mich durch Bildung einer unerwarteten Spalte gefährden.

Ein einziger Aspekt dürfte mich hierher geführt haben, nämlich, den Fortschritt zu beobachten, den der Spatz an seinem Granitberg erzielt hat. Hier wartet das zweite Phänomen meiner halb sphärischen, halb physischen Existenz auf mich, das ich bei meinem ersten Aufenthalt wahrzunehmen versäumte: Dass ich mich selbst trotz physischer Präsenz nach Belieben über die Erdoberfläche zu navigieren fähig bin und auf Wunsch mit einem Schritt tausend Kilometer zurücklege.

Ich stapfe durch die Wüste, neben den Meeren die topografisch dominierende Landschaftsform, und sehe eine Erhebung auftauchen, die mir genauso bekannt wie unbekannt ist. Der untere Teil ist bekannt, der obere hingegen nicht. Ich erklettere die Erhebung, die mit ihrem markanten Gipfel sicher ein Fünftel ihrer Masse verlor, und lasse mich am höchsten Punkt nieder.

Lange muss ich nicht warten, bis der Sperling sich nähert, setzt, mich zutraulich mustert, fröhlich zwitschert und dann kurz sein Schnäbelchen an dem Felsen wetzt. „Du hast ja schon ganz schön viel geschafft", sage ich zu ihm. Das Tier zwitschert nochmals zum Abschied und flattert davon. „Bis zur Sekunde fehlt dennoch ein beträchtlicher Brocken", sage ich zu mir selbst und breche auf, um den Abstieg zu bewältigen.

Kurz bevor ich die Ebene erreiche, wartet wie beinahe erwartet Max' Imbiss auf mich. „Wie wär's diesmal mit einer Pizza?" wende ich mich an den leeren Raum und verspeise kurz danach mit Genuss das erste Segment meiner Salami-Oliven-Kreation. Irgendwann, denke ich, werde ich Max dingfest machen. Ich merke ja, wie ich mit der Konkretisierung meiner Umgebung immer erfolgreicher werde.

„Heute hat er eine halbe Salami-Oliven-Pizza vertilgt", höre ich die Krankenschwester sagen. „Ich hab' Ihnen ja gesagt, dass er die liebt." Das ist die Stimme meiner Tochter. Bekannte Personen treten in meinen Gesichtskreis, konkret Tochter Sabine, Schwiegersohn Hermann, Enkelin Alice und Enkel Liam. Ich bin stolz darauf, dass ich mir nicht nur alle Namen gemerkt habe, sondern zusätzlich von allein auf den meines Enkels gestoßen bin. Wie gern würde ich das meiner Familie mitteilen, aber irgendwie geht das nicht. Ich vermag intensiv zu denken, aber nichts davon findet den Weg über meine Lippen, und Gedanken lesen ist unserer Familie nicht angeboren.

Ich finde es rührend, wie Sabine immer wieder versucht, mich zu einer Reaktion zu bewegen. Hin und wieder scheint ihr das zu gelingen, denn einmal klatscht sie sogar vor Begeisterung in die Hände. „Guck' mal, er lächelt. Das ist doch eindeutig?!" Hermann stößt ein eher zweifelndes Brummen aus, während Alice ein zustimmendes „ja!" von sich gibt. Blutsverwandtschaft scheint doch besser zu nicht-verbaler Kommunikation fähig als angeheiratete zu sein.

Ich höre die Tür gehen und die Schwester sagen: „Ich glaube, für heute ist's genug, meinen Sie nicht auch?" Darauf kippen die Emotionen ins Gegenteil: Während Hermann sich gelinder Begeisterung hingibt, klingen Tochter und die Kinder eher traurig. Dem viermaligen „tschüss" folgt ein leises Klacken und ich weiß, dass ich allein bin.

Offenbar korreliert meine wirkliche Welt, in die ich unmittelbar nach der geschilderten Szene zurückfinde, irgendwie mit dem merkwürdigen, ständig wiederkehrenden Alptraum, an ein Krankenbett gefesselt zu sein.

Wo bin ich? Mein Über-Ich, das mit dem Überblick, belehrt mich, dass es mich ins Kambrium, die erste Periode des Paläozoikum verschlagen hat. Indizien sind Lebewesen im Meer, von denen die Trilobiten als die ulkigsten Geschöpfe herausstechen. Aber auch Muscheln, Quallen und Seelilien sind bereits aufgetaucht, die durchweg unter wirbellos klassifiziert sind. Die Meere haben sich enorm ausgedehnt und bedecken einen weitaus größeren Teil der Planetenoberfläche als während ‚meiner' Ära.

Ich finde ein Stück Land, auf das ich als physisches Ich ungefährdet meinen Fuß setzen kann. Ich weiß, dass es auch in dieser Periode an Landtieren gebricht. Meine Umgebung besteht nach wie vor aus Geröll und jeder Menge aktiver Vulkane in meinem Sichtfeld. Ich versuche, was ich bisher vermied: Zu atmen. Doch, es scheint zu gehen. Die reichlich vorhandenen Algen und Bakterien brachen bereits genügend Sauerstoff aus den Stick- und Kohleoxide heraus, um einem æroben Wesen eine Existenz zu ermöglichen. Der höchste Sauerstoffgehalt wird im Karbon erreicht, sodass in dieser Periode die berühmten Riesenlibellen eine Lebensgrundlage finden. Danach wird der Sauerstoffgehalt wieder kontinuierlich sinken, da die Verbraucher dieses Elements gegenüber den Spendern überhandnehmen.

Ich bin gespannt, ob mir auch ein Besuch des Karbons vergönnt sein wird. Jura und Kreide wecken in mir eher gemischte Gefühle, denn die bieten den Riesenechsen, bekannt als Dinosaurier, die Voraussetzungen für ihr auftauchen.

Ich bin froh, dass die Zeitsprünge nach vorn zwischen meinen offenbar unausweichlichen Alpträumen von dem Krankenhauszimmer aus zu geschehen scheinen. Die Erfahrung der Reise rückwärts mit dem über den Himmel rasenden Sonnenball empfinde ich im Nachhinein bestürzender als ich mir selbst eingestehen will.

Nachts fällt mir auf, was bisher fehlte: Der Mond steht in seinen gewohnten Phasen am Himmel. Irgendwann zwischen Proterozoikum und Kambrium muss ihn die Erde eingefangen haben. Merkwürdig, wie schlecht der Mensch Fehlendes bewusst wahrnimmt, während er Überflüssiges oder Störendes sofort erkennt und zu verdrängen oder zu beseitigen versucht.

Ein Berg hebt sich auffällig von seiner Umgebung ab. Ich kenne ihn bereits, denn es handelt sich um jenen Granitberg, an dem sich mein kleiner Freund als Uhr versucht. Ich wundere mich, wie leicht ich ihn erklimme, obwohl seine glatten Wände beinahe senkrecht gen Himmel streben.

Den Platz vom letzten Treffen finde ich nicht mehr, denn der liegt mindestens tausend Meter über dem aktuellen Gipfel. „Da warst du richtig fleißig", begrüße ich den Spatz, als er sich niederlässt und mich anzwitschert. Ich bin sicher, dass er mir erzählt, welche Mühsal er bisher mit dem harten Stein hatte. „Tröste dich", antworte ich und füge hinzu: „Wenn ich es richtig sehe, hast du bereits die Hälfte geschafft." In der Tat, denke ich, die ersten vier Milliarden Jahre sind 'rum; das ist die Hälfte oder ein bisschen weniger als die geschätzte Gesamtlebensdauer unseres Staubkorns im Weltall und der erste Hinweis, wie die Uhr der Ewigkeit tickt.

Der Vogel wetzt sein Schnäbelchen in einer bereits begonnenen Kuhle, zwitschert mir zum Abschied zu und entfernt sich. Ich winke ihm hinterher.

Beim Abstieg frage ich mich, was mir Max heute anböte. Die Antwort rieche ich bereits, bevor ich um die Ecke biege, hinter der der Kiosk auf mich wartet: Frikadellen mit Pommes und Majo. Dazu ein....

„Eine ganze Flasche Bier hat er ausgenuckelt", berichtet die Krankenschwester, deren Stimme mir mittlerweile vertraut ist. „Das hat er auch immer gemocht", antwortet meine Tochter Sabine, „obwohl er wahrlich kein Alkoholiker war – ist." „Was war er denn überhaupt? Beruflich, meine ich." „Professor der Paläontologie und als solcher eine weltbekannte Koryphäe. Die Vorlesungen an der hiesigen Uni waren fast Abfallprodukte seiner ausgedehn-

ten Grabungstätigkeit in aller Welt. Er hat auch mehrere Bücher geschrieben." „Oh. Das habe ich nicht gewusst."
Stimmt, die Vorliebe für alte Knochen wurde mir in die Wiege gelegt. Ich erinnere mich, dass ich den alten Begriff Petrefaktenkunde dem modernen lateinischen vorzog, was mir bei der Wahl meines Lehrfachs jedoch nichts nützte. Ich sehe die Krankenschwester und Sabine sich bewegen, als wäre ich nicht da. Offenbar haben Hermann und die Kinder keine Lust mehr, eine halbe Stunde lang eine Art Mumie anzustarren und so zu tun, als erwache sie irgendwann wieder zum Leben. Dabei bin ich ja am Leben, aber nicht kommunikationsfähig.

Einen weiteren Schluss betreffend meines Zustands ziehe ich. Offenbar kredenzt Max mir in der wirklichen, der erdgeschichtlichen Welt das, womit ein seelenloser Körper im Pflegeheim gefüttert wird. Warum, frage ich mich unvermittelt, verspürt er nicht die Bedürfnisse, die normalerweise durch Meldungen von Blase und Darm geweckt werden? Ob Katheder und Absaugvorrichtung die Entledigung für ihn erledigen?

Pflegeheim. Dort ist eine Hülle, die früher Professor Martin Wellershoff hieß, offensichtlich untergebracht, während ich durch Raum und Zeit schwebe und den Geheimnissen der Schöpfung nachspüre. Obwohl ich bereits wegdämmere, sehe ich Sabines Gesicht ganz nah vor mir und spüre, wie sie mich drückt. „Mach's gut, Papa", schluchzt sie.

Martin Wellershoff, bin ich das? Urplötzlich fiel mir der Name wieder ein. Ich zähle auf, was ich während der vergangenen Wachphasen nach und nach lernte, und hake zufrieden ab, dass alles in meinem Gedächtnis haften geblieben ist.

Wo bin ich nun oder besser gesagt wann bin ich? Der Wald aus Schachtelhalmen, durch den Spinnen krabbeln, weisen auf das Devon. An den Schachtelhalmen ist gut erkennbar, dass auch die Natur lernen muss, denn die Pflanze wirkt recht primitiv. Primitives scheint überlebensfähiger als Komplexes zu sein, denn Schachtelhalme existieren unverändert seit einer halben Milliarde Jahren, von ‚meiner' Warte aus betrachtet. In Kürze werden Farne und auf der Faunaseite Knochenfische, Lurche und Insekten hinzukommen, und auch diese Formen werden mindestens 400 Millionen Jahre überdauern. Ich bin gespannt, ob mir weiter in die Zukunft zu schauen vergönnt sein wird, bin mir aber recht sicher; schließlich war ich ja, ganz zu Anfang, bereits dort. Einer weiteren Erkenntnis bin ich mit ebenfalls sicher: Diese Urformen aus dem

Devon werden auch den Menschen und vermutlich alle Säugetiere und Laubbaumarten überdauern, sofern keine Klimakatastrophe jeglichem Leben auf der Erde den Garaus macht. Und selbst solchen diesseits des totalen Atmosphäreverlusts werden die Devongeschöpfe eher trotzen als die hochsensible moderne Biologie.

Bewundernd stehe ich vor einem Schachtelhalm, hoch wie eine Tanne. Ganz so majestätisch werdet ihr später nicht mehr werden, mahne ich ihn, bis Brust- oder bestenfalls Scheitelhöhe wird eure Grenze sein. Ich überlege, woran das liegen mag. Der geringere Sauerstoffgehalt der Neuzeit oder der Verdrängungswettbewerb der Arten, deren modernere den gewandelten Bedingungen besser angepasst sind? Paläontologe oder nicht: Diese Frage vermag ich nicht zu beantworten.

Begeistert wandere ich durch den Devonwald. Begeistert und furchtlos, denn noch lauern keine Riesenechsen dem arglosen Zeitgenossen auf. Ich bin mir darüber im Klaren, dass das in Bälde so sein wird. In einer letzten Ruhepause im Karbon, bevor Hauen und Stechen in Jura und Kreide anheben, besteht meine Hoffnung.

Im Meer verdrängen die Ammoniten allmählich die Trilobiten und die bereits erwähnten Knochenfische stehen Gewehr bei Fuß. Der Hai ist auch so ein Viech, das Hunderte von Millionen Jahre unverändert bleiben wird. Als reine Fressmaschinen, die auch vor Kannibalismus nicht zurückschrecken, und ohne Verstand konzipiert scheinen sich diese Vertreter der Evolutionsgeschichte als ihre Sieger herauszuschälen.

Ich schiebe den nagenden Stachel in meinen Gehirnwindungen beiseite, wer oder was sich all' das wohl ausdachte. Eine Variante darf getrost vernachlässigt werden, nämlich die biblische Schöpfungsgeschichte. Dass ein ominöser allmächtiger Herr irgendwo in den Sphären innerhalb von sechs Tagen sich ein Terrarium ausdachte ist durch eine Wanderung auf der Zeitachse wie der Meinen widerlegt. War ich nicht beim Mustern der Schachtelhalme genau darauf gekommen, dass die Natur – wie immer ich sie personifiziere – lernen muss? Die unbeholfenen Bastelarbeiten eines Sechsjährigen sind die Schachtelhalme; mit Acht gestaltet er die wesentlich feineren Farne, als Geselle sein Gesellen- und als Meister sein Meisterstück, wobei nicht feststeht, dass der Mensch, der homo sapiens, unbedingt bereits das Meisterstück darstellt. Wir lachen gern über den Fehlversuch der Dinosaurier, ohne zu berücksichtigen, dass die immerhin 135 Millionen Jahre geschafft haben. Machen wir's ihnen erstmal nach, dann dürfen wir zu Recht lachen. Es ist überhaupt fraglich, ob es eine ‚Krone der Schöpfung' gibt oder ob nicht irgendwann jede Krone durch eine neue, noch prächtigere und fehlerfreiere abgelöst wird. Das Bessere ist des Guten Tod und die sichere Erkenntnis von heute ist der Irrtum von morgen sind Weisheiten, deren Wahrheitsgehalt sich sogar innerhalb eines kurzen Menschendaseins immer wieder beweisen.

Oder balancieren wir über eine Art Gauß'sche Kurve und eines Tages entwickelt sich alles zurück, zurück zu Schachtelhalmen und Trilobiten und im Finale zu Siliziumdioxid, zu einem Steinklumpen und sonst nichts?! Das Aroma hatte ich ja bei der Premiere meines Seins am Ende der Welt bereits erschnuppert.

Im Devon sind kaum mehr Landflächen wüstenartig leer, sondern üppig bewachsen. Damit einher geht feuchte Hitze, die unangenehmer als die trockene der vergangenen Perioden auftritt. Ich fühle mich verklebt, obwohl es keiner Dusche bedarf, um meine Gesellschaftsfähigkeit zu wahren – es gibt ja keine Gesellschaft.

Den bekannten Berg hochzuwandern unterliegt beträchtlichen Schikanen, denn dauernd läuft mir Schweiß über die Augenbrauen und trübt meine Sehfähigkeit. Von weitem sah ich bereits, dass der Spatz seit meinem letzten Besuch nicht viel von ihm abtrug; kein Wunder, sind doch seitdem lediglich 125 Millionen Jahre vergangen.

Während ich mich in einer einigermaßen bequemen Kuhle häuslich einrichte, überdenke ich mein neues Zeitgefühl. 125 Millionen Jahre als kurze Spanne zu betrachten würde im normalen Alltag als Witz empfunden. Wenn ich ein Individuum sehr großzügig mit hundert Jahren ansetze, wären die 8^{-5}% oder 0,00008‰ davon, auf einer sorgfältig gezeichneten Skala nur unter einem Mikroskop sichtbar, wenn überhaupt.

„Mein Lieber, 1¼ Millionen Besuche bringen ja nicht viel", sage ich zu meinem kleinen Freund, „aber ich denke, nach dem Säugetier hast du sehr viel Zeit, den Berg abzutragen." Der inzwischen eingetroffene Angesprochene zwitschert mich fröhlich an und macht sich an sein kurzes Werk: Einmal mit dem Schnabel hin und her und für diesmal ist es getan. Er breitet die Flügel aus, nickt mir kurz zu und fliegt davon.

Klettern in praller Sonne weckt Durst und ich frage mich, ob mich Max heute im Stich lässt; nein, um eine Kurve herum und ich stehe vor dem provisorisch wirkenden Bau. „Erstmal ein Halbes vom Fass", bestelle ich, da ich weiß, dass er Pils auf Wunsch auch frisch zapft.

„Zunächst hatten wir befürchtet, er würde alles verschütten", berichtet die Pflegeschwester, „aber er hat mit geringer Unterstützung alles einwandfrei 'runtergebracht." „Man kann nur staunen", antwortet Sabine, „obwohl ich weiß, dass Papa Fassbier bevorzugte."

Ich wundere mich, dass ich nichts sehe, und merke, dass ich die Augen zu öffnen vergaß. Kaum geschieht das, betritt Sabine meinen Blickwinkel, sieht mir ins Gesicht und ruft freudig: „Er schaut mich an." Sofort eilt die Weißbekittelte hinzu und bestätigt: „Wunderbar. Ich kann mir vorstellen, dass Ihr Herr Vater sogar etwas von dem mitkriegt, was hier geschieht." „Meinen Sie?" „Das sind natürlich Dinge, von denen wir nicht allzu viel wissen. Es scheint aber so, dass mehr Lebensgeister in ihm erwachen, wenn er Ihre Stimme hört. Während er hier allein liegt, regt er sich praktisch nicht. Das gilt auch für seine Sinnesorgane."

Beide Frauen starren mich gespannt an. Hört ihr denn nicht, dass ich rufe, dass alles in Ordnung ist? schreie ich. Offenbar vermag ich mich außer durch meine Augen nicht verständlich zu machen. Ich strenge mich aufs Äußerste an und ernte einen Erfolg. „Er zuckt mit den Wimpern", rufen beide wie im Chor, „als wolle er sich mitteilen." Dann fährt Sabine allein fort: „Ich bin überzeugt, dass er das tatsächlich will. Vielleicht bekomme ich am Rhythmus heraus, was er auf dem Herzen hat."

Während ich begeistert ihrem Wunsch nachzukommen und eine Art Morsesprache zu starten versuche, spüre ich, dass mich die Erschöpfung übermannt. Ich höre ungewöhnliche Geräusche, nämlich die von schwirrenden Flügeln.

Ich wandere durch einen Wald, der unzweifelhaft ins Karbon gehört. Neben den älteren Schachtelhalmen bereichern Farne, Schuppen- und Siegelbäume die Flora und wecken den Eindruck völliger Undurchdringlichkeit – undurchdringlich für Großsäuger, aber nicht für Insekten, die in dieser Periode die Herrschaft über die Fauna übernehmen. Mit etwas Glück müsste doch…?

Wie weiter oben erwähnt befinde ich mich in der sauerstoffreichsten Phase der Erdgeschichte, die Tracheenatmern eine bescheidene Form von Riesenwuchs gestattet. Deren herausragendster Vertreter ist die zehn Zentimeter lange Libelle, die dank ihres leuchtend blauen Körpers leicht ortbar sein müsste.

Ich schaue mich um. Da! Sie steht mit in unglaublicher Schnelligkeit sirrenden Flügeln in der Luft, wie ich es gewohnt bin. Zweifellos lauert sie Beute auf, denn sie ist darauf angewiesen, diese in der Luft zu fangen.

Kaum vermag ich ihrer Fortbewegung zu folgen, als es soweit ist. Irgendeine Art Fliege ist es, die ihr zum Opfer fällt. Bevor ich mich besinne, landet diese im Raubtiermagen und ist verschwunden. Oder funktioniert der Stoffwechsel bei Insekten völlig anders? Das alles mit eigenen Augen sehen zu dürfen ist die Erfüllung all' der Wünsche meines Lebens. Ich atme tief ein und aus. Daraus ein Buch gestalten und der Menschheit schenken wäre ein Anliegen, den ich – der Natur, dem Schicksal? – als finale Erfüllung vorzubringen wage. Die Erdoberfläche unterscheidet sich beträchtlich von der 300 Millionen Jahre später, denn die Landmasse konzentriert sich auf den Urkontinent Panga.

Ausgeprägtes Unterholz existiert im Karbon nicht, aber alles steht dicht an dicht und gereicht den berühmten ‚Karbonwäldern' zur Ehre. Ich kämpfe mich voran, denn ich habe ja ein Ziel. Endlich eine Lichtung, die eine Spur von Weitblick gestattet. Dort hinten, ja, da lugt er hervor, der Granitberg. Ich mustere seinen platten Abschluss; klar, trotz steiler Hänge wird er zum Fuß hin immer voluminöser und der Spatz hat eine immer größere Fläche abzuwetzen.

Ich keuche mich bergan, trotz hohem Sauerstoffgehalt der Luft und meinem eher gewichtslosen Körper. Ich schaue die blankgeschabte Fläche an, die die Erhebung krönt, und bin sicher, dass mein Freund gleich nahen wird.

Na also, da ist er! „Du bist entschuldigt", raune ich ihm beruhigend zu, „du hattest seit unserem vorigen Treffen lediglich 60 Millionen Jahre. Während dieses Wimpernschlags ist nicht viel zu schaffen." Der Sperling zwitschert eine ganze Arie, die mich erfreuen soll und das auch tut, bevor er sich für sein Vernichtungswerk in Positur stellt. Einmal von links nach rechts und einmal von rechts nach links und er stellt seinen Schnabel in die Senkrechte. „Sehr gut", lobe ich, „du wirst es schaffen." Während sich der Vogel entfernt, sage ich zu mir: „Und ich werde es erleben."

Max, was hast du heute zu bieten? Ah, Cola und Bockwurst mit Kartoffelsalat und….

„Er war sehr unruhig und weigerte sich, die Bockwurst mit dem Salat anzurühren, bis wir draufkamen." „Worauf kamen?" fragt Sabine die Schwester. „Senf. Anscheinend ist Ihrem Herrn Vater die Kombination der roten Wurstschale mit der grünlichen Paste so einprogrammiert, dass er auch im jetzigen Zustand erkennt,

dass eine Komponente fehlt." "Und als Sie den Senf draufschmierten?" "Hat er sofort angefangen mit Appetit zu essen."
Ich höre Sabine lachen. Mir fällt es immer schwerer, meine Lider auseinander zu reißen, aber für diesmal klappt es. Ich sehe meine Tochter, die mich gespannt fixiert. "Sehen Sie", sagt sie laut, "er schaut mich wieder an." Die Schwester tritt hinzu und lächelt mir zu. "Die Magie Ihrer Stimme", urteilt sie.

In meinen Gehirnwindungen greifen die Frage, warum ich Schwiegersohn und Enkel lange nicht mehr sah, und der Geruch von Blüten und Wald ineinander.

Die ersten Blüten, vorzugsweise Seerosen und Magnolien haben sich etabliert und warten unter hochgewachsenen Araukarien auf Licht und Regen, zuweilen aber auch auf tierische Beute wie Insekten, die sich in die Trichter der diversen Orchideen locken lassen. Kein Zweifel, ich übersprang das Jura und befinde mich in der Kreidezeit – jener Ära, in der sich der gewaltige Kontinentklumpen Gondwana langsam in Eurasien und Afrika aufspaltet und sich als Grenze das Mittelmeer bildet, aber auch der Heimat von Pterodactylus, Triceratops und Tyrannosaurier.

Ich erinnere mich wie gestern an das Schlüsselerlebnis, das für meinen beruflichen Lebensweg bestimmend werden sollte. Wir schreiben Heiligabend 1966 und ein Dreizehnjähriger packt seine Geschenke aus, darunter die ersten beiden Bände der Jules Verne-Ausgabe vom Frankfurter Verlag Bärmeier & Nikel, vornehm in schwarzes Ganzleinen und gelbe Schutzumschläge geschlagen. Der Roman ‚Reise zum Mittelpunkt der Erde' führt die Liste der Werke an und ich lese ihn bis zum Weihnachtsmorgen komplett durch.

So faszinierend die Handlung auch sein mag; mich fesselt ein Holzschnitt von Édouard Riou auf Seite 134 besonders, der einen Ichthyo- und einen Plesiosaurus in wildem Kampf miteinander zeigt. Während des Studiums erfahre ich, dass es gerade diese beiden Fischsauriergattungen kaum über zwei Meter Länge bringen, während Kollegen von ihnen locker 15 Meter erreichen.

Eine Karel Zeman-Animation fingiert den Kampf eines Tyrannosaurus rex gegen einen Stegosaurus, was unsinnig ist, da das Raubtier während der Kreidezeit und das Beutetier während des Jura lebte, sie sich beide also niemals begegnen konnten. Nichtsdestoweniger ist die Szene dramatisch, hat doch das Riesen-Tyrannenmaul die schwächste Stelle der Panzerechse, ihren Nacken, gepackt und bereits beinahe durchgebissen, als diese in einem Reflex ihren dornenbewehrten Schwanz in Zuckungen versetzt und dem Bauch des Angreifers vier tiefe Wunden zufügt. Der Tyrannosaurus weicht zurück, schleppt sich einige Meter beiseite und bricht ebenfalls zusammen. Zum Schluss liegen beide Körpermassen in einiger Entfernung voneinander tot im Urgras. Wer hat da keine Lust, diese Szene mit Plastikmodellen in handlichem Format nachzuspielen, erwachsen hin oder her?

Ich stehe da und lausche. Während kurioserweise alle Pflanzen und Tiere der vergangenen Perioden bis in die Ära des homo sapiens überlebten, befinde ich mich jetzt in einem Abschnitt, der von zu ‚unserer' Zeit längst ausgestorbenen Arten dominiert wird. Ich stehe am Rand einer Lichtung. Es ist warm, aber weit weniger drückend als ich es bisher erlebte, sondern eher wie ich es aus unseren Tropen gewohnt bin.

Ein lauer Wind säuselt durch die Äste, Insekten summen und das Gras rauscht heimelig. Da vernehme ich von links ein Knacken. Dann von rechts ebenfalls. Zwei dunkle Schatten schieben sich in mein Blickfeld, hoch und mächtig von links und massig und geduckt von rechts. Sollte…?

Ein ausgewachsener Tyrannosaurus rex, der König der Saurier, schafft vom Scheitel bis zur Schwanzspitze eine Länge von 13 Metern, vom Scheitel bis zur Fußsohle eine Höhe von acht Metern und bringt ein Gewicht von neun Tonnen auf die Waage. So furchterregend er aussieht, so lächerlich wirken seine zweizehigen Vorderläufe, die trotz ihrer verkrüppelten Ausbildung erstaunlich kräftig sind. Diese Kreatur nähert sich von links. Schwerfällig bewegt sie sich, denn munterem Springen, wie es ein Velociraptor praktiziert, setzt ihre schiere Masse eine physikalische Grenze. Leicht ist zu erkennen, wie der schwere Schwanz dem Bipeder, dem Zweibeiner zur Balance verhilft. Wäre er nicht, fiele das ganze Konstrukt ständig auf den Bauch. Irgendwie sieht es tollpatschig aus, das Konstrukt. Ich denke an meine Erfahrung, dass auch die Natur lernen muss, an den archaischen Komodo-Waran und seine primitive Art der Fortbewegung; wie unendlich viel eleganter gleitet dagegen eine Raubkatze vorwärts! Sie hätte allein wegen des Größenunterschieds keine Chance, aus einem Zweikampf als Siegerin hervorzugehen.

Rechts harrt der beinahe erwartete Triceratops. Auch er bringt es in erwachsener Ausführung auf neun Meter Länge und sogar auf zwölf Tonnen Gewicht. Zwar Pflanzenfresser, weiß er sich dank seiner drei Hörner gegen eventuelle Angreifer nachhaltig zur Wehr zu setzen. Im Frankfurter Senckenberg-Museum stehen ein rekonstruiertes Triceratops- und ein Rhinozerosskelett relativ nahe beieinander, sodass sich dem Besucher ein Vergleich zwischen Körper- und Gehirnvolumen beider anbietet. Was das zweite Kriterium betrifft, geht er wie erwartet zu Gunsten des Säugers aus, obwohl auch das Nashorn im Gegensatz zum Elefanten nicht als das Intelligenteste unter Seinesgleichen rangiert.

Die beiden Kreaturen lauern in Kampfpositur an den Rändern der Lichtung, der grün schimmernde Theropode und der von Dickhäuterbraun getarnte Ceratopse. Ohne Größenvergleich erweckt er tatsächlich den Eindruck eines leicht missgebildeten Rhinozeros. Hin und wieder fand sich der eine oder andere Hautfetzen an einem Knochen, woraus die Paläontologen einen Schluss auf die Farben der Ur-Echsen ziehen zu dürfen glauben. Ich stelle von meinem privilegierten Standort aus fest, dass sie wirklich unspektakulär sind. Warum sollte sich auch ein Tier – sei es Jäger, sei es Opfer – in auffälligem Orange oder Gelb vorzeitig verraten?

Außer Schnaufen vernehme ich keine Äußerung der Kontrahenten. Ein bisschen wundere ich mich, denn den ‚Helden', der allein mit einer Maschinenpistole in der Armbeuge eine ganze Armee in die Flucht schlägt, hat der Mensch erfunden. Kein Raubtier wird je eine Beute angreifen, von der es merkt, dass sie eine Nummer zu groß ist. So wird keinem Löwen, obwohl er am oberen Ende der Nahrungskette siedelt, sich an einem ausgewachsenen Elefanten oder Nashorn zu vergreifen einfallen.

Nun scheint der T-Rex, der sogar leichter als der Vierbeiner ist, ihn aber wenigstens überragt, einen Angriff wagen zu wollen. Ich würde dir ja abraten, denke ich, und auch der Pflanzenfresser möchte sichtlich einen Kampf vermeiden, weiß aber, dass er dem Räuber nicht den Rücken zukehren sollte, denn der ist deutlich schlechter geschützt als seine gepanzerte Front. Folglich trottet er dem Zweibeiner entgegen, der ihn vorsichtig umkreist, um eine Schwachstelle zu finden. Dass gegen die Hornplatten, die den Nacken schützen, auch mit seinen imponierenden Zähnen nichts auszurichten ist, weiß der T-Rex.

Der Triceratops weicht aus, sodass er dem Riesenrachen wieder seinen Kopf zuwendet. Der makabre Tanz zieht sich eine ganze Weile hin. Der ‚König' scheint sehr hungrig zu sein und die Fleischmasse verlockend, denn er erkennt sicher, dass er einen schwierigen Fall vor sich hat, lässt aber entgegen seiner von primitiven Instinkten gesteuerten Vernunft von seinem Vorhaben nicht ab.

Das Schnaufen verstärkt sich. Der T-Rex zuckt zum ersten Mal vor und versucht sich in die Flanke zu verbeißen. Ein bisschen Haut erwischt er auch und zum ersten Mal gibt der Triceratops einen Schmerzenslaut von sich, scheint aber nicht schwer verletzt zu sein, denn in einer nicht vorhersehbaren Schnelligkeit wendet er sich um und schreit seinen Widersacher an. Ob das eine Warnung sein soll? Dieser ist zu dumm, um den Rat für bare Münze zu nehmen, und versucht einen zweiten Biss.

Da reißt dem Gehörnten der Geduldsfaden. Ein Blöken, das durch Mark und Bein geht, und ein Sprung, der dem ‚König' bis Brusthöhe reicht, und dieser hat die beiden mindestens zwei Meter langen oberen Dolche, die unmittelbar unter dem Nackenschild des Dreihorns entspringen, tief in seinem Leib stecken. Der darauf folgende Todesschrei ist dermaßen durchdringend, dass mir als unbeteiligtem Zuschauer der Kollaps droht. Einzig die übermächtige Neugier, wie der Zweikampf ausgehen wird, lässt mich die Stellung halten.

Der Triceratops versucht, sich von dem Fremdkörper zu befreien und hebt den Tyrannosauruskörper einige Zentimeter in die Luft, um ihn abzuschütteln. Ich spüre es unter meinen Sohlen zittern. Der Angegriffene merkt, dass seine Hörner immer tiefer in den Angreifer eindringen, und entwickelt eine neue Taktik. Er senkt seinen Kopf und tapst solange rückwärts, bis sich die auf dem Boden hinter ihm her schleifende, immer noch zuckende Masse von ihm löst. Nach ein paar Metern im Alleingang stellt er fest, dass es geschafft ist, schüttelt sich einige Male und verschwindet im Unterholz, durch das vor einer Stunde der T-Rex brach. Ein bisschen blutet er, aber das scheint ihm nicht viel auszumachen.

Anscheinend ist die Natur in der Kreidezeit soweit fortgeschritten, dass ihre Schöpfungen Selbstheilungskräfte entwickelten. Ganz zu Beginn hatte das Individuum keine Bedeutung; ein kaputtes oder verletztes war des Todes. Je weiter die Evolution fortschritt, desto wertvoller wurde es; so wertvoll, dass es lohnt, geringfügige Blessuren auszubessern. Der Heilungsprozess ist ein Phänomen, das der Mensch bis heute nicht begreift. Jedes technische Gerät muss, wenn es defekt ist, von außen und einer dafür ausgebildeten Fachperson repariert werden, sonst funktioniert es nicht mehr. Ein weiterer Hinweis, dass es keinen Gott-Mechaniker gibt, der sich dem widmet. Wer oder was sonst? Sorgt eine – Macht, Überspezies? – mittels dieser genialen Erfindung dafür, dass wichtige Arten nicht bei der geringsten Unbill aussterben, ohne dass sie regelmäßigen Inspektionen unterzogen werden müssen? Unter diesem Aspekt ist unser modernes Gesundheitswesen mit seiner ‚Durchcheck'-Mentalität eine Perversion, denn die Natur unterstützt dessen Vorgehen nicht.

Ich bin vorsichtig, denn Großwild neigt lange nach seinem Ableben zu Reflexen, denen ein schwächlicher 80-Kilo-Organismus nicht gewachsen ist. Nach mehreren Stunden traue ich mich, den toten Körper zu inspizieren. Wie erwartet fühlt sich die Schuppenhaut ähnlich wie die einer Schlange an, trocken und durchaus angenehm. „Da hast du dich ein bisschen überschätzt", sage ich mahnend zu dem Muskelberg, der seinerseits nichts mehr zu sagen hat. Dann fällt mir ein, dass deutlich gewaltigere Pflanzenfresser in dessen Beuteschema passen. „Hast du ihn verwechselt?" doppele ich nach. Der Brontosaurus ist so schwer, dass er sich stets halb im Wasser aufzuhalten gezwungen ist, da sonst seine Innereien absacken. Der wichtigste Teil seines Gehirns befindet sich im Rückenmark; andernfalls wäre er von hinten bereits halb aufgefressen, bevor diese Information seinen Kopf erreicht. Im Gegensatz zum Triceratops ist er hilflos und kaum in der Lage, seinen zeitgenössischen Jägern zu entkommen.

Ich erklettere den besiegten Unbesiegbaren und platziere meinen Fuß auf seinem Schädel, als wäre ich es, der ihn erlegte. Ich bin der erste Mensch, der mit so einer Kreatur in Hautkontakt tritt. So erhaben der Gedanke sein mag, nützt er mir nichts. In meiner aktuellen Gegenwart bin ich allein und beim nächsten Schritt in die Zukunft werden die Saurier ausgestorben sein.

Ich hangele mich auf den Waldboden zurück und erblicke weit entfernt, im Dunst hinter den Bäumen, eine bekannte Silhouette. ‚Mein' Berg ist zu einer Tafel wie in Kapstadt abgeflacht. Lieber Freund, denke ich, drei Fünftel der Höhe hast du geschafft, aber es gilt immer mehr Material zu beseitigen.

„Du bist guter Hoffnung, es planmäßig zu schaffen?" frage ich den Sperling, als er zum Landeanflug ansetzt. Sein Zwitschern klingt nach „ja, sicher!" bevor er sein Schnäbelchen ansetzt und einmal von links nach rechts und dann von rechts nach links wetzt. An der Bergflanke nehme ich ein Tier wahr, das sich flatternd in der Luft hält. Ein Flugsaurier? Ich fixiere es, stelle meinen Irrtum fest und sage zu meinem Freund: „Da kündigt sich deine Verwandtschaft an. Der Archæopterix gilt als der erste richtige Vogel und ernsthafte Theorieen, die auch ich unterstütze, sehen in eurer

Art die direkten Nachfahren jener Echsen, die das Ende dieser Periode nicht überleben werden. Sei stolz auf euch!"
Besonders scheint ihn diese Erkenntnis nicht zu berühren. Hektisches Wedeln und ich sehe seine Schwanzfedern wippen und kleiner werden, als wäre er froh, seine Arbeit für diesmal wieder erfolgreich hinter sich gebracht zu haben. Ich winke ihm lange, lange nach.

Max…? Einerseits ist es angenehm, dass ich nie um den Platz an dem einzigen Stehtisch kämpfen muss, andererseits hätte ich ganz gern irgendwann Gesellschaft, die sich mit mir einen Hamburger mit Cola munden lässt.

„Hamburger mit Cola! Hat dein Vater zum Schluss von fast food gelebt, Sabine?" Die Stimme der Pflegeschwester wendet sich offensichtlich an meine Tochter, die sie prompt mit ‚Hanne' anredet. Die beiden Frauen sind sich im Lauf der Zeit nähergekommen, wie schön. „Naja, er hatte einen Hang dazu. Wir sahen uns gezwungen, ihn ab und zu mit Hausmannskost zu füttern, sonst wäre er irgendwann an Skorbut erkrankt, wenn nicht…." Sie vollendet den Satz nicht. Dann tut sie es doch: „Wäre es doch nur Skorbut gewesen! Ich denke, da hat die heutige Medizin Mittel; vielleicht reichen sogar Vitaminpillen. Aber so ein Schlaganfall…." Dieser Satz geht in Schluchzen unter.

Ich versuche die Augen zu öffnen. Welch' herkulische Anstrengung! Plötzlich sehe ich verschwommen einen weißgetünchten Raum, in dem sich zwei Gestalten bewegen, eine in ebenfalls weißer, die andere in roter Bekleidung. Die in der roten ruft plötzlich: „Täusche ich mich, Hanne, oder guckt Papa?" Es wird etwas dunkler, denn die Weißbekleidete beugt sich über mich und nimmt mir das Licht. „Scheint so", sagt sie, „die Lider zittern." „Wie gern wüsste ich, was in ihm vorgeht." Hanne gibt mir den Weg zum Licht wieder frei. „Ich auch, das kannst du mir glauben." „Stell' dir vor, er bekäme alles mit, was wir hier reden. Hältst du das für möglich?" „Wie ich vor einiger Zeit sagte, durchaus. Leider haben wir keinen Zugang, in welchem Maß und mit welchen Emotionen." „Hoffentlich habe ich nie etwas gesagt, was ihn kränkt, Hanne." „Du sicher nicht, Sabine."

Nein, du nicht, will ich meiner Tochter sagen, als ich merke, dass es dunkel ist. Eine flackernde Tranfunzel ist die einzige Beleuchtung, die einige affenartige…; nein, Menschen! Ich befinde mich in einer Höhle und meine Artgenossen sind an der Wand beschäftigt, auf die ich genau blicke. Sie kommunizieren mittels gutturaler Laute, die ich merkwürdigerweise verstehe. Es ist nicht so, dass ich das Gesagte im Einzelnen verstehe, sondern eher, dass ich ihm seinen Sinn entnehme. Jede Wortmeldung wird durch ausgreifende Gestik unterstrichen, denn der Satzbau ist primitiv, eine Aneinanderreihung von Substantiven, die ohne Fallunterscheidungen konkrete Dinge aus dem bisherigen Erfahrungsbereich bezeichnen, und Verben in reiner Präsensform, für die dasselbe in Bezug auf Tätigkeiten gilt.

Schnell erkenne ich, wann und wo ich mich befinde, denn die Geschichte ist mir wohlbekannt. Ein neugieriger Junge namens Gaston Bertoumeyrou aus dem südfranzösischen Ort Les Eyzies krabbelt am 11. April 1895 zweihundert Meter tief in eine Höhle und entdeckt seltsame Zeichnungen darin, die gewiss keine gelangweilten Jugendlichen gekritzelt haben. Zum Glück ist er bereits reif genug, Monsieur Berniche, den Besitzer des Landes zu informieren, der wiederum den Prähistoriker Emile Rivière alarmiert. Zum Zeitpunkt meines Wandelns auf Erden gilt Combarelles als herausragendes Beispiel eiszeitlicher Zeichnungen, das die hervorragenden anatomischen Kenntnisse der damaligen Bewohner beweist.

20.000 Jahre vor meiner Geburt malt ein für einen Schamanen oder Ältesten erstaunlich junger Mann mit einer Farbe, die er aus einer Mischung von Roteisenstein mit Opfertierblut und -fett zusammenmischte, an die Felswand, woraus die Jagdbeute seines Stammes besteht. Wisente, Mammuts, Wollnashörner, Wildpferde, Hirsche und Bären in allen möglichen Posen, aber auch deren essbare Innereien sind dargestellt. Besonders ergiebig scheinen die Wildpferdherden zu sein, denn die abstrahiert er mit wenigen Strichen zu einer Hundertschaft. Immer wieder wendet er sich an sein gespannt lauschendes Publikum, um sich zu vergewissern, dass es alles verstanden hat. Seine Ausführungen sind lebenswichtig, denn noch kennt der Mensch keinen Ackerbau und muss sich an das halten, was ihm die Natur ohne spezielle Zubereitung bietet. Der Menschenmagen und -darm vermag keine Zellulose als Nahrungsbasis zu verdauen. So ist er zur Jagd gezwungen, da ihm Früchte und Beeren nicht genügend Energie liefern, um seine Körperfunktionen aufrecht zu erhalten. Wer im 21. Jahrhundert lautstark ‚zurück zur Natur' fordert, kann sich nur als Fleischesser oder durch Verzehr von industriell hergestellten vegetarischen Energieriegeln behaupten, die den Anspruch der Ursprünglichkeit konterkarieren.

Der Begriff Kultur taucht zum ersten Mal im Zusammenhang mit besagtem Ackerbau, der kultivierten Landschaft auf, bevor er sich über alles und jedes ausdehnt, was menschengemacht bis zur abstrakten Kunst ist und Artefakt heißt. Die Zeichnungen in der Höhle von Combarelles sind keineswegs aus rituellen, sondern aus schnöden pädagogischen Gründen so lebensecht wie möglich ausgeführt; das lerne ich, als ich ihrer Entstehung beiwohne.

Ich trete ans Licht. Ich bin in das Zeitalter des Neozoikums, der Erdneuzeit eingetreten und brauche nicht mehr auf Vibrationen zu achten, die tonnenschwere, weitgehend hirnlose, aber umso angriffslustigere Riesenechsen verursachen. Heute, mein lieber T-Rex, wärst du auch ohne Fehlspekulation ob der Wehrhaftigkeit deiner Beute ausgestorben.

Dafür verstärkt der kalte Wind eine Empfindung, die sich mir bereits ankündigte: Kälte. Zum ersten Mal, seit ich die Geschichte dieses Planeten verfolge, friere ich. Ich bin froh, dass ich nicht die volle Eiszeit durchlebte, denn die Hinweise der auslaufenden reichen mir. Die Menschen in der Höhle sind in dicke Felle gehüllt und ich…?

Schon lange gab ich auf, mich um mein Outfit zu sorgen, glaube aber, dass es stets angemessen ist. Nunmehr dürfte ich wärmende Funktionskleidung tragen, was unterstreicht, in welch' unangenehmem Wetter ich mich aufhalte. Das Knirschen unter meinen Füßen kann nur eins bedeuten. Plötzlich fallen die dicke Flocken auf mich, die Flocken des ersten Schneetreibens seit 4½ Milliarden Jahren!

Nach einer gewissen Zeit der Ruhe beginnt ein Mensch im Winter zu zittern, mag er anhaben was er will. Da hilft nur Bewegung und ich beschleunige meinen Schritt. Mein Gedankenkarussell gerät in Fahrt. Neben Édouard Rious kämpfenden Fischsauriern ist es der Begriff Pleistozän, der meine Berufswahl endgültig bestimmt. So archaisch er klingt, bezeichnet er die relativ junge Periode der letzten Eiszeit vor 600.000 Jahren, während der das Säugetier und als dessen bisherige Krönung der Mensch den Siegeszug über den Planeten antritt.

Die Kontinente, wie wir sie kennen, sind mittlerweile gebildet. Während ich durch eine Gegend streife, die der mir bekannten recht ähnlich sieht, denke ich an die Szene mit den Cro-Magnon-Menschen zurück. Sie wissen es natürlich nicht, aber während ihres Gastspiels ist auch das Pleistozän Vergangenheit und das

Quartär angebrochen. Ich lache. Ebenso wenig wie die vermeintlichen Wilden damals wissen wir heute, wie wir und unsere Periode dereinst in 20.000 Jahren genannt werden wird – oder in einer Million Jahren? Dass dann noch Vertreter der Spezies homo sapiens auf unserem Staubkorn im All herumhüpfen, sei in Zweifel gezogen. Bis zu den bereits kolportierten 135 Millionen der Dinosaurier fehlt noch ein gutes Stück Wegs!

Meine Gedanken schweifen wieder zur biblischen Schöpfung ab, die mir als alleinseligmachende Lehre im Religionsunterricht eingetrichtert wurde. Laut Rückrechnungen an Hand der David'schen Geschlechterfolge geschahen die sechs Tage der Schöpfung vor ungefähr 6.000 Jahren. Das wurde bis ins 19. Jahrhundert auch von Wissenschaftlern wortwörtlich geglaubt, weshalb die meist englischen Archäologen keinen Fund als älter datierten. Soeben war ich jedoch Zeuge eines Ereignisses, das 14.000 Jahre davor spielt.

Richtig, mein Berg! Entweder schwebe ich immer wieder zu ihm hin, ohne es wahrzunehmen, oder er steht einfach dort, wo ich mich befinde. Eigentlich ist es mir gleichgültig.

Dankbar, dass ich nicht mehr so hoch zu steigen gezwungen bin wie zu Beginn meiner Reise, erklettere ich ihn und warte auf meinen Freund. Ah, da ist er schon! Wie immer zwitschert er mir einen Gruß zu, tut sein Werk und verabschiedet sich.

Bei Max genehmige ich mir einen kräftigen Schluck Bier vom Fass, bevor....

„Es geht auf und ab." Die männliche Stimme ist mir unbekannt, denn sie gehört nicht meinem Schwiegersohn. Sabine beantwortet meine unausgesprochene Frage. „Haben Sie eine Ahnung, wie lange dieser Zustand anhalten wird, Herr Doktor?" Aha, der Stationsarzt. „Nein, Frau Wellershoff. Morgen kann Schluss sein, aber auch erst in ein paar Jahren." „Papa ist doch auf künstliche Ernährung angewiesen?" „Ist er. Ganz selten gelingt es Schwester Hanne, ihm auf natürlichem Weg eine Mahlzeit zuzuführen. Leider hinterließ er keine Patientenverfügung, was in so einem Fall zu tun sei." „Sie meinen abschalten...?" „Hm, ja." „Wissen Sie, ich glaube, ich würde das sowieso nicht veranlassen. Ich habe das Gefühl, er kriegt alles mit."

Das ist so, liebe Sabine. Schade, dass ich dir das nicht mitteilen kann. Jetzt ist es staubtrocken, heiß und hell. Kein Wunder, stehe ich doch im heißen Wüstensand und sehe zu, wie unter Einsatz eines Flaschenzugs unglaublich voluminöse und entsprechend gewichtige Steinquader über eine Rampe in die Höhe gehievt werden. Ich bin Zeuge, wie die Cheopspyramide errichtet wird, welch' ein Privileg!

Dass die alten Ägypter mit Rampen und Flaschenzügen arbeiten mussten, um ihre monumentalen Bauwerke zu errichten, ist seit Langem unbestritten und gilt als Lösung des Rätsels. Dabei ist sie nur eine teilweise, denn Halterung und Seile für den Flaschenzug erfordern vor Beginn des eigentlichen Wackeraufschichtens bereits einen erheblichen Aufwand. Die Konstruktion selbst besteht aus Holz, das von weither herangeschafft wurde, und die Hanfseile sind von einer Stärke, dass mich wundert, wie straff sie trotz ihres eigenen Gewichts gespannt sind. Ganze Dutzendschaften sind beschäftigt, sie nach unten zu zerren, während das an den Stein gebundene Ende sich in schneckenartiger Geschwindigkeit nach oben bewegt. Dabei tun sie etwas, was ich seit Beginn der Erdgeschichte vermisse – sie singen!

Die Worte klingen für mich fremdartig und bilden kaum eine definierte Sprache ab, denn ich weiß, dass die Ägypter ihre Arbeiter aus allen Ecken der bekannten Welt zusammenholen, was zu einer babylonischen Sprachenvielfalt führte. Die Aufseher sind deshalb gezwungen, in vereinheitlichten Schlagwörtern ihre Befehle zu erteilen wie der Schiedsrichter im Fußball per Pfeife und Gestik.

Ich erwarte wissbegierig, wie die ameisenhaften Gestalten auf der obersten Plattform den Stein in seine endgültige Lage manövrieren werden. Bin ich enttäuscht, als ich sehe, dass sie sich im Kleinklein verlieren und mit Keilen und Hämmern solange herumfeilen, bis der Quader ‚sitzt'? Zeit hatte man damals, nämlich die gesamte Lebenszeit des Pharao. Es ist eine Fehlannahme, die sich über Jahrhunderte hielt, dass als Preis für das Gelingen des Werks Sklaven tausenderweise zu Tode geschunden wurden. Auf das Wohlbefinden niedrigerer Ränge wird meiner Einschätzung nach nicht allzu viel gegeben, aber sobald Spezialisten gebraucht werden, ist gute Behandlung und Bezahlung unabdingbar, will sich der Auftraggeber weiterhin deren Wissen und Können bedienen.

Mit dem eben beobachteten passgenauen Einfügen des Steins ist die nächste Lage vollendet und die Rampe wird in zweifacher Weise erweitert, nämlich außer weiter in die Höhe getrieben auch verlängert, damit sie ihren Winkel beibehält. Das ist für mich nicht von sonderlichem Interesse; sehenswert wäre eher, wie nach Aufsetzen der Spitze der Putz angebracht wird, der der Pyramide erst die Gestalt gibt, die nach ihr benannt ist. Das noch ältere Grabmal in Sakkara heißt deswegen auch Mastaba, weil zu deren Planungszeit noch nicht beherrscht wurde, die Stufen eines 45°-Aufstiegs stabil aufzufüllen.

Man kann nicht alles haben und so wandere ich durch die Arbeiter-, aber auch Wohnsiedlung von Gizeh und stelle fest, dass die einfachen Leute mehr oder weniger in Zelten hausen. Was für ein Kontrast zu den prachtvollen pharaonischen Palästen! Kein Wunder, dass nur diese die Zeitläufe überdauerten und spätere Generationen ausschließlich über die Lebensverhältnisse der Oberschicht Kenntnis haben. Manchmal gewann während meiner Schul- und Ausbildungszeit auch das Gefühl die Oberhand, dass die der Gemeinen mit Absicht wenig Beachtung fanden.

Ob mir mein Berg auch hierher folgte? Er erhebt sich zwar über den Horizont, aber erstens nicht mehr besonders imposant und zweitens nicht in der Wüste, sondern in einer kälteren, bewachsenen Umgebung, die irgendwie nach Europa aussieht. Nachdem ich ihn erkletterte und mich setzte, um auf meinen Freund zu warten, stelle ich fest, dass ich eine felsige Hochebene vor mir habe...; ah, da ist er ja!

„Jetzt musst du ganz schön Breite abreiben, damit du ihn restlos abwetzt", sage ich zu ihm. Er trillert ein fröhliches Lied, vielleicht, weil er zur pharaonischen Epoche bereits Spielkameraden findet. Dann tut er das, was er seit 4½ Milliarden Jahren tut, wetzt seinen Schnabel einmal von links nach rechts und einmal von rechts nach links, zwitschert mir einen Abschiedsgruß zu und flattert davon. Während ich ihm hinterherwinke, rieche ich Max' Hamburger, denn dank der tafelbergähnlichen Fläche hat er seine Bude auf dieser, sozusagen in Griffweite aufgebaut.

„Guck mal, Opa Martin hat die Augen offen", kräht Alice, die ich erkenne, weil sie sich über mich beugt und mir sehr nahe ist. Hinter ihr tauchen die Gesichter von Sabine und Hanne auf, die mich aufgeregt begutachten. „Tatsächlich", bestätigt meine Tochter. „In letzter Zeit meldeten die Maschinen eine leichte Gehirnaktivitäten-Zunahme deines Vaters", bestätigt auch die Pflegeschwester, „vielleicht bekommt er tatsächlich vieles von dem mit, was wir hier bereden."

Das und viel mehr, möchte ich schreien, ich bekomme die ganze Welt mit. Na gut, lasse ich die ganze Welt einmal außen vor; viel wichtiger ist, dass auch meine Enkelin mich wieder einmal besucht. Was ist mit Liam und Hermann? Ich habe den Verdacht, dass etwas in Sabines Ehe nicht mehr so ist, wie es in einer guten Ehe sein sollte. Ob ich es erfahre?

Ich spaziere durch eine Stadt, die mir signalisiert, dass ich sie kenne. Sie sollte mir als Altphilologen und Paläontologen durch meine Studien bekannt sein, ist es aber mehr durch Albert Uderzos geniale Zeichnungen in seinen unvergleichlichen Asterix-Comicbänden. Ich befinde mich in Rom, und zwar im antiken Rom zur Zeit Cäsars.

Was mag ich miterleben dürfen? Ich weiß, wo der Senat zu suchen ist, und wende meine Schritte dorthin. Unterwegs schiebe ich mich förmlich durch das Gewimmel von togentragenden Römern und Römerinnen über relativ gut gekleidete ehemalige Sklaven, die wirtschaftlich erfolgreich sind, über behelmte Legionäre bis zu in elende Lumpen bis gar nicht bekleidete Bettler. Prostituierte erkenne ich daran, dass sie ihre Haare offen tragen, während vornehme Patrizierinnen ihre Pracht unter einem Tuch verbergen, sofern sie überhaupt sichtbar sind. Die wirklich Vornehmen lassen sich nämlich in mit Tüchern zugehängten Sänften über den beträchtlichen Unrat tragen, den der halsbrecherische Wagenverkehr erzeugt. Er erreicht ein Ausmaß, das dem moderner Städte ebenbürtig ist, nur dass statt Dieselnageln und -abgasen die organischen Motoren eine unbeschreibliche Mischung aus Blöken, Wiehern, Schreien und Grunzen sowie Fäkalien in fester und flüssiger Form ausstoßen. Einem Hans-guck-in-die-Luft werden Fuß- und Beinbekleidung schneller besudelt als er „timeo Danaos et dona ferentes" aufzusagen schafft. Den Sänften der Allervornehmsten, der Priester, Senatoren und Konsuln, rennt eine Eskorte von einer oder mehreren Personen voraus, deren Knüppel für freie Bahn sorgen.

Mir fällt auf, dass alle Fuhrwerke links aneinander vorbei fahren. Folglich hat bereits Cäsars entsprechendes Dekret gegriffen und folglich bin ich entweder in seine Regentschaft gefallen oder befinde mich in deren Nachgang.

Eine merkwürdige Erfahrung, über das intakte Forum Romanum zu schlendern und den Römern bei Handel und Wandel zuzuschauen und zuzuhören. Meine Lateinlehrer wussten genau, wie die historischen Namen korrekt ausgesprochen werden – dass es Käsar und nicht Cäsar und Kikero und nicht Cicero heißt, obwohl Tonaufzeichnungen aus der Zeitenwende äußerst selten, um nicht zu sagen unbekannt sind. Sie beziehen ihre Weisheit aus dem Fortbestand der lateinischen Sprache in Klöstern und dem katholischen Ritual, das in der Tatsache gipfelt, dass die Sprache Ciceros bis heute die Amtssprache des Vatikan ist. Wenn ich überlege, welche Wandlung unsere eigene in nur 500 Jahren durchmachte, halte ich das nach der vierfachen Dauer für eine mutige Behauptung. Ich stelle mir eher vor, dass die Aussprache der Konsonanten c und g vom nachfolgenden Vokal abhängt, wie es bis heute ein allen romanischen Nachfolgern der Fall ist. So wären sie vor geschlossenen – e und i – weich und nach offenen – a, o und u – hart ausgesprochen, umso mehr, als der Buchstabe k im römischen Alphabet außer in dem Fremdwort Kalenda – dem Monatsersten – fehlt. Aufmerksames Hinhören bestätigt meine Vermutung. Leute, mit welch' epochalen Erkenntnissen werde ich von meiner Exkursion nach Hause zurückkehren!

Ich versuche an Hand der vorhandenen Bauten eine chronologische Einordnung. Der Konstantinsbogen steht noch nicht; folglich bin ich weit vor dessen Geburt vom Himmel gefallen. Ein Blick zurück bestätigt mir, dass auch das Colosseum durch Abwesenheit glänzt. Die größte Prachtentfaltung erlebt das Stadtzentrum unter dem Imperator Augustus Oktavian und die fehlt eindeutig. Ob ich Cäsar…?

Ich umgehe den Kapitolshügel südlich, erreiche aber eine ausreichende Höhe, um des Circus maximus ansichtig zu werden. Eine gerade, sorgfältig gepflasterte Straße führt oberhalb des Tiber zu einem monumentalen Gebäude, bei dem es sich um das Theatrum Pompeji handeln muss. Theater bedeutet im alten Rom nicht unbedingt eine überdachte Bühne für Aufführungen von Tragödien oder Lustspielen, sondern bezeichnet Versammlungsort allgemein. Eine halbwegs angemessene moderne Übersetzung wäre Plenarsaal.

Ich werde richtig nervös, denn ich weiß, dass jene entscheidende Senatssitzung am 15. März 44 vor Christi, oder, um mich in römischer Einteilung auszudrücken, 709 a.u.c. – ab urbe condita, seit der Gründung der Stadt – stattfindet. Die Straße führt parallel, aber oberhalb des Flusses weiter und nimmt damit ungefähr den Verlauf des heutigen Corso Vittorio Emanuele vorweg. Ich weiß, dass sie vor dem Tiber in das berühmt gewordene Campus Martius, das Marsfeld ausläuft. Am Fluss endet die Stadt, denn dessen rechte Seite, die 1.500 Jahre später von der monumentalen Peterskirche und ihren flankierenden Bauten dominiert sein wird, ist jetzt Brachland. Auch die Pons Neronianus würde ich vergeblich suchen, denn der Imperator Nero ist eine Gestalt der Zukunft.

Ich bin mittlerweile sicher, richtig gelandet zu sein. Als ich das Pompejustheater betrete, schlägt mir aufgeregtes Stimmengewirr entgegen, das bald in Wut- und Schmerzensgeschrei übergeht. Ein Gewimmel weißer Togen wälzt sich übereinander. Ich sehe Messer aufblitzen und eine bestimmte Person attackieren, die ich mühelos als Cäsar identifiziere. Er ist bereits blutüberströmt. Angeblich sagt er, als er einen der Anführer der Verschwörergruppe neben Gajus Cassius Longinus erkennt, „et tu, mi fili". Damit ist Marcus Junius Brutus gemeint; es ist jedoch unwahrscheinlich, dass das stimmt, denn als er theoretisch des Brutus ansichtig wird, ist er bereits so schwer verwundet, dass im zu sprechen kaum mehr möglich sein dürfte. Der große Feldherr verblutet an den Messerstichen, die ihm die mehr als 60 beteiligten Senatoren zufügten.

Am Morgen des fraglichen Tages erwägt Cäsar, der Senatssitzung fernzubleiben, weil seine Frau Calpurnia den Anschlag auf Grund von Alpträumen vorausahnt. Decimus Brutus wird deshalb entsandt, um das Scheitern des seit langem geplanten Vorhabens zu verhindern und den Diktator umzustimmen. Durch geschickten Spott über den vermeintlichen Einfluss von Aberglauben gelingt dies. Cäsar kann der Senatssitzung ohnehin nicht fernbleiben, denn zum einen plant er, bald in den Partherkrieg zu ziehen, zum anderen, die Erlaubnis einzuholen, außerhalb Roms und Italiens den Titel rex zu führen, da gemäß einer Weissagung nur ein König die Parther besiegen könne. Das ist eine heikle Angelegenheit, denn nach dem Wüten des letzten Etruskerkönigs Tarquinius superbus soll niemals wieder eine Person den Titel Rex beziehungsweise König tragen dürfen.

Vor dem Senatsgebäude trifft Cäsar auf seinen Freund und Mitkonsul Marcus Antonius, der von Gajus Trebonius abgelenkt wird. Eine unterwegs erhaltene Schriftrolle des griechischen Philosophielehrers Artemidoros, die Details zur Verschwörung enthält, erreicht Cäsar nicht, denn dieser überreicht sie einem Mitglied des Stabs, um sie später zu lesen. Am Tag seiner Ermordung stößt Caesar auch auf den Haruspex Spurinna, der ihn auf Grund einer Eingeweideschau schon einen Monat zuvor vor einer – spätestens an den Iden des März sich realisierenden – Gefahr warnte, und stellt laut Sueton abschätzig fest: „Die Iden des März sind da!" worauf dieser entgegnet: „Da sind sie, aber noch nicht vorbei."

Der beste Redner der Antike, der Anwalt Marcus Tullius Cicero, ein politischer Gegner Cäsars, aber an der Verschwörung nicht beteiligt, ist Zeuge der Tat und schreibt später in einem Brief an seinen Freund Titus Pomponius Atticus, dies sei das gerechte Ende eines Tyrannen.

Endlich lassen die Mörder von dem Toten ab und ich sehe ihn, beinahe bis zur Unkenntlichkeit zerstückelt, am Boden liegen. Schade, ich wäre dem Übermenschen des römischen Reichs und genialsten Strategen aller Zeiten gern persönlich begegnet, wie er zum Rednerpult schreitet, posiert und redet.

Ich verlasse nachdenklich das Pompejustheater. Zum ersten Mal bin ich in der Lage, meine temporären Koordinaten taggenau zu bestimmen. Das römische Reich besticht durch seine minutiöse Verwaltung, in der jede Hinrichtung in Stein gemeißelt der Nachwelt erhalten wird. Warum ist jene Hinrichtung, die in ungefähr 80 Jahren vonstatten gehen wird, nirgends vermerkt? Wir wissen beinahe auf die Minute, wann Gajus Julius Cäsar ermordet wurde, während die Evangelien zwar nachvollziehbare Ortsangaben bieten, aber sich jeglicher zeitlicher Einordnung verweigern. Die Regierungszeit des Präfekten Pontius Pilatus von 26 bis 36 nach Christi gibt einen Hinweis, dazu die Angabe, dass sich Jesus bei seiner Kreuzigung ‚im besten Mannesalter' befindet, das heißt zwischen dem 30. und 40. Lebensjahr, aber damit erschöpfen sich die Hinweise. Das Konzil von Nicäa bestimmt willkürlich seine Geburt auf das Jahr 753 a.u.c., das als das Jahr -1 der bestimmende Eckpfeiler aller modernen Terminangaben wird – nicht 0, denn diese Zahl wird erst ungefähr tausend Jahre später eingeführt. Die Römer kennen zwar die Vokabel nullus für kein oder nichts, verstehen sie aber nicht mathematisch.

Ich sehe mich nicht mehr in Rom, sondern meinem Berg gegenüber, der nicht verändert ist. „Seit deinem letzten Besuch sind ja erst drei weitere erfolgt", verteidige ich meinen Freund, der sich nichts aus dem schleppenden Fortschritt zu machen scheint, sein Schnäbelchen zwei Mal wetzt, mich mit einem Triller verabschiedet und davonfliegt. Meine Visionen drängen jetzt dichter aufeinander, kein Wunder, komme ich doch ‚meiner' Geburt und auch meiner Ernährungsweise immer näher. Während ich Pommes mit Cola zu meinem Stehtisch trage, versuche ich mich in Prophezeiungen, wohin mich der nächste Sprung tragen wird. Cäsar....

„Er hat immer von Cäsar geschwärmt", sagt Sabine, „verstehen kann ich's nicht, denn der war ja nichts weiter als ein üblicher übler Schlächter und Massenmörder." „Dann hast du dich ganz schön von deinem schulischen Geschichtsunterricht entfernt", sagt Hanne, „ich habe ihn jedenfalls als größten Feldherrn aller Zeiten angepriesen bekommen." „Meinst du, ich nicht? Als Zwölfjährige nahm ich das auch widerspruchslos hin. Mit dem Nachdenken begann ich erst zehn Jahre später." Hanne lacht. „Mir geht es genauso. Ob Cäsar heute noch als Vorbild für alle Generationen der Menschheit gelehrt wird?" „Sicher, Hanne. Sowas ändert sich nicht. Ich denke, so ein Egomane und Alphatier ist eher etwas für Jungs und die sind es, die die Bewunderung für so ein Verhalten unreflektiert weitergeben." „Das ist erstaunlich, gibt es heute doch kaum mehr männliche Lehrer." „Aber die Lehrpläne werden von den Kultusministerien aufgestellt und die sind männlich dominiert." „Auch die Kultusministerien sind heute weitgehend in weiblicher Hand." „Die Kultusministerinnen arbeiten die Pläne ja nicht eigenhändig aus; das überlassen sie ihren Handlangern und die rekrutieren sich aus Männern. Die Frauen werden jetzt mit Hochdruck in die höheren Positionen gehievt. Dabei wird geflissentlich übersehen, dass sie über den Wolken schwebend wenig ausrichten." „Eine steile These, Sabine." „Ich habe keine andere Erklärung."

Ich sehe zunächst Schemen und dann klar und deutlich meine Tochter und die Pflegeschwester in ihre Unterhaltung vertieft, denn sie stehen direkt am Fußende meines Bettes. Als sich Sabine mir zuwendet, bemerkt sie, dass meine Augen geöffnet sind. „Oh, Papa scheint bei uns zu sein." Hanne huscht seitlich weg, wahrscheinlich, um nach den Messwerten zu schauen, während meine Tochter mich anspricht. „Papa, hörst du mich?" Es gelingt mir, zwei Mal zu zwinkern, um meine Zustimmung zu signalisieren, und ernte einen Freudenschrei. „Er scheint mich zu verstehen." Die Schwester kehrt in meinen Gesichtskreis zurück und schaut mich gespannt an. „Heißt zwei Mal zwinkern ja?" Ich zwinkere zwei Mal. „Und einmal zwinkern nein?" Liebe Sabine, jetzt stellst du mich vor ein Problem. Ich zwinkere zwei Mal zur Zustimmung. „Frag' ihn mal was, was nicht stimmt", schlägt Hanne vor. „Hast du mehr als ein Kind?" Ich zwinkere einmal. „Eindeutig, er versteht mich."

Eine fruchtbare Unterhaltung entwickelt sich, obwohl ich nur mit ‚ja' und ‚nein' zu antworten vermag. Als wir bis zu der Aussage vorgedrungen sind, dass bald Weihnahten ist, überkommt mich Erschöpfung. Die Schwester merkt das und bremst den Redefluss meiner Tochter. „Ich glaube, dein Vater hat gegeben was er konnte", sagt sie und fasst diese an der Schulter. Ich hätte gar zu gern gewusst, was aus Hermann und den Kindern geworden ist, aber ich bin darauf angewiesen, dass Sabine von sich aus das Thema anspricht. Naja, irgendwann erfahre ich es vielleicht.

Verglichen mit dem Krankenzimmer ist es dunkel. Einzig eine flackernde Petroleumlampe erhellt den Raum. Vor der Lampe liegt ein Foliant, den ein mittelalterlicher Mann in mühsamen Etappen beschreibt, indem er einen Federkiel ständig in ein Tintenfass taucht, ein paar Wörter zu Papier bringt und erneut tanken muss. Der Mann ist rasiert, wirkt nicht sonderlich alt und ist in eine kirchliche Soutane von schwarzer Farbe gehüllt. Das dazugehörige schwarze Birett ist sorgfältig außerhalb des Schreib-Schwenkbereichs abgelegt. Mein Herz hüpft vor Freude, denn ich befinde mich im Studierzimmer eines der größten Männer der mittelalterlichen Geschichte, des Universalgelehrten Athanasius Kircher.

Nachdem ihm die Universität der Stadt Würzburg im Alter von 28 Jahren eine Professur für Mathematik und Ethik verleiht, wird er sechs Jahre später nach Rom berufen, woselbst ich ihm in diesem Augenblick begegne. Er ist sein Leben lang ergebener Diener des Papstes, was ihn nicht hindert, seine Überlegungen und Forschungen dem Erdinneren zu widmen, nachdem er in den Vesuvkrater hinabstieg. Als Ergebnis dieser mutigen Handlung verfasst er das Buch ‚Mundus subterraneus', das die These aufstellt, die Erde als Ganzes sei ein lebender Organismus. Er hängt sie nicht an die große Glocke, denn im Grunde widerspricht sie der Lehre der Kirche, die in einem allmächtigen Herrn, der irgendwo droben im Himmel weilt, genug der Allmacht gebündelt sieht. Ich bin überzeugt davon, dass ich Kircher in der Phase begegne, in der er an besagtem Buch schreibt.

Ich räuspere mich. „Hochverehrter Vater." Irritiert schaut er hoch und scheint nicht überrascht, mich in seiner Stube vorzufinden. „Darf ich Euch stören?" „Niemand, der Wissen begehrt oder Wissen mitbringt, stört. Was ist Euer Anliegen?"

Ich räuspere mich nochmals. „Was bringt Euch auf die Idee, unsere Mutter Erde sei als Ganzes ein Lebewesen, ein Organismus?" „Dort unten bin ich wirklicher Macht begegnet. Hier oben bisher nicht, denn wir Menschen bringen nichts weiter fertig als uns selbst Unbill zuzufügen. Ich habe nicht das Gefühl, dass diese Unbill weitere Kreise zieht, das heißt die Schöpfung davon beeinflusst wird.

Dort unten hingegen", und damit deutet Kircher mit seiner Feder Richtung Fußboden, „bin ich ihr begegnet. Der wahren Macht, meine ich. Sie grummelt und rumort in einer Weise, die keinen Zweifel an ihren Fähigkeiten lässt. Wenn sie sich erhebt, hat der Mensch und auch sonst keine Kreatur hier oben eine Möglichkeit, ihr zu entrinnen. Der Untergang Pompejis im Jahr des Herrn 79 beweist das. Und der Vesuv ist beileibe nicht der einzige Vulkan auf der Erde. Ich halte den Ätna für viel gefährlicher. Täten sich alle Vulkane zusammen und brächen auf einen Schlag aus, würde das die Menschheit nicht überleben." „Wie verträgt sich das mit dem Schöpfungsgedanken?" „Auch die Erde und alles, was sie vermag, gehört zur Schöpfung. Wie Ihr wisst, wurde die Menschheit bereits einmal gesamthaft bis auf eine Familie, die Familie Noahs, vernichtet. Von Einzelereignissen wie dem Feuerregen auf Sodom und Gomorrha will ich gar nicht reden." „So ist Eure Sicht auf das Erdinnere Euer Schlüsselerlebnis." „Das ist so, mein lieber unbekannter studiosus." „Ich danke Euch, hochverehrter Vater." „Gern geschehen, lieber Wissbegieriger."

Ich trete im Vollmondlicht ins Freie. Kirchers Studierzimmer befindet sich im Bereich des Vatikans und ich sehe über den Tiber auf das Areal, das vor 1½ tausend Jahren das Pompejustheater trug. Heute herrscht dort ungezügelte wilde Bebauung vor, die jede Assoziation an den prachtvollen Nabel der Welt, der die Stadt vordem war, vermissen lässt. Wieder eine Einzelheit, denke ich. Wir wissen genau, dass der Vesuvausbruch, der Pompeji und Herkulaneum vernichtete, am 24. August 79 geschah. Warum gibt es kein Datum für Jesus' Kreuzigung? Ich war bei ihr nicht zugegen, weil sie im Gegensatz zu Cäsars Ermordung nicht stattfand, ist meine einzige Erklärung. Die geschichtlich zweifelsfrei nachgewiesenen Personen Peter und Paul erdachten ihre neue Philosophie ‚liebet eure Feinde', aber auch den imperialistischen Missionsbefehl, und unterfütterten die Wahrheit ihrer Predigten mit einem erfundenen Idealmenschen, der praktischerweise zugleich Gottes Sohn ist. Das ist Wasser auf der Mühlen der Thoraanhänger, die ohnehin des Erlösers harren. Diese geschickte Vermischung von Althergebrachtem und Neuem ist das richtige Rezept, einen Siegeszug über die Erde anzutreten. Für die damalige Geisteswelt eine ungeheure Leistung, rekapituliere ich anerkennend. Andererseits: Als wie unlogisch ist eine Lehre zu werten, die einen angeblich allmächtigen Herrn seine makelbehaftete Schöpfung in Gestalt einer erdumspannenden Flut einmal fast zu vernichten und später einen Sohn zu schicken zwingt, der sie über den Umweg einer schmerzhaften Hinrichtung, die dieser überlebt, ein zweites Mal erlösen lässt? Mit dessen Himmelfahrt und der Ausgießung des Heiligen Geistes über die Jünger gleitet die Geschichte vollends ins Absurde.

Die Ungereimtheiten des neuen Testaments verblassen allerdings gegen die des alten. 3½ der fünf Bücher Moses, die zur späteren jüdischen Thora erklärt werden, erschöpfen sich in detaillierten Wünschen des Herrn, wann ihm was in welchem Zustand geopfert zu werden hat. Größeren Schrecken verbreiten die drakonischen Strafen, die er für kleinste Vergehen verhängt. Ein Beispiel: In Numeri 15, 32-36 entdecken die Israeliten einen Mann, der am Sabbat Holz sammelt und damit gegen das Gebot des heiligen Feiertags verstößt. Sie melden das dem Herrn und dieser befiehlt, den Mann zu steinigen. Steinigen! Welch' grausame Art zu töten und welch' qualvolle zu sterben – für eine nach modernem Verständnis geringfügige Ordnungswidrigkeit.

Nein, mit diesem Herrn wollte und will ich nichts zu tun haben, mögen auch angeblich eine Milliarde Menschen an ihn glauben!

Ich wandere ein Stück weiter. Ah, da ist er ja, mein Berg. „Bist du nicht ein wenig außer Takt?" frage ich meinen Freund, als er heranflattert. Sein Zwitschern kleidet die Frage *warum, meinst du?* in die Vogelsprache. „Na, weil du der Sage nach alle tausend Jahre erscheinst und seit deinem letzten Besuch 1½ davon vergangen sind." *Der Takt ist nach Bedarf. Im Durchschnitt sind es alle tausend Jahre.* „Na, dann ist es ja gut."

Das Schnäbelchen wetzt wieder einmal von links nach rechts und einmal von rechts nach links. Nach getaner Arbeit hebt mein Spatz ab. „Bis zum nächsten Treffen", rufe ich ihm nach. *Bis zum nächsten Treffen*, erhalte ich zur Antwort.

Ein paar Schritte zu Max' Bude und ich stehe vor der Qual der Wahl: Bratwurst, Hamburger oder Pizza. Ich entscheide mich für ein Segment Sardellen-/Olivenpizza, als eine männliche Stimme in meinen Genuss einbricht. „Im Augenblick ist die Gehirnaktivität recht hoch." Ich identifiziere sie als die des Arztes. „Gibt es eventuell doch Hoffnung?" höre ich meine Tochter sagen. „Ich möchte nicht mehr verbreiten als ich verantworten kann, Frau Wellershoff. Die Erfahrung zeigt, dass es immer wieder zu Höhen und Tiefen kommt...; sehen Sie, Ihr Herr Vater schaut uns an."

Das Spiel vom vergangenen Aufwachen wiederholt sich: Einmal blinzeln bedeutet nein, zwei Mal ja. Ich erfahre praktisch nichts, denn ich kann ja keine Fragen stellen; Sabine holt aus mir heraus, dass ich mich gut fühle und eine bewegte Reise durch die Erdgeschichte erlebe. Mittlerweile hat sie offenkundig Übung darin erlangt, durch Nachhaken das ‚Gespräch' dort anzuknüpfen, wo es Einzelheiten zu erfahren gibt, die sie interessieren. Dass ich weiterhin in meinem alten Beruf lebe, scheint sie zu faszinieren. Plötzlich habe ich einen Einfall, wie ich mich meinerseits einbringe. Ich blinzele drei Mal kurz, drei Mal lang und wiederum drei Mal kurz. „Ihr Vater morst SOS", urteilt der Arzt. „Das hätte ich nicht erkannt; können Sie es, Herr Doktor?" „Als Funker lernte ich es einmal bei der Bundeswehr." „Er signalisierte vorhin doch, es ginge ihm gut?!" „Ich glaube, er hat das SOS auch nur als Einstieg verwendet."

Der Arzt sieht mir ins Gesicht. „Möchten Sie uns etwas sagen, Herr Wellershoff?" Ich blinzele zwei Mal zur Zustimmung. „Dann legen Sie los." Ich lege los: lang-kurz-lang+kurz-kurz+lang-kurz.... „Kin", gibt der Doktor weiter, „ich denke, er möchte wissen, was mit den Kindern ist – ich nehme an, er meint Ihre, also seine Enkel."

Das Gesicht des Arztes wird durch Sabines ersetzt. „Es geht ihnen gut", teilt sie mir mit, „sie sind normalerweise bei ihrem Vater, wenn ich dich besuche, denn das Pflegeheim ist für sie bedrückend und langweilig. Ich werde sie aber bitten, bei einem der nächsten Male mitzukommen." Sie sieht mich an und ruft: „Kann es sein, dass Papa gerade ‚danke' gesagt hat?" „Höchstens gehaucht, aber Sie haben natürlich eine besonders enge Bindung an ihn." „Alice und Liam sind ab jetzt dabei, das verspreche ich dir."

Ich springe auf der Wiese umher und spiele mit Alice fangen...; nein, nicht mit Alice, sondern mit meiner Tochter Sabine. Sie ist ungefähr im selben Alter wie Alice jetzt und mir fällt auf, wie sie sich im Alter von ungefähr acht Jahren ähneln. Ich bin ein junger Vater, der in dieser Rolle aufgeht, im Beruf erfolgreich ist und sich glücklich verheiratet weiß. Meine Frau schaut mir von der Hollywood-Schaukel aus lächelnd zu, wie ich mich mit Sabine abtobe. Sie weiß nicht, dass sie weniger als zehn Jahre später an Krebs gestorben sein und Sabine als Halbwaise zurücklassen wird.

Endlich hat sich meine kleine Tochter genügend erschöpft, um sich ihrer Puppe zuzuwenden und mir Gelegenheit zu geben, mit Yvonne einige Worte zu wechseln. „Ich habe das Gefühl, das Angebot dieser Professur erfüllt dich mit Stolz, Martin." „Tut es, meine Liebe. Außerhalb meiner Vorlesungen werde ich genug Gelegenheit finden, meinen Forschungen zu frönen.

Ein bisschen habe ich den Eindruck, dass dich meine Beförderung weniger glücklich macht." „Ich bin gespalten. Einerseits bin ich über deinen Ansehenszuwachs sehr glücklich, andererseits wirst du bei deinen Ausgrabungen häufig längere Zeit von zu Hause fort sein." „Das ist nicht zu ändern, Yvonne. Wobei diese Abwesenheiten nie über die Dauer der vorlesungsfreien Zeiten gehen werden. Dafür werde ich entspannt und gelöst zurückkehren." „Da mir bewusst ist, dass die Ausgrabungen dein Herzblut sind, nehme ich das als Trost. Du wirst mir und deiner Tochter trotzdem sehr fehlen."

Es sollte sich ergeben, dass ich dank gewährter Freisemester manchmal beinahe ein Jahr am Stück in Nord- und Südamerika verbringe, was meine Ehe immer mehr verdunkelt. Als Yvonne ernstlich krank wird, bereue ich mein rücksichtsloses – gegenüber der Familie rücksichtsloses Vorgehen, aber da ist es zu spät. Das nächste Freisemester ist dem Aufenthalt am Krankenbett gewidmet, aber das bedrückt mich vollends. Zuzuschauen, wie es der Liebsten immer schlechter geht und man selbst nichts unternehmen kann, um diesem Zustand abzuhelfen, ist eine der furchtbarsten Erfahrungen in einem Menschenleben – sicher eine schlimmere als mit dem eigenen Tod zu ringen.

Ein Spatz, den ich kenne, umschwirrt mich. Seit meinem Besuch bei Athanasius Kircher sind gerade einmal 350 Jahre vergangen und für meinen Freund ist an sich noch nicht Zeit, wieder aktiv zu werden, aber er tut es trotzdem. Zwei Mal zu viel wetzen liegt im Toleranzbereich der Ewigkeitssekunde, sage ich mir. Ein fröhliches Zwitschern bestätigt meine Meinung und ich finde mich vor Max' Kiosk wieder.

Während ich an dem Stehtisch mit schlechtem Gewissen mein Halbes die Kehle hinabrinnen lasse, vernehme ich die Stimme meiner Tochter. „Auf der Mittelstufe war ich auf Papa sehr zornig, weil er ständig auf Grabungen nach diesen blöden Knochen war und sich nicht um uns kümmerte – außer dass Mama und ich natürlich keine Geldsorgen hatten." „Fühltest du dich vernachlässigt, Sabine?" „Ich komischerweise nicht, Hanne. Es war Mama, die sich vernachlässigt fühlte und entsprechend litt.

Liam, Alice, tobt hier nicht 'rum. Das ist ein Krankenzimmer und kein Spielplatz." Froh darf ich registrieren, dass meine Tochter ihr Versprechen erfüllte und meine Enkel mitbrachte. Ich versuche das zu verdanken, indem ich meine Lider hochzuhieven mich anschicke.

„Mama, Mama, Opa hat die Augen auf!" Deutlich sehe ich die beiden Kinder, wie sie vor meinem Bett herumzappeln und sich mit mir durch Handzeichen zu verständigen versuchen. „Seid ein bisschen ruhiger, Kinder, dann wird Opa euch verstehen." Tatsächlich vermag ich Fragen wie „geht's dir gut, Opa?" oder „verstehst du uns, Opa?" durch zweimaliges Zwinkern zu bejahen. Als ich mich erschöpft zurücklehne, besteht meine Welt aus wundervollen Erinnerungen.

Bin ich mitten in die Kulissen der ‚Orion' geraten, in denen einst Commander Cliff Allister McLane seine Crew in die absurdesten Abenteuer trieb? Nein, hier sieht es deutlich moderner aus; zumindest entdecke ich kein auf das Kontrollpult aufgeschweißtes Bügeleisen. Befinde ich mich auf einem richtigen Raumschiff auf seinem Weg zu fernen Gestirnen? Einige wenige Bordingenieurinnen und -ingenieure besetzen entspannt ihre Sessel und überwachen den Kurs. Sie scheinen sich gegenseitig in Englisch auf dem Laufenden halten. Schaffte es die Sprache, die führende und einzige der Menschheit zu werden? Die führende ist sie ja bereits während meiner irdischen Manifestation. Sollte sie nunmehr die einzige sein, durchfährt es mich, ist wenigstens der unselige deutsche Genderismus überwunden, denn commander ist sowohl die Kommandantin als auch der Kommandant und staff sowohl die Mitarbeiterin als auch der Mitarbeiter. Obwohl sie komplex genug ist, um in ihr alles auszudrücken, was ausgedrückt zu werden wert ist, ist es diese geniale Redundanzfülle und damit einhergehende Einfachheit, in der ihr Siegeszug zu begründen ist. Einfachen Sprachen von Naturvölkern geht die Komplexität und den gewachsenen europäischen die Einfachheit ab. Um im Französischen oder Deutschen eine Verständigung aufzubauen, muss der arme Lernende so viel wissen, dass er häufig aufgibt, bevor er höhere Weihen erringt, und sich resigniert dem Englischen zuwendet.

Ich schaue einer Ingenieurin über die Schulter auf den Monitor, der ihr zugeteilt ist. Offenbar geht es zum Mars. Soweit, ferne Sonnensysteme anzusteuern, ist meine Spezies offenbar bisher nicht. Die hochqualifizierten Frauen und Männer behandeln zu meinem Glück zufällig gerade dieses Thema.

„Zwei Hinderungsgründe gibt es, den Einflussbereich unserer Sonne zu verlassen", doziert eine indisch aussehende Frau, die sich lässig auf ein Panel stützt und entweder eine Ausbilderin oder die Kapitänin ist, „und das sind die Schranke der Lichtgeschwindigkeit und die Energie." „Ist es nicht so, dass die Zeit relativ ist?" fragt einer hinter mir. „Ich meine, wenn ein Raum-

schiff es bis kurz darunter schafft, vergehen für die Crew ja nur einige, sagen wir Monate bis zur Ankunft auf Alpha Centauri."
„Ausprobiert hat's noch niemand, Boran, und bis Proxima Centauri mag's irgendwie angehen. Vier Jahre plus ein bisschen hin, dasselbe zurück und dazwischen zwei Jahre oder so Aufenthalt; dann vergehen auf der Erde elf oder zwölf Jahre, während jene Crew nur um ungefähr drei Jahre altert. Stell' dir nun den Sprung zu einem Sonnensystem vor, das einige hundert Lichtjahre entfernt ist. Lass' es die Crew selbst während ihrer Lebzeit packen, aber zurück auf der Erde lernt sie ihre Urururenkel kennen. Ich bin mir nicht sicher, ob das mental durchzustehen ist.

Dazu die Energie. Ein Raumschiff bis kurz unter die Lichtgeschwindigkeit zu treiben, bedarf es einer Menge, die kein aufgeschnallter Treibstofftank auch nur ansatzweise aufzunehmen imstande ist. Donovan?" „Es gibt doch die Anschauung, Aileen, dass im Weltall genügend Energie dafür vorhanden ist; wir müssen es lediglich schaffen, sie zu sammeln und für den Vortrieb zu nutzen."
„Noch ist nicht aller Tage Abend, das ist richtig. Jules Verne, ein Schriftsteller aus dem 19. Jahrhundert, sagte einmal: ‚Alles, was ein Mensch sich heute vorzustellen vermag, werden andere Menschen irgendwann verwirklichen können.'

Hoffen wir ins diesem Sinne das Beste. Bisher bleibt's allerdings bei der Theorie. Seien wir froh, dass uns wenigstens interplanetare Raumfahrt zu treiben vergönnt ist."

Interplanetare Raumfahrt ja, interstellare nein. Ob die Art homo sapiens es einmal so weit bringen wird oder ob sie so weise doch nicht ist? Ich sehe mich um. Welches Jahr wir wohl schreiben? Hat das ominöse anno domini nach Christus weiterhin Bestand oder wurde endlich und nach vermutlich langem Ringen ein auch auf anderen Trabanten unseres Zentralgestirns gültiger Kalender geschaffen?

Ich wandele durch meine Heimatstadt. Einige Gebäude erkenne ich, andere sind neu und völlig anders konstruiert als ich es gewohnt bin. Autos und motorisierte Zweiräder sind, abgesehen von den Abrollgeräuschen der Reifen, die althergebracht klingen, lautlos. Abgase rieche ich keine; der elektrische Antrieb hat, wie es aussieht, einen vollständigen Siegeszug errungen.

Ich stehe vor meinem früheren Grundstück. Ob das Haus bis zur Unkenntlichkeit umgebaut oder abgerissen und komplett neu errichtet wurde, vermag ich nicht zu erkennen. Eins ist jedenfalls klar: Allzu weit in die Zukunft hat es mich seit meiner vorigen Vision nicht verschlagen, das ist deutlich erkennbar. Ich beratschlage mit mir selbst. Sollte…? Ich gebe mir einen Ruck und betätige den klassischen Knopf, das heißt die Klingel.

Eine ältere Dame öffnet mir. Meine Tochter oder bereits meine Enkelin? „Sabine?" frage ich schüchtern. „Jaaa…; womit kann ich Ihnen dienen?" „Ich bin Ihr…; dein Vater. Erkennst du mich?" „Mein Vater ist längst tot. Sie sehen ihm aber sehr ähnlich, das gebe ich zu. An Besuche aus dem Jenseits glaube ich allerdings nicht." „Ich bin auch nicht aus dem Jenseits, sondern auf der Durchreise. Ich gebe meinerseits zu, dass das schwer zu erklären ist." „Wissen Sie 'was? Meine Tochter ist mit ihrem Mann gerade zu Besuch. Kommen Sie bitte herein; ich bin gespannt, wie sie Sie einschätzt."

Ich schaue Alice fassungslos an. Sie ist das getreue Ebenbild ihrer Mutter im selben Alter. Alice schaut mich ebenso fassungslos an. „Es gibt ein Bild von meinem Opa Martin in seiner besten Zeit, von seiner Familie und seinem Beruf ausgefüllt und glücklich. Dem sehen Sie wie aus dem Gesicht geschnitten ähnlich." „Ich werde mich nicht in langwierigen Erklärungen ergießen, Alice, denn ich kann das selbst alles gar nicht erklären. Für mich ist der Blick in die Zukunft genauso bestürzend wie für dich der in die Vergangenheit."

Alices Mann Herbert ist Elektroingenieur und sieht keinen Grund, mir die technische Entwicklung der vergangenen Jahrzehnte zu verschweigen. „Mit dem Brennstoffzellenantrieb lief es genauso wie einst beim Wechsel von der analogen zur digitalen Fotografie. Während unsere unfähigen und ahnungslosen Politiker diskutierten, ab welchem Jahr Verbrennungsmotoren zu verbieten und in welcher Weise die schwergewichtigen, hochgiftigen, feuchtigkeitsempfindlichen und störanfälligen Lithium-Ionen-Akkus zu fördern seien, machten die Japaner und Koreaner ernst und brachten die Brennstoffzelle zur Serienreife, indem sie sie klein, leicht und effizient genug gestalteten, um in einem klassischen Pkw praktisch unsichtbar zu sein. Dann geschah, was ich eben andeutete: Innerhalb von fünf Jahren verschwand ohne jeglichen gesetzlichen Druck die Produktion von Otto- und Dieselmotoren aus der Angebotspalette. Heute haben es Besitzer von Oldtimern schwer, eine Tankstelle zu finden, die noch Benzin verkauft."

„Ist die Produktion von Wasserstoff, das heißt seine Gewinnung aus Wasser nicht enorm energieaufwändig?" frage ich. „Ist es, lieber Schwiegeropa oder wer immer du bist, aber bedenke die

Kraft der Sonne, die genügt, alles am Leben zu halten, was auf diesem Planeten kreucht und fleucht. Da fällt genügend Überschuss ab, um ein bisschen Wasserstoff zusätzlich zu erzeugen. Klar, das mit Kohlestrom bewerkstelligen zu wollen würde die CO_2-Ersparnis dreifach wieder hinmachen."

Wir sitzen gemütlich bei Kaffee und Kuchen um den Wohnzimmertisch. Der Kuchen, den Sabine selbst buk, mundet vorzüglich und auch der Kaffee unterscheidet sich nicht von dem, wie ich ihn kenne. Manche Dinge bleiben zumindest für einen überschaubaren Zeitraum gleich.

Als sich die Haustür hinter mir schließt, stehe ich unvermittelt vor meinem Berg. Mein Freund flattert orientierungslos herum und scheint nicht zu wissen, ob er wetzen soll oder nicht. „Mach' ruhig", bedeute ich ihm, „auf ein paar hinkende Takte kommt's nicht an, wie du selbst nach meinem Besuch bei Athanasius Kircher sagtest. Ich denke, die Schritte zwischen meinen Remanifestationen werden bald wieder deutlich länger."

Nach der trockenen Theorie ist Durst mein vorherrschendes Empfinden, und während ich an Max' Stehtisch genussvoll das kühle Halbe ansetze, höre ich meine Tochter sagen: „Heute Nacht hatte ich einen verrückten Traum." „Und wie ging der?" fragt Hanne. „Ich bin eine alte Frau und meine Tochter Alice ist mit ihrem Angetrauten zu Besuch. Da klingelt es und vor der Tür steht Papa in seinen besten Jahren, also deutlich jünger als ich. Herbert – so heißt in meinem Traum Alices Typ – ist Ingenieur und die beiden praktisch gleichaltrigen Männer unterhalten sich über die neuesten Entwicklungen im Motorenbau, als wäre das das Selbstverständlichste von der Welt. Danach gibt es Kaffee und Kuchen und ich wache auf." „Und das hast du dir gemerkt?" „Das war sowas von lebensecht, dass es sich von der Realität nur durch bewussten Willen unterscheidet."

Ich sehe Schemen; offenbar schaffte ich es bisher nicht, meine Lider vollständig zu öffnen. Sabine spricht weiter: „Er hat sich letztes Mal so gefreut, seine Enkel zu sehen; Hoffentlich ist er nicht enttäuscht, dass ich sie heute nicht dabei habe." „Sind sie bei ihrem Vater?" „Nein, mit ihren Klassen im Sommerferienlager. Hermann interessiert sich wenig für seine Sprösslinge, um nicht zu sagen gar nicht." „Hat er eine neue Flamme?" „Keine Ahnung und, wenn du es wissen willst, ist mir das auch völlig gleichgültig." „Wie kam das? Als ihr mit euren Besuchen anfingt, wirktet ihr wie ein glückliches Paar." „Eine Zeit lang hielt das auch, aber dann wurden sie Hermann immer lästiger. Als er mir rundheraus mitteilte, dass Papa endlich abtreten solle, gab mir das einen Stich. Eins kam zum anderen und bald war erwies sich die Trennung als unausweichlich. Ich kann nicht genug beteuern, wie froh ich über Hermanns damaliges Einverständnis bin, dass ich meinen Namen behielt und meine Kinder so heißen wie ich. Das verhindert von vornherein dumme Sprüche." „Dann ist er doch kein so schlechter Kerl." „Sicher nicht. Was verachtete ich früher alleinerziehende Mütter. In meiner beispiellosen Überheblichkeit dachte ich, ‚was lasst ihr euch auch mit so einer Flasche ein, die euer Ex angeblich ist'. Nie wäre mir eingefallen, dass mich dasselbe Schicksal ereilen würde.

Soll ich dir 'was sagen, Hanne? Männer sind zur Ehe ungeeignet." „Frauen nicht auch?" „Wie meinst du das?" „Ich meine, hast du denn einen neuen Verehrer?" „Nein. Gibt es dafür Anzeichen?" „Genau nicht. Frauen mit Kinderwunsch brauchen zu dessen Erfüllung einen Mann, danach aber nicht mehr. Ich komme zum springenden Punkt: Hast du das Gefühl, dass dir etwas fehlt?" „Nein." „Siehst du? Könnte es sein, dass du Hermann das Gefühl gabst, nunmehr überflüssig zu sein?" „Aber Hanne...!" „Nimm's mir bitte nicht krumm. Ich will auch überhaupt nicht von Schuld oder sowas reden. Ich will nur davon reden, dass die Geschlechter in Wirklichkeit auf unterschiedlichen Planeten leben. Das heißt eine wirkliche Verständigung zwischen ihnen ist unmöglich." „Bist du denn liiert, Hanne?" „Aus genau dem Grund nicht. Das mit Kindern ist für mich natürlich ein Problem, denn auch meine biologische Uhr tickt unaufhaltsam. Ich möchte nicht mit 50 erstmals entbinden, auch wenn das medizinisch heute kein Problem mehr ist. Aber dann wäre ich in Rente, bevor mein Kind volljährig ist, das heißt ich wäre von Anfang an eher Großmutter als Mutter." „Ich sehe, du hast auch deine Probleme. Haben es Männer generell besser als wir?" „Ich glaube, Sabine. Sie haben ihre Berufe und ihre Hobbys und sind emotional deutlich weniger gebunden als wir Frauen. Ab und zu spritzen sie halt gern ihren Hodeninhalt in eine haarumkränzte feuchte Öffnung, egal in welche. Deswegen heißt es immer, Männer hätten kein Gewissen. Das ist aber nur ein Teil der Wahrheit. Sie haben einfach eine andere biologische Aufgabe, die ihre mentale Steuerung dominiert und aus der sie nicht oder nur unter Aufbieten größter Anstrengung 'rauskommen." „Damit streitest du den Sinn des Genderismus ab, Hanne?!" „Tue ich. Auch wir Frauen unterliegen unserer Bestimmung, ob wir wollen oder nicht."

Eine Weile herrscht Schweigen. Dann bewegt sich der Schemen und ich glaube ihn winken zu sehen. „Tschüss, lieber Papa. Beim nächsten Mal bringe ich deine Enkel wieder mit."

Ich wandele erneut durch meine Heimatstadt, aber diesmal sieht sie furchtbar aus. Die goldene Ära der Menschheit scheint vorbei zu sein. Kaum ein Gebäude, das nicht das Attribut Ruine verdient und keine neuen mehr. In den schlimmsten Ruinen, deren Mauern so breite Risse aufweisen, dass ein indiskreter Blick hinein möglich ist, sehe ich erbärmliche Gestalten vor einem Feuer kauern. Mir fällt auf, dass es kalt ist. War nicht gerade Sommer? Anscheinend treibt mich meine Wanderung durch die Erdgeschichte ohne logischen Zusammenhang durch das Geschehen.

Ein alter Mann wühlt im Schutt. Die Assoziation, dass er nach Essbarem wühlt, ist übermächtig. Dennoch frage ich ihn. „Ab und zu", erklärt er mir und sieht mich an, als wäre ich vom Himmel gefallen, „schmeißen die wenigen, die noch 'was haben, das weg und wir dürfen uns das aneignen. Da heißt es schnell und früh auf den Beinen sein, denn die Konkurrenz ist übermächtig.... Hier!" Triumphierend zerrt er einen Viertellaib verschimmelten Brotes an die Oberfläche und wirft mir einen misstrauischen Blick zu. „Das gehört mir; ich habe es gefunden!" herrscht er mich an. „Schon gut, schon gut", beruhige ich ihn, „aber das ist doch verschimmelt." Irritiert betrachtet der Mann seine Beute. „Was für ein Ding?" Er scheint gar nicht zwischen Genießbarem und Ungenießbarem zu unterscheiden in der Lage zu sein. Offenbar weiß er nicht, wie ein frisches, duftendes Brot aussieht und wie es sich anfühlt. „Jedenfalls ist es essbar", verteidigt er sie, verbirgt sie unter seiner speckigen Jacke und schaut, dass er fortkommt. Dass ich sie sah, ist ihm absolut nicht recht.

Kopfschüttelnd spaziere ich weiter. Die Szenerie ändert sich kaum und ich merke, dass ich orientierungslos bin. War ich nicht vorhin schon einmal hier vorbeigekommen? Ein Stück entfernt vom Bürgersteig oder dem, was von ihm übrig ist, sehe ich einen Stoffzipfel, den ich zu erkennen meine. Ich stolpere hin und erkenne den Mann, der sich des verschimmelten Viertellaibs bemächtigt hatte. Offenbar war ich nicht der einzige, der den Schatzfund beobachtete, denn der Mann liegt am Boden und blutet aus zahlreichen Kopfwunden. Der Knüppel oder die Eisenstange eines Stärkeren ist dafür verantwortlich, das ist mühelos auch für einen Nicht-Pathologen erkennbar.

Entsetzt und gewarnt blicke ich mich um und sehe auf der anderen Straßen- oder besser gesagt Schutthaldenseite einen Mann, der mich nachdenklich betrachtet. Auch er ist verwahrlost, wirkt aber aus unerfindlichen Gründen kultivierter als der Ermordete. „Sind Sie Tatzeuge?" frage ich ihn. Er nähert sich mir. „Hm, so hätte man sich früher ausgedrückt. Heute spielt das keine Rolle mehr." „Ist denn...", stottere ich, „... ist denn jegliche Zivilisation zusammengebrochen?" „Weitgehend. Es gibt zwar noch Ordnungshüter, aber die sind damit beschäftigt, am Leben zu bleiben. Von denen kann man nichts erwarten."

Wir stehen uns Auge in Auge gegenüber. „Sagen Sie: Wie kam das?" entfährt es mir heftiger, als ich beabsichtigt hatte. „Dekadenz, wie es über kurz oder lang jeder Spezies blüht. Erschreckend ist allerdings, wie schnell es ging." „Bildung und Wissenschaft, alles dahin?" „Wiederum ist die Antwort: Weitgehend. Ich studierte Luft- und Raumfahrt, als sich abzeichnete, dass das sinnlos war. Kaum hielt ich mein tolles Examen in der Hand, existierte die Raumfahrt nicht mehr." „Dafür muss es doch einen Grund gegeben haben." „Weitgehend religiöse Eiferer, die alles ablehnten und ablehnen, was nicht unmittelbar aus Bibel, Koran oder Thora abzuleiten ist, sprich jegliche Art von Technik und Medizin. Dazu die Wehrlosigkeit der Besonnenen, denen ihre innovative Kraft abhanden kam." „Dabei flogen wir doch zwischen den Planeten umher, als besuchten wir die Verwandten im nächsten Dorf."

Der Mann schnauft. „Wir – die Menschheit – hatten das Ende der Fahnenstange erreicht. Unter unglaublichem Aufwand gründeten wir Kolonien auf dem Mars und einigen Jupiter- und Saturnmonden. Wir fanden aber keine Energieform, die uns ermöglicht hätte, das Sonnensystem zu verlassen. Das führte zu immer größeren Selbstzweifeln, die letztlich in dem kumulierten, was ich Ihnen gerade schilderte."

Ich schüttele traurig den Kopf. „Und die Kolonien?" „Die blieben sich selbst überlassen, werter Herr. Ob es die eine oder andere schaffte, auch ohne Nachschub von der Erde zu überleben, weiß niemand." Der Mann nickt mir einen Abschiedsgruß zu, dreht sich auf dem Absatz um und entfernt sich.

Bekümmert blicke ich ihm hinterher. Jules Verne hatte mit seiner Anschauung geirrt, dass alles, was ein Mensch sich heute vorzustellen vermag, andere Menschen irgendwann verwirklichen werden. Die interstellare Raumfahrt war vorstellbar und die Menschheit verwirklichte sie nicht.

Unversehens und zu meiner Erleichterung nehme ich im Nebel der städtischen Ausdünstungen meinen Berg wahr. „Besser gar keine Menschen als verwildertes und verrohtes Pack oder völlig Hoffnungslose!" sage ich laut, als ich ihn erklimme. Mein Freund ist schon da, wartete aber rücksichtsvollerweise mit seiner Arbeit, bis ich auftauche. „Na, dann leg' mal los", ermuntere ich ihn und bin glücklich, durch das Ritual abgelenkt zu sein.

Bei Max riecht es nach Currywurst mit Pommes, die ich mir auch zusammen mit einer Cola 'reinziehe. Mein irdisches Dasein war nicht eins der Schlechtesten, rekapituliere ich im Zusammenhang mit meiner jüngsten Beobachtung im verfallenen Frankfurt, und bin aus diesem Grund zu ein paar Tanzschritten geneigt.

„Ihr Herr Vater durchlebt zurzeit eine recht aktive Phase." Das ist die Stimme des Arztes. „Es könnte sein, dass seine Enkel es fertigbringen, ihn zu Lebenszeichen zu veranlassen." Als hätte mein Organismus auf diese Worte gewartet, wird es hell und ich erblicke Alice und Liam, wie sie mir gespannt ins Gesicht schauen. „Opa ist wach", teilt Alice ihrer Mutter mit. Ich sehe meine Enkelin jetzt, da ich sie als erwachsene, verheiratete Frau kenne, mit völlig anderen Augen als bisher an. Schade, dass solche Visionen gesunden, im Leben stehenden Personen verwehrt bleiben.

Es ergibt sich ein fruchtbares Frage-/Antwortspiel zwischen dem Kind und dem im Koma liegenden Greis – mir. Alices späterer erfolgreicher Weg ist jetzt, unter Berücksichtigung meiner für Erdverbundene nicht nachvollziehbaren Erfahrung, bereits erkennbar. Ich bin stolz auf sie und befürchte, dass Liam die Fußstapfen seiner älteren Schwester eine Nummer zu groß sind. Was soll's, beruhige ich mich, mir wurde ein Segen zuteil, auf den ich nicht hoffen durfte.

„Langsam solltest du deinen Großvater aus deinen Fittichen entlassen", ermahnt der Arzt meine begeisterte Enkelin, „er leistet heute Übermenschliches. Fast bin ich zu glauben versucht, dass er tatsächlich alles mitkriegt." Wie wahr, Herr Doktor!

Diesmal sieht die Welt gänzlich anders aus als bei meinem letzten, traurigen Verweilen. „Besser gar keine Menschen mehr als solch' ein verwildertes Pack!" stieß ich damals in meiner Betroffenheit aus, und dieser Pseudowunsch ging, so scheint es, in Erfüllung. Meine alte Fähigkeit der ersten Auftritte in dieser sonderbaren virtuellen und doch realen Welt, mit einer Art Siebenmeilenstiefel beliebige Entfernungen zurücklegen zu können, wenn mir das angebracht scheint, ist wieder da und ich suche irgendwelche Überbleibsel unserer einstigen stolzen Vergangenheit. Nach geraumer Zeit erkenne ich auf einem dreistufigen Podest drei Säulen, die ein waagerechter Quader in halbwegs stabiler Lage hält. Das Arrangement sieht aus wie der Tholos im Marmará-Bezirk des antiken Delphi. Vielleicht ist er's ja auch. Was für ein Treppenwitz der Weltgeschichte, durchfährt es mich, wenn ausgerechnet ein 400 vor Christus errichteter heidnischer Tempel das einzige wäre, was von Kultur und Zivilisation übrig ist, und all' unsere neuzeitlichen Errungenschaften, die aus nichts weiter als für das menschliche Gehirn nicht lesbaren Bitketten auf ebenso wenig nutzbaren Medien bestehen, sind nur wenige tausend – ach was, wenige hundert Jahre später Schall und Rauch.

Die Landschaft passt. Ich erwarte beinahe, togentragenden Philosophen zu begegnen, so authentisch wirkt die Szenerie. Mir fällt erneut H. G. Wells' Roman ‚Die Zeitmaschine' ein. In dessen Fantasie hatten sich die ideenreichen Ellenbogenmenschen des 19. Jahrhunderts zu solchen zurückentwickelt, allerdings keinen Philosophen, sondern mit der Ausnahme ‚seiner', des Protagonisten Freundin Weena zu ängstlichen Kindsköpfen. Die Angst hat ihren Grund, denn während die durchgeistigten Griechen Sklaven hielten, die für ihr täglich Brot sorgten, übernehmen bei Wells die schrecklichen, unterirdisch hausenden Morlocken die Fütterung, damit sie bei Bedarf eigenes Futter zur Hand haben. Die ober- und überirdischen Eloi haben dem nichts entgegenzusetzen, weil ihnen jegliche Vorstellung von physischer Gewalt abgeht.

Ob es wirklich so oder ähnlich ablief? Mir begegnet jedenfalls keine Seele, die meine Neugier befriedigen könnte. Ich setze mich hin, beobachte den Lauf der Sonne und stelle keinen Unterschied zu ‚meiner' Epoche fest. Wenn ich meinen Berg sähe, sähe ich, wieviel mehr mittlerweile von ihm abgetragen ist oder, zu Deutsch, ob Hunderttausende, Millionen oder Milliarden von Jahren vergangen sind.

Unvermittelt stehe ich vor ihm. Ich begutachte ihn und stelle fest, dass sich nicht viel getan hat. Immerhin erkenne ich einige blanke Stellen mehr. Während ich auf meinen Freund warte, werde ich melancholisch, denn es ist klar, dass der Zenit unseres Trabanten überschritten ist. Der Spatz gibt sich für solche Überlegungen wie immer wenig sensibel, wetzt zwei Mal sein Schnäbelchen und verabschiedet sich.

Ob Max weiterhin sein Angebot in voller Breite wahrt? Sieht so aus, denn sein Hamburger und das Halbe schmecken wie immer. „Eigentlich sollten wir das ja nicht", sagt der Arzt, „aber wenn wir ihm Bier einflößen, erweckt Ihr Vater immer den Eindruck von Begeisterung. Das ist natürlich nur Einbildung. Leider muss ich Ihnen mitteilen, Frau Wellershoff, dass seine Lebenskerze immer mehr in sich zusammensackt." „Naja." Meine Tochter klingt wie jemand, der sich ins Unvermeidliche fügt. „Ich schwanke, ob ich die Kinder wieder mitbringen soll, wenn die Gefahr besteht, dass sie ihren Opa als leere Hülle, als Dahingeschiedenen kennen lernen." „Ich würde das tun, Sabine", schaltet sich Hanne ein, „der Tod gehört zum Leben und früher oder später wird jeder damit konfrontiert. Alice halte ich auf jeden Fall für reif genug, um damit fertig zu werden."

Diesmal ist endgültig jedes Anzeichen von Leben getilgt. Ich krabbele vergeblich auf der Erde herum, um wenigstens Moose oder Flechten gewahr zu werden. Sporen sind ohne aufwändiges Gerät nicht aufspürbar, sodass ich das Vorhandensein von organischer Materie nicht zu bestätigen vermag.

Seltsam, denke ich, sollte der Mensch, der homo sapiens tatsächlich den Höhepunkt der irdischen Fauna bilden? Dass er irgendwann aussterben wird, betrachte ich immer schon als natürlichen Lauf der Dinge, aber ihm sollte Höheres, Besseres folgen. Das war jedoch entweder nicht der Fall oder ich verpasste es – wobei ich das nicht glaube, denn alle wesentlichen Ereignisse der Paläontologie mitzuerleben war mir ja vergönnt. Auffällig im Nachhinein ist die Verdichtung meiner Manifestationen um das Zeitalter der Aufklärung und Technik. Sie gehorchen demnach einer Logik, der Logik der Wichtigkeit für mein eigenes Leben.

Ich blicke zum Himmel und verfolge den Lauf der Sonne. Schwer zu sagen, ob sie bereits langsamer als früher über den Zenit zieht, aber auf jeden Fall strahlt sie mächtige Hitze ab und ist deutlich feuriger als ich sie kenne. Sollte ihre Metamorphose zum roten Riesen bereits eingesetzt haben?

Auf den Berg brauche ich gar nicht mehr zu klettern, denn er reicht kaum höher als ein mittelhohes Mietshaus. Mein Freund ist guter Dinge, denn der deutliche Fortschritt sagt ihm, dass er bald von seinem Frondienst erlöst ist. Ich rede ihm aufmunternd zu und er bedankt sich wie erwartet mit seinem gewohnten fröhlichen Zwitschern. Danach begebe ich mich zu Max' Bude, um mir nach langer Zeit einmal wieder einen Kaffee zu gönnen – das heißt, so lange ist das gar nicht her, denn ich genoss ja einen im Haushalt meiner Tochter. Einen Stehkaffee bei Wind und Wetter empfinde ich als eine andere Liga denn ein Gedeck im Wohnzimmer.

„Sie sollten sich darauf vorbereiten, Frau Wellershoff, dass es jeden Moment zu Ende geht", informiert der Arzt meine Tochter. „Meinen Sie, Herr Doktor, es wäre gut, wenn ich grad dabliebe?" „Ich kann Ihnen natürlich keinen fahrplanmäßigen Zeitpunkt angeben, meine aber, dass es heute noch geschieht. Sehen Sie den Urinbeutel? Die Flüssigkeit ist beinahe schwarz.

Haben Sie Ihre Kinder in sicherer Obhut?" „Ja, Herr Doktor. Ihre Schwester Hanne ist mittlerweile eine gute Freundin von mir und Alice und Liam setzen volles Vertrauen in sie. Ich habe sie dank Hannes Rat bereits darauf vorbereitet, dass ich möglicherweise nicht vor morgen früh nach Hause komme." „Das ist sehr gut. Dann lasse ich Sie hier. Wenn Sie etwas brauchen, einen Kaffee oder etwas zu essen, dürfen Sie gern klingeln." „Danke."

Dass ein Stern Wärme und Licht abgibt und so seinen Trabanten ermöglicht, Leben zu tragen, beruht auf der Kernverschmelzung von Wasserstoff in Helium – jedenfalls in der Anfangsphase –, wenn er genügend Masse besitzt, dass dieser Vorgang durch den Eigendruck in seinem Inneren ausgelöst wird.

Dieser Zustand ist der dauerhafteste, der beliebig lange währt. Ein Stern, der nur ein Zehntel der Sonnenmasse aufweist, mag tausend Milliarden Jahre auf kleiner Flamme schmoren, bis aller Wasserstoff aufgebraucht ist. Für die Sonne gelten adäquat zehn Milliarden Jahre, bis sich ihre Brennzone auf die äußere Schicht verlagert und ein neues Gleichgewicht erreicht ist. Dann bläst sie sich auf das Hundertfache ihrer bisherigen Größe auf und nimmt eine rötliche Farbe an. Sie wird zum ‚roten Riesen'.

In dieser Rolle wird sie die Planeten Merkur, Venus und Erde verschlucken. Ungefähr eine Milliarde Jahre später ist auch das letzte Wasserstoffatom von der Hülle geleckt, mit anderen Worten, das Brennholz ist aufgebraucht.

Als Folge davon sinkt die Temperatur. Dadurch wiederum kontrahiert die Masse und das Sonneninnere heizt sich durch den erneut entstehenden Druck auf, bis 200 Millionen Grad erreicht sind, die genügen, eine zweite Fusionsstufe zu zünden: Die Verschmelzung von Helium zu Kohlenstoff. Prompt pustet sich die Sonne wieder auf und wird zum zweiten Mal zum roten Riesen, diesmal final, denn für weitere Atemübungen fehlt es ihr an Gravitationsenergie. Den dritten Gang – die Verschmelzung von Kohlenstoff zu schwereren Elementen – legt sie mangels Energie nicht mehr ein. Ihr Kern wird instabil und die äußeren Schichten werden ins All geschleudert, sodass nur der sehr schwere Kern, eine Kugel von nicht mehr als einigen tausend Kilometern Durchmesser und einer Dichte von einer Million g/cm^3 zurückbleibt.

Während sich diese Vorgänge in immer dichterer Folge abwechseln – das zweite rote-Riesen-Stadium dauert nurmehr an die 100 Millionen Jahre –, reicht der nun eingetretene Zustand des ‚weißen Zwergs' aufgrund eines quantenmechanischen Effekts, der Entartungsdruck des Elektronengases im Stern genannt wird, wieder für einige Jahrmilliarden, bis sich die Sonne allmählich zum ‚schwarzen Zwerg' abgekühlt haben und so auf ewig, bis zum Ende des Universums vor sich hindämmern wird.

Soweit geballt das Universitätswissen meiner Tage. Über derartig astromische Dimensionen lässt sich trefflich dozieren, denn sie sprengen das Fassungsvermögen des Gehirns, das das Ganze als abstrakte Kunst abspeichert, ohne sich betroffen zu fühlen.

Ich stehe wieder am Start, bevor mich die gewaltige Rolle rückwärts durch die Zeit an den Anfang der irdischen Tage brachte. *Wüst und leer ist die einzige Beschreibung, die zutrifft. Lebt denn überhaupt nichts und niemand mehr? Ich merke, dass ich mit unglaublicher Schnelligkeit vorwärtsstrebe, so schnell, dass ich einen sich nähernden Schimmer wahrnehme. Aha, bis jetzt war ich nachts unterwegs und nun nähere ich mich dem Tag. Der Tag-/Nachtstrich ist genau unter mir und ich verharre, ihm zuzusehen gespannt, wie er sich allmählich voran arbeitet.*

Der erste Schock erfolgt nach wenigen Minuten. Der Strich rührt sich nicht von der Stelle! Das kann nur eins bedeuten.

Ich bewege mich längs des Strichs und stelle fest, dass sich der dunkle und helle Teil des Bodens auffällig voneinander unterscheiden. Während der dunkle irgendwie ‚normal' aussieht, gilt das für den hellen ganz und gar nicht. Von ewiger Sonne ausgebleicht ist er unfähig, irgendwelches Leben zu tragen außer solches, das sich der menschlichen Vorstellungswelt gänzlich entzieht. Ewige Sonne!

Das Zerren des Mondes und auch der Sonne, das Schwappen in ihrem Innern und das generelle physikalische Gesetz, dass auch der kleinste Widerstand durch Mikroteilchen, wie sie im All in erstaunlicher Dichte auftreten, irgendwann zum Erliegen eines

Drehimpulses führt, bedeutete für die Erdrotation irgendwann das Aus. *Wann das geschah, ist* mir nunmehr um einiges klarer. Vor wieviel Milliarden Jahren ist weniger wichtig. Wichtig ist nur eins: Der Mensch trat im Zenit des Planetenlebens für kurze Zeit auf und verschwand wieder, ohne für angemessenen Nachwuchs zu sorgen. Darf daraus geschlossen werden, dass er einen ‚Unfall' der Evolution darstellt, dass es so etwas wie ihn kein zweites Mal im Universum gab und gibt? Das ist ein entsetzlicher Gedanke. Keinen Gefährten im All zu finden, mag sich der Mensch noch so abstrampeln, ihn zu finden, wäre nichts weniger als eine Katastrophe. Wozu die ganzen tollen Naturgesetze, von denen wir keine Ahnung haben, wer oder was sie sich einst erdachte und in Kraft setzte, ohne dass sie ein sinnvolles Ganzes in Form einer universumweiten Gesellschaft der Geisteskräfte schufen?

Ich sah es ja: Die Erde erlitt in relativ raschen Schritten das Schicksal des Mars und verwüstete sich selber. Sollte Athanasius Kircher Recht haben und sie ein lebender Organismus sein, spräche ich ihm Klugheit und Intelligenz ab. Ich fürchte allerdings, dass diesem Organismus gleichgültig ist, was ich, Professor Martin Wellershoff, von ihm halte.

Der Sonnenball vergrößert sich mit dramatischer Schnelligkeit und wird sein inneres System bald verschlingen. Gleichzeitig wird es immer heißer. Ich muss mich beeilen. Wo ist der Berg? Er lauert in Reichweite, das sagt mir meine Erfahrung, aber ich finde ihn nicht. Dafür sehe ich Max' Kiosk in einiger Entfernung und meinen Freund heranfliegen, der sich auf den ebenen Boden setzt und mich herausfordernd anschaut. Was willst du mir sagen, Kleiner?

Während ich ihn beobachte, wie er den steinigen Grund absucht, sehe ich aus den Augenwinkeln, wie Max seinen Kiosk abbaut, das heißt ich sehe diesen sich in Luft auflösen. Schade um meine Henkersmahlzeit, denn ich weiß, was das bedeutet.

Mein Freund findet den Krümel, den er suchte. „Noch einmal?" frage ich sanft und wohlwollend. Ein Zwitschern bestätigt meine Ermunterung.

„Es ist soweit, Frau Wellershoff", sagt der Arzt. Es ist soweit, Herr Wellershoff. Das letzte Wetzen des Schnäbelchens atomisiert den letzten gefundenen Krümel.

Eine Sekunde der Ewigkeit ist vorbei.

Die Verlobungsringe

Mario weiß, was seine Gäste mögen und wie. Verena steht auf Latte macchiato und versteht ihn auch zu genießen. Ohne durch Verrühren von Zucker der im Glas behutsam zubereiteten Komposition Schaden zuzuführen, trinkt sie zunächst vorsichtig einige Schlucke der dunklen Schicht ab, bevor sie die Sahnehaube weglöffelt, nach einigen weiteren Schlucken den Rest verrührt und die homogenisierte Milch-/Kaffeemischung langsam und genüsslich ihre Kehle hinunterrinnen lässt. Juliettas Cappuccino gibt künstlerisch weniger her, verlangt aber eine ähnliche Verzehrtechnik: Zunächst unter der Sahnehaube dem Kaffee seine Achtung zollen, dann Sahnehäubchen mit Kakaopulver weglöffeln und erst zum Schluss den Rest verrühren. Auch Julietta verzichtet selbstredend auf Zucker.

Soweit lief es wie immer, aber Verenas Wangen waren leicht gerötet und es war unverkennbar, dass sie etwas zum Erzählen auf Lager hatte. „Schieß' los", forderte ihre Freundin sie auf, „du kannst mir nichts verheimlichen."

Das hatte Verena keineswegs vor. „Stell' dir vor", berichtete sie mit geringfügig gesteigerter Atemfrequenz, „Diethelm hat's getan." Julietta wusste genau, was Verena meinte, zog es aber vor, die Begriffsstutzige zu spielen. „Was? Was ihr immer tut?" „Quatsch. Gestern Abend lud er mich in den ‚Engel' ein und ich dachte mir schon, dass er den Angriff plante. Der ‚Engel' ist ja, wie du weißt, für unsere Gehaltsklasse zwei Nummern zu teuer. Nicht nur das, er hatte sogar das chambre séparé mit Kerzenlicht gebucht. Er empfahl mir nach dem Salat die gebratene Lammkeule samt opulenten Beilagen und als Nachtisch mousse au chocolate zu wählen und er selbst achtete darauf, auch nicht zu kurz zu kommen.

Dann waren wir fertig und plötzlich lag ein rotes Schächtelchen neben seinem Teller. Zudem zog er einen Zettel hervor und las die paar Zeilen ab, die er mir zu sagen hatte. Trotz Ablesens geriet er ins Stottern, aber irgendwann hatte er seinen Satz heraus. Rate, was er mir zu sagen hatte."

„Dass er befördert worden ist?"

„Du bist doch sonst nicht so blöd, Julietta. Nein, er las mir seinen Heiratsantrag vor und dass heute der Tag der Verlobung sei."

Julietta hatte den anerkennenden Pfiff bereits vorbereitet, denn so blöd war sie tatsächlich nicht. „Und? Du hast freudig ‚ja' gesagt, ihr habt euch geküsst und die Kellner sangen ein Ständchen?" „Hm, nein. Ich habe um eine Woche Bedenkzeit gebeten."
„Du hast waaas??"
„Überleg' doch, Julietta, das ist die wichtigste Entscheidung im Leben. Die bricht man doch nicht einfach vom Zaun."
„Aber du sagtest doch, dass du erwartet hattest…."
„Jaja. Aber als es dann wirklich über mich hereinbrach, hab' ich Schiss gekriegt." „Verena!!" Die Tonlage hatte sich gehoben, sodass die ersten Blicke von den Nachbartischen zu den beiden Frauen hinüberstreiften. Diese merkten das und senkten ihre Stimmen zum Flüstern. „Was willst du, Julietta? Ich habe nicht ‚nein' gesagt und eine Woche ist doch nichts im Vergleich zu den zwei Jahren, die wir jetzt schon zusammen…, äh – wenn auch nach wie vor in getrennten Wohnungen." Julietta sah ihre Freundin mitleidig an. „Es gibt einen Unterschied zwischen ‚vorher' und ‚nachher', weißt du? Es gibt auf der anderen Seite Männer, die es nie wagen und deren Freundin ein Leben lang auf einen Antrag wartet. Und dein Diethelm….

Wie ging der Abend denn aus?" „Stickum. Das rote Schächtelchen war plötzlich verschwunden. Diethelm zahlte diskret und brachte mich nach Hause, wie es sich für einen Kavalier gehört." „Kavaliersmäßig?" „Wie meinst du das?" „Sehr höflich, aber stocksteif."
Verena sah Julietta direkt in die Augen. „Ich habe das Gefühl, als wärst du dabei gewesen. Er sprach während der Fahrt kein Wort, verabschiedete mich vor der Haustür, achtete darauf, dass ich sie hinter mir schloss und brauste davon, soweit ich Motorengeräusche interpretieren kann." „Kein Küsschen, nichts?" „Nein. Ein trockenes ‚tschüss' und das war's."

Julietta schürzte die Lippen. „Männer kommen mit Rückweisungen schlecht zurecht…." „Aber ich habe ihn doch nicht zurückgewiesen. Nur um Bedenkzeit gebeten." „So ein großer Unterschied ist das nicht, meine Liebe. Übrigens stecken auch Frauen sowas nicht schulterzuckend weg.

Ich gebe dir jetzt einen Rat, den letzten, den du von mir in dieser Angelegenheit hören wirst: Du gehst jetzt nach Hause, springst über deinen Schatten und rufst Diethelm an. Es genügen zwei Sätze: Dass du eine dumme Kuh warst und ihn selbstverständlich heiraten willst.

Dass du ihn befolgst, kann und will ich nicht erzwingen. Ich sehe nur die Konsequenzen, wenn du es nicht tust."

„Dass ich eine alte Jungfer werde?"

„Jungfer geht wohl nicht mehr, aber wenn du Kinder haben möchtest, denk' an deine biologische Uhr. Die ist noch nicht abgelaufen, aber ewig tickt sie nicht mehr.

Schade. Als du vorhin hier aufgekreuzt bist, war ich überzeugt, du wärst unter der Haube." „Da war ich mir auch einigermaßen sicher." „Sollte ich daran schuld sein, dass du das jetzt nicht mehr bist, tut mir das leid. Aber ich finde, man sollte Tatsachen ins Auge sehen."

In ihren vier Wänden fochten der Engel der Liebe und der Beelzebub des Stolzes einen heftigen Kampf aus. Immer, wenn der Engel Verenas Hand zum Smartphone führte, um Diethelms gespeicherte Nummer auf das Display zu bannen und den grünen Telefonhörer zu tippen, schlug ihr der Beelzebub darauf und schalt sie, dass sie sich nicht zum Narren machen lassen sollte. Irgendwann war es so spät geworden, dass sich Verena nicht mehr traute, dem Rat ihrer Freundin Folge zu leisten.

Als Diethelm Verena verabschiedet hatte, war er wie vor den Kopf geschlagen. Er musste bei der Heimfahrt aufpassen, keinen Unfall zu bauen, so sehr wirbelten seine Gedanken durcheinander. Was hatte er sich für eine Mühe gegeben! Er war auch überzeugt davon gewesen, dass Verena auf den Antrag gewartet hatte, und nun das! Er kannte keinen Fall, dass eine Frau, die sich Bedenkzeit erbittet, dann doch noch anbeißt – allerdings kannte er bisher nicht viele Fälle, um nicht zu sagen keinen.

Zu Hause – er hatte den Transfer glücklich und ohne Havarie geschafft – öffnete er das rote Kästchen. Darin lagen die beiden Verlobungsringe, deren weibliches Element durch einen Fusionsteil zum Ehering hätte erweitert werden sollen. Als Diethelm das Eingravierte betrachtete, rollten ihm die Tränen die Wangen hinab. Verena und Diethelm, stand da, und das heutige Datum. Selbst wenn das Geschmeide wider Erwarten doch noch zum Zuge kommen sollte, wäre das Datum hinfällig.

Diethelm widerstand dem ersten Impuls, Verena anzurufen und ihr rundweg zu sagen, sie solle die Sache vergessen. Ein kleines bisschen Hoffnung war ja verblieben, und die stirbt bekanntlich zuletzt. Er beschloss, die Woche plus einen Tag abzuwarten, aber von sich aus auf jegliche Kontaktaufnahme zu verzichten.

Er musste während der Woche arbeiten und schlug sich schlecht und recht durch. Dass er unter Liebeskummer litt, erkannten die Kolleginnen sofort und den weniger sensiblen Kollegen dämmerte es zumindest. Dann war Wochenende und kurz darauf waren die acht Tage herum.

Diethelm atmete tief durch, griff zum Smartphone, tippte zum finalen Mal im Leben die bewusste Nummer ein und sagte, was er zu sagen hatte. Er hatte sich seine Worte über längere Zeit zurechtgelegt, sodass er sie nicht abzulesen brauchte, drückte auf die Taste ‚auflegen', nachdem er geendet und bevor er eine Antwort erhalten hatte, und programmierte seinem Smartphone ein, diese Nummer in Zukunft im Vorfeld abzuweisen.

Dann steckte er das rote Schächtelchen ein, stiefelte zur Hohenzollernbrücke und besah sich die unzähligen am Metallgeländer befestigten Schlösser, deren jedes einzelne symbolisch ewige Liebe beschwor. Wie viele von den ewigen Lieben, dachte er, mögen wohl bis heute Bestand haben?

Das Schächtelchen wog schwer in seiner Jackentasche. Die darin gebetteten Ringe bestanden zu einem beachtlichen Teil aus Gold und hatten sein Bankkonto fühlbar entlastet. Kein Cent davon täte ihm leid, wenn….

Bevor er sich anders besinnen würde, entriss er das Schächtelchen seiner Tasche und schleuderte es entschlossen weit hinaus in den großen Fluss.

Verena bat ihre Freundin auf einen Latte zu Mario. Julietta hörte sofort, dass etwas nicht stimmte. Verena hatte sich die Woche über nicht gemeldet und sie hatte sich gehütet, zu deren Sinnfindung ihren Senf dazuzugeben.

Sie hatte sich nicht getäuscht. Verena wirkte verweint und irgendwie aufgelöst, obwohl sie auf make-up verzichtet hatte, denn dann hätte sie noch aufgelöster gewirkt.

„Es ist aus?" fragte Julietta zur Begrüßung. Verena nickte nur. „Du willst es mir erzählen?"

Verena brauchte lange, um sich zu sammeln. „Ich habe nicht auf deinen Rat gehört. Den Pokal ‚dümmste Kuh von allen' habe ich

redlich verdient." Heute brauchte sie sich nicht anzustrengen, leise zu sprechen – über flüstern kam sie ohnehin nicht hinaus. ‚Hätte er sich einmal gemeldet, hätte ich sofort….' „Und warum hast du nicht…?" „Ich sagte doch, dümmste Kuh von allen."
Jedenfalls war es gestern soweit. Seine Nummer. Ich hätte das Gespräch beinahe aus Versehen weggedrückt, so zittrig war ich. Ich schaffte es aber, auf ‚annehmen' zu tippen. Bevor ich das erste Wort herausbrachte, kam knochentrocken ein Satz." Julietta sah Verena gespannt ins Gesicht. „Er entschuldigt sich, dass er mich belästigt und drangsaliert hat, und hofft, dass ich ihm das nicht krumm nehme." „Und was hast du geantwortet?" „Nichts. Ich sah nur das Display mit dem Text ‚Gespräch abgebrochen'. Nicht mal tschüss…" Verena vermochte ihre Tränen nicht mehr zurückzuhalten. Julietta reichte ihr ein Taschentuch hinüber und sagte: „Gaaanz ruhig, meine Liebe. Es ist vorbei und du hast seit gestern Zeit, das zu verarbeiten. Kam es denn so überraschend?"
Verena brauchte einige Minuten, bis sie sich beruhigt hatte. Dann fuhr sie mit normaler Stimme fort: „Teils, teils. Ich war hin- und hergerissen. Was mich am meisten ärgert, ist, dass ich nicht weiß, ob ich durch einen vorherigen Anruf meinerseits nicht alles hätte ins Lot bringen können."
„Das weiß ich natürlich auch nicht. In einen Mann kann ich nicht hineingucken, zumal jeder anders ist. Es hätte vermutlich den einen oder anderen gegeben, der dich stündlich mit Telefonaten, Mail und SMS' bombardiert hätte." „Dafür hätte ich mich bedankt. So sicher nicht."
„Eben. So war Diethelm nicht, wie du gesehen hast. Leider muss ich dir sagen, dass seine Aussage wirklich Endgültigkeit markiert. Direkter geht's nicht außer er hätte expressis verbis ‚es ist aus' gesagt. Dafür ist er aber nicht der Typ.
Weißt du, wenn ich bei meinen ‚blind dates' Langweilern, Besserwissern, Machos, Muttersöhnchen und Durchgeistigten gegenübersitze, schimpfe ich mich selbst eine dumme Kuh. Wir Frauen sind die letzten Schnepfen." Julietta sprach rasch weiter, da sie erkannte, dass die Freundin durch ihren Redeschwall abgelenkt wurde. „Einerseits fordern wir, dass der Mann sich einbringt, bei der Hausarbeit hilft, Windeln wickelt und so weiter. Wo greifen wir aber zu, wenn wir die Wahl zwischen einer zweibeinigen Windelwickel- und Geschirrspülmaschine und einem Mann haben? Richtig, wir greifen uns den Mann. Wir beschweren uns zwar während der gesamten sogenannten Partnerschaft darüber, dass der Kerl

keinen Staubsauger zur Hand nimmt, aber haben ihn ja selbst gewählt.

Ich glaube, die Männerwelt ist zweigeteilt. Auf die Machos – ich nenne sie jetzt einfach so – fliegen die Frauen und rennen sehenden Auges in ihr Unglück, während die Braven leer ausgehen, weil sie brav sind. Sie sind wunderbare Schwiegersöhne, Schwager und Brüder, aber keine Ehemänner. Sie können einem leid tun." „Was willst du mir damit sagen?" „Dir erklären, warum auch ich immer noch solo bin. Ich kann mich nicht entscheiden und sehe mich in einer ähnlichen Rolle wie du. Den staubsaugenden Märchenprinzen gibt es nicht und irgendwie wäre er auch ein Widerspruch in sich.

Um das zu überspielen, rede ich mir ein, dass ich den Typen zu hässlich bin."

Ebenso wenig wie Julietta war Verena hässlich. Der Fortgang der Geschichte mag erstaunen. Verena war, wie erwähnt, durchaus gutaussehend, humorig und selbstironisch – was keineswegs das gleiche ist –, intelligent, ohne überheblich zu sein, sportlich und kameradschaftlich.

Neben ihrer erfolgreichen beruflichen Karriere als Modedesignerin wandte sie sich dem Klettern zu und bewältige nach dem Matterhorn und dem Kilimanjaro als höchsten Punkt ihrer Leidenschaft den Aconcagua mit knapp unter 7.000 Höhenmetern. Dazu bedurfte es ausgeprägten Gemeinschaftsdenkens, denn ab einer gewissen Schwierigkeitsstufe geht es für normal Sterbliche, das heißt für die, die nicht Gerlinde Kaltenbrunner heißen, nicht allein.

Im Geschäft galt Verena als kollegial und fair, auch als sie einige Sprossen auf der Hierarchieleiter ihres Konzerns höhergeklettert war. Nachdem ihre Sprachbegabung entdeckt worden war, wurde sie zudem in alle Welt hinausgeschickt, um eigenverantwortlich über Stoffe und Muster zu verhandeln.

Aber seltsam, alle Männer, die sie kennenlernte, waren bereits liiert oder anderweitig ausgelastet. Irgendwie umgab sie eine Aura der Unnahbarkeit. Vielleicht gehörte sie zu jenen Vertreterinnen ihres Geschlechts, die so perfekt sind, dass Männer vor ihnen Angst haben. Solange sie sich unter zusammengewürfelten Gruppen im Gebirge oder unter ihren Kollegen bewegte, fiel das nicht auf. Auf Partys brachte sie selbst mehr als einmal das Bonmot an: „Wo ich dabei bin, ist's immer eine ungerade Zahl: Eine Anzahl Paare und ich." In Restaurants zum Abendessen ging sie ungern, denn sie stellte bald fest, dass sie ein Alien war.

Entweder fanden sich Paare ein, mehrere Paare oder Männer- oder Frauenklubs. Es war mitunter schwierig, das Bedienpersonal auf sich aufmerksam zu machen, denn auf Einzelpersonen ist es nicht eingestellt.

Immer noch hatte sie ihre beste Freundin Julietta, aber die starb mit Mitte 50 an Krebs. Am Grab heulte Verena wie ein Schlosshund, denn ihr war klar, dass sie ab jetzt außer Smalltalkrunden keine herzlichen Gespräche mehr führen würde. Diese überspielten ihre Einsamkeit, solange sie arbeitete. Sie rackerte sich buchstäblich in dem Wissen ab, dass sich ihre Kollegen und vor allem ihre Kolleginnen darüber belustigten. Sie wusste aber auch, dass sie, sobald sie abends in ihrem Sessel saß, die Leere übermannte.

Dann kam der Tag, der den Beginn ihres Ruhestands markierte. Sie hatte keinerlei finanzielle Probleme und würde zehn Mal im Jahr verreisen können, aber plötzlich dämmerte ihr, dass das nur eine Flucht vor sich selbst wäre. Sie war kerngesund und hatte die Chance, locker die 90 Lebensjahre zu überschreiten. Mit Grauen stellte sie sich 25 oder 30 Jahre der Leere vor.

Eins stellte Diethelm genauso wie Verena fest: Einzelpersonen in Restaurants sind Aliens. Auch er lernte deshalb kochen, denn auf Dauer war ihm zu blöd, ständig durch Winken oder Räuspern die Aufmerksamkeit von Kellnerinnen und Kellnern auf sich lenken zu müssen.

Als erfolgreicher IT-Spezialist hatte auch er keine Geldsorgen und widmete seine Freizeit wie Verena den Bergen, allerdings auf eine bequemere Tour. Während er in der Gondel dem Kleinen Matterhorn im schweizerischen Wallis entgegenstrebte, hätte er, sofern es terminlich gepasst hätte, womöglich Verena in der Wand des Original-Matterhorns zuwinken können.

Männer sind verunsichert. Dem Begriff Männerfreundschaft haftet etwas Anrüchiges an, sodass sich die Vertreter des sogenannten starken Geschlechts lieber Kumpel nennen. Diethelm hatte seine Skatbrüder, trank mit anderen Kumpels in der Kneipe sein Feierabendbier, ohne es zu übertreiben, nahm an Wander- und Bildungsausflügen Teil und fand sich hin und wieder im Fußballstadion ein, wo Anschluss an Gleichgesinnte gewährleistet war.

Sehr ungern reden Männer über Sex und überhaupt nicht, wenn es sich um Niederlagen handelt. Diethelm entdeckte, dass der Anschluss, den er fand, ausschließlich maskuliner Art war. Bei den Wanderungen traten auch Frauen auf, aber die waren meistens Anhängsel ihrer Freunde und Gatten. Zudem hatte er als Netzwerker und Entwickler einen weitgehend frauenfreien Beruf gewählt.

Die Jahre und Jahrzehnte vergingen und Diethelm fand keine Plattform, einer vielversprechenden Partnerin zu begegnen. Vor ‚blind dates' oder Bällen der einsamen Herzen schreckte er zurück und über ein Online-Portal nach einer zu suchen war ihm als Informatiker zuwider. Wenn er gegenüber sich selbst ehrlich war, hatte er Furcht vor einer Bindung, denn die unvergessene Verena würde immer als Schatten über einer Neuen hängen.

Auch ihn ereilte nach 40 Dienstjahren das unabwendbare Schicksal des Ruhestands. Bald nach seinem Eintritt trat allerdings ein Ereignis ein, das seinem Leben eine Wende geben sollte. Es lag nämlich ein Päckchen im Briefkasten, dessen Herkunft er sich nicht zu erklären vermochte. Aufgegeben war es in Pencance, Cornwall.

Sollte ihm jemand ein weißes Pulver zusenden? Er erinnerte sich nicht, sich jemanden zum Feind gemacht zu haben und schon gar nicht in England. Stirnrunzelnd öffnete Diethelm die Sendung. Als er deren Inhalt sah, klopfte sein Herz bis zum Hals. Er entfaltete den beiliegenden Brief, der in Englisch verfasst war.

Werter Herr

Ich fand die Schachtel auf einem Strandspaziergang an Land's End. Ich gebe zu, dass ich neugierig war und sie öffnete. Sie ist wasserdicht und ihr Inhalt scheint mir wertvoll zu sein. Am Grund fand ich ein Plättchen mit Ihrem Namen und Ihrem Wohnort. Im Zeitalter des Internets ist leicht herauszufinden, wo jemand sein Domizil hat, zumal bei einem sehr ungewöhnlichen Familiennamen wie dem Ihren. Dessen bin ich mir sicher, obwohl ich kein Deutsch kann. So fand ich Sie immer noch im Kölner Adressbuch und erlaube mir deshalb, Ihnen Ihr Eigentum zurückzusenden. Ich hoffe, ich bohre in keiner Wunde, denn mein Fund riecht sehr nach einer tragischen Liebe.

Falls dem so ist, bitte ich um Verzeihung.

Ergebenst Ihr

(Unterschrift unleserlich)

Diethelm wendete das Blatt hin und her und suchte jeden Quadratzentimeter des Packpapiers ab, aber es fand sich kein Absender. Schade, dachte er, ich hätte dem Typ – der Art nach, wie er schreibt, ist es ein Mann – gern einen Hunderter als Finderlohn zugestellt. Typisch Engländer! Schickt als ehrlicher Mann ein Vermögen dem Eigentümer und will nicht einmal einen Dank. Ich würde für meine Landsleute in so einem Fall nicht die Hand ins Feuer legen.

Naja, da kann man nichts machen. Er besah sich die beiden Ringe, die er vor 40 Jahren dem Vater Rhein zur sicheren Verwahrung anvertraut hatte. Der hatte offenbar die Verantwortung gescheut und sie, wenn auch über Umwege, ihrer Quelle wiedergegeben.

Diethelm lehnte sich zurück und schloss die Augen. Er war ein nüchterner Mensch und niemals abergläubisch gewesen. Aber das – das hier musste doch eine Bedeutung haben! Die Schachtel war sicher mit Algen bewachsen gewesen. Der Engländer hatte sie sorgfältig geputzt, sodass sie aussah wie damals, als er sie vom Juwelier in Empfang genommen hatte.

Wie in Trance überflog Diethelm die Lokalnachrichten im Internet. Brückeneinweihung – Straßensperrung – der Karnevalsprinz ist gewählt – Unfall auf der A4 – Jackpot von Kölner Einwohner geknackt – Lebensmüde gerettet…; was?! Diethelm studierte die Meldung genauer.

Heute morgen gegen acht Uhr hörten Passanten, die die Rodenkirchener Promenade entlangspazierten, ein Platschen. Sofort eilten sie zum Geländer und sahen eine Gestalt immer tiefer der Rheinmitte zustreben. Ein Mann überlegte nicht lange, entledigte sich seiner Kleidung bis auf die Unterhose und sprang ins Wasser. Als ausgezeichnetem Rettungsschwimmer gelang ihm, die sich Sträubende und Zappelnde in Ufernähe zu zerren, wo andere, weniger Trainierte die Frau in Empfang nahmen. Alles Sträuben half ihr nichts. Der Notarzt wurde gerufen und die Suizidgefährdete in die Uniklinik gebracht.

Diethelm sah auf. Uniklinik! Dass sie das verraten hatten. Der Wink des Schicksals! Er steckte das Schächtelchen ein und rannte zur Straßenbahn, die ihn in die richtige Richtung beförderte. Als er am Ziel war, trat er in die Eingangshalle und vor den Empfangstresen. „Wen möchten Sie besuchen?" Es war ein Schuss ins Blaue, aber Diethelm war überzeugt, ins Schwarze zu treffen. „Zu Frau Verena Porterlein." Mit traumwandlerischer Sicherheit wusste er, dass Verena während der vergangenen Jahrzehnte keinen anderen Namen angenommen hatte. „Zimmer 811, achter Stock."

Diethelm nahm nicht den Fahrstuhl, denn er fühlte sich viel zu aufgeregt, um sich im Stillstehen zu üben. Oben schritt er zielsicher dem angegeben Raum entgegen, als ihn ein Krankenpfleger anhielt. „Wohin möchten Sie?" „Zu Frau Porterlein." „Frau Porterlein ist nicht ansprechbar." „Ich sage Ihnen auf den Kopf zu, dass das nicht stimmt. Dass sie sich einem labilen Gemütszustand befindet, ist mir bekannt." Der Pfleger musterte Diethelm lange. Dann fragte er: „Sollte ich mich erweichen lassen: Wen darf ich melden?" „Weunigstrass. Diethelm Weunigstrass." „Warten Sie."

Der Pfleger ließ die Tür zu Zimmer 811 einen Spalt offen, als er es betrat, um nach dem Befinden der Patientin zu schauen. Nach wenigen Sekunden erscholl ein spitzer Schrei, ausgestoßen von einer Stimme, die Diethelm nie vergessen hatte. Ohne weitere Rücksicht riss er die Tür auf, stürmte in das Zimmer und kniete vor Verena nieder. „Liebste, hier bin ich! Was machst du denn für Dummheiten? Ich hab' 'was für dich." Er holte das Schächtelchen hervor, die Ringe heraus und erklärte: „Bevor ich ihn dir anstecke, lies bitte das Datum." Verena las. „Das...; das ist ja heute." „Ja, Liebste, das ist heute. Leider hat sich der Goldschmied beim Jahr um 40 vertan. Ich hab's aber ohne Reklamation hingenommen."

Der Pfleger entfernte sich auf Zehenspitzen aus dem Verlobungszimmer.

Der Schrei

Bis der Atlantik erreicht war, verlief der Nonstop-Flug LY 313 von München nach San Francisco ohne nennenswerte Ereignisse. Kaum über dem Ozean, suchten den Großraumjet derart heftige Turbulenzen heim, dass das Kabinenpersonal sich außerstande sah, Getränke oder gar Mahlzeiten zu servieren, sondern genauso festgeschnallt wie die Passagiere zwischen ihnen saß.

Nach drei Stunden ließ der Sturm endlich nach und die Blechhülle mit über 300 Menschen an Bord gelangte in ruhigere Zonen. Wie dramatisch die Lage gewesen war, lässt sich daran ermessen, dass die üblichen Beschimpfungen und Flüche der sich stets im Bewusstsein sonnenden Alphatiere, dass die anderen acht Milliarden Menschen ausschließlich zu ihren Diensten auf der Welt seien, ausgeblieben waren. Auch sie hatten, die inoffiziell so genannte Kotztüte vor sich auf dem Schoß, mit kreidebleichen Gesichtern ausgeharrt und begannen ganz allmählich aufzuatmen.

Alois Grambichl gehörte nicht zu besagten Alphatieren, obwohl er sich als Geologe zu den Hochkarätigeren unter den Anwesenden zu zählen durchaus befugt war. Er war im Gegenteil bescheiden genug, trotz vorhandener finanzieller Mittel auf die business class zu verzichten und sich mit der economy zufriedenzugeben. Sein Zugeständnis an den eigenen Komfort waren die Sitzreihen mit dem Plus, die seinen 1,90 Metern Lebendlänge eine mäßig erweiterte Beinfreiheit gewährten. Er hatte wegen besagter Länge wie immer einen Gangplatz gewählt.

Auf der anderen Gangseite der unbeliebten Mittelreihe hatte sich eine Stewardess auf einen freien Platz fallen lassen und angeschnallt, als der Befehl dazu in ungewöhnlich scharfer Form aus dem Cockpit erschollen war. Nun, da seit Stunden die erste Ansage des Kapitäns zu hören war, dass die flight attendants sich um die Gäste kümmern, diese aber vorerst angegurtet bleiben sollten, nestelte sie an der Schnalle herum.

„Ich glaube, Ihr Käpt'n hat Übermenschliches geleistet", verkniff Alois sich ihr zu sagen nicht. „Das glaube ich auch", antwortete sie, „und ich bin froh, dass Bodo Nickels fliegt. Er gilt als bester Pilot unserer Gesellschaft und wie es aussieht, ist er es auch." Sie hatte sich erhoben und wandte sich zu mir um, bevor sie sich ihren Aufgaben widmen würde. „Das war der schlimmste Sturm seit Beginn sämtlicher Aufzeichnungen, behaupte ich. Später werde ich herauszufinden versuchen, ob er von irgendeinem anderen der Geschichte geschlagen wird."

Grambichl kramte seinen Wälzer hervor, um weiter zu lernen. Er hatte eine einjährige Gastprofessur an der Stanford-Universität südlich von San Francisco angeboten erhalten und begeistert zugesagt, obwohl er sich bewusst war, dass es mit seinem Englisch gewaltig haperte. Seine bayerische Klangfarbe schlug in jeder Sprache durch, in der er sich zu verständigen abmühte, und er hoffte, dass ihm das sogar einige Sympathieen einbringen würde. Die Fachbegriffe seines Lehrgebiets hingegen hatte er zu beherrschen, da biss keine Maus einen Faden ab. Seufzend schlug er den Wälzer auf, der auf Hunderten von Seiten eine deutsch-englische Gegenüberstellung enthielt.

Das immer stärker werdende Getuschel um ihn herum lenkte ihn immer mehr von seiner Lektüre ab, die sich zugegebenermaßen ein wenig sperrig gab, und lauschte dem Stimmengewirr. „Ganz Amerika...." „Wir sind immer noch über Wasser...." „Wo sind die großen Seen...?"

Irgendetwas stimmte ganz und gar nicht. Er hatte wie erwähnt aus Kalkül keinen Fensterplatz inne, hätte aber im Augenblick gern einen belegt. „Sehen Sie 'was?" fragte er seinen äußeren Sitznachbarn. Der zuckte mit den Schultern. „Immer nur Wasser, obwohl wir nach über zehn Stunden nach dem Start längst über Chicago sein müssten." „Vielleicht hat unser Flieger einen solchen Umweg nehmen müssen, dass wir uns immer noch über dem Atlantik befinden", steuerte der Mann auf dem mittleren Sitz bei. „Dann könnten sie wenigstens eine Positionsdurchsage absondern", kritisierte Grambichl. „Das Personal weigert sich, ohne Einverständnis der Cockpit-Crew Auskünfte zu geben", erklang eine Stimme aus der Reihe hinter ihnen.

Als ob diese Unterhaltung eine Antwort bestellt hätte, knackte es in den Lautsprechern und Bodo Nickels meldete sich: „Sehr geehrte Damen und Herren, werte Fluggäste, hier spricht Ihr Kapitän. Wir selbst haben das Gröbste überstanden und befinden uns nunmehr in ruhigen Luftströmungen. Ungewiss ist allerdings, wo wir landen werden." Erneutes Getuschel brandete auf, verstummte aber sofort wieder, als Nickels weitersprach. „Tatsache ist, dass der nordamerikanische Kontinent anscheinend von einem Erdbeben nie gekannten Ausmaßes erfasst wurde, das das gesamte Tiefland in Mitleidenschaft gezogen hat, das heißt, dass das gesamte Tiefland untergegangen ist. Nach meinen Informationen ist es derzeit unmöglich, San Francisco anzufliegen. Ich werde versuchen, uns in Denver, Colorado sicher zu Boden zu bringen. Ladies and Gentlemen, dear guests...."

Die Antwort auf diese Durchsage war entsetztes Schweigen. Du lieber Himmel, dachte Grambichl, was ist mit all' denen, die in Kalifornien ihre Lieben, ihre Verwandtschaft oder ihre Freunde besuchen wollen? Ich kenne zwar den Namen des Dekans, der mich eingeladen hat, aber nicht persönlich. Andererseits...; es kann ja nicht ein ganzer Kontinent einfach untergehen. Oder doch? Niemand reklamierte, dass die flight attendants, die genauso betroffen wie die Passagiere waren, niemandem etwas zu essen oder trinken brachten, sondern wie gelähmt irgendwo Platz genommen hatten. Es war wahrlich keinem nach essen und trinken zumute.

„Land in Sicht", krächzte der Mann am Bullauge. Just in diesem Augenblick meldete sich Nickels wieder: „Sehr geehrte Damen und Herren, werte Fluggäste, hier spricht Ihr Kapitän. Es ist mir gelungen, in Denver, Colorado eine Landeerlaubnis einzuholen. Wir werden dort in ungefähr einer halben Stunde eintreffen. Ich mache Sie darauf aufmerksam, dass wir recht ruppig aufsetzen werden, denn zwar hat die Überflutung die Stadt verschont, aber nicht das Erdbeben. Eine Landebahn wurde innerhalb weniger Stunden notdürftig geflickt, aber von Babypopo kann keine Rede sein. Der Weiterflug zu Ihrer gebuchten Destination ist leider nicht möglich, da San Francisco nicht zugänglich ist.

Ladies and Gentlemen, dear guests...."

Nach einer weiteren Endlosigkeit war es geschafft und Alois Grambichl stand neben seinen Schicksalgenossinnen und -genossen neben der Maschine, die der Kapitän abseits geparkt hatte, und sah zu, wie ein einzelner Arbeiter das Gepäck auslud. Er ergriff seinen Rollkoffer, als dieser das Licht der untergehenden Sonne erblickt hatte, und begab sich in Richtung Grenzzaun. Da von Einreisekontrolle oder sonst einer Formalität nichts zu hören oder zu sehen war, suchte er eine Lücke zwischen den verworrenen Maschen und verließ das Gelände. So einfach durfte ich noch nie in die USA einreisen, dachte er, aber wenn es so ist, wie unser Käpt'n sagte, existiert dieser Staat ja auch nicht mehr oder nur noch bruchstückhaft.

Es sah sich um. Ob er mit dem Denver Airport Rail zur Union Station fahren und dort eine Unterkunft suchen sollte? Fuhr die S-Bahn überhaupt? Ja, sie fuhr. Wenige Menschen bewegten sich auf den Bahnsteigen, als wäre das öffentliche Leben lahmgelegt. Vermutlich war es das auch. Grambichls Zug fuhr die sechs Stationen der Strecke behutsam an, als befürchte der Triebfahrzeugführer, dass sich plötzlich ein Loch vor ihm auftäte.

Das geschah jedoch nicht und der bayerische Professor fand sich mit seinem Koffer vor der Fassade des viktorianischen Bahnhofsgebäudes wieder. Mittlerweile war es dunkel geworden und er überlegte seine weiteren Schritte. Eine Unterkunft suchen wäre der nächste. Entschlossen stapfte er die beinahe menschenleere Wynkoop street entlang, bis er auf ein beleuchtetes Hotelschild stieß. Fragen kostet nichts und der Herr Professor litt nicht unter Schüchternheit. Tatsächlich war der Mann hinter dem Tresen bereit, ihm ein Zimmer zu überlassen. Diese Zuvorkommenheit verdankte Grambichl vermutlich der Tatsache, dass sich dieser wie er selbst als bayerischer Gastarbeiter entpuppte.

„Ich habe keine Ahnung, wie lange ich bleiben werde", bekannte Grambichl. „Das erstaunt mich nicht und macht auch nichts", bekam er zu seiner Beruhigung zu hören, „es geht alles so drunter und drüber, dass überhaupt nichts planbar ist." „Wissen Sie, was mich wundert?" „Wundert Sie noch etwas?" „Naja, dass nicht völlige Panik herrscht. Ich meine, es müssten doch Menschenmassen...." „Wo sollen die herkommen, glauben Sie? Ihr Flieger ist einer der wenigen, der es bis hierher geschafft hat. Die meisten aus Übersee, die von Europa nach New York oder von Asien nach Kalifornien wollten, hatten zu wenig Sprit bis in die Rockies und platschten irgendwo ins Meer. Die inneramerikanischen Maschinen wurden entweder von den Turbulenzen zu Boden, das heißt ebenfalls ins Wasser gedrückt, oder hatten ganz andere Ziele und konnten sich nicht mehr retten. Einige wenige haben es geschafft. Die Straßen und Schienenstränge nach Westen und Osten enden im Nichts, das heißt ebenfalls in einem unermesslichen See." „Was ist überhaupt passiert?"

Grambichls Landsmann holte tief Luft. „Wie es aussieht, hat ein gewaltiges Erdbeben den nord- und mittelamerikanischen Kontinent 1½ Kilometer in den Abgrund gesenkt, das heißt alles bis zu dieser Höhe über Normal Null ist in den Fluten untergegangen. New York, San Francicsco, selbst Salt Lake City, da das nur 1.400 Meter hoch liegt. Lediglich die Stadt Denver, die ja den Spitznamen ‚Mile High City' trägt, weil sie im Durchschnitt genau eine Meile, also 1.609 Meter über dem Meeresspiegel liegt, ist davongekommen, wenn auch nicht ganz ohne Schäden. Sie wird sich jetzt nach einer neuen Bezeichnung umsehen müssen, denn sie liegt jetzt nur noch 150 Meter hoch. Das ist aber das geringste Problem."

Erst jetzt, so erstaunlich es klingt, fiel Grambichl seine Heimat ein. „Und Europa? München?" Sein Gegenüber räusperte sich. „Europa blieb von einem Erdbeben verschont, aber wie Sie sich vorstellen können, hat die gewaltige Flutwelle, die der Untergang Amerikas auslöste, alle Küstenebenen verwüstet. Dazu kam ein gewaltiger Sturm, der zum Glück nur von kurzer Dauer war. Was Deutschland betrifft: Bis Frankfurt schwappten die Wellen, wo sie ausliefen. Die höhergelegenen Städte im süd- und südostdeutschen Raum blieben ungeschoren."

Grambichl atmete auf. Seine Angehörigen und Freunde dürften folglich davongekommen sein. Einerseits pietätlos und egoistisch, schalt er sich insgeheim, nur an die eigene Brut zu denken, andererseits verständlich. Er wagte eine heikle Frage zu stellen: „Weiß man, wie viele Menschen ihr Leben einbüßten?" Zunächst war ein Schlucken die Antwort, bevor eine verbale nachgeschoben wurde: „Ungefähr eine Milliarde, schätzt man." „Ein Achtel der Menschheit ertrunken!" Grambichl vermochte sich das Ausmaß der Katastrophe nicht wirklich vorzustellen. Der Tsunami am Stephanstag 2004 war dagegen ein Spritzer im Planschbecken gewesen. „Naja", fuhr der Rezeptionist fort, „sämtliche Küstengebiete in allen Kontinenten wurden von einigen mehrere hundert Meter hohen Wellen unterspült. Am besten ist's wohl Südamerika ergangen." „Das ist nicht betroffen?" „Die Senkkraft riss ungefähr am Panamakanal ab. Kolumbien hat nun sozusagen ein loses Ende im Nordwesten, aber sonst...." Er sah seinen Gast ernst an. „Wissen Sie, was das Unheimlichste war?" „Reicht das, was Sie mir erzählt haben, nicht?" „Es würde für ein vollständiges Grauen reichen. Da war aber noch dieser Schrei." „Dieser was?" „Schrei. Alle – alle Überlebenden, muss ich sagen – haben ihn gehört. Wie ein Todesschrei aus dem tiefsten Inneren der Erde." „Ich habe ihn nicht gehört." „Sie saßen ja in einer hermetisch verschlossenen Blechbüchse."

Ich glaube, dieser Schrei war es, der die Menschen – auch die, die unversehrt blieben – veranlasst, wie Gespenster durch die Gegend zu schleichen. Ich bin froh, dass Sie eingetroffen sind, denn bis dahin gab niemand in meiner Nähe einen Ton von sich."

Grambichl fand ein geöffnetes Restaurant und ließ sich nieder. Erst als das Einstiegsbier und die Vorspeise gereicht wurden, fiel ihm ein, dass er seit über 24 Stunden nichts mehr zu sich genommen hatte, denn die Verpflegung im Flieger hatte sich auf Grund der Ereignisse als kompletter Ausfall herausgestellt. Während er kaute, wurde ihm bewusst, welches Glück ihm hold gewesen war. In der Luft ein derartiges Weltuntergangsszenario – es anders zu bezeichnen wäre beschönigend – unverletzt zu überleben! Fast wäre ihm der Appetit wieder vergangen, aber er zwang sich zum Weiteressen. Hatte er alles soweit überstanden, sollte im Nachhinein keine Unachtsamkeit diese Gnade zunichtemachen, schwor er sich.

Gesättigt und mit genügend Bettschwere versehen gelang ihm sogar einzuschlafen.

Das Ganze erinnerte an Henri de Montauts Porträts von Tampa Town in Florida, das von den Herren des Kanonenklubs in Jules Vernes Roman ‚De la Terre à la Lune' (Von der Erde zum Mond) zur Startbasis ihres Projektils auserkoren worden war und binnen Kurzem das betuliche Hafenstädtchen mit 3.000 Einwohnern in ein wahres boomtown verwandelte. Natürlich fehlt im 21. Jahrhundert die gewaltige, von Kohleflammen erzeugte Hitze, die die Schmiedeessen zum Zweck des Gießens von Kanonenläufen befeuern, sofern Kanonenläufe gegossen werden sollen. Im vorliegenden Fall war der Zweck der Baustelle jedoch ein völlig anderer, und zwar seine Abwesenheit. In dem Loch, mit dem die American Deep Hole Company Ltd. beschäftigt war, erschöpfte er sich nämlich. Es sollte das tiefste von Menschenhand erschaffene Loch der Erde und soweit wie irgend möglich getrieben werden.

„Den Mittelpunkt der Erde werden wir wohl nicht erreichen, aber wir werden sehen, ob wir wenigstens die Kruste knacken", hatte der Mentor und geistige Vater des Projekts, der Milliardär Huck Benthan Conquest Grosboster zum Besten gegeben, als er es feierlich eröffnet hatte. Besagte Kruste geht bis in eine Tiefe von 35 Kilometern; danach folgen der obere Mantel (35-410 km), die Übergangszone (410-660 km), der untere Mantel (660-2.900 km), der äußere Erdkern (2.900-5.100 km) und im Zentrum der innere Erdkern (5.100-6.371 km), der bis 6.000°C heiß und auf Grund des Drucks, den die äußeren Massen auf ihn ausüben, wenig überraschenderweise fest ist.

„Dann können wir in der Schwerelosigkeit unser Loch zu einem Saal erweitern und mit einem Sekt anstoßen", sagte Ron Deel, der Betriebsleiter zu seinem Vorarbeiter Donald Whitebuer. „Mir ist's, ehrlich gesagt, hier schon heiß genug, Ron", antwortete dieser. „Außerdem müssen wir ein Material finden, das zusätzlich zu der Höllentemperatur einen Druck von 3,6 Millionen bar aushält und genügend isoliert, dass wir alles überleben." „Kinderspiel mit unseren heutigen Möglichkeiten."

Um einen kleinen Vorsprung zu gewinnen, hatte die Mannschaft für ihr Unterfangen 86 Meter gespart und es in den Badwater-Salzpfannen des kalifornischen Todestals begonnen, die die genannte Lage unter Normal Null einnehmen. Sie gehören zu dem 8.000 km² großen National Monument zwischen der Sierra Nevada und den Rocky Mountains und gelten als seine am wenigsten ansehnliche Stelle. In den Touristenattraktionen Zabriskie Point, Dante's View, Badlands, Stovepipe Wells und Scotty's Castle hätte selbst das ökonomische Gewicht eines Grosboster nie und nimmer von den Nationalparkbehörden eine Bohrbewilligung erhalten.

Neben dem als noch extremer geltenden, weiter südlich gelegenen Imperial Valley und El Oued in Algerien gilt das Death Valley als heißester Ort der Erde. Im Juli 1913 wurde mit 56,7°C die höchste Temperatur festgestellt, die je ein Thermometer in natürlicher Umgebung maß.

„Zwei Drittel haben wir geschafft", verkündete Ron Deel und lud alle Beteiligten zu einem Feierabend-Umtrunk in den klimatisierten Aufenthaltsraum ein, „24 Kilometer. Die Russen haben auf der Halbinsel Kola nur die Hälfte geschafft und sonst versucht niemand, glaube ich, den Rekord zu brechen." „Die Chinesen in der Turfan-Senke?" „Das gibt's ein Gerücht. Ist natürlich möglich, aber dann wundert mich, dass sie es geheim halten." „Das ist bei denen doch üblich." „Aber die ganze Aktion dient rein dem Marketing. Dafür ist Geheimhaltung kontraproduktiv." „Erst wenn das Vorhaben gelungen ist. Die Russen oder besser gesagt die Sowjets haben in der 50ern und 60ern ihre Sputnik-Flüge auch nur veröffentlicht, nachdem sie gelungen waren. Drei von Vieren gingen ja auch denen in die Hose und das sollte niemand erfahren." „Was soll beim Bohren eines Lochs denn schiefgehen?"

Einer war zwar dabei, hielt sich aber während des feuchtfröhlichen Anlasses zurück. Tiefbauingenieur und technischer Dreh- und Angelpunkt des Vordringens, Joviël Saint Betmoora, sah versonnen in sein Bierglas und murmelte Unverständliches vor sich hin.

„Findest du nicht", flüsterte Ron Don in einem unbeobachteten Augenblick zu, „dass unser allwissender Akademiker immer komischer wird?" „Unten, bei der Arbeit, ist ihm nichts anzumerken. Hier aber, unter Leuten, ist er übertrieben zurückhaltend. Er war aber von Anfang an so." „Das habe ich hingenommen und nehme es hin. Allerdings wird er allmählich esoterisch. So hat er mir vor kurzem gesagt, dass wir ihm wehtäten." „Wem – ihm?" „Na, dem Planeten, der Erde."
Kopfschüttelnd betrieb Donald Whitebuer seine Runde weiter, um einmal mit jedem gesprochen zu haben – mit jedem außer Betmoora.

Vom Hauptbahnhof Denver bis zur Universität sind es sieben Meilen oder elf Kilometer, die nach Information des Hoteliers alle 20 Minuten über die interstate 25 von einem Pendelbus verbunden werden. Der bräuchte normalerweise zwölf Minuten, unter den gegebenen Umständen allerdings deutlich länger.
Grambichl hatte nicht auf die Uhr seines Smartphones geschaut, denn es war nicht wichtig. Zur Zeit der Kaffeepause stand er auf dem Campus und fragte sich, was er nun anfangen sollte. Sein Mandat in Kalifornien war in des Wortes wahrster Bedeutung ins Wasser gefallen und er fragte sich, ob seine Kenntnisse hier gebraucht würden.
Er fragte sich auf dem wenig belebten Gelände zum Dekan der geologischen Fakultät durch und stand, da er sich selbst entgegen seiner gewohnten Bescheidenheit jedem Angesprochenen als Professor tituliert hatte, schließlich vor dessen Bürotür. Er klopfte und drückte die althergebrachte Klinke hinunter, als ihm ‚herein!' beschieden wurde.
Dekan Woodrow Smith sah über seine Brille den Eindringling an. „Mit wem habe ich die Ehre?" „Mein Name ist Alois Grambichl, Professor der Geologie der Universität München in Deutschland und sozusagen hier gestrandet." Ein Lächeln umspielte Smiths Mundwinkel. „Das mit dem München ist zu vermuten", erwiderte er, „aber sagen Sie mir bitte, wie ich Sie ansprechen darf. Ihr Aloblabla ist ein bisschen schwierig für eine angelsächsische Zunge."
„Wie wär's mit Ally?" Grambichl hatte sich vorbereitet, wenn auch für Kalifornien. „Eher ein Frauenname, aber da sind wir schmerzfrei", bestätigte der Dekan, trotz der gestrigen Katastrophe leicht

schmunzelnd, „ich bin Woodrow. Womit kann ich dir dienen?" „Dir umgekehrt meine Dienste anbieten ist mein Begehr. Es sind Dinge passiert, die jede Weltrevolution in den Schatten stellen, und vor allem euch in Nordamerika hat's apokalyptisch erwischt. Ihr Überlebenden braucht sicher jede zupackende Hand." „Brauchen wir, Ally. Wie es mit einer Bezahlung laufen wird...." Der Bayer wischte den Einwurf mit einer Handbewegung beiseite. „In der jetzigen Situation uninteressant. Ein Bett, eine Duschgelegenheit und ein bisschen 'was zu essen und trinken genügen." Woodrow atmete auf. „Wir haben den Verlust so vieler Studenten zu beklagen, dass wir uns fragen, ob wir den Vorlesungsbetrieb nächste Woche überhaupt aufnehmen sollen. Auf jeden Fall verfügen wir über genug Zellen. Leider bieten sie nur Studentenkomfort." „Das macht nichts.

Zunächst erbitte ich weitere Erläuterungen zum gestrigen Erdbeben. Ich war im Flugzeug, als es wütete, und bekam es nicht im eigentlichen Sinn mit." „Um Elf ist sowieso Besprechung mit den drei anwesenden Dozenten und Forschern. Da kommst du bitte mit." „Gern." Die beiden Männer reichten sich zum Besiegeln ihrer typisch amerikanisch-unkomplizierten Abmachung beinahe feierlich die Hand.

Professor William Armatrade hielt einen Lichtbildvortrag, den er während der Nacht nach Auswertung zahlreicher Satellitenfotos vorbereitet hatte. „Ihr seht auf dieser Computersimulation das, was von Nord- und Mittelamerika übriggeblieben ist. Nur die Rockies ragen im Westen aus den Fluten und wenige Spitzen im Osten, die höchsten der Alleghenies. Dort befinden sich keine nennenswerten Siedlungen. Die einzigen verbliebenen bedeutenden Städte sind Denver und Ciudad Mexico, das auch gerade noch 500 Meter über dem Meeresspiegel thront. In Kanada finden sich nur wenige Kleinstädte; auch Calgary und Edmonton lagen zu tief, um der Heimsuchung zu entgehen." „Bill?" „Ja, Ally?" „Ich erfuhr bereits gestern, dass der Kontinent sich um 1½ Kilometer gesenkt hat. Deine Höhenangaben ziehen diesen Wert einfach von den früheren ab. Auf Grund der gewaltigen Landmasse, die untergetaucht ist, muss doch der Meeresspiegel wenigstens um etliche Dutzend oder gar Hunderte Meter gestiegen sein?!"

Bill sah seinen deutschen Kollegen nachdenklich an. „Weißt du, was mit Europa passiert ist?" „Ich weiß von einem Riesenbrecher, der über das Tiefland hinweggestürmt ist und dort gewaltige Zerstörungen angerichtet hat. Danach zog er sich in sein Element zurück." "Eben. Die norddeutsche Tiefebene müsste ja auch vollständig unter Wasser liegen. Tut sie aber nicht.

Die Ursache ist mysteriös. Als wäre das nicht genug, harren euch der Überraschungen nämlich weitere." Bill wechselte das Bild und zeigte einen anderen Kontinent. "Was ist das?" "Die Antarktis." "Richtig. Fällt euch etwas auf?" "So wie du das sagst, hat sich Substanzielles verändert. Mir fehlen allerdings anschauliche Vergleichsmöglichkeiten." "Die Umrisse sind zwar ziemlich gleichgeblieben, aber die Masse hat zugenommen. Seht hier." Bills Laserpointer wies auf einen Gebirgszug. "Der ist neu. Und wisst ihr, was das Bemerkenswerteste an ihm ist?" "Du wirst es uns gleich sagen." "Er erreicht eine Höhe von 12.000 Metern, schlägt also den Mount Everest um Längen."

"At the Mountains of Madness", flüsterte Benjamin Craussfithe und spielte damit auf die Novelle ‚An den Bergen des Wahnsinns' von Howard Phillips Lovecraft an, der in der 1931 noch nicht restlos erforschten Antarktis einen fiktiven Gebirgszug ungefähr dort verortet hatte, wo sich der nunmehr reale aufgeworfen hatte.

Alois' beziehungsweise Allys Fantasie zog eine andere Vision in ihren Bann. In Michael Endes berühmtem Kinderbuch ‚Jim Knopf und die Wilde 13' sorgt eine Art erdinnere Waage dafür, dass das ‚Land, das nicht sein darf' nach seiner Flutung so schwer wird, dass es versinkt und am anderen Ende des Hebels das leichtere Lummerland vollständig aus dem Meer auftaucht. Amerika, dachte er, hat eine mächtige Hand hinunter- und dadurch die Antarktis nach oben gedrückt. Was für eine Hand, um alles in der Welt? Die Hand Gottes? "Was ist mit den anderen Kontinenten?" hörte er sich fragen, obwohl er es im Groben bereits wusste. "Wie es aussieht, außer dem gewaltigen Tsunami, der die Westküsten Afrikas und Europas und die Ostküsten Asiens und Australiens verwüstet haben, nichts Bleibendes. Alle höheren Lagen blieben, von einem tornadoähnlichen Sturm abgesehen, weitgehend verschont. Südamerika hat von dem Ereignis mehr oder weniger gar nichts abbekommen.

Die antarktische Landmasse hat sich offenbar genau soweit gehoben, dass deren angesaugte Wassermenge das verdrängte der amerikanischen praktisch egalisierte und der Meeresspiegel folglich gleich blieb. Ein seltsamer Zufall." "Oder die Hand Gottes?" Es war Benjamin, der diese Worte flüsterte, obwohl Ally ähnliche durch den Kopf gingen.

Bills Vortrag endete und die Fünf besorgten sich vor ihren weiteren Beratungen einen Kaffee. Bekanntlich werden Probleme selten in offiziellen Sitzungen, sondern meistens in den Kaffeepausen gelöst. „Was ist nun eure – unsere weitere Aufgabe?" fragte Ally.

Zum ersten Mal meldete sich der Dritte im Bunde der Denver'schen Dozenten, Ian Wonderwall, zu Wort. Er war Geologe und Geodät und hatte während Bills Vortrag eifrig Notizen angefertigt. „Zwei Dinge, soweit sie überhaupt lösbar sind", verkündete er nun. Die vier anderen sahen ihn gespannt an.

Er holte Luft. „Für Wissenschaftler ist wichtig, die Ursache einer solchen Katastrophe zu ergründen. Du, Bennie, hast vorhin die Hand Gottes ins Spiel gebracht. Ich will sie nicht völlig abstreiten und mache darauf aufmerksam, dass jede Menge religiöser Eiferer nun ins Feld ziehen und behaupten werden, der frevlerische Versuch, die Schöpfung durch Technik und Medizin zu beeinflussen, die vor allem der amerikanische Erfindungs- und Innovationsgeist vorangebracht hat, habe nun entsprechende himmlische Strafmaßnahmen hervorgerufen. Nimm's mir nicht übel, Ally."

„Ich gebe dir vollständig Recht, Ian. Ich habe immer bewundert, wie freizügig Forschung und Entwicklung in den Staaten möglich ist, vor allem was Medizin und die damit verbundene Gentechnik betrifft. Wir in Europa und besonders in Deutschland ersticken in ethischen Diskussionen und verunmöglichen so beinahe jeden Fortschritt. Nicht zuletzt deshalb denke ich schon lange darüber nach, meine Heimat zu verlassen und in den USA neue Wurzeln zu schlagen. Dass ich die Gastprofessur in der Stanford-Universität zugesagt habe, gehört in genau diese Kategorie." Der Bayer wunderte sich, wie gut ihm das amerikanische Englisch bereits am zweiten Tag von der Zunge ging, obwohl er sich keineswegs für sprachbegabt hielt. Keinen einzigen deutschen Laut zu vernehmen ist die beste Schule, die es gibt. Er fuhr fort: „Du siehst, Ian, ich bin zwar durchaus gläubig, aber nicht der Meinung, dass es ein göttliches Strafgericht war, das euch diese Prüfung auferlegt hat. Obwohl ich den Zufall mit dem Ausgleich des Meeresspiegels für nachdenkenswert halte. Vielleicht finden wir Ansätze einer Erklärung." „Danke, Ally. Wir haben viel zu tun, wie du dankenswerterweise bestätigst.

Zum zweiten Thema. Das Ergründen der Ursache zieht gleichzeitig die Aufgabe nach sich, eine zweite derartige Apokalypse zu verhindern."

Die Fünf standen vor ihrem zweiten Becher des begehrten Heißgetränks, als eine erregte Diskussion aufbrandete. „Das werden wir nicht schaffen. Weitere Erdbeben dieser Art zu verhindern, meine ich." „Wenigstens voraussagen wäre schon etwas." „Auch daran zweifle ich. Wir haben über den ganzen Erdball verteilt die diversesten Frühwarnsysteme. Was haben sie gestern genützt?" „Wie war das mit dem Schrei?"
Plötzlich herrschte eisiges Schweigen. Ally merkte, dass er in ein Wespennest gegriffen zu haben schien. „Entschuldigt, Leute, aber wir sollten als Wissenschaftler vor keinen Tabus zurückschrecken. Ich selbst habe nichts gehört, da ich in einem Flugzeug von der Außenwelt isoliert war, aber der Hotelier hat mit gestern Abend davon erzählt. Oder hat er einfach gesponnen?"
Woodrow, Bill, Ian und Bennie drucksten eine Weile herum, bevor sich der Dekan einen Ruck gab und gestand: „Doch, doch, den haben alle gehört. Er ist wohl das, was am Unheimlichsten war. Während wir die tektonischen Bewegungen wahrscheinlich über kurz oder lang werden erklären können, gehört der Schrei ins Reich des Fantastischen verwiesen." „War es denn nur einer?" „Ja, aber unglaublich laut – nein, nicht in Dezibeln gemessen laut, denn dann wären wir jetzt ja alle taub, aber unglaublich durchdringend. Wie wenn ein Riesentier, unendlich viel riesiger als ein Dinosaurier, tödlich getroffen wird." „Wie lange hielt er an?" „Vermutlich nur wenige Sekunden. Du kannst dir nicht vorstellen, wie lange solche Sekunden währen." „Erscholl er gleichzeitig mit dem Untergang von – fast hätte ich Atlantis gesagt?" „Wie es aussieht, ja." „Wie ging das Ganze überhaupt vor sich?" „Es wackelte, aber erstaunlich geringfügig. Du hast ja gesehen, was in Denver passiert ist. Ein paar Unebenheiten in den Straßen, ein paar Risse in den Häusern, kurz, die Auswirkungen eines normalen Erdbebens." „Das Absenken?" „Natürlich hat sich der Luftdruck erhöht. Das hat aber niemand bemerkt. Ich meine, es hätte sich ja alles schiefstellen können. Das geschah jedoch nicht. Der Kontinent senkte sich freundlicherweise – freundlicherweise für die, die sich hoch genug aufhielten – ohne konvulsische Zuckungen ab."
Die Fünf holten sich neben einem dritten Becher Brötchen und setzten sich an einen der zahlreichen freien Tische, da absehbar war, dass sich die Diskussion hinziehen würde.
„Wir stehen folglich vor beinahe unlösbaren Aufgaben." Ally hatte sich zu seinem eigenen Erstaunen als Wortführer herausgestellt, vielleicht, weil er als Neuzugang Ideen einzubringen versprach,

die die Routine eines eingespielten Teams zu übersehen neigen. „Schieben wir die zweite, das Verhindern weiterer Geschehnisse dieser Art oder wenigstens eine Warnmöglichkeit vor ihnen, in die Zukunft. Bleibt das Ergründen der Ursache. Da haben wir mehrere Möglichkeiten."

Das Denver-Team sah ihn gespannt an. „Wir können hier sitzenbleiben und versuchen, durch diverse theoretische Modelle hinter das Geheimnis zu steigen.

Wir können Feldforschung in der näheren Umgebung betreiben.

Wir können aus der Luft versuchen, Merkmale zu finden, die auf die Ursache hinweisen. Hier gibt es wieder zwei Möglichkeiten."

„Welche, meinst du?" „Naja, es gibt zwei Großräume, die besonders betroffen sind." Alle wussten, welche Ally meinte. „Der eine ist Nordamerika und...." „...der andere die Antarktis, richtig.

Nun ist von Nordamerika nicht viel übrig. Falls es hier eine Stelle gibt, die als verursachende in Frage kommt, befindet sie sich wahrscheinlich unter Wasser. Beim sechsten Kontinent ist die Situation genau umgekehrt: Er hat sich beträchtlich vergrößert und weist uns vielleicht den Weg zur Erkenntnis."

Nachdem der Bayer seine Argumente dargelegt hatte, schwieg er zunächst. Die anderen taten es ihm nach, weil sie in Nachdenken versunken waren. Da summte das Smartphone des Dekans. Es runzelte die Stirn, begann den Satz: „Wer zum Teufel...?" nahm dann aber ab. Nach wenigen Sekunden sagte er: „In der Mensa." Nach weiteren fünf oder sechs schloss er das Gespräch: „Na gut, schicken Sie ihn her."

Er schaute die anderen an. „Der Portier meldet einen Besucher, einen Typ namens Belmora oder Betmora oder so ähnlich. Er hätte für mich – uns – eine wichtige Mitteilung bezüglich des Erdbebens und des Schreis."

Die Erdkruste bildet zusammen mit dem oberen Teil des oberen Erdmantels die Lithosphäre. In ungefähr 35 Kilometern Tiefe, wo die feste Silizium-Aluminiumkruste auf den ebenfalls festen Peridotit-Erdmantel trifft, sind die Temperaturen bereits bis 1.100°C und der Druck auf 10.000-15.000 bar angestiegen. Bei Peridotit handelt es sich um eine Legierung, die zu 90% aus Sauerstoff, Silizium und Magnesium besteht.

Zu drei Vierteln war der Weg bis zu jener magischen Trennstelle zurückgelegt, auf die Huck Benthan Conquest Grosboster alle Beteiligten als Ziel eingeschworen hatte. Es war nicht unbedingt vorgesehen, dass sich Menschen dort unten tummelten, aber Bohrproben sollten als Trophäen aus dem Loch hochgeholt und in dem neuen privaten Museum des Milliardärs ausgestellt werden – selbstverständlich erst nach ihrem Erkalten.

Mineralische Bruchstücke aus 60 bis120 Kilometern Tiefe sind bekannt und ausgewertet, aber bei ihnen handelt es sich um Zufallsfunde, die der Lust und Laune eines ausbrechenden Vulkans entsprungen entstammen. Die American Deep Hole Company hatte nun erstmals die Absicht, gezielt und fundiert die Erdkruste zu erforschen, und zwar von einer Stelle, die in keinem Feuerring liegt oder als hot spot bekannt ist.

Allen Mitarbeitern, die sich weitgehend aus hartgesottenen Bergarbeitern und im Feld erprobten Ingenieuren zusammensetzten, war unklar geblieben, warum Grosboster ausgerechnet den brillanten, aber weitgehend der Theorie verschriebenen Joviël Saint Betmoora zum führenden Geologen der Truppe ernannt hatte. Ob er einen Narren an dem durchgeistigten Typ gefressen hatte? Über irgendwelche Bagatellen muss sich die Klatschkolumne eines Organismus, wie es ein Großprojekt nach Vorbild des vorliegenden bildet, ja aufregen dürfen.

Ausgerechnet jenen Betmoora zog es unwiderstehlich in die Tiefe, die seine Kollegen lieber mieden als suchten. Grosboster hatte einen Wagen, eine Kapsel und einen Anzug anfertigen lassen, die höchsten Temperaturen und Drücken standhielten. Über den Preis hatte sich er sich vornehm ausgeschwiegen, aber es wurde gemunkelt, dass die Kosten für die drei Artefakte an die des gesamten Projekts herankämen. Dafür waren sie wahre Wunderwerke der Technik. Auffälligerweise saß der Anzug, der einem für Astronauten frappant ähnelte, Betmoora wie angegossen. Dem deutlich korpulenteren Ron Deel wäre ihn zu benutzen versagt geblieben, hätte er darauf Wert gelegt. In die Kapsel sollte er hingegen passen, hätte das auszuprobieren der Betriebsleiter je im Sinn.

So war es immer wieder Betmoora, der zur tiefsten Stelle hinabrollte. Das Bohrloch hatte einen kreisrunden Querschnitt von 20 Metern Durchmesser, an denen entlang eine Plattform navigierbar war, deren waagerecht angebrachte Räder sich gegen die Wände stemmten und dem Konstrukt Halt gab. Betmoora sah sich jedes Mal zum Schmunzeln veranlasst, wenn er daran dachte, woher er die Idee hatte, zu deren Verwirklichung er Grosboster letztlich überredet hatte, nämlich von der Comicerzählung ‚The Universal Solvent' (Reise zum Mittelpunkt der Erde), die Don Rosa 1995 als Entenplot zeichnete und schrieb. Als gutes Omen sah er an, dass Familie Duck den magischen Mittelpunkt tatsächlich erreicht.

Darauf stand die erwähnte Kapsel und in dieser hielt sich Betmoora auf, bis er unten war, um dort die Konsistenz der Gesteinsoberfläche in Augenschein zu nehmen. Dieses Verfahren war nötig, weil jede Kette von einer Länge wie der nötigen durch ihr eigenes Gewicht gerissen wäre. Abgesehen davon, dass sie außer extrem hart auch noch extrem hitzebeständig hätte sein müssen. Dieses Material ist bisher entgegen dem Glauben vieler an die menschliche Allmacht nicht ge- und auch nicht erfunden.

Die Bohrmaschinen auf dem Grund arbeiteten dank Mini-Atommeilern autark, das heißt, sie gruben sich im Minutentakt einen Meter tiefer, bohrten Höhlen in die Seiten und verstauten das ausgehobene Material in diesen Höhlen. Danach meldeten sie das gewonnene Terrain drahtlos nach oben. Wenn Betmoora nicht hinabfuhr, übermittelten Drohnen Bilder des neu erschlossenen Territoriums an die informationsgierige Crew. Die Drohnen waren zwar hitzebeständig, aber nicht so, dass sie eine Berührung mit der glühenden Wand überstanden hätten. Ihre Steuerungsautomatik lavierte deshalb vorsichtig innerhalb eines Durchmesserbereichs von 18 Metern.

Betmoora war unmittelbar über den Bohreinheiten angelangt und damit wieder einmal am tiefsten Punkt, den je ein Mensch erreicht hatte. Er hatte die finalen Meter nachdenklich zurückgelegt, denn die erschienen ihm anders als die alle anderen darüber. Die Konsistenz....

Er war sich bewusst, dass er zwar nicht bei seinem Gönner, sehr wohl aber bei seinen Kollegen höchst umstritten war. Als hochfunktionaler Autist verfügte er über herausragende Fähigkeiten in mathematisch-technischer Hinsicht; in anderer hingegen stand er kurz vor dem Vollversagen, vor allem was seine Kommunikationsfähigkeit anbelangte. Eine Bewertung, ‚nicht teamfähig' zu sein, kommt für den Bewerber um eine verantwortungsreiche Anstellung einem Todesurteil gleich. Nur, wenn ein wohlwollender Prüfer einzuschätzen weiß, was er mit einem solchen Menschen anfangen kann, hat dieser die Chance auf einen angemessenen Arbeitsplatz.

Zu einem Autisten gehört, mehr zu sehen, zu fühlen und zu hören als ein Unbegabter – und die übrigen Mitarbeiter der American Deep Hole Company durften mit Fug und Recht als Grobmotoriker eingestuft werden. Vielleicht war ein Mindestmaß an mentaler Hartleibigkeit in dieser Branche nötig. Seitdem auf Grund des steigenden Anteils erneuerbarer Energie bei Heizung und Beleuchtung kaum mehr neue Öl- und Gasfelder erschlossen wurden, drängten arbeitslose roustabouts (Bohrhelfer), roughnecks (Bohrarbeiter) und driller (Bohrgeräteführer) auf den Markt, sodass sich Grosboster kaum vor Angeboten hatte retten können, als er die Stellen für sein ehrgeiziges Projekt ausschrieb. Um eine davon zu ergattern, war Ellenbogeneinsatz und ein gewisses Maß an Skrupellosigkeit unabdingbar gewesen. Dieser Hintergrund war bei der aktuellen Besetzung nicht zu übersehen.

Betmoora als seinen Günstling hatte der Milliardär hingegen gesetzt. Er hatte bereits manche knifflige Aufgaben gemeistert und war deshalb in der Überzeugung in das Tal des Todes geschickt worden, auch während des dortigen Einsatzes Ungewöhnliches zu vollbringen. Ich bin gespannt, dachte er, ob ich Benthans hochgespannte Erwartungen zu erfüllen vermag.

Bahnte sich hier eine Sensation an? Betmoora näherte sich der merkwürdigen Oberfläche. Sie sah nicht wie Stein aus. Er überlegte hin und her, woran sie ihn erinnerte, und kam nach einer Weile auf einen absurden Einfall. Sie erinnerte ihn an....

Rohes Fleisch?!

Wenn er genau schaute, meinte er sogar leichte Bewegung darin auszumachen. Wie eine blutende Wunde war eine Assoziation, die ihm nicht aus dem Kopf ging.

Erschreckt zuckte er zurück. Hatte da nicht eine Inschrift an der Wand gestanden, ein Menetekel? Meneh meneh tekel upharsin bedeutet nach Daniel ‚gezählt, gewogen, geteilt, geteilt', was als ...zu leicht befunden' interpretiert wird. Hier stand allerdings etwas anderes. Klar und deutlich waren Betmoora die englischen Worte *Flieh' in die Berge, sofort* erschienen.

Er blinzelte heftig, denn sein Isolieranzug hinderte ihn daran, sich die Augen zu reiben. Jetzt war die Schrift verschwunden! ...und jetzt wieder da! Joviël drehte sich leicht und im Wechsel erschien die Schrift und verschwand wieder. Nichtsdestoweniger war sie da und warnte ihn.

Er schloss die Lider und horchte in sich, aber er wusste, dass das sinnlos war. Er war recht sprachbegabt, aber nur visuell war es ihm gelungen, französisch, spanisch und deutsch zu lernen, denn ihm erschlossen sich Begriffe bildlich. Wobei als Bilder die Schriftzüge gedient hatten. Nur in Verbindung mit diesen war ihm gelungen, die Sprachen in sich aufzunehmen. Durch reines Hören war ihm eine Fremdsprache zu erlernen unmöglich.

Nun war die Schrift endgültig verschwunden. Joviël wusste, was er zu tun hatte; vor allem wusste er, dass er das Menetekel ernst zu nehmen hatte.

Er wusste nicht, wieviel Zeit ihm blieb, aber hoffte, dass es genug war, um in aller Ruhe wieder hochzufahren, ins Wochenende zu gehen und sich nach Denver zu begeben. Die Mile High City lag hoffentlich exponiert genug, dass sie als Ziel seiner Flucht ausreichte.

Er überlegte, ob er seinen Kollegen von dem Zeichen an der Wand berichten solle, verwarf den Gedanken aber schnell wieder. Wenn sie ihn nur auslachten, hätte er noch Glück; wahrscheinlicher war, dass sie ihn geradewegs in eine geschlossene Anstalt steckten. Ein bisschen empfand er einen psychischen Schmerz, weil in ihm das Wissen übermächtig wurde, dass sie todgeweiht waren, aber wenn er sich vergegenwärtigte, wie sie ihn behandelten.... Es war ja auch nur eine Ahnung und keine Gewissheit!

Drei Stunden später hatte die Erdoberfläche den Geologen wieder. „Was Neues?" fragte ihn Ron in seiner üblichen herablassenden Art. „Eine bemerkenswerte Änderung der Oberflächenstruktur auf den letzten paar hundert Metern", beschied er dem Betriebsleiter und übergab ihm die vollverkapselte Kamera. „Was sie bedeutet, kann ich bisher nicht sagen." Den Eindruck von rohem Fleisch behielt Joviël wohlweislich für sich.

„Wenn du mich nicht mehr brauchst, würde ich mich gern ins Wochenende abmelden", schob er in bittendem Ton nach. Er wusste, dass Ron ihn lieber von hinten als von vorn sah und wähnte sich deshalb der Dienstschluss-Anweisung als sicher. Dieser hatte nicht richtig hingehört, weil er dabei war, die mitgebrachten Fotos über das Display aufzurufen. „Was ist das denn?" fragte er plötzlich. Siedend heiß fiel Betmoora nach, dass er das Gerät einfach eingesteckt und gar nicht nachgeprüft hatte, ob die geheimnisvolle Schrift nicht versehentlich einen Speicherplatz gefunden hatte. Er sah dem bulligen Betriebsleiter über die Schulter und atmete auf. Er erkannte zwar, dass es sich um das

Menetekel handelte, aber es war lediglich als diffuser Schatten erkennbar. „Hm. Ein Fleck auf dem Sensor? Jedenfalls nichts Bemerkenswertes."

Er wandte sich ab. „Ich fahr' dann mal los. Montagmorgen bin ich pünktlich zurück. Bye."

„Bye", antwortete Ron zerstreut. Offenbar beschäftigten ihn die ominösen Flecken stärker als Joviël lieb war, der am liebsten sofort davongebraust wäre. Die Vernunft legte ihm jedoch eindringlich nahe, sich zunächst mit Lebensnotwendigem einzudecken, denn der Abschied wäre langfristig, wenn nicht für immer. In seiner Stube packte er die üblichen Reiseutensilien zusammen und versäumte vor allem nicht, einer unscheinbaren Blechschatulle seine gesamte Barschaft zu entnehmen, die aus mehreren tausend Dollar bestand.

Als Joviël sein Gepäck im Auto verstaute, war Ron nirgends zu sehen. Dennoch atmete er auf, als er seinen Wagen startete und das Camp hinter sich ließ. Leider hatte er zunächst nördliche Richtung einzuschlagen, um über die Badwater road und das Furnace Creek Inn auf den highway 190 zu wechseln, der ihn über Death Valley Junction nach Pahrump in Nevada führen würde. Von da aus auf den highway 160 und Las Vegas geriete in greifbare Nähe. Natürlich gedachte er nicht dort zu bleiben, denn unter Gebirge verstand er etwas anderes.

Joviël fuhr und fuhr und war irgendwann so müde, dass er versucht war, in Salt Lake City Schluss zu machen, aber eine innere Stimme befahl ihm, seinen ursprünglichen Plan in die Tat umzusetzen und bis Denver durchzuhalten – als bekäme er von einer höheren Macht bestätigt, dass er richtig handele.

Er fragte sich, was wohl geschehen würde. Irgendeine furchtbare Katastrophe, da gab es keinen Zweifel. Wobei sich die Frage erhob, welchen Ausmaßes diese sein würde. Würde sich das Bohrloch mit Lava füllen? Ein denkbares Szenario. Aber warum sollte er dann ins Gebirge fliehen? Und nicht nur ein bisschen, sondern hoch hinauf. Der Ruf nach Denver sprach Bände. Ob ganz Kalifornien Opfer eines Erdbebens werden würde? Vor einem Riss des St. Andreas-Grabens warnen die Vulkanologen und Tektoniker schon seit hundert Jahren. Aber dann genügten doch die Vorberge der Rockies?

Bei der ersten Tankstelle hatte sich der Flüchtende einige Dosen Cola und einen Stapel Energieriegel besorgt, dank deren Hilfe er es schaffte, während der Nachtfahrt wachzubleiben. Als er im

Morgengrauen endlich auf einem Parkplatz am westlichen Rand der 715.000 Einwohner zählenden Hauptstadt von Colorado hielt, vermochte er kaum seine Beine auszustrecken, so sehr hatte ihn die fünfzehnstündige, nur von Tank- und Pinkelpausen unterbrochene Autofahrt über 1.400 Kilometer verkrampfen lassen. Er versuchte durch Schütteln die gewohnte Geschmeidigkeit seiner Gliedmaßen wiederherzustellen. Sobald auch sein Kopf aufgehört hatte, ständig durch Kurven zu rasen, fingerte er das Smartphone aus der dafür vorgesehenen Jackentasche und vergewisserte sich über das Internet, dass sich nichts Besonderes ereignet hatte.

Da ertönte der Schrei.

„Ich habe nichts Vergleichbares je erlebt", erzählte Joviël Saint Betmoora den fünf Professoren, die ihn – nunmehr im großzügigen Büro des Dekans – aufmerksam musterten und ihm zuhörten. „Alle Qual der Welt lag darin und das ultimative Aufbäumen der gepeinigten Kreatur." „Sie hat sich ja auch aufgebäumt, bemerkte Ian trocken. „Wenn es – eine – Kreatur war", fügte Bennie hinzu. „Besteht da Konsens?" fragte Ally. Woodrow druckste herum. „Wenn er besteht, gestehen wir der Erde Schmerzempfinden und Intelligenz zu – seien sie kollektiv oder individuell." Eine Weile widmeten sich alle ihren Kaffeebechern, bis Ally fragte: „Wie ist das Ganze denn weltweit aufgenommen worden?"

Bill hatte lange im Internet herumgeforscht, das außerhalb Nordamerikas weiterhin klaglos lief und in Denver über Satellit zu empfangen war. „Sehr ähnlich. Der Schrei wurde in allen Erdteilen gehört und zog Entsetzen nach sich. Soweit ich feststellen konnte, erscholl er überall zum selben Zeitpunkt – das heißt je nach umgerechneter Ortszeit." „Gibt es Versuche, der Ursache auf den Grund zu gehen?" „Zur Genüge, Woodrow. Mehr oder weniger jede Forschungsstation, die etwas auf sich hält, hat Gelder lockergemacht und Leute losgeschickt." „Haben die ein Ziel oder einen Punkt, an dem sie ansetzen?"

Bill grinste. „Null." Er blickte Joviël provozierend an. „Haben wir bessere Karten, Herr Betmoora?" „Ich meine ja, Herr Armatrade." „Wissenschaftlich begründbare oder eher esoterische aus dem Bauch?" Der neu Hinzugekommene schluckte. „Eher das Zweite, wie ich zugeben muss."

Ally intervenierte. „Ihr Bauch hat Ihnen immerhin Ihr Leben gerettet. Da wir sonst nichts in der Hand haben, schlage ich vor, dass wir ihm mangels Alternativen weiterhin folgen – Ihrem Bauch, meine ich."

Der Vorschlag wurde angenommen und Joviël im Anschluss offiziell in die Runde der nunmehr sechs ‚Eingeweihten' aufgenommen – auch wenn das Eingeweihtsein sich bisher in gemeinsamer innerer Überzeugung erschöpfte.

„Also leg' los, Jovi: Wie sieht deine Version aus?" Der Angesprochene räusperte sich. „Es gibt zwei betroffene Kontinente, Nordamerika und die Antarktis. Der erste ist weitgehend in den Fluten versunken und vermutlich der Verursacher und der zweite hat davon profitiert." „Wieso glaubst du, dass hier die Ursache zu suchen ist?" „Unser Bohrloch im Tal des Todes, Ian. Ich fand unter dreißig Kilometern Tiefe eine Konsistenz, die wie eine offene Fleischwunde aussah." „Wie sicher bist du dir?" „Sehr. Ich hätte die Angelegenheit dennoch auf sich beruhen lassen, wenn nicht ein weiteres – Ereignis – eingetreten wäre." „Welches?" „Ihr wisst, was das Menetekel ist?" „Sicher. Der geisterhafte Warntext an der Wand des babylonischen Königs Belsazar, der diesem das Ende seiner Herrschaft verkündete." „Nun, ein solches Menetekel offenbarte sich auch hier."

Fassungsloses Schweigen folgte diesen Worten. Endlich krächzte Ally: „Welches?" „Den Grund, warum ich unversehrt hier bin. ‚Flieh' in die Berge, sofort' stand da und ich habe die Inschrift sogar fotografieren können. Leider übergab ich die Kamera mit den Bildern unserem Vorarbeiter, der sie verständnislos anstarrte. Ich wusste hingegen, dass ich aufzubrechen hatte. Komischerweise sogar, dass Salt Lake City nicht reichen würde und ich unbedingt bis Denver zu fahren hätte. Das stand nirgends, das sagte mir wiederum mein Bauch."

Die sechs hochkarätigen Wissenschaftler sahen sich an, als hätten sie ein Gespenst gesehen. Zumindest gehört hatten sie ja auch von einem. Endlich wandte sich Ally an Jovi. „Was ziehst du daraus für Schlüsse?" „Ich hatte vorhin bei den beiden betroffenen Erdteilen angesetzt. Der erste – unserer – ist weitgehend vernichtet, während der zweite einen erheblichen Zugewinn zu verzeichnen hat.

Was liegt näher als dort anzusetzen?" „Wieder dein Bauch?" „Nein. Das ist ein rein logischer Gedankengang."

Jovi fand wie Ally in einem herrenlosen Verschlag des Studentenwohnheims Unterschlupf. Was lag näher für die beiden, als sich zum Feierabend in der Gemeinschaftsküche mit mehr als einer Büchse Bier zu einem Absacker zusammenzusetzen.
„Hast du Angehörige verloren, Jovi?" „Nein, ich bin alleinstehend. Meine Eltern starben früh. Da ich ein Stipendium an der Stanford hatte, konnte ich mein Studium zu Ende führen und mich dann auf eigene Beine stellen." „Und Tanten, Onkel, Nichten, Neffen?" „Die sind über alle Welt verstreut, von Australien über Singapur bis Südafrika. Auch in Großbritannien findest du einige von ihnen. Nach Amerika hat's sonst keinen aus meiner Familie verschlagen. Sie stammt aus Indien, wobei dort auch niemand mehr ist. Ich bin bereits in den USA geboren." „Das heißt, dass deine emotionale Bindung an den hiesigen Grund und Boden schwach ausgeprägt ist?!" „So ist es nicht; Kalifornien ist meine Heimat – gewesen, muss man ja sagen. Einen Stich in mein Herz hat's mir schon versetzt; immerhin hatte ich Schulkameraden, Kommilitonen, Lehrer und Professoren, von denen die meisten nicht mehr sein dürften.

Und wie sieht's bei dir aus, Ally?" „Meine Heimat hat es praktisch nicht betroffen. Bayern liegt hoch und außer einem Orkan haben meine Familie und mein Freundeskreis nichts von der Katastrophe gemerkt." „Was hat dich hergeführt?" „Ich sollte eine einjährige Gastprofessur in Stanford – was ein Zufall! – übernehmen. Als es geschah, saß ich gerade im Flieger nach San Francisco und merkte nichts außer bösen Turbulenzen, durch die uns unser Pilot meisterhaft lavierte. Nur unsere Destination existierte nicht mehr. So landeten wir notgedrungen in Denver und ich meldete mich notgedrungen als Doktor der Geologie beim hiesigen Dekan der entsprechenden Fakultät." „Das war auch mein Gedankengang." „Er hat sich als richtig herausgestellt."

Beide setzten traurig ihre Dosen an den Mund. „Eine Milliarde Opfer weltweit", sinnierte Joviël, als spräche er über eine abstrakte Zahl. „Kann man sich überhaupt nicht vorstellen, Jovi." „Stimmt. Ich kriege sie in kein Maß gepackt. Und wir beide sind praktisch nicht betroffen." „…und deshalb einsatzfähig." „Mir scheint, Ally, dass wir auf derselben Wellenlänge liegen. Das Geheimnis muss ergründet werden. Mit allen Kräften, die uns zur Verfügung stehen, und seien sie noch so unzulänglich.

Glaubst du eigentlich meinen – Visionen, Ally?" „Dass du hier bist, beweist ihre Wahrheit." „Unsere Kollegen sind anscheinend zurückhaltender." „Sie haben ihre Alltagssorgen. Sie wohnen mit ihrem Anhang hier, werden aber im Freundes- und Verwandtenkreis Verluste zu beklagen haben, auch wenn sie sich nichts anmerken lassen. Ihre Nation hat eine riesige Hand hinweggefegt, ihr Selbstverständnis von ‚Gottes eigenem Land' ist in seinen Grundfesten erschüttert. Gott hat sie verlassen. Das steckst du nicht ohne weiteres weg, selbst wenn dein direktes Umfeld unbeschädigt wirkt." „Während wir.... Du hast eine Hand erwähnt, die alles hinweggefegt hat. Siehst du das religiös, christlich, Ally?" „Esoterisch durchaus, aber nicht direkt christlich. Hätte ich eine schlüssige Antwort, bräuchten wir nichts mehr auszukundschaften, Jovi." „Hast du eigentlich Angst?" „Wovor?" „Na, dass die Erdbewegung wieder einsetzt und wir plötzlich genauso verschlungen werden wie alle anderen." „Nein, unerklärlicherweise nicht. Und du?" „Auch oder besser gesagt erst recht nicht, Ally. Ich denke, mein Bauch hätte mich nicht hierher geleitet, wenn er mich doch noch in die Vernichtung führen wollte."

Die Lasche der zweiten Büchse – oder war es bereits die dritte? – wurde niedergedrückt. Leises Zischen verkündete, dass der Zugang zu ihrem Inhalt frei war. „Sag' mal, heißt du tatsächlich Ally?" erkundigte sich Joviël. „Nein, natürlich nicht. Aber Alois stellt für angelsächsische Zungen ein unüberwindbares Hindernis dar." Joviël lachte und sagte plötzlich auf Deutsch: „Dass ich daran nicht gleich gedacht habe! Klar, Bayer.... Du würdest zu Hause nie Gerstensaft aus einem Aluminiumbehälter trinken?!" „Natürlich nicht", lachte Alois, „aber, sag' mal, mein Lieber: Woher kannst du deutsch und dazu akzentfrei?"

Joviël wurde ernst. „Das gehört zu meinen Begabungen – mühelos Sprachen zu lernen, meine ich. Ich habe einige weitere für andere unerklärliche Begabungen, aber auch erhebliche, für andere ebenso unverständliche Defizite, wie du bald merken wirst. Ich bin hochfunktionaler Autist. Unter normalen Umständen wirke ich normal, vor allem in Situationen wie der jetzigen. Mit einer gleichgesinnten Person in Ruhe diskutieren ist mein Fall. Zu Sechst wie vorhin bereitet mir deutliche Mühe, wobei es geht, wenn sich alle gesittet benehmen, wie es bei unserer Professorenrunde der Fall war. Geht wie in einer Kneipe mit Riesengeschrei alles drunter und drüber, verliere ich die Fassung und bin kommunikationsunfähig.

An meinem letzten Arbeitsplatz fühlte ich mich total unwohl. Unter rauen Gesellen wie Bauarbeitern kann ich mich nicht anders denn als Außenseiter profilieren, Ally...; äh, Alois." Alois lächelte. „Schon gut, ich reagiere auf beide Namen.

Interessant, was du erzählst. Gedacht hatte ich mir bereits einiges; so fiel mir auf, dass du nie jemanden ins Gesicht schaust. Ich versichere dir aber, dass ich damit zurechtkomme. Die Art, wie unser Dekan den anstarrt, den er anspricht, ist wahrlich nicht die Meine. Ich glaube, wir werden ein gutes Team." Alois reichte Joviël die Hand. Er hütete sich, das zu forsch zu tun, denn er wusste, dass die körperliche Berührung vom anderen ausgehen musste.

Als Joviël einschlug, strahlte er und sah zum ersten Mal seinem Gegenüber in die Augen.

Während Alois aus dem Bankomaten eines funktionstüchtigen Kreditinstituts, das heißt eines in ausreichender Höhe domizilierten, Bargeld beziehen durfte, nachdem seine deutsche Hausbank Liquidität rückgemeldet hatte, erwies sich für Joviël als Glück, dass er sich mit ausreichenden Barmitteln ausgestattet hatte. Die wichtigsten Rechner des Landes waren in des Wortes wahrster Bedeutung abgetaucht, so auch alle kalifornischen. Wasser und Elektronik sind seit eh' und je natürliche Feinde.

„Gut, dass ich nie viel Geld auf dem Konto habe", freute sich Joviël, „nur das Bare ist das Wahre, sage ich immer. Zum ersten Mal profitiere ich von meiner Marotte." „Dennoch werden unser beider Vermögen für eine Antarktis-Expedition nicht ausreichen." „Du willst wirklich so weit gehen?" „Wenn du mir hilfst. Du bist derjenige, der den engsten Kontakt zu den lauernden Mächten zu haben scheint."

Die Kollegen von der geologischen Fakultät zogen sich mehr und mehr aus den Diskussionen zurück – vielleicht, weil sie ihnen zu Deutsch klangen. „Vergiss nicht, dass sie Trauerarbeit zu leisten haben", tröstete Alois den enttäuschten Joviël. Da das Wintersemester auf Beschluss der Direktorenkonferenz ausfiel, blieben wenigstens die zur Verfügung gestellten Studentenbuden unangetastet. Weil für alle auf dem Campus Anwesenden akute Geldknappheit angesagt war, gab die Mensa ihre Mahlzeiten kostenlos aus – allerdings nur an Personen mit Universitätsausweis, die der Dekan Alois und Joviël zugebilligt hatte. Für ein Bier im Pub langten aus den erwähnten Gründen die Mittel, zumal die Preise spürbar gefallen waren – sonst hätten die Pächter keinerlei Umsätze mehr erzielt. Von der sonst üblichen drangvollen Enge war dennoch nichts zu spüren.

Im Lauf der folgenden Wochen konsolidierte sich die Situation. Denver wurde zur provisorischen Hauptstadt der Rumpf-USA erklärt und alle Verwaltungsangestellten, die das Erdbeben überlebt hatten, wurden nach und nach dort zusammengezogen. Eine allmähliche Belebung der Stadt und der Pubs waren die unübersehbare Folge.

Rechenzentren wurden aus dem Boden gestampft und sämtliche Bankomaten funktionierten wieder. Den Bürgern, die ihre Guthaben verloren hatten, wurden tausend Dollar ins Plus geschrieben, damit ihnen wieder am Leben teilzunehmen möglich war. Arbeit fanden alle, denn wie immer nach einer Katastrophe startete ein Wirtschaftswunder durch. Der recht praktisch veranlagte Alois half beim Wiederaufbau von Straßen und Gebäuden mit, um nicht als Sozialschmarotzer dazustehen – auf die reagieren US-Amerikaner allergisch –, und der Theoretiker Joviël stellte sich als Lehrer zur Verfügung, so schwer es ihm auch fiel, eine lärmende Schulklasse zu bändigen. Nach und nach rückte der große Plan in den Hintergrund.

Für ein Absackerbier war nichtsdestoweniger immer wieder Zeit. Die Themen waren dieselben, die alle anderen auch bewegten. „Provisorische Hauptstadt", sinnierte Alois eines Abends, „der Titel erinnert mich an Bonn, als Deutschland geteilt war. Das gemütliche Großdorf am Rhein firmierte auch unter provisorischer Hauptstadt, bis Berlin wieder zugänglich wäre, aber jeder hoffte natürlich, dass das nie geschehen würde. Wie heftig war der westdeutsche Schreck, als sich die bisher unüberwindliche Grenze, der sogenannte eiserne Vorhang, plötzlich öffnete." „Immerhin gibt es einen Präzedenzfall." „…der völlig anders gelagert war." „Inwiefern?" „Naja, plötzlich war Berlin wieder zugänglich, denn die Stadt war ja nie im Meer versunken.

Wie um alles in der Welt soll jedoch aus dem Provisorium Denver wieder der Normalfall werden – ich meine, soll Washington D. C. wieder aus den Fluten auftauchen?" „Warum nicht?" „Ich glaube, du bist allzu optimistisch, Jovi." „Ich will ja nicht behaupten, dass das passieren wird. Aber ich halte es auch nicht für unmöglich." „Willst du deinen unterirdischen Freund überreden…?" „Was heißt Freund. Er hat sich mir einmal offenbart und ein geschickter Psychologe wäre vermutlich imstande, mir das Menetekel als Ausgeburt meiner Einbildung auszureden." „Es hat dich dazu gebracht, gerade rechtzeitig hier einzutreffen." „Das könnte purer Zufall sein. Ich hatte mir halt vorgenommen, am Wochenende Denver zu besuchen." „Wenn ich dich richtig verstanden habe, war deine Fahrt eine regelrechte Hetzjagd." „...die mir gar nicht ähnlich sieht, mag sein. Das lässt sich aber alles mit einem bisschen jesuitischen Geschick wegdiskutieren. Auf dem Kamerasensor war die Schrift wohl sichtbar – Ron hat sie intensiv und verblüfft angestarrt –, aber das Gerät ist mit allem anderen in den Fluten versunken. Folglich gibt es keinen Beweis."

Die Bedienung wusste die leeren Gläser der beiden ‚Deutschen' zu deuten und stellte unauffällig zwei neue, gefüllte vor sie. „Sag mal, Jovi...." „Ja?" „Glaubst du eigentlich selber noch an das Erlebte?" „Mehr als je zuvor, Alois. Zumal das Versinken von Nord- und Mittelamerika und vor allem der Schrei unzweifelhaft sind." „Und du willst keine Konsequenzen ziehen?" „Täte ich gern; ich müsste wissen wie."

Alois sah seinen Freund an, vermied aber eingedenk dessen Eigenarten den direkten Blickkontakt. „Es gibt wieder Flüge nach Buenos Aires, Jovi." „Es gibt wieder Flüge überall hin, Alois. Was ist an Buenos Aires besonderes?" „Von da ist es ein Katzensprung nach Ushuaia und von dort brechen alle Nase lang Eisbrecher – meistens russische – in die Antarktis auf." Joviël verschränkte nachdenklich die Hände. „Sie können jetzt locker auf die Kontinentalplatte fahren, da sie sich gewaltig vergrößert hat. Allerdings ist der Weg zu den Stationen von der Küste weit. Und sie liegen hoch." „Wie dem auch sei, Jovi: Bis zur Küste kommen wir mit eigenen Mitteln und ab da...." „Ab da?" „Ich habe mit meiner Münchner Fakultät Kontakt aufgenommen. Sie sind dabei, eine neue Station in größerer Küstennähe aufzubauen, mit Schneepistenfahrzeugen, Hubschraubern und auch sonst allem drum und dran. Ich habe mich gemeldet, beim Aufbau zu helfen und zunächst offengelassen, ob ich mit einem Freund komme. Wie sieht's aus?"

Joviëls Augen leuchteten. „Falls du mich damit gemeint hast, bin ich mehr als gern dabei. Meinst du, sie werden einen wildfremden...?" „Du hast doch all' deine Qualifikationen mitgebracht. Ich sehe kein Problem.

Wenn wir im Dezember fliegen, geraten wir genau in den antarktischen Sommer. Bis dahin sind auch die Wiederaufbaumaßnahmen abgeschlossen, sodass sie mich hier nicht mehr brauchen." „Für mich gilt dasselbe. Mehr und mehr Lehrpersonal findet sich ein und ich habe jetzt schon Mühe, für ein paar Unterrichtsstunden eingeteilt zu werden." „Also abgemacht, Jovi?" „Frag' erst mal deine Leute. Und wenn von denen das Okay kommt...." „Was dann?" „Werden wir unseren Kollegen nicht auf die Nase binden, was wir wirklich suchen. Wir würden ausgelacht und 'rausgeschmissen." „Voll und ganz einverstanden. Andererseits müssen wir irgendwann auf Achse und das, nachdem dich dein Gespür oder ein weiteres Menetekel auf die Spur gebracht haben wird." Die Gläser klirrten zusammen. „Prost auf das Abenteuer!" „Prost auf den großen, geheimnisvollen Organismus."

Zwei ganz normale Touristen saßen in der überschaubaren Blechbüchse nach Ushuaia. Da es sich um einen innerargentinischen Flug handelte, schwiegen sie über die eskalierende politische Lage, denn in dem südamerikanischen Land beherrschen unangenehm viele Einwohner die deutsche Sprache. Tatsache war, dass es sich als künftige Hegemonialmacht etablieren wollte. Die USA war abgetreten und Argentinien, Brasilien und Chile rangen um die Nachfolge, wobei das A des lateinamerikanischen ABC die besten Karten hielt: Im Gegensatz zum zersplitterten Brasilien technisch auf der Höhe der Zeit und von keiner ungünstigen Grenzziehung beeinträchtigt wie Chile hatte das Land bereits einige Male seine diplomatischen Muskeln spielen lassen. Endgültig die Malvinen, wie die Falklandinseln auf Spanisch heißen, und ganz Feuerland einzukassieren stand klipp und klar auf dem Speiseplan. Auf Satellitenbildern waren denn auch argentinische, chilenische und britische Truppenbewegungen deutlich zu verzeichnen.

„Hoffentlich sind wir auf dem Eisbrecher, bevor sie losschlagen", murmelte Alois lediglich. „Meinst du, es wird so schnell gehen?" „Solche Dinge geschehen immer schneller als man vermutet." „Woher rührt denn diese argentinische, äh...." Alois sah sich vorsichtig um. „Der Antarktisvertrag von 1961 gesteht Anrainerstaaten umso größere Rechte zu, je näher sie am Pol liegen und über je mehr Territorium sie verfügen. Arg...; unser Land beansprucht schon immer die ganze Antarktis für sich und jetzt, da sie sich mächtig vergrößert hat und die USA nicht mehr in der Lage sind, imperialistische Gelüste auszubremsen, dürfte es sich dranmachen, den Arm weit auszustrecken." „Und die Russen?" „Es gibt einige, die dem Einhalt gebieten könnten. Ich denke an Russland, ganz richtig, gemeinsam mit Großbritannien und Norwegen. Lass' uns auf dem Eisbrecher darüber weiterdiskutieren." Hatte er einige aufmerksame Ohren um sich herum wahrgenommen oder bildete er sich das ein?

Irgendwie empfand Alois es als bestürzend, wie schulterzuckend der Rest der Welt über die Katastrophe hinweggegangen war, die den Großteil Nordamerikas ausradiert hatte. So war das weitgehende Fehlen von US-Amerikanern das einzige, was Ushuaia von früher unterschied. Wohlhabende Südamerikaner, Europäer und Asiaten drängelten sich wie eh' und je in den Geschäften, um die ultimativen Einkäufe für ihre Outdoor- oder Antarktisaktivitäten zu erstehen. Aus der einstigen Sträflingskolonie war ein touristisches boomtown geworden, eine Art Zermatt und Westerland in einem.

Es war Hochsaison und für Alois und Joviël gestaltete sich die Unterkunftssuche schwierig. Da es sich bei ihnen in den Augen der ansässigen Hoteliers um ein Schwulenpaar handelte, kassierten sie bei den erzkonservativen und -katholischen Rezeptionisten einige Abweisungen mehr ein als die Belegung gerechtfertigt hätte. Irgendwann kamen sie in einer Bruchbude unter, die sonst keinen Gast gefunden hätte – was den hartgesottenen Reisenden zwar Zornesausbrüche bescherte, ihnen aber im Grunde nichts ausmachte.

„Arschlöcher", brummelte Alois. „Wenigstens ist's billig", beruhigte Joviël ihn. „Stimmt. Ich meine auch nicht unseren Knilch."

Denver ist zwar für die Belange von Gebirgsjägern gewappnet, aber weniger für die von Antarktisreisenden. So waren die beiden mit relativ wenig Gepäck eingereist und besorgten sich alles Nötige in den ansässigen Läden. „Eigentlich gönne ich den Affen hier die Umsätze nicht", setzte Alois seine Tiraden fort, „aber wir haben keine Wahl. Schweres Gerät brauchen wir nicht mitzubringen, aber für unsere eigenen Leibsachen müssen wir natürlich sorgen."

Täuschte er sich oder gab es eine bestimmte Person, die ihnen immer wieder über den Weg lief? Alois beschloss, den Mund nur noch für ein direktes Verkaufsgespräch zu öffnen, das heißt so gut wie gar nicht mehr, denn Joviël beherrschte spanisch genauso gut wie englisch und deutsch und übernahm diese Aufgabe.

„Schade, dass ich kein russisch kann", bedauerte er, als die beiden bepackt den Heimweg antraten. „Ich denke, nach wenigen Tagen auf dem Schiff beherrschst du das so perfekt, Jovi, dass du von einem Russen nicht zu unterscheiden bist." „Das kommt darauf an. Ich sagte dir ja, dass ich durch bloßes Zuhören nichts in mich 'reinkriege. Ich muss die Wörter geschrieben sehen und die Verbindung knüpfen, dann geht's innerhalb weniger Wochen." „Vielleicht liest dir einer der Russen aus einem Buch vor. Wenn nicht, ist's sicher auch nicht schlimm. Da kaum Russen, sondern weitgehend englisch- und deutschsprechende Passagiere an Bord sind, wird das Personal eins von beiden können – eher englisch."

Die Nacht war wenig gemütlich, denn sie wurde dem sorgfältigen Packen der Rucksäcke geopfert, damit sie morgen gleich nach dem vermutlich frugalen Frühstück aufbrechen konnten. Der Eisbrecher würde zwar erst am übernächsten Tag ablegen, aber es war ihnen gestattet, den nächsten Tag auf ihm zu verbringen, da er bereits angedockt an der Mole lag.

Während des Weges hinunter zum Hafen sah sich Alois nervös immer wieder um. „Was hast du?" „Vermutlich Hirngespinste. Ich bin aber der Meinung, dass uns gestern jemand beobachtet hat." Joviël war weniger darauf spezialisiert, seine Umgebung zu beachten. Wenn er am Einkaufen war, war er am Einkaufen.

„Da ist der Kerl", flüsterte Alois plötzlich. Offiziell ist Argentinien eine Demokratie, in der Meinungsfreiheit garantiert ist, aber so ernst nehmen die ausführenden Organe diesen Verfassungsanspruch nicht. „Wir sollten ihn abschütteln." „Wie sollen wir das denn machen, Alois?" „In den nächsten Stadtbus, der an einer Haltestelle unmittelbar kommt."

Der Plan glückte. Sie sahen Leute in einen Bus einsteigen, bevor Alois und Joviël ihn erreicht hatten. Unmittelbar bevor sich die Tür schloss, sprangen sie hinein. „Zum Hafen", sagte Jovi. „Tut mir leid, da fahren wir nicht hin." „Oh. Na gut, dann bis zur nächsten Station. Da steigen wir um." „Das geht. Von da aus fährt einer hinunter."

Als sie wieder im Freien standen, taten sie, als studierten sie die aushängenden Fahrpläne, aber nur, bis ihr bisheriges Transportmittel um die Ecke gebogen war. Dann machten sie sich auf den Weg. „Die Luft scheint rein zu sein." „Hast du einen Stadtplan, Alois?" „Nicht nötig, immer abwärts. Wenn wir ganz unten sind, sind wir am Wasser."

Die Rucksäcke wogen um die zwanzig Kilo und Alois und Joviël schnauften heftig, als die vor dem Zaun standen, der den Zugang

zum Hafen abschottete. „Der Eingang müsste links liegen. Wir sind ziemlich weit nach Westen abgedriftet."
Als die Ausreisestempel ihre Pässe zierten, atmete Alois auf. „Jetzt befinden wir uns auf exterritorialem Gebiet. Da wird es für die Polizei oder den Geheimdienst oder wer auch immer von uns etwas zu wissen begehrt, schwierig, unserer habhaft zu werden. Jetzt lass' uns das Schiff, unsere Bleibe für die nächsten Wochen suchen."

Die Doppelkabine erwies sich trotz des Etagenbetts als weitaus komfortabler denn die fragwürdigen vier Wände, in dem Alois und Joviël die letzte Nacht an Land verbracht hatten. Den langweiligen Landtag an Dock verbrachten sie drinnen, denn sie wollten keine Aufmerksamkeit von Leuten erregen, die eventuell mit Ferngläsern Passagiere observierten, die sich auf Deck aufhielten.
Bücher hatten sie zwar auf ihren elektronischen Speichergeräten geladen, aber Lust zum Lesen hatte keiner von beiden. So unterhielten sie sich über die Erlebnisse, die sie im Lauf des vergangenen halben Jahres zusammengeschweißt hatten. Unter anderem rekapitulierten sie, wie das amerikanische Großraumflugzeug die Stelle überflogen hatte, an der unvermittelt das Land wieder aufgetaucht war und in Kolumbien überging, als wäre nichts geschehen. Ab da sah alles aus wie gehabt. „Da habe ich richtig schlucken müssen", gestand Alois. „Mir kamen die Tränen", doppelte Joviël nach, „schließlich sind die USA meine Heimat."
Endlich hieß es „Leinen los!" und die ‚Alexander Puschkin' stach in See. Alois zeigte auf den auffälligen Schriftzug, der die Hafenmole zierte oder besser gesagt verunziert: Ushuaia Capital de las Malvinas. „Die Stadt ist eh' hässlich", kommentierte er trocken, „da kommt's auf den Schriftzug auch nicht an. Allerdings zeigt er, wes Geistes Kind die Silberländer sind. Das ist ungefähr genauso, als schrieben wir an die Hamburger Hafenmole: Hamburg, Hauptstadt von Sansibar. Dabei wäre das sogar berechtigter, denn Sansibar war tatsächlich einmal deutsch, während die Falkland-Inseln noch nie zu Argentinien gehörten." Der Vergleich war für Joviël nicht eingängig, aber er ließ ihn auf sich beruhen.
„Was denkst du, warum uns nachspioniert wurde, Alois?" „Vermutlich hat irgendein Offizieller im Flieger mitgehört, wie ich mich negativ über Argentinien geäußert habe. Ich glaube, dass sie be-

obachten wollten, was wir anstellen. Solange wir einkauften und Geld ins Land streuten, war alles in Ordnung. Hätten wir uns einer Demonstration oder sonst einer Agitation genähert, wären wir vermutlich rasch von bulligen Jungs in Bomberjacken umzingelt gewesen." „Das bedeutet, dass die Sicherheitskräfte hochnervös sind...," „...weil Argentinien kurz vor einem bewaffneten Angriff steht. So sehe ich es jedenfalls. Ich bin heilfroh, dass uns abzuhauen gelungen ist."

Vor der ersten Mahlzeit auf See wurden die 23 Passagiere ‚vergattert', das heißt außer über die anzulaufenden Ziele informiert, was im Alarmfall zu tun sei – Schwimmwesten anlegen, sich zum vorgeschriebenen Punkt begeben und weiterer Instruktionen harren.

„Eine Rettungsübung wird mindestens angesetzt, und zwar heute noch", vermutete Alois. „Hoffentlich nicht beim Essen." „Kaum. Die Besatzung möchte dabei ja auch nicht gestört werden."

Die künftigen Antarktisforscher gingen die Liste der Landungen durch. Ein bisschen Touristen waren sie ja trotz ihrer hehren Vorhaben. „Die Falklands bleiben außen vor", sagte Alois bedauernd, während er mit den Fingern über eine detaillierte Karte fuhr, „weil Argentinien wieder einmal allen Schiffen, die ‚ihre' Malvinen anlaufen, mit unbefristeter Anlandesperre droht – typisch! Aber es wird dennoch interessant: Südgeorgien mit dem Hauptort Grytviken, einer norwegischen Gründung, dann die Südorkneyinseln mit der Forschungsstation Orcadas auf der Insel Laurie, obwohl Coronation Island die größte der Gruppe ist. Auch um die Südorkneys balgen sich Argentinien und Großbritannien.

Die für mich interessanteste Destination ist allerdings Elephant Island." „Warum? Da gibt's doch dem Bildmaterial nach überhaupt nichts zu sehen." „Ich habe mit brennenden Augen sowohl Caroline Alexanders Buch ‚Die Endurance' als auch Reinhold Messmers ‚Wild' verschlungen. Es handelt sich um Shackletons Expedition von 1914 bis 1916, die dem Zweck diente, den antarktischen Kontinent zu durchqueren und en passant den Südpol zu passieren. Das Vorhaben scheitert, Shackletons Schiff – besagte ‚Endurance' – wird vom Eis eingeschlossen und zerdrückt. Die Besatzung, bestehend aus 28 Mann, rettet sich auf die lebensfeindliche Elefanteninsel. Shackleton bricht mit fünf Besatzungsmitgliedern in einer Nussschale auf, um Hilfe zu holen, was ihm in Grytviken auch gelingt. Nach vier Monaten befreit er alle seine Leute aus ihrer misslichen Situation."

Joviël studierte die Karte. „Warum haben sie nicht die viel näheren Südorkneys angesteuert?" „Da gab es damals genauso wenig wie auf Elephant Island. Das hätte ihnen also nichts genützt." „Auch Feuerland kommt mir um einiges näher vor." „Ist es, war aber auf Grund der Wind- uns Strömungsverhältnisse nicht erreichbar." „Warum hat Messner sein Buch ‚Wild' betitelt? Weil die Umstände wild waren?"

Alois lachte. „Nein, so hieß der zweite Mann an Bord, Frank Wild, der mit 21 Kameraden auf der Insel zurückblieb und es schaffte, die hoffnungslose Situation so lange schönzureden, bis der Boss sie tatsächlich erlöste. Während Alexander die Expedition schildert, widmet sich Messner dem Leben Wilds. Beide – Shackleton und Wild – fanden ihre letzte Ruhestätte übrigens in einem Acker in der Nähe von Grytviken. Ich brenne darauf, die Gräber zu besuchen."

Nachdem die Seenotübung nicht nur überstanden, sondern sogar einigermaßen zufriedenstellend verlaufen war, bat der erste Offizier Alois und Joviël in sein Büro. Er sprach sehr gut deutsch, sodass Joviël zu seinem Bedauern von der selbstgestellten Verpflichtung befreit war, einen Turbo-Russischkurs zu belegen.

„Ihr beide", begann Boris, „wollt ja vor Kronprinzessin Mærtha aussteigen. Uns ist bekannt, dass euch ein Hubschrauber abholen wird. Die Einzelheiten gilt es je nach Wetterlage zu besprechen, wenn es soweit ist. Gesellt ihr euch Polarforschern zu?"

Alois ergriff das Wort. „Ja. Der antarktische Kontinent hat sich seit der schweren Verwerfung im Frühsommer enorm vergrößert. Nun liegen alle Stationen plötzlich tief im Landesinneren und sind per Schiff nicht mehr erreichbar. Das gilt für die deutsche ‚Georg von Neumayer' wie für alle anderen. Deshalb bauen meine Landsleute eine neue, die sich wieder von See aus versorgen lässt. Da haben wir uns gemeldet, mitzuhelfen." „Wie weit sind sie?" „Die Grundfesten stehen, um es so auszudrücken. Es bleibt dennoch eine Menge zu tun." „Wie heißt die Station?"

Alois grinste. „Da gab es natürlich politischen Zoff. Konrad Adenauer, Willy Brandt, Helmut Schmidt und Angela Merkel scheiterten an der Opposition der jeweiligen Gegenseite und auch die Präsidenten trafen nicht durchwegs auf Wohlgefallen. Letztlich war eine Nobelpreisträgerin der kleinste gemeinschaftliche Nenner. Zunächst hatte das zuständige Komitee Bertha von Suttner vorgesehen, die 1905 den Friedensnobelpreis erhielt, aber dann eröffnete die Geschichtswissenschaft ein erfolgreiches Störfeuer, weil die Dame keine Deutsche, sondern Österreicherin war, und sie uns einfach unter den Nagel zu reißen sei chauvinistisch. Man einigte sich schließlich auf Christiane Nüsslein-Volhard, die 1996 ihren für Medizin bekam und damit nirgends aneckte. Deshalb heißt die neue Station nach ihr."

Boris grinste seinerseits. „Sicher eine gute Lösung. Wie kamt ihr auf unser Schiff?" „Weil die Route stimmt. Südgeorgien, Südorkney und die antarktische Halbinsel, also Graham- und Palmerland machen alle, aber die meisten bleiben auf der südamerikanischen Seite – die westliche ist ja Unsinn – und kehren nach einem Besuch der Insel Alexander nach Ushuaia zurück, während ihr auf die andere Seite driftet, am Königin Maud-Land entlang fahrt und zum Schluss Kapstadt ansteuert. Dabei passiert ihr auch das vorgelagerte Schwabenland, wo sich die deutsche Station befindet." „Stimmt, das unterscheidet uns von der Konkurrenz. Entweder starten wir in Kapstadt und enden in Ushuaia oder umgekehrt. Ihr hättet von Denver aus genauso gut nach Kapstadt fliegen können." „Dann hätten wir aber Grytviken und die Elefanteninsel verpasst, beides möchte ich aus bestimmten Gründen unbedingt sehen."

Diesmal war es ein verständnisvolles Lächeln, das Alois' Aussage quittierte. „„Endurance, Shackleton und Wild, ich verstehe. Dann wollen wir hoffen, dass das Wetter ein Anlegen gestattet. In der Umgebung von Elephant Island gibt es nie welches, das die Bezeichnung schön verdient hätte."

In Grytviken dominiert natürlich nicht mehr der Gestank nach Waltran, wie es zu Shackletons Zeiten der Fall war, aber als Sehenswürdigkeit lassen sich weder dessen offizielle Bauten noch die Behausungen der Bewohner bezeichnen. Die waren aber nicht Alois' Ziel. Ergriffen stand er vor dem Grabstein Ernest Shackletons und der in den Boden eingelassenen Gedenkplatte über Frank Wilds Asche. Sie war erst über 60 Jahre nach seinem Tod, der ihn 1939 in Südafrika ereilt hatte, aufgespürt und nach Südgeorgien überführt worden. Joviël waren die Geschichte der Antarktisexpeditionen und Alois' Gefühlswelt zu diesen fremd, aber er störte seinen Freund in dessen Andacht nicht.

Shackletons Schiff ‚Endurance' wurde am 9. März 2022, 106¾ Jahre nach ihrem Untergang, in 3.000 Metern Tiefe und in aufrechter Position gefunden. Sie zu heben ist nicht geplant, da sie in einem Schutzgebiet liegt; selbstredend wurden und werden umfangreiche Foto- und Filmdokumentationen als Ersatz für ihre physische Anwesenheit auf dem Trockenen angefertigt.

Auf Elephant Island fiel ein Anlanden wegen des nach seemännischer Einschätzung mittelmäßigen, nach landläufiger Einschätzung miserablen Wetters aus, aber Boris setzte sich dafür ein, dass Alois allein mit einem Schlauchboot übergesetzt wurde, um am ‚Wild's Point' der Ausnahmepersönlichkeit zu gedenken.

„Wie war's?" fragte Joviël nach der Rückkehr seines Freundes auf die ‚Alexander Puschkin'. „Schlecht zu beschreiben. Objektiv ist nichts zu sehen. Die zwei umgedrehten Boote, die 22 Männern vier Monate als stinkende, stickige Behausung gedient hatten, sind längst verrottet. Man kann sich vorstellen, dass der überhängende Felsen hinter der Landzunge ein wenig schützte, aber sich die ganze Qual vorzustellen, die neben den bestehenden Verhältnissen die Unsicherheit bereitete, ob sie überhaupt jemals gerettet würden, ist unter dem Schirm eines gesicherten Ausflugs nicht nachzuvollziehen."

An einigen Ausflügen für alle Passagiere, während denen vor allem die Sichtung einer Kolonie Kaiserpinguine für Entzücken sorgte, nahmen Alois und Joviël Teil, bis Boris sie ansprach: „So, morgen ist es soweit. Wir haben Kontakt mit der Station ‚Christiane Nüsslein-Volhard' aufgenommen und sie werden euch um die Mittagszeit abholen. Das Wetter dürfte keine Schwierigkeiten bereiten. Im Augenblick ist es friedfertig und wird es auch eine Weile so bleiben."

Der Abschied war herzlich, als der Hubschrauber zur Landung ansetzte, und bald waren die beiden improvisierten Antarktisforscher bei ihm an Bord. Solange das Fluggerät unterwegs war, wurde wegen des Motorenlärms nicht viel gesprochen, aber als Alois und Joviël das Lager betraten, scholl ihnen rückhaltloser Jubel entgegen.

Zunächst stellten die fünf Frauen und 15 Männer sich kurz vor, bevor die Neuankömmlinge ihre Lebensbeichte abzulegen hatten. Alois bot eine Art Multifunktionsqualifikation an, die universell einsetzbar zu sein schien. Als praktisch veranlagtem Professor waren ihm Hammer, Axt und Säge, aber auch Lötkolben und Schweißbrenner nicht fremder als hochempfindliche wissenschaftliche Untersuchungsgeräte.

Mehr Schwierigkeiten zur Selbsteinschätzung hatte Joviël. „Liebe Kameradinnen und Kameraden. Ich bin US-Amerikaner, was außer Olaf, der es dank unserer Bewerbung weiß, niemand ge-

merkt zu haben scheint. Das macht mich sehr stolz. Darüber hinaus gibt es einiges zu meiner Person zu bemerken, und zwar weniger zu meinen handfesten Fähigkeiten als zu meiner Persönlichkeit. Ich kann einige Begabungen in die Waagschale werfen, die auf der anderen Seite von Defiziten kompensiert werden.
Ich bin hochfunktionaler Autist. Mein räumliches Vorstellungsvermögen ist überdurchschnittlich, ebenso meine mathematisch-technische Analyse- und Auffassungsgabe. Auf skurrile Weise bin ich sprachbegabt, weniger hilfreich hingegen in handwerklichen Belangen. Muss ich mich konzentrieren, brauche ich Ruhe, was auf einer Station, in der alle relativ dicht gedrängt leben, nicht immer leicht zu beschaffen ist. Ich bin jedoch überzeugt, dass ich meinen Teil zum Gelingen dieses Unternehmens beizutragen in der Lage bin. Im Großen und Ganzen bin ich, wie ihr mir hoffentlich beipflichtet, als ganz normaler Mensch zu behandeln. Ich danke euch."

Applaus begleitete dieses mutige Outing. „Danke auch dir, danke auch euch", ergriff Stationsleiter Olaf das Wort. „Ich bin überzeugt, dass ihr euch hier gut eingliedern werdet. Nach den Festtagen werden wir weitersehen.

Heute ist der 23. Dezember, der Tag vor dem heiligen Abend. Unser Tagespensum ist bewältigt. Ab morgen bis zum 27. ruhen sämtliche Arbeiten. Jovi und Alois, ihr seht dort in der Ecke den Tannenbaum stehen. Morgen machen wir uns alle dran, ihn zu schmücken, und dann feiern wir erstmal. Jetzt zum Abendessen. Da gibt's noch nichts Spezielles, denn heute ist normaler Werktag. Zu Tisch!"

Längst hatte sich Silvio, der Smutje, in die Küche zurückgezogen und fuhr nunmehr auf. Nach einer Weile des ‚gefräßigen Schweigens' bemerkte Alois: „Wenn das hier kein Festtagsmenü ist, bin ich auf morgen gespannt." „Naja", bemerkte Silvio, „ein spezielles Willkommen wollte ich euch schon bereiten."

Alois hatte als Einstandsgabe über mehrere Ecken eine Lage Badischen Weins besorgt und im Schweiße seines Angesichts bis zur ‚Christiane Nüsslein-Volhard' geschleppt. Wie bei Wein so häufig schieden sich daran die Geister. Einige – zum Glück die meisten – zeigten sich begeistert, während eine Minderheit kaum Verständliches vor sich hin murmelte. Wer wollte da ‚sauer macht lustig' heraushören?

Schnell stellte sich heraus, dass ‚Bertha von Suttner' wahrscheinlich der bessere Name für die Station gewesen wäre, denn die als Gräfin Kinsky geborene Pragerin ist jedem halbwegs gebildeten Menschen ein Begriff und lässt sich vor allem zungenbrecherfrei aussprechen, während sich Christiane Nüsslein-Volhard damit zu begnügen hatte, von jedermann als CNV und von ganz Respektlosen als ‚Chéri' tituliert zu werden.

Das liebevoll vorbereitete und abgehaltene Weihnachtsfest war nicht das Problem, aber die drei daraus resultierenden inaktiven Tage, denn die meisten der Anwesenden hatten bei dem schrecklichen Tsunami im Frühsommer den einen oder anderen Angehörigen oder Freund verloren, und während Mußezeiten drängen sich unangenehme Erinnerungen wieder ans Tageslicht, die die Psyche als begraben abzuhaken sich bemüht hatte.

Olaf sah sich zu einem Machtwort veranlasst. „Leute, dat ärm' Dier, um es auf Kölsch auszudrücken, wird sich in den Wintermonaten verstärkt bemerkbar machen, denn bisher hatten wir extremes Wetterglück und konnten jeden Tag arbeiten. Ich schlage vor, wir beschäftigen uns mit gemeinsamen Gesellschaftsspielen und -aktivitäten, um uns daran zu gewöhnen, mit uns selbst fertig zu werden, denn wir haben jede Menge dabei. Ich sag's rundheraus: Ich gedenke zu verhindern, dass sich die oder der Einzelne hinter ihrem beziehungsweise seinem Bildschirm vergräbt."

Dem Vorschlag wurde begeistert zugestimmt. Die Vorlieben erwiesen sich als extrem unterschiedlich. Am schlimmsten traf es Joviël. Nachdem man ihm beigebracht hatte, wie im Skat ein Spiel zu bewerten, das heißt zu reizen sei, erwies er sich als unschlagbar, denn er merkte sich jede gefallene Karte und zählte obendrein seine Punkte mit. Er hatte auch nicht nötig, seinen Fächer zu sortieren, nachdem er ihn in Empfang genommen hatte. Einzig als Mitspieler, wenn sein Partner oder seine Partnerin einen Fehler beging, hatte die Gegenseite eine Gewinnchance.

Ähnlich desaströs verliefen Schach, Backgammon und Halma. Im Schach vermochte er in wenigen Sekunden bis zu zehn Züge im Voraus zu berechnen, womit er mit einem Computer gleichzog, und dazu eine Gewinnstrategie zu entwickeln, was ihn über diesen zu triumphieren gestattet hätte, wäre ein solcher zum Einsatz gekommen. Die Berechnung aller Würfelmöglichkeiten beim Backgammon dauerte bei ihm eine nicht messbare Zeiteinheit und auch im Halma war er in wenigen Sekunden soweit, sein Spiel komplett im Voraus berechnet zu haben. Um für Schach und Halma konkret zu werden: Es handelt sich jeweils um etliche Millionen Rechenoperationen.

Nach diplomatisch vorgebrachter Disqualifikation für die erwähnten Disziplinen blieben dem armen Kerl Mensch-ärgere-dich-nicht und Monopoly, die dem Spieler so gut wie keine vorauseilenden Überlegungen abverlangen. Joviël nahm es gelassen und sonnte sich in einer gewissen Bewunderung, die ein Gehirn wie das Seine bei fair denkenden Kolleginnen und Kollegen hervorruft.

Nichtsdestoweniger blieb hin und wieder Zeit für das eine oder andere nachdenkliche Gespräch. „Wie habt ihr den Tsunami erlebt?" fragte Olaf die Neuen, nachdem er sie in sein Büro gebeten hatte.

Alois sah Joviël an und der nickte ihm aufmunternd zu. So erzählte er, dass er für ihn als ahnungslosen Passagier München – San Francisco zunächst nur gewaltige Turbulenzen gewesen seien, bis alle merkten, dass die Wasserfläche nicht enden wollte und seine Maschine in Denver statt am Zielort landete, weil dieser nicht mehr existierte.

Joviël hatte während der Schilderung seines Freundes Zeit zu überlegen, wie er seine Sicht darlegen sollte. Er beschloss, nicht alles Esoterische wegzulassen. „Ich war an der umstrittenen Bohrstelle im Tal des Todes beschäftigt, als mich eine Ahnung überfiel." „Was für eine Ahnung?" „Eine inneres Gefühl, die Flucht ergreifen zu müssen." Das Erlebnis mit dem Menetekel hielt er für zu überspannt, um es einem Unbedarften zuzumuten. Auf die prompte Frage „wie soll ich das verstehen?" antwortete er einfach: „So wie ich's sage. Eine innere Stimme. Verlang' bloß nicht von mir, das zu erklären.

Wohin fliehen? Da ich mich am tiefsten Punkt Amerikas aufhielt, war die naheliegende Lösung: In die Höhe. Ich setzte mich in mein Auto und brauste nach Denver. Als ich die Stadt erreicht hatte und mich aus meiner Büchse schälte, hörte ich den Schrei."

Olaf sah den Autisten aufmerksam an. „Du hast also eine Warnung erhalten?" „Anders kann ich es nicht bezeichnen." „Hast du weitere erhalten?" „Warum meinst du?" „Es geschahen ja vor einem Dreivierteljahr unvorstellbare Verwerfungen auf dem Antlitz unserer Mutter Erde. Wir haben nicht die geringste Ahnung, wie das vorging. Wir haben leider auch keinerlei Garantie, dass das nicht jederzeit wieder passieren kann. Sollte sich die terrestrische Geologie zum Beispiel zur Wiederherstellung der alten Verhältnisse entschließen – warum auch immer und wie auch immer das vonstatten gehen mag –, wären wir hier auf CNV innerhalb weniger

Minuten abgesoffen. Es wäre schön, im Falle eines Falles einige Tage im Vorfeld Bescheid zu wissen.

Deshalb wiederhole ich meine Frage von eben, Jovi: Hast du weitere Warnungen erhalten?" „Nein, definitiv nicht." Olaf schnaufte. „Ob das ein Zeichen ist, dass wir uns in Sicherheit wiegen dürfen, sei dahingestellt. Zumindest gibt es kein Alarmzeichen.

Halt' mich für nicht verrückt, Jovi. Solltest du etwas Bedrohliches wie damals im Tal des Todes spüren, lass' es mich bitte unbedingt sofort wissen." „Das verspreche ich, Olaf. Und ich halte dich nicht für verrückt."

Als seine Gäste gegangen waren, murmelte Olaf vor sich hin: „Der Schrei. Der Schrei war das Schlimmste. Aber wenn er ertönt, ist es zu spät."

Bis kurz nach Neujahr blieb das Wetter so moderat, dass Alois und Joviël Gelegenheit gefunden hatten, das ganze Camp eingehend zu besichtigen. „Irgendwie", sagte Alois nachdenklich, „sieht hier alles aus wie man sich eine Wildwest-Bretterbudenstadt im ewigen Eis so vorstellt. Klar, die Materialien sind hundert Mal besser als vor hundert Jahren, die Energieeffizienz vermutlich tausend Mal und der Gesamtkomfort zehntausend Mal. Aber man merkt dennoch immer, wo man sich befindet."

Joviëls Talent zur Motorenreparatur war zwar als unterirdisch zu bewerten, aber in einem Punkt erwies er sich jedem anderen Crewmitglied als überlegen: In feinfühliger Maschinenbedienung. Wo andere ihren Raupenschlepper hoffnungslos festgefahren hatten, lavierte er ihn ohne fremde Hilfe wieder heraus.

„Hör' mal", sagte Olaf eines Tages zu ihm, „wir haben eine gewaltige personelle Lücke. Silvia ist nämlich die einzige hier, die einen Hubschrauber zu steuern vermag. Wie wär's, wenn sie dich einweist? Sie darf auch Pilotenscheine abnehmen." Joviëls unverhohlene Begeisterung erfreute Olaf, der nicht ahnte, dass hinter dieser mehr als nur Freude über die Anerkennung steckte.

Inzwischen war Mitte Februar und im März würden sich die ersten Anzeichen des Winters bemerkbar machen. Immer wieder waren die Arbeiten durch heftige Schneestürme unterbrochen worden, aber Joviël hatte endlich seine Ausbildung am Schaltknüppel des Hubschraubers beendet. „Am besten übernimmst du ab sofort jeden zweiten Flug", bestimmte Silvia, „denn der tolle Schein genügt nicht; du musst auch in Übung bleiben!"

Nichts war Joviël lieber als das. Im gemeinsamen Schlafsaal war es schwierig, ein Gespräch unter vier Augen zu führen und ein abgetrenntes Büro hatte nur der Chef zur Verfügung. So mussten Alois und Joviël ihre Beratungen draußen veranstalten. Noch erlaubte die Jahreszeit einen gemütlichen konspirativen Spaziergang.

„Wir brauchen einen Auftrag, der uns allein in die Berge schickt." „Meinst du nicht, dass wir Olaf in unsere Pläne einweihen sollten, Alois?" „Das habe ich auch schon überlegt, denn bei unserem Dreiergespräch hat er dich ja keineswegs ausgelacht, als du von deiner Warnung erzähltest." „Naja, es ist ja etwas Unerkläriches geschehen, das kann niemand abstreiten, auch der nicht, der sich für den Nüchternsten hält." „Ich glaube sogar, dass er Angst hat, Jovi." „Auch das ist verständlich. Die Stelle hier, von der wir tun, als gehöre sie uns, lag bis zu jenem Tsunami Hunderte Meter tief im Wasser." „So wie du das sagst, Jovi, streitest du ab, dass die Stelle uns gehört?!" „Die Erde gehört sich selbst und sonst niemandem, Alois."

Arthur Conan Doyle hat nicht nur seine berühmte Detektivfigur Sherlock Holmes erfunden, sondern auch den kapriziösen Professor Challenger. Seinen Hauptauftritt hatte er in dem Roman ‚The Lost World' (Die vergessene Welt), bis zu Beginn des dritten Drittels ein gutes Buch; dass jedoch am Schluss auf dem Plateau, das in der Kreidezeit verblieben ist, Menschen auftauchen, ist unlogisch und dämpfte meine Begeisterung für die Handlung.

In unserem Zusammenhang viel wichtiger ist die Challenger-Novelle ‚When the World Screamed' (Als die Erde schrie), in der der streitbare Professor der Welt zu beweisen entschlossen ist, dass der Planet ein gigantischer Organismus ist, der sich allerdings der Mikroben auf seiner Oberfläche nicht bewusst ist. Um anzuklopfen, lässt er – Professor Challenger, meine ich – ein Riesenloch bohren, das in 13 Kilometern Tiefe erfolgreich ist. Es tritt eine gallertartige Masse aus und alle Vulkane der Erde werden tätig."

„Das entspricht eurem Vorhaben im Tal des Todes." „Das Ziel war ein anderes. Huck Benthan Conquest Grosboster wollte einfach das tiefste Loch der Erde bohren. Vordergründig diente das wissenschaftlichen Erforschungen, aber ich denke, es war nichts als Rekordsucht. Jedenfalls dachte er keine Sekunde daran, ein lebendes Wesen zu verletzen oder gar zu einer Reaktion wie der eingetretenen zu provozieren." „Die ihn selbst das Leben kostete." Eine Weile stapften beide schweigend durch den knirschenden Schnee. „Wie weit wart ihr gekommen?" fragte Alois schließlich. „Ungefähr 30 Kilometer." „Also deutlich tiefer als Professor Challenger. Sag' mal." „Ja?" „Hast du eine Ahnung, wo wir auf die Suche gehen sollen? Die Antarktis ist ein Kontinent." „Ganz unbestimmt zieht es mich in die neuen, bis zu 12.000 Meter hohen Berge." „Die Berge des Wahnsinns?" „Du kommst von Lovecraft nicht los?" „Inzwischen wurden natürlich offiziell andere Namen vergeben. Der ganze Gebirgszug heißt Amundsen Mountains nach dem Ersten, der den Südpol erreichte..." „...und überlebte!" „Im Gegensatz zu seinem Konkurrenten Robert Falcon Scott, richtig. Alle Berge haben auch schon Namen, aber die kenne ich nicht im Einzelnen. Scott ist, glaube ich, auch dabei. Zynischerweise feierten die Engländer Scott als Helden, obwohl er nach allem, was ich las, ein starrköpfiger, auf Befehl-und-Gehorsam bauender Kommisskopf war – heute nennt man das beratungsresistent –, während der empathische Shackleton zum Dank für seine großartige Leistung als Drückeberger verunglimpft wurde, der sich besser im ersten Weltkrieg hätte in Stücke schießen lassen sollen statt auf Eisbergen herumzukrachseln. Dann wäre er als Held gefeiert worden." „Was schließen wir daraus, Alois?" „Du wirst es mir sagen, Jovi." „Nur ein toter Held ist ein guter Held, zumindest nach angelsächsischem Verständnis. Die Normannen sehen das offenbar anders."

Alois und Joviël kehrten in die Station zurück. Dort herrschte helle Aufregung. „Es ist soweit." „Was ist wieweit?" „Die Argentinier haben zugeschlagen und die Falklands und ganz Feuerland besetzt." „Was für Arschlöcher! Hat das auf uns Auswirkungen?" „Naja, die Basen für mehr oder weniger alle Versorgungsschiffe sind Ushuaia in Argentinien und Fort Williams und Punto Arenas in Chile. Wenn die beiden Länder im Krieg gegeneinander liegen, ist es nicht sinnvoll, deren Häfen anzulaufen. Wir liegen wenigstens günstig genug, um auf Kapstadt ausweichen zu können. Die Stationen, die auf der anderen Seite der Antarktischen Halbinsel liegen, hätten dafür einen zu langen Weg."

Olaf war sichtlich erregt, was kein Wunder war. „Wenn die Sache sich hinzieht, können wir uns kaum mehr der Forschung widmen, sondern müssen eventuell die dortigen Stationen mitversorgen. Scheiße!"

Alois und Joviël sahen sich an. Wenn diese Ahnungen sich bestätigen würden, hätten sie zur Durchführung ihres Plans kaum mehr Luft. Bevor ein Hilferuf käme, mussten sie unterwegs sein, das stand fest. Allerdings war jetzt sicher nicht der richtige Zeitpunkt, ihn bezüglich eines solchen Ansinnens anzugehen. „Bis er sich beruhigt hat", raunte Alois Joviël zu, „mit einem bisschen Glück heute Abend, sonst morgen möglichst früh."

Olaf war Pragmatiker und am Abend saß er bereits über konkreten Plänen, als es an seiner Bürotür klopfte. „Ja, bitte!" Alois und Joviël traten ein und sahen so etwas wie Aufmarschpläne auf dem Chefschreibtisch ausgebreitet liegen. „Was bedeuten denn die rot angekreuzten Stellen?" „Das sind die Stützpunkte der Argentinier", erwiderte Olaf grimmig, „die sollen sich bloß nicht einbilden, dass ihnen jemand hilft, wenn sie Probleme kriegen." „Auch nicht aus akuter Lebensgefahr?"

Olaf knurrte Unverständliches. Dann sah er hoch und sprach artikuliert: „Das ist nicht der Grund, warum ihr mich aufsucht, denke ich?!" „Nein. Du erinnerst dich an unser weihnachtliches Gespräch über die Warnung, die mich unmittelbar vor der Verwerfung im Frühsommer ereilte?" „Wie sollte ich nicht, Jovi?" „Ich hatte dir noch nicht einmal alles erzählt.

Das spielt jetzt aber keine Rolle. Jedenfalls ist es wieder soweit." „Dass du eine Warnung erhalten hast?" „Keine Warnung, aber einen Hinweis, wo die Ursache zu suchen ist. Gefahr besteht, soweit ich meinem Instinkt folgen darf, keine." „Das ist ja beruhigend. Und wo ist, deiner Meinung nach, die Ursache zu suchen?" „An den Bergen des Wahnsinns, wie Alois sie bezeichnet: Am oder im Amundsen-Gebirge."

Olaf erhob sich und stapfte wie weiland Dagobert Duck in seinem Sorgenzimmer im Kreis herum. „Ihr wollt eine Expedition ausrüsten? Ausgerechnet jetzt?" „Ich glaube nicht, dass es eine ausgewachsene Expedition wird. Ein Tag mit dem Hubschrauber sollte genügen. Niemand von den anderen braucht sich in Gefahr zu bringen; Alois und ich würden den Ausflug allein bestreiten. Ich sehe keine Gefahr, auch für den Helikopter nicht." „Das spätsommerliche Wetter zeigt sich gerade von seiner besten Seite", doppelte Alois nach, „nächste Woche kann bereits alles vorbei sein. Ich selbst spüre zwar keine Vibrationen, bin aber der Meinung, dass alles wie vorbereitet wirkt."

Olaf blieb stehen und kraulte sich am Kinn. „Ihr habt gesehen, dass ich gerade dabei bin, für den Fall eines Falles – den Krieg nämlich – zu planen. Dabei handelt es sich um einen eher symbolischen Akt, denn noch ist nichts passiert und wahrscheinlich wird auch nichts passieren. Die Argentinier beanspruchen zwar seit eh' und je die gesamte Antarktis für sich, aber ich glaube nicht, dass sie im Augenblick über die Ressourcen verfügen, auch hier aufzumarschieren. Und je näher der Winter rückt, desto unwahrscheinlicher wird das; obwohl sie immer schon für manche Tollheiten zu haben waren.

Na gut, den Tag können wir opfern. Ich gebe zu, dass ich am liebsten mitflöge, aber ich darf den Stützpunkt nicht sich selbst überlassen, auch für einen Tag nicht. Ich möchte aber, dass Silvia dabei ist. Falls du, Jovi, aus irgendeinem Grund nicht mehr flugfähig sein solltest, kann sie euch zurückspedieren."

Joviël wollte protestieren, sah aber, dass sich Alois erfreut über diese Anweisung zeigte, klappte seinen Mund wieder zu und murmelte: „Gleich morgen?"

Am Vorabend saßen Silvia, Alois und Joviël zusammen, um die Einzelheiten des Ausflugs zu besprechen. „Spezielle Ausrüstung brauchen wir nicht", fasste Alois zusammen, „die übliche genügt. Den Zusatztank unseres Heli befüllen wir, obwohl dessen normale Reichweite langen sollte.

Was hast du denn da Prächtiges an deinem Handgelenk?" Silvias Ärmel war hochgerutscht und gab ein Kleinod der Uhrmacherkunst preis. „Mein ganzer Stolz", erklärte sie, „ein Wochentags-Bestimmungschronometer." „Wozu? Das kann doch jedes Smartphone. Kein Mensch trägt heute mehr eine Armbanduhr." „Doch, doch, Liebhaber schon. Die hier ist rein mechanisch. Ich erkläre sie euch."

Silvia legte das Wunderwerk vor ihre Kameraden auf den Tisch. „Oben", erläuterte sie, „befindet sich eine Matrix, die die Tage des Monats auflistet, und zwar im Wochenbruch.

```
 1  2  3  4  5  6  7
 8  9 10 11 12 13 14
15 16 17 18 19 20 21
22 23 24 25 26 27 28
29 30 31
```

Die Matrix am unteren Rand listet die Monate mit der Besonderheit von Januar und Februar auf. Mit diesem Trick wird das Verrutschen der Wochentage nach dem Schalttag nach vorn gedreht.

```
      1   5   8   2   6   9   4
     10       2   3      12   7
             11           1
```

Auf die fettgedruckten müsst ihr gehen, wenn es sich um einen Januar- oder Februartag eines Schaltjahrs handelt. Mit dem untersten Drehknopf rändele ich jetzt auf den passenden Monat. Ihr seht, dass ich nunmehr das aktuelle Jahr zum aktuellen Monat synchronisiert habe. Ihr seht, welcher Wochentag zum heutigen Datum passt, aber auch alle anderen Wochentage des Monats. Wenn ihr die eines anderen Monats wissen wollt, könnt ihr unten auf den Wunschmonat drehen. Der 11. Februar 2029 ist zum Beispiel ein Sonntag. Da werde ich 40."

Joviël zeigte unverhohlene Begeisterung. „Genial! Die Uhr könnte ich erfunden haben. Ich sehe, dass auf dem Jahresring die Schaltjahre rot unterlegt sind. Was ist mit 2100? Das wird ja kein Schaltjahr sein."

Silvia lächelte. „So weit geht der Zahlenkranz nicht. Er deckt 40 Jahre ab, von denen bisher 15 vergangen sind. In 25 Jahren muss ich entweder eine neue Uhr kaufen oder den Ring ersetzen lassen – vorausgesetzt, den Hersteller gibt es dann noch. Die Mechanik ‚weiß' natürlich nicht, wann ‚heute' ist; das muss ich einstellen. Auch wenn ein Monat keine 31 Tage hat, muss ich das Sichtfenster nachregulieren und den 31. November in den 1. Dezember umwandeln."

„Das Teil ist folglich gegen Softwareabstürze immun. Vielleicht gar nicht schlecht. So genau wissen wir ja nicht, was uns erwartet."

Alois, der für derlei Spielzeug keinen Sinn hatte, räusperte sich. „Okay, Leute. Haben wir jetzt alles? Vielleicht eine kleine Marotte von meiner Seite. Ich nenne die Amundsen-Berge nach einer Erzählung von H. P. Lovecraft immer Berge des Wahnsinns. Die Assoziation wird dadurch bestärkt, dass Karl Beech sie 2012 nach intensivem Studium der Geschichte genau dorthin platzierte, wo das neue Riesengebirge tatsächlich auftauchte. Und das ist zum Glück nicht weit von hier."

Silvia, Alois und Joviël flogen entlang der Gesteinsmasse, deren Höhe die des Himalaya um ein volles Viertel übertraf. Joviël saß am Steuerknüppel oder besser gesagt -stick, da sie sich geeinigt hatten, dass er den Hin- und Silvia den Rückflug bestreiten sollte.

Natürlich waren ihre Pläne durchgesickert und sie waren mit Bemerkungen verabschiedet worden wie „bringt ja einen süßen Yeti mit!" die darauf hinwiesen, dass die anderen Kameradinnen und Kameraden das Unterfangen nicht recht ernst nahmen. Kaum hatte Silvia schlagfertig „keine Angst, bis Asien fliegen wir nicht" geantwortet, als Olaf sich mit ernster Miene näherte. „An euren Bergen ist ein leichtes Erdbeben gemeldet worden", verkündete er. Joviëls Augen leuchteten auf. „Ein leichtes, sagst du?" „Sagte ich." „Dann ist das das Zeichen. Wir sollten los."

Unter den beinahe verstörten Blicken der anderen waren sie gestartet und nun folgten sie der in ihren Ausmaßen über jede Vorstellungskraft hinausgehende Flanke des Amundsen-Gebirges, um ein Schlupfloch zu finden. „Wenn sich erst einmal alles konsolidiert hat", bemerkte Silvia, „wird es hier von Bergsteigern aus aller Welt wimmeln. Was für eine Herausforderung! Eine über zehn Kilometer hohe nackte Wand."

Dann erstarrte sie wie ein Jagdhund vor dem zu schlagenden Wild. Sie hatte wie die meisten Frauen deutlich schärfere Augen als die beiden Männer und sagte: „Da vorn ist eine Art Riss."

Joviël steuerte darauf zu und erkannte, worauf Silvia hingewiesen hatte. „Da könnte ich sogar mit dem Hubschrauber gefahrlos 'rein." Silvia schien nicht begeistert. „Das sieht gar nicht wie eine Höhle aus." „Sondern?" „Wie eine Wunde. Eine klaffende Wunde."

Unwillkürlich suchte Alois' Blick nach ausgetretenen gallertartigen Massen, von denen Joviël in Erinnerung an die Doyle'sche Novelle erzählt hatte, ortete sie aber zu seiner Erleichterung nicht. Joviël hatte keine Bedenken, in das dunkle Loch einzutauchen. Er schaltete die Suchscheinwerfer ein und folgte dem Radar in eine Tiefe, die sich laut Radarmessung ins Unermessliche erstreckte. „Sag mal...", begann Silvia. „Keine Bange", beruhigte sie Joviël, „das hier ist extra für mich – für uns vorbereitet."

Der Sinkflug geschah schweigend. Silvias und Alois' Körpersprache drückte überdeutlich aus, dass ihnen unheimlich zumute war, in die leere Finsternis hinabzutauchen, denn die rotierende Suchscheinwerfer traf auf kein reflektierendes oder absorbierendes Hindernis. Joviël gab sich gleichmütiger als seinen wahren Gefühlen entsprach, denn auch ihm war keineswegs geheuer.

Nach unangenehm vielen Abwärtskilometern erfolgte ein Fiepen und Summen diverser Anzeigegeräte, die festen Grund meldeten. Wenige Minuten später setzte der Pilot sanft auf. „Ab hier zu Fuß weiter", verkündete Joviël, „keine Bange, wir sind bald da."

Was immer er mit ‚da' gemeint haben könnte: Es verbreitete eine geradezu magische Ausstrahlung. Joviël entnahm dem Cockpit ein Säckchen mit Kieselsteinen, die er aus dem Lager entwendet hatte, und steuerte wie von einer Kompassnadel getrieben eine bestimmte Richtung an. „Wollen wir nicht etwas zu essen und zu trinken mitnehmen, Jovi?" „Zu trinken sicher, denn einige Stunden wird die Exkursion dauern. Zu essen für euch, denn ihr werdet Zeit für ein Picknick haben." „Und du?" „Ich werde meine Mission erfüllen." In Abständen, die ein daran Zurückhangeln erlauben würde, ließ er ein Steinchen fallen.

Nach ungefähr einer Stunde konzentrierten Marschs standen die Drei vor einer Felswand, das heißt vor einem Gang, der in die Felswand hineinführte. Joviël leuchtete dessen erste Meter aus und zuckte unmerklich zusammen. Er brauchte einige Sekunden, während denen ihn seine Freunde ratlos ansahen, bevor er sich zu fassen und an sie zu wenden vermochte. Er wirkte ungewöhnlich ernst, ernster als seine ohnehin übliche Art war.

„Ich werde jetzt dort hinein gehen. Ich allein. Ich bitte euch inständig, mir unter keinen Umständen zu folgen, hört ihr, unter keinen Umständen! Fragt mich nicht, warum ich das sage. Ich weiß nur, dass das, was sich dorthinter verbirgt, nur für mich bestimmt ist und auch einige Folgen nach sich ziehen wird, von denen ich jetzt keine Ahnung habe, worin sie bestehen." „Was ist, wenn du nicht wiederkehrst?" krächzte Alois. „Dann bin ich gescheitert, worin meine Aufgabe auch bestanden haben mag. Ihr dürft auf keinen Fall versuchen, mich zu holen.

Ich gebe mir drei Stunden, eine hin, eine zum Erledigen und eine zurück. Eine Stunde könnt ihr dranhängen. Bin ich dann nicht zurück, geht ihr zum Hubschrauber und fliegt nach Hause." „Wie sollen wir vor den Kameraden rechtfertigen, dich im Stich gelassen zu haben?" „Ihr lasst mich nicht im Stich. Es ist mein ausdrücklicher Wunsch. Außerdem bin ich guter Dinge, dass alles wie vorgesehen klappt." „Woher willst du wissen, wann eine Stunde um ist?" fragte Silvia. „Auf störungsfreies Funktionieren des Smartphones würde ich mich hier nicht verlassen."

Joviël grinste. „Auch ich habe eine mechanische, aufziehbare Uhr, wenn auch keine so ausgeklügelte wie du, Silvie. Dennoch, gegen elektromagnetisches Störfeuer ist sie immun beziehungsweise wenn das so stark wird, dass es die Unruhe beeinträchtigt, bin auch ich tot. Uhrenvergleich wie die alten Feldherrn, Silvia. So, jetzt Kopf hoch und bis in drei Stunden. Macht's euch so gemütlich es geht."

Als das dunkle Loch Joviël verschluckt hatte, erwachten Silvia und Alois wie aus einer Trance. „Das hätten wir nie zulassen dürfen, Silvie." „Ich weiß. Aber ich konnte nicht anders und du konntest anscheinend auch nicht anders." „Dann gibt es nur eine Hoffnung. Dass alles abläuft wie Jovi es vorsieht und er nach drei, spätestens vier Stunden hier wohlbehalten wieder auftaucht."

Silvia befühlte den Tunnelrand. „Komisches Material. Man meint, es wäre gar kein Stein, sondern Fleisch." Alois schauderte und versuchte vergeblich zu verhindern, dass ihm Assoziationen von gallertartigen Massen, die durch eine Aorta fließen, in den Gehirnwindungen herumspukten. „Dann bleib' bitte weg davon. Jovi hat mir einiges mehr erzählt als allen anderen und dieses Fleischgefühl war es, das ihn veranlasste, aus jenem Rekordbohrloch schleunigst zu verschwinden." „Und nun geht er freiwillig hinein?" „Wir bohren ja nicht, sondern bedienen uns des Vorgefundenen. Dennoch möchte ich keinen zweiten Schrei provozieren."

Jetzt schauderte auch Silvia. „Kein Feuer entfachen heißt also die Devise." „Keinesfalls. Unsere Brötchen schmecken auch kalt und der Kaffee wird in einer Thermoskanne warm gehalten." „Ich hab' keinen Hunger." „Ich auch nicht. Aber anders können wir uns die Zeit kaum vertreiben und der Appetit kommt bekanntlich beim Essen."

Die beiden wühlten in ihren Rucksäcken nach Köstlichkeiten und wurden fündig, aber keineswegs beruhigt. Der Mensch hat im Grunde keine Sekunde Geduld und lange vor Ablauf der drei Stunden begann Silvia ihre Armbanduhr immer häufiger zu Rate zu ziehen. Sie hatte das Zeitmonopol, denn wie Joviël beinahe befürchtet hatte, schwieg Alois' Smartphone sich hier unten über Gott und die Welt und auch über die Zeit beharrlich aus.

Die Nicht-Geduld der Zurückgebliebenen wurde auf keine lange Probe gestellt. Bereits nach 2½ Stunden erklangen langsame, schlurfende Schritte aus dem fleischgewordenen Gang. Weder Silvia noch Alois hatten die geringsten Bedenken, dass sich ihnen nicht etwa Joviël, sondern Cthulhu oder sonst ein tentakelbewehrtes Glibberwesen näherte. Silvia und Alois sahen sich mit erleichterten Mienen an. Was aus dem Gang heraus- und auf sie zuschlich, ließ ihnen allerdings das Entsetzen umso nachhaltiger den Rücken emporkriechen. Unisono riefen sie aus: „Jovi, um Himmels Willen! Was ist denn mit dir passiert?!"

Solange er zu keinem Abzweig gezwungen wurde, brauchte Joviël keine Kieselsteine zu streuen. Auch in ihm war die Assoziation übermächtig, sich in einem riesigen Organismus zu bewegen – die, die er zum ersten Mal in dem Grosboster-Bohrloch verspürt hatte. Dann die Warnung am Eingang....
Er hoffte bald, das heißt unter dem Ablauf einer Stunde zum Ziel zu gelangen. Der Hinweis war eindeutig gewesen. Die mitgeführte Hochleistungstaschenlampe würde etliche Stunden durchhalten, sodass nicht das Problem zu erwarten war, dass er plötzlich im Stockfinstern stand. Warum wohl hatte nur er allein hier herein gedurft?
Joviël leuchtete mal hierhin, mal dorthin. Wie glattflächig alles war! Der Boden eben und der Tunnelquerschnitt ein perfekter Halbkreis sah sein unterirdischer Weg wie von Menschenhand geschaffen aus. Von Menschenhand nicht, korrigierte er sich selbst, aber von einer Hand, die weiß, was sie tut.
Plötzlich öffnete sich der Gang zu einem Gewölbe. Es war nicht so riesig wie die Höhle, durch die sie mit dem Hubschrauber geflogen waren, sondern im Gegenteil klein genug, dass der Strahl seiner Leuchte, wenn er sie auf spot stellte, bis dessen anderem Ende und bis zur Decke reichte. Nirgendwo gab es eine weitere Öffnung, durch die er hätte weitergehen können.
Ich bin also da, folgerte Joviël, ich bin im geheimnisvollen Kommunikationsraum der größten Macht dieses Planeten. Wie, fragte er sich in unmittelbarem Anschluss, soll ich den Kontakt aufnehmen? Einfach drauflos quasseln? Denkbar, aber denk'drüber nach, was du sagst, ermahnte er sich.
„Hallo!" sprach er leise und, wie er hoffte, ausreichend respektvoll.
Hallo. Du hast den Mut gehabt, den Weg zu mir zu beschreiten. Sei willkommen.
Joviël erschrak heftig, als er die Stimme mitten in sich verspürte – denn über Schallwellen hatte sie ihn nicht erreicht. Er hätte nicht einmal zu sagen vermocht, ob sie in Englisch, Deutsch oder einer der Menschheit unbekannten Sprache erklungen war. „Ich bin ergriffen. Zum ersten Mal wendest du dich direkt an mich."
Ich war sicher, dass du mich verstehst.
„Wie darf ich dich nennen?"
Ich bin Mutter Erde, deine und eure Mutter Erde.

„Immer mehr gewann ich die Überzeugung, dass das so ist. Wir haben dir wehgetan, damals im Tal des Todes mit unserem 30 Kilometer tiefen Bohrloch?"

Ja.

„Das tut mir unendlich leid."

Das glaube ich dir und deshalb hielt ich es für angezeigt, dir damals einen Rettungsweg aufzuzeigen.

„War es eine Zuckung oder so etwas?"

Ich hatte an der Stelle höllische Schmerzen und musste sie irgendwie lindern. Ich dachte, Wasser könnte die Wunde kühlen und außerdem würde mit den Bohrungen nicht mehr weitergemacht, wenn sie sich plötzlich tief auf dem Meeresgrund befände.

„Das stimmte auch. Du hast dir mit deiner Juckaktion aber genug Zeit gelassen, um mir Zeit zur Rettung zu lassen."

Lange hätte ich's nicht mehr ausgehalten.

„Weißt du, dass du eine Milliarde Menschen, Wesen meiner Spezies, meiner Art umgebracht hast?"

Die Zahl sagt mir nichts. Das sind ziemlich viele?

„Kann man wohl sagen. Ein Achtel aller von uns. Das ist nun aber nicht mehr zu ändern. Wieder lebendig machen kannst auch du sie nicht."

Das tut mir leid. Warum musstet ihr euch auch erdreisten, mir derartig zu Leibe zu rücken?

„Der Mensch ist halt so. Nach deiner Warnung wird sich die Aktion allerdings so bald nicht wiederholen, denke ich. Garantieren kann ich's dir aber nicht."

Erzähl' doch allen, was du über mich weißt.

„Bis auf wenige Ausnahmen würde ich nicht nur ausgelacht, sondern auch in eine geschlossene Anstalt gesperrt. Das einzige, was allen imponiert hat, ist dein Schmerzensschrei, den man überall auf der Oberfläche gehört hat."

Den hatte ich unterdrücken wollen, das aber nicht geschafft.

„Vielleicht ist's aus dem beschriebenen Grund gut so."

Kann ich irgendwas wieder gutmachen?

„Nett, dass du fragst. Kannst du den Erdteil, den du versenkt hast, langsam – wirklich langsam! – wieder hochheben? Vor allem sollte sich der Meeresspiegel dabei nicht allzu sehr verändern. Denk' bitte dran, dass wir winzige, verletzliche Geschöpfe sind."

Ich werde es versuchen und dran denken, dass es nicht zu viel schwappt.
„Du kennst dich erstaunlich gut in unserem Wortschatz aus."
Ich sehe alles, was du weißt.
„Du wirkst erstaunlich menschlich, so wie wir miteinander reden. Weißt du, wie du funktionierst?"
So, wie ich von Anbeginn der Zeiten funktioniere.
„Bist du im Innern glutflüssig?"
So sagt man wohl. Ja, bin ich.
„Wie hältst du das aus? Die Hitze, meine ich."
Der Aggregatzustand spielt für mich keine Rolle. Ich bestehe weitgehend aus Siliziumdioxid, dem, was ihr Stein nennt.
„Kümmerst du dich um das, was auf deiner Oberfläche geschieht?"
Normalerweise nicht. Von euch Menschen weiß ich erst, seit ihr mir zu Leibe rückt.
„Das heißt, ich bin ungefähr der erste Mensch, den du gesehen, gespürt oder was auch immer hast?"
Vor dir waren einige andere da, die deutlich gröber wirkten. Erst in dir habe den erkannt, mit dem eventuell ein Kontakt möglich sein wird. Deshalb schrieb ich die Warnung an die Wand, als du zum letzten Mal im Schacht warst.
„Du kannst Gedanken lesen?"
Ganz klar ist mir nicht, was du damit meinst. Mir ist alles zugänglich, was in und auf mir geschieht. Allerdings muss ich davon Kenntnis erhalten und mich darauf konzentrieren.
„Danke. Jetzt weiß ich vieles mehr. Warum hast du die Warnung an den Eingang des Tunnels geschrieben?"
Du wirst es sehen. Unsere Lebensrhythmen unterscheiden sich voneinander. Das heißt, meiner ist viel langsamer als deiner oder eurer. Während für mich eine Minute vergeht, um eure Zeiteinteilung zu verwenden, sind für dich Monate und Jahre vergangen. Ich denke deshalb, es ist das Beste, du begibst dich auf den Rückweg, sonst überlebst du ihn nicht mehr. Ich habe mich gefreut, mit dir sprechen zu dürfen. Und jetzt beeil' dich bitte.
Joviël trat Schweiß auf die Stirn. Wenn das, was Mutter Erde gesagt hatte, wörtlich zutraf, wäre er jetzt.... Er brachte ein „tschüss" über die Lippen und schaltete seine Taschenlampe wieder ein, die er während des Gesprächs nicht gebraucht und deren Akku entgegen Joviëls Befürchtung nicht aus Überlagerungsgründen

seinen Geist ausgehaucht hatte, vergewisserte sich, wo der Eingang zu finden war, und begab sich auf den Rückweg. Er warf einen Blick auf seine mechanische Uhr. Seit er sich von Silvia und Alois getrennt hatte, waren knappe zwei Stunden vergangen. Er schürzte die Lippen. Kein Grund zur Panik, die beiden würden sicher noch dort warten, wo er sie zurückgelassen hatte, denn in weniger als einer halben Stunde stieße er wieder zu ihnen. Das einzige Detail, das ihm Grund zum Nachdenken gab, war der Handrücken, als er den Arm umgedreht hatte, um das Zifferblatt seines Chronometers zu betrachten. Es war sein eigener und der wirkte sehr, sehr runzlig.

Als Joviël den Tunnel betrat, erscholl hinter ihm ein *tschüss*. Trotz aller Macht ein sehr höfliches Wesen, die Mutter Erde, dachte er anerkennend. Er wunderte sich, wie sehr ihn das Gehen auf topfebenem Grund anstrengte. Es dünkte ihm, als wäre er ein uralter Mann.

„Die Drei sind seit sieben Tagen vermisst. Ich glaube, wir kommen nicht drum herum, sie für tot zu erklären." Horst sah die Tränen in Olafs Augen. „Das tut mir sehr leid. So zynisch es klingen mag: Ich bin, glaube ich, genau passend gekommen."

Einen Tag nach dem Verschwinden von Silvia, Alois und Joviël war ein Geschwader Hubschrauber vom Eisbrecher ‚Topas' eingetroffen, der auf Grund der kriegerischen Ereignisse in Südamerika von Kapstadt aus aufgebrochen war. Er hatte frisches Material zur Station ‚Christiane Nüsslein-Volhard' gebracht und ließ einen Hubschrauber samt Piloten Horst als Reserve da. Welchen Schreck bedeutete es für die ‚Reserve', sofort eingesetzt zu werden, und zwar für einen Ernstfall.

Einige Stunden Überfälligkeit ließ Olaf gelten, aber seine steigende Nervosität war nicht zu übersehen. Er gestattete eine Nachtruhe, obwohl die Polarnacht dicht innerhalb des gleichnamigen Kreises am 20. Februar nur für eine knappe Stunde die Sonne unter den Horizont verbannt, und startete dann die Suche. Diesmal bestand er darauf, mitzufliegen.

Sie fanden den Riss in der Felswand des Amundsen-Gebirges und näherten sich ihm, dachten aber nicht daran, in ihn einzudringen. „Das wird ihnen doch nicht eingefallen sein?" murmelte

Olaf verzweifelt. Dass sich zum vermissten Hubschrauber kein Funkkontakt aufbauen ließ, ließ allerdings genau das befürchten. Drei Tage verhinderte ein heftiger Schneesturm die weitere Suche und der Mannschaft blieb während dieser Zeit nichts als die Nachrichten zu verfolgen. Ein bisschen halfen die Meldungen die eigenen Nöte vergessen. Die Rumpf-NATO, die nur aus europäischen Streitkräften bestand, hatte die Argentinier zum zweiten Mal nach 1982 aus den Falklands hinausgeprügelt und die Chilenen schickten sich an, nicht nur ihre Gebiete zurückzuerobern, sondern ganz Feuerland zu besetzen, und das auf Dauer, wie sie unmissverständlich erklärten.

Sie hatten es schwer, denn Peru und Bolivien grollten ihnen immer noch wegen des Salpeterkriegs 1879-1884, als dessen Folge Peru Arica und Bolivien die Provinz Antofagasta und damit den Zugang zum Meer verlor. Peru verzichtete 1929 nach der Rückgabe Tacnas endgültig auf Arica, während Bolivien seine Ansprüche nie aufgab. Folglich operierten die beiden Länder im Kampf um Feuerland zu Gunsten Argentiniens. Logistische Unterstützung fand Chile dagegen in Brasilien und Kolumbien. Beiden war das Hegemonialgehabe des zweitgrößten Landes auf dem Kontinent schon länger ein Dorn im Auge. Zusammen mit dem erstklassig aufgestellten chilenischen Heer gelang dem Bündnis bald, das Blatt zu wenden.

„Ich bin stolz auf Europa", bemerkte Stationsarzt Markus, „Engländer und Franzosen sind sich wahrlich nicht grün, aber wenn es gegen einen Angreifer von außen geht, halten sie zusammen wie ein Zweikomponentenkleber. Erst den russischen Napoleon zu Lande zur Räson gebracht und nun den argentinischen Imperialismus zu Wasser."

„Überhaupt interessant, wie schnell sich bemerkenswerte Koalitionen finden, wenn Not am Mann ist", fügte Biochemikerin Annette hinzu, „Kolumbien, Brasilien und Chile gegen Peru, Bolivien und Argentinien. Wer hätte das gedacht?"

Als der Schneesturm vorbei war, war auch der Krieg vorbei, der im Gegensatz zu den Weltkriegen als ‚Blitzkrieg' zu gelten gerechtfertigt war. „Wenn ich überlege", stieß Olaf hervor, „dass der Idiot von Kaiser Wilhelm bei der Mobilmachung 1914 sagte: ‚Das wird eine lustige Treibjagd und Weihnachten sitzen alle wieder im Kreis ihrer Familien und singen Lieder', kann ich heute noch wütend werden." „Das mit dem Liedersingen ist nicht verbürgt", korrigierte Annette zurückhaltend, „aber sonst hast du Recht."

„Wie dem auch sei; ich hoffe, die Gauchos haben sich endgültig aus dem Kopf geschlagen, dass ihnen die ganze Antarktis, ach was, die ganze südliche Halbkugel gehört." „Für die nächsten paar Jahre wahrscheinlich. Lass' aber die nächste Generation chauvinistischer Egomanen heranwachsen und schon sieht alles wieder anders aus. Der Mensch ändert sich nicht." „Ich fürchte, liebe Annette, dass du damit wahrscheinlich ins Schwarze triffst. Und ich fürchte, dass du wohlweislich keine Chauvinistinnen erwähnt hast."

Den nächsten befreundeten Stützpunkt bewirtschafteten die Norweger, die eifrig und selbstlos mithalfen, die Vermissten aufzuspüren. Den Riss mit den vorhandenen Mitteln zu untersuchen trauten allerdings auch sie sich nicht. „Da müssen wir mit Pickel und Seilschaft 'rein", urteilte der Truppenführer der Nordländer. „Das streite ich nicht ab. Bloß dürfte bis dahin alles zu spät sein." „Hm, leider."

Olaf saß vor dem Laptop, um mit tränenfeuchten Augen die Todesmeldung seiner drei Kameraden einzutippen, als unüberhörbares Geschrei erscholl. „Hubschrauber in Sicht!" Olaf sprang sofort auf und sprang nach draußen. „Was für einer?" „Sieht aus wie unserer, sieht aus wie...." Olaf entriss unter Ausblenden aller Benimmregeln dem Posten das Fernglas und richtete es auf den sich nähernden knatternden Punkt. Dann stieß er einen Freudenschrei aus, den von ihm, dem zurückhaltenden Hanseaten, noch nie jemand in derart rückhaltloser Lautstärke vernommen hatte. „Er ist es! Sie...; sie sind es!!" Dazu tänzelte er auf der Stelle wie ein Kind, das einen heiß ersehnten Wunsch erfüllt bekam und die Tränen liefen ihm in Strömen über die Wangen, ohne dass er sich ihrer im geringsten schämte.

Silvia landete auf dem Punkt wie sie es gewohnt war und die Drei entstiegen ihrem Fluggerät. Das heißt Silvia und Alois; wer aber war der Dritte, ein gebrechlicher, uralter Mann mit schlohweißem Schopf in übergroßer Antarktis-Multifunktionskluft, der von seinen Begleitern gestützt werden musste? Olaf sah ihm fassungslos ins Gesicht. „Um Himmels Willen!" entfuhr auch ihm.

Joviël stolperte vor Anstrengung, als er den Gang verließ. Alois schaffte es gerade noch, ihn zu stützen, bevor er stürzte. „Jovi, um Himmels Willen! Was ist denn mit dir passiert?!" wiederholte

er. „Was soll mit mir passiert sein? Ich bin zurück, wie ihr seht, und habe sensationelle Neuigkeiten...; was ist mit Silvie?"
Erschrocken wandte Alois seine Aufmerksamkeit der Kameradin zu. Diese war in sich zusammengesunken und offensichtlich kollabiert. Alois half Joviël in eine halbwegs bequeme Sitzposition, kniete neben Silvia nieder und stieß beinahe weinerlich hervor: „Silvie, was ist mit dir?" Er tätschelte ihre Wangen, schüttelte die Flasche mit Sprudel und spritzte ihr etwas Flüssigkeit ins Gesicht. Silvia schlug die Augen auf und krächzte: „Stell' dir vor, was ich eben für einen Mist geträumt habe: Jovi ist zurück und um 50 Jahre gealtert." „Leider ist es kein Traum. Sieh' ihn dir an."
Silvia tat wie ihr geheißen und stand kurz vor der nächsten Ohnmacht, überwand aber ihren Schwächeanfall und sagte: „Jovi, wo warst du? Und wie lange? Und was hast du getrieben?" „Ich war bei – ihr." „Ihr?" „Mutter Erde, wie ich es beinahe erwartet hatte. Wir sprachen eine Zeitlang miteinander und dann sollte ich gehen." „Wie lange spracht ihr miteinander?" „Ungefähr 1½ Stunden. Hier, schau auf meine Uhr."
Silvia verglich Joviëls Chronometer mit ihrem eigenen und beide stimmten überein. „Hm, soweit so gut.
Ist dir bewusst, dass du dich – verändert hast?" „Anscheinend hat mich der Besuch enorme Kraft gekostet. Ich fühle mich wie ein alter Mann." „Jovi?" „Ja, Silvie?" „Hast du einen Spiegel dabei?" „Nein. Auf diese Idee bin ich im Leben noch nie gekommen. Ich weiß ja, wie ich aussehe." „Bist du sicher?" „Was soll die Frage?"
Silvia holte tief Luft. „Jovi, ich gebe dir jetzt meinen Spiegel. Du musst aber sehr, sehr stark sein." „Ich fürchte, dass ich genau das nicht bin." „Ich gebe ihn dir jetzt. Bleib' bitte sitzen und versuch' ohne Panik hinzunehmen, was du siehst. Vielleicht lässt es sich ja rückgängig machen."
Als Joviël den Handspiegel entgegennahm und vor sein Gesicht hielt, vermochte er trotz bereits aufgezogener Wolken dunkler Ahnungen einen Entsetzensschrei nicht zu unterdrücken. „Das, daaas soll ich sein??"
Bevor sie aufbrachen, erklärte Joviël seinen Kameraden, warum er sie aufgefordert hatte, unbedingt hier zu bleiben. Er leuchtete mit der Taschenlampe die Stelle am Tunneleingang an, von der er hoffte, dass das Menetekel sich erhalten hatte. „Seht ihr 'was?"
Der eher unsensible Alois nichts, aber Silvia, nachdem sie ihre Lider zusammengekniffen hatte, verkündete unsicher: „Ich meine,

da steht 'was." „Und was?" „Jetzt wird's klar und deutlich. *1 way 1 hour. Go alone, Joviël.*"

Den Weg zum Hubschrauber mussten Silvia und Alois ihren Kameraden halbwegs tragen, so sehr hatten ihn Wahrheit und sein gebrechlicher Allgemeinzustand mitgenommen. Schwer fiel ihnen das nicht, da Joviël locker um einen Kopf geschrumpft war und beinahe 30 Kilo weniger wog als wenige Stunden zuvor. Sein nunmehr um etliche Nummern zu voluminöser Overall schlabberte um ihn herum, als gehörte er einem anderen. „Sie hat es angedeutet, ja, das hat sie", murmelte Joviël immer wieder, „‚mein Rhythmus ist viel langsamer als deiner oder eurer. ‚Während für mich eine Minute vergeht, sind für dich Monate und Jahre vergangen', hat sie mir zum Abschied gesagt und aufgefordert, in meine Welt zurückzukehren. Jetzt weiß ich, was sie gemeint hat."

Mehr Mühe bereitete es Silvia und Alois, ihren Kameraden in den Hubschrauber zu hieven, denn das Gerät ist zum Benutzen durch junge, sportliche Leute konzipiert. Schließlich gelang es ihren vereinten Kräften, Joviël auf den Rücksitz zu bugsieren und anzuschnallen. Silvia übernahm das Cockpit, sagte „jetzt nichts wie 'raus hier" und startete den Rotor. Alle Instrumente und Motoren arbeiteten einwandfrei. Nichtsdestoweniger schien der Aufstieg durch die Dunkelheit endlos, bis sie endlich einen hellen Streifen wahrnahmen, bei dem es sich nur um den Riss in der Felswand handeln konnte, der den Eingang zu dieser unterirdischen Welt bildete. „Hattest du geguckt, wie tief wir waren?" fragte Alois angesichts des rettenden Ausgangs. „Beinahe zehn Kilometer", antwortete Silvia, „daran hatte ich gerade noch gedacht. Unter normal Null wohlgemerkt."

Sie sahen sich nach ihrem Patienten um. Er war eingeschlafen, wachte aber unvermittelt auf, als das gleißende Tageslicht in die gläserne Kanzel strömte. „Es ist vorbei", hauchte er schwach, als könne er es nicht glauben. Plötzlich wurde er aufmerksam. „Seht mal!" „Was?"

Joviël deutete auf den breiten Riss, der die ebenmäßige Wand verunstaltete. „Kann es sein, dass sie schmaler geworden ist?" fragte Alois verblüfft, unwillkürlich die Metapher der klaffenden Wunde wählend. „Silvie, kannst du noch ein bisschen bleiben?" „Lange nicht mehr; eine Viertelstunde vielleicht, aber dann muss ich schleunigst Kurs auf CNV nehmen. Der Reservetank ist bereits angezapft."

Die Viertelstunde reichte nicht vollständig, aber die Tendenz war mit bloßem Auge zu erkennen. „In einer Stunde ist von dem Riss nichts mehr zu sehen – als hätte es ihn nie gegeben. Man meint, als wäre er ein Tor, das extra für uns geöffnet war." „Das war es auch, Alois." „Du machst uns neugierig. Meinst du, du kannst uns ein bisschen 'was erzählen?"

Joviël starrte in die Unendlichkeit, als müsse er Kräfte sammeln. „Das Gröbste wisst ihr schon. Unsere Erde, unsere Mutter Erde ist ein gewaltiger, lebender Organismus. Normalerweise kümmert er sich nicht um uns, so wie auch wir nicht unbedingt auf jeden Störfaktor auf unserer Haut reagieren. Manchmal kratzen wir uns und erzeugen für die dort lebenden Mikroben ein Erdbeben oder einen Vulkanausbruch.

Unser Bohrloch im Tal des Todes hat Mutter ernsthafte Schmerzen bereitet. Da hat sie sich ein bisschen heftig gekratzt. Ich rang ihr das Versprechen ab, Nordamerika ganz langsam wieder auftauchen zu lassen, ohne Überschwapp-Effekte zu generieren. Ich glaube ihr, denn sie ist nicht bösartig. Nur unvorstellbar mächtig."

„Dann müssen alle Religionen der Erde umdenken. Der Allmächtige ist nicht dort oben,..." warf Silvia ein und streckte ihren Zeigefinger in die angegebene Richtung „...sondern dort zu suchen." Der Zeigefinger stach entschlossen gen Boden der Kanzel.

„Alle Religionen der Erde können bankrott erklären", knurrte Alois, „denn in Kenntnis dessen, was wir erlebt haben und vor allem Jovi erlebt hat, hat nichts von all' dem Bestand, was die Hohe- und Schweinepriester ihren Schäfchen seit Jahrtausenden vorlügen." „Erst mal müssen sie uns beziehungsweise mir glauben. Und da, glaube ich wiederum, werden wir auf Granit beißen."

„Das befürchte ich auch", bestätigte Silvia. „Und der Untergang Nordamerikas, der Aufstieg der Antarktis und der gleichzeitig von allen Lebewesen auf der Welt gehörte Schrei? Und wenn jetzt der Wiederaufstieg der USA und Kanadas folgt, den wir voraussagen werden – das soll mit einem Achselzucken abgetan werden?" „Glaub' mir, Alois, unsere konservativen und bornierten Wissenschaftler werden Erklärungen finden, und seien sie noch so sehr an den Haaren herbeigezogen, die sich mit unserer Schulweisheit vereinbaren lassen."

Alois brummte etwas, war sich aber wohlbewusst, dass Silvias pragmatischer Ansatz den Sieg davontragen würde.

CNV kam in Sicht und Silvia konzentrierte sich auf die Landung. Vom Ruck des Aufsetzens erwachte Joviël, der erneut erschöpft

eingeschlafen war. Von Alois und Silvia gestützt hangelte er sich mühsam zu Boden und weckte Olafs Fassungslosigkeit. „Er ist am Ende", bestimmte Silvia, „bringen wir ihn in den Sanbereich. Markus und Mercedes sollen sich um ihn kümmern."
Als das erledigt war und Silvia und Alois vor ihrer ersten Tasse Kaffee saßen, bemerkten sie, dass außer dem Arzt und der Krankenschwester die gesamte Crew um sie herum saß und sie unverwandt anstarrte. „Was habt ihr? Sehen wir aus wie Gespenster?" „Wo um alles in der Welt habt ihr euch die ganze Woche herumgetrieben?" fragte Olaf. „Wieso ganze Woche? Wir sind heute Morgen losgeflogen und jetzt, nach ungefähr elf Stunden, zurück." „Was meinst du, wie spät es ist, Silvie?" „Na, sieben Uhr abends." „Und welches Datum haben wir, meinst du?" „Na, den 20. Februar." Ostentativ löste die Pilotin ihre geniale Uhr vom Arm und reichte sie herum. „Seht her, genau das zeigt sie an." „Dann schau' auf den Kalender und die Uhr an der Wand."
Silvia stieß einen schrillen Schrei aus und auch Alois entfuhr ein erschrockener Grunzlaut. „Wir schreiben aktuell den 28. Februar mittags. Ihr wart eine volle Woche verschollen und ich war gerade dabei, euch für tot zu erklären, als eure Ankunft gemeldet wurde."
Silvia versuchte ihren hysterischen Anfall zu überwinden. Als ihr das gelungen war, stand sie auf, räusperte sich und erklärte: „Ich denke, allen ist klar, dass Ungewöhnliches geschehen ist, um es sehr unterkühlt auszudrücken. Joviël ist um Jahrzehnte gealtert und Alois und mir ist eine Lebenswoche abgängig. Die Ursache für die unterschiedlichen Zeitsprünge erkläre ich damit, dass wir uns getrennt haben, wenn auch nur für 2½ Stunden. Mit Erklärung meine ich die der reinen Ereignisabfolge, die wir nachher zum Besten geben werden, und keine Erklärung im wissenschaftlichen Sinn. Ich für meinen Teil sehe der Überwinterung mit Spannung entgegen, denn es gibt über viel zu sinnieren, wissenschaftlich und philosophisch.
Ich sehe, dass Alois eingenickt ist. Nehmt mir bitte nicht übel, dass auch ich mich eine Weile hinlegen möchte, sei gerade Mittag oder nicht."

Nach wenigen Wochen meldeten die seismologischen Institute der Erde, dass sich dort, wo früher Nordamerika zu finden gewesen war, in großer Zahl harmlose Seebeben aufträten.

Auf der Station ‚Christiane Nüsslein-Volhard' war die erste Skepsis angesichts der sonderbaren Umstände des Verschwindens und Wiederauftauchens dreier ihrer Kameraden der Euphorie gewichen, dass alle wieder vollzählig waren, wenn auch Joviël als Greis von der Exkursion zurückgekehrt war. Markus schätzte ihn auf ein biologisches Alter von 80 bis 90 Jahren und tatsächlich dauerte es nicht lange, bis die 22 Verbliebenen ihm ein würdiges Grab im ewigen Eis zu bereiten gezwungen waren, sobald die Wetterverhältnisse ein Verlassen der Behausungen gestatteten. Olaf sprach ein inbrünstiges Gebet, in das alle einstimmten, auch Alois, der als einziger Eingeweihte neben Silvia allen Religionen abgeschworen hatte. Andachtsvolle Stimmung ist andachtsvolle Stimmung und keiner eines Kollektivs vermag sich ihr rational zu entziehen.

Ansonsten war neben den üblichen Beschäftigungen wie Putz- und Flickstunden, Gesellschaftsspielen, aber auch in die große Welt hineinhören, was sich dort abspielte, großer Diskussionsbedarf, denn nach wie vor waren die Ereignisse dessen, was alle als ‚Exkursion' bezeichneten, nicht nachvollziehbar. Zur Krönung aller Rätsel hatten die Norweger vor Antritt der Winterpause gemeldet, dass sich die gewaltige Felsspalte, in die sie sich damals auf der Suche nach den Vermissten nicht hineingewagt hatten, vollständig und rückstandslos geschlossen hatte.

Merkwürdigerweise empfand keine mit Verantwortung versehene Person die Furcht, dass die Antarktis wieder absinken könne, als sich immer deutlicher herausstellte, dass sich der nordamerikanische Kontinent langsam aus den Fluten erhob. Viel mehr Sorgen bereiteten den verantwortungsbewussten, aber nicht mit adäquater Macht ausgestatteten Personen der Gedanke, dass in Kürze der Menschheit zwölf Millionen Quadratkilometer unbewohnten – diesmal wirklich unbewohnten – Landes zur Verfügung stünde, um das ein eifriges und sicher keineswegs friedfertiges Gerangel anheben würde – zumal überraschenderweise kaum Schäden an anderen Ecken der Erdkruste auftraten wie es nach dem Schrei geschehen war.

Alois zog es statt nach einem nach 2½ Semestern und statt in Kalifornien in der Antarktis vollzogenen Gast- und Forschungssemestern zurück in seine Heimatstadt München. Der Frühling erlaubte wieder ausgedehnte Spaziergänge im Freien, während denen Gespräche zu führen möglich war, die nicht alle anderen im Stützpunkt mitbekommen sollten.

Silvia und Alois zertraten gewissenlos den bisher unberührten Schnee unter ihren Stiefeln, als sie sich zum Resümee ihres gemeinsamen Aufenthaltes in die Einsamkeit zurückzogen.

„Mutter Erde hält ihr Versprechen", stellte Alois zum Auftakt in den Raum, „sie lässt Amerika so langsam auftauchen, dass es zu keinen Tsunamis kommt. Daran könnte sich die Politik ein Beispiel nehmen." „Ich habe komischerweise nie daran gezweifelt, Alois. Das mit dem Waagbalken, der Nordamerika und die Antarktis verbindet, scheint ebenfalls nicht zu stimmen. Wir sinken hier keinen Zentimeter tiefer." „Ach Silvie, die Idee hatte ich aus einem Kinderbuch von 1962."

Knirschender Schnee verbreitet eine beinahe hypnotische Wirkung, der sich auch die Pilotin und der Geologe gern eine Weile aussetzten. Erst geraume Zeit später nahm Silvia den Faden wieder auf. „Warum Jovi in Mutters Reich so schnell alterte, hat er ja selbst erklärt beziehungsweise er gab uns ihre Erklärung weiter. Bleibt das Rätsel unserer verlorenen – oder gewonnenen – Woche." „Hast du dazu Überlegungen angestellt, Silvie?" „Naja, in der ganzen Riesenhöhle herrschte eine Art Verzerrung des Zeitgefüges. Grundsätzlich scheinen die Uhren darin langsamer zu ticken als ‚draußen'. Was für uns bedeutet, dass wir Lebenszeit gewonnen haben. Wir sind nur um wenige Stunden gealtert, während für den Rest der Welt eine Woche verging. Die sind natürlich nicht messbar. Ich bin bis heute gottfroh, dass Jovi und ich unsere mechanischen Chronometer dabei hatten – die Unruhe ist unbestechlich."

Alois schürzte die Lippen. „Hört sich plausibel an. Eine andere Theorie habe ich auch nicht. Stell' dir vor, genau nach unserem Ausstieg schloss sich Mutters Reich und nicht die empfindlichsten Geräte sind in der Lage, die Lage der ehemaligen Spalte nachzuvollziehen." „Daraus ist zu schließen, dass Mutter ihr Reich für einen Wimpernschlag der Ewigkeit ausschließlich für uns oder besser gesagt für Jovi geöffnet hat." „Meinst du, dass sie seinen vorgezogenen Tod bewusst in Kauf genommen hat, Silvie?"

Silvia zuckte mit den Achseln. „Sie weiß, dass es ein Synchronisationsproblem gibt, aber ich glaube nicht, dass sie sich der unglaublichen kurzen Lebenszeit eines Menschen bewusst ist. Nein, Bösartigkeit unterstelle ich ihr keinesfalls." „Weißt du, was mich wundert?" „Was, Alois?" „Jovi erzählte doch, dass er sich stundenlang im Bohrloch des übergeschnappten Milliardärs Grosboster aufgehalten hätte und das war bis 30 Kilometer vorgedrungen, also viel tiefer als wir in Mutters Welt waren. Damals war er aber nicht sichtbar gealtert." „Hm", erwiderte Silvia nachdenklich. Dann fiel bei ihr der Groschen. „Der Unterschied dürfte darin liegen, dass es sich bei dem Bohrloch um Menschenwerk handelte und das unterliegt nicht Mutters Rhythmus." Alois fand Silvias Analyse plausibel und nickte anerkennend.

Sie hatten den äußersten Punkt ihres geplanten Spaziergangs überschritten und die Ellipse ihrer Route führte sie in weitem Bogen zu den geheizten Räumen zurück. „Du hattest übrigens Recht, Silvie." „Womit?" „Dass die konventionelle Wissenschaft derzeit für alle erlebten Phänomene ‚natürliche' Ursachen an den Haaren herbeizieht, die angeblich verantwortlich sind." „Dabei ist ‚Mutter' doch eine natürliche Ursache." „Sie würde aber als übernatürlich gelten, weil sie den Rahmen unserer Vorstellungskraft sprengt, Silvie." „In der Astronomie und Physik muten sie uns mit ihren Lichtjahren und dem gekrümmten Raum unvorstellbare Entfernungen und Dimensionen zu, die von unserer Erfahrungswelt genauso wenig gedeckt werden oder, um es mit deinen Worten auszudrücken, unsere Vorstellungskraft sprengt." „Stimmt. Aber die sind etabliert." „Dann warten wir, bis Mutter auch etabliert ist, Alois." „Wir werden's nicht mehr erleben."

Abrupt blieb Alois stehen und zwang Silvia, ihm in die Augen zu schauen. „Sind wir die beiden einzigen Gläubigen, Silvie?" „Wir sind keine Gläubigen, sondern Wissende." „Wir wissen nur, was Jovi uns erzählt hat." „Ich habe die Schrift an der Wand gesehen, Alois. Die war keine Einbildung und auch kein Fake."

Alois legte seine Hände auf Silvias Wangen, streichelte sie, beugte sich vor und küsste sie auf den Mund. „Ich warte in München auf dich, Silvie." „Leider musst du dich bis zum hiesigen Sommerende gedulden, du Ärmster." Alois atmete tief durch. Er sah sich am Ziel. „Ich warte schon so lange; nun, da ich meine Traumfrau gefunden habe, kommt's auf einen weiteren Wimpernschlag der Ewigkeit nicht an."

Wehrwald

Hätte es sich um Fahrzeuge in Tarnfarben gehandelt, wäre der Eindruck entstanden, dass eine Armee angerückt wäre, um ein fremdes Land zu erobern. Da aber alle im frischglänzenden Gelb des marktführenden Baumaschinenherstellers erstrahlten, legte das den Schluss nahe, dass ein Großprojekt ziviler Art in Angriff genommen werden sollte.

Die Lichtung war im Vorfeld von Wurzelwerk befreit und geglättet worden, um Raum für die gewaltige Zahl der Gerätschaften und Container, die den Holzfällern als Behausung dienen würden, zu bieten. Die Tieflader, die das gesamte Arsenal gebracht hatten und nun besagte Container mittels ihrer mitgeführten Kräne abluden und platzierten, während die raupenbewehrten Vehikel aus eigener Kraft über die hinten hinabgelassenen Rampen ihre Transportgeräte verließen, waren die einzigen Fahrzeuge, deren rote Farbe von der ihrer mitgebrachten Last abwich.

Betriebsleiter Ruprecht Beinhart rieb sich genüsslich die Hände. „Heute bauen wir alles auf und machen's uns gemütlich", eröffnete er Uwe Schweinheber, dem Vorarbeiter und seiner rechten Hand. „Weißt du, dass die Umweltschützer am nördlichen Rand seit voriger Woche ein Zeltlager aufgeschlagen haben, um unseren Kahlschlag zu verhindern?" dämpfte dieser die Euphorie seines Chefs.

„Pah, die Scheiß-Ökomüslis sind doch alles Weicheier. Ein Faustschlag in die Fresse mit anschließendem Nasenbeinbruch und die sind zahm wie neugeborene Kätzchen." „Ich würd's nicht übertreiben. Die Bullen sehen die Typen leider als Menschen an, die ein Recht darauf haben, geschützt zu werden." „Es geht zur Not subtiler und notfalls kann ich auch das", entgegnete der selbstsichere Ruprecht.

Das Holzfällercamp befand sich im Osten des zur Rodung freigegebenen Forsts, mithin in einem 90°-Winkel vom dem der Umweltschützer entfernt. Das Objekt selbst, der letzte von menschlicher Pflegewut unberührte Auenwald des dichtbesiedelten Bundeslandes, erstreckt sich über 5.000 Hektar, die einem Zehntel Bodenfläche der Stadt Köln entsprechen, und war vollständig zur Bebauung freigegeben worden. Über die genauen Umstände, die zur Genehmigung dieses Tabula-Rasa-Akts geführt hatte, wurde von Seiten der zuständigen Regierungsbezirksverwaltung und Landratsämter strengstens Stillschweigen bewahrt; dass Geldflüsse, und zwar beträchtliche, dazu beigetragen hatten, wurde allerdings vehement bestritten. Geplant war die Ansiedlung eines edlen, aber nichtsdestoweniger ausgedehnten Industriegebiets plus eines komfortablen Wohnareals – von primitiven Riesenplattenbauten verspricht sich heute niemand mehr Kompatibilität mit dem Begriff ‚attraktiv' –, die zwangläufig einen erheblichen Platzbedarf nach sich zogen. Da kam der Ecksteiner Wald gerade recht, um diesen zu stillen. –

Die Verantwortlichen des von Strukturkrisen gebeutelten Landes rieben sich die Hände und auch die im Parlament vertretene, angeblich der Umwelt verpflichtete Partei hatte nach einigen Rückzugsgefechten klein beigegeben, sodass sich die Gruppe derer, die das Protestlager errichtet hatten und gewillt waren, die nächsten Wochen und Monate bei Wind und Wetter auszuharren und den gelben Hunderttonnenboliden zu trotzen, jeglicher politischer Unterstützung beraubt sahen und sich von ‚ihren' Abgeordneten zusätzlich vorwerfen lassen mussten, ‚wild' und somit illegal vorzugehen.

Bei früheren, ähnlichen Aktionen war es üblich gewesen, Baumhäuser zu zimmern und in luftigen Höhen festzunageln, damit die bewohnten Bäume nicht gefällt werden konnten. Dazu hatten die Aktivisten allerdings ihrerseits Bäume fällen oder zumindest beschädigen müssen, was sich für ihre Glaubwürdigkeit als abträglich erwiesen hatte. Dieses Mal hatten sie deshalb eine Zeltstadt auf einer Wiese vor ihrem Schutzobjekt errichtet, damit nicht sie dieses als Erste durch 600faches Betrampeln entweihten. Die Wiese hatte ihnen der ihnen wohlgesonnene Eigentümer, Bauer Honold, zu diesem Zweck unentgeltlich überlassen.

Clifford Wendig spazierte mit seiner Freundin und wichtigsten Mitstreiterin Sarah Baumleitner am Waldrand spazieren. „Rechnest du eigentlich ernsthaft mit einer Erfolgschance?" fragte Sarah gerade. Clifford brummte etwas. „Nicht, dass ich oder sonst einer von uns die Gefolgschaft verweigerte", besänftigte Sarah ihren Gefährten, „aber seit uns die Partei, die uns bei Protestaktionen immer geholfen hat, im Stich lässt, wird's natürlich schwierig."
„Das war zu erwarten, Sarah. Seit sie in der Regierung dabei sind, zeigt sich mehr und mehr, dass sie genauso im Fahrwasser des Kapitals schwimmt wie die anderen, sogenannten etablierten Parteien auch. Ich hatte mir gleich gesagt, dass das nie passieren dürfe." „Alte römische Weisheit, Cliff: Macht korrumpiert. Glaubst du, wir würden anders reagieren, wenn wir an den Schalthebeln

säßen?" „Nein. Deswegen darf genau das nicht passieren. Um publizistische Aufmerksamkeit zu erringen, sind wir mit unseren 600 pazifistischen Kämpfern gut aufgestellt, meine ich."

Eine Weile schwiegen beide. Dann kam Sarah auf Konkretes zu sprechen. „Wie stellst du dir das weitere Vorgehen vor? Ich meine außer campieren, schlafen und picknicken?" „Wie immer. Heute Nacht ketten sich die Ersten an die Bäume und verhindern so den symbolischen ersten ‚Timber'." „Und wie lange?" „Wie immer. Bis die Bullen kommen, unsere Leute freisägen und wegtragen. Ich schätze, das wird bis zum Nachmittag dauern." „Und die Nacht drauf dasselbe Spielchen?" „Sicher." „Und wenn sie das Lager räumen?" „Bis dahin wird einige Zeit vergehen, denn es ist im Gegensatz zu dem, was unsere sauberen ‚Freunde' im Landtag sagen, keineswegs illegal."

Sarah versuchte sich zu erinnern, ob jemals gelungen war, ein Prestigeobjekt nicht nur zu verzögern und zu verteuern, sondern zu verhindern. Ihr fielen einige ein, aber da waren bestimmte politische Kräfte noch auf ihrer Seite gewesen. In der jetzigen Situation konnte eigentlich nur ein Wunder helfen. –

Als die Holzfällertruppe am nächsten Morgen unter Einsatz des schweren Geräts mit ihrer Arbeit beginnen wollte, wurde sie von zahlreichen Personen gestoppt, die sich an die vorderste Baumreihe gekettet hatten. „Ich würde die ja einfach mit beseitigen", knurrte Ruprecht, „aber das könnte mehr Ärger geben als uns lieb ist." Er wandte sich an Uwe. „Hast du die Bullen schon informiert?" „Klar. Allerdings ist ein Großteil von ihnen damit beschäftigt, eine zeitgleiche Großdemo in Köln in Schach zu halten. Sie werden entweder in verminderter Zahl oder später eintreffen." „Drecksäcke. Alles abgekartetes Spiel. Aber wartet, wir werden euch Mores lehren." Der finale Satz war natürlich auf die Naturschützer gemünzt.

Als die Polizei endlich ihre Arbeit getan hatte und sämtliche Aktivisten von der Baustelle entfernt waren, war es so spät, dass es sinnlos schien, an jenem Tag mit dem Abholzen beginnen zu wollen. „Wir haben doch leistungsstarke Scheinwerfer, mit denen alles taghell zu beleuchten ist, Ruprecht. Warum…?" „Weil das horrende Nachtzuschläge kosten würde, Uwe. Wir müssen ein bisschen versuchen, die Kosten im Griff zu behalten." –

In der einsetzenden Dämmerung hatten sich Sarah und Clifford erstmals tiefer in den Wald gewagt. „Mann, ist das düster hier." Sarah flüsterte unbewusst, denn der sie umgebende üppige Be-

wuchs flößte ihr enormen Respekt ein. „Und total unwegsam."
„Der Wald, den einige unberechtigterweise Forst nennen, wurde seit Jahrzehnten nicht mehr angerührt. Es gibt auch keine Wege mehr. Ich sage mit Absicht mehr, denn bis in die 70er Jahre war das hier als Naherholungsgebiet ausgewiesen. Da war auch der Begriff Forst berechtigt gewesen. Dann hatte man so viele Tagebaugruben renaturiert, dass man beschloss, diesen Wald hier sich selbst zu überlassen, da es genügend andere gezähmte Areale gab." „Nur wenige Jahrzehnte. Ich staune, welche Kraft die Natur hat. Nach 50 Jahren ist's hier so, als hätte es nie Menschen gegeben." „Und das soll auch so bleiben, Sarah."
Immer wieder warf Clifford einen Blick in die ihn hoch überragenden Kronen und versuchte ihre Gattung zu bestimmen. „Es ist ein reiner Laubwald", erklärte er seiner eher technisch ausgebildeten Freundin, „und setzt sich weitgehend aus Ulmen, Buchen, Weiden, Linden, Hasel- und Walnussbäumen und Eschen zusammen. Ein Eichenhain bildet angeblich den Mittelpunkt, aber bis zu dem dürfte schwer vorzudringen sein. Auf tausend Jahre wie die Ivenacker in Mecklenburg bringen sie's wohl nicht, aber unsere Ältesten dürften wenigstens ihre 500 auf dem Buckel haben."
Clifford sah hoch. „Ich kenne mich an sich sehr gut mit Bäumen aus", erklärte er stirnrunzelnd, „und das hier ist ohne Zweifel eine Buche. Trotzdem sieht sie irgendwie fremdartig aus." „Wie meinst du das?" „Der silbrige Stamm passt, der gegen Sonnenbrand empfindlich ist und deswegen durch extrem dichtes, bis in die Tiefe gehendes Blattwerk geschützt werden muss. Auch was die Blätter angeht...." Er bog eines, das sich ihm von einem tiefhängenden Zweig anbot, vor sein Gesicht und musterte es, hütete sich aber, es abzureißen. „...passt es", fuhr er fort, „aber die Äste müssten weit abstehen, um den Boden unter ihrem Stamm von Bewuchs freizuhalten. Sie stehen aber wie wild durcheinander."
„Vielleicht haben sie das Freihalten hier nicht mehr nötig und eine endemische Art gebildet." Sarah hatte während ihres Zusammenseins mit Clifford einiges über die Zusammenhänge der Evolution gelernt. „Hm. Du magst Recht haben. Anders kann ich mir das auch nicht erklären."
Sie sahen sich an und stellten fest, dass sie sich nicht mehr sahen. In gefühlt weniger als einer Minute war es stockdunkel geworden. „Scheiße. Hast du eine Taschenlampe dabei, Sarah?" „Nein, daran habe ich leider nicht gedacht. Wir wollten ja nur einen kurzen

Spaziergang machen." "Und haben uns verschwatzt. Was tun wir jetzt?"

Sie schauten sich um, hätten das aber getrost mit geschlossenen Lidern tun können. "Weißt du wenigstens, aus welcher Richtung wir kamen?" "Hm, nein. Wir haben die ominöse Buche solange umkreist, bis mir jegliche Orientierung verloren ging." "Und nun?" "Einen Versuch, zurück zum Camp zu finden, unterlassen wir besser. Hier gibt es keinen Weg und keinen Steg und im Finstern können wir uns wie nichts die Hachsen brechen. Bleiben wir also hier und zusammen." Sie spürten ihren gegenseitigen Atem und fassten sich an den Händen. "Ach Cliff, in welche Lage haben wir uns gebracht." Es war Sarah anzuhören, dass sie mühsam die Tränen unterdrückte. "Vertrau' dem Wald", sagte Clifford leise, "wir sind seine Freunde und er ist unser Freund."

Er drückte die Frau, die von seinen Worten wenig überzeugt zu sein schien, tröstend an sich. Allmählich traute sie sich, den Kopf zu heben und zu versuchen, das Dunkel zu durchdringen. "Siehst du das Licht auch?" "Hm, ja."

Ganz verhalten schimmerte über den Boden ein heller Streifen, als wolle er dem Paar den Weg weisen. "Ob das Glühwürmchen sind?" "Kann fast nicht sein, Sarah. In dieser Menge sind sie praktisch ausgestorben." "Aber guck' mal: Wo es lang schimmert, ist fast kein Unterholz, sieht es fast wie ein Pfad aus. Wir sollten ihm folgen." "Meinst du...?" "Wer hat gesagt, der Wald und wir seien befreundet, Cliff? Lass' es uns versuchen."

Sarah und Clifford tappten hinter der Spur her, die sich vor ihnen ständig verlängerte und hinter ihnen wieder auflöste, wie Clifford schluckend feststellte, als er sich einmal umsah. Er hatte Sarah, die das Geschehen offenbar als natürliches Phänomen hinnahm und stetig vorwärtsstrebte, die Führung überlassen und stolperte willenlos hinter ihr her.

Plötzlich war der Sternenhimmel zu sehen. Er genügte zusammen mit dem Mond, der im ersten Viertel stand, um ohne die geheimnisvolle Hilfe gefahrlos weiterzugehen. Ein Stück entfernt sahen Sarah und Clifford vereinzelt Lagerfeuer flackern, die Lagerfeuer ihres Camps. Sie wussten, dass sie von ihnen lediglich durch eine Wiese ohne Stolperfallen getrennt waren. Clifford machte Anstalten, unverzüglich loszumarschieren, aber Sarah sprach inbrünstig in die Finsternis hinter ihnen: "Danke, lieber Wald." Beschämt wandte sich Clifford um und folgte ihrem Beispiel. –

„So", erklärte Ruprecht am nächsten Morgen entschlossen, „heute warten wir nicht, bis unsere Freunde und Helfer uns endlich zu helfen geruhen, sondern nehmen die Sache selbst in die Hand." Symbolisch hatte er die Ärmel hochgekrempelt. „Sei vorsichtig", ermahnte ihn Uwe, „wenn wir gewalttätig werden, kann es sein, dass die Freunde und Helfer der anderen Seite helfen. Selbstjustiz ist kein Mittel, das die und die Richter gern sehen." „Keine Sorge. Eine Drohung ist noch keine Tätlichkeit und ich glaube, dass die genügt."

Der Betriebsleiter schritt auf die Gruppe zu, die sich vor dem ersten Unterholz aufgebaut hatte. Er stellte fest, dass die jungen Leute sich heute nicht angekettet hatten – war ihnen das Material ausgegangen oder hatten sie geahnt, dass es heute härter zugehen würde? Dann hätte er sein Ziel ohne einen Schuss Pulver erreicht. Befriedigt rief er: „Ihr da! Macht, dass ihr wegkommt. Gleich fahren unsere Maschinen auf und dann geht's los, egal, wer im Weg 'rumsteht oder -sitzt.

Ein lang aufgeschossener, asketisch aussehender Mann, der offensichtlich um einiges älter als der Durchschnitt seiner Gruppe und vermutlich ihr Anführer war, trat ihm entgegen. „Das würde auf schwere Körperverletzung unter Inkaufnahme von Todesfolge hinauslaufen", erklärte er vernehmlich, „und die Fällarbeiten wären bis auf weiteres beendet." „Aha, der Herr ist Jurist. Nun, Juristen arbeiten mit dem Mundwerk und wenn das ausgeschaltet ist, ist der ganze Kerl ausgeschaltet."

Eingedenk seiner Lebensphilosophie ‚ein Faustschlag in die Fresse mit anschließendem Nasenbeinbruch und alle sind zahm wie neugeborene Kätzchen' hob er sein wichtigstes Diskussionshilfsmittel und rannte auf Clifford zu, um seine Philosophie in die Wirklichkeit umzusetzen. Er hatte allerdings nicht mit dessen schwarzem Gürtel in japanischem Kampfsport gerechnet. Ehe er sich's versah, spürte er einen dumpfen Schmerz in der Magengrube und sah sich zu einer gekrümmten Pose gezwungen. Hinter seinem Kontrahenten erscholl begeistertes Gemurmel. „Klasse, Cliff. Lass' uns loslegen. Wir sind 600 gegen ein paar Dutzend Grobmotoriker."

Ruprecht hatte zwar keine Ahnung, was ein Grobmotoriker sein sollte, wurde dieser Bezeichnung aber gerecht, denn er erholte sich schnell – Clifford hatte natürlich nicht seine vollen Kräfte entfesselt. Kaum bewegungsfähig, entrang sich ihm ein Wutschrei und er rannte zurück in seinen Container, der ein wenig komfortabler ausgestattet war als der der einfachen Arbeiter. Uwe ahnte, was der Boss vorhatte, rief: „Nicht, Ruprecht!" aber es war bereits zu spät. Der Betriebsleiter hatte im Handumdrehen gefunden, was er gesucht hatte, und stürmte mit einer Kalaschnikow wieder heraus. Er gab einen Schuss in die Luft ab und schrie: „Jetzt werdet ihr gleich sehen, wer am längeren Hebel sitzt, ihr Kommunistenpack!"

Clifford hörte hinter sich rufen: „Weg hier, ich hab's!" Er warf einen Blick auf Sarah, die aus dem Schatten heraus die Szene mit einem lichtstarken Teleobjektiv fotografiert hatte, und nickte. „Okay, gehen wir. Das bricht ihm das Genick. Nun bin ich gespannt, wie die Selbsthilfe des Ecksteiner Waldes aussehen wird, von der du seit gestern felsenfest überzeugt bist." „Haben wir nicht ein Wunder erlebt?" „Ich bin mir heute nicht mehr sicher, ob unser sendero luminoso, unser leuchtender Pfad nicht eine Halluzination war." „Ich schon – dass es nämlich keine war."

Unter lautem Jubel der Arbeiter wandten sich die Naturschützer in Richtung ihres Lagers und marschierten davon. „Schlagt euch eure Wänste voll; das wird das einzige sein, das euch in Zukunft bleibt!" rief ihnen Ruprecht hinterher.

Er sah seinen Vorarbeiter an. „Uwe, du bist wieder besorgt. Was willst du, die sind wir doch los." „Bist du sicher?" „Du siehst's doch." „Du hättest deine Kalaschnikow nicht zeigen sollen, Mann." „Ich habe einen Waffenschein." „Mag sein. Du darfst aber nur in Notwehr zur Knarre greifen." „War es doch. Dass der Kerl mich tätlich angegriffen hat, hat jeder gesehen."

Uwe schwieg, denn er wusste, dass der Boss sich niemals im Unrecht fühlte. Dennoch blieb die Frage, wer als Erster.... Als er seine Stimmbänder wieder erklingen ließ, tat er das zu rein geschäftlichem Zweck. „Also Leute, legen wir los. Wir müssen den gestrigen Ausfalltag wieder 'reinholen." –

Der Holzfällertruppe standen neben einem reichhaltigen Arsenal schwerster Kettensägen zehn Planierraupen gleicher Bauart zur Verfügung, die mit verschiedenen Vorspanngeräten multifunktional eingesetzt werden konnten. Ein Waldrand besteht normalerweise nicht aus den höchsten und kräftigsten Bäumen, sondern beginnt mit Sträuchern und sonstigem niedrigen Gewächs und baut nach hinten immer höher, wie das ein Gebirge auch tut.

Folglich glaubten die Holzfäller, jenes aus dünnem Geäst bestehende Vorfeld nicht in mühsamer Kleinarbeit, sondern in einem Rundumschlag beseitigen zu können, indem sie der starken Raupe einen Greifer vorspannten, der mehrere Stämme mitsamt den Wurzeln auf einmal ausreißen würde.

Toni gab Gas. Die über tausend PS donnerten ihr Lied in die Landschaft hinaus, vermochten aber nichts auszurichten. Erstaunt sahen die Umstehenden, wie sich die schwere Maschine durch Vor- und Zurückschaukeln immer tiefer in den Untergrund grub, ohne dass die umschlossenen Hölzer im Mindesten nachgaben. Toni steigerte sich in eine Art Blutrausch und drückte den massigen Stellhebel mit aller Kraft bis zum Anschlag. Ruprecht, der zwar keine Empathie für Menschen, wohl aber für schweres Gerät aufbrachte, schrie verzweifelt: „Toni, hör' auf!" kam aber gegen das Gebrüll des Graugussdiesels nicht an. Da trat der worst case ein: Eine Kette riss und schleuderte ihre Glieder mit einer ungeheuren kinetischen Energie in alle Richtungen. Das Ducken der Umstehenden war lediglich symbolisch, denn hätte eines der Teile jemanden getroffen, hätte es ihn bis zur Unkenntlichkeit zerrissen und zerschmettert.

Die Schar hatte Glück: Die katapultierten Geschosse fanden nach einer Weile ihre harmlosen Ziele und blieben in umgepflügter Erde liegen, ohne Schaden angerichtet zu haben. Toni hatte den Motor abgeschaltet und sah aus wie ein Kind, dem man sein Weihnachtsgeschenk weggenommen und kaputtgemacht hatte. Verdattert fragte er immer wieder: „Wie? Was? Wie konnte das passieren?"

„Komm' 'runter, du Dussel!" bellte Ruprecht. „Hast du nicht mitgekriegt, dass du dich immer tiefer in die Scheiße gewühlt hast?" „Aber die blöden Strünke mussten doch mal nachgeben!" „Du hast doch gesehen, dass du keinen Millimeter vorwärtskamst", bellte Ruprecht weiter. „So doof kann man doch gar nicht sein! Los jetzt! Wir müssen schauen, dass wir die Kette entweder geflickt oder eine Ersatzkette draufgespannt kriegen. Ein paar haben wir in Reserve."

Erstaunt begutachteten die Männer die kleinen Gewächse, die das Ziel dieser ersten Attacke gewesen waren. „Wie tief müssen deren Wurzeln gehen?!" „Selbst wenn: Dann hätten die Stämme bersten müssen, dünn wie sie sind und welche Kraft unsere Maschinen aufbieten." „Oder wir haben irgendwo in China ein paar Karotten abgesaugt." Der Sprecher stellte zu seinem Bedauern fest, dass im Augenblick keiner seinen Sinn für Humor teilte.

Sarah und Clifford, die tiefer im Wald gelauert und die Aktion beobachtet hatten, nickten sich zufrieden zu. „Du hattest Recht, Sarah. Unser gestriges Erlebnis war keine Halluzination." –

Ein mitgeführter Minikran war in der Lage, die havarierte Planierraupe halb zu kippen, damit die, die etwas davon verstanden, sich an der nunmehr freischwebenden Fahrwerksseite zu schaffen machen konnten. Währenddessen ruhten wie auf ein geheimes Kommando hin alle Fällarbeiten, denn das am Morgen erlebte Phänomen hatte in seiner Unerklärlichkeit alle dermaßen aufgewühlt, dass keiner mehr einen Sinn fürs Weitermachen empfand.

Auch für Uwe traf der Begriff ‚Grobmotoriker' zu, wenn auch in gemilderter Form, denn hin und wieder gebrauchte er sein Gehirn zum Nachdenken, statt es ständig gegen Wände zu rammen. Er wusste zwar genauso wenig wie Ruprecht, was das ist, ahnte aber, dass es sich um nichts Schmeichelhaftes handelte.

Den unvermuteten freien Nachmittag nutzte er zu einem Spaziergang durch das Gehölz, das es nun bald nicht mehr geben würde. Wenn er die majestätischen Bäume betrachtete, deren Kronen sich weit über ihm zu einer Art geschlossenem Dach verbanden, tat ihm das sogar ein bisschen leid. Die Natur hat Jahrhunderte gebraucht, dachte er, um das alles zu erschaffen, und wir werden alles in vier Wochen zu Möbeln verarbeitet haben – oder zu Zahnstochern, je nach aktueller Nachfrage. Um ungestraft nach oben zu schauen, war er zum Stehenbleiben gezwungen, denn jeder Schritt musste bewusst getan werden, sonst blieben die Knöchel im Bodenbewuchs hängen.

Als er wieder einmal stillstand, hörte er von rechts ein Knacken. Hier ist doch sonst niemand, durchfuhr es ihn, oder doch? Er blieb still stehen, um sich nicht seinerseits zu verraten, und hörte zwei Stimmen, die sich näherten, während sie offenbar beim Vorwärtskommen die gleiche Mühe wie er hatten.

„Sag' mal, fällt dir hier eigentlich nichts auf?" fragte ein Frauentimbre. „Das habe ich dir doch gestern schon gesagt", antwortete Clifford, „obwohl es sich auf den ersten Blick um Buchen, Eschen und so weiter handelt, unterscheiden sie sich von ihren Artgenossen in anderen Wäldern durch ihre merkwürdigen Aststellungen." „Das habe ich verinnerlicht. Ich meine aber etwas anderes. Bleib' mal stehen."

Jedes Geräusch verstummte. Uwe wagte kaum zu atmen. „Und? Hörst du nichts?" Das war wieder die Frau. „Was soll ich hören? Ich höre nichts." „Eben. Heute ist ein windstiller Tag, sodass sogar das Blätterrauschen entfällt. Ich vermisse Vogelgezwitscher. Bei diesem üppigen Angebot an Nistplätzen müssten sich Millionen von Vögeln hier tummeln. Es ist aber Fehlanzeige." Der Mann

pfiff durch die Zähne. „Zu zweit macht man selbst zu viel Lärm. Das ist wirklich merkwürdig." „Ich sagte dir gestern schon, dass das hier ein Zauberwald ist." „An Grimms Märchen glaube ich immer noch nicht, aber hier gibt es reichlich Forschungspotenzial, kein Zweifel. Wenn wir noch Gelegenheit zum Forschen haben werden." „Wir werden, glaub' mir. Lass' uns zurückgehen."
Die Schritte entfernten sich und die Unterhaltung verlor sich zunächst in unverständlichem Gemurmel, um bald ganz zu verstummen. Allmählich wagte sich auch Uwe wieder zu bewegen. Er beschloss, es den Belauschten gleichzutun und sich in ihre improvisierte Siedlung zurückzubegeben, denn das Mittagessen rief.

Er drehte sich um und kämpfte sich zurück, während er das Gehörte vor seinem inneren Gehör nochmals ablaufen ließ. Zauberwald, so ein Quatsch! Andererseits, wenn er an das Erlebnis heute Morgen dachte.... Nach einer Weile sah er sich unsicher um. Wo war er eigentlich hergekommen? Mit Schrecken stellte er fest, dass sich ihm kein Anhaltspunkt bot, in welche Richtung es ‚nach Hause' ging. –

Die Verdauungspause nach dem Mittagessen nutzte Ruprecht, um unter dem Sonnenschirm, den er über die Gartenmöbelgruppe vor seinem Wohncontainer gespannt hatte, ein wenig zu dösen. Er überlegte gerade, worüber er sich eigentlich Sorgen machen wollte, als sich plötzlich zwei unauffällige Herren vor ihm aufbauten. Sie hatten offenbar so weit von dem Containerdorf entfernt geparkt, dass er ihr Auto nicht gehört hatte. „Herr Beinhart?" fragte einer von ihnen höflich. „Was gibt's?" knurrte der Angesprochene ungnädig, ohne die Frage direkt beantwortet zu haben.

„Kommissar Knecht und das ist mein Assistent, Herr Schulze-Wirsing." „Ich dachte, nur Frauen hätten Doppelnamen." Trotz seiner herablassenden Bemerkung sah sich Ruprecht genötigt, sich aufrecht hinzusetzen und den Zivilen die beiden anderen Plastikstühle zum Niederlassen anzubieten, die sich zufällig in passender Zahl um das ebenso aus Plastik bestehende runde Tischchen scharten.

„Danke", sagte Kommissar Knecht, ohne auf den Spott bezüglich des Doppelnamens einzugehen. Als die beiden saßen, bot ihnen Ruprecht sogar ein Bier an, das die Polizisten im Dienst natürlich abzulehnen genötigt waren. „Womit kann ich dienen?" Ganz ahnungslos war Ruprecht nicht, womit er dienen könnte, und seine

Ahnung bestätigte sich sofort. „Es liegt eine Anzeige gegen Sie vor", erklärte der Kommissar ohne Umschweife, „und zwar wegen Bedrohung mit einer Schusswaffe." Er holte ein Foto aus seiner Innentasche und legte es vor Ruprecht auf den Tisch. Es zeigte diesen mit seiner Kalaschnikow in der Hand vor dem Container, vor dem sie gerade saßen. „Es liegt uns auch als RAW vor, das von keiner Software gefälscht werden kann."

Ruprecht musste sich beherrschen, um nicht vor Zorn laut aufzubrüllen. Hatte doch einer von den hinterhältigen Ökomüslis auf der Lauer gelegen, um diese Szene abzupassen! Das Bild war garantiert mit keinem Smartphone aufgenommen worden, denn die seltsame Stauchung der Perspektive wies auf die Benutzung eines langbrennweitigen Teleobjektivs hin. Unwillkürlich sah Ruprecht zum Wald, um den Standort nachträglich zu bestimmen.

„Nun?" Ruprecht räusperte sich. „Ich besitze das Gewehr, das da drauf zu sehen ist. Da ich von selbsternannten Umweltschützern bereits des Öfteren bedroht wurde, erhielt ich einen Waffenschein, der mich zu seinem Besitz berechtigt."

„Hm." Kommissar Knecht steckte das Bild wieder ein. „Erstens sind Sie zum Besitz eines Gewehrs berechtigt, aber nicht zum Besitz einer Schnellfeuerwaffe, wie die Kalaschnikow eine ist. Zweitens sollte sie nur im Fall der direkten Notwehr verwendet und nicht damit aus Jux in der Gegend herumgefuchtelt werden."

„Es handelte sich keineswegs um einen Jux." Wenn er sich anstrengte, brachte Ruprecht durchaus die Fähigkeit zu jugendfreier Konversation auf. „Heute Morgen wurde unser Lager von den Umweltschützern, die im Norden des Waldes ein illegales Zeltdorf angelegt haben, bedroht. Ich erhielt sogar einen Faustschlag in die Magengrube." „Dann erst holten Sie die Waffe?" „Dann erst. Es gab nämlich Stimmen, die ‚wir sind 600 gegen ein paar Dutzend' riefen. Da wurde uns allen hier Angst und Bange." „Was geschah dann?" „Als sie die Waffe sahen, gaben sie klein bei und trollten sich. Zum Glück fiel kein einziger Schuss. Sie dürfen sich gern vergewissern, dass das stimmt." „Werden wir auch, Herr Beinhart. Wir werden sie nämlich mitnehmen. Ob Sie sie wiedererhalten, hängt von verschiedenen Umständen ab. Wie erwähnt dürfen Privatpersonen – auch bedrohte – keine automatischen Waffen besitzen. Wir verzichten im Augenblick auf die Zeugenaussagen Ihrer Leute. Da niemand verletzt wurde, wird die Sache möglicherweise im Sand verlaufen. Falls nicht, werden Sie sich in Kürze vor den Schranken des Gerichts wiederfinden."

Kaum hatten die Herren in ihren braunen Anzügen, um ein längliches Beweisstück bereichert, dem grollenden Ruprecht den Rücken gekehrt, als diesem einfiel, worum er sich Sorgen zu machen begonnen hatte. Uwe war am Vormittag in den Wald eingedrungen, ‚um sich umzusehen', wie er sich ausgedrückt hatte, und bisher nicht zurückgekehrt. Vor allem, dass er das Mittagessen verpasst hatte, war mehr als ungewöhnlich.

Ruprecht runzelte die Stirn. Sollten sie sich auf die Suche nach seinem Assistenten begeben? Große Lust, heute einen erneuten Angriff auf das verhexte Holz zu starten, hatte er nicht – morgen würden sie mit der schwersten Kettensäge bis zum ersten ‚richtigen' Stamm vordringen und dann, zum Teufel, würde man ja sehen, wo Bartel seinen Most holt.

Dann könnte man den Nachmittag der Suche nach Uwe widmen. Was musste der Depp auch allein ins Dunkle tappen? 5.000 Hektar waren mehr als ausreichend, um sich zu verirren, zumal das dichte Blätterdach jegliche Sicht zum Himmel nahm und eine Orientierung nach Sonnenstand folglich flachfiel.

So vierschrötig und impulsiv Ruprecht Beinhart auch sein mochte: Über Planungs- und Organisationstalent verfügte er. Klipp und klar erläuterte er seinen Männern, was zu tun sei: „Wir gehen alle zusammen geradewegs hinein, wie das Uwe heute Morgen auch tat. In Rufabständen bleibt je einer stehen, bis unsere Kette aufgebraucht ist. Dann hangeln wir uns an unseren Rufen zurück und beginnen in eine andere Richtung wieder von vorn. Ich bin der letzte, der seinen Standort einnimmt." „Hat Uwe eigentlich sein Smartphone nicht mitgenommen?" „Ich denke doch. Warum?" „Warum hat er dann nicht einfach sein GPS eingeschaltet? Das sollte ihm jederzeit die richtige Richtung weisen." „Keine Ahnung. Wenn wir ihn finden, werden wir ihn fragen. Sollte er zwischenzeitlich von allein nach Hause finden, habe ich einen Zettel hinterlegt, der ihm den Sachverhalt auseinandersetzt." „Das kostet ihn aber ein Bier für jeden." „Worauf ihr euch verlassen könnt. Los!"

Beim 15. Staffelposten trat der Erfolg ein. Aus dem dichten Gebüsch erklang ein klägliches „hier!" als Antwort auf die Uwe-Uwe-Rufe. „Richte dich nach deinem Gehör!" wies Ruprecht an und nach einer Weile tauchte eine verstörte Gestalt auf. „Gott sei Dank", keuchte Uwe, als er seiner Kollegen ansichtig wurde, „ich dachte, ich finde nie mehr 'raus und verrecke hier."

„Nanana." Ruprecht klopfte seinem Vorarbeiter auf die Schulter und beruhigte ihn. „Du konntest dir doch denken, dass wir das nicht zulassen." „Klar, vielen Dank."

Die Rückwärtsorientierung gelang genauso wie Ruprecht geplant hatte und bald hatten sich alle wieder auf dem ‚Dorfplatz' eingefunden. „Okay Leute", verkündete der Boss, „Die Raupenkette ist repariert. Dennoch Freischicht bis morgen, denn ich muss neu planen. Heute Abend Freibier für alle, großzügig gespendet von unserem Vorabeiter." Dieser hatte sich erschöpft in einen der Campingstühle fallen lassen und sah erholungssuchend aus.

„Warum hast du nicht dein Navi eingeschaltet, Uwe?" erkundigte sich Ruprecht endlich. „Du wirst's nicht glauben, aber da drin ist tote Hose. Null Empfang." „Wie soll das denn gehen? Die Bäume sind doch nicht aus Metall." „Frag' mich 'was Leichteres." „Die verdammten Ökos werden doch keine Störsender installiert haben?!" „Zuzutrauen ist denen alles."

Der Gedanke ließ Ruprecht keine Ruhe. Eine Weile stiefelte er auf und ab, bevor er einen Entschluss fasste. „Ich geh' hin und stell' sie zur Rede!" „Mensch Boss, lass' das bleiben! Die machen dich zu Hackfleisch." Entschlossen schüttelte Ruprecht den Kopf. „Wenn ich denen sage, dass sie im Unrecht sind, müssen sie einlenken." „Und du glaubst wirklich…?" „Eine andere Erklärung gibt es nicht." „Nimm wenigstens ein paar von uns mit." „Ob das Verhältnis 1:600, 5:600 oder 10:600 ist, ist ziemlich gleichgültig. Ich glaube schon, dass ich mit denen zurechtkomme."

Nachdenklich sah Uwe dem Betriebsleiter nach. Dann kam ihm der Begriff wieder in den Sinn. Zauberwald…. Mal sehen, was er uns alles bieten wird, dachte er und empfand Angstgefühle, zum ersten Mal, seit er diesen Job angenommen hatte.

Aus der Luft hat der 50 km² große Ecksteiner Wald beinahe Kreisform, das heißt, sein Durchmesser beträgt ungefähr acht und sein Umfang ungefähr 25 Kilometer. Ein Viertelkreis misst somit knapp sieben Kilometer, wenn man rechnet, dass der Fußgänger nicht genau am Rand, sondern in Stückchen weiter außerhalb entlanggeht und sich zudem die Stellen sucht, die am leichtesten begehbar sind. Mit dem Auto wäre es ein Riesenumweg, über zwei Feldwege, drei Bundesstraßen- und zwei Autobahn-Abschnitte zu fahren; so wählte Ruprecht die Kniescheibenzündungsvariante, zumal er Zorn abzubauen hatte. Er schritt über die Wiesen und die im Spätherbst abgeernteten Äcker so raumgreifend aus, dass er 1½ Stunden nach seinem Aufbruch an den Grenzen des Zeltdorfs anlangte.

Sei höflich, ermahnte er sich und sah sich jetzt, nachdem sich sein Adrenalinausstoß normalisiert hatte, dazu auch imstande. Alle, die vor ihren Behausungen vor ihrem Bier oder ihrer Limonade saßen, starrten den Ankömmling an, denn alle wussten natürlich, um wen es sich bei ihm handelte.

„Kann ich Ihren Chef sprechen oder wie Sie ihn nennen?" „Primus inter pares." „Von mir aus." „Natürlich." Eine junge Frau erhob sich und ging vor ihm her. Lange brauchten sie nicht zu gehen, denn das Raunen war ihnen vorausgeeilt und unvermittelt stand Clifford vor den beiden. „Bitte." Die Frau wies auf den primus und huschte davon. Clifford sah seinen Widersacher von heute Morgen neugierig an. Sei vorsichtig, erhob sich Ruprechts innere Stimme erneut, der Kerl ist bei weitem nicht so ein Weichei wie er sich gibt.

Der ‚Kerl' hatte mittlerweile zu einer Begrüßung angesetzt. „Guten Tag. Das nenne ich eine Überraschung. Was führt Sie zu uns?" Uns. Kollektives Denken, typisch, durchfuhr es Ruprecht, auch wenn er das Fremdwort zu artikulieren nicht fähig gewesen wäre. Er musste sich kurz sammeln. Da ihm Höflichkeitsfloskeln fremd waren, fiel er mit der Tür ins Haus. „Ich mache Sie darauf aufmerksam, dass das Aufstellen von Störsendern in der Öffentlichkeit ein Delikt ist, das mit bis zu drei Jahren Gefängnis bestraft werden kann."

Clifford starrte sein Gegenüber fassungslos an. „Was für Dinger?" „Störsender. Mit denen man Handyempfang verhindern kann, aber auch GPS-Ortung und alles, was sich über Internet regeln lässt. Jetzt sagen Sie bloß nicht, dass Sie nicht wissen, was das ist." „Doch, doch. Aber sagen Sie: Wollen wir uns nicht irgendwo setzen?" „Nein danke. Ich habe alles gesagt, was ich sagen wollte."

Clifford räusperte sich. „Aber anders herum nicht. Es ist nämlich so, dass niemand hier so ein Ding, Handy, Smartphone oder was immer dabei hat. Warum sollten wir also einen Störsender installieren?" Damit ihr auch alle anderen in ihrer Kommunikation behindert, wäre die passende Antwort gewesen, aber Ruprecht war so verdutzt, dass er darauf nicht kam. „Was sagen Sie? Niemand hat hier ein Handy?" Dann verlor er die Beherrschung und begann schallend zu lachen. „Steinzeitmenschen, wie ich's mir dachte. Wie ihr in der Steinzeit leben möchtet, sollen alle anderen das auch."

Clifford schüttelte sein Haupt. „So ist das ganz und gar nicht, Herr Beinhart. Wir sind nur die Alternativen der Alternativen. Wissen Sie, wenn ich mir die ganzen Umweltaktivisten ansehe, wie sie mit ihren Plastikteilen herumhantieren wie die, gegen die sie demonstrieren auch, und nach Beenden ihrer Demo einen Müllberg hinterlassen, die dann die öffentliche Hand mit Steuergeldern beseitigen darf, wird mir kotzübel. Die Kunststoffinsel, die im Pazifik immer größer wird, ernährt sich geradezu von weggeworfenen Mobiltelefonen, denn auch den Umweltlern ist das neueste gerade gut genug, sodass das alte nach einem halben Jahr in den Kübel fliegt. Wir schicken das ganze Gelumpe nach China, damit es dort ‚fachmännisch entsorgt' wird. Die Chinesen, das hat sich ja mittlerweile herumgesprochen, entnehmen den Dingern das für sie wertvolle Metall und schmeißen den Rest ins Meer. Und dabei helfen die Ökos munter mit."

Dass der Öko dasselbe Wort für seine Kollegen in abfälliger Weise in den Mund nahm, erstaunte Ruprecht. Und noch etwas…? Ach, richtig! „Woher wissen sie meinen Namen?" „Sie sind doch ein richtiger Medienstar, Herr Beinhart. Entgegen Ihrer Vermutung haben wir hier nämlich ein Kommunikationszentrum mit Internetanschluss – einem! – und einige wenige Handys für alle Fälle, aber nicht ständig dabei." „Eine Kamera haben Sie auch!" „Das ist wohl selbstverständlich, da mitunter nützlich. Nur Störsender haben wir nicht und erst recht nirgends eingebaut.

Mein Name ist übrigens Clifford Wendig, damit Sie wissen, mit wem Sie es zu tun haben." „Angenommen, ich glaube Ihnen. Wieso ist dann im Wald kein Empfang?" „Das weiß ich nicht."

Eine Weile standen sich der Holzfäller, Vertreter der Investmentgesellschaft, die die Naturschutzfläche für ihre Zwecke zu nutzen gedachte, und der Idealist, Vertreter einer Ökologiebewegung, die wegen ihrer konsequenten Haltung seit langem vom grünen Mainstream fallengelassen worden war, schweigend gegenüber. Ruprecht gedachte sich bereits abzuwenden, als er den Mut fasste, die Frage, die ihn schon lange bewegte, doch noch zu stellen. „Sagen Sie, Herr Wendig: Wovon leben Sie und Ihre Mitstreiter eigentlich? Ich meine, ich könnte mir nicht leisten, wochen- und monatelang in einem Protestcamp auszuharren – dann verlöre ich meinen Job und müsste stempeln gehen."

Clifford vollführte eine weit ausholende Handbewegung. „Einige sind Studenten, aber das ist die Minderzahl. Die meisten gehen ganz normal arbeiten und opfern für die Sache ihren Jahresurlaub.

Wenn der vorbei ist, werden sie abgelöst, falls die Aktion sich länger hinzieht. Andere wie ich sind selbstständig – übrigens nicht als Jurist, sondern als Informatiker – und verzichten auf den einen oder anderen Auftrag. Habe ich Ihre Frage zufriedenstellend beantwortet?"
„Hm, ja." Ruprecht musste sich anstrengen, für die Anwesenden nicht so etwas wie Hochachtung zu entwickeln. Er wandte sich zum Gehen. „Sehen wir uns morgen früh wieder?" „Eher nicht, aus Gründen, die Sie in einigen Tagen oder Wochen verstehen werden." „Was hält Sie dann hier?" „Beobachten, Herr Beinhart, beobachten. Vielleicht erleben wir eine Apokalypse in Miniaturausgabe. Ich hoffe ehrlich, dass keiner Ihrer Männer zu Schaden kommt." „Auch wenn ich nicht weiß, was Apodingsda ist: Soll das eine Drohung sein?" „Keine, für die ich oder sonst jemand hier verantwortlich ist. Ich bitte Sie, mir das zu glauben."
Nachdem der Betriebsleiter gegangen war, schlüpfte Sarah aus ihrer Deckung und gesellte sich Clifford zu. „Was auch immer geschehen mag, Sarah: Niemand soll sagen, er wäre nicht gewarnt gewesen." –

Je weiter sich Ruprecht von dem alternativen Dorf entfernt hatte, desto mehr hatte sich seine Gefühlswelt wieder seiner natürlichen angenähert. Jahresurlaub in feuchten Zelten statt am Ballermann – pah! Idealisten – pah! Jeder weiß, dass der Schritt vom Idealisten zum Fanatiker nur ein kleiner ist, auch wenn er mit gepflegtesten Worten um sich schmeißt, die kein Mensch versteht. Außerdem ein Typ, der von der täglichen Tretmühle keine Ahnung hat. Ruprecht war überzeugt, dass so ein Unternehmer im IT-Bereich jährlich seine Million scheffelt. Da lässt sich's gut Idealist sein, wenn man nicht im Schweiße seines Angesichts für sein täglich Brot Sorge zu tragen hat und trotzdem kaum über die Runden kommt!

Heute hatte er keine Skrupel mehr, mit der schwersten aller kommerziellen Kettensägen den nächstgelegenen dicken Brummer anzugehen. „Hier", forderte er Wotan, seinen erprobtesten Wüterich, auf, „drei Meter Umfang. Timber von dem sollte dem Dreckswald zeigen, wer der Herr im Haus ist!"

Ruprecht wäre im Vergleich mit Wotan geradezu als feingliedrig zu bezeichnen. Dieser maß 1,98 Meter in der Länge und brachte 140 Kilo Muskeln auf die Waage. Vollständig tätowierte Oberarme, deren Fleischesfülle den so mancher Oberschenkel normal gebauter Zeitgenossen überstieg, Glatze und Ohrring trugen dazu bei, dass er auch in den verrufensten Spelunken sehr höflich behandelt wurde. Grinsend wuchtete er das schwere Gerät hoch, das für die meisten als am Boden festgeschraubt gegolten hätte. Endlich ging es los! Am dritten Tag und immer noch nichts gefällt! Er hatte bisher große Stücke auf seinen Boss gehalten, aber allmählich wurde wohl auch der zum Weichei. Er, Wotan allein, hätte zwanzig von den Ökoscheißern mit der bloßen Faust flachgebügelt, hätte man ihn gewähren lassen, und was reitet Ruprecht? Zu denen zu tigern und mit ihnen zu diskutieren?! Oder wie man das nennt.

Aber jetzt war es soweit! Schrill startete die Kette und die gegenläufig arbeitenden Zähne verhießen allen und allem die Vernichtung, was ihnen zum Fraß vorgeworfen würde. Wotan setzte an und drückte sie gegen das Holz.

Das Kreischen der Mechanik übertönte das Knacken, das sich von oben anbahnte. Es wäre zudem fraglich gewesen, ob das in einem Wald natürliche Geräusch auch ohne Motorenlärm wahrgenommen worden wäre. Ein mächtiger Ast, kaum weniger dick als ein durchschnittlicher Baumstamm, fuhr hernieder und zerschmetterte Wotans harten Schädel, der sich gleichwohl, auch im Zusammenspiel mit dem Schutzhelm, für diese Attacke als nicht hart genug erwies.

Bei Ruprecht, Uwe und den drei Holzfällern, die im Anschluss an Wotans Einsatz weitere Bäume in Angriff zu nehmen angewiesen waren, folgten mehrere Minuten entsetzten Schweigens. Es ist schwer zu sagen, ob Trauer oder gleich das Durchdenken der Konsequenzen dieses Unfalls zu der Lähmung führte, die alle ergriffen hatten. Denn unter den Teppich kehren ließ er sich nicht; ein Arzt, Vertreter der Berufsgenossenschaft und Experten im Schlepptau der Polizei, die im Hinblick auf Fahrlässigkeit oder grobe Fahrlässigkeit seine Ursache untersuchen würden, wären beizuziehen. Auf einen Notarzt durften die Kollegen hingegen getrost verzichten, denn oberhalb von Wotans Schultern zeugte lediglich eine breiige Masse davon, dass dort einmal ein Kopf seinen Platz gehabt hatte.

Diese Woche war an Weiterarbeit nicht zu denken, das war Ruprecht klar, und wenn sie Pech hatten, auch die nächste nicht. Dass einer von ihnen, vor allem er selbst, angeklagt würde, glaubte er nicht. Er war sich nicht bewusst, was er versäumt haben könnte, um den Ast am Abbrechen zu hindern.

„Kommt, Leute", forderte er die Überlebenden auf, die sich daran machen wollten, Maschine und Stamm zu untersuchen und sogar in die Höhe zu klettern, um die Stelle zu finden, an der der Ast abgebrochen war, „fasst hier nichts an, damit wir keine Spuren verwischen. Es wird in Kürze hier von Bullen und Sanis wimmeln. Lasst auch die Säge unberührt." Besagte Säge war verstummt, seit Wotans Hand den Abzug losgelassen hatte, und lag nun in verquerer Position neben ihrem einstigen Beherrscher. Unwillkürlich lauschte Ruprecht nach Verhallen seiner Worte in das Dunkel. Merkwürdig, dachte er und verdrängte Wotan für einen Augenblick aus seinem Denken und Fühlen, hier rührt sich wirklich nichts. Kein Brechen von Wild durchs Unterholz, kein Vogelgezwitscher und kein Blätterrauschen. –

„Wir haben seit Wochen ruhiges Herbstwetter mit beinahe völliger Windstille", gab er gegenüber Kommissar Knecht, mit dem er erst gestern das Vergnügen gehabt hatte, wenn auch in anderer Sache, zu Protokoll. „Mir ist ein Rätsel, wieso ein Ast dieser Stärke abbrechen konnte. Es gab keinen Grund, an der Stabilität der Kronen zu zweifeln." „Ich denke, das werden unsere Sachverständigen herausfinden", erwiderte Knecht, „bis Abschluss der Untersuchungen ist für Sie und Ihre Männer der Wald Sperrgebiet." „Wie lange, denken Sie, werden die Untersuchungen dauern? Wissen Sie, wir sind jetzt den dritten Tag hier und sollten schon Holz für mehrere Transporter auf Halde haben – und wir haben bisher keinen Zweig gesichert." „Ich verstehe Ihren Druck, Herr Beinhart, aber Sie müssen verstehen, dass so ein Fall nicht mit einem Schulterzucken abgetan werden kann. Bei Verlust eines Menschenlebens durch Gewalteinwirkung – auch natürlicher – müssen wir einschreiten und herauszufinden versuchen, wie es dazu kam und vor allem, ob so etwas nochmals geschehen kann."

Da bin ich gespannt, dachte Ruprecht, ob ihr mehr herausfindet als wir, wenn ihr einmal das Feld geräumt haben werdet. Zunächst hatte er Uwes Wort vom Zauberwald als Gefasel abgetan, aber nun häuften sich doch einige mysteriöse Sachverhalte: Clifford Wendigs Warnung, die atemlose Stille in dem unheimlichen Gehölz und vor allem Wotans Tod. Er versuchte sich an den Wortwechsel zu erinnern: *„Ich hoffe ehrlich, dass keiner Ihrer Männer zu Schaden kommt." „Soll das eine Drohung sein?" „Keine, für die ich oder sonst jemand hier verantwortlich ist. Ich bitte Sie, mir das zu glauben."*

Es handelte sich bei genauer Überlegung sehr wohl um eine Drohung. Sie klang allerdings, als stünde ihre Ausführung nicht in der Macht dessen, der sie ausgestoßen hatte. Ein Schreck durchfuhr

Ruprecht, als er sich ausmalte, dass er das Unfallopfer gewesen wäre, hätte er sich entschlossen, die Erstfällaktion eigenhändig durchzuführen. Ob sie weiterhin gefährdet waren? Er schüttelte diesen Gedanken buchstäblich ab. Pah, dann konnten sie gleich aufhören und stempeln gehen; sie mussten diesen Auftrag durchziehen, koste es was es wolle. Den kleinen Teufel in seinem Ohr, der fragte: ‚Und wenn es weitere Menschenleben kostet?' versuchte er zu ignorieren.

Er musste aber erfahren, was den Ökos, insbesondere Clifford Wendig, bekannt war. Sie hatten sich heute nicht blicken lassen, als ahnten sie, was geschehen würde. Oder hatten sie es sogar gewusst? Sobald er den Fängen des Kommissars entkommen wäre, würde er sie ein zweites Mal besuchen. –

Diesmal hatte Ruprecht auf Einladung Cliffords Platz genommen. Das Arrangement ähnelte dem, das auch er vor seiner Wohnstatt aufgebaut hatte: Drei Campingstühle und ein -tisch, allerdings nicht vor einem Stahlcontainer, sondern einem Wohnzelt aufgebaut. Heute schien sogar die Sonne, gemildert durch ein Baldachin, das über die Sitzgruppe gespannt war.

„Wir hatten leider einen Todesfall", rückte Ruprecht nach einigem Zögern heraus. „Das bedaure ich wirklich, glauben Sie mir." Sarah hielt sich im Zeltinneren verborgen, denn nach wie vor hielten sie und Clifford es für besser, wenn die Holzfäller von ihrer Existenz nichts wussten, bekam aber jedes Wort mit. „Wissen Sie, Herr Wendig, es ist keineswegs so, dass wir fröhlich pfeifend einem lässigen Job nachgehen. Gefahr droht immer, meist von Stämmen, die nicht ganz in die Richtung fallen, die vorgesehen war, aber auch von herabfallenden großen Ästen.

So ein Fall trat gestern ein. Die Polizei ist auf Spurensuche und solange das anhält, ist das Betreten des Waldes verboten." „Ich weiß, auch wir wurden darüber unterrichtet. Allerdings nicht über das, was vorgefallen ist." „Jetzt wissen Sie's. Ich hoffe, dass die Ermittlungen morgen abgeschlossen sind und unser Arbeitsplatz wieder freigegeben wird. Dann wird sich nicht viel tun, denn am Wochenende fahren alle – oder fast alle – nach Hause zu ihren Familien. Eine Wache bleibt allerdings vor Ort." „Ist es das, was Sie mir mitteilen wollten? Ich versichere Ihnen, dass wir jedem Sabotageakt abhold sind."

Ab... was? Ruprecht überspielte seine Unsicherheit und fuhr fort: „Nein, sondern ich möchte Ihnen eine Frage stellen." „Und welche?" „Sie sagten mir bei unserer ersten Begegnung auf diesem

Grund ziemlich wörtlich: ,*Ich hoffe ehrlich, dass keiner Ihrer Männer zu Schaden kommt.*' Nun ist genau das eingetreten. Woher hatten Sie Ihre Ahnung oder was immer es war?"
Clifford überlegte eine Weile. „Eine Ahnung, das ist richtig." „Wie hat sich die geäußert?" „Ich hatte mich im Wald verirrt. Da ich kein Navi dabeihabe, wie ich Ihnen erläuterte…" „…das würde auch nicht funktionieren." „Tatsächlich? Eine interessante Aussage. Ich dachte, nur Handyempfang sei gestört. Jedenfalls wies mir in der Finsternis ein Leuchtzeichen den Weg zurück." „Fühlten Sie sich irgendwie bedroht?" „Im Gegenteil. Ich bin zwar nicht amtskirchlich religiös, aber hatte den Eindruck, dass eine nicht fassbare Hand mich beschützt und leitet. Es sollte sich herausstellen, dass der Eindruck nicht trog.

Wenn ich es richtig verstehe, wurden auch Sie Zeuge eines Zeichens, allerdings keines schützenden, sondern tödlichen." „Ein stämmiger Ast fiel dem Sägemeister genau auf den Kopf und zertrümmerte dessen Schädel. Ich erwähnte soeben, dass das durchaus zum Berufsrisiko gehört. Allerdings herrscht seit zwei Wochen praktisch Windstille, sodass einem Vordringen in den Wald nichts entgegensteht. Bei Sturm hätten wir ihn von uns aus zum Sperrgebiet erklärt.

Zurzeit kraxeln die Experten von der Forstmeisterei in den Kronen herum und versuchen herauszufinden, wie passieren konnte, was passierte." Ruprechts Tonfall war anzuhören, wie viel oder besser gesagt wie wenig er von besagten Experten hielt. „Nun ja, vielleicht finden sie etwas heraus. Dass sie uns das auf die Nase binden, bezweifle ich. Die Bull…; äh, die Polizei lässt sich ungern in die Karten schauen."

Clifford nickte. „Das bestätige ich gern. Eine Lösung vermag ich Ihnen allerdings auch nicht zu bieten. Wollte man esoterisch werden, käme man zur Einsicht, dass der Organismus, den das Objekt unserer Aufmerksamkeit bildet, zwischen Freund und Feind zu unterscheiden weiß. Ein wehrhafter, ein Wehrwald sozusagen.

Ich neige nicht dazu – zu Esoterik, meine ich. Dass es sich bei dem da…" eine Kopfbewegung wies auf die grüne Phalanx vor ihnen „…um einen ganzheitlichen Organismus handelt, halte ich nichtsdestoweniger für denkbar. Der Mensch weiß wahrlich wenig über Kräfte und Wirken seiner Umwelt."

Ruprecht stapfte nachdenklich zum Holzfällerlager zurück. –

Am Freitagmittag war Ruprecht so in die Beantwortung von Mails, SMSs und Sprachmitteilungen vertieft, die von den unterschiedlichsten Absendern mit kommerziellem Interesse am Fortgang der Rodungsarbeiten stammten, dass er Kommissar Knecht erst bemerkte, als dieser vor ihm stand und laut „entschuldigung" von sich gab. Er ruckte erschrocken hoch, denn er hatte beinahe einen Vertreter der zahlenden Investmentgesellschaft erwartet, der seine Ungeduld nicht mehr zu bezähmen für nötig hielt und persönlich aufgetaucht war. Beinahe erleichtert registrierte er, dass er ‚nur' den Polizisten vor sich sah. „Hallo, Herr Kommissar, was verschafft mir die Ehre? Sind Sie mit Ihren Ermittlungen zu einem Ergebnis gekommen?"

Knecht folgte der einladenden Handbewegung und setzte sich auf den zweiten Campingstuhl. Sein Assistent Carlo Schulze-Wirsing, der seinem Vorgesetzten stets wie ein Schatten folgte, wählte den dritten ohne besondere Aufforderung.

„Sind wir und auch wieder nicht." Der Kommissar hatte sich anscheinend dazu durchgerungen, die Holzfällercrew mit einigen Informationen zu beliefern. Er fuhr fort: „Menschliches Einwirken, sprich ein Gewaltverbrechen schließen wir aus." Ruprecht atmete hörbar auf. „Das Rätsel des Astes bleibt aktuell. Das Ereignis fand unter einer mehrhundertjährigen Buche statt, die Sie offenbar als Erste fällen wollten." Ruprecht nickte. „Nun ist der Ast, der Herrn Gmeinkill…" Ruprecht runzelte die Stirn. Gmeinkill? Ach so, Wotan! „…traf, keiner von ihr, sondern ein Fremdkörper. Er stammt eindeutig nicht von dem fraglichen Baum, denn unsere Spezialisten haben diesen einen ganzen Tag lang gründlich bestiegen und untersucht, aber nirgends eine Bruchstelle gefunden."

Eine Weile schwiegen alle Drei. Dann fragte Ruprecht leise: „Also doch menschliches Einwirken, wie Sie es nannten?" Er dachte daran, dass sich bei den Ökos durchaus Vertreter finden dürften, die wie Affen Bäume zu erklettern imstande wären und außerdem kräftig genug, einen schweren Knüppel ins Geäst zu hieven. Zumal sie das im Vorfeld mit mehreren Personen hätten bewerkstelligen können.

Stefan Knecht sah den Vorarbeiter an, als erriete er, was gerade in dessen Gehirnwindungen ablief. „Ich wiederhole: Dafür gibt es keine Anhaltspunkte", bremste er die Hoffnung seines Gegenübers aus. „Was macht Sie so sicher, Herr Kommissar?" „Erstens gab es keinerlei Spuren menschlicher Kletterei – übrigens auch keine von Tieren, was ich erstaunlich finde. Zweitens: Hatten Sie vorher geplant, welchen Baum Ihr erstes Opfer werden soll?" „Nein. Wir hatten am Mittwoch schon so viel Verzögerung, dass wir nicht wie ursprünglich vorgesehen von außen nach innen vorgehen, sondern uns den erstbesten kräftigen Vertreter sozusagen als Exempel vornehmen wollten." „Sehen Sie? Nicht einmal Hellseher hätten eine Voraussage gewagt, wo die Säge zuerst ansetzen würde, denn Sie wussten es ja bis unmittelbar davor selbst nicht. Und dass in jeder Krone ein potenzieller Mörder mit einem halbtonnenschweren Wurfgeschoss wartet, lässt sich nun wirklich ausschließen. Wir haben uns natürlich auch auf den Nachbarbäumen umgesehen. Bei keinem waren geknickte Zweige oder Ähnliches zu finden. Zumal die Geschosse nach vollbrachter Tat ja auch wieder hätten entfernt werden müssen." „Und Ihre Erklärung?" „Vorerst Fehlanzeige, wie ich zugeben muss, und vorerst bleibt es bei einem tragischen Betriebsunfall. Ich werde weiter nachdenken, das ist klar, aber länger im Wald herumzustolpern sehe ich keinen Anlass.

Er ist folglich wieder für Ihre Arbeit freigegeben. Sie nehmen sie wieder auf?" „Selbstverständlich, Herr Kommissar. Das ist unser Brot." „Dann bitte ich Sie, bei Ihrem weiteren Vorgehen besondere Vorsicht walten zu lassen. Ich verhehle nicht, dass mir gewisse Aspekte des Falls unheimlich sind." „Worauf Sie sich verlassen können."

Als sie außer Hörweite waren, sagte Knecht zu seinem Assistenten: „Weißt du, Carlo, was mir – neben dem Fall selbst – aufgefallen ist?" „Nein, Stefan." „Die Naturschützer und die Handlanger des Kommerz leben recht friedlich nebeneinander. Normalerweise sind sie wie Hund und Katze oder besser gesagt wie Feuer und Wasser, denn Hund und Katze vertragen sich ja zuweilen.

Nachdem wir die Protestler am Montag noch wegtrugen und am Dienstag der Vorfall mit der Kalaschnikow war, ist totale Ruhe. Ich hatte zwar Herrn Beinharts heimliche Hoffnung wie in einem Buch zu lesen gemeint, einer der Alternativen wäre der Mörder, aber als ich ihm den Zahn zog, beharrte er weiter nicht darauf. Ich habe das komische Gefühl, dass da ein gentlemen's agreement gegriffen hat."

Ruprecht sah auf. Die Anstrengungen hatten ihm Schwitzflecken unter den Achseln verschafft, obwohl es nicht mehr wirklich heiß war. Neben dem Gespräch mit dem Kommissar hatte er seine Auftraggeber beruhigt, wie er annahm, und durfte endlich einem ruhigen Wochenende entgegensehen. „Bleibst du hier, Boss?" „Ja, Uwe. Ich könnte nicht einfach zur Tagesordnung übergehen. Ein bisschen umschauen, wenn sonst niemand da ist, ist sicher nicht verkehrt." „Du glaubst, die Bullen hätten etwas übersehen?" „Sie müssen etwas übersehen haben, denn sonst ist der Fall unerklärlich.

Hast du gehört, wann Wotans Beerdigung steigt?" „Soweit ich weiß am Donnerstag." „Wieder ein Ausfalltag, Scheiße." „Müssen wir alle hin?" „Müssen nicht, aber es gehört sich so." Alle hatten die Köpfe abgewendet, als die Sanitäter die sterblichen Überreste des Getöteten an ihnen vorbei in den Leichenwagen getragen hatten. Es ging das Gerücht, dass beim Anblick des übel zugerichteten Leichnams auch zwei von ihnen kollabiert seien. Vor allem das Zusammenschaufeln von Gehirnmasse und Fleisch- und Knochenfetzen hatte eine außerordentlich robuste psychische Konstitution erfordert. –

„Das müssen sie sein." „Es sind zweifellos Eichen und wir dürften uns in der Mitte des Gebiets befinden." Clifford sah auf den Kompass, den er vorsorglich eingesteckt hatte, und frohlockte. „Er funktioniert. Schau' hier, Sarah, dort geht's nach Norden zu unserem Dorf. Unser Freund mag elektromagnetische Strahlen eines Satelliten abschirmen, aber den kompletten Erdmagnetismus auszuschalten ist ihm doch eine Nummer zu groß." „Bist du sicher, dass bei uns ein Navi auch nicht funktionieren würde?"

Clifford sah seine Freundin nachdenklich an. „Du bist überzeugt, dass er – unser Freund – das nach Belieben steuert?" „Bin ich, Cliff. Beim nächsten Mal nehmen wir so ein Ding zum Spaß mit. Nicht, dass ich überhaupt Angst hätte, dass wir uns verirren. Nach unserem Erlebnis vom Montag würde ich jedem natürlichen Fingerzeig folgen, auch wenn er gar nicht natürlich wirkt."

Sie umrundeten den Hain innerhalb des Waldes. „Siehst du Absonderliches, von der Norm Abweichendes, Cliff?" „Nein. Eichen sind so knorrig, dass ihre Äste gottweißwohin streben. Mir fällt nur grundsätzlich etwas anderes auf." „Was?" „Nicht nur, dass keine Vögel zwitschern; es ist überhaupt nichts von Tieren auszumachen." „Wild ist sehr scheu." „Schon, aber normalerweise hörst du es irgendwo knacken oder rascheln. Wir haben oft genug innegehalten und kein Geräusch von uns gegeben, aber – nichts." „Du meinst, das liegt am Wald?" „Am Wehrwald, wie ich ihn für mich nenne. Ob er so wehrhaft ist, dass er sich auch derer erwehrt, die sich an den Rinden reiben?" „Das mit dem Zauberwald habe ich ja aufgebracht, Cliff, aber das ginge zu weit. Wie, um alles in der Welt, will er das bewerkstelligen?" „Am harmlosesten wäre es mit Gerüchen, die das Viehzeug nicht mag und vergrätzt." "Und weniger harmlos?" "Wenn er es physisch vernichtet."

Sarah schauderte und sah Clifford ernst an. "Das hieße, niemand darf sich erlauben, irgendeinem Gewächs hier Schaden zuzufügen?!" "So ungefähr. Das ist der Grund unseres Hierseins. Ich suche nach irgendwelchen Indizien, die dafür sprechen." "Oder dagegen." "Dann wird's schwierig. Wenn wir nichts finden, meine Liebe. Dann bleiben wir in der Theorie des üblen Geruchs stecken. Dass es hier keine Fauna gibt, ist jedenfalls nicht normal."

Nachdem sie stundenlang durch das Unterholz gestolpert waren, hob Clifford warnend die Hand. "Siehst du das, Sarah?" "An dem Stamm da? Beinahe wie der Umriss eines Eichhörnchens, aber so schwach, dass es Einbildung sein könnte." "Deswegen zückst du jetzt bitte deine Kamera, die wir den ganzen Tag im Schweiße unseres Angesichts mit uns herumschleppen, und knipst den Umriss." "Und dann?" "Dann machen wir uns zu unserem Zeltplatz auf, laden das Foto auf den Rechner und stellen im Bildbearbeiter den Kontrast auf maximale Stufe."

Sarah und Clifford sahen sich an. Was sie herausgefiltert hatten, jagte ihnen einen kalten Schauer den Rücken hinunter. –

Auch Toni war über das Wochenende im Camp geblieben. Er gedachte die Scharte auszuwetzen, die ihm sein ungestümer Einsatz eingebracht hatte. Zwar konnten sie von ihm nicht auf Heller und Pfennig die Summe zurückverlangen, die der halbtägige Ausfall von 25 Arbeitern gekostet hatte, aber noch einmal durfte er sich keinen solchen Schnitzer erlauben. Wenn er darüber hinaus Substanzielles herausfand, was in dem unheimlichen Wald umging, wäre er wieder in den Kreis der Geachteten aufgenommen.

Allzu tief in das Gehölz einzudringen hütete er sich, aber der schreckliche Unfall mit Wotan war ja auch relativ dicht am Rand geschehen, von dem aus die Helle der Außenwelt durchschimmerte. Er legte den Kopf in den Nacken. War das der Baum gewesen? Hätte er gewusst, wie eine Buche aussieht, hätte er sich seiner Sache sicherer sein können. Egal, dachte er, dieser ist so gut wie jeder andere. Dass das Trumm zu einem bisher unbekannten anderen Stamm gehört hatte, hatte sich unter dem Siegel strengster Geheimhaltung wie ein Lauffeuer herumgesprochen.

Toni überlegte, soweit ihm diese Anstrengung zuzumuten war. Er hatte keine Ahnung, was er beginnen sollte, streckte eine Hand aus und lehnte sich, auf diese gestützt, an die Buche. Das Denken beanspruchte ihn vollständig, sodass er die Zeit vergaß. Als ihm

auch nach angestrengtestem Nachdenken nichts einfiel, reifte in ihm der Entschluss, in seinen Container zurückzukehren und sich aufs Bett zu hauen. Zu diesem Zweck war es nötig, seine anlehnende Haltung aufzugeben und den Arm zurückzuziehen.
Es ging nicht. Noch sah er nicht hin, sondern versuchte mit sanfter Gewalt die Spaziergängerpose zurückzugewinnen. Aus der sanften Gewalt wurde heftiges Zerren, aber auch das wurde nicht von Erfolg gekrönt. Endlich sah er doch hin und was er sah, sträubte ihm die Nackenhaare. Seine Hand war bis zum Knöchel im Holz versunken. Eine Weile war er zu jeglicher Regung oder Artikulation unfähig. Er sah hilflos den Stumpf an, an dem einst die Hand gehangen hatte. Es war mit bloßem Auge zu verfolgen, dass der Stumpf immer kürzer wurde. Jetzt war bereits der Knöchel im Holz verschwunden.
Da kehrten seine Lebensgeister wieder. Er zog und zerrte und schrie um Hilfe. Er schrie und schrie und schrie, aber keiner hörte ihn. –
Montagmorgen war zunächst Appell. Krankmeldungen waren keine hereingeflattert, obwohl Ruprecht das beinahe erwartet hatte. „Toni!" Keine Antwort. „Toni!!" „Nicht da, Boss!" sagte einer. „Na warte", fluchte Ruprecht, „du hast's gerade nötig. Du solltest dich diese Woche doppelt anstrengen." „Aber Toni war doch übers Wochenende hiergeblieben", warf einer der Wachen ein.
Der Betriebsleiter sah hoch. „Was? Weißt du warum?" „Er sagte, er wolle sich im Wald ein wenig umsehen, ob er eine Erklärung dafür fände, was ihm passiert war." Ruprecht schluckte. „Weißt du, ob er das getan hat?" „So genau nicht. Gestern latschte er herum, wie wenn er nicht wüsste, was er tun soll." „Ging er denn in den Wald?" „So genau weiß ich das nicht. Ich spielte mit meinen Mitwachen Skat und habe mich sofort wieder auf die Karten konzentriert." Ruprecht wurde dunkelrot, so sehr strengte es ihn an, nicht laut loszubrüllen. Mühsam beherrscht brachte er heraus: „Wann war das? Ich meine, wann du ihn zum letzten Mal gesehen hast." „Irgendwann am Mittag." „Und danach nicht mehr?" „Nein."
Ruprecht Beinhart schloss die Augen. Bei aller Vierschrötigkeit empfand er Verantwortung für seine Mannschaft und ein weiterer Verlust…. Abgesehen davon, dass bei einem zweiten Unfall innerhalb weniger Tage, ob tödlich oder nicht, richtig Verdruss ins Haus stünde. Rasch hatte sich Uwe dank seines Passepartouts vergewissert, dass Toni nicht im Koma auf seiner Pritsche lag.

Ebenso rasch und entschlossen wies Ruprecht an: „Los Leute, gehen wir ihn suchen. Die Arbeit muss warten."

Was lag näher, als sich dorthin zu begeben, wo der erste Anschlag vonstattengegangen war. „Allzu viel Grips hatte...; äh hat Toni nicht", murmelte Ruprecht in seinen Bart, „wenn er wirklich auf Spurensuche war, wird er zunächst hier herumgesucht haben, wonach auch immer." „Und wonach immer du suchst", ergänzte Uwe, der ein gutes Gehör hatte.

Die Männer verteilten sich ein wenig, blieben aber in Rufweite zueinander. Heisenberg – er hatte den Spitznamen weg, seit er hatte durchblicken lassen, dass er eine quadratische Gleichung aufzulösen vermag – war bei seinem Boss geblieben. Ob das aus Treue oder aus Angst erfolgt war, sei hier nicht erörtert. Zufällig wanderte sein Blick zu der bewussten Buche und er sah, was alle anderen bisher übersehen hatten. Seine Augäpfel quollen hervor, Schweiß lief ihm über das Gesicht, dessen Muskeln erstarrt waren, und seine Haare bewegten sich wie selbstständige Lebewesen. Er hob den Arm: „Da-da-da!" „Vom Dadaismus verstehst du 'was?" höhnte Ruprecht, drehte sich aber in Richtung des weisenden Arms um. Sekunden später meldeten sich bei ihm dieselben Symptome beginnenden Schwachsinns.

Es verging eine gefühlt unendlich lange Zeit, bis in die beiden harten Burschen wieder Bewegung kam. Als wollten sie keinen schlafenden Riesen wecken, näherten sie sich auf Zehenspitzen dem Ungeheuerlichen, das sich ihnen darbot. Aus der Buche ragte eine Hand ins Freie. Eine menschliche Hand. Eine raue, harte Arbeit und kräftiges Zupacken gewohnte Männerhand.

Sie schafften es, ihre Gesichter bis dicht vor den grausigen Fund zu bringen, aber nicht, ihn zu berühren. Ruprecht räusperte sich. „Das haben bestimmt die Scheiß-Ökos hierher platziert, um uns Angst zu machen. Sie wissen wahrscheinlich, an welcher Stelle und welchem Baum es Wotan erwischt hat." Heisenberg verzog den Mund zu einer Grimasse. „Ich weiß nicht. Die Hand hier sieht unheimlich echt aus." „Und die Buche hat ihn eingesaugt und gegessen und nur die Hand zur Warnung übriggelassen", höhnte Ruprecht, der sich wieder gefasst hatte. „Was glaubst du, wie echt Theaterrequisiten wirken. Die Ökos sind doch fast alle brotlose Künstler, die zu sowas Zugang haben."

Heisenberg schüttelte den Kopf. „Nicht, dass ich ihnen das nicht zutrauen würde. Andererseits ist Toni verschwunden, das ist Fakt. Hast du eine Ahnung, wie Tonis Hand aussah?" „Naja, eine raue

Männerhand, wie..." „...die da", vervollständigte der Holzfäller den Satz. „Du meinst...?" „Ich meine, wir sollten einen Arzt beischaffen, der das..., das Ding untersucht."

Ruprecht schnaubte. „Gut, dann haben wir einen Anhaltspunkt. Vielleicht ist Toni mittlerweile im Camp zurück und wundert sich, wo wir abgeblieben sind. Trommel' die anderen zusammen. Ich werde einen Doc anfordern, sobald ich wieder Empfang habe." Auf die üblichen Drohungen gegen einen säumigen Kollegen verzichtete er, da er in seinem Innersten sicher war, dass Toni nicht im Camp wäre, wenn sie dort wieder einträfen. Vorsichtshalber verfertigte er ein Foto von dem gespenstischen Motiv, denn alle Funktionen, die nicht auf Internetzugang basierten, standen zur Verfügung.

Während der Betriebsleiter auf einem der Plastikstühle vor seinem Container auf den Arzt wartete, wurde ihm anderweitiger Besuch gemeldet. Er sah hoch. „Oh, Herr Wendig. Was verschafft mir die Ehre?" Clifford überhörte den leichten Spott und nahm auf der zweiten Sitzgelegenheit Platz. „Ich will Sie warnen, Herr Beinhart." „Wie ich Sie bisher kennenlernen durfte, ist das keine Drohung?!" „Richtig, jedenfalls keine, die von uns ausgeht. Ich habe hier ein Foto." „Warten Sie bitte."

Ehe Clifford sich versah, war Ruprecht in seinem Blechgehäuse verschwunden und kehrte nach kurzer Abwesenheit mit einer Tasse in der Hand zurück. „In der Thermoskanne ist eine Menge Kaffee", erklärte er leicht verlegen, „Milch und Zucker stehen hier. Da wird es etwas gemütlicher." „Oh." Clifford war sichtlich gerührt. „Danke."

Eine Weile war er mit rühren und schlucken beschäftigt. Dann fummelte er das angekündigte Foto aus seiner Jackentasche. „Erkennen Sie etwas?" Ruprecht beugte sich darüber. „Sieht aus wie eine Rinde...; die Rinde einer Eiche." „Richtig. Sehen Sie Konturen?" „Hm, ja, hier. Ein wenig dunkler als die Umgebung, Hände, ein Schwanz, Hinterbeine, ein Kopf...; das Ganze ähnelt dem Schattenriss eines Eichhörnchens." „So interpretieren wir es auch. Dazu ist zu sagen, dass die Konturen mit bloßem Auge kaum erkennbar sind. Ich hätte es übersehen, aber ein Begleiter ist mit extremem Scharfblick gesegnet und nahm einen Schemen wahr. Bei dem Bild hier ist der Kontrast elektronisch auf maximale Stufe gestellt."

Ruprecht lehnte sich zurück. „Was wollen Sie mir damit sagen?" „Ganz genau weiß ich's nicht, Herr Beinhart. Ich weiß auch, dass das, was ich Ihnen gleich als unsere Vermutung darlegen werde, möglicherweise auf Gelächter stößt." „Glaub' ich nicht. Schießen Sie los."

Clifford sammelte sich zunächst. „Rundheraus: Wir glauben, dass der Wald lebende Wesen frisst – tierische, meine ich. Im Zusammenspiel mit der Beobachtung, dass es nirgendwo kreucht und fleucht wie in jedem anderen, ist der Schluss beinahe zwingend. Sie dürfen mich allerdings nicht fragen, wie er das bewerkstelligt."

Ruprecht hatte zunächst gezögert, seinem Gegner das Ergebnis der morgendlichen Expedition preiszugeben, sah sich nun aber dazu genötigt, da dieser offenbar rückhaltlos mitgeteilt hatte, was er wusste. Er hob sein Smartphone hoch, das auf dem Tisch auf seinen Auftritt gewartet hatte, rief das jüngste Foto auf und zeigte es seinem Gegenüber.

Clifford erblasste und verstummte für eine schier endlose Weile. Dann krochen leise die Worte hervor: „Vermissen Sie jemanden?" Ruprecht nickte bestätigend. „Und Sie glauben…?" „Ich versuche vorerst nichts zu glauben. Wir haben einen Arzt bestellt, der sich die Sache ansehen soll." Dass er spontan die ‚Scheiß-Ökos' verdächtigt hatte, behielt er für sich. Er glaubte das auch nicht mehr ernsthaft. Wie hatte Wendig das Areal bei seinem vorigen Besuch im Zeltlager tituliert? Wehrwald! Offenbar war ihm das Wort versehentlich laut entglitten, denn Clifford wiederholte in einer Art Mischung aus Inbrunst und Respekt: „Richtig, Wehrwald."

Uwe näherte sich mit einem Mann in Räuberzivil, dessen typische Tasche ihn als Arzt auswies. „Der Herr Doktor ist da", verkündete Uwe überflüssigerweise. „Darf ich Ihnen einen Kaffee anbieten, Herr Doktor?" fragte Ruprecht. „Nachher gern. Zunächst würde ich lieber Ihren Fund untersuchen." „Okay, dann gehen wir." Er rief ins Leere: „Heisenberg!

Er hat ihn nämlich als Erster entdeckt und sollte dabei sein, wenn Sie zu einem Ergebnis kommen", setzte er entschuldigend hinzu. „Gern. Mein Name ist übrigens Hohburg." „Angenehm, Beinhart." „Angenehm."

Ruprecht sah, wie ihn Clifford unschlüssig ansah. „Kommen Sie ruhig mit", ermunterte er diesen, „ich denke, bei aller unterschiedlicher Auffassung über gewisse Dinge sitzen wir im selben Boot. Es dürfte für uns beide wichtig sein, das Geheimnis des grünen Tigers zu lüften, der allem Anschein nach gerade Zähne und Krallen wetzt."

Kurze Zeit später standen sie zu fünft vor der Buche – Ruprecht, Uwe, Dr. Hohburg, Clifford und Heisenberg. „Wo zum Teufel ist die, äh...?" Der Baum stand da wie seit Jahrhunderten und nicht wie einer, der vor wenigen Stunden für eine grausige Entdeckung gesorgt hatte. Ruprecht zeigte dem Arzt das Foto. „So hat das ausgesehen?" erkundigte sich dieser ungläubig. „Ich versichere Ihnen...." Dr. Hohburg winkte ab uns sagte ungnädig: „Ich glaube, hier gibt es für mich nichts mehr zu untersuchen." Ihm wegen dieser Spukgeschichte die Zeit zu stehlen fand er sichtlich nicht witzig.

Unerwartet meldete sich Clifford. „Hat jemand scharfe Augen?" „Heisenberg!" bestimmte Ruprecht. „Gut, Herr Heisenberg...." „Nur Heisenberg. Ich heiße in Wirklichkeit anders." „Leider kenne ich Ihren Familiennamen nicht." „Heisenberg ist gut. Auf meinen Spitznamen bin ich stolz." „Also gut, Heisenberg. Sehen Sie etwas in der Rinde, einen dunklen Fleck oder so?"

Heisenberg kniff die Lider zusammen. „Hm, ja, tatsächlich. Dort ist es ein bisschen dunkler." „Sehen Sie Linien, Schemen?" „Tue ich. Wenn man einmal die Spur hat, tritt es immer deutlicher zutage. Beinahe, nein, nicht beinahe, sondern voll mannsgroß. Als wenn einer seitlich da dran lehnt." „Machen Sie bitte eine Aufnahme, Herr Beinhart, oder auch mehrere."

Auch das Holzfällerlager verfügte über einen Laptop mit Bildbearbeitungsprogramm. Als Ruprecht das Rändelrädchen auf immer schärfer drehte, blieb kein Zweifel. Die Konturen eines Mannes im Profil erblickten unverkennbar das Licht der digitalen Welt. Natürlich war er nicht identifizierbar, aber in Ruprecht reifte mehr und mehr die Erkenntnis, dass er und sie alle Toni niemals wiedersehen würden. –

Sie standen vor der Eiche, von der sie am Tag zuvor das Eichhörnchen abfotografiert hatten. Diesmal hatten sich Sarah und Clifford der Hilfe der Biologin Beate und des pensionierten Försters Alfons versichert. Im Augenblick gab es jedoch nichts zu helfen, denn der Abdruck, den die beiden Leiter des Protestcamps hatten zeigen wollen, war verschwunden. „Aufgegessen", flüsterte Sarah beklommen. „Das war zu erwarten gewesen", bestätigte Clifford, „wenn unsere Freunde ihre Nahrung nicht vollständig absorbierten, wäre der Wald voller derartiger Reste." Alfons zeigte sich skeptisch. Ihm was das Bild gezeigt worden, aber die moderne digitale Aufnahmetechnik öffnet jeglichen Manipulationen Tür und Tor. „Pflanzen atmen CO_2 und leben vom Licht und den Nährstoffen im Boden. Die seltenen fleischfressenden Pflanzen sind eher als Blumen zu bezeichnen – Orchideen – und locken ihre Beute mit Duftstoffen an. Das gelingt ausschließlich bei Insekten. Ein Baum hingegen…" Alfons holte mit seinem Arm zu einer grandiosen Bewegung aus „…müsste sozusagen auf Großwildjagd gehen, was er aber nicht kann." „Weil er ortsgebunden ist?" „Richtig, Sarah." „Sind wir uns dessen so sicher?" „Ich fürchte, Cliff, jetzt fängst du an, herumzufantasieren. Sobald du mir eine wandernde Buche oder Eiche zeigst, glaube ich dir sofort."

Clifford winkte ab. „Das kann ich natürlich nicht – bis jetzt. Zwei Dinge lassen sich aber nicht abstreiten. Es gibt hier kein Getier. Mir ist kein anderer Wald auf der Erde bekannt, bei dem das so ist. Und er schmeißt mit Ästen. Mit Ästen, die nicht zu der Krone gehören, von der sie gefallen sind." „Da es hier kein Getier gibt, können die Bäume davon nicht leben. Das wäre ein Widerspruch." „Ich denke, die hiesige Fauna ernährt sich genauso wie die übrige dieses Planeten auch, nimmt aber gern ein fleischliches Zubrot, wenn sich eins hier herein verirrt." „Das mit den Ästen…?" „Es war lediglich einer – bis jetzt.

Kommt, lasst uns ein wenig spazierengehen. Wir lassen uns den ganzen Tag Zeit. Vielleicht finden wir weitere Merkwürdigkeiten. Alfons, sei bitte so nett, auf ungewöhnlichen Wuchs zu achten."

Die Vier hatten ein Picknick mitgebracht, das sie gegen Mittag verzehrten. „Wenn wir sonst nichts erreichen, waren wir jedenfalls an der frischen Luft." „Das sind wir im Zelt doch auch. Außerdem finde ich die Luft hier nicht so frisch." „Wie meinst du das, Alfons?" „Es liegt ein Aroma in der Atmosphäre, das ich aus meinen Kindertagen kenne. Ich kriege es aber nicht eingeordnet. Riecht ihr nichts?" „Nein." „Bei mir verblasst der Eindruck auch mehr und mehr, da ich mich seit Stunden hier drin aufhalte."

Gerade waren die Essensreste eingepackt, als sie es sahen. Zunächst vernahmen sie ein Rascheln, das hinter einigen Büschen erklang. Als sie dem Geräusch nachgingen, sahen sie einen weißen Stummelschwanz im Grün verschwinden. „Ein Reh!" staunte Beate. Alfons war im Spurenlesen bestens geübt und so folgten die Vier der Fährte des Damwilds. Unverkennbar wurde der Abstand immer größer. Als Alfons gerade resignierend äußern wollte: „Lassen wir es, wir erwischen es ja doch nicht", blieben wie zur Salzsäule erstarrt stehen. Sie sahen dem Reh ins Gesicht. Es traf keine Anstalten zur Flucht, denn daran wurde es gehindert. Seine Hinterläufe waren bereits in der Buche verschwunden und

213

sein Vorderteil zuckte hilflos. Die Augen waren auf die Menschengruppe gerichtet und schienen zu bitten: „So helft mir doch, ihr Allwissenden."

Aber es gab nichts zu helfen. Fassungslos sahen Sarah, Beate, Alfons und Clifford zu, wie das arme Geschöpf zu einem immer größeren Teil mit dem Holz verschmolz. Sarah, die wie gewohnt ihre Systemkamera mit Wechselobjektiven mitgeschleppt hatte, drückte in gewissen Abständen auf den Auslöser.

Der Leib verschwand, denn die Vorderläufe und zum Schluss ragte nur noch der Schädel aus der Rinde, die außer ihrer schrecklichen Beute völlig normal aussah. Merkwürdigerweise änderte sich an diesem Zustand nichts mehr. Der Rehkopf, der wie die Trophäe eines Jägers anmutete, die dieser bei sich zu Hause ausgestopft an die Wand genagelt hatte, blieb sichtbar.

Die Vier hatten während der ganzen, ungefähr eine Stunde währenden Aktion keinen Laut von sich gegeben. Beate trat an das Überbleibsel dessen, was bis vor kurzem eine springlebendige Ricke gewesen war. „Ob es noch lebt?" Die Worte kamen kaum lauter als ein Windhauch. Sie wagte nicht, das Objekt ihres Mitleids anzufassen. Dessen unendlich traurig blickenden Augen blinzelten, sodass sie diese Frage mit ‚ja' beantworten musste. „Wie furchtbar!" Sie wandte sich schaudernd ab.

Sarah, Beate, Alfons und Clifford brauchten eine ganze Weile, bis sie sich wieder soweit gesammelt hatten, dass sie zu einer Diskussion fähig waren. Alfons brauchte nicht mehr überzeugt zu werden. „Offenbar bösartige Mutationen", urteilte er. „Denkst du, dass das hier einzigartig ist?" „Es gibt zumindest keine Hinweise darauf, dass es nicht so ist. Als sicher betrachte ich das allerdings nicht, Sarah." „Was hat das Reh falsch gemacht?" „Sich vermutlich gegen die Buche gelehnt, sich gekratzt oder so." „Dann muss diese aber ungeheuer schnell mit dem Einsaugen gewesen sein." „Auf jeden Fall mit dem Festsaugen. Mit dem Einsaugen aber auch, denn soweit lagen wir ja bei der Verfolgung nicht hinter dem Tier und die Hinterläufe waren bereits weg, als wir eintrafen." „Wie ist das nur möglich?" „Ob die Äste mithelfen, indem sie von oben zugreifen?"

Cliffords Frage ließ alle erschauern. Sie befanden sich auf einer Lichtung und zogen sich vorsichtshalber in ihre Mitte zurück. „Bisher haben sie uns nichts getan." Sarah sagte das mehr, um sich selbst zu beruhigen als zu den anderen. „Wir sollten", begann Clifford zu dozieren, „allmählich unsere Freund-/Feindbilder überdenken.

Ich war, nachdem uns der Ecksteiner Wald bei unserem ersten Besuch mit dem merkwürdigen Leuchtpfad hinausgeleitet hatte, überzeugt, dass er uns als seine Freunde betrachtet. Vielleicht tut er das auch noch. Verlassen würde ich mich darauf nicht mehr. Das Reh hat ihm jedenfalls nichts getan." „An der Rinde gekratzt." „Vielleicht, Alfons, aber das ist kaum mehr als ein Haare-gegen-den-Strich-bürsten, jedenfalls kein Versuch, die Buche durch Fällen zu töten, wie es die Holzfäller vorhaben. Ich würde gern eine Materialprobe von der Stelle nehmen, in der ein Beutetier verschwand, gebe aber zu, dass ich es nicht wage." „Und wenn wir mit Metallinstrumenten wiederkommen?" „Dann kann auch uns ein schwerer Ast unvermittelt auf den Kopf fallen. Mindestens hätten wir dann unsere Rolle als ‚Freunde' ausgespielt. Noch scheinen wir uns hier drin ja ungefährdet bewegen zu dürfen."

Alfons unterbrach den aufbrandenden Wortwechsel, indem er lautstark zu schnüffeln begann. „Jetzt rieche ich's wieder, ganz stark. Ihr nicht?" Doch, jetzt rochen es alle. „Was ist das?" „Mir kommt's. Ihr könnt das nicht mehr kennen, denn ihr seid zu jung dazu. Früher gab es offene Müllkippen und die gerieten häufig in Brand, weil durch den Eigendruck der enormen Masse die unteren Lagen so heiß wurden, dass sie sich von selbst entzündeten. Und das hier – das ist genau der Gestank."

Schnüffelnd verteilten sich die Vier über die Lichtung, ob sie die Sache lokalisieren würden. Schließlich rief Beate: „Hier! Schaut euch das an! Ob das 'was zu bedeuten hat?"

Sie versammelten sich um einen Riss im Boden, dem mit leisem Zischen ein Gas entwich. Alfons brauchte gar nicht seine Nase darüber zu halten, um die Analyse zu bestätigen. „Ich glaube", verstärkte er die allgemeinen Befürchtungen, „dass es da unten brennt." „Aber Feuer braucht Sauerstoff...." „Weißt du, was in der Tiefe alles lagert, Beate? Wir sollten hier auf keinen Fall ein offenes Feuer entzünden."

Clifford, der sich für die Gruppe verantwortlich fühlte, bestimmte: „Okay, Leute. Ich denke, wir sollten machen, dass wir Land gewinnen. So sicher wie bisher fühle ich mich hier nicht länger. Außerdem werde ich morgen das Heimatmuseum der nächsten Kleinstadt aufsuchen, um die Geschichte des Ecksteiner Forstes zu studieren. Wer Lust hat, kann mitkommen. Vielleicht findet sich ja auch im Netz schon etwas." –

Die drei Planierraupen standen phalanxartig nebeneinander. Sie hatten schweres Sägegerät vorn angeschraubt bekommen und sollten nun mit voller Kraft dem Gehölz zu Leibe rücken. Toni blieb vermisst, aber noch war nicht genügend Zeit vergangen, um eine umfangreiche Suchaktion zu rechtfertigen. Sollte es soweit kommen, würden die Fällarbeiten ohnehin wieder für etliche Tage unterbunden.

Falk, Luzius und Wilbert sahen so wild entschlossen aus, dass Ruprecht markige Worte als vergeudet ansah und sich auf den Satz „ihr wisst, was ihr zu tun habt" beschränkte. Er führte eine elegante Dirigentenbewegung aus, die das Starten der drei Mal tausend PS einläutete und blieb in gespannter Erwartung zurück, was dieser massive Einsatz bringen mochte.

Brüllend rollten die drei kettenbewehrten Fahrzeuge auf den Feind zu, überrollten die vorderen Gebüsche und begannen die kräftigeren Gehölze niederzufräsen. Die drei Fahrer gaben sich durch ihre Glaskanzeln mit erhobenem Daumen aufmunternde Zeichen und näherten sich dem dichten Bewuchs mit den ersten hoch aufragenden Buchen.

Es gelang den Hartgesottenen, die ersten von ihnen zu fällen, obwohl es schwerer abzulaufen schien als das ihre schwersten Geräte normalerweise meisterten. Egal – je mehr Widerstand sie spürten, desto mehr Gas gaben sie.

Da kam mit ungeheurer Geschwindigkeit das erste Geschoss geflogen, ein massiver Baumstamm und nicht etwa ein halbherzig starker Ast. Der ging zwar fehl und landete irgendwo hinter den martialischen Planierraupen, aber der zweite und dritte trafen besser und hinterließen auf dem dicken Stahl beträchtliche Beulen. Ein ängstlicherer Mensch hätte sich daraufhin unverzüglich zur Flucht gewandt, aber die Drei pressten umso grimmiger die Lippen aufeinander und drückten damit aus: „Jetzt erst recht!" Ruprecht, der das Geschehen mittels einer eingebauten Kamera mitverfolgte, rief verzweifelt zur Umkehr, aber seine Leute hatten sich in irrationale Wut hineingesteigert und drangen ungeachtet der immer dichteren Attacken weiter vor.

Bestimmt zehn der Projektile waren bereits ins Leere gegangen oder hatten die Zahl der Beulen auf den gelben Kolossen erhöht, als das Eine, das Elfte, traf. Die Führerstände bestehen aus Glaskanzeln, deren Material eine mittelschwere Panzerung aufweist, denn bei groben Bauarbeiten sind herumfliegende Wacker nie gänzlich auszuschließen. In der mittleren Raupe tat Luzius seinen Dienst, aber nur so lange, bis ein Baumstamm genau durch seine

Kanzel raste, vorn herein und unter Mitnahme seines zu Hackfleisch verarbeiteten Oberkörpers hinten wieder hinaus.

Augenblicklich verstummten die schweren Maschinen und Falk und Wilbert begingen entsetzt Fahnenflucht. Sie sprangen mit Sätzen, deren sie sich gar nicht fähig gewähnt hatten, aus ihren für sicher gehaltenen Blech-/Glashüllen und rannten, was die Lungen hergaben, zu ihrem Containerdorf zurück. Mehrfach stolperten sie über Wurzeln und Schlingpflanzen und stauchelten oder stürzten hin, rappelten sich aber sofort wieder auf und liefen wie von allen Furien gehetzt weiter. Sie nahmen sich nicht die Zeit zurückzuschauen, sonst hätten sie gewahrt, dass der Hagelsturm vorüber war, ganz, als wäre der Angreifer mit dem einen Opfer zufrieden. –

„Ich hab's!" Clifford blätterte in einer verstaubten Schwarte aus dem Jahr 1969. Sarah und Beate sahen interessiert hoch. „Etwas, das wir nicht im Netz gefunden haben?" „Genau. Wir hatten zwar gefunden, dass das Braunkohlewerk das Dorf Eckstein 1965 aufkaufte und dessen Bewohner umsiedelte, aber das war so ungefähr alles. Das Buch hier enthält ein ausführliches Kapitel über den heute vollkommen vergessenen Ort beziehungsweise dass es einmal einer war. Den Ecksteiner Weiher und den Ecksteiner Forst oder Wald gibt's ja heute noch. Passt auf."

Clifford sah hoch. „Obwohl Eckstein nur ungefähr 200 Einwohner hatte, wurde es nie eingemeindet, denn es war bereits Opfer der Bagger geworden, bevor es 1975 zur Gemeindereform kam. Das dürfte auch der Grund sein, weshalb im Netz nie tiefergehende Daten zu diesem Thema zusammengetragen wurden." Er steckte seine Nase in das Buch und musste niesen, da sich zwischen dem Papier im Lauf des letzten halben Jahrhunderts einiger Staub nicht nur angesammelt, sondern auch für die Ewigkeit festgebacken hatte. Er schneuzte sich die Nase und las vor. *Und so fiel wieder ein schmuckes, idyllisches Dorf unter den Schaufeln der großmächtigen Bagger. Es wird in wenigen Jahren in Vergessenheit geraten sein wie alle seine unglücklichen Kameraden, vor denen der Energiehunger der aufstrebenden Industriegesellschaft nicht Halt machte. Gestehen wir zu, dass es zu Gunsten der Allgemeinheit geschah.*

Clifford sah die beiden Frauen an und grinste. „So ändern sich die Prämissen. Vor gar nicht so langer Zeit war Kohle noch das Nonplusultra. Heute wird Energiegewinnung aus fossilen Rohstoffen geradezu als unmoralisch betrachtet und es sind Industriegebiete,

Einkaufszentren und Trabantenstädte, gegen die die Natur zu schützen wir uns gezwungen sehen." „Schön. Aber was hat das mit unserem Wald zu tun?"

Clifford senkte seine Nase erneut in das Buch. „Gleich, Beate. Hier kommt's nämlich. Es muss sich um eine natürliche Senke gehandelt haben, ob eine Schlucht, eine Moräne oder – ab jetzt Zitat – *sonst ein einfaches Tal, ist nicht mehr feststellbar. Es befand sich ungefähr fünf Kilometer von Eckstein und mindestens zehn von jeder anderen Siedlung entfernt. Folglich ließ sich dort bedenkenlos jeder anfallende Abfall beseitigen, ohne die Bewohner der Umgebung mit Geruch zu belästigen. Im Lauf der Jahrhunderte (!) wurde die Senke beinahe aufgefüllt und sich selbst überlassen, als Eckstein von der Landkarte verschwand.*

Damit", fuhr Clifford mit eigenen Worten fort, „erweist sich Alfons' Theorie als richtig." „Sieht so aus", bestätigte Beate, „ich habe nämlich auch 'was gefunden. Das Buch hier…" sie hielt ein geringfügig weniger verstaubtes Artefakt als Cliffords in die Höhe „…stammt aus den 90er Jahren und behandelt die Geschichte des Ecksteiner Waldes.

Passt auf: *Nachdem die Ecksteiner Grube ausgebeutet war, forstete das Braunkohlewerk auf behördlichen Druck deren Umgebung wieder auf und ließ die Grube selbst mit Wasser volllaufen. Der Ecksteiner Weiher ist bis heute ein beliebtes Naherholungsgebiet.*

Im Anschluss an diese Maßnahme setzten umweltbewusste Politiker durch, dass der benachbarte Ecksteiner Forst als Freizeitgebiet gestrichen und als Auenwald eingestuft, also sich selbst überlassen wurde. Dieser war nach Beginn der Baggerarbeiten durch provisorisches Aufschütten von Humus entstanden, nachdem Gerüchten zufolge dort jahrhundertelang Müll abgeladen worden war. Wie dem auch gewesen sein mag: Es war wohl zu unzumutbaren Geruchsbelästigungen gekommen, weil dort permanent Schwelbrände wüteten.

Wieviel Geld damals für solche Sachen noch da war", sinnierte Beate, nachdem sie ihre Vorlesung beendet hatte. „Das lag nicht daran, dass mehr Geld da war", vermutete Clifford, „sondern daran, dass die Renaturierung eine gesetzliche Auflage war und die Energiekonzerne es nie verdienen mussten. Brauchten sie Geld, erhöhten sie die Strompreise. Das ist heute noch so.

Etwas anderes ist die öffentliche Hand. Ihr könnt Jahrhunderte zurückgehen und werdet nie auf den Begriff ‚Überschuss' stoßen.

Gemeinden sind immer klamm. Ich glaube, das steht schon in den zehn Geboten. Deswegen blieb der Ecksteiner Forst ab dem Beschluss, den du gerade vorgelesen hast, Beate, unberührt. Eine Gemeinde – und der Forst gehört seit 1975 nun einmal zur neu entstandenen Verbandsgemeinde – wird sich hüten, ein kostspieliges Projekt in die Hand zu nehmen, wenn kein Druck da ist. Gilt es hingegen dem Stadtsäckel Gutes zu tun, ist sie sofort dabei. Deshalb wird alles, was ihn aufzufüllen verspricht, ratz-fatz genehmigt, Naturschutzgebiet hin oder her."

Die Drei verlegten ihre Abschlussbesprechung in die Gaststätte, die dem Heimatmuseum gegenüber angesiedelt war. Sarah und Clifford gönnten sich ein großes Bier, da Beate nicht nur Vegetarierin, sondern auch abstinent war und sie freundlicherweise ins Zeltlager zurückspedieren würde.

„Eigentlich haben wir alles beisammen", resümierte Clifford, „oder bleiben Fragen offen?" „Wie ist das mit dem Brand? Alfons ist von dessen Existenz überzeugt. Ich frage immer noch: Wo kommt der Sauerstoff dafür her?" Sarah übernahm die Erläuterung. „Seit Beginn des Industriezeitalters ist es Eisen und später Stahl, das unsere Infrastruktur am Leben hält. Eisen rostet. Rost ist FeO_2 oder, seltener, FeO_3. Mit genügend Energie lässt sich das O wiedergewinnen." „Und wo soll die herkommen?" „Na, vom Druck, der Wärme erzeugt, und Wärme ist Energie."

Sarah sah Clifford und Beate ins Gesicht. „Das ist alles schön und gut, Jungs und Mädels, und beschreibt die irdischen Vorgänge: Eine riesige Senke, gott-weiß-wie tief, Jahrhunderte missbraucht durch Versenken von Abfall, wird mit Humus bestreut und ermöglicht Pflanzen ihr Wachstum. Nur die mehrhundertjährigen Eichen in der Mitte passen nicht recht dazu; vielleicht standen sie auf einer Erhebung und vermochten dem Abfall genügend Nährstoffe zu entziehen, um gut zu gedeihen. Müssten wir untersuchen. Dann der unterirdische Brand, der mit der Reduktion oxidierter Stoffe und der Oxidation organischer Stoffe rational zu erklären ist. Das umreißt in dürren Worten den Ecksteiner Wald in seinem aktuellen physischen Zustand.

Jetzt zur Mystik. Ich war es ja, die den Begriff ‚Zauberwald' ins Spiel brachte, den wir später auf Grund seiner Wehrhaftigkeit in ‚Wehrwald' abänderten. Wir haben einen leuchtenden Pfad, der uns den Heimweg wies, einen fallenden Ast, der nicht von dem Baum stammt, aus dem er den Weg nach unten gesucht hatte – soweit ich weiß, ist die Abbruchstelle bis jetzt nicht gefunden –

und, zu guter oder besser gesagt zu schlechter Letzt eine Buche, die ein Reh isst, wie wir mit eigenen Augen gesehen haben. Das hätte ich auch gern erklärt."

Clifford zuckte mit den Schultern. „Als Kinder fantasierten wir von den Monstern unter dem Bett, wenn die Eltern uns verlassen und das Licht gelöscht hatten. Ich habe daran nie geglaubt, bin aber gewillt, dem Monster einen Kaffee anzubieten, sollte es sich eines Tages entschließen, doch unter meinem Bett hervorzukriechen. Jetzt zum ernstgemeinten Teil, für den ich mir eine vage Theorie zusammengebastelt habe. Als Herr Beinhart mich nach seinem zweiten Besuch bei uns verließ, gab ich ihm den Spruch mit: *Dass es sich bei dem Wald um einen ganzheitlichen Organismus handelt, halte ich für denkbar. Der Mensch weiß wahrlich wenig über Kräfte und Wirken seiner Umwelt.* Das ist meine ernsthafte Meinung, ohne detailliert diesen Organismus analysiert zu haben oder ich überhaupt wüsste, ob es der Wald, der Bewuchs ist, der diesen Organismus gebildet hat oder die Millionen Tonnen Müll im Erdinnern. Es ist aber die einzige Erklärung, warum er individuell auf jede Bedrohung oder aber auch jeden Freundschaftsbeweis reagiert." „Dann müsste er hochentwickelt, sprich intelligent sein." „Wie ein Hund oder eine Katze sicher. Die wissen auch ganz genau, wer Freund und wer Feind ist, und haben für beide Fälle ein Arsenal an Zuneigung oder Bewaffnung auf Lager."

Als Beate, Sarah und Clifford in ihr Zeltlager zurückkehrten, erwartete sie Alfons bereits. „Entgegen deinem Rat, Cliff, habe ich mich noch einmal zu der Stelle mit dem Rehkopf durchgeschlagen." „Und?" „Er ist weg. Ob sich seine Umrisse abgebildet haben, entzieht sich der Kenntnis meines altersschwachen Sehapparats. Für den wirkte der Baum sauber." „Danke, Alfons." –

Das Containerdorf wurde wie vorige Woche von Ermittlern aller Art heimgesucht. Die Holzfäller durften es nicht verlassen, um keine Spuren zu verwischen, und schlugen die Zeit mit Skat spielen oder dem Anschauen von Pornofilmen tot. Ihre Zahl war auf 20 geschrumpft, denn Wotan und Luzius waren definitiv tot, Toni war verschwunden und Falk und Wilbert befanden sich in psychiatrischer Behandlung – Irrenhaus ist ein politisch unkorrekter Begriff, der Ruprecht jedoch immer wieder über die Lippen schlüpfte. Er wunderte sich, dass die anderen nicht längst getürmt waren, denn bei einfachen Gemütern bricht sich gern Aberglauben Bahn und Grund anzunehmen, dass sie auf verhextes Gelände gejagt worden waren, hatten sie allemal. Andererseits, dachte Ruprecht, wenn sie einfach abhauen, gehen sie ihres Lohns unwiederbringlich verlustig. Selbstredend hofften sie, dass die erzwungenen Zeiten des Nichtstuns wie jetzt wegen der Polizeiarbeit als höhere Gewalt eingestuft und bezahlt würde. Ruprecht hatte daran seine Zweifel und haderte zudem damit, dass derzeit hier alle als mögliche Zeugen festgehalten wurden. Eine Farce, denn die wichtigsten Zeugen waren in Zwangsjacken abgeführt worden – naja, vernehmungsfähig, wie es so schön heißt, waren Falk und Wilbert sowieso nicht gewesen und es war fraglich, ob das je wieder der Fall sein würde.

Uwe gesellte sich ihm zu. „Haben die Herren 'was 'rausgelassen?" „Was denkst du denn? Natürlich nicht. Vielleicht, wenn sie durch sind; da hat sich Kommissar Knecht vorige Woche auch einige Würmer aus der Nase ziehen lassen.

Da kommt er ja."

Stefan Knecht fühlte sich offenbar allmählich hier wie zu Hause, denn er ließ sich sogar eine Flasche Bier reichen. „Okay, eins", entschuldigte er sich vor sich selbst, „ich habe ja einen Fahrer."

Er wandte sich an Ruprecht. „Haben Ihre Männer eigentlich keine Angst, Herr Beinhart?" „Sicher haben sie das. Ich habe auch meine Zweifel, dass ich sie je wieder in den Wehrwald hineingejagt kriege. Solange Ihre Männer da drin herumstiefeln und sie hier gemütlich sitzen dürfen, sehe ich keine Konflikte. Hier ist noch nie etwas passiert."

Der Kommissar reagierte auf einen anderen Begriff. „Wie nennen Sie den Wald? Wehrwald? Habe ich das richtig gehört?" „Haben Sie, Herr Kommissar." „Hm. Scheint zuzutreffen. Im anderen Lager – dem der Umweltschützer – ist bisher auch nichts passiert, obwohl die – wie sagten Sie? – da drin herumzulaufen scheinen wie in jedem Stadtwald." „Bei denen waren Sie auch?" „War ich. Oberflächlich betrachtet eine gute Truppe, sehr kooperationswillig."

Ruprecht sah sein Gegenüber scharf an. „Aber? Oder greife ich da in laufende Ermittlungen ein?" „An sich ja. Es gibt aber nichts auszuplaudern. Sie erzählten uns alles Mögliche, aber nichts Substanzielles. Ich habe das Gefühl, sie wissen weitaus mehr als sie uns weismachen. Als ich nämlich die Attacke mit den tödlichen Wurfhölzern auspackte, waren sie sichtlich betroffen, aber nicht so überrascht wie ich es erwartet hatte." „Betroffen wäre ich auch gewesen, wenn Sie mir so eine Geschichte erzählt hätten." „Ich war's ja auch, als ich Meldung von dem Vorfall hier erhielt. Ich war es aber nicht, der gesagt hat: ‚Das verleiht der Sache eine neue Dimension'." „Das hat..." „... Herr Wendig abgelassen, in der Tat. Er sah aus, als wälze er eine Theorie, gab aber zu Protokoll, dass er das nur so dahergesagt habe.

Kennen Sie sich eigentlich? Ich meine, außer der Szene mit der Kalaschnikow." Ruprecht erinnerte sich ungern an sie. Er war zu fragen versucht, ob er seine schöne Waffe je wiedersehen würde, unterließ es aber, da dies vermutlich ein schlechter Zeitpunkt war, und zog es vor, die Frage zu beantworten. „Doch, doch, und Sie werden's nicht glauben, aber wir gehen recht kameradschaftlich miteinander um. Die Öko...; ich meine, die Umweltschützer haben ja nie wieder versucht, uns zu behindern." Weil das der Wald selbst tut, kam Knecht in den Sinn, und sie scheinen.... Schlagartig eröffnete sich ihm ein weites Spekulationsfeld.

Er erhob sich, bedankte sich für das Bier, sagte: „Ich sollte langsam wieder nach meinen Leuten schauen" und entfernte sich. Wenn, kreuzten verschiedene Blitze durch seine Gehirnwindungen, die Typen – der Wald und die Ökos – einen Pakt miteinander hätten? Denn es stimmte: Die gingen in dem ‚Wehrwald' ein und aus wie willkommene Gäste, während die Holzfäller bei jedem ernsthaften Versuch, mit ihrer Arbeit zu beginnen, unerklärlichen tödlichen Attacken ausgesetzt waren. Versonnen sah er dem Zinksarg nach, der zum Leichenwagen getragen wurde, nachdem die Sanitäter unter nichts weniger als ihrer Selbstaufgabe Luzius' Überbleibsel darin zusammengekratzt hatten. –

Benno hielt es im Containerdorf nicht mehr aus. Wir haben zwar immer noch Ausgangssperre, sagte er sich trotzig, aber die Frage ist doch, wie weit die sich erstreckt. Die Bullen begannen mit ihrem Abzug und ein paar Schritte in den verhexten Wald lagen doch wohl drin. Pah, verhexter Wald! Mochten die anderen Angsthasen so einen Quatsch glauben; er war ein Mensch des 21. Jahrhunderts und Ammen sollen ihren Kleinkind-Schützlingen ruhig von Gespenstern erzählen, aber nicht ihm!

Sorgfältig mied er das Areal, in dem sich die letzten Polizisten aufhielten, und wanderte wohlgemut durchs Grün. Er sah nach links und rechts und als er sich weit genug von störenden Ohren wähnte, begann er ein Lied zu pfeifen. Eigentlich war es ein Witz, dass er einem Holzfällertrupp angehörte, wo er doch Bäume so liebte. Was soll's, wer die Hauptschule nicht schafft, dem öffnen sich beruflich nicht allzu viele Türen.

Benno atmete tief durch und genoss ein Gefühl unendlicher Freiheit. Er streckte sich, vollführte ein paar Lockerungsübungen und lehnte sich nach vollbrachter Tat mit dem Rücken wohlig gegen eine Buche.

Er war anscheinend eingedöst. Wieviel Zeit wohl vergangen sein mochte? Benno wollte sich von seiner Rückenstütze abstoßen, um sich aufzurichten und den Heimweg in Angriff zu nehmen, und merkte, dass es nicht ging. Träumte er? Er drückte beide Hände an den Stamm, um den Druck zu erhöhen, und verspürte einen reißenden Schmerz. Er bekam einen Riesenschreck, war sich jedoch bisher nicht bewusst, dass er verloren war. Er versuchte es rational, stellte indes fest, dass von seiner Oberkörperbekleidung – Jacke, grobes, kariertes Hemd und Leibchen – nur die Vorderteile übrig waren. Als er sich ein wenig schüttelte, rutschten sie ihm einfach herunter und fielen zu Boden. Langsam wurde ihm mulmig. Die Hose...? Auch sie klebte an dem Stamm fest. Er spürte hinten ein Kribbeln und, dass er sich näher an dem Stamm befand, als ihm bei seiner Statur eigentlich möglich war, und dass er sich ihm unaufhaltsam näherte. Ihm dämmerte, was mit ihm gerade geschah, und begann....

Er hatte sich in einen zu abgelegenen Bereich verdrückt, als dass ihn jemand schreien gehört hätte. Und selbst wenn, ist fraglich, ob ihm ein Helfer Hilfe hätte angedeihen lassen können, ohne ihn in bester Absicht zu töten. Nach einer guten Stunde hatten sich Bennos innere Organe aufgelöst. –

Stefan Knecht und Carlo Schulze-Wirsing hatten sich auf Ruprechts Campingsitzgruppe zur Abschlussbesprechung niedergelassen. „Beginnen wir wie das letzte Mal", eröffnete Ruprecht das Gespräch, „sind Sie mit Ihren Ermittlungen zu einem Ergebnis gekommen?" „Und meine Antwort lautet ähnlich wie das letzte Mal: Ja und nein.

Klar sind die Tötungs- und Schadenursachen, nämlich fliegende Baumstämme. Leider haben wir keine Zeugenaussagen, denn einer der Fahrer kam ums Leben und die beiden anderen sind nicht vernehmungsfähig und werden es auch nie mehr sein, wenn wir Pech haben. Zum Ausgleich haben Ihre Camcorder, die an einer Ecke jeder Raupenkanzel angebracht sind und in Betrieb waren, eindeutige Ergebnisse geliefert.

Unklar ist die Herkunft der Baumstämme." Ruprecht unterdrückte ein Grinsen, das dem Ernst des Themas nicht angemessen gewesen wäre. „Keine Schotten gefunden?" „Äh...; wieso?" „Eine der Disziplinen der dortigen Hochlandspiele ist das Werfen eines Baumstamms, wobei es nicht nur um die zu erzielende Weite geht, sondern auch darum, dass sich der Stamm einmal in der Luft überschlagen muss."

Manchmal sah sich Kommissar Knecht veranlasst, über die Kenntnisse des äußerlich groben und ungebildeten Betriebsleiters erstaunt zu sein. Auch er unterdrückte einen Lacher und erwiderte: „Haben wir nicht, leider, denn diese Person dingfest zu machen wäre ein Leichtes gewesen.

Das heißt, vielleicht auch nicht. Unsere Wissenschaftler haben an Hand der Entfernungen, die erreicht wurden, und der Schäden, vor allem am meistbetroffenen Fahrzeug, die kinetische Energie ausgerechnet, die die Geschosse innegehabt haben, und kamen auf erstaunliche Werte.

Neben der Tatsache, dass die Stämme keineswegs glatt waren und keinen Lauf hätten passieren können, ohne hängenzubleiben, existiert derzeit keine Kanone, die die nötige Schusskraft aufbrächte. Wo hätte sie auch stehen sollen? Die Attacke erfolgte aus dem dichten Wald und der Abschuss hätte unmittelbar davor, also in wenigen Metern Entfernung von den Raupen, erfolgen müssen." „Und da haben Sie keine Spuren gefunden?!" „Nein. auch tiefer drin nicht. Und wiederum keine Abbruchstellen, von denen die Hölzer stammen könnten."

Eine Weile schwiegen alle Drei. Eigentlich haben die Ermittler gar nichts herausgefunden, überlegte Ruprecht, außer einem Rätsel. Wotan war von einem herabfallenden Gegenstand tödlich getroffen worden; da lässt sich wenigstens die Schwerkraft ins Spiel bringen. Aber bei Luzius?

Kommissar Knecht rang sich eine rationale Aussage ab: „Eine Superdrohne, die durch einen freien Raum hindurchschießt, ist die einzige Erklärung." „Aber Sie sagten doch, keine statische Kanone der Erde verfüge über solche Kräfte. Wie viel weniger eine instabil eiernde Drohne? Überlegen Sie bitte, welch' ungeheures Gewicht sie an Bord gehabt haben muss."

Knecht zuckte die Achseln. „Eine andere bietet sich nicht an. Wir werden den Fall nicht abschließen, denn eventuell ergeben sich irgendwann neue, eingängige Erkenntnisse. Vorläufig haben wir einen Schlussstrich gezogen. Das Areal ist wieder freigegeben und Sie dürfen weiterarbeiten." Ruprecht überlegte kurz, ob er dem Kommissar anbieten sollte, auf eigene Verantwortung nach dem ominösen Fluggerät zu suchen, verzichtete dann aber darauf. Es entspräche der Suche nach einem Ufo.

Ruprecht sah den beiden Staatsdienern nachdenklich hinterher. Als sich Uwe näherte, fragte er diesen: „Hast du Lust, nach einem Ufo Ausschau zu halten?" „Sonst ist alles in Ordnung im Oberstübchen?" „In bester. Die Herren Kommissare sind nämlich der Meinung, dass eins für den Anschlag auf unsere Geräte und Leute verantwortlich ist." Uwe lachte. „Einen besseren Einfall hatten sie nicht?" „Sie sagten natürlich nicht Ufo, sondern Drohne, schilderten aber selbst, über welch' überirdische Fähigkeiten so ein Ding verfügen müsse.

Komm', lass' uns nach unserem Gerät schauen oder was von ihm übrig blieb. Der Wald ist wieder freigegeben."

Außer der zersplitterten, um nicht zu sagen pulverisierten Kanzel der mittleren Planierraupe und zahlreichen Beulen an allen Dreien waren keine schweren Schäden zu entdecken. „Dürften alle fahrtüchtig sein", urteilte Uwe, „morgen fahren wir sie 'raus und reparieren sie so gut es geht." „Das sagst du so leicht." „Was meinst du?" „Sieh eine Etage tiefer, auf die Ketten."

Wurzelwerk hatte sich bereits so stark über die Fahrwerke ausgebreitet, dass es nötig sein würde, sie aus ihren Umklammerungen zu befreien. „Dann bringen wir eben Kettensägen mit." „Das ist das eine. Was mich beunruhigt, ist, wie schnell es hier wächst. Vorgestern war von dem Gestrüpp noch keine Spur vorhanden." –

Der Appell am Freitagmorgen hatte das Fehlen eines weiteren Mannes offenbart. Benno rief nicht „hier", als sein Name fiel, was bei Ruprecht für einen weiteren Kloß im Hals sorgte. Sobald ihre Geräte wieder auf dem Garagenplatz versammelt sein würden, müsste er sich darum kümmern. Jetzt aber erst mal los!

Fassungslos standen die 19 Männer vor den Resten ihrer einstigen Fahrhabe. Wo gestern einzelne Wurzeln versucht hatten, sie am Boden festzuklammern, war jetzt alles überwuchert und einschließlich der massiven Motorblöcke zerdrückt. Ein Befreiungsversuch hätte keinen Zweck, denn nichts von dem, das stolzes Produkt des größten Baumaschinenherstellers der Erde gewesen war, war mehr brauchbar.

„Das…; das gibt es doch nicht!" Uwe nahm das Sprießwunder als gegebene Tatsache hin, an der nichts zu ändern ist, und fotografierte das Stillleben von allen Seiten. Beim Vergleich gestern zu heute sah Ruprecht ihm über die Schulter. „Innerhalb eines Tages. Das glaubt uns kein Mensch." „Das EXIF-File ist unbestechlich."

Ruprecht hatte sich wieder gefangen. „Okay, Leute, da gibt es nichts mehr zu tun. Weil wir gerade alle hier sind, machen wir uns auf die Suche nach Benno. Schwärmt bitte aus und haltet euch in Rufweite."

Ruprecht glaubte, dass diese Aktion genauso erfolglos verlaufen würde wie Anfang der Woche die Fahndung nach Toni, aber da sollte er sich täuschen. Ein gellender Schrei beorderte alle Mann auf eine Lichtung, an deren einem Rand Heisenberg stand und mit zitternden Fingern auf den anderen zeigte. „Da...; da!"

Von einer mächtigen Buche sah sie aus passender Höhe Bennos trauriges Gesicht an, als wolle es sagen: „Warum kamt ihr nicht früher? Jetzt ist es zu spät!" Wie ein lebensechtes Porträt, das ein begnadeter Künstler in die Rinde geschnitzt hatte, ragte es als Relief in die Freiheit. Ein aufmerksamer Beobachter hätte unterhalb des Reliefs dunkle Konturen registriert, die die Umrisse des Leibs bildeten, der einst Benno gehört hatte.

Es gab aber keinen aufmerksamen Beobachter, denn mit dieser Entdeckung war die Tropfenzahl voll, die das Fass zum Überlaufen brachte. Die unerschrockenen Holzfällerhelden liefen schreiend und so schnell sie es vermochten zum Containerdorf, rissen die Türen zu ihren Wohneinheiten auf und begannen ihre Siebensachen zusammenzusuchen. „Rufe wie „Boss, mach' die Papiere fertig, hier bleib' ich keine Minute länger" fanden Gehör, denn Ruprecht hatte sich der Panik angeschlossen und war gleichzeitig mit dem Pulk im Dorf angekommen. Einzig Uwe hatte den Nerv gezeigt, von dem grausigen Porträt, von dem auch er nicht zweifelte, dass es den echten Benno und keineswegs nur dessen Abbild zeigte, einige Aufnahmen geschossen. Langsam folgte er den anderen, denn, so glaubte er, so lange ich im Wald nichts anfasse, wird nichts Schlimmes eintreten. Und ‚Bennos Buche' dürfte sowieso satt sein.

Während die Arbeiter beschäftigt waren, entlockte Ruprecht den Tiefen seines Smartphonespeichers eine vor wenigen Tagen einprogrammierte Nummer. Zu seiner Überraschung meldete sich der Angerufene sofort. „Herr Beinhard?" „Gut, dass ich Sie gleich dran habe, Herr Wendig. Der Fall, den ich befürchtete, ist eingetreten. Die Sache spitzt sich zu. Darf ich Sie um Ihre Hilfe ersuchen?" „Selbstverständlich. Brauche ich irgend 'was Spezielles?" „Ja. Haben Sie einen Biologen zur Hand, der sich eines unheimlichen Falls von Schnellwuchs annimmt?" „Darf es auch eine Biologin sein?" „Äh, ja, natürlich. Entschuldigen Sie. Darf ich Sie um einen weiteren Gefallen bitten?" „Welchen denn?" „Möglichst schnell." –

Trotz der Entfernung von 50 Kilometern unter Einrechnung aller erlaubten und unerlaubten Abkürzungen geht es im Auto deutlich schneller als sieben Kilometer zu Fuß über Stock und Stein. Beate und Clifford wunderten sich über das rege Ein und Aus im Camp, bis Ruprecht sie aufklärte. „Sie hauen ab. Es ist nämlich etwas passiert, was dem Furchtlosesten das Blut in den Adern gefrieren lässt. Vielleicht sehen wir es noch live, aber auf jeden Fall abgelichtet. Leider haben wir keine so tolle Kamera wie Sie, sondern nur unsere Handys."

Clifford wies auf Beate. „Frau Wendig, Biologin." „Ihre Ehefrau?" Nach wie vor war Ruprecht die Existenz der Fotografin Sarah vorenthalten. „Sie ist meine Schwester." „Entschuldigung, da hätte ich gleich drauf kommen können, denn die Ähnlichkeit ist unübersehbar. Willkommen Frau und Herr Wendig. Wenn es Ihnen recht ist, gehen wir unmittelbar nach dem Kaffee los, dann muss ich nicht alles lang und breit erzählen." „Wir können sofort...." „Ein Begrüßungskaffee muss sein."

Uwe holte einen eigenen Stuhl herbei und zu Viert zelebrierten sie eine Kaffeestunde wie unter alten Freunden. Uwe zeigte zum Einstand die Fotos von den gefesselten Planierraupen gestern und den überwucherten heute und dem rindenumschlossenen Gesicht Bennos.

Während die Geschwister fassungslos die ungeheuerlichen Dokumente verinnerlichten, raunzte Ruprecht die herumwieselnde Schar an: „Ihr kündigt ordentlich! Nehmt ein Blatt Papier, schreibt Datum, ‚ich kündige', Unterschrift und Name nochmals leserlich drauf und legt den Wisch unter den Stein hier auf dem Tisch."

„Sie haben ganz schön Nerven", stieß Clifford schließlich hervor. „Am liebsten wäre ich auch sofort davongerannt", gab Uwe zu, „aber plötzlich dachte ich, dass die Gefahr fürs Erste vorbei sei." „Fürs Erste", brummte Ruprecht. Die Wurzeln, die die über hundert Tonnen schweren Fahrzeuge umschlangen, hatten weiter an Umfang gewonnen. „So ein Ding kostet sicher einiges." „Über eine Million, Herr Wendig. Sie sehen hier ein Viermillionengrab vor sich." Ruprecht wandte sich an Beate. „Und das innerhalb von 24 Stunden. Ist Ihnen sowas schon mal untergekommen oder haben Sie eine Erklärung dafür?"

Die Biologin holte Luft, um für ihren Vortrag genügend Vorrat aufzubauen. „Untergekommen bisher nicht, aber wir haben in dem

Wald auch einige merkwürdige Dinge gesehen und erlebt. So haben wir, um das Phänomen mit dem Gesicht vorwegzunehmen, ein halbes Reh gesehen, das von einem Baum – ebenfalls einer Buche – gerade verschlungen wurde. Einen derartigen Schnellwuchs allerdings nicht. Wenn man davon ausgeht, dass der Wald Fremdkörper schnellstmöglich zu eliminieren trachtet, passt das allerdings dazu." „Sind die Buchen die Zauber-, die Wehrbäume?"
„Was ich Ihnen bei meinem ersten Besuch in Ihrem Camp zeigte, die Silhouette eines Eichhörnchens, war an einer Eiche aufgenommen", nahm Clifford den Ball auf. „Ich vermute, dass Buchen deshalb in den Vordergrund treten, weil sie die häufigste hier vorkommende Baumart sind."

Von dem makabren Porträt Bennos lugte nicht mehr als die Nasenspitze heraus. Die Vier standen betreten vor dem Monument des Schreckens. Als Ruprecht nach einer ganzen Weile der Stille spürte, dass keinem ein Rezept zur Überwindung der allgemeinen Verlegenheit einfiel, hielt er den Zeitpunkt zur endgültigen Versöhnung für günstig: „Ich habe ein Anliegen. Ich hoffe, es klingt nicht unverschämt." Drei Augenpaare wandten sich ihm zu. „Ich glaube, unsere Rivalität ist beendet und wir sitzen jetzt im selben Boot. Ich bin Ruprecht." Die Mienen der Umweltschützer hellten sich auf. „Beate." „Clifford, genannt Cliff." „Uwe." Zum ersten Mal reichten sich die ehemaligen Kontrahenten die Hände.

Als sie sich zum Gehen wandten, war die Nase verschwunden und die Buche tat, als wäre sie nichts als eine normale Buche. Lediglich einige dunkle Flecken in ihrem unteren Bereich wiesen auf eine Abweichung hin. „Und das alles völlig lautlos", murmelte Beate.

Während die heterogene Gruppe immer noch beklommen vom Gesehenen, aber auch gelöst durch ihren Freundschaftspakt zum Camp zurückschlenderte, schnüffelte Clifford plötzlich und fragte: „Riecht ihr nichts?" „Hm, doch. Was soll das sein?" „Wir – das heißt wir jungen Leute – wären nicht drauf gekommen. Wir hatten aber einmal einen rüstigen 70jährigen mit, der den Geruch noch kannte. Eine brennende Müllkippe." „Eine was?" „Früher wurde Müll einfach offen auf ein Gelände abgeladen, das die Gemeinde dafür bestimmt hatte. Ab einem bestimmten Volumen entzündete sich das Zeug auf Grund des Eigendrucks häufig von selbst.

Nun war das Areal dieses Waldes jahrhundertelang eine solche, bis der Braunkohleabbaukonzern im Zuge der Renaturierung, zu der er gezwungen wurde, Humus draufschüttete und der Wald sich zu entwickeln begann. Da unten liegen Millionen Tonnen Abfall, der aus vermutlich allen Giften besteht, den der Planet zu bieten hat. Hättet ihr tatsächlich hier alles plattgemacht, hätte der Bauherr eine böse Überraschung erlebt. Die Entsorgung von dem Dreck hätte vermutlich mehr gekostet als jedes Gewerbegebiet jemals wieder einbrächte."

Ruprecht überhörte die kleine Spitze. „Und das alles brennt, sagst du?" „Sieht so aus. Habt ihr den Geruch vorher schon bemerkt?" „Nein. Ich kenne ihn zwar nicht, aber er wäre mir garantiert nicht entgangen." „Spitzt sich hier etwas zu?"

Unwillkürlich beschleunigten die Vier ihre Schritte und hatten bald die Containersiedlung erreicht, in der die bisherigen Bewohner bei ihren letzten Vorbereitungen zur Flucht geschritten waren. „Und eure Theorie?" fragte Ruprecht, als sie sich zu einem Abschiedskaffee niederließen. „Wenn ich dir die sage, lachst du mich aus." „Nach dem, was ich hier erlebt habe, bestimmt nicht." „Also gut.

Durch den Eigendruck der Müllmassen entstand das Feuer, von dem wir vorhin sprachen. Möglicherweise schwelt er seit Jahrhunderten. Da unten lagern organische Stoffe aller Art. Ein grotesker Zufall, der dem ähnelt, der das Leben auf der Erde entstehen ließ, mag sich wiederholt und einen Organismus zum Leben erweckt haben, wie er sonst beispiellos ist.

Das war's auch schon. Ich – wir haben nicht die leiseste Ahnung, wie er aussieht, ob es sich um eine ganze Spezies oder ein Einzelwesen handelt. Das einzige, was sich sagen lässt, ist, dass es ein Mindestmaß an Intelligenz aufbringt und sich von Fleisch ernährt, zumindest zusätzlich. Ich...."

Alle ruckten hoch, als aus dem Wald ein dumpfer Donnerschlag erklang. „Was zum Teufel...?" Dann sahen alle die Stichflamme, die irgendwo in seiner Mitte gen Himmel loderte. „Wirft da jemand Bomben?" „Wie sich ein Bombeneinschlag anhört, weiß ich nicht", brummte Ruprecht, „aber bei Dynamitexplosionen war ich oft genug Zeuge. Und das da ist nicht weit davon entfernt."

Die Arbeiter ließen jetzt alles stehen und liegen, was sie bisher nicht eingepackt hatten, und rannten schreiend zu ihren Autos. „Ich glaube, ganz dumm ist das nicht", urteilte Clifford. Er nahm sein Smartphone hervor, tippte eine Codenummer ein und hielt es ans Ohr. „Sarah? Ihr habt's auch gehört?! Rafft zusammen, was gerade zum Greifen in der Nähe liegt, und haut...; ah, ihr seid schon auf Achse, bestens. Rennt, fahrt und springt so schnell ihr könnt so weit weg ihr könnt!"

Als er sein Gerät einsteckte, sprang er gemäß seinem eigenen Rat auf. Die anderen Drei taten es ihm nach. Uwe, der in Richtung Wald blickte, begann zu stottern. „Da...; da!" Von dort, wo er mit zitterndem Finger hinwies, eilte ein brennender Riss auf sie zu und vernichtete alles, was in seiner Bahn lag.

Es bedurfte keines Kommandos. Beate, Clifford, Ruprecht und Uwe rannten auf die letzten drei Autos zu, die den Parkplatz belegten. „Alle zusammen!" rief Clifford, und alle stürzten in seine geräumige Limousine. Clifford rang seiner Brennstoffzelle Saft ab wie nie zuvor im Leben und hätte glatt einen Bilderbuch-Kavalierstart hingelegt, hätte das die elektronische Antischlupfregelung nicht verhindert. Trotz der schlechten Straße, die zwar asphaltiert, aber seit Auflassung des Ecksteiner Waldes als Erholungsgebiet nicht mehr saniert worden war, beschleunigte er auf über 90 km/h.

Er schaffte es nicht, der Druckwelle zu entkommen. Ein gewaltiger Schlag traf das Heck und beförderte die Fuhre mehrere Meter weit in die Luft und nach vorn. Nachdem sie zum Glück auf allen Vieren wieder aufgesetzt hatte, wirbelte der überraschte Fahrer sein Lenkrad einige Male hin und her, bis er sich und sein Vehikel wieder gefangen hatte. „Dem Gefühl nach kein Querlenkerbruch", diagnostizierte er erleichtert. „Bleib' besser stehen, damit wir uns vergewissern können", schlug Uwe vor. „Aber die Druckwelle...?" „Ist vorbei, wie es aussieht. Explosive Gase aus Jahrhunderten haben sich auf einen Schlag entladen. Schaut euch das an!"

Clifford hatte tatsächlich gestoppt und alle waren ausgestiegen, aber keiner sah zunächst nach den Radaufhängungen, sondern entgeistert in die Richtung, aus der sie gekommen waren. „Etliche hundert Meter." „Mindestens." Warmer Wind wie aus der Wüste wehte in ihre Gesichter und tat kund, welche Temperaturen sich in Sichtweite entwickelten und expandierten.

Es gibt Fotos von den ersten Atombombenabwürfen, die eine unzulängliche Vorstellung davon vermitteln, welches Hölleninferno dort herrschte, wo sich die einst verfeindeten Gruppen während der vergangenen beiden Wochen zwanglos aufgehalten hatten. Alle Vier schüttelten sich bei dem Gedanken, was wäre, befänden sie sich jetzt zufällig im Ecksteiner Wald. Als einziger Trost blieb, dass keiner der Unglücklichen gemerkt hätte, wie ihm geschah, denn er wäre innerhalb von Sekundenbruchteilen zu Asche verwandelt worden.

„Wollen wir nicht weiterfahren, Cliff?" Der Angesprochene riss sich erst von dem Anblick los, als er seine Vision in sich zusammensacken sah. Über der brennenden Apokalypse hatte die in allen Farben wallende Wolke die Gestalt eines dämonischen Gesichts angenommen, das indes nicht triumphierend hohnlachte, sondern so traurig dreinschaute, dass Clifford beinahe Mitleid mit ihm bekam. Die Kreatur wusste, dass sie sterben musste, wusste, dass sie trotz ihrer gewaltigen Kräfte nichts gegen die stärkste Waffe auszurichten vermochte, die der Mensch zu beherrschen gelernt und dank deren er die Macht über seinen Planeten errungen hatte, die sich jedoch zuweilen als unbezähmbar erweist und gegen ihn selbst wendet: Das Feuer. So ging es nun auch ihr. Als unterirdischer Schwelbrand hatte es ihr zum Leben verholfen und sie ernährt, jetzt, als lodernde Flamme, vernichtete es sie.

Die Trauer der gestaltgewordenen Perversität verwandelte sich mehr und mehr in Hilflosigkeit. Der geöffnete Mund schrie förmlich zum Himmel vor Pein, Angst, Schmerz, Qual und Verzweiflung. Niemand außer Clifford vernahm das Todesstöhnen, mit dem ihr irdisches Leben in Rauch aufging und erlosch. Eine für ihn endlose, für seine Begleiter hingegen überschaubare Zeitspanne später bildeten die Qualmwolken weiterhin ebenso fotogene wie bizarre Formen, aber ein Gesicht ließ sich nicht mehr hineininterpretieren. „Leb' wohl, Alptraum und Fanal, aber auch Wunder und Offenbarung", betete Clifford im Stillen zu seinem privaten Gott.

„Okay, fahren wir weiter", griff er in seinem normalen Umgangston die Bitte auf, die die anderen an ihn herangetragen hatten. Von Ferne heulten die ersten Sirenen.

Theobald

Niemand weiß vom alten Apollonius, wie er mit Nachnamen heißt und wie alt er wirklich ist, und er verrät es auch keinem. Er bewohnt ein Einfamilienhäuschen, das er soweit in Schuss hält, dass diesem ein schlimmeres Attribut als ‚leicht verwahrlost' erspart bleibt. Dasselbe trifft auf den weitläufigen Garten zu, der sich dahinter erstreckt und in dem Apollonius halbherzig das eine oder andere Gemüse hegt und pflegt, um sich nicht für jeden Bissen in sein Auto schwingen und den Weg zum nächstgelegenen Supermarkt antreten zu müssen.

Denn trotz seiner mindestens 85 Lenze, die sich durch die Rückrechnung ergeben, wann er seinen finalen Weg zur Arbeit angetreten hatte, ist Apollonius fit. Er muss es auch sein, denn sonst wäre er auf fremde Hilfe angewiesen. Er wohnt nämlich in einer Gemeinde, die als sterbend zu bezeichnen keine Diffamierung, sondern nichts als traurige Wahrheit ist. Der letzte Einzelhändler kehrte ihr bereits vor Jahren den Rücken und auch Arzt, Apotheke oder Bank sucht der Besucher vergebens. Lediglich das Speiselokal ‚Zum Hirschen', genau genommen eine Kneipe, in der es zur Not auch etwas zu essen gibt, hält seinem Standort die Treue, weil die Bewohner ihm als einzigem Stützpunkt der Geselligkeit ebenfalls die Treue halten.

Verheiratet oder sonst wie liiert ist Apollonius nie gewesen, denn auch während seiner aktiven Zeit ist das Ein- und Ausgehen weiblicher Besucher nie gesichtet worden, was die gar nicht neugierigen früheren Nachbarn zu beeiden bereit wären. Er verschließt sich der dörflichen Geselligkeit nicht ganz, hält sich aber lieber zurück als sich ins Gewühl zu stürzen. Sein Häuschen am Ende der hintersten Wohnstraße liegt in einiger Entfernung von dem davor, weil dazwischen drei Grundstücke brach liegen, deren einstige Bewohner dem allgemeinen Trend zum Wegzug folgten und deren unverkäufliche Liegenschaften nunmehr dem unaufhaltsamen Verfall preisgegeben sind.

Blödsinn, dachte Apollonius, während er seine frisch erstandene Fleischwurst auspackte, dass alle glauben, ich hortete hier ein Vermögen unter dem Dielenboden. Da die im Umlauf befindlichen Banknoten ständig wechseln, hätte ich ganz schön zu tun, mein ominöses Vermögen immer in die neuesten Druckerzeugnisse umzutauschen. Dabei reichen meine Rente und die jährliche Dividendenzahlung eines Weltkonzerns gut aus, mich hier am Leben zu lassen und mir ab und zu sogar ein Filetsteak zu gönnen. Blödsinn, wiederholte er im Geist, ewig mit Aktien zu handeln und ständig zitternd und zagend das Jo-Jo der Börsenwerte zu verfolgen. Ein richtig dickes Paket besitzen, liegen lassen und davon profitieren macht das Leben einigermaßen sorgenfrei.

Er hatte mittlerweile ein beachtliches Stück aus der Fleischwurst herausgeschnitten und geschält. Als er es, im Widerspruch zum Knigge ordentlichen Verhaltens bei Tisch, auf das Messer aufgespießt hatte, um es mit Genuss zu verzehren, meinte er am anderen Ende des Tischs eine Bewegung wahrzunehmen.

Apollonius runzelte die Stirn. Ich wohne doch allein hier, dachte er und kniff die Lider zusammen. Doch, da war etwas Graubraunes, das sich offensichtlich zu verbergen suchte. „Nun komm' schon", ermunterte Apollonius den Schemen, „ich tu' dir nichts."

Tatsächlich schob sich eine spitze Nase in den Sichtbereich über der Kante. „Dachte ich mir", spann Apollonius den Faden weiter, „du darfst dich ruhig ganz zeigen."

Es dauerte einen Wimpernschlag und eine Ratte saß vor ihm auf der Platte, eine ganz gewöhnliche der Gattung Rattus norvegicus. „Magst du ein Stück?" fragte Apollonius. Er zuckte zusammen, denn er meinte, ein *gern* zur Antwort erhalten zu haben.

Apollonius legte das abgeschnittene Stück vor sich, schnitt es in zwei Hälften, steckte die eine in seinen Mund und kaute mit sichtlichem Behagen. Die andere schob er seinem Besucher vor das Gesicht. Damit musste dem hochintelligenten Tier klar sein, dass die Nahrung nicht vergiftet ist.

Er zuckte wieder zusammen. Hatte er nicht gerade ein *danke* verstanden?

Die Ratte, vermutlich ein Männchen, ließ es sich schmecken. In einen kleinen Nager passt natürlich nicht so viel hinein wie in einen Menschen und nach einer Weile stellte Apollonius fest, dass ihn die Frage: *Darf ich den Rest meiner Sippe mitbringen?* nicht mehr verwunderte. „Gern", erwiderte er, „du darfst dich auch sonst bedienen."

Die Ratte wuchtete den Bollen hoch und wollte diesen wegtragen, als Apollonius sie nochmals ansprach. „Übrigens." Herumdrehen und gespanntes Abwarten war die Folge. „Darf ich dich Theobald nennen?" Der Angesprochene brauchte seine Beute nicht fallen zu lassen, um verständlich zu artikulieren: *Gern. Ich habe noch nie einen Namen getragen und wäre stolz darauf.*

Daraufhin verschwand Theobald blitzschnell irgendwo hinter der Wand. Apollonius wiegte glücklich lächelnd seinen Schädel hin und her und freute sich, einen Freund gefunden zu haben, dessen er sich sicherer sein durfte als jeder Entsprechung in Form des Homo sapiens. Um seines Seelenfriedens Willen beschloss er, nicht der Frage nachzugehen, warum er sich mit einer fremden Art zu verständigen imstande war oder das zumindest glaubte.

Bald merkte er, dass sein Haus von immer zahlreicheren Untermietern bewohnt wurde. Theobald betrachtete es als seine Pflicht, eines Tages mit einem Teppich aus Rattenleibern im Gefolge vor der Sitzecke im Wohnzimmer aufzutauchen und den Lesenden anzusprechen: *Darf ich dir meine Sippe vorstellen, Apollonius?*

Das Gemeinwesen wuchs sich zu einer regelrechten Symbiose aus, in der der Hausherr ab und zu zur Nahrung seiner Untermieter beitrug und diese sich dadurch bedankten, dass sie die Gebäudeecken blitzsauber hielten. Apollonius war überzeugt, dass die Nager beim Ausheben ihrer Gänge sorgfältig darauf achteten, keine Fundamente oder tragenden Wände zu beschädigen. Dass bei der am Ende der Straße stets herrschenden Totenstille ständig Trappel- und Fiepgeräusche zu vernehmen waren, störte Apollonius überhaupt nicht.

Die Trappel- und Fiepgeräusche verstummen allerdings sofort, wenn bestimmte Personen zu Besuch kommen. Ein moderner Staat kümmert sich weniger um die Aufgaben, die ihm Adam Smith vor 300 Jahren zugewiesen hatte – innere und äußere Sicherheit und Soziales –, sondern eher darum, seine Untertanen vor sich selbst zu schützen, denn moderner Ansicht nach ist der mündige Bürger zu dumm und unwissend, um zu wissen, was gut für ihn ist, und muss deshalb diesbezüglich gelenkt werden. Als Mündigkeitsbeweis des Untertanen wird dessen bereitwillige Erkenntnis dieses Tatbestands erwartet und dass er sich begeistert und in vorauseilendem Gehorsam den unsinnigsten Anordnungen der Wissenden in ihren Parlamenten, Kabinetten und Kommissionen in der dankbaren Haltung unterwirft, dass er sich so gut betreut und beschützt fühlt – nicht vor finsteren Zeitgenossen allerdings, sondern seinen eigenen Irrtümern. Die Jagd auf finstere Zeitgenossen unterlässt die hoffnungslos überlastete Exekutive vorsichtshalber gänzlich oder vertraut sie obskuren Privatfirmen an, deren vorbestrafte Schläger und Mörder im Falle eines Falles nachhaltig für Ruhe und Ordnung sorgen.

Folglich erweckt ein allein lebender Mann Mitte 80 das Misstrauen von Sozial- und Ordnungsämtern, sodass in gewissen Abständen ein Besuch fällig ist, ob sich nicht ein Grund finden ließe, den Kerl zu entmündigen und in ein Heim zu stecken, um ihn endlich lückenlos unter Kontrolle zu wissen. Jedes Mal verlassen allerdings die Hüter von Sauberkeit und Hygiene Apollonius' Heim in der wohlweislich verschwiegenen Einsicht, dass es in ihren vier Wänden deutlich schlimmer aussieht als in dem zu observierenden Haushalt. Das sind die erwähnten Gelegenheiten, während denen sich die kleinen Mitbewohner mucksmäuschen- oder besser gesagt mucksrättchenstill verhalten.

Trotz seiner Betagtheit hat sich Apollonius der modernen Zeit angepasst und navigiert im Internet wie ein professioneller Hacker des Chaos Computer Club herum. Teilweise ist dieses Verhalten erzwungen, denn für jedes Buch einen Weg von über hundert Kilometern einfacher Distanz zurückzulegen geht arg ins Geld und ist letztlich umweltbelastender als Postversand für derartig kleinteilige Anschaffungen, so sehr er dem früheren Gang zur örtlichen Buchhandlung und dem dortigen ‚Schmökern' auch nachtrauert.

Sein Hobby ist die Mathematik oder genauer gesagt deren Ursprünge. Sein neuester Erwerb ist eine antiquarische Rarität, nämlich Girolamo Cardanos lateinische Übersetzung des Werks ‚Ein kurzgefasstes Buch über die Rechenverfahren durch Ergänzen und Ausgleichen' des arabischen Genies Muhammad ibn Musa al-Hwarizmi, dessen 850 erschienene Rechenfibel aus der Verballhornung des Autorennamens zu unserem heutigen Begriff ‚Algorithmus' führte. Besagtes Buch entstand bereits 30 Jahre früher in Bagdad und stellt der Menschheit die erste quadratische Gleichung ihrer Geschichte vor: ‚Ein Quadrat und zehn Wurzeln desselben ergeben zusammen 39 Dirham', oder, in bekannterer Schreibweise: $x^2 + 10x = 39$.

Al-Hwarizmi löste die Gleichung geometrisch, wobei sich sein Verfahren grundsätzlich nicht vom aktuellen unterscheidet. Auch dem Mathematikunterricht des 21. Jahrhunderts bleibt nichts anderes übrig, als die Wurzeln zu halbieren und deren Hälfte anschließend zu quadrieren, das heißt mit der von al-Hwarizmi entwickelten Methode zu ergänzen. Es sei angemerkt, dass ein Teil des arabischen Titels ‚al-kitab al-muhtasar fi hisab al-gabr wa-l-muqabala', nämlich al-gabr den heutigen Begriff der Algebra bildete. Das Wort bedeutet folglich nichts weiter als Ergänzung.

Das Buch erwies sich als derart spannend, dass Apollonius trotz Schlafenszeit beschloss, es mit ins Bett zu nehmen und dort in dem Bewusstsein weiterzulesen, dass angesichts der dramatischen Schlussfolgerungen des Arabers auch nach dem Löschen des Lichts kaum an Schlaf zu denken wäre.

Die Geschichte vollführt einen Schlenker zu den finsteren Zeitgenossen der beschriebenen Art. Atze, Ede und Kotz gehören zu ihren herausragendsten Vertretern, die auch vor brutalsten Methoden, sprich Folter und Mord, nicht zurückschrecken, um ihr Ziel zu erreichen. Angeblich fahndet die Polizei fieberhaft nach dem Trio, aber wie resignierend weiter oben festgestellt wird, ist der Kampf gegen zum äußersten entschlossene, bis an die Zähne bewaffnete schwere Jungs weniger attraktiv und effizient als ansonsten unbescholtenen Bürgern wegen geringfügiger Ordnungswidrigkeiten happige Bußgelder abzuknöpfen, nicht zuletzt, nach einer opferreichen Festnahme von Gewalttätern die Politik die untergeordneten Beamten, die dafür Leib und Leben riskieren durften, wegen unverhältnismäßigen Einsatzes von Gewalt unter Druck setzt, die Justiz diese aus demselben Grund vom Dienst suspendiert und eventuell einsperrt und dafür im Gegenzug die Verbrecher unter dem Gesichtspunkt der Resozialisierung nach spätestens drei Jahren wieder in die Freiheit entlässt.

So dachte das Trio gar nicht daran, vor seinem Coup Vorsichtsmaßnahmen zu ergreifen und einen von ihnen draußen Schmiere stehen zu lassen, während die beiden anderen drinnen ‚beschäftigt' sein würden.

„Diesmal gibt es kein Pardon", bestimmte Atze, der Anführer der Bande, „das gilt auch für dich, Kotz." Kotz verdankt seinen Spitznamen einer Geschäftsreise, während der er sich hatte übergeben müssen, als sie ein Opfer allzu übel zugerichtet hatten. Seitdem gilt er als Weichei und unzuverlässigstes Glied der Kette. „Schon gut, schon gut", brummte der Gemaßregelte, „diesmal stehe ich meinen Mann, versprochen!"

„Der Kerl hat gewaltige Summen Bargeld unter seinem Dielenboden, heißt es", vergatterte Atze nunmehr seine Kumpane, „und es kann für ihn glimpflich abgehen, wenn er uns das Versteck ohne Federlesens verrät. Wenn allerdings nicht..."; er vollzog eine klassische Bewegung, die Kehle-durchschneiden symbolisierte. „Wir sollten ihn nicht gleich abmurksen", riet Ede, „sonst müssen wir jedes Versteck selber durchsuchen und das bedeutet in einem verwinkelten Kasten wie dem des alten Apollonius einen

Haufen Arbeit." „Was denkst du denn", herrschte Atze ihn an, „zuerst bringen wir ihn zum Reden, so oder so. Erst danach..."; er wiederholte die Kehle-durchschneiden-Geste und fuhr mit bedeutungsschwangerer Betonung fort: „Wenn er ganz lieb ist und schnell seine Weisheit ausspuckt, sind wir auch ganz lieb und machen ganz schnell und möglichst schmerzlos Schluss." „Dann sind wir uns ja einig." Dröhnendes Gelächter belohnte diesen humorigen verbalen Schlagabtausch.

Sollte einer der Bewohner des vorderen Straßenteils das unbekannte Auto gesehen oder gehört haben, das sich tief in der Nacht dem Asphaltende näherte, würde er es vorziehen, nichts gesehen oder gehört zu haben, falls ihn jemand befragen sollte. Drei Herren entstiegen besagtem Fahrzeug und näherten sich dem Haus. Probehalber drückte Atze gegen die Vordertür und kicherte. „Alles offen. Der gute Apollonius ist vertrauensseliger als die Polizei erlaubt." „Und wenn eine Überwachungskamera...?" „Unsinn! Irgendwo würde ich irgendwas blinken sehen. Glaubt mir, ich hab' dafür einen siebten Sinn."

Apollonius hatte sich in seinem Bett auf die linke Seite gestützt, denn den Folianten vermochte er nicht kraft seiner Armmuskeln in der Schwebe zu halten. Die glühbirnenbestückte Antiquität, die ihm leuchtete, breitete ihren Lichtkegel genau passend aus, um ihm bequemes Lesen zu ermöglichen. Theobald saß auf seiner Schulter und las mit.

Unglaublich, mit welch'messerscharfer Logik uns ein Orientale vor 1200 Jahren gezeigt hat, wie man rechnet.

„Woher beherrschst du Latein?"

Genauso gut könntest du mich fragen, wieso ich deutsch beherrsche. Alle menschlichen Sprachen präsentieren sich mir als eine. Du könntest das arabische Original vor dir liegen haben und ich könnte auch das lesen.

Apollonius seufzte. „Eine beneidenswerte Fähigkeit. Das müsstest du mir nämlich übersetzen."

Wir können es ja mal pro..., pssst!

„Was ist?"

Ein Geräusch, das nicht ins Haus gehört!

Kaum gesagt öffnete sich knarrend die Zimmertür und die drei bekannten ehrenwerten Herren traten mit gezückten Messern ein. Theobald huschte hinter Apollonius' Rücken ins für die Eindringlinge Unsichtbare. Einer von ihnen öffnete nun seinen hinter einem

Vollbart grinsenden Mund. „So, mein lieber Apollonius, jetzt zu unserer Besprechung, zu der wir einseitig eingeladen haben."

Der Angesprochene fiel vor Schreck in eine Art Erstarrung. Eine Stimme hinter ihm erlöste ihn daraus: *Mach' das Licht aus!* Aus einem Reflex heraus fuhr Apollonius' Zeigefinger zu einem winzigen Knopf aus der Nierentischepoche und drückte ihn. Augenblicklich lag der Raum in völliger Dunkelheit.

Atze, Ede und Kotz lachten dröhnend. Als hätten sie das nicht erwartet! Ihre linken Hände fuhren in die Richtung, in denen sie ihre Taschenlampen bereithielten. Plötzlich merkten sie, dass der Raum auch ohne künstliche Beleuchtung keineswegs dunkel war. Aus allen Ecken, von oben, von unten und von jeder Wand glühten ihnen mindestens hundert winzige Augenpaare entgegen. Die bisherige Stille wich mehr und mehr einem Fiepen und Trappeln.

Jetzt waren es die drei ehrenwerten Herren, deren Bewegungen erstarrten. Sie spürten nicht nur nacktes Entsetzen in ihrem Inneren, sondern auch angenehm flauschige Pelze in ihren Hosenbeinen hochsteigen.

Wie erwähnt liegt Apollonius' Häuschen am Ende der Straße, drei Leerstände zwischen sich und dem nächsten Nachbarn. Sollte einer von denen die schrillen, nicht menschlichen und schon gar nicht männlichen Stimmen vernommen haben, die sich mitten in der fraglichen Nacht dem Häuschen entrangen, zöge er es in abwägender Überlegung vor, sie nicht vernommen, sondern tief und fest geschlummert zu haben, obwohl er sich sonst unablässig bei denen, die es interessiert und vor allem bei denen, die es nicht interessiert, über seine notorische Schlaflosigkeit beklagt. Auch das unbekannte Auto, das kurz vor Morgengrauen seinen Weg zurück fand, hatte vorsichtshalber niemand gesehen.

Apollonius fuhr es bis zum Anschluss zur Bundesstraße. Er wusste, dass kurz hinter der Auffahrt ein Parkplatz ebenso flehend wie erfolglos zum Picknick einlädt, denn die Ausweichstelle wird trotz Verbots gern zur Erleichterung von Blase und Darm missbraucht und verbreitet ein entsprechendes Aroma. Eine erst vor kurzem aufgestellte Plastiktoilette sorgt für ein wenig Abhilfe.

Apollonius ließ den Schlüssel, den er in der nunmehr herrenlosen Jacke eines der Eindringlinge gefunden hatte, im Schloss stecken und schlug die Fahrertür zu. Dann entledigte er sich seiner Handschuhe und stopfte diese in die Hosentasche. Bis zurück nach Hause waren es gut vier Kilometer und Apollonius musste sie mangels Alternativen zu Fuß zurücklegen. Nun war er, wie eingangs dargelegt, recht fit und schaffte die Distanz in wenig mehr als einer Stunde. Gerade als die Morgendämmerung hereinbrach, schloss er seine Haustür hinter sich zu.

Die widerlichste Arbeit stand ihm nun bevor: Das Beseitigen der Blut- und Gedärmereste von seinem Fußboden. Zum Glück erwies sich sein über ein halbes Jahrhundert alter billiger Linoleumboden als extrem pflegeleicht.

Der nächste Schritt war einfacher Natur. Eigentlich ist das heute verboten, aber dem kauzigen Apollonius sieht man nach, wenn er in seinem Garten ein Herbstfeuerchen entfacht und dort alte Kleider verbrennt. Einem aufmerksamen Beobachter hätte auffallen können, dass es sich um solche handelte, die Apollonius selbst garantiert nie getragen hatte, aber den aufmerksamen Beobachter gab es nicht. Lediglich drei Paar Schuhe bester Qualität hatte er der Vernichtung entzogen, denn die der Besucher waren alle der Größe 44, die zufällig auch die Seine ist. Eine Runde in der Waschmaschine wäre allerdings unerlässlich, um auch letzte Blutspuren der Vorbesitzer zu beseitigen. Was das schlechte Karma von Mörderbesitz betrifft: Apollonius ist überhaupt nicht furchtsam oder abergläubisch.

Der ultimative Akt war wiederum schweißtreibend. Am Nachmittag hob Apollonius eine tiefe Grube in seinem Garten aus und, als er sie als tief genug einschätzte, füllte er diese mit Dingen, die der nunmehr zum zweiten Mal beschworene aufmerksame Beobachter als Menschenknochen hätte identifizieren können. Indes nützt alle Beschwörung nichts: Der aufmerksame Beobachter existiert weiterhin nicht.

Die Exekutive geriet eine Zeitlang unter medialen Druck, weil es ihr nie gelang, des Diebes- und Mördertrios habhaft zu werden. In einem auf einem Bundesstraßen-Parkplatz in der Nähe eines unbedeutenden Dorfs gefundenen Pkw, der als gestohlen gemeldet worden war, wurden deren Fingerabdrücke isoliert, die jedoch zu keiner weiteren Erkenntnis außer der führte, dass es sich bei den Dieben mit an Sicherheit grenzender Wahrscheinlichkeit um das Trio handelte. Was es mit dem Auto angefangen hatte und warum es dieses gerade dort zurückgelassen hatte, blieb ein Rätsel. Eine intensive Spurensuche in den umliegenden Wäldern und auf den Feldern, aber auch in besagtem Dorf blieb erfolglos. Wie weiter oben vorbereitend angedeutet hatte niemand etwas Ungewöhnliches gehört oder gesehen.

Im Lauf der Zeit ließ der Druck nach, als keine weitere Tat in ihrer Handschrift mehr nachfolgte. Ebenso blieben weitere Lebenszeichen von Atze, Ede und Kotz während der kommenden Jahre aus. Die Vermutung, dass die Drei entweder genug Beute zusammengekratzt hatten, um irgendwo in der Welt ein sorgloses Leben zu genießen, ist ebenso wenig von der Hand zu weisen wie die, dass sie sich verkracht und in Folge ihres wenig zurückhaltenden Charakters geradewegs gegenseitig um die Ecke gebracht haben. Im Sinne der Gerechtigkeit ist zu hoffen, dass die zweite Variante zutrifft.

João Cariocas sonderbare Expedition

Die Bar Pé Sujo zu den nobleren Etablissements Rio de Janeiros zu zählen wäre mehr als geschönt. Der Besitzer – Tomás Sujo – bräuchte sich auch keine Mühe zur Aufbesserung seines Rufs geben, denn er betreibt sein Handwerk zwar nicht in einer Favela, aber auch nicht in einem als nobel bekannten Stadtteil.

Dafür ist bei ihm das Bier deutlich billiger als am Strand der Copacabana.

João Carioca hing wie immer am Tresen und seinen trüben Gedanken nach. Obwohl hier aufgewachsen, hatte er es nie geschafft, einen Fuß auf die Erde zu bekommen. Vielleicht, überlegte er, hätte ich einfach arbeiten gehen sollen – bei dem Gedanken schauderte es ihn leicht – statt die tollsten Projekte zu gebären, die den Touristen das Geld aus der Tasche ziehen sollten, aber stets gescheitert waren. Dabei hatte sein Onkel Reinhold ihm nimmermüde gepredigt: „Arbeiten?! Damit wirfst du dein Leben weg, hier, wo das Geld auf der Straße liegt."

Onkel Reinhold war deutschstämmig und galt deshalb als kompetent in Sachen Fleiß, Sorgfalt und Nase für gute Geschäfte. Vor einiger Zeit war er gestorben und hatte, wie João nunmehr überlegte, entgegen seinen optimistischen Voraussagen doch keine Millionen, sondern im Gegenteil einen Haufen Schulden hinterlassen, zu denen sich die Beerdigungskosten hinzuaddiert hatten. Wenigstens hatte er ihm, seinem Neffen, Deutsch beigebracht, sodass João neben seiner portugiesischen Muttersprache Schulenglisch und fast muttersprachliches Deutsch beherrschte. Mal sehen, dachte er, ob sich daraus irgendwie Kapital schlagen lässt; als Fremdenführer durch die ehe unbekannten Weiten Brasiliens könnte er doch bildungsbeflissenen Teutonen das Blaue vom Himmel erzählen. Sein Hauptproblem bestand nämlich darin, dass er selbst kaum je aus seiner Heimatstadt hinausgekommen war. Dafür kannte er diese wie seine Westentasche.

Meine Westentasche scheine ich auch nicht zu kennen, dachte er bekümmert, als er mit der Hand in sie hineinfuhr und deutlich weniger Münzen darin klappern hörte als er erwartet und erhofft hatte.

Er sah sich um, denn er vernahm eine lautstarke Diskussion. An einem der wackligen Tische saß ein Mann, der wenig südländisch aussah, aber sehr südländisch dem Kellner mit den Händen aufzuzeigen versuchte, wessen er begehrte. Die Wortfetzen klangen

vertraut, sodass sich João veranlasst sah, einzugreifen; vielleicht fiel ja ein Freibier für die Vermittlung ab.
„Was hast du für ein Problem?" erkundigte er sich auf Deutsch. Gast und Kellner wandten sich sofort ihm zu. „Dass Bier auf portugiesisch cerveja heißt, weiß ich. Ich kriege dann aber immer eins in der Flasche. Gibt's hier kein frisch gezapftes Fassbier?" klagte der Gast. „Doch, gibt's", beruhigte ihn João, „ein kleines ist ein imperial und ein großes caneca, also Kanne oder Kübel oder von mir aus auch Humpen. So wie du gebaut bist, willst du eine caneca, nehme ich an." „Sicher, danke."
Der Mann rief den davoneilenden Kellner noch einmal zurück und streckte zwei Finger in die Höhe. „Dois" fügte er hinzu, um den Wunsch restlos klarzustellen.
„Danke", sagte auch João und setzte sich zu dem Fremden, denn sein Glas an der Theke war leer. Dann sah er den Zettel neben dessen Hand. „Interessante Lektüre?" fragte er, um rasch hinzuzufügen. „Ich bin übrigens João, für Freunde Jo." Jeder, der ihm ein Bier spendiert, ist für João ein Freund. „Dann heißen wir fast gleich", bekam er zu hören. „Ich bin Josef Waterkant." „Sepp?" „Wäre ich Bayer. Da aber meine Mutter Rheinländerin ist, ist an mir der Jupp hängengeblieben."
Die beiden Humpen kamen und das multikulturelle Duo stieß an. „Prost Jo!" „Prost Jupp!"
Einige kräftige Schlucke später kam João auf den Zettel zurück. „Interessante Lektüre?" wiederholte er. „Sehr, denn es handelt sich um eine Schatzkarte." João lachte lauthals. „Von einem seriösen Andenkenhändler an der Copacabana erworben?" „Nein. Selbst gezeichnet."
João schwieg eine Weile verblüfft, bevor er sich eine Bemerkung abrang. „Verstehe ich das richtig? Du malst dir selber eine Schatzkarte und glaubst, dass an dem Kreuz, das du hingeschmiert hast, Gold und Juwelen zu finden sind?!" „Gold und Juwelen nicht, aber eine Stadt, und zwar die sagenhafte Kristallstadt des britischen Obersten Percy Fawcett, das heißt des Dokuments 512, das bereits 1743 verfasst wurde, nachdem eine Gruppe portugiesischer und einheimischer Forscher oder besser gesagt Abenteurer über sie berichteten."
„Die Geschichte kenne ich sogar. Nach 1743 starteten mehrere Expeditionen, um den sagenhaften Ort zu finden, der angeblich in phönizischem Stil erbaut ist, zuletzt Oberst Fawcett selber 1925. Er kehrte allerdings nie zurück und danach wurde die Sage mehr

und mehr zu den Akten gelegt." "Ich bin der Meinung, dass es keine Sage ist." "Das meinen viele. Ein Freund von mir…; ah, da kommt er gerade."

João winkte einen Mann heran, der zwar nicht abgerissen wirkte, aber auch nicht gerade elegant gekleidet war. ‚Räuberzivil' wäre der passende Ausdruck, würde ihn jemand suchen. Deren auffälligstes Merkmal war ein einst sicher eleganter roter Blazer mit goldenen Knöpfen, der aber in die Jahre gekommen war und sich bis jetzt mit Mühe und Not vor dem Attribut ‚schäbig' rettete. "Darf ich dir José Porteño, genannt Joss, vorstellen? Er ist Argentinier aus Buenos Aires, macht aber seit 20 Jahren Rio unsicher, und beschäftigt sich wie du seit langem mit der geheimnisvollen Kristallstadt. Und nun behauptest du, zu wissen, wo sie liegt?" Es erfolgte ein dreifaches „prost", Gelächter und ein ausgiebiges Schulterklopfen, denn wie der zuletzt Eingetretene in Rot präsentierten sich João in einem grünen und Josef in einem blauen Blazer mit goldenen Knöpfen, Zustand wie bereits bei José beschrieben. "Wir sind als ‚Der Grüne' und ‚Der Rote' bekannt", lachte dieser, "Ein ‚Blauer' ist eine würdige Erweiterung unserer Doppelspitze zum Triumvirat. Wie ich mitgehört habe, geht es um eine Unternehmung, die grün-rot schon lange vorhat, aber, wie soll ich sagen…?" "Aus Mangel an Mut", warf João ein, "das kann man ruhig so sagen, bisher unterblieb." "Und ein bisschen aus Mangel an Kleingeld?" hakte Josef nach. "Ach, weißt du, ob wir hier vor uns hinvegetieren oder unterwegs, bleibt sich gleich. Joss besitzt einen Geländewagen und den Sprit für ihn müssten wir auftreiben. Ansonsten lebt sich's auf Achse sicher nicht teurer als in der Touristenmetropole Rio, wenn wir unsere Ansprüche entsprechend 'runterschrauben." "Wo kommst du her?" wollte José wissen. "Ich meine nicht Deutschland, das ist klar; aus welcher Stadt?" "Hamburg." "Dann sind wir alle Drei Hafenstädter. Es kann also nichts schiefgehen."

Die Unterhaltung wurde immer lebhafter und erfuhr dadurch ihre besondere Würze, dass Josef gut spanisch, aber nur erbärmlich portugiesisch sprach, José neben seiner Muttersprache als langjährig Assimilierter gut portugiesisch und João wie dargelegt portugiesisch und deutsch in muttersprachlicher Qualität, aber kein spanisch beherrschte. Englisch konnten alle ein bisschen, sodass die Diskussionsfetzen in einem portugiesisch-spanisch-deutsch-englischen Kauderwelsch hin- und herflogen.

„Meinen Recherchen nach befindet sie sich an der Abbruchkante des Roncador-Gebirges zu den Pantanal-Sümpfen", dozierte der Deutsche, „wobei dieses Gebirge keineswegs mit dem Bergland von Mato Grosso identisch ist, sondern westlich davon, unmittelbar an der Grenze zu Bolivien zu suchen ist."
„Das sind in Luftlinie beinahe 2.000 Kilometer", schnaufte João, „und die Straßen, sofern welche vorhanden sind, beschreiben ein paar Kurven." „Na und? Ein paar Tage wird's dauern, bis wir da sind, aber einige hundert Kilometer pro Tag schaffen wir sicher, oder nicht?" „Zu Beginn ja, mein lieber Jupp. Bis Belo Horizonte haben wir eine Autobahn zur Verfügung und bis Goiânia immerhin eine gut ausgebaute Asphaltstraße. Bis Cuiabá kommen wir auch, denn Schotterpisten machen Joss' Jeep nichts aus. Danach wird's schwierig. Durch besagtes Bergland führt praktisch kein Weg und kein Steg und von einem Vorstoß durch die Sümpfe ist erst recht abzuraten. Selbst wenn wir bei strammer Fahrt – und wenn Joss' antikes Vehikel die Strapaze ohne größere Havarie durchstehen sollte – in vier Tagen in Cuiabá einlaufen, ist ab da unser volles Improvisationstalent gefragt." „Was soll das heißen: Wenn Joss' wie-hast-du-es-genannt?-Vehikel die Strapaze ohne größere Havarie durchstehen sollte?" rief der Eigentümer des bezeichneten Transportmittels in gespielter Empörung aus. „Na, ein halbes Jahrhundert hat es sicher auf dem Buckel." „Und wenn schon. Es ist so robust wie ein russischer Panzer." „Gestehen wir das zu. Dennoch: Auch ein russischer Panzer kann nicht fliegen."
Obwohl sich João während seiner bisherigen Existenz nicht zuletzt aus Mangel an Barbestand recht ortsfest verhalten hatte, hatte er sich mit der Topografie seines Heimatlandes eingehend beschäftigt. „Und von hinten?" fragte Josef. „Da müssten wir von Bolivien kommen und in den unwegsamen Grenzgebieten gibt es keine Übergänge, wie es überhaupt erstaunlich wenige auf dem Halbkontinent gibt." „Der Grenzübertritt ist aber überall visumfrei gestattet." „Das ist als einziges positiv zu bewerten. Im Großen und Ganzen sind sich die Länder jedoch nicht besonders grün."
„Ganz schlimm sind Argentinien und Chile wegen des Streits um Feuerland", warf José ein.
„Brasilien ist bei seinen Nachbarn auch nicht besonders gelitten", merkte João traurig an, „vermutlich wegen seiner schieren Größe und Macht, vielleicht aber auch wegen seiner vom Rest Lateinamerikas abweichenden Sprache." „Aber es sind doch beides romanische Sprachen…." „Ihr Auswärtigen glaubt immer, die wären

alle gleich, Jupp. Portugiesisch ist völlig anders als spanisch, das hast du ja bei deiner Bierbestellung gemerkt. Oder kannst du automatisch englisch oder norwegisch, weil du deutscher Zunge bist? Alle sind ja germanischen Ursprungs." "Hm. Schwedisch und norwegisch sind sich recht ähnlich." "Spanisch und sizilianisch – sizilianisch, nicht italienisch! – ebenfalls. Ist aber egal. Kriegerische Verwicklungen brauchen wir, glaube ich, nicht einzuplanen."

Wer glaubte, dass von den anderen Gästen einer aufmerksam gelauscht hätte, da es sich bei den Gesprächen und Plänen der grün-rot-blauen Zweckfreundschaft um eine Stadt voller Schätze gehandelt hatte, sähe sich getäuscht. In Südamerika werden so viele goldstrotzende, aber leider vergessene oder versunkene oder sonst wie unbestimmbare Lokationen vermutet, nach denen sich in periodischen Abständen Glücksritter auf die Suche begeben, dass das kein Aufsehen mehr erregt. Sollte tatsächlich ein Zeitgenosse auf den angrenzenden Sitzgelegenheiten Wortfetzen der babylonischen Unterhaltung aufgeschnappt haben, hätte ihn höchstens amüsiert, dass ein weiteres Mal ein paar Dummköpfe ihr bescheidenes Vermögen auf den Kopf zu hauen gedachten, um einem Phantom nachzujagen.

Als Josef am nächsten Morgen in seinem Hotelzimmer erwachte, wusste er zwar nicht mehr, wie viele canecas er sich hinter die Binde geschüttet hatte, aber noch sehr genau, worum es während des gestrigen Abends gegangen war. Die Kopfschmerzen hielten sich in Grenzen, sodass er sich genötigt sah, ohne weiteres Verweilen das knochenharte Bett zu fliehen und in seiner Brieftasche nach den Visitenkarten zu fingern, die er sich hatte geben lassen.

Ah, da! João Carioca und José Porteño mit Adressen und Mobilfunknummern. Es war also kein Traum gewesen. Er sah auf sein Smartphone. Frühmorgens elf Uhr. Ob er es bereits wagen durfte? Mit zitternden fingern wählte er eine Nummer und vernahm erleichtert Joãos Stimme. "Ja?" "Hier Jupp. Erinnerst du dich an gestern Abend?" "Wie sollte ich nicht? Er ist ja noch keine 20 Jahre her. Ich war schon gespannt, ob du dich nochmal melden würdest oder uns nur verarscht hast. Scheint aber alles seriös zu sein."

Da Sonntag war, trafen sich alle Drei zum Nachmittagsschoppen in der Bar Pé Sujo. Josef hatte seinen händisch zusammengeschmierten Zettel wieder mit, den sie jetzt, bei Noch-Tageslicht und in wesentlich nüchternerer Verfassung als am Vortag gemeinsam begutachteten.

„So richtig detailliert, mit Längen- und Breitengraden auf die Sekunden 'runter, ist er ja nicht", bemängelte José. „Ich behaupte nicht direkt, dass es sich um Gekritzel handelt, aber zu einer GPS-Eingabe langt's klar nicht." „Mir würden schon Minuten reichen", brummte João, „denn Brasilien auf DIN A5 eingedampft täuscht über die wirklichen Dimensionen hinweg." „Ich weiß, ich weiß", verteidigte Josef sein Machwerk, „aber für den ganzen Osten reichen ja ein paar symbolische Striche. Wie du selbst gestern sagtest, Jo, Autobahn bis Belo Horizonte, gute Straße bis Goiânia und Schotterpiste bis Cuiabá bedurften keiner genauen Ausarbeitung; da genügt der Erwerb einer gängigen Straßenkarte. Aber hier"; damit wies Josefs Zeigefinger auf die Stelle, die sich einer deutlichen Vergrößerung erfreute, „einige perspektivische Hinweise, wie es um den Eingangsbereich der Stadt aussieht."

„Deine Zeichenkunst in Ehren." José lehnte sich auf dem bareigenen Küchenstuhl, den er in Beschlag genommen hatte, zurück. „Verrat' uns aber bitte, wo du deine Informationen her hast." „Das ist schwer in einen Satz zu fassen, Jo und Joss.

Es begann, als ich als Jugendlicher Arthur Conan Doyles Roman ‚Die vergessene Welt' las. Vordergründig hat der mit unserer Stadt zwar nichts zu tun, hintergründig aber sehr wohl. Sowohl Henry Rider Haggard als auch besagter Sir Doyle waren nämlich von unserem gestrigen Oberst Percy Fawcett beeindruckt und beeinflusst. Haggard schuf auf dieser Basis den Alan Quatermain und Doyle den Professor Challenger. Hintergrund ist, dass Fawcett nicht nur angeblich die Kristallstadt gefunden hat, sondern auch behauptete, Beweise für noch lebende Dinosaurier-Kulturen im Panatal-Gebirge vorweisen zu können. Dieses Gebirge gibt es so nicht. Ich glaube, der Name ist ein Zusammenzug aus Pantanal und Roncador, dem Sumpf und dem Gebirge, also eine sehr geschickte Verschleierung, ohne direkt in die Irre zu führen.

Wie dem auch sei, der Faden zu Fawcett war geknüpft und ich versuche seitdem, das Knäuel zu entwirren. Mittlerweile ist sogar das Dokument 512 digitalisiert und für einen guten Hacker zugänglich, aber nicht lesbarer als das Original. Als ich meine portugiesische Nachbarin bat, mir bei der Entzifferung zu helfen, amüsierte sie zwar meine jugendliche Begeisterungsfähigkeit angesichts eines Phantoms, aber das war mir egal. Sie kriegte ganz schön viel heraus; dazu einige weitere Quellen, vielleicht mehr oder weniger windig, aber nach und nach zog sich die Schlinge zusammen und wies auf einen bestimmten Punkt – das Kreuz, das ich hier eingezeichnet habe.

Aber sag' mal, Joss, hat dich gestern nicht Jo ebenfalls als Experten in dieser Angelegenheit eingeführt?" „Das ist übertrieben. Wir haben auch das eine oder andere über die Kristallstadt gelesen und ein bisschen geträumt, aber nicht so intensiv, dass wir uns real auf die Suche begeben würden.

Du hingegen scheinst das ernsthaft vorzuhaben?!" „Ja, hab' ich. Und, um direkt und ehrlich zu sein, seit ich gestern von deinem Geländewagen erfuhr, bin ich entschlossen, dich und euch zu umgarnen, dass ihr mittut. Wie sieht's mit eurem business aus?"

Die Hilfsjobs, mit denen sich João und José über Wasser hielten, waren nicht so einträglich, dass ihnen nicht jede Aussicht auf anderweitig leichter zu erwerbendes Kapital überlegen wäre.

Beim Betrachten von Josés Jeep sinnierte Josef. „Kackfarbe ist auch eine Farbe." „Tarnfarbe, meinst du." „Na gut, einigen wir uns auf Dreckfarbe. Ein dreckfarbenes Auto hat den Vorteil, dass es nicht dreckig werden kann."

Bald waren die leichten Bedenken überwunden. Auch wenn im Umfeld von Rio de Janeiro keine Gelände-Testfahrten durchführbar waren, bestand kein Zweifel, dass das Vehikel geeignet war, unzugängliche Regionen zugänglich zu machen. Mehr als ein Wermutstropfen war der Benzinverbrauch des alten Bocks. „Unter zehn Litern tut er's nicht", bekannte José, „und im Gelände werden es doppelt so viele. Als ich noch in Argentinien in unwegsamem Gelände damit herumgurkte, musste ich diese Erfahrung machen. Am besten lassen wir's auch auf bestens ausgebauter Asphaltstraße bei 60 km/h"

Die einzigen nennenswerten Anschaffungen für die große Expedition waren vier 20-Liter-Benzinkanister, sie zu füllen – obwohl das im Stadtgebiet nicht erlaubt ist –, drei Einmannzelte, ebenso viele Luftmatratzen, für jeden ein Paar Wanderstiefel, ein Campingkocher mit entsprechendem Gasvorrat, Campinggeschirr, drei Klappstühle mit einem passenden Tisch und eine Petroleumlampe samt ausreichendem Zünder- und Brennstoffvorrat für die langen, dunklen Abende.

„Wasser gibt's in ganz Brasilien im Überfluss", führte João aus, „sodass ein paar Plastikflaschen genügen. Lebensmittel sind bis hinter Cuiabá jederzeit zu beschaffen. Erst dann sollten wir uns ein bisschen bevorraten. Decken haben wir, denn obwohl wir uns in den Tropen befinden, wird's ab 2.000 Metern Höhe nachts frisch. Kopfkissen für unseren Komfort finden sich in unseren Haushalten auch. Ich denke...."

Josef hatte, um seine kostbaren Touristendevisen nicht für Unnützes zu opfern, unmittelbar nach dem denkwürdigen Beschlussnachmittag sein Hotelzimmer aufgegeben und sich in Josés wackliger Hütte in ihrem wackligsten Raum einquartiert. Es war atemberaubend, wie sich Josef innerhalb weniger Tage in die Gemeinschaft eingefügt hatte, als gehöre er ihr seit Jahren an.

Kaum eine Woche nach dem geschilderten Dialog in der Bar Pé Sujo war es soweit. Der Jeep war auf ‚Esmeralda' getauft, seine Batterie frisch aufgeladen, eine volle Ersatzbatterie beschafft und er mit allem Nötigen beladen. João als Einheimischer war zum Expeditionsleiter ernannt und der letzte Abend in besagter Bar geschmissen. Nach etlichen canecas fiel den Freunden nicht auf, dass sie von allen übrigen Gästen mit „viel Glück bei der Schatzsuche" und reichlich Gelächter verabschiedet wurden.

Auf Autobahn und guter Landstraße war Esmeralda als Verkehrshindernis einzustufen. José kannte ‚sein Mädchen': Bis 60 km/h veranlasste es die Tanknadel zu zivilisiertem Verhalten, aber jeden Versuch, schneller voranzukommen, bestrafte es mit freiem Fall des Tankinhalts.

Die Freunde atmeten auf, als sie Goiânia hinter sich hatten und das zum Flickenteppich mutierte Orientierungsband ohnehin keine höhere Geschwindigkeit zuließ.

„Warum wird in Brasilien so wenig in die Straßenpflege investiert?" fragte Josef. „Du fragst falsch, Jupp", erwiderte João, „du musst fragen: ‚warum wird hier im Westen so wenig investiert?' Die Antwort ist einfach: Weil es auf Grund mangelnder nachbarschaftlicher Zusammenarbeit nirgendwo hingeht. Cuiabá ist unbedeutend und dahinter befinden sich ein paar Indiodörfer und sonst nichts. Wäre Bolivien ein wirtschaftlich potenter Nachbar und eine Autobahn Belo Horizonte – La Paz sinnvoll, gäbe es sie auch. Aber so...?

Naja, eventuell ist's besser, wie es ist", fügte er verschmitzt hinzu, „sonst hätte längst eine Baubrigade ‚unsere' Stadt gefunden."

Solange sie sich in besiedeltem Gebiet aufgehalten hatten, hatten sie in billigsten Absteigen übernachtet, denn ein Zelt am Wegesrand hätte einen Finsterling oder auch mehrere mit Sicherheit zur Nachschau angelockt, ob da etwas zu holen sei, aber heute, zum ersten Mal weit entfernt von jeglicher menschlichen Behausung, stand die erste Zeltnacht an.

Die Abfahrt war standesgemäß im grünen, roten und blauen Jackett mit dazu passenden Jeans erfolgt, und dabei war es aus dem einfachen Grund geblieben, dass die Garderobe der Drei sich weitgehend in dem erschöpfte, was sie am Leib trugen. Ein bisschen Unterwäsche zum Wechseln und die frisch erstandenen Wanderschuhe, wenn es dereinst geländig und felsig werden sollte, standen zur Reserve bereit. Von Funktionskleidung, die vor einem Regenguss zuverlässig schützt und danach innerhalb von zehn Minuten wieder trocken ist, war keine Rede. Damit ist João Cariocas sonderbare Expedition und ihre unzulängliche Ausrüstung in groben Zügen beschrieben.

Bevor das Lagerfeuer zusammensackte und es Zeit wurde, endgültig unter die Plane zu kriechen, wandte sich Josef an João: „Irgendwie wirkt das alles wie zu Hause, vielleicht eine Spur exotischer vom Bewuchs her. Wo ist denn der vielgerühmte brasilianische Regenwald?" „Ungefähr tausend Kilometer weiter nördlich, mein Lieber. Vergiss nicht, dass Brasilien 8½ Millionen km^2 misst, das ist eine fast 24 Mal größere Fläche als Deutschland. Allerdings ist die Einwohnerzahl mit 210 Millionen kaum drei Mal so hoch."

„Das ist's, was ich an eurem Kontinent so liebe, Jo, und zwar sowohl an Nord- als auch an Südamerika: In Europa ist alles klein und eng und voll und hier ist alles groß und weit und leer."

Josef schickte sich an, in sein Zelt zu kriechen. „So schade ich es finde, nicht durch den Regenwald zu fahren, gibt es wenigstens keine wilden Tiere." „Da sei nicht so sicher, Jupp. Jaguare sind respektable Raubkatzen, unsere Riesenwürgeschlangen gut im Saft und Tapire, Faultiere und Affen lästig. Immerhin beschränken sich Kaimane, Tegus und Piranhas auf Gewässer und die berüchtigte Insektenplage ist während der Trockenzeit geringer als in Europa, wenn dich das tröstet."

Josef hätte durch diese tröstenden, aber wenig beruhigenden Worte beunruhigt sein müssen, aber Stille, unterstrichen durch heimeliges Blätterrauschen, und frische Luft taten ihr Werk. Er schlief selig wie ein neugeborenes Kind und wurde erst durch die

Sonne geweckt, die seine Plane zur Sauna aufzuheizen sich anschickte. Erschrocken erhob er sich, stieß als Folge dieser Lageänderung an die obere Querstange und erinnerte sich, wo er sich befand. Der Duft nach Kaffee stieg ihm in die Nase und er beeilte sich, seinen Kameraden beim Verkonsumieren beizustehen, nachdem er schon das Zubereiten verpasst hatte.

Die Befürchtung, dass die mitgeführten Wolldecken zu warm sein könnten, hatte sich als unbegründet erwiesen. Nicht nur in den Bergen, auch in der endlosen Hochebene des Mato Grosso wurde es nachts empfindlich kalt, was die drei Städter nicht vorausgesehen hatten.

Nach dem frugalen Frühstück stellten sie fest, dass sie das Zusammenfalten und Unterbringen der Behausungen in deren Hüllen im Vorfeld nicht hinreichend geübt hatten. Sie brauchten über eine Stunde, bis sie alles so hingemurkst hatten, dass der Jeep als abfahrbereit durchging. „Sieht alles ein bisschen voller aus als in Rio", urteilte José in seiner stillschweigend zugestandenen Rolle als technischer Leiter. „Da waren die Zelte ja noch maschinenverpackt", entgegnete João süffisant. Es sei vorweggenommen, dass dieser Teil der täglichen Verrichtungen jeden Morgen ein bisschen schneller und professioneller vonstatten gehen sollte.

Zunächst hatte sich Josef an heimatliche Heide erinnert gefühlt, aber die Graslandschaft, durch die sie fuhren, findet in Europa keine Entsprechung. Während es kaum Gebüsch gibt, ragen vereinzelt mächtige Bäume gen Himmel, da sie auf dem 15. südlichen Breitengrad, der uneingeschränkt den Tropen zuzurechnen ist, genügend Grundwasser für ihr Gedeihen abzapfen. Besonders auffällig ist der Kapokbaum, der bis 75 Meter Höhe und einen Umfang von drei Metern erreichen kann. Er überragt im tropischen Regenwald des Amazonasgebiets seine Umgebung. Seine Samen verirren sich zuweilen auch ins Grasland, führen dort aber nicht zum gleichen Riesenwuchs wie in seiner angestammten Umgebung.

Die Jacketts hatten säuberlich zusammengelegt auf der Rückablage Platz gefunden, denn tagsüber wurde es breitengradkonform recht heiß und die Klimaanlage des Jeep, das heißt seine geöffneten Seitenfenster, sorgte für einen veritablen Glutschwall, sobald die Fuhre zum Stehen kam.

Das war unter anderem der Fall, wenn ihnen ein Sechzigtonner entgegendonnerte oder sie überholen wollte. Die Monster oder besser gesagt deren Fahrer nahmen keinerlei Rücksicht auf den schlaglochübersäten Zustand der Straße, sondern gaben Gas, was das entsprechende Pedal hergab. Folglich begleitete ihr Passieren ein Schwall von Steinen und herausgerissenen Asphaltbrocken, denen es aus dem Weg zu gehen, das heißt ein paar Meter zur Seite auszuweichen galt. „Hinter Cuiabá hört das auf", beruhigte João die anderen, aber auch sich selbst, „da gibt's nur noch schmale Pisten, auf die höchstens ein Pritschen-Pkw passt." „Dafür, dass du kaum je Rio verlassen hast, kennst du dich erstaunlich gut aus." „Ich hatte immer vor, mich als Reiseleiter für deutschsprachige Besuchergruppen zu verdingen, und deshalb viel über mein Land gelesen." „Und warum hast du das nicht gemacht?" „Weil sich die Konkurrenz als zu groß herausgestellt hat. Deutsch können in Brasilien verdammt viele."

Pkws waren praktisch aus dem Straßenbild verschwunden und westlich von Cuiabá waren die Drei, wie João prophezeit hatte, mehr oder weniger unter sich. „Weißt du, dass es bis vor ungefähr einem halben Jahrhundert eine Eisenbahnlinie durch das Mato Grosso gab", plauderte João munter, da es sonst nichts zu tun gab, „von São Paolo über Baurú und Campo Grande bis zur Grenze nach Corumbà." „Und dort standen die Passagiere im Sumpf?" „Nein, Jupp. Die bolivianische Eisenbahn führte immerhin weiter bis Santa Cruz. Es gab aber keine durchgehenden Züge, weil die bolivianischen auf europäischer Normalspur liefen und unsere auf den 5¼ Zoll oder 1,60 Metern der RFFSA, der staatlichen Rede Ferroviária Federal." „Und was wurde daraus?" „Wie immer, wenn es um Bahnstrecken in Lateinamerika geht: Nichts." „Das heißt, die Strecke wurde abgebaut." „Natürlich nicht. Sie verrottete und ich halte es für denkbar, dass wir hin und wieder überwucherte Reste von ihr kreuzen, sollte es uns weit genug nach Süden verschlagen."

„Wo führt die Piste eigentlich hin, wenn weiter westlich nichts mehr ist?" fragte Josef nach einer Weile. „Es gibt einen weiteren Ort, Càceres, der nichts weiter als ein Schmuggler- und Wildererenest ist. Bis dorthin müssen wir zum Glück nicht; laut deinen Aufzeichnungen geht es auf halbem Weg nach Norden ins Nirwana. Mal sehen, wie weit uns Joss' Jeep treu bleibt."

Plötzlich meldete sich der Besitzer, der auf dem Beifahrersitz nach Gefahren und Wegzeichen Ausschau hielt, mit einem Aufschrei zu Wort. „Was ist? Hab' ich Esmeralda beleidigt?"

José wies nach rechts. „Das sowieso und wird noch geahndet werden. Ich meine aber etwas anderes. Seht dort; dort zweigt ein

Pfad ab." „Ein Trampelpfad?" „Dann hätte ich ihn kaum gesehen. Nein, da ist ein Auto durchgebrochen, eins wie unseres."
Eine kurze Untersuchung ergab, dass der Argentinier richtig beobachtet hatte. „Hier müsste auch ungefähr die Höhe sein, in der es Richtung Kristallstadt geht", warf Josef ein. „Ob uns jemand zuvorkommen will?" „Das wäre ein arger Zufall." „Findest du, Jupp? Wir haben bei unseren Tagungen in der Bar Pé Sujo aus unserem Vorhaben kein Geheimnis gemacht." „Mit Absicht und dem Zweck, dass uns alle auslachten." „Fast alle. Einer vielleicht nicht."

„Das ist doch Unsinn, Leute", mischte sich José in das unbehaglich werdende Gespräch ein. „Sollte tatsächlich einer unser Gerede für bare Münze genommen haben, müsste er sich hinter uns halten, weil er ja nicht weiß, wo es hingeht. Hier scheint aber jemand vor uns her zu fahren."

Das hörte sich plausibel an. „Dennoch sollten wir vorsichtig sein", meinte João. „Warum fährt einer ausgerechnet hier mitten ins Dickicht?"

Es ging im Lauf der nächsten Stunde immer weiter in die Höhe und durch immer dichter werdendes Gestrüpp, allerdings immer noch licht genug, dass ein ausgewachsenes Geländefahrzeug hindurchpasste. Ihr Vorreiter hatte gute Arbeit geleistet und eine deutlich erkennbare Schneise hinterlassen.

Plötzlich hielt João an und drehte den Zündschlüssel. „Was ist? Hast du 'was gesehen?" „Nein, aber ich möchte auch nicht gesehen werden. Wir können unserem Bahnbrecher jederzeit auf der hinteren Stoßstange sitzen." „Und nun? Sollen wir nicht weiterfahren?"

Während sie ratlos der Dinge harrten, die da kommen mochten, hörten sie von fern ein leises Geräusch. Ein Motorengeräusch.

„Ab ins Gebüsch!" João startete den Jeep, schlug einen eleganten Schlenker in die sich seitlich wie von Zauberhand auftuende Lichtung, drückte das dreckfarbene vehikel so tief er es verantworten wollte in den Dreck unter den Bäumen und schaltete den Motor wieder ab. Das fremde Geräusch hatte sich während der Aktion beträchtlich genähert und nur wenige Minuten später sahen die Freunde, wie sich ein Schemen auf der kaum mehr als zu ahnenden improvisierten Piste in die Richtung bewegte, aus der sie gerade gekommen waren. Kurze Zeit später hatte sich das Motorengeräusch in der Ferne verloren und sie waren allein.

„Habt ihr gesehen, wie viele Insassen der Landrover hatte?" „Drei wie wir." „Dann hätten wir im Nahkampf eine Chance." João sah seinen teutonischen Kameraden beinahe mitleidig an. „Du glaubst doch nicht, dass die Kerle unbewaffnet sind?" „Du nimmst das Schlimmste an?" „Du befindest dich in Südamerika, mein Freund. Der Kampf ums Überleben ist hier 'zig Mal härter als in deinem friedlichen, sozialämterbehüteten Europa. Ich bin überzeugt, dass die Drei nicht nur dunklen Geschäften nachgehen, sondern auch organisiert, das heißt keineswegs drei Einzelakteure sind." „Wir sind's doch auch – unbewaffnet und Einzelakteure, meine ich." „Wir dürften eine Ausnahme sein. Schau' dir doch die Reifenspur an. Der ist tief ausgefahren und keineswegs nur einmal benutzt." „Und zu welchem Zweck, denkst du? Illegale Baumfällaktionen?" „Dazu bräuchten sie schweres Gerät. Davon ist weit und breit nichts in Sicht und Holztransporter passen hier auch nicht durch. Ich denke eher Wilderer, Fallensteller."

„Alles richtig, was du sagst, Jo", schaltete sich José in die Unterhaltung ein. „Nichtsdestotrotz bleibt für uns die Frage, wie wir weiter vorgehen wollen." „Hm. Die Spur führt in die Richtung, in die wir auch wollen. An ihrem Ende dürfte sich niemand mehr befinden, denn ich glaube, die Wilderer warten erstmal ab, bis sich in ihren Fallen Beutetiere gefangen haben. Einen Tag vielleicht." „Ich schließe aus deinen Worten, dass du fürs Weiterfahren bist." „Zumindest brauchen wir uns nicht selber Bahn zu brechen."

Weit kamen die drei Schatzsucher nicht mehr, denn in einer Lichtung hörten die Reifenabdrücke auf. Diese war durch Plattfahren wie asphaltiert und einzelne, mit Macheten freigehauene Pfade wiesen in verschiedene Richtungen. Zum Glück hat uns keine zurückgelassene Wache aufgelauert, dachte João. Man scheint also keine Sorge zu haben, dass dieser Schlupfwinkel entdeckt wird.

„Die Pfade dürften zu den einzelnen Fallen führen", vermutete José. „Interessieren die uns?" fragte Josef. „Grundsätzlich nicht, Jupp. Mein Herz befiehlt zwar, dass wir ein geschütztes Tier, das sich irgendwo hilflos verheddert hat, befreien sollten, aber das brächte die Wilderer sofort auf unsere Fährte. Und wir haben Anderes vor."

„Wir sollten unser Nachtlager bereiten", mahnte João, „denn es dunkelt gleich und ihr wisst, dass das hier abrupt eintritt, als drehte der liebe Gott einen Lichtschalter aus. Wir sollten aber nicht auf

diesem Präsentierteller bleiben. Sieht einer einen Durchgang, in dem wir unseren Jeep verstecken?"
Vorsichtig tastete sich José mit seinem Fahrzeug, das er wie eine Prothese beherrschte, ins Gehölz. Josef begutachtete die Tarnzweige, die João und er dahinter drapiert hatten, und nickte anerkennend. „Weiter als bis hier dringen sie anscheinend nicht vor. Ich glaube sowieso nicht, dass sie in der Nacht losfahren. Vor neun Uhr oder so sind sie sicher nicht hier und bis dahin sollten wir über alle Berge sein."

Die Zelte aufzubauen schien in der aktuellen Situation nicht angebracht und so quetschten sich die Drei auf Fahrer-, Beifahrer- und Rücksitz zusammen und wickelten sich in ihre Decken, so gut es ging. Am besten hatte es Josef im Fond, aber auch er sah sich gezwungen, seine Beine zu knicken, denn die Abmessungen des Vehikels waren wie alles an ihm auf rudimentäre Bedürfnisse zugeschnitten.

„Wie weit ist es eigentlich noch bis zu deiner Schatzkammer, der Kristallstadt?" „Wir sind an sich da, denn wir haben ganz schön an Höhe gewonnen und sind mitten im Roncador-Gebirge, aber unterhalb der Baumgrenze. Allen verfügbaren Berichten nach liegt die Stadt keinesfalls darüber. Im Umkreis von 50 Kilometern sollte sie zu finden sein." „Sofern es sie gibt." „Irgendetwas bisher nicht Entdecktes finden wir sicher."

Als die drei Freunde am nächsten Morgen steif und verfroren erwachten, waren sie froh, in ihrer Blechkiste allen Fährnissen außer einem eventuellen bewaffneten Angriff von Ihresgleichen aus dem Weg gegangen zu sein. Nie verstummendes Blöken, Kreischen, Schnattern, Schnauben und Fauchen hatte erahnen lassen, wie wildreich die Natur im Wald ist. „Wenn es sich bei unseren Freunden um Wilderer handelt", urteilte João fachmännisch, „operieren sie in der richtigen Gegend."

Bevor an ein Frühstück zu denken war, meldeten sich Blase und – als Reaktion auf die kalte Nacht – Darm. Josef achtete zwar darauf, zum Verrichten seines Geschäfts außer Sicht seiner Kameraden zu treten, ab nicht darauf, dass er in die der Lichtung geriet. Kaum hatte er sich notdürftig mit Blättern gereinigt und seine Hose wieder hochgezogen, als er etwas Kaltes im Nacken spürte. „Rühr' dich nicht, sonst bist du ein toter Mann", zischte von hinten eine Stimme auf Spanisch. „Hände auf Kopfhöhe und mitkommen." Dieser Befehl hätte auch in Swahili gegeben werden können, so unmissverständlich war er.

Sie waren bereits da. Das Geländefahrzeug war dasselbe, das João, José und er gestern beim Abzug gesichtet hatten, und es waren auch drei Männer anwesend. Waren die Kerle doch sehr früh aufgebrochen! Oder ihr Hauptquartier befand sich nicht weit weg.

Die beiden, die in Josefs Sichtfeld operierten, waren gedrungene, dunkelhäutige Gestalten, die nicht dem typischen Brasilianer entsprachen. Indios, dachte Josef, Indios aus Bolivien. Dass sie miteinander nicht in Portugiesisch oder Spanisch, sondern einem ihm unbekannten Indioidiom redeten, machte die Vermutung zur Gewissheit.

Wenn es um ihn ging, wechselten sie zum Glück ins Spanische. „Wen bringst du da denn?" fragte einer. „Das wüsste ich auch gern. Ich hab' ihn buchstäblich beim Scheißen erwischt. Ich war so rücksichtsvoll, ihn zuerst zu Ende machen zu lassen." Einer der beiden lachte laut auf, ein meckerndes, unangenehmes Geräusch. „Felipe, der Menschfreund", brachte er schließlich heraus, nachdem er seinen Heiterkeitsanfall unter Kontrolle gebracht hatte. „War ich immer schon", erfolgte die trockene Antwort. „Was machen wir jetzt mit dem Kerl? Gleich erschießen?"

Der, der Felipe genannt worden war, bestritt offenbar die Anführerschaft des abenteuerlichen Haufens, denn er bohrte zunächst in der Nase und juckte anschließend sein Ohr, bevor er sich zu einer Antwort herabließ. Die anderen warteten geduldig, bis Felipe seine Körperpflege abgeschlossen hatte. Möglicherweise hatte er nachdenken müssen und diese schwierige Aktivität mit seinen Verrichtungen kaschiert. „Nein, besser nicht", sagte er nun, „vielleicht hat er Komplizen. Irgendwo muss er ja hergekommen sein. Wir fesseln ihn, sammeln unsere Beute ein und fahren dann zum Boss. Der soll entscheiden, wie weiter."

Beim Fesseln gingen sie recht professionell vor, was darauf deutete, dass sie das nicht zum ersten Mal taten. Sie hatten sogar Handschellen dabei, mit denen sie Josefs rechten Unterarm an einer Kopfstütze fixierten. Dennoch blieb einer in seiner Nähe, während die anderen beiden sich einzusammeln anschickten, was sich in ihren Gruben und Schlingen verfangen hatte.

Mit dem Kleinvieh – Capybaras, Tapire und Faultiere – waren die Wilderer mittelmäßig zufrieden, aber in einen Aushub schien sich ein Jaguar verirrt zu haben. „Wir haben uns vergewissert, dass er nicht 'raus kann, und kommen nachher mit dem Gefängniswagen wieder", berichtete einer. „Die anderen kriegen wir jetzt mit."

Die Fallen, die aus Seilschlingen bestanden, gestatteten einfachste Handhabung der Beute, denn die Wilderer zogen diese roh hinter sich her, erstiegen die hintere Pritsche über eine Rampe und sperrten sie in die dafür bereit gehaltenen Käfige.

Josef überlegte fieberhaft. Seine Freunde hatten sicher bemerkt, was geschehen war, und hielten sich in Deckung. Klar, was sollten sie gegen Schusswaffen ausrichten? Er hoffte allerdings, dass sie ihm Freund genug waren, ihm beizeiten zu helfen. Er fragte sich, ob es sinnvoll wäre, die Lage des Hauptquartiers herauszufinden und die Polizei zu benachrichtigen, denn er erinnerte sich an Joãos Worte, dass sie in dieser Region Brasiliens entweder Angst hat, dem organisierten Verbrechen entschlossen zu Leibe zu rücken, oder gar mit ihm unter einer Decke steckt. Immerhin schienen die Wilderer keine Jäger zu sein. Sie achteten sogar in gelindem Maß darauf, dass ihre Beute nicht beschädigt wurde. Das bedeutete wohl, dass sie sie an Zoos oder Tierhandlungen verkauften.

Sie fuhren den Pfad zurück, den Josef bereits kannte, bogen rechts in die als solche klassifizierte Hauptstraße ein, die weiter Richtung Càceres führte, folgten aber auch dieser nicht lange, sondern bogen wiederum nach rechts auf einen noch etwas besser ausgefahrenen Weg ein, der nach wenigen hundert Metern in eine Art Holzfällersiedlung mündete. Keiner der Drei hatte während der Fahrt an Josef das Wort gerichtet und er sich ebenso wenig veranlasst gesehen, das seinerseits zu tun. Er war gespannt auf den großen Boss.

Josef wurde mit freien Händen, aber vor entsicherter Waffe zur prächtigsten der Holzhütten, wobei dieser Begriff relativ zu werten ist, geführt. Felipe klopfte höflich an und führte seinen Gefangenen nach einem barschen „herein" in das Allerheiligste.

„Wen haben wir denn da?" Josef hatte es nicht anders erwartet: Der Boss war ein Weißer, wie er arischer kaum vorstellbar war. Typisch, dass ein solcher über eine Armee dunkelhäutiger Untergebener den Befehl führte. „Ein Gefangener, Chef. Er war gerade beim Schei..., ich meine den Verrichten seiner Notdurft, als wir ihn entdeckten." „Wo?" „Auf der uns zugeteilten Lichtung."

Der Mann erhob sich. Er sah zwar arisch aus, erfreute sich aber keiner übermäßigen Körpergröße. Josef, der während des Wortwechsels, der eher an ein gegenseitiges Anbellen gemahnte, stehengeblieben war, überragte ihn um einige Zentimeter. Es gibt Männer, dachte er, die gut damit leben, wenn sie kein Gardemaß aufweisen. Dieser hier scheint hingegen ein Vertreter des Typs Giftzwerg zu sein. Er sah nämlich außer arisch auch zornig aus. „Was ist mit dem Rest?" bellte er weiter. „Welcher Rest, Chef?" Diese Frage führte bei dem Angesprochenen beinahe zu einem Tobsuchtsanfall. „Ihr glaubt doch nicht, dass es sich bei ihm..." mit einer Kinnbewegung wies der Arier auf Josef „...um einen harmlosen Wanderer handelt, der die 120 Kilometer von Cuiabá bis hierher pfeifend, die Hände in den Hosentaschen, durchs Gehölz gelatscht ist. Wo ist sein Rucksack, sein Gepäck?" „Äh...?" Noch röter als es schon war konnte das Gesichts des Chefs nicht mehr werden. Deshalb blieb es beim bisherigen Outfit, das nichtsdestoweniger seiner arischen Würde abträglich war. „Ihr seid doch die letzten Trottel! Ihr fahrt sofort zurück und nehmt seine Komplizen hops. Schick` aber vorher Enrico her." Josef hatte sich bereits am Ort seiner Gefangennahme gewundert, dass die drei Handlanger seine Anwesenheit hingenommen hatten, ohne die Umgebung intensiv unter gegenseitiger Deckung abzusuchen. Er hatte sich auch gewundert, dass sie ihm nicht bei der Fahrt in ihr Hauptquartier die Augen verbunden hatten – er, Josef, wäre jederzeit in der Lage, eine Wegbeschreibung abzugeben. Besonders helle schienen sie tatsächlich nicht zu sein. Die versäumte Blindekuh war allerdings auch dem hochintelligenten Boss keines Gedankens wert gewesen.

Enrico erwies sich als das, was zu erwarten gewesen war: Als des Herrn persönliche Leibwache. Josef erkannte, dass er gegen diesen Gorilla keine Chance hätte, obwohl er keineswegs ein Schwächling war. Mittlerweile hatte der Boss Josefs Schuhe gemustert. Was er nun vor sich hinmurmelte, bestätigte Josefs Ahnung, denn er war durchaus imstande, einen Landsmann an seinem Akzent zu durchschauen, wenn dieser spanisch sprach. „Wanderschuhe hat er immerhin an. Mal sehen, was ich aus ihm 'raushole."

Dann erschrak er, denn Josef hatte ihn unverblümt auf Deutsch angesprochen. „Dass der Wildererhäuptling ein Teutone ist, beschämt mich, überrascht mich aber nicht." Der Chef sah ihn eine Weile schweigend an. Dann knurrte er: „Wie heißt du?" „Josef." „So ein Zufall. Ich nämlich auch."

Er wandte sich an seinen Gorilla, natürlich wieder auf Spanisch. „Steck' den Kerl vorerst ins Gefängnis. Ich will erst wissen, was Felipe ausrichtet, bevor ich den da..." erneut wies Josef II. mit einer Kinnbewegung auf Josef I. „...verhöre. Wobei ich befürchte, dass dessen Kumpel längst über alle Berge sind. Felipe ist wirklich der letzte Trottel!"

Enrico packte Josef, den Wanderer, mit einer Kraft, dass es diesem unmöglich war, sich loszureißen, zerrte ihn über den Platz und steuerte eine Hütte an, die ein wenig fester als die anderen aussah. Er schubste seinen Schützling hinein und knallte hinter ihm die Tür zu. Josef hörte, wie ein Schlüssel im Schloss gedreht wurde und ein Riegel einrastete.

Er sah sich um. Ein Tisch mit einem Stuhl, eine an die Wand gehängte Pritsche mit Decke und Kopfkissen, zwei solide vergitterte Fenster und in einer Ecke ein Plumpsklo bildeten Ausstattung und Einrichtung. Was er am schmerzlichsten vermisste, wurde kurz nach seiner Einkerkerung unter ausgeklügelten Sicherheitsvorkehrungen hereingebracht: Ein großer Zuber voll heißen Wassers, vermutlich zur Körperpflege, und ein kleiner voll kalten zum Trinken. „Essen gibt's gleich", informierte ihn Enrico. Die ausgeklügelten Sicherheitsvorkehrungen bestanden darin, dass er mit seiner Körpermasse die Türöffnung vollständig ausfüllte.

Tatsächlich wurde kurz darauf ein den Umständen entsprechend opulentes Frühstück hereingetragen. Josef wunderte sich über die relativ gute Behandlung. Ob sie landsmannschaftlicher Zuneigung gezollt war?

Gute Behandlung hin oder her: Er musste hier 'raus! Er prüfte die Wände zunächst mit leisem Druck und verhaltenem Dagegentreten. Einfach eintreten dürfte ihm nicht gelingen, selbst wenn seine Wanderschuhe mit Stahlkappen ausgerüstet wären. Er rüttelte an Pforte und Klinke, aber auch die erwiesen sich als erstaunlich passgenau und stabil. Er untersuchte das Schloss. Mit einem Schweizer Armeemesser bekäme er es möglicherweise auf, aber er hatte buchstäblich nichts dabei. Wie hatte es Felipe ausgedrückt: „Beim Scheißen erwischt", also in der denkbar hilflosesten Situation. Er durchsuchte seine Behausung und vor allem die Schublade, die in den Tisch eingelassen war. Er lachte. Darin lag eine deutschsprachige Bibel. Wie in einem guten Hotel, dachte er. Gut zur Erbauung, aber schlecht, um ein massives Schloss aufzuwuchten.

Josef setzte sich auf seine Pritsche. Ob Jo und Joss versuchen würden, ihn hier herauszuholen? Und wenn: Was war, wenn sie das gleiche Schicksal wie ihn ereilte? Falls nicht Felipe und seine wahrscheinlich noch dümmeren Kumpane sie längst ausgehoben hatten. Das glaubte er aber nicht, denn die beiden mussten unbedingt verfolgt haben, was mit ihm geschehen war.

Von Josef, dem Chef, keine Spur. Er wartet wohl, bis er alle beisammen hat, überlegte Josef, der Gefangene. Oder ist mit seiner Bandenboss-Tätigkeit ausgelastet. Oder der Zwerg hat Angst, dass ich ihn während eines Verhörs in den Schwitzkasten nehme und damit drohe, ihn zu erwürgen, wenn er mich nicht ziehen lässt. Da würde auch Enricos Anwesenheit nicht viel nützen. Andererseits: Wo sollte er selbst dann hin?

Der Tag wurde lang. Es gab eine weitere Mahlzeit, dann dunkelte es. Ein lärmiges und stotterndes Notstromaggregat sorgte für funzlige Beleuchtung auf dem Areal, was für das Gefängnis nicht galt. Wenigstens hatte einer der Gesetzlosen beim Abtragen des Abendessens eine Taschenlampe dagelassen. „Damit du das Scheißhaus findest", war sein hämischer Kommentar gewesen.

Irgendwann verstummte das Geräusch des Dieselmotors und es wurde stockfinster. Vermutlich ist jetzt zehn Uhr, dachte Josef, und überlegte, ob er es sich auf seiner Pritsche bequem machen sollte – so bequem es darauf möglich wäre –, als er an der Rückwand Geräusche vernahm, die nicht zur üblichen Kulisse des Camps passten. Ein Kratzen, Knarren und Schaben und ein leises „pssst, Jupp. Wir sind da!" befreiten Josef von der lähmenden Vorstellung, dass ihn seine Freunde im Stich gelassen haben könnten.

João und José wunderten sich, wie lange Josef für einen an sich natürlichen Vorgang brauchte. „Ob er Durchfall hat?" „Wovon? Von unserem Trockenfraß? Von dem droht eher Verstopfung!" Sie wollten endlich frühstücken, hatten alles vorbereitet und warteten auf die Rückkehr ihres Kameraden. Dieses Warten führte zu einem Augenblick des Schweigens, in das sich Geräusche von der Lichtung in den Vordergrund drängten, mit denen die beiden nicht gerechnet hatten. „Menschen!" flüsterte João.

Das Frühstück war vergessen. João und José beobachteten aus sicherer Deckung, wie ihr Kamerad gefesselt und im Wildererfahrzeug platziert wurde. „Gleich werden sie uns suchen", prophezeite

José. „Packst du zusammen, damit wir gleich loskönnen, Jo? Ich bleibe hier und spanne weiter. Sobald die Kerle anfangen zu suchen, werde ich dich warnen und wir werden versuchen, uns mit unseren schwachen Kräften zu verteidigen." „Okay, Joss. Immerhin haben sie Jupp nicht gleich erschossen. Das lässt hoffen."
Josés Prophezeiung erfüllte sich seltsamerweise nicht. Nach einer gewissen Zeit waren die erbeuteten Tiere in die dafür vorgesehenen Käfige eingepfercht, die drei Indios bestiegen ihr Fahrzeug und bald lag die Lichtung verlassen da.
Überrascht meldete José João das Vorgefallene. „Und nun?" „Na, hinterher. Eingeräumt ist alles und uns werden die Typen kaum mehr entgegenkommen, sondern zu ihrem Hauptquartier fahren. Wir müssen herausfinden, wo es liegt, das heißt wo sie Jupp hintransportieren."
Bald war die sogenannte Hauptstraße erreicht und die beiden Freunde standen vor einer Entscheidung. „Links oder rechts?" „Ich bin für rechts. Sie werden sich kaum näher an Cuiabá aufhalten als nötig, während sie aus Cáceres keinen Gegenwind zu erwarten haben. Außerdem sind es von dort nur noch 80 Kilometer zur bolivianischen Grenze, hinter die sie sich ratz-fatz zurückziehen können, sollte es eng werden." „Einverstanden."
Als sie eine deutlich erkennbare Piste ohne anzuhalten passierten, die wiederum nach Norden, das heißt nach rechts ins Gebirge führte, rief João: „Hier ist es! Warum fährst du weiter?" „Spinnst du, mitten ins Räubernest zu brettern? Im Augenblick gehen wir als normale Reisende durch, sollten die Kerle Posten aufgestellt haben, denn niemand hat bisher unseren Jeep identifiziert...; halt, hier wär' 'was!"
Abrupt bog José rechts in die Wildnis ab und blieb unter einem prachtvollen Kapokbaum stehen, dessen einer Ast so tief herunterreichte, dass das Fahrzeug hinter dessen Zweigen und Blättern schier verschwand. „Hier ist's gut, mein Lieber. Ich fürchte, wir werden uns ab hier zu Fuß durchs Gestrüpp schlagen müssen, und zwar leise." „Und wenn das Hauptquartier hundert Kilometer weit in den Bergen liegt, Joss?" „Warum sollte es das? Erstens kann es gar nicht so weit weg sein, denn du hast ja gesehen, wie früh die drei Fallensteller heute Morgen da waren, und sie sind bestimmt nicht bei Nacht losgefahren, und zweitens: Warum sollte sich die Bande so tief ins Gebüsch schlagen? Es genügt doch, von der Durchgangsstraße aus nicht gesehen zu werden.

Dennoch hat es Sinn, zunächst zu beratschlagen. Und dazu gehört ein Becher Kaffee. Ich denke, wir haben uns unser Frühstück jetzt wirklich verdient."

Keiner der Drei war unbedingt zum Helden geboren. Sie waren keine Schwächlinge, aber auch nicht kampfsporterprobt, und von normaler Fitness, aber sicher nicht tauglich für einen Iron man-Wettkampf. Dazu waren sie unbewaffnet, aber selbst Pistolen oder Revolver hätten ihnen nicht viel genützt, da sie im Umgang mit ihnen ungeübt waren. Dennoch zauderten João und José keine Sekunde, alles Menschenmögliche zu tun, um ihrem Freund aus der Patsche zu helfen.

Unter höchster Anspannung und unerträglichem Druck gibt es zwei Reaktionsmöglichkeiten: Den totalen Zusammenbruch oder das Wecken ungeahnter Kräfte. Nachdem sich João und José gestärkt hatten, nahmen sie ohne zu zögern den ersten Teil ihres Plans in Angriff: Herausfinden, wo die Wildererbrut ihr Lager aufgeschlagen hatte. Es war klar, dass es wieder nach Osten gehen musste, denn sie waren mit an Sicherheit grenzender Wahrscheinlichkeit an der Zufahrt vorbeigefahren.

Während ihrer Unternehmung redeten die beiden kein Wort, denn überall konnten Wachen postiert sein. Plötzlich vollführte José, der vorausschlich, eine Handbewegung, die João zum Halten veranlasste. José deutete nach vorn. Vor ihnen befand sich die Piste, auf der es zu dem geheimnisvollen Ort ginge. Jetzt sich nach links wenden und sie mussten unweigerlich darauf stoßen.

Sie folgten in gebührendem Abstand und hinter der Deckung des dichten Blätterwalds dem wegweisenden Pfad. Einmal hörten sie ein Fahrzeug, das in ihre Richtung fuhr, und duckten sich. Dass es sich um Felipe und seine beiden Untergebenen handelte, die von der Fallenstellerlichtung zurückkehrten, um ihrem Häuptling zu beichten, dass die Vögel ausgeflogen seien, und dafür einen dicken Anschiss einzukassieren, ahnten sie nicht.

Bald ragten braune Dachfirsten in das Grün des Urwalds. Unzweifelhaft waren João und José da. Sie sahen sich kopfschüttelnd an. Die Bande schien grenzenlos vertrauensselig zu sein, denn nirgendwo waren sie auf Spuren von Menschen gestoßen, die rings um ihr Refugium Wache schoben. Aus Cáceres brauchten Gesetzlose anscheinend keine Gefahr befürchten.

Nach einer Weile des Suchens fanden João und José ein Straucharrangement, das Deckung bot, aber dennoch genügend Durchblick ließ, um die Geschehnisse zu verfolgen. Josef war bereits in seinem Gefängnis, aber nach einer Weile brachte jemand Essen und Trinken zu einer etwas stabileren Behausung am hinteren Rand der Bretterbudensiedlung. Die Tatsache, dass der Kellner erst einen Schlüssel aus der Hosentasche zog, um sie aufzuschließen, offenbarte ihren Zweck. João stieß José mit dem Ellenbogen sacht in die Seite und deutete auf sie. José nickte. Da drin saß auf jeden Fall ein Gefangener, von dem zu hoffen war, dass es sich um Josef handelte.

João und José zogen sich ein Stück zurück, um sich zu beratschlagen. „Sollen wir uns bemerkbar machen? Dann wissen wir, ob es Jupp ist, der darin eingeknastet ist." „Und wenn nicht, Jo? Dann gibt es ein Riesengeschrei." José hatte einige Indianergeschichten mehr als João gelesen und wusste sich zumindest intellektuell besser im Gelände zu bewegen. „Außerdem laufen hier jede Menge Verbrecher 'rum. Da kann uns jederzeit einer durch Zufall ausheben. Ich schlage vor, wir warten die Nacht ab und dringen dann von hinten ein. Dazu müssen wir allerdings einiges an Werkzeug mitschleppen.

Und dazu müssen wir zurück zum Jeep." Das war einleuchtend. João speicherte die Koordinaten des Camps auf seinem Smartphone und sie brachen zu ihrem Stützpunkt unter dem Kapokbaum auf, dessen Koordinaten João in weiser Voraussicht ebenfalls abgespeichert hatte. So sparten sie die Ecke, die sie auf dem Herweg geschlagen hatten, und kehrten in der Diagonale zum Jeep zurück.

Das brasilianische Grasland besteht zwar wie erwähnt nicht nur aus Gras, aber die attraktiv verteilt stehenden Büsche und Bäume sind licht genug, dass das Bahnen eines Durchgangs keine Machete erfordert. Den Rest des Tages hieß es warten und wer einmal eine Situation durchstand wie die beiden Freunde, weiß, dass er sich ins Endlose hinziehen würde.

Noch bei natürlichem Licht schlichen sie sich mit Axt, Säge, Kneifzange und zwei Taschenlampen hinter das bewusste Gebäude. Zu ihrer Freude vernahmen sie, wie dessen Insasse halblaut vor sich hin fluchte, und zwar auf Deutsch. Als es Zehn wurde, verstummte das Stromaggregat und alles war in stockfinstere Nacht getaucht. Es war auch nirgendwo Licht von einer Wache zu sehen. Länger zu warten wäre unsinnig.

Als José begann, mit der Kneifzange die schweren Nägel zu entfernen, die ihm João unter dem gedämpften Licht seiner Leuchte vorgab, sagte er unter Schnaufen: „Pssst, Jupp. Wir sind da!" Der

Angesprochene hütete sich, in Jubelgeschrei auszubrechen, sondern antwortete nur leise: „Danke, Freunde."

Mit dem richtigen Werkzeug erwies es sich als erstaunlich leicht, zwei Bretter zu entfernen. Josef war zwar kein Leichtgewicht, aber keineswegs dick, sodass ihm ohne Weiteres gelang, sich seitlich durch die Lücke zu quetschen. „Moment, Freunde", flüsterte er, huschte zurück und kehrte mit der Taschenlampe, die ihm sein Wärter überlassen hatte, und einer Rolle Toilettenpapier zurück. „So, jetzt."

Das Licht seines Smartphones nutzend führte João die Truppe zurück zum Jeep. Hier erst atmeten sie hörbar auf, klopften sich auf die Schultern und hörten sich Josefs Danksermon an, bis es ihnen zu viel wurde. „Das war doch selbstverständlich", murmelte José verlegen.

Sie beschlossen, den Rest der Nacht an Ort und Stelle zu verbringen, denn trotz der natürlichen Umlandgeräusche wäre eines von einem Motor möglicherweise aufgefallen. Bei Tag fielen sie nicht auf, denn es waren nur wenige Meter bis zur Hauptstraße, und dort wären sie nicht die einzigen, die herumfuhren. Als sie sich zur zweiten Nacht in Decken gewickelt auf den Sitzen ihres Fahrzeugs zurechtbogen, dachte Josef beinahe mit Bedauern an die ausreichend lange Pritsche in seinem Gefängnis. Aber, dachte er, besser unbequem und frei als bequem und gefangen.

Die Freunde gönnten sich zunächst ein Frühstück, bevor es zum Aufbruch gehen sollte, als José plötzlich sagte: „Hört mal, hier geht's weiter Richtung Berge." Sie besahen sich die Ahnung eines Durchschlupfs, die aufwärts führte. „Kämst du da mit deinem Jeep durch, Joss?" „Ich denke schon." „Wollt ihr dem – Ding – wirklich folgen? Warum?" „Na hör' mal, Jupp. Du hast uns hierher gelotst, damit wir die Kristallstadt Percy Fawcetts aufspüren. Den Weg hier kennt niemand, offenbar auch nicht die Wilderer. Vielleicht ist er der Richtige. Weiter auf der Hauptstraße nach Cáceres zu fahren ist wohl unsinnig, einverstanden? An der Straße liegt diese Stadt sicher nicht."

Dagegen gab es nichts zu argumentieren. Mit einem „na dann", bestätigte Josef das Vorhaben.

Es war ein wildes Rütteln und Schaukeln, aber José beherrschte sein Fahrzeug perfekt. Immer wieder wich er verqueren Zweigen aus, lavierte geschickt über haarsträubende Senken hinweg und umfuhr vorausschauend sich auftürmende Hindernisse. Ohne das ausdrücklich geplant zu haben stellte sich als Glücksfall heraus, dass die Freunde mit ihrer Expedition in die Trockenzeit geraten waren, denn darin, in einer schlammigen Pfütze steckenzubleiben, hätte andernfalls die größte Gefahr bestanden.

Gegen Mittag war José allerdings so erschöpft, dass er eine halbwegs ebene Stelle anfuhr und den Motor abstellte. „Leute, ich kann nicht mehr." Das entsprach der Wahrheit, denn ein alter Original-Jeep unterstützt seinen Fahrer mit keinerlei Servoeinrichtungen und erspart ihm so das Eintrittsgeld für ein Fitnesszentrum.

Die Drei kauten gerade mit vollen Backen, als sie von weiter unten ein charakteristisches Geräusch vernahmen. Sie hoben wie auf Kommando ihre Köpfe. „Das klingt nach einem Motor." „Scheiße. Ob sie uns verfolgen?" „Ganz sicher. Spuren haben wir ja genug hinterlassen."

Sie schmissen alles auf den Rücksitz und José rammte sich hinter das Lenkrad. Müdigkeit und Muskelkater waren wie weggeblasen, jetzt hieß es nur: Fort und irgendwie unsichtbar werden!

Logischerweise war keine Staubwolke zu sehen, weder von ihnen noch von ihren Verfolgern. Das war einerseits günstig, denn so waren sie nicht von weitem ortbar, andererseits nicht, denn auch sie wussten nicht, wie groß die Distanz zu den Wilderern war und ob sie sich steigerte oder verringerte. „Einen Vorteil haben wir", beruhigte José mehr sich selbst als die anderen, „ihre Fahrzeuge sind wesentlich größer und schwerfälliger. Wir müssten schneller sein."

Gerade als sie eine besser befahrbare Stelle unter den Reifen hatten, geschah es. Der Motor gab einige Geräusche ab, die an Schluckauf erinnerten, und erstarb.

„Was ist?" fragten João und Josef entsetzt wie aus einem Mund. „Scheiße. Der Tank ist leer. Wir haben heute Morgen vergessen nachzufüllen."

Wenige Sekunden herrschte nackte Panik und blankes Chaos, bis sich die Drei besannen und José sich durchsetzte. „Da hilft alles nichts, wir müssen einen Kanister einfüllen. Ins Gebüsch rennen und den Jeep unseren Feinden überlassen wäre unser Todesurteil. Wir sind viel zu weit von jeder zivilisierten Ortschaft entfernt, um lebendig eine zu erreichen."

Während José den Zwanzigliter-Benzinkanister aus dem Kofferraum wuchtete, den Trichter ansetzte und das lebenswichtige Nass in den Tank gluckern ließ, lauschten João und Josef angespannt, ob und wie weit entfernt sie verdächtige Geräusche hörten.

Bis auf die üblichen des Graslands blieb es still.

Endlich war José fertig und verkündete mit einigem Pathos: „Einsteigen, weiter geht's." „Hör' mal...." „Ja?" „Hast du mal geguckt, worauf wir stehen." „Worauf sollen wir...? Oh!"

Der Jeep stand auf einer eben gepflasterten Straße, die 1½ Mal so breit wie er war und in unüberschaubare Ferne führte. Keine Grasüberwucherung beeinträchtigte die makellose Fahrbahn, wie es bei einer seit Jahren oder Jahrzehnten ungenutzten der Fall wäre.

João, José und Josef sahen sich an, als hätten sie ein Gespenst gesehen. Als sie zurückschauten, war es um ihre Fassung endgültig geschehen. Nicht nur dorthin, wo ihr Ziel lag, sondern auch in unübersehbare Ferne dorthin, woher sie kamen, ersteckte sich die fugenlos gepflasterte Fahrbahn. Dabei waren sie bis eben wild durchs Unterholz gekurvt; das wäre jeder der Drei eidesstattlich auszusagen bereit gewesen.

Als der Wärter die Gefangenenhütte öffnete, um ihrem Insassen das Frühstück zu bringen, ließ er vor Schreck das Tablett fallen und stieß einen Schrei aus. Der Komplize, der ihm mit einer Pistole im Anschlag notfalls Deckung von der Seite zu geben hatte, bellte: „Was ist denn?" „Der..., der Deutsche!" „Was ist mit ihm?" „Ist ausgebüxt." „Ach du Scheiße."

Wie erwartet tobte der Boss und tobte weiter, als er mit Enrico die Zelle betrat und sofort sah, auf welche Weise der Eingekerkerte entkommen war. „Hilfe von außen, kein Zweifel. Ich sollte Felipe standrechtlich erschießen lassen.

Allerdings", fuhr er in plötzlich gefasstem Ton fort, „habe ich mich selbst einwickeln lassen. Landsmann, pah! Heute wollte ich mit ihm ein ausführliches Gespräch führen und ihn eventuell auf unsere Seite ziehen. Natürlich hätte ich herauszukriegen versucht, wie er sich hierher verirrt hatte. Jetzt weiß ich's.

Felipe", schrie er plötzlich in die Lichtung hinaus, „her mit dir!"

Felipe, der heute nicht zum Fallenausräumen eingeteilt war, kam angstschlotternd herbeigerannt. Er wusste, dass sein Leben an einem seidenen Faden hing. Zu seiner Überraschung wurde er verhältnismäßig zuvorkommend empfangen.

„Unser Gefangener ist ausgebüxt", informierte ihn Josef Kramer, der Schrecken von Mato Grosso. „Dafür kannst du ausnahmsweise mal nichts. Ich gebe dir eine Chance, deine Scharte auszuwetzen. Wir werden schauen, dass wir den Deutschen wieder einfangen und seine Komplizen unbedingt mit. Du begleitest mich neben Enrico und...." Sein Blick schweifte über den zentralen Platz seiner Siedlung. „...Gonzales! Du bist auch gut mit der Knarre. Wir Vier machen uns auf die Jagd. Zunächst lasst mich feststellen, wo die Komplizen ihr Lager aufgeschlagen hatten."

Wenn er nicht in Zorn war, hatte Josef durchaus seine Fähigkeiten. Schnell fand er hinter der Rückwand die Spuren der Endringlinge und folgte ihnen wie ein guter Spürhund. Nicht lange, und er stand mit seinen Helfern auf der Lichtung, die den Dreien unverkennbar als Nachtquartier gedient hatte. „Wissen wir eigentlich, mit was für einem Auto die Kerle unterwegs waren? Felipe?!" „Hm, nein", gestand der Angesprochene. „Weil du nicht gesucht...; na, egal. Keiner von uns hat es je gesehen, das heißt keiner weiß, wie es aussieht.

Ja?" Josef wandte sich Enrico zu, der eben „Chef!" gerufen hatte. „Hier gehen die Spuren weiter. Ganz frische abgeknickte Zweige, zweifellos von einem Fahrzeug." „Boah, das wär's!"

Die Wilderer untersuchten einige Meter des schmalen Wegs und kamen zu dem Schluss, dass die Gesuchten dort entlang gefahren waren. „Was für eine bodenlose Dummheit", erklärte Josef, „aber umso besser für uns. Was hat die Typen bloß geritten, in eine Falle zu fahren statt einfach Richtung Cuiabá zu türmen? Da hätten wir kaum mehr eine Chance, ihrer habhaft zu werden." „Vielleicht sind's Schatzsucher, die Percy Fawcetts Kristallstadt suchen", gluckste Gonzales. Die anderen reagierten mit schallendem Gelächter. „Das würde alles erklären. Los, Leute, hinterher!"

Während Felipe dank hydraulischer Hilfen weniger Kraftaufwand als José eine halbe Stunde zuvor aufwendete, um sich durch die kaum gebändigte Wildnis zu kämpfen, bemerkte Gonzales: „So als Witz hab' ich's vorhin gar nicht gemeint. Sie wären ja nicht die Ersten." „Wenn hier irgendwo eine Stadt voller Schätze eines Suchers harrte, hätten wir sie längst gefunden." „Was meinst du, Chef, warum es immer Schatzsucher und nie Schatzfinder heißt?"

Nachdem sie bereits mehrere Stunden unterwegs waren, meldete Enrico, der sich von allen der besten Augen erfreute: „Da vorn ist 'was!" „Meinst du, wir haben sie?" „Der hin- und herschwankende

Punkt da vorn kann nichts anderes sein als ihre Kutsche. Hier treibt sich garantiert niemand sonst 'rum."

„Also Leute", bestimmte Josef laut, „diesmal wird nicht lange gefackelt. Wenn sie schnell 'rausrücken, was sie hier verloren haben, dürfen sie uns das noch mitteilen; danach aber ist Ende. Wir knallen sie ab, nehmen an uns, was sie an Wertvollem bei sich haben – vermutlich nicht viel – und lassen sie hier verrotten. Die findet frühestens in tausend Jahren jemand." „Und wenn sie's nicht 'rausrücken wollen?" Josef grinste dreckig. „Dann schneiden wir ihnen erst die Füße und dann die Hände ab."

„Der Punkt bewegt sich nicht mehr", erklärte Enrico, der mit zusammengekniffenen Lidern nach vorn Ausschau hielt. „Ob sie uns eine Falle stellen? Sind sie bewaffnet?" „Das weiß ich doch nicht." „Dann mach' mal langsam." Das war an Felipe gerichtet.

Ehe sich's die Vier versahen, endete jede befahrbare Schneise. „Hier haben sie ungefähr gestanden", sagte Enrico verblüfft, „ich wollte gerade ‚halt!' rufen, weil ich mit einem Hinterhalt rechnete, aber nun sehe ich sie nirgends mehr. Weder ein Auto noch Anzeichen irgendwelcher Personen."

„Also Leute", knurrte Josef, „suchen wir zu Fuß weiter, aber vorsichtig aussteigen. Erstens, um keine Spuren zu zertrampeln und zweitens, falls sie uns doch auflauern." „Aber ihr Fahrzeug? Das kann sich doch nicht in Luft aufgelöst haben?!" Josef zuckte ratlos mit den Schultern. „An sich nicht. Aber nicht verzagen: Ich bin überzeugt, dass wir den Verschwindibustrick aufklären werden."

Sich gegenseitig Deckung gebend tasteten sich die Verbrecher vorwärts. Josef, der etwas Seltsames gesehen zu haben meinte, wich einen Schritt von der Phalanx der Vorwärtsdringenden ab und verschwand seitlich im Gebüsch. Enrico, Felipe und Gonzales suchten eine Weile weiter, ohne zu merken, dass ihr Oberhaupt sie verlassen hatte, und kehrten zu ihrem Geländewagen zurück. Hier erst bemerkten sie dessen Abwesenheit, wunderten sich zunächst nur wenig, denn es war ja möglich, dass ihn ein menschliches Bedürfnis übermannt hatte, dann ein bisschen mehr und schließlich in ernsthafter Sorge. Erst leise, dann immer lauter und eindringlicher riefen sie wechselweise: „Chef! Boss! José!"

Aber Deutschenboss José tauchte nicht mehr auf. Nie mehr.

„Da es da lang nach Norden und somit dorthin geht, wo wir hinwollen, schlage ich vor, wir folgen der Pflasterstraße so lange es geht." Josef ließ den ausgestreckten Arm sinken und erntete ein eifriges Nicken. João hatte das Steuer übernommen, da José tatsächlich am Rand seiner Kräfte war und die nächsten Kilometer keine großen Fahrkünste abzuverlangen versprachen. „Wisst ihr, woran mich das Ganze erinnert?" „Du wirst es uns gleich sagen, Jupp." „An eine Römerstraße. Sauber gepflastert und bestens gepflegt. Waren die alten Römer hier?" „Nicht, dass ich wüsste." „Phönizischer Stil", murmelte Josef wie beschwörend vor sich hin.

Um der Wahrheit die Ehre zu geben, sei verraten, dass Josef seine Weisheiten über das alte Rom weitgehend aus Albert Uderzos genialen Zeichnungen in dessen Asterix-Geschichten bezogen hatte. Aber die gelten ja als durchaus authentisch. Josef für seinen Teil ging davon aus, dass sich römisch und phönizisch nicht substanziell voneinander unterschieden.

Es war ein wahres Vergnügen, wie sanft die Fuhre trotz des rauen Motors dahinglitt. „Hat jemand einmal nach hinten geschaut?" erkundigte sich João. „Ich. Nichts zu sehen", erwiderte Josef, der den rückwärtigen Ausguck besetzt hielt. „Komisch, oder?" „Alles ein bisschen komisch. Mir fällt nämlich gerade etwas anderes auf – etwas anderes als unsere geheimnisvolle Römerstraße, meine ich." „Und was?" „Werft einen Blick auf die Vegetation." „Sie ist dünner geworden. Das betrachte ich in dieser Höhe als normal." „Bis zu einem gewissen Grad ist das richtig. Aber ich vermisse moderne Bäume wie den Kapok." „Ich bin leider kein Hobbybotaniker."

Das war Josef auch nicht, aber Hobbypaläontologe. „Wisst ihr, in der Jura- und Kreidezeit gab es als höchste Entwicklung Kiefern. Ansonsten dominierten Schachtelhalme, Farne und Araukarien. Und genau das sehe ich hier." „Primitivere Pflanzen eben als in der lebensfreundlicheren und fruchtbareren Tiefebene." „Ich habe noch nie zehn Meter hohe Schachtelhalme gesehen." „Nun bild' dir keine Verrücktheiten ein. Vielleicht herrschen hier für deine Schachtelhalme besonders günstige Bedingungen. In den Alpen sieht es auch karger als im Rheintal aus." „Du wirst schon Recht haben."

„Was diskutieren wir hier herum?" fragte José und fummelte sein Smartphone aus der Tasche. „Ich ermittle erst unseren Standort und schaue dann im Internet nach, was hier und in dieser Höhe für Gewächse typisch sind." „Gute Idee; dass wir da nicht gleich drauf gekommen sind." José tippte und wischte, blieb aber stumm. „Und?" „Nichts. Überhaupt kein Empfang." „Hm. Antennen gibt's hier natürlich nicht. Aber von Satellit sollte doch 'was 'reinstrahlen?!" „Anscheinend nicht. So tot hab' ich's selten erlebt, nicht mal mitten auf dem Atlantik." Er steckte sein Gerät wieder ein. „Probier' ich's halt später nochmal." „Meinst du nicht, dass ein Versuch überall auf dieser Hochebene zum gleichen Ergebnis führt?" „Mag sein. Aber in gewissen Abständen einschalten schadet ja nichts."

Die Straße bog in so sanfter Kurve, dass diese mit bloßem Auge nicht wahrnehmbar war, nach links, also nach Westen ab. „Über kurz oder lang werden wir auf die Abbruchkante zu den Pantanal-Sümpfen stoßen. Hoffentlich kommt rechtzeitig ein Warnschild", bemerkte João. „Du wirst sie schon sehen, bevor wir abstürzen", beruhigte ihn José. „Oder ich." „Vom Rücksitz aus, Jupp?"

Es war eine wunderschöne Stelle, die als Rast- und Campingplatz geradezu einlud. Von mehreren Seiten flossen aus den umliegenden Grashügeln Rinnsale in einen kleinen See, der am hinteren Ufer in einen Bach entwässert wurde. Die Pflasterstraße führte um den See herum, überspannte mit Steinbogenkonstruktionen zwei der besagten Rinnsale und folgte ab der Bildung des Bachs diesem. „Das sind türkische Brücken wie in Bosnien." „Oder spätrömische wie im schweizerischen Tessin."

Nach links boten Felsen mit ungefähr zehn Metern Höhe einen gewissen Sichtschutz. „Wollen wir's wagen?" „Wir sehen ja aus Kilometern Entfernung, wenn sich jemand nähert. Es wird ohnehin dicke Zeit für eine Pause."

Während die Drei den Kaffee aufsetzten, die Brote auspackten und José vergeblich versuchte, seinem Smartphone ein Lebenszeichen zu entlocken, blickten sie sich um. „Ich komme mir wirklich vor wie in der Antike. Jeden Augenblick sehe ich einen Ochsenkarren vorbei knarren."

Nach einer Viertelstunde wurde auf der Straße dort, woher sie gekommen waren, ein Punkt sichtbar, der auf die Entfernung noch nicht identifizierbar war. „Scheiße", sagte José, „sollten uns die Dreckskerle doch aufgespürt haben?" „Dafür sind sie aber recht langsam." „Sie sind wohl vorsichtig. Schließlich wissen sie nicht, dass wir unbewaffnet sind."

José kniff die Lider zusammen und stieß plötzlich einen Schrei aus. „Das...; das ist tatsächlich ein Ochsenkarren!" Ja, es war ein von einem Tier gezogener Karren mit Deichsel. Nur, dass das Tier kein Ochse war. Die drei Freunde vergewisserten sich, dass ihr Jeep von der Straße nicht einsehbar war, und zogen sich ebenfalls in die Deckung der Felsen zurück. Sie wagten kaum zu atmen. Der Wagen zog auf ihrer Höhe vorbei und es war klar erkennbar, dass das Zugtier mit seinem massigen Leib, dem langen, dicken Schwanz, dem schlangenartigen Kopf und der schuppigen Haut einem Brontosaurus frappant ähnelte, allerdings weit von dessen 26 Metern Länge und fünf Metern Schulterhöhe entfernt, sondern tatsächlich ungefähr von den Ausmaßen eines Ochsen.

Während die Drei wie hypnotisiert auf die Kreatur starrten, geschah eine weitere, viel schrägere Absonderlichkeit. Der Wagen war ein vierrädriger Planwagen, wie ihn die Siedler des wilden Westens einst benutzt hatten. Sein Lenker blieb unter Plane verborgen. Plötzlich meinte er jedoch, in die Navigation eingreifen zu müssen, und schob seinem lebenden Traktor einen Stock seitlich neben die Flanke, um ihn wieder in die Mitte der Straße zu bugsieren. Ein oder zwei Sekunden lang war die Hand zu sehen, die den Stock führte.

Es war eine dreizehige, geschuppte. Auf keinen Fall eine menschliche Hand.

Die Fuhre war vorbei und entfernte sich schneller als bisher, denn ab dem See ging es bergab. Offenbar befanden sich die Freunde auf einer Passhöhe.

Der Bannstrahl löste sich und die vergessenen Lungen schrieen nach Atemluft. João, José und Josef schnauften tief und innig. Selbst wenn sie sich beobachtet gefühlt hätten: Das Atemholen war nicht mehr zu umgehen. „Ha.., habt ihr das gesehen?" stotterte João schließlich. „Hm, ja. Ich fürchte, uns bleibt nichts anderes übrig. Obwohl ich am liebsten...." „Ich auch. Ob wir in der vergessenen Welt gelandet sind?" Josef wusste, dass João auf Arthur Conan Doyles bereits durchdiskutierten Roman ‚Die vergessene Welt' anspielte, in dem Professor Challenger auf einem Hochplateau in Südamerika ein Refugium der Kreidezeit entdeckte – mit Dinosauriern und allem, was dazu gehört. „Doyles Saurier waren aber richtige und haben keine Wagen gebaut und friedfertige Zugtiere gezüchtet", entgegnete er.

Nachdem die Freunde das Geschirr gesäubert und alle Utensilien verstaut hatten, beratschlagten sie, wie weiter vorzugehen sei. „Liebe Freunde, ich glaube, wir haben die geheimnisvolle Kristallstadt gefunden oder stehen kurz davor", eröffnete Josef die Gesprächsrunde beinahe pathetisch. „Irgendetwas Geheimnisvolles haben wir unzweifelhaft gefunden", bestätigte João. „Falls es sie ist – die Kristallstadt, meine ich –, war bei Fawcett nicht die Rede davon, dass sie bis heute bewohnt ist", fügte José an. „Ich würde der Welt auch nicht alles verraten", gestand Josef verschmitzt.

Da alle Drei das Gefühl hatten, dass es nicht mehr weit sei, beschlossen sie, zu Fuß weiterzumarschieren, um nicht übermäßig aufzufallen. „Wenn wir auf der Straße entlanglatschen, bieten wir uns wie auf dem Präsentierteller an." José war der von ihnen, der am strategischsten dachte. „Vielleicht ist das gar nicht schlecht. Der Karren sah jedenfalls friedfertig aus."

Sie schnallten ihre Rucksäcke auf und schickten sich an, das ultimative Wegstück zurückzulegen. „Unsere Verfolger haben wir vergessen, scheint es." Josef zuckte mit den Schultern. „Sie uns anscheinend auch, João. Der Ochs...; der Karren war viel langsamer als jedes motorisierte Fahrzeug. Sie hätten ihn unbedingt überholen müssen und mehr Straßen als die, die unter uns her läuft, gibt es nicht. Jedenfalls haben wir keine gesehen." „Eben. Heißt das 'was?"

Sie waren tatsächlich noch nicht lange per pedes unterwegs, als sich das Tal zu einer Schlucht verengte, in die lediglich der Bach und die Straße passten. „Freunde, ich denke, wir nähern uns dem Eingang." „Wirkt wie die Felsenstadt Petra in Jordanien." „Ich habe das dumme Gefühl, wir tauchen auch in die Zeit der Nabatäer ein."

Je mehr sie sich der Verengung näherten, desto andächtiger und ehrerbietiger wurde ihre Stimmung. Ganz tief in ihrem Inneren war den Dreien klar, dass sie am Ziel waren. In der Schlucht wäre es ein Leichtes gewesen, sie einzukesseln, aber nichts geschah. José als selbsternannter oberster Militärstratege verwarf seinen ketzerischen Gedanken sofort wieder.

Es wurde heller und sie standen vor einem kunstvollen Marmortor, das ein bogenförmiger Aufsatz nach oben abschloss. „Das ist es", deklamierte Josef, erneut pathetisch werdend, „das Tor der Stadt befindet sich in den Roncador-Bergen jenseits des Sumpfs am Ende einer schimmernden Straße. Das Tor besteht aus Juwelen, die im Mondlicht funkeln. Die Indios ließen aus Furcht alles stehen und liegen und rannten davon." „Dokument 512?" „Ja." „Ein wenig arg poetisch. Schimmernde Straße, okay unter Zuhilfenahme von Fantasie. Torbogen, okay, aber nichts von Juwelen, sondern schnöder Marmor. Und der Sumpf?" „Du bist ein echter Romantiktöter, Joss. Bist du sicher, dass wir auf der schimmern-

den Straße nicht durch Sumpfgebiet fuhren und davon nichts gemerkt haben – wegen des bestens befestigten Untergrunds?"
„Kann natürlich sein. Starten wir die finale Aktion und erforschen die Ruine, schlage ich vor."

Josef registrierte, dass das Tor keineswegs wie eine Ruine wirkte. Die Kanten waren sauber ausgemeißelt und nirgends fand sich eine abgebröckelte Stelle. Dann passierten sie es – wie auf Kommando gemessenen Schritts – und staunten endgültig.

Der Bach, dem sie und die Straße gefolgt waren, floss schnurgerade durch ein künstliches Marmorbett bis zum sichtbaren anderen Ende der Stadt. Die Pflastersteine liefen in einen Platz aus, dessen Boden beiderseits des Wasserlaufs ebenfalls aus fugenlos verlegten Marmorplatten bestand. Über den Lauf führten drei Bogenbrücken aus dunklerem Gestein, vermutlich Basalt. Links und rechts waren in die Felswand schmuckvolle Fassaden getrieben, die wiederum durch Marmoreinfassungen betont wurden.

João, José und Josef standen wie angewurzelt und schwiegen minutenlang. Beinahe wie ein Sakrileg mutete an, dass Josef sich zum laut geäußerten Satz durchrang: „Wie Petra." „Nur viel kunstvoller", flüsterte João, „denn dort sind ja einfach Fassaden in den Sandstein getrieben. Hier mit dem ganzen Marmor...." Er verstummte. Langsam löste sich das fesselnde Staunen und die Drei spazierten die prachtvolle Avenue entlang. Sie bewunderten jedes einzelne der Portale, die den Blick auf einen geräumigen Vorhof mit mehreren Türen freigaben, die den Weg ins geheimnisvolle Dunkle dahinter wiesen.

„Das erinnert mich an islamische Moscheen, wie sie von Isfahan in Persien bis Samarkand in Usbekistan gängig sind." „Die sind aber alle blau oder grün gekachelt." „Es geht um die Bauweise. Die Oberflächen und Formen sind hier völlig anders." „Die meisten oberen Abschlüsse sind gerade", bestätigte José, der sich bisher am Fachsimpeln seiner Freunde nicht beteiligt hatte, „aber es gibt auch Bögen und Spitzbögen wie zur Zeit der Gotik." „Die Vielfalt ist wirklich erstaunlich."

Ohne es zu merken hatten sie das Ende der Avenue, die eher als langgestreckter Platz zu bezeichnen war, erreicht. Ein dreifaches ordinäres „boah" wurde der Ungeheuerlichkeit ihrer Entdeckung nicht gerecht. Vor ihnen ging es senkrecht in die Tiefe der Pantanal-Sümpfe und neben ihnen bildete der bisher friedliche Bach einen Wasserfall. Für das menschliche Urteilsvermögen ist es unmöglich, Tiefen auch nur annähernd zu schätzen, aber eins war klar: Wer hier hinunterfiel oder vom Wasserfall in die Tiefe gerissen wurde, war rettungslos verloren. Instinktiv traten die Drei ein Stück von der Kante zurück und ließen ihre Blicke schweifen. João holte sein Smartphone hervor und begann ausgiebig zu fotografieren.

„Wisst ihr, was ich vermisse?" „Du wirst es uns gleich sagen, Jupp." „Statuen. Das hier können Menschen gebaut haben, müssen aber nicht. Es gibt keinen Hinweis auf die Schöpfer dieses Wunderwerks." „Was bringt dich auf die Idee, dass die Erbauer keine Menschen waren?" „Die dreizehige Klaue, die wir aus dem Planwagen heraus kurz sahen."

Ein unbehagliches Schweigen folgte. „Hier scheint niemand mehr zu wohnen. Ich meine, die Stadt ist verlassen." „Das sehe ich nicht so, Joss. Als wir vor dem Tor standen, sagtest du, dass wir uns an das Erforschen der Ruine machen sollen. Das hier ist keine Ruine. Nirgends eine Spur von Verfall, alles ist bestens gemeißelt und verfugt; nirgends Dreck oder Unrat, nirgends durch Feuchtigkeit aufgequollene Bodenplatten und nirgends abgebrochene Reste eines Artefakts.

Ich sage euch, die Stadt ist bewohnt. Ich sage nicht, von wem – weil ich es nicht weiß."

Aufmerksam sahen sich die Abenteurer nach allen Seiten um, bemerkten aber keine Spur von Leben. „Wenn bewohnt, verhalten sich die Damen und Herren oder wer auch immer sehr zurückhaltend." „Ich denke, sie beobachten uns, da wir wohl das Fremdartigste sind, das seit Jahrhunderten hier hereingeplatzt ist, und sie uns nicht einschätzen können."

Plötzlich packte João Josef am Arm. „Da! Ich meine, aus dem Gebäude da hinten eine grüne Schnauze oder einen Schnabel hervorlugen und blitzschnell wieder verschwinden gesehen zu haben." „Hm. Ich meine, dasselbe geschah an dem Tor dahinten." „Soll ich euch 'was sagen? Ich hab' Angst." „Das ist keine Schande, Jo. Ich nämlich auch." „Und ich erst!" doppelte José nach.

Josef atmete tief durch. „Wir stehen hier wie auf dem Präsentierteller und wurden bisher nicht angegriffen. Das beruhigt mich ein bisschen. Wenn ich mir die Türen anschaue, scheinen die Einwohner auch nicht viel größer als wir zu sein, also keine T-Rex oder sowas. Das beruhigt mich noch mehr.

Wir sollten eins der Gebäude betreten und versuchen, Hinweise auf den Charakter der Bewohner zu finden." „Dann säßen wir in der Falle." „Sitzen wir das nicht hier auch?"

Josef setzte sich mit seinem pragmatischen Vorschlag durch. Die Drei erkundeten einige Räume, ohne auf Erhellendes zu stoßen. „Tief gebaut haben – sie – ja nicht." „Es erinnert wirklich stark an die Felsenstadt Petra in Jordanien." „Gibt's nicht irgendwo in Indien einen Tempel, der direkt aus dem Gestein gehauen wurde?" „Der dem Gott Shiva gewidmete Kailash-Tempel in Ellora. Bei dem gingen die hinduistischen Mönche allerdings anders und viel mühsamer vor, indem sie das komplette Gebäude dreidimensional aus dem Felsen schlugen. Petra und das hier sind eher kulissenhaft ausgeführt. Außerdem kommt mir die hiesige Anlage nicht so vor, als diene sie religiösen oder rituellen Zwecken." „Ob die – Bewohner – überhaupt eine Religion haben?" „Man sagt, jede intelligente Spezies betet früher oder später irgendwelche Götter an. Du hast aber Recht; hier ist nach erstem Augenschein nichts davon zu finden."

Im vierten Objekt wurden sie fündig, aber nicht hinter einer der Türen, hinter denen sich im Licht der Taschenlampen nichts als nackte Wände verborgen hatten, sondern an der Fassade hinter einer Säulenreihe. Dort waren Graffitis angebracht, und zwar....

Josef hatte mit Begeisterung die Filme ‚Jurassic Park' nach den Romanen von Michael Crichton angeschaut. Er wusste, dass zumindest die ersten beiden versuchen, die ausgestorbenen Echsen akribisch nach den neuesten wissenschaftlichen Erkenntnissen nachzubilden, und dass der ungefähr menschengroße Velociraptor als intelligentester aller Saurier zwar ein Raubtier war, aber ausgeprägtes Sozialverhalten an den Tag legte. In diesem zwiespältigen Verhalten ähnelt er dem homo sapiens. Einer kompromisslosen Fressmaschine wie dem Tyrannosaurus rex ging ein solches Verhalten ab.

„Nein, es sind keine", urteilte Josef, nachdem er die Zeichnungen eingehend studiert hatte. „Was?" „Velociraptoren oder zu Deutsch schnelle Räuber. Die haben flügelartige Vordergliedmaßen und sind auch viel langgestreckter als das, was wir hier sehen."

Ein erschrockener Ruf ließ João und Josef herumfahren und sich José zuwenden, der wie erstarrt die Wand fixierte. „Was ist?" „Seht euch das an!"

Ein Bild zeigte keine Echse, sondern unzweifelhaft einen Menschen, einen Mann. „Da steht sogar ein englischer Text." Er war leicht zu entziffern. *Oberst Percy Fawcett am 18. Oktober 1911* stand da. „Das ist der Beweis", stammelte Josef, „Fawcett hatte nicht gelogen. Und dass er wieder zurückkam, beweist..." „...dass

die Wesen hier ihn haben laufen lassen", vollendete João den Satz. „Leute, ich glaube, wir haben gute Überlebenschancen."
In diesem Augenblick erschollen Geräusche, die in ihrer Brutalität nicht anders denn als blasphemisch zu bezeichnen waren, nämlich Pistolenschüsse. Die Drei befanden sich gerade hinter einer Säule und waren aus diesem Grund von außen nicht auf Anhieb zu entdecken. Erschrocken drückten sie sich enger dahinter, um ungesehen das Geschehen beobachten zu können. Nun sahen sie zum ersten Mal ungefähr ein Dutzend der Bewohner in natura, aber auch einen menschlichen Rücken, der unverkennbar einer bekannten Gestalt gehörte. „Bandenchef Josef", flüsterte Josef. Dieser näherte sich ihnen rückwärts immer mehr. Sein angewinkelter rechter Ellenbogen verriet, dass er eine Schusswaffe in der Hand hielt. Er hatte seine drei Rassenbrüder bisher nicht wahrgenommen.

José, der Draufgängerischste des Trios, hatte sich entschieden, wen er als Freund und wen als Feind zu betrachten hatte. Er sah sich um, erblickte eine Art Besen in einer Ecke stehen, schlich sich hin, ergriff ihn, setzte ihn wie eine Lanze an und stieß kraftvoll zu.

Verblüfft blickte Josef Kramer, der Schrecken des Mato Grosso, sich nach allen Seiten um. Eben noch mit seinen Leuten auf der Suche nach ihrem entkommenen Gefangenen und seinen Komplizen und jetzt, wenige Sekunden später, war nichts mehr von ihnen zu hören und zu sehen. „Enrico! Felipe! Gonzales!" rief er unwillig. „Meldet euch gefälligst, ihr Arschlöcher!"
Aber niemand meldete sich. Es war, als wäre die Welt außer ihm menschenleer. Zum ersten Mal kam in Josef der Gedanke an Meuterei auf. Was, wenn sie seine Vertrauensseligkeit skrupellos genutzt und ihn kalt abgesetzt hätten? Er war Enrico, seiner rechten Hand, gegenüber wohl etwas zu vertrauensselig gewesen. Wie aber hatten sie es geschafft, sich innerhalb von Sekunden – mittlerweile waren Minuten daraus geworden – dermaßen spurlos zu verdünnisieren? Wenn sie ohne ihn davonbrausten, um die Herrschaft über das Lager zu übernehmen, müssten wenigstens die Motorengeräusche ihres Geländewagens zu ihm dringen. Aber auch da Fehlanzeige. Wo stand das Ding überhaupt? Er war ganz sicher nur wenige Schritte gegangen und nirgendwo waren die geringsten Anzeichen menschlicher Anwesenheit zu erkennen,

weder seiner Leute noch die der Verfolgten. Außer ihm selbst. In seinem Zorn zog er seine Pistole aus dem Halfter und schoss zwei Mal in die Luft. Dann überlegte er, dass es sinnvoll sein könnte, die Munition aufzusparen.

Josef Kramer gehörte zu den Alphatieren, die sich ohne Schusswaffe nackt fühlen. Selbst während der Nachtruhe wartete eine auf dem Nachttisch auf ihren Einsatz, seit er 16 war. Unterwegs hatte er sie immer ‚am Mann' und auch die Patronenschachtel, wie er zufrieden feststellte, als er das Futteral seiner Nierentasche abtastete.

Jetzt erst sah er zu seinen Füßen die sauber gepflasterte Straße. Wo kam die denn her? Soweit das Auge reichte, verlief sie von Süden nach Norden. Ihm war in dieser Gegend kein Fahrweg bekannt, und er und seine Leute waren sicher die, die sich hier am besten auskannten.

Seit seinem Stranden war ungefähr eine halbe Stunde vergangen. Josef holte sein Smartphone hervor, um die Uhrzeit festzustellen, und stellte stattdessen fest, dass er keinerlei Empfang hatte. Er fluchte, was er gut beherrschte. Wo war er hingeraten? Eins war klar: Wenn er sich nicht den Rest seines Lebens von Früchten und Beeren ernähren wollte, musste er etwas unternehmen. Zunächst gemächlich, dann immer entschlossener drang er auf der bestens gepflasterten Straße vorwärts, erstaunlicherweise nach Norden, weg von seinem Wildererpest. Er war nämlich keineswegs sicher, dort mit Begeisterung empfangen zu werden, sollte er wieder hinfinden.

Ab und zu sah er sich um und das sollte sich als nützlich erweisen. Er nahm nämlich in einiger Entfernung einen Ochsenkarren wahr, der in seine Richtung unterwegs war und rasch aufholte. Schnell versteckte er sich seitlich im Gebüsch, um die Vorbeifahrt abzuwarten und sich eventuell zum Handeln zu entschließen.

Josef Kramer war ein Grobmotoriker, der weder den seltsamen Pflanzenbewuchs registrierte noch, dass der Ochse kein Ochse war. Indes erkannte er seine Chance, ein wenig schneller voran zu kommen. Bei dem Gefährt handelte es sich um eins, das Getreide transportierte und hinten auf der Ladefläche einige brache Stellen bot. Schnell huschte er dahinter und schwang sich hinauf, darauf bedacht, vom Lenker nicht entdeckt zu werden. Er war gespannt, wohin die Reise gehen würde.

Während der gefühlt mehrstündigen Fahrt zog er einige Male sein Smartphone hervor, aber es schwieg ihn weiterhin an. Ebenso galt seine Aufmerksamkeit dem Wagenlenker, aber auch der schien sich keines unerwünschten Passagiers bewusst zu sein. Er selbst blieb hinter den aufgetürmten Stauden verborgen.

Die Fuhre erreichte eine Stelle, an der die Hügel schroffer wurden und etliche Wasserläufe zusammenflossen. Bald sah Josef, dass sie sich zu einem See vereinigten und von dort als Bach weiter zu Tal drang. Offenbar war das hier ein sanft geneigter Pass. Er hatte die beiden Brücken bereits überquert, als er des prähistorischen Jeeps ansichtig wurde, der, in der hintersten Ecke eines Felskessels notdürftig versteckt, sicher der der Verfolgten war. „Scheiße", murmelte er, erzürnt darüber, dass er diesen Boten aus seiner Welt nicht früher erblickt hatte. Er überlegte dennoch, abzuspringen und zu dem Fahrzeug vorzudringen, aber es lag zu viel freies Gelände vor ihm, als dass er dieses unbemerkt hätte überwinden können. Auf den beiden Brücken wäre er einem Angriff vollends ausgeliefert. Kramer dachte eingleisig in Freund-/Feindkategorieen, wobei als Feind galt, wer kein Freund oder besser gesagt keiner von denen war, die er sich durch brutale Unterdrückung gefügig gemacht hatte. Der herkömmliche Begriff ‚Freund' war ihm unbekannt, gleich in welcher Sprache.

Plötzlich bog der Karren nach links ab und begann eine steilere Straße zu erklimmen. Josef sah, dass der Bach neben der bisherigen Hauptstraße in einer Schlucht verschwand, und kam zu der Erkenntnis, dass dort wohl das Heil zu suchen sei. Irgendeinem Kerl würde er schon die Pistole in den Nacken rammen und ihn zwingen, seinen Kidnapper dorthin zu bringen, wohin dieser gebracht zu werden wünschte, und sei es mit dem Jeep von diesem Josef und seinen Kumpanen. Und dann sollten Enrico & Co. ihn kennenlernen!

Er ließ sich von der Ladefläche gleiten, vergewisserte sich, dass der Karrenlenker auf seinem Bock weiterhin keine Notiz von ihm nahm, und wandte sich der Schlucht zu. Allzu viel Kopfschmerzen bereitete ihm eine eventuelle Entdeckung nicht, denn mit seiner Pistole fühlte er sich unbesiegbar. Er wanderte durch die Schlucht, passierte das Marmortor, ohne dessen kunstvoller Fertigung einen Gedanken zu schenken, und erstarrte.

Dem vor ihm liegenden Platz mit den Marmorfassaden gönnte er keinen Raum in seinen Gehirnwindungen, wohl aber den dutzend Kreaturen, die ihm bis eben den Rücken gezeigt hatten, nun aber seines geräuschvollen Einmarschs gewahr wurden und sich zu ihm umwandten.

Josef Kramers bis eben siegesgewisse Stimmung wandelte sich schlagartig in Angst und Entsetzen. Vor ihm standen keine Menschen, sondern entsetzliche Ungeheuer, Echsen oder gar Dinosaurier! Voller Panik schrie er: „Haut ab, ihr Mistviecher, haut bloß ab, oder ich ballere euch Blei in eure Wänste!" Um seiner Drohung Geltung zu verschaffen, zog er seine Waffe und richtete sie auf die ihn anstarrenden Geschöpfe. „Los, los", zeterte er weiter, „haut ab! Ich will zu eurem Boss!" Er nahm nicht wahr, dass die Ungeheuer in Togen gehüllt, also in gewisser Weise bekleidet waren, und betrachtete sie als pervertierte Haustiere.

Er näherte sich ihnen und fuchtelte mit seiner Pistole herum. Die Echsen wiederum näherten sich ihm watschelnd und zischend. Er wusste durchaus, wie er sich feindlichen Gruppen gegenüber zu verhalten hatte, und flüchtete über die oberste Brücke auf die andere Bachseite, auf der sich im Augenblick sichtbar kein Lebewesen aufhielt. Die Fassadenkonstruktion schien ihm keiner Aufmerksamkeit wert, was sich Minuten später als Fehler erweisen sollte. Zunächst stellte er erzürnt fest, dass die Biester ihm nicht gehorchten und ihm über die Brücken auf seine Seite folgten. „Weg, weg!" schrie er noch lauter als vorher und, als das nichts fruchtete, drückte er zwei Mal gezielt ab. Das Vorderste der Ungeheuer brach mit einem Quietschlaut zusammen und sonderte eine Flüssigkeit ab, die nichts als Blut sein konnte. „Euch werd' ich Mores beibringen", knurrte der Bandit und näherte sich rückwärts der Mauer hinter ihm, um sich den Rücken frei zu halten. Noch immer bemerkte er nicht, dass sich hinter den Säulen Freiflächen auftaten, hinter denen verborgene Feinde lauern mochten.

Das Dutzend Echsen näherten sich ihm nun rascher und wirkten bedrohlicher als vorher. Als Josef die Pistole in Augenhöhe hob, um zum Abknallen aller anderen besser zielen zu können, erhielt er einen heftigen Stoß in sein Kreuz, so heftig, dass er nach vorn auf den Bauch fiel und seine Waffe in hohem Bogen davonschleuderte. Ein Schuss löste sich, aber der ging ins Niemandsland.

Im Nu waren João und José über ihm und José fesselte ihn gekonnt mit seinem Lasso, das er vorsichtshalber eingepackt und vor seinem Angriff dem Rucksack entnommen hatte. „Munition?" fragte Josef, genannt Jupp. João griff unter den gefällten Körper ab und fummelte die Nierentasche hervor. „Hier", antwortete er und überreichte die Schachtel der ausgestreckten Hand.

Josef Waterkant ging auf die auf dem glatten Marmor ein Stück weggerutschte Pistole zu, nahm sie mit spitzen Fingern am Lauf hoch und schritt auf die Echsen zu, die, gespannt ob der Dinge, die nun folgen würden, verharrten. Sollten sie intelligent sein, und daran bestand angesichts ihrer kunstvollen Architektur kein Zweifel, müssten sie erkennen, dass hier zwei Gruppen einer fremden Spezies gegeneinander arbeiteten. Josef trat bis drei Schritte vor den vordersten der versammelten Einheimischen, kniete auf den Boden und legte behutsam Pistole und Munitionsschachtel auf den Boden. Dann erhob er sich, zeigte zum Zeichen, dass er nichts Gefährliches im Anschlag hatte, seine erhobenen Handflächen und zog sich langsam, mit dem Gesicht zu den Echsen gewandt, zu seinen Freunden zurück. Dort stieg ihm ein unangenehmer, aber bekannter Geruch in die Nase. Josef Kramer, der einstige Schrecken des Mato Grosso, hatte, schlotternd vor Angst, in die Hose geschissen.

Die Menschen wurden Zeugen einer rührenden Szene. Zwei Echsen, die mit einer Trage zwischen sich von irgendwo herkamen, kümmerten sich um ihren durch die Schüsse verletzten Artgenossen, hoben ihn auf die Trage und spedierten ihn außer Sicht. Das Ganze wirkte unglaublich alltäglich.

Zwei Dinge waren den homines sapientes aufgefallen. Wie ruhig das Ganze vonstatten gegangen war – außer verhaltenen Zisch- und Quietschlauten gaben die stattlichen Individuen keine Geräusche von sich – und mit welcher Behendigkeit die Sanitäter ihren Patienten transportiert hatten, mit blitzartiger Geschwindigkeit und ohne dass die Trage auch nur ansatzweise ruckelte.

Immer noch standen die Warm- und Wechselblüter dort, wo sie sich zu Beginn postiert hatten. Josef entschloss sich, etwas für die internationale Verständigung zu tun. Er trat erneut auf die grüne Gruppe zu, zeigte ihr wiederum die Handflächen und sagte verhalten und mit so beruhigender Stimme ihm möglich war: „Wir kommen als Freunde." Natürlich vermochten die Angesprochenen die Worte nicht zu verstehen, aber Josef hoffte, dass sie ihren Sinn aus Klang und Körpersprache herauslesen würden.

Einer der Echsen löste sich aus seiner Gruppe und näherte sich ihm langsam, bis er unmittelbar vor ihm stand. Josef zwang sich, nicht zu weichen und sich nicht zu bewegen. Als sein Gegenüber seine dreizehige Kralle ausstreckte, um ihn sanft zu berühren, schaffte er es, die natürliche menschliche Scheu vor Reptilien zu überwinden und seinerseits die Hand auszustrecken, um seine Hand auf das zu legen, das das Äquivalent einer Schulter war.

Eine Weile standen sich die beiden so unterschiedlichen Lebewesen nur wenige Zentimeter entfernt voneinander gegenüber. Dass Reptilien mit ihren roten Augen nicht blinzeln, gehört zu deren erweitertem Arsenal des Schreckens, das Josef genauso zu überwinden sich durchrang wie die Berührung zuvor. Er erkannte nüchtern, dass er sich dem Zugriff der Krallen zu entwinden keine Chance hätte, sollte sich der Parlamentarier entschließen, ihn festzuhalten. Auch den nadelartigen und beeindruckend langen Zähnen in dem spitz zulaufenden Mund – nicht Maul, schalt Josef sich selbst, du hast ein intelligentes Wesen vor dir! – wäre sein eigenes Gebiss im Ernstfall nicht gewachsen, obwohl es nach humanmedizinischen Maßstäben tadellos in Ordnung war.

Die Begrüßung war vorüber und die beiden Vorreiter der Verständigung lösten sich voneinander. Die Echse wies mit einer Kralle – sie als Hand zu bezeichnen fiel Josef schwer, da sie gar zu fremdartig war – auf die immer noch am Boden liegende Waffe. Auf keinen Fall darf sie mein Landsmann und Namensvetter wieder in die Finger kriegen, dachte Josef und wies auf den Kanal. Der andere verstand – vorausgesetzt, es handelte sich um einen ‚er‘ – und beförderte sie mit einem geschickten Tritt ins Wasser, wo sie ein schönes Plumpsen von sich gab und verschwand.

„Nicht!" schrie Josef, der Schrecken des Mato Grosso, sprang auf und spurtete hinter seiner Prothese her. João und José hatten unter dem Eindruck der Erstkontakt-Zeremonie nicht aufgepasst und versäumt, die Fesseln des Gefangenen immer wieder zu kontrollieren, sodass diesem nach und nach gelungen war, sie zu lösen. „Womit sollen wir uns denn verteidigen, ihr Hirnis?!" Bevor Josef seine beabsichtigte Antwort „gegen wen sollen wir uns denn verteidigen, du Arschloch?" heraus hatte, war sein Namensvetter ins Wasser gehechtet und kraulte abwärts auf den Ausgang der Stadt zu. Er war ein hervorragender Schwimmer und bildete sich ein, trotz seiner hinderlichen, nunmehr mitsamt ihrem Träger gesäuberten Überkleider mühelos auf diese Weise zu entkommen, zumal er die erstaunlich starke Strömung auf seiner Seite wusste. Wovon er nichts wusste, war der Wasserfall, der am Ziel auf ihn wartete, denn soweit war er ‚dank‘ seines verzweifelten Angriffs auf die schuppigen Ungeheuer nicht vorgedrungen.

Rasch hatte er ausreichend Tempo erreicht, sodass er João und José abhängte, die ihm zuriefen. „Du schwimmst in deinen Tod, du Idiot! Komm' sofort wieder 'raus!" Die Echsen hätten ihn möglicherweise eingeholt, hätten sie dafür einen Anlass gesehen. Sie wussten jedoch, dass das Individuum da im Wasser ihr Feind war, und sahen sich zu keiner Rettungsaktion bemüßigt.

Ein meckerndes Lachen erscholl, die finalen Laute, die sich dem Mund des Gesetzlosen entrangen, und die Worte: „Das war's, ihr Scheißgringos, mich seht ihr niemals...."

Dann war der Körper verschwunden und mit Sicherheit Sekunden später an den Vorsprüngen im Fels, die die einzelnen Stränge zu lustigem Spritzen veranlassten, zerschmettert. João und José näherten sich vorsichtig dem Abgrund. Kurz darauf stand Josef neben ihnen. Sie sahen hinunter und José, der Unverblümteste der Drei, sagte: „Damit sind 70 Kilo lebenden menschlichen Abfalls entsorgt. Ich glaube nicht, dass dadurch die Welt ärmer ist."

Er drehte sich zu Josef um. „Nimm's mir nicht krumm, Jupp", fuhr er versöhnlicher fort, „ich weiß ja, dass er ein Landsmann von dir war." „Kein Problem, Joss. Ich bin der Meinung, dass jedes Volk die gleichen Prozentsätze normal Sterblicher und herausragend guter Zeitgenossen bietet, aber auch von Dreckskerlen ertragen muss. Da nehme ich mein eigenes nicht aus."

Die Drei schritten auf die Versammlung der Echsen zu, um ernsthafte Verständigungsversuche anzubahnen.

Als es dunkelte, waren die drei Schatzsucher wieder bei ihrem Jeep, um die Zelte herauszuholen, sie aufzubauen und sich nach einem erfrischenden Bad im See auf eine erholsame Nachtruhe, ausgestreckt auf ihren Luftmatratzen, vorzubereiten. Die Dreier-Echsendelegation, die sie zum Felskessel am See begleitet hatte, sah interessiert zu, was ihre Gäste alles an Merkwürdigkeiten verrichteten. Besondere Aufmerksamkeit erregte das Entzünden der Petroleumlampe, bei dessen Schein João, José und Josef noch lange auf ihren Campingstühlen saßen und die epochalen Erlebnisse des vergangenen Tages Revue passieren ließen.

„Eine Dinosaurierkolonie hat sich bis in die heutige Zeit erhalten und nicht nur das, sondern sie hat sich weiterentwickelt." „Wie ich beim ersten Anblick des Schluchteingangs vermutete, haben sich die Reptilien bis zur Nabatäerzeit hochgearbeitet", konkretisierte Josef, „sie haben keinen Maschinenbau und keine Metallverarbeitung, aber sie errichten Gebäude, pflastern Straßen, betreiben

Ackerbau und Viehzucht und auch Handel, obwohl bisher völlig rätselhaft ist, mit wem. Sobald so ein Dinosaurierkarren in einer menschlichen Stadt, etwa in Cuiabá auftauchte, gäbe das einen Aufruhr, als wäre ein Ufo gelandet." „Zwei Dinge kennen sie aber nicht, das den Nabatäern geläufig war." „Was, Jo?" „Schrift und Feuer. Erinnert ihr euch, wie erschrocken sie waren, als ich ihnen mein Feuerzeug zeigte und es zur Demonstration entzündete? Und unsere Petroleumlampe hier ist das, was sie am meisten beeindruckt. Und was die Schrift angeht: Habt ihr außer dem, was vermutlich Fawcett selbst in die Wand meißelte, irgendwelche Anzeichen dafür gesehen?" José und Josef schüttelten die Köpfe.

„Wisst ihr was, Freunde", fuhr João mit leuchtenden Augen fort, „wenn wir uns in einer Woche verabschieden, werden wir einfach die Pflasterstraße weiter verfolgen. Sie muss ja zwangsläufig in irgendeiner anderen Dinosauriersiedlung enden." „Das sehe ich auch so", bestätigte José den Vorschlag, „aber dennoch ist mir schleierhaft, wieso das alles bisher nicht entdeckt wurde." „Das Plateau ist halt wenig erforscht." „Mag sein. Aber hin und wieder verirrt sich sicher jemand hierher, und sei es auch nur ein Wilderer und Fallensteller." „Der würde kaum über seine Entdeckung Bericht erstatten, Jo. Außerdem ist mir noch etwas aufgefallen, zunächst als vage Beobachtung, später, als ich anfing, darauf zu achten, immer konkreter." „Und worauf hast du geachtet, Jupp?" „Es gibt hier keine Säugetiere, nicht einmal eine Maus, Joss. Jedenfalls habe ich keine gesehen. Oder du?" „Konkret auch nicht. Allerdings habe ich mich nicht darauf konzentriert. Was hat das mit Wilderern zu tun?" „Auf was sind die denn scharf? Capybaras, Tapire, Faultiere und Jaguare, aber nicht auf alle möglichen prähistorischen Reptilien." „Dabei würde sich jeder Zoo um einen Dinosaurier reißen, und sei er auch nur menschengroß." „Dazu reicht ihr Grips vermutlich nicht aus."

„Wisst ihr, was mir aufgefallen ist?" „Was, Joss?" „Der Himmel. Brasilien ist zwar groß, aber an die Zivilisation angeschlossen. Ich erwarte nicht, dass ein Hubschraubergeschwader hier auftaucht, aber Triebwerksgeräusche von Jets, und seien sie noch so fern, oder ein Kondensstreifen am Horizont sollte hie und da auszumachen sein." „Hm."

João überprüfte sein Smartphone. „Wieviel Fotos hast du denn geschossen?" „Mindestens hundert. Auswerten tu' ich sie aber erst zu Hause." „Schickst du sie in die Cloud?" „Wie denn, du Schlaumeier? Nach wie vor ist null Empfang." „Hoffentlich reicht dann dein Speicherchip. Wir wollen noch viel vom Alltag unserer Gastgeber entdecken." „Keine Bange, ich habe eine 64Giga-SD-Karte drin; die kriege ich so schnell nicht voll." „Und die SIM-Karte für dein Tagebuch?" „Texte brauchen lächerlich wenig Platz. Ich brächte das alte Testament drei Mal drauf, wenn ich wollte. Und was den Strom angeht – unsere Ersatzbatterie liefert genug, dass ich einige dutzend Male nachladen kann."

„Wir sollten übrigens nicht vergessen, die Tage zu zählen", warf Josef ein, „denn unsere sonst so schlauen internetfähigen Begleiter wissen leider auch nicht mehr, was für ein Datum wir haben und wie spät es ist." „Uns fehlt eine mechanische Armbanduhr." „Die war mir immer zu teuer. Ich sehe jetzt allerdings ein, dass sie recht nützlich sein könnte."

Beruhigt rollten sich die drei Humanoiden in ihre Wolldecken und schliefen, von ebenso vielen bodyguards der Klasse non-human-power – um es auf Neudeutsch auszudrücken – zuverlässig bewacht, den Schlaf des Gerechten. Des Menschen Psyche ist von fantastischer Flexibilität. Nachdem die Warmblüter die Wechselblüter als gleichwertige Partner erkannt und anerkannt hatten, war jeglicher Ekel oder Widerwille wie Wasser von einer gewachsten Autokarosserie abgeperlt; auch eventuelle fremdartige Gerüche nahmen sie nicht mehr wahr – es sei davon ausgegangen, dass diese Instinkthaltung auch umgekehrt funktionierte.

Die nächsten Tage widmeten sie weiteren Studien. Da die Raptoren, wie sie ihre Gastgeber nannten, kein Feuer kannten, gab es folglich zum Essen nichts Gekochtes oder Gegrilltes. Diese veredelten zwar ihre Mahlzeiten durch Entfernen von Schuppen und Innereien, aßen aber alles roh. Sie besaßen keine Bestecke und brauchten auch keine, denn ihre drei Vollhorn-Vorderzehen waren zum Zerteilen von Fleisch bestens geeignet. Nichtsdestoweniger hatten sie Sinn für Körperpflege, zu der hauptsächlich das Reinigen der Klauen nach dem Essen gehörte. Zweifellos war das der Punkt, an dem sie ihrem animalischen Erbe am nächsten waren. João, José und Josef zogen es vor, sich von ihren mitgebrachten Vorräten zu ernähren.

Kleidung zogen die Raptoren lediglich zu offiziellen Anlässen an. Sie bestand nicht aus kunstvollen Modeaccessoires, sondern erschöpfte sich in einfachen beigefarbenen Umhängen, römischen Togen ähnlich, die hinten in zwei Schöße ausliefen wie Fracks, denn den Schwanz zu bedecken war anscheinend zu schwierig. Ansonsten lebten sie gar nicht in der Stadt aus Marmorfassaden, sondern in den umliegenden Hügeln und waren von wildlebenden Dinosauriern nicht zu unterscheiden. Die Stadt betraten sie aus demselben Grund, aus dem sie Kleidung anlegten: Bei wichtigen oder offiziellen Anlässen. Deswegen hatte der längliche Platz zunächst unbewohnt gewirkt.

Reptilien legen normalerweise Eier, aber Forscher fanden einmal ein Skelett, in dem ein Junges mit seiner Mutter starb, als es gerade lebend das Licht der Welt zu erblicken im Begriff war. Die Vermutungen gehen dahin, dass sich im Mutterleib sehr wohl ein Ei entwickelte, das unmittelbar bevor es gelegt wurde brach und seinen Fötus direkt in die Welt entließ. Der Saurierstoffwechsel brachte es im Anschluss wohl fertig, den Kalk der Schale aufzulösen und über den Darmausgang zu entsorgen. Dieser Reifegrad wird im Allgemeinen nur den jüngsten, am höchsten entwickelten Saurierarten zugebilligt.

Da die Raptoren ein Gefühl für Scham zeigten und die Tierforscher dieses respektierten, verzichteten sie darauf, sich genau mit deren Fortpflanzungsverhalten zu befassen und vermochten in diesem Punkt folglich nicht, ihren wissbegierigen Artgenossen spannende Erkenntnisse zu unterbreiten.

Am weitesten von besagtem animalischen Erbe entfernt waren die künstlerischen Fähigkeiten der Raptoren. Nicht nur Stadtfassaden, sondern auch Kleinkunstwerke wie Skulpturen bearbeiteten sie unter Zuhilfenahme sowohl ihrer Vorderzehen als auch ihrer spitz auslaufenden, schnabelähnlichen Münder mit unnachahmlicher Geschicklichkeit.

Am fünften Tag wurden João, José und Josef zum Modellstehen gebeten. Einen grammatikalisch korrekten Dialog bekamen die Gäste mit ihren Gastgebern zwar nicht hin – dazu waren ihre Stimmorgane zu unterschiedlich ausgebildet –, aber pantomimisch, das heißt mit den Händen vermochten sie sich gegenseitig unerwartet gut ihre Anliegen klarzumachen.

Zu ihrem Erstaunen fanden sich die Drei vor der Wand wieder, auf der auch Percy Fawcett verewigt war. Ihre Porträts waren beinahe naturgetreu bereits fertig und der Künstler wies beim Fawcettbild auf den Schriftzug. „Wir sollen unsere Namen hier einmeißeln", erkannte João. „Mit den Werkzeugen?" fragte Josef zweifelnd, „die sind für Dinosaurierhände." „Ach ihr Hasenfüße", sagte José kopfschüttelnd, „ein Mensch ist flexibel." Damit ergriff er das, was Hammer und Meißel auf amphibisch war, und klopfte los. Nach kurzer Zeit standen die drei Namen und das Tagesdatum unter dem Bild, das die Besucher zeigte.

Damit war in gewisser Weise die Mission erfüllt. Alle Fotos mit Aussagekraft und die ausführlichen schriftlichen Aufzeichnungen im Plastikgehäuse von Joãos Smartphone waren gesichert. Die Menschen bedeuteten ihren Gastgebern, dass sie sie morgen zu verlassen gedächten, und stießen auf keinen Widerstand.

Der Abschied war bewegend. Sämtliche Honoratioren der Raptorenstadt umringten sie, als sie ihre Habseligkeiten in den Jeep räumten. Als die Gastgeber erkannten, dass die Vorbereitungen abgeschlossen waren, trat der Bürgermeister vor und überreichte João eine 20 Zentimeter große Skulptur aus Alabaster, die unverkennbar ihn selbst darstellte. João zeigte sich mit einer tiefen Verbeugung erkenntlich und José und Josef taten es ihm nach.

„Können wir uns erkenntlich zeigen?" flüsterte Josef. „Ich hab' eine Idee." Er kramte seinen Atlas hervor, blätterte ein bisschen darin herum, um dem Raptor zu zeigen, wie er zu handhaben sei, und übergab ihn diesem mit feierlicher Geste. „Ist zwar nicht so haltbar wie eine Steinstatue, aber es wird ihnen zu denken geben", sagte er, als er sich hinter das Lenkrad setzte.

Das Anlassen des Motors erschreckte die Raptoren sichtlich, aber Josefs beruhigende Handbewegung tat ihren Dienst. Mit Staunen sahen sie das Fahrzeug ohne Hilfe eines Zugtiers anrucken und losrollen. Josef bog auf die Pflasterstraße ein und er, João und José winkten, solange ihre Gastgeber in Sicht waren. Diese wiederum wackelten mit ihren Köpfen. Die Menschen gingen davon aus, dass diese Geste dieselbe Bedeutung hatte.

Dann waren sie allein, unterwegs zurück in die – nein, noch nicht in die Zivilisation. „Wir wollen sehen, wo wir ankommen. Es muss ja eine andere Echsenstadt sein." „Hoffentlich sind deren Bewohner genauso freundlich wie die, die wir gerade verlassen haben." „Da habe ich keinen Zweifel. Wie man in den Wald hineinruft, so schallt es heraus. Mit umgekehrten Vorzeichen hast du das bei deinem Landsmann gesehen, Jupp."

„Er ging sehr schnell von uns. Einerseits ein Glück, andererseits wäre vielleicht von ihm zu erfahren gewesen, was aus seinen Kumpanen wurde. Nach einer Woche besteht kein Zweifel, dass er allein war." „Du siehst also keine Gefahr, dass sie uns plötzlich entgegenkommen?" „Dann wären sie längst da."

Die Straße führte in dem weiten Rechtsbogen zurück in südliche Richtung, den sie anders herum bereits kannten, und näherte sich gefühlt der Stelle, an der sie auf sie gestoßen waren. Das Fahren war ein Kinderspiel und Josef pfiff vor sich hin, während er mit der linken Hand das Lenkrad umfasst hielt und den rechten Ellenbogen lässig über seine Rückenlehne und die Seele ebenso lässig im Universum baumeln ließ.

Was an der bewussten Stelle geschah, bekam später keiner der Drei aus seiner Erinnerung zusammengesetzt. Es ruckelte wild, Zweige und Blattwerk streiften die Karosserie und der Jeep blieb beinahe stecken. Erschrocken packte Josef mit beiden Händen zu und versuchte, das Fahrzeug wieder in seine Gewalt zu bekommen. Nach einigen Sekunden gelang ihm das und er brachte es zum Stillstand. „Wo ist denn um alles in der Welt die Straße hin?" stammelte er fassungslos.

„So pennen kann man doch gar nicht", schimpfte José vom Rücksitz aus, „erzähl' mir bitte nicht, sie wäre dir unter dem Arsch verschwunden." „Doch, genau das will ich."

Die Drei stiegen aus. „Auf die Suche, Freunde", versuchte João zu beschwichtigen, „wir sind vor wenigen Sekunden und Metern noch auf komfortablem Untergrund unterwegs gewesen. Weit kann er nicht sein."

Sie suchten systematisch ihre Umgebung ab und erweiterten den Kreisdurchmesser des abgeschrittenen Bereichs kontinuierlich. „Halt, Freunde", ermahnte José die anderen, wir sollten uns keinesfalls verlieren und auch den Rückweg zum Jeep nicht. Zückt eure Handys und…; ach so, die funktionieren ja nicht." Dennoch zog er aus alter Gewohnheit das Seine aus dem Halfter und tippte darauf. „Oh", verkündete er verblüfft, „es geht ja!" João und Josef taten es ihm nach und kamen zum selben Ergebnis. „Anscheinend sind wir zurück in der Zivilisation." „Fällt euch noch etwas auf?" fragte Josef. „Was?" „Seht euch die Vegetation an. Brasilianisches Grasland wie es im Buch steht. Nichts mehr mit Schachtelhalmen und Farnen."

Als es wenige Minuten neben ihnen raschelte und sie einen Tapir flüchten sahen, dämmerte João, José und Josef, dass sie in ‚ihre' Welt zurückgekehrt waren und die geheimnisvolle Pflasterstraße nicht wiederfinden würden – was auch immer passiert sein mochte und wie. Als sie zum Jeep zurückkehrten, sagte José: „Da vorn!" „Was ist da?" „Reifenspuren, und zwar tief eingefahrene." Er begutachtete die Stelle und urteilte: „Hier hat jemand auf engstem Raum zu wenden versucht und es wohl auch geschafft, obwohl es nach wildestem Rangieren aussieht." „Unsere Freunde, die

Wilderer?" „Möglich." „Ob sie gemeutert und hier ihren Boss ausgesetzt haben?" „Genauso gut möglich. Dass er allein und ohne jedes Gepäck in der Echsenstadt eintraf, wissen wir ja."

João blickte sich um. „Ich meine, den Ort zu erkennen. Kurz danach war unser Tank leer und nachdem du nachgefüllt hattest, Joss, standen wir plötzlich auf der Pflasterstraße." „Und von hier sahen wir ja schon unsere Verfolger", doppelte Josef nach, „und plötzlich waren sie verschwunden – außer dem Boss."

Die Drei sahen sich an. „Irgendetwas sehr Komisches ist über uns hereingebrochen", flüsterte João, „fragt mich aber ja nicht was." „Schaut mal." José wies nach Norden. „Hinter uns ist die Wildnis für ein Auto unpassierbar. Deswegen dürften die Verbrecher auch gedreht haben. Nur für uns ging es weiter – auf einer anderen, einer parallelen Ebene."

Alles Beratschlagen half nichts. Da sie auf jeden Fall im Hellen die Straße Cáceres – Cuiabá erreichen wollten, setzte sich der erfahrene José ans Steuer und bugsierte seinen Jeep auf der bekannt holprigen Piste, die nicht einmal diese Bezeichnung verdient hätte, ohne weiteren Halt bis zu der Lichtung, in der sie ihren damaligen Übernachtungsplatz wiedererkannten. Wenige hundert Meter weiter stießen sie auf die Querverbindung und bogen nach links, Richtung Cuiabá ab. An der Piste, die weitere wenige hundert Meter wieder links in das Grasland hineinführte, brausten sie ostentativ achtlos vorbei, denn sie wussten ja, dass dort das Wilderercamp zu finden war.

Da José müde geworden war, übernahm João den Job des Fahrers und fuhr über die schlaglochübersäte Fahrbahn bis Cuiabá durch. Endlich kamen die Drei an und ergatterten trotz der späten Stunde nach einiger Mühe eine passable Unterkunft. „Freunde", fühlte sich João zu der Bemerkung bemüßigt, als sie nach einer ausgiebigen Dusche nebeneinander in der Falle lagen, „das war mit Verlaub ein irres Abenteuer." Die Angesprochenen bekamen sie nicht mehr mit; sie waren bereits tief und fest eingeschlafen.

„Das sind also die Koordinaten des Wilderercamps", sagte der Polizeichef von Cuiabá beeindruckt, nachdem er Joãos Bericht angehört und das Display auf dessen Smartphone studiert hatte. Er sah auf. „Sie wissen, dass die Regierung des Bundesstaats Mato Grosso eine Belohnung von 100.000 Real für den ausgelobt hat, dessen sachdienliche Hinweise zur Ergreifung der Bande führt? Falls es uns auf Grund Ihrer Angaben gelingt, der Kerle habhaft zu werden, haben Sie sie natürlich verdient."

100.000 Real sind 18.000 Euro, eine Summe, die die Kosten der Expedition dicke herausholte und Luft für einige Pläne ließ. Josef dachte fieberhaft nach, was mit dem Restbetrag anzustellen sei, als ihn der Polizeichef ansprach. „Bis vor kurzem war ein Landsmann von Ihnen, der berüchtigte Josef Kramer, deren Oberhaupt. Der ist aber nach unseren Informationen seit gut einer Woche spurlos verschwunden. Ersetzt hat ihn ein noch brutalerer Typ, obwohl das nicht denkbar schien. Enrico Ferres ist ein Kolumbianer mit übelstem Leumund. Wir können nur hoffen, dass wir die Sippschaft gesamthaft kriegen."

Er wandte sich wieder allen Dreien zu. „Meine Herren, ich danke Ihnen für Ihre Mithilfe und Ihren Mut. Sobald der Ausgang unserer Razzia feststeht, bekommen Sie wegen der Belohnung Bescheid von mir. Ihre Adresse, Herr Carioca, habe ich ja."

Dass die Heimfahrt in bester Stimmung verlief, bedarf keiner Erwähnung. „Hört mal, Freunde", erklärte Josef, „wie wär's, wenn wir mit dem Geld in Rio einen Laden aufmachen?" „Damit rennst du bei mir eine offene Tür ein", antwortete João. „Bei mir auch." José klang beinahe noch begeisterter, setzte aber hinzu: „Und was für einen Laden? Andenkentineff für Touristen?" „Ich würde gern meine Malereien an den Mann und natürlich auch an die Frau bringen." „Du malst, Jupp? Was denn so?" „Jugendstil à la Toulouse-Lautrec. Wenige kräftige Striche und man sieht, was dargestellt ist. Warum fragst du?" „Weil ich auch male, allerdings impressionistisch." „Und ich kubistisch", meldete sich João zu Wort. „Und hast du versucht, deine Kunstwerke zu verkaufen?" „Klar." „Und?" „Keine Sau hat sich dafür interessiert. Außer Kosten für Staffelei, Leinwand, Pinsel und Farben war nichts." „Du Ärmster. Und du, Joss?" „Dito. Und du; Jupp?" „Dito. Aber jetzt haben wir Motive, die exklusiv uns bekannt sind." „Und welche?" „Na, Dinosaurier und ihre Bauten in verschiedenen Stilen." „Das ist keine schlechte Idee. Wie bist du darauf gekommen?"

Josef lachte. „Es gibt eine Horrorgeschichte von Howard Phillips Lovecraft. Pickmanns Modell heißt sie und erzählt, wie ein Maler dieses Namens unvorstellbar grauenhafte Wesen malt, und das total realistisch. Ein Freund, den er eines Tages in sein geheimes Atelier mitnimmt, findet heraus, dass diese Ghoule fotografiert und die Gemälde von den Fotografien abgemalt sind. Wir haben Jos

Dinosaurierfotos und nehmen die als Vorlage. Unser Motto: Würden Dinosaurier heute noch leben...." „Tun sie doch." „Das weiß aber niemand. Oder hat einer von euch jemals von der Kristallstadt, von der wir nun wissen, dass sie aus Marmor ist, vorher gehört?" „Percy Fawcett." „Der galt als Spinner und verschwand vor hundert Jahren. Interessanterweise hielt er seine Kristallstadt- und Dinosaurier-Erzählungen getrennt. Keine Ahnung warum; das darf uns aber egal sein." „Warum er wohl 1925 nicht von seiner Expedition zurückkam? Ob ihn unsere Freunde doch noch aufgegessen haben?" „Das glaube ich nicht. Eher, dass er nie ankam, denn sein einziges Porträt in der Stadt ist auf 1911 datiert. Damals gab's halt noch keine Schnellstraßen durch Grasland und Urwald."

Auf der Schnellstraße von Cuiabá nach Belo Horizonte war João deutlich die Freude anzumerken, dass er seine Heimatstadt bald wiedersehen würde. „Bisher haben wir uns nur unserer Expedition gewidmet, Jupp", verkündete er, „aber sobald wir zu Hause sind, werde ich dich durch die fantastischen Sehenswürdigkeiten Rios führen: Zuckerhut, Corcovado, Mirante dona Marta...." „Was ist das denn?" „Ein Geheimtipp. Das ist ein Bergrücken zwischen der Christusstatue und der Bucht, von dem aus du einen viel besseren Blick auf den Zuckerhut hast als vom Corcovado, näher und in idealem Blickwinkel. Du kriegst es sogar hin, dein Foto mit Baumästen einzurahmen. Wenn du dich dann umdrehst, hast du den Corcovado mit seinem 30 Meter hohen Standbild direkt im Visier, viel besser als von der Stadt. Corcovado bedeutet übrigens der Bucklige, weil der Berg von der Seite einen verkrüppelten Eindruck hinterlässt. Bis vor ein paar Jahren galt die Zufahrt zum Mirante als heikel, weil sie durch die berüchtigte Favela gleichen Namens führte. Die hat sich aber mittlerweile zu einem bürgerlichen Vorort gemausert, sodass man nun bedenkenlos zu Fuß hinkann. Ist allerdings ein bisschen anstrengend. Du musst vom Strand 362 Meter in die Senkrechte." „Da bin ich mehr als gespannt."

Auf der Autobahn von Belo Horizonte nach Rio de Janeiro hatte sich das Thema zum Geschäftlichen verlagert. Noch während der Fahrt waren die Pläne praktisch ausgearbeitet. „Aber, sag' mal, Jupp...?" „Ja, Jo?" „Du hast doch gesagt, dein Urlaub wäre bald zu Ende und du müsstest zurück nach Deutschland." „Das habe ich zwar gesagt, aber es stimmt nicht.

Tatsache ist, dass ich in den Sack gehauen habe, weil ich mein Land verlassen möchte und mir Brasilien als Domizil vorschwebt."

„Warum das denn?" „Laut Adam Smith hat der Staat drei Aufgaben: Innere und äußere Sicherheit und Soziales. Zu diesem Zweck darf er Steuern erheben, weil alle drei nicht gewinnbringend sein können. Smiths Buch ‚Vom Wohlstand des Volkes' ist zwar 300 Jahre alt, aber aktuell wie eh' und je." „Okay. Aber was hat das mit Deutschland zu tun?" „Das, dass der deutsche Staat diese drei Aufgaben immer mehr vernachlässigt und sich darauf konzentriert, per Gesetz den Bürger vor sich selbst zu schützen, das heißt unmittelbar in seinen Lebensentwurf einzugreifen. Er – der Bürger – soll kein Auto fahren, nur Gesundes essen – also kein Fleisch –, sich ständig ärztlich untersuchen und gegen alles Mögliche und Unmögliche impfen lassen. Dazu ist er sogar in seiner eigenen Wohnung gesetzlich verpflichtet, sich zehn Minuten lang die Hände zu waschen, bevor er sich über sein Gesicht fahren darf. Er soll sich politisch korrekt ausdrücken und verhalten und sich solidarisch verhalten, das heißt freudestrahlend an andere, sogenannte unschuldig in Not Geratene weitergeben, was er im Schweiß seines Angesichts erwirtschaftet.

Wisst ihr, was ein ‚Besserverdiener' ist?" „Wir können's uns vorstellen." „Jemand, der intensiv gelernt hat, sich ständig weiterbildet, fleißig arbeitet und deshalb mehr besitzt als der, der morgens im Bett liegen bleibt und die Hand aufhält." „Und was ist mit dem?" „Nicht nur, dass er so brutal besteuert wird, dass er kaum mehr als der Nichtstuer und Schmarotzer hat, sondern zusätzlich beschimpft wird. In einer beispiellosen Werteumkehr gilt nicht der als asozial, der den lieben Gott einen guten Mann sein lässt, sondern der, der es durch Cleverness und Fleiß zu etwas gebracht und als Lohn unverschämterweise mehr als sein fauler Nachbar hat. Dessen Neid wird zu Gerechtigkeitssinn uminterpretiert."

João sah seinen Freund zweifelnd an. „Glaubst du, dass das in Brasilien anders ist, Jupp? Glaubst du nicht, dass es hier zur Genüge korrupte Politiker und Oligarchen gibt, die demjenigen, der sich abrackert, das Leben schwer machen? Ich bin überzeugt, dass die Bestechlichkeit hier viel schlimmer als in Europa oder gar Deutschland ist. Denk' an die hemmungslose Abholzung der Amazonas-Regenwälder gegen jede Vernunft und Verantwortung, aber zugunsten der milliardenschweren Bankkonten gewisser Tycoons an den Schalthebeln der Macht." „Das mit der Korruption und Bestechlichkeit mag stimmen, Jo. Aber, wie ich ganz zu Beginn unserer Expedition sagte: Das Land ist riesig und man kann in eine menschenleere Region ausweichen, wo der Arm von

Willkür und Zwang kaum hinreicht." "Denkst du an deinen Landsmann Josef Kramer?" "Mir fiele es niemals ein, kriminell zu werden, und für meinen Landsmann bleibt mir nichts als mich zu schämen. Nein, ich denke an unsere dreizehigen Freunde. Seit Jahrhunderten unentdeckt. Das ist im dicht gedrängten Europa undenkbar. Du bist so still, Joss." "Ich rekapituliere im Geist, wie ihr über eure Heimatländer herzogt. Was soll ich als Argentinier erst sagen? Die dortigen Nachrichten werden seit ich mich erinnern kann von den Falkland-Inseln oder Malvinen, wie sie bei uns heißen, dominiert und dass sie unveräußerlicher Teil Argentiniens seien. Das gleiche gilt für Feuerland und die gesamte Antarktis. Sprecher aller Medien sitzen in ihren dunklen Anzügen vor den Kameras, schlagen in regelmäßigem Rhythmus mit der Faust auf den Tisch und die Militärs stoßen in ihren Operettenuniformen, auf denen kein Staubkorn geduldet wird, martialische Drohungen aus. Ich sage euch, Leute, die Arschlöcher werden bald einen Krieg vom Zaun brechen und aus ihm genauso verprügelt 'rauskommen wie 1982. Geschähe ihnen Recht. Dann wird Feuerland zur Gänze chilenisch sein, denn unsere Obrigkeit, seien es Politiker, seien es Generäle, haben von Kriegführung keine Ahnung. Sie haben von nichts eine Ahnung, sonst gingen sie einer ehrlichen Arbeit nach."

João und Josef zeigten sich betroffen. Der Deutsche fing sich als Erster und führte das Gespräch mit einem Versprechen auf die private Ebene zurück. "Ich verrate euch 'was. Ich habe Erspartes, dessen Summe sich ungefähr mit der Belohnung deckt. Das stecke ich mit Freuden in unser Kunsthandelsgeschäft 'rein. Allerdings werde ich dafür mindestens einmal in meine Heimat zurück müssen."

Die vom Bürgermeister der Raptoren geschenkte Skulptur steht, alarmgesichert unter einer Glasglocke auf einem Podest, als Hingucker in der Mitte des Kunsthandelsgeschäfts. João, José und Josef handeln mit Kunst aller Art, verkaufen aber vorzugsweise ihre eigenen Gemälde, die mehrheitlich unter dem Motto stehen: ‚Würden Dinosaurier heute noch leben...' ...sähen sie so aus, setzt jeder Kunde instinktiv den angedeuteten Satz fort. Es sei verraten, dass das Geschäft bestens läuft, denn seine Inhaber fanden wie von Josef erhofft eine Nische, die bisher niemand ausgefüllt hatte. Erheiternd ist, wenn mitgeschleppte und zunächst lustlose Sprösslinge plötzlich krähen: „Mama, so böse sehen Dinosaurier ja gar nicht aus." Dann gesellt sich einer der Geschäftsführer gern dem Kind zu und erzählt ihm – auch Josef hat mittlerweile sehr gut Portugiesisch gelernt – vom Zusammentreffen von Mensch und Echse auf einem vergessenen Hochplateau im Roncador-Gebirge im Bundesstaat Mato Grosso und wie friedliebend beide seien, wenn sie nur wollten. Die Geschichte erntet bei Jung und Alt stets Beifall und der Erzähler, gleichgültig, wer es nun gerade ist, Lob für seine blühende Fantasie. Den Versuch, ihre Fantasie als Wahrheit zu verkaufen, unterließen die Künstler wie auf eine kollektive Einflüsterung.

Bevor die Steinfigur ihren Platz gefunden hatte, war eine sie betreffende Irritation aufgetreten. „Ich kenne einen Kurator", verkündete João bald nach ihrer Rückkehr, „der verfügt über Geräte, mit denen sich eine Thermoluminiszenzanalyse durchziehen lässt." „Eine was?" „Eine Thermoluminiszenzanalyse. Das ist eine Methode zur Altersbestimmung anorganischer Stoffe." „Und zu was?" „'rauszukriegen, wie alt das Kunstwerk ist, das wir von den Dinos mitgebracht haben." „Und zu was?" „Du wiederholst dich." „Ich meine, es ist neu. Es bildet den aktuellen Bürgermeister der Stadt ab und wurde wahrscheinlich eigens für uns gefertigt. Der Stein, aus dem es ist, kann natürlich ein paar Millionen Jahre auf dem Buckel haben." „Es geht um die als solche erkennbaren bearbeiteten Stellen."

Fassungslos legte João das Analyseergebnis vor. „Der Kurator hat mehrmals nachgeprüft, kam aber immer wieder zum selben Ergebnis." „Und das wäre?" „Hundert Millionen Jahre. Unser Kleinod ist hundert Millionen Jahre alt – plusminus zehn Prozent." José und Josef hielten sich den Bauch vor Lachen. „So viel zur modernen, unfehlbaren Wissenschaft." „Der Kurator hatte keine Erklärung. Alle anderen Analysen mit dem Gerät, so schwor er mir hoch und heilig, seien plausibel und nachvollziehbar. Der Extremausschlag ist ihm ein Rätsel. Er gesteht zu, dass es sich um einen veritablen Messfehler handeln muss."

Vorsichtshalber hatten die Drei der Glasglocke mit der Saurierskulptur kein Metallplättchen mit der Aufschrift ‚geschätztes Alter: 100 Mio. Jahre' verpasst; allzu viel blühenden Blödsinn darf man seiner Kundschaft auch wieder nicht zumuten.

Nicht einmal ein Jahr war vergangen und das Künstlertrio ‚Jo, Joss & Jupp' mit seinen surrealistischen und allen Versuchen von Plagiatoren zum Trotz unnachahmlichen Motiven, die bekleidete und unbekleidete zweibeinige Echsen mit abwechslungsreichen, menschlich und doch nicht menschlich wirkenden Gesichtsausdrücken bei alltäglichen Verrichtungen wie der gemeinsamen Mahlzeit an einem langgestreckten Tisch, einer Gerichtssitzung in einem antik aussehenden Saal, dem Wandeln vor wunderschön marmorierten, kunstvoll ausgeführten Palastfassaden, dem Hüten von dumm aussehenden, riesigen Dinosauriern und als Kutscher auf einem von einem Vierbeiner unbekannter Gattung gezogenen, schweren beladenen vierrädrigen Gefährt mit Deichsel zeigen, hatte sich aus dem Nichts an die Spitze der brasilianischen Prominentenszene katapultiert. Seine Mitglieder waren ihren Farben treu geblieben, nur dass diese nunmehr in feinste Anzüge eingearbeitet waren: João grün, José rot und Josef blau. Treu geblieben waren sie auch, obwohl sie sich in den feinsten Restaurants die auserlesensten Köstlichkeiten leisteten und seit geraumer Zeit in deutlich noblerer Umgebung wohnten, der in dem mäßig beleumundeten Viertel domizilierten Bar Pé Sujo, denn im Grunde waren sie bodenständig und gutmütig und sie vergaßen nicht, dass hier alles begonnen hatte.

„Sollen wir nochmal los und uns neue Inspirationen holen?" Bei Sujo fanden sie sich natürlich in ihren alten, abgewetzten Klamotten ein, denn auffallen wollten sie nicht. Inwieweit die anderen, ihnen bestens bekannten Gäste wussten, dass ihr damaliger unter Gelächter hervorgebrachter Wunsch nach ‚viel Glück bei der Schatzsuche' in Erfüllung gegangen war, wenn auch auf gänzlich andere Weise als durch das Auffinden von Gold und Juwelen, blieb João, José und Josef verborgen – Belesenheit und Kunstverständnis waren in diesem Etablissement eher dünn gesät. Alle hatten bereits einige canecas hinter sich, als João die Frage stellte, die den Beginn dieses Abschnitts markiert.

„Scheint ansteckend zu sein", knurrte José. „Was ist ansteckend?" „Die Bar Pé Sujo. Hier wurde auch die erste Schnapsidee geboren." „Was war denn daran eine Schnapsidee? Besser konnte es doch gar nicht kommen."

Josef mischte sich ein. „Manchmal frage ich mich, ob das alles ein Traum oder eine Halluzination war. Die Geschehnisse verschwimmen immer mehr." Es sei angefügt, dass der frischgebackene Brasilianer das Wort ‚Halluzination' bei weitem nicht so flüssig herausbrachte wie es sich liest. „Ein bisschen hast du Recht", gestand José zu, „aber überleg' doch, was es für einen

Aufwand bedeutete, die Tour nochmals durchzuführen." „Mit unseren heutigen Mitteln?"

Alsbald hingen an der Tür ihres Ladens, dem sie den Namen ihrer Trioidentität verpasst hatten, ein Schild mit der Aufschrift ‚Zwei Wochen Betriebsferien zwecks innerer Einkehr' und die Drei befanden sich auf Achse. Dank ihres geschmeidigen, mit allen Servohilfen des 21. Jahrhunderts versehenen Allraders schafften sie Rio de Janeiro – Cuiabá an einem Tag. Dort widerstanden sie der Versuchung, gleich weiterzufahren, und nahmen für eine Nacht drei noble Hotelzimmer, für jeden eins. Vom Zwang, den anderen beim Schnarchen zuzuhören, waren sie befreit und durften ihrem eigenen Schlafrhythmus frönen. Bei ihrer ersten gemeinsamen Reise hatte jeweils der gewonnen, der als erster ins Reich der Träume weggeglitten war.

Dann die immer noch schlaglochübersäte Etappe nach Cáceres, die die moderne japanische Konstruktion elegant wegbügelte. Als sich die Abenteurer dem Abzweig näherten, der zu dem Camp führte, das bis vor einem Jahr der Wildererbande als Unterschlupf gedient hatte, wurde Josef langsamer. „Gleich müssen wir da sein", murmelte er, „es waren nur wenige hundert Meter."

Er hatte sich nicht getäuscht. Er sah die Fahrspur in die Wildnis, bog ab und blieb auf der Lichtung stehen, auf der sie damals in unmittelbarer Nähe zum Verbrecherschlupfwinkel eine bange Nacht im Jeep verbracht hatten. „Jetzt wird's schwierig, Joss", sagte er und stieg aus, „ich schlage eine kurze Pause vor und dann übernimmst du das Cockpit." „Okay." Die feuerwerkartige Beleuchtung des Armaturenbretts mit ungefähr sechs Millionen unnützen Informationen verlockte zu der Bezeichnung ‚Cockpit'.

Die Piste war im Lauf des vergangenen Jahres nicht besser, sondern eher überwucherter geworden. Dennoch schaffte es José, bis zu dem Punkt vorzudringen, an dem damals der unerklärliche Wechsel von beinahe undurchdringlich zu gepflastert geschehen war. Heute geschah das nicht. Die Drei suchten zu Fuß das Gelände ab, bis sie sich soweit von ihrem Fahrzeug entfernt hatten, dass sie jegliche Hoffnung aufgeben mussten, die geheimnisvolle Straße wiederzufinden. Resigniert kehrten sie zu ihrem japanischen Wunderwerk zurück. Immerhin funktionierte ihr GPS-Gerät einwandfrei, sodass sie es problemlos fanden.

„Und jetzt, Joss?" „Ich weiß nicht weiter, Jupp. Sollen wir aufgeben?" Josef schlug die rechte Faust in seine linke Handfläche. „Nein. Von hier kommen wir nicht durch, das scheint klar. Ich bin dafür, wir kehren nach Cuiabá zurück und mieten uns dort für einen Tag einen Hubschrauber. Wir wissen ja, dass unser Ziel an der westlichen Abbruchkante des Roncado-Hochplateaus zu suchen ist. Entsprechend werden wir den Piloten einweisen." „Das wird eine Stange Geld kosten", mahnte João. „Das ist mir egal. Wir haben uns das Ziel gesteckt, unsere Freunde wiederzusehen, und ich bin gewillt, die Aktion bis zum Erfolg durchzuziehen. Und wenn ich das allein stemme." „Ich bin dabei, Jupp." „Ich natürlich auch", beschwichtigte João, womit die Sache abgemacht war.

Dann hatte José dasselbe Problem wie ihre Verfolger vor einem Jahr, nämlich in dieser zugewachsenen Umgebung ihr Fahrzeug zu drehen. João und Josef dirigierten ihn mit Winken und Rufen zentimeterweise vor und zurück, bis es nach einer guten halben Stunde geschafft war. „Puh, das war ein Stück Arbeit", stöhnte Josef, als er sich ins Polster fallen ließ. „Mit dem Jeep hätte ich das möglicherweise rein kräftemäßig nicht gepackt", gestand José freimütig. „Mir kommt's überhaupt schlimmer vor als voriges Jahr." „Das hat zwei Gründe, Jupp. Erstens macht die Natur immer weiter, wenn ihr der Mensch nicht Einhalt gebietet, und zweitens ist unser Fahrzeug um einiges größer als mein alter Bock. Mit einem richtigen SUV, die ja allmählich an Lastwagendimensionen heranreichen, wäre die Fahrt schon bis hierher unmöglich."

Wegen der erfolglosen Sucherei war viel Zeit vergangen und es dunkelte, als sie ‚ihre' Lichtung passierten. Folglich beschlossen sie, über Nacht dort zu bleiben und ihre alten Zelte aufzuschlagen. Sie hatten sie aus nostalgischen Gründen eingepackt.

Als sie zum Absacker mit drei Büchsen Bier zusammensaßen, brachte Josef ein Problem zur Sprache. „Der Hubschrauberpilot wäre dann in unser Geheimnis eingeweiht." „Das habe ich auch schon überlegt", erwiderte João, „aber mit einem bisschen Glück vermeiden wir das. Wir fliegen ja von Osten an die westliche Abbruchkante. Außer der Straße unter uns ist auf dem Weg überhaupt nichts zu sehen und die Straße kann Gott-weiß-was sein. Wenn wir dann neben dem See landen, wo wir damals auch gecampt haben, ist immer noch nichts Ungewöhnliches zu sichten. Wenn nicht unsere Freunde gerade aus ihrer Stadt herausgerannt kommen, um nach dem Eindringlich zu sehen, bleiben sie verborgen. Und ich glaube das nicht – dass sie uns empfangen, meine ich. Einen Hubschrauber kennen sie nicht und sie werden sich eher zunächst ängstlich verbergen." „Wenn er den ganzen Tag dort bleibt…." „Wir lassen ihn zurückfliegen und uns abends wieder abholen. Dann muss er die Strecke zwar vier Mal fliegen, aber darauf kommt's nun auch nicht mehr an. Wir müssen unseren Freunden nur klarmachen, dass sie uns nicht mit großem Tamtam verabschieden sollen." „Das hört sich durchdacht an. So machen wir's."

Der nächste Tag verging mit der Rückfahrt nach Cuiabá und Verhandlungen, aber am übernächsten war es soweit. „Was wollen Sie dort eigentlich, wenn ich fragen darf." Ein bisschen neugierig war der Pilot durchaus. „Wir sind Hobbypaläontologen und es geht das Gerücht, dass das Plateau von Dinosaurierskeletten durchsetzt sein soll. Wir haben zwar keine Grabungsausrüstung dabei, aber was nicht ist, kann noch werden – je nachdem, als wie aussichtsreich sich unser Ausflug erweist."

Der Pilot wies nach unten. „Das da ist ein tückisches Sumpfgebiet, ein Hochmoor. Mit einem Landgefährt würden Sie jämmerlich absaufen. Anders als mit einem Heli ist es nicht überwindbar." João, José und Josef starrten angestrengt nach unten, aber nicht, um das tückische Sumpfgebiet zu bewundern, sondern um das helle Band zu finden, das sie vor einem Jahr sanft und sicher geführt hatte. Obwohl sie überzeugt waren, genau entlang dessen Linie zu fliegen, tauchte es jedoch nicht auf. Komisch, dachten alle Drei, hüteten sich aber, das laut zu äußern.

In der Ferne tauchten Verwerfungen auf. „Da ist es", wäre Josef beinahe herausgeplatzt, besann sich jedoch, dass er angeblich unbekanntes Terrain betreten würde, und fragte harmlos: „Wie wäre es da vorn?"

Der halbe Felsenkessel war erkennbar, aber wie übel hatte ihm die Erosion mitgespielt! Die einst schroffen Wände waren abgebröckelt und seine Höhe erreichte höchstens die Hälfte dessen, die das Trio erwartet hatte. Der Platz, auf dem sie vor einem Jahr gelagert hatten, war eindeutig bestimmbar, aber wo waren See, Straße und Brücken geblieben?

Der Pilot hielt alles für normal und erklärte: „Die Sandsteinkette da vorn ist die letzte Barriere, bevor es in die Tiefe geht. Passen Sie bitte auf, dass Sie ihr nicht zu nahe treten. Wer einmal in den Pantanal-Sümpfen landet, bleibt ihnen unwiderruflich erhalten."

Fassungslos stiegen die Passagiere aus. Josef hatte sich mit seinem protzigen Fotokoffer belastet, der eine nagelneue Vollformat-Systemkamera mit zahlreichen Wechselobjektiven enthielt, weil er dieses Mal ‚richtige' und nicht nur Handyaufnahmen mit nach Hause zu nehmen gedachte.

„Wie abgemacht heute Abend um Fünf an dieser Stelle", beschied João dem Piloten und wandte sich, als sie allein waren, seinen Freunden zu. „Und jetzt?" José und Josef hoben wie auf Kommando ihre Schultern und senkten sie wieder. Sie waren genauso ratlos wie er.

„Ungefähr stimmt's ja", versuchte Josef die anderen, vor allem aber sich selbst zu überreden, dass alles normal wäre. „Da vorn ist der Eingang zur Schlucht und kurz dahinter sollten unsere Marmorstadt und die Abbruchkante liegen." „Guck' ihn dir doch an", antwortete José, „genauso verfallen wie unser Kessel hier. Ein Schatten seiner selbst und der Gang ist hüfthoch angefüllt mit Geröll. Hoffentlich dringen wir überhaupt durch." Reflexartig nahm er sein Smartphone zur Hand. „Wollen wir wenigstens…; richtig, hier oben ist ja kein Empf…; du lieber Himmel, doch!" João und Josef nahmen ihre Teile zur Hand und bestätigten, was José bereits festgestellt hatte. „Einwandfrei. Anscheinend hat sich die Satellitendichte gebessert. Eine Antenne steht hier wohl kaum."

Sie zögerten, die Schlucht zu betreten. Tatsächlich hatten sie über einige querliegende Brocken zu kraxeln, bevor sie sich öffnete und den Marmor….

Nein, da war kein Marmorplatz mit kunstvollen Fassaden an den Wänden links und rechts. Es floss auch kein Bach durch die Mitte und keine Brücken überspannten sein einstiges Bett. Langsam, als fürchteten sie, dass sich plötzlich der Boden unter ihnen auftäte, tasteten die Drei sich bis zur Abbruchkante vor. Sie lag viel näher als sie es in Erinnerung hatten.

Drei Schritte davor blieben João, José und Josef stehen. Der Blick nach unten zeigte dasselbe endlose Sumpfgebiet, das sie kannten, aber hier oben hatte der Zahn der Zeit unübersehbar genagt. „Es kann doch nicht eine ganze Rasse innerhalb eines Jahres nicht nur komplett aussterben, sondern auch nichts hinterlassen. Selbst von den harten Steinen ist kein Krümel übrig."

Da kein Wasserlauf im Weg war, untersuchten die Drei beide seitlichen Felsabschlüsse. „Hier war es, da besteht nicht der Hauch eines Zweifels", urteilte Josef, „die Topografie passt. Aber…."

José stieß einen spitzen Schrei aus. Seine Freunde eilten ihm zur Seite und betrachteten die Stelle, auf die er mit dem Zeigefinger wies. Hinter einem Schuttberg blitzte an der Wand ein glattes Stück hervor, wie eine gemeißelte Mauer. Und auf dieser stand etwas. Als José, durch den Umgang mit schwerem Werkzeug vergröbert

seine eigene Handschrift erkannte, überkam ihn gelindes Grauen.
João Carioca, José Porteño und Josef Waterkant am...

Der Abgang war beinahe fluchtartig. Sie waren an Ort und Stelle, das war hundertprozentig sicher, aber was war geschehen? Sie waren voriges Jahr hier gewesen, aber es war, als wären es Tausende. Erst als sie an ihrem damaligen Campingplatz anlangten, endete ihre wilde, beinahe panikartige Flucht und sie ließen sich keuchend nieder. Immer noch war keiner von ihnen in der Lage, ein Wort zu sagen. Allmählich fassten sie sich, wagten aber nicht, über das Vorgefundene zu diskutieren. Stattdessen unterhielten sie sich über Belanglosigkeiten.

Die Smartphones zeigten Mittag an. Lustlos öffneten die Drei ihre Lunchboxen und begannen langsam und konzentriert das Mitgebrachte zu verzehren. Ganz wurden sie das Gefühl nicht los, auch die könnten sich plötzlich in Luft auflösen.

Die Schlucht und den Marmorplatz betraten die drei schockierten Besucher nicht mehr. Sie wanderten über die umliegenden Hügel in der Gewissheit, nichts Bemerkenswertes mehr zu Gesicht zu kriegen, als José wiederum „da!" rief. „Was ist?"

Was dort errichtet war, war so normal, dass sie es zunächst nicht wahrgenommen hatten: Ein Sendemast für Mobiltelefonempfang. „Waren wir damals hier?" „Auf den Punkt kann ich's nicht sagen, aber es gab auf dem gesamten Plateau sicher keinen Sendemast. Ihr erinnert euch doch, dass unsere sonst allwissenden Plastikteile tot wie ägyptische Mumien waren." „Ich hatte mich schon gewundert, dass der Pilot über das Plateau so gut Bescheid weiß. Wahrscheinlich fliegt er einmal die Woche die Wartungscrew hierher."

Um Vier saßen die niedergeschlagenen, weil verhinderten Abenteurer am vereinbarten Platz, von dem sie der Hubschrauber eine Stunde später abholen sollte. Josefs Niedergeschlagenheit ging tiefer als die seiner Freunde, weil er seine schwere Kameraausrüstung zwar eisern mitgeschleppt, aber nicht benutzt hatte. Er hatte nichts gesehen, was des visuellen Festhaltens wert gewesen wäre. Am wenigsten ein Standard-Sendemast, wie sie in millionenfacher Ausführung das Antlitz der Erde übersäen.

Um nicht über das Offensichtliche nachdenken zu müssen, navigierten die Drei im Internet herum und verfolgten Nachrichten aus aller Welt. Die wichtigste Erkenntnis nach dem heutigen Tiefschlag war die, dass sie noch existierte, die Welt.

„Da!" Diesmal war es João, der den spitzen Schrei ausstieß. „Geht die Welt endgültig unter?" fragte Josef. „Würde mich nicht wundern", brummte José. „Peanuts, das tut sie doch jeden Tag. Nein. Lest, was hier vor kurzem vorgefallen ist, und zwar mit Sicherheit unterhalb der Abbruchkante. Es hat ihn also nicht zerschmettert. Ich schick' euch den Link, dann kann jeder die Nachricht auf seinem eigenen Gerät abrufen."

João, José und Josef lasen die Nachricht kollektiv und waren zum zweiten Mal an diesem Tag fassungslos.

Das Rätsel der Pantanal-Sümpfe

Cuiabá: Vor vier Tagen fand ein Paläontologenteam der Universität Belo Horizonte in den Pantanal-Sümpfen eine gut erhaltene Leiche. Das ist nichts Besonderes, denn bekanntlich konserviert Schlamm sehr gut. Es handelte sich um eine männliche Person mit einer Körpergröße von 1,70 Metern. Schnell wurde die Vermutung laut, dass es sich um den seit einem Jahr vermissten Josef Kramer handelt, der einer Wildererbande vorstand, die kurz nach dem Verschwinden ihres Chefs dank der mutigen Anzeige dreier vorbildlicher Bürger ausgehoben werden konnte. Auch die Kleidung passt.

Soweit, so gut und abgehakt. Nun zum versprochenen Rätsel. Forensische Routineuntersuchungen ergaben ein Alter der Person und ihrer Kleidung von hundert Millionen Jahren plusminus zehn Prozent! Nun ist zwar theoretisch möglich, dass ein Moor organische Materie auch über einen solchen Zeitraum frischhält, aber keinen modernen Europäer in Jeans einer heute gängigen Marke – auch das wurde eindeutig festgestellt.

Die Untersuchung wurde angesichts ihres unmöglichen Ergebnisses mehrfach wiederholt, aber jede Neuauflage führte in dieselbe Sackgasse. Die Wissenschaft steht vor einem Rätsel. Sobald Licht am Ende des Tunnels aufflackert, werden wir unsere Leserschaft selbstverständlich unverzüglich darüber informieren.

Die Türme von Morgatón
Ein Märchen aus tausendundeiner Nacht

Wir ritten im Morgengrauen,
Casablanca westlich von uns,
Entlang der Atlas-Vorberge Richtung Marrakesch.
Für Mohammed und Marokko
Hatten wir unsere Gewehre erhoben,
Für die Asche unserer Väter und die Kinder unserer Söhne.

Im trockenen Sommerwind
Hatten wir die Klingen geschärft.
Wir ritten, um unser Versprechen einzulösen,
Mit Faust und Dolch,
Mit Flinte und Lanze.
Wir werden den Sieg der französischen Ungläubigen
                                                          verhindern.

Obwohl sie uns erwarteten
Und fünfzig gegen uns zehn waren,
Wurden sie leicht von unserer Unterzahl überwältigt.
Als die Dunkelheit hereinbrach
Merkten sie das schnell.
Wir erlösten sie von ihrem gottverdammten Leben.

Wir konnten nicht länger warten
Im heißen Sand auf dem Ritt nach Agadir.
Wir, die Hunde des Krieges.
Für die Zukunft dieses Landes auf dem Ritt nach Agadir.

Eike: Der Plan

Mit Mohammed ist Mohammed der Fünfte von Marokko gemeint, der am 2. März 1956 die Unabhängigkeit Marokkos von Frankreich erzwang. Als ihn Mike Batt 1977 mit seinem Stück ‚The Ride To Agadir' auf der Langspielplatte ‚Schizophonia' besang, war vom heutigen Terrorismus islamischer Fundamentalisten noch keine Rede und die Glorifizierung jedes Unabhängigkeitskampfs vom Joch kolonialer Unterdrücker fand ungeteilte Zustimmung der aufgeheizten 68er-Generation. Die politisch und nicht religiös motivierte Ermordung elf israelischer Sportler durch palästinensische Freischärler während der Olympischen Spiele 1972 bejubelte sie unverhohlen, trug als sichtbares Zeichen ihrer Solidarität rotweiß karierte Palästinenser-Kopftücher und erkor ihre Heldenrolle im Zusammenschluss des ‚Schwarzen September' und der ‚Roten Armee Fraktion' (RAF) während der Entführung des Lufthansa-Flugzeugs ‚Landshut' im Oktober 1977. Als dieses von der Grenzschutzgruppe (GSG) 9 des damaligen Bundesgrenzschutzes – der heutigen Bundespolizei – erfolgreich gestürmt wurde und sich als dessen Nebeneffekt die längst in Stuttgart-Stammheim einsitzenden RAF-Anführer Gudrun Ensslin, Andreas Baader und Jan-Carl Raspe erhängten, ermordeten am Tag darauf die in Freiheit verbliebenen Terroristen ihre Geisel Hanns Martin Schleyer, den damaligen Vorsitzenden des verhassten Bundesverbandes der deutschen Industrie (BDI). Es wird geschätzt, dass Mitte der 1970er Jahre 60% der Jugend mit der RAF sympathisierte, die schlicht und einfach den radikalisierten Ableger der sogenannten 68er repräsentierte.

Nichtsdestoweniger gingen der Bewegung – oder Bande, je nach politischer Einstellung – nach ihrer Niederlage allmählich Puste und Motivation aus. Untergründig wurde allerdings weiter Wühlarbeit geleistet, indem die Linke den von Rudi Dutschke 1967 propagierten ‚Marsch durch die Instanzen' weiterverfolgte. Nicht umsonst werden ihre Vertreter selten Ingenieure, Physiker oder Chemiker, sondern ziehen Soziologie, Philosophie, Politikwissenschaften und vor allem Jura als Studiengänge vor. Diese sind es, die den Weg in meinungsbildende Einrichtungen wie Redaktionen, Schulen und Gerichte ebnen. Bezeichnenderweise löste die dritte RAF-Generation mit einem Brief vom 20. April 1998 ihre Organisation mit der offiziellen Begründung auf, dass mit der im Bereich des Möglichen liegenden Vereidigung der ersten grünen Bundesministerinnen und -minister als Folge der Wahl im September ihr

‚Marsch' weitgehend abgeschlossen sei. Das weist darauf hin, dass sie die Grünen als natürliche Verbündete im Kampf gegen den kapitalistischen Feind sahen.

Ob die heutigen Grünen diese Sichtweise teilen oder sie ihnen überhaupt bekannt ist, sei dahingestellt. Die heißen Jahre der Bundesrepublik liegen nunmehr beinahe ein halbes Jahrhundert zurück und für die heutige Generation sind sie ähnlich fern wie die Kaiserzeit. Mir selbst ist Mike Batts *We rode in the morning...* verblieben, das mir als Heranwachsendem wie kein anderes Lied bis heute die Sehnsucht nach der Wüste mit ihren sonnendurchglühten Tagen und sternenfunkelnden Nächten weckt.

Folglich kreiste mir seine Melodie unablässig im Kopf herum, als ich mich mit meinem Filmteam der geheimnisvollsten aller geheimnisvollen Städte im Rub al-Chali näherte. Mike Batts Gesang verrät nicht, ob dessen Stimmen auf Pferden oder Kamelen unterwegs sind. In der europäischen Fantasie geschah das auf edlen Rössern wie einst Kara ben Nemsi auf seinem Rih, aber Dromedare oder Trampeltiere als Reittiere wären die wahrscheinlichere Variante, handelte es sich nicht um einen fiktiven Ritt. Der saudische Innenminister hatte uns jedenfalls dazu verdonnern wollen, zu solchen Wüstenschiffen zu greifen, denn seiner Meinung nach käme kein motorisiertes Fahrzeug durch. Ganz grundlos war seine Annahme nicht, denn es gibt keine Straße – auch nicht die ungepflegteste Piste – nach Morgatón.

Der Name gibt Rätsel auf, denn er ist nicht arabisch. Er könnte dem Französischen entstammen, denn angeblich hatte der aus Lausanne stammende Johann Ludwig Burckhardt – der auch das jordanische Petra wiederentdeckt hatte – 1814 Morgatón als erster aufgesucht. Im Gegensatz zu Petra, das unverzüglich einen prominenten Platz auf der Landkarte von Archäologen und bald auch von Touristen einnahm, geriet die Stadt im ‚leeren Viertel' auf Grund ihrer Unzugänglichkeit mehr oder weniger wieder in Vergessenheit. Tatsächlich gelang es mir nicht, außer einigen hingeschluderten Zeichnungen Burckhardts andere Bilddokumente oder gar eine Fotografie auszugraben. Zum Glück wusste ich von Satellitenaufnahmen die genauen Koordinaten. Die Bilder aus jenen Höhen zeigen zumindest einige viereckige Formen, die Dächer aus direkter Draufsicht sein könnten.

„Warum hat sich bisher keine saudische Gruppe der Ruinen angenommen, Majestät?" Mein monatelanges hartnäckiges Insistieren hatte mich bis zum jungen König vordringen lassen, dessen

Öffnungs- und Reformvorhaben mir Mut machten, ihn auch mit meinem Anliegen zu belästigen. „Weil wichtigere Dinge Vorrang genießen." Mir war klar, was das bedeutete. Auch der aufgeklärteste muslimische Herrscher durfte nicht wagen, zugunsten von Ungläubigenarchitektur islamische Objekte zu vernachlässigen. Mein Trumpf bestand darin, dass ich ihm die Arbeit abnähme, denn ich wusste, dass er durchaus Sinn für archäologische Forschungen aufbrachte – auch für Ungläubigenwerk.

„Sie sind überzeugt, dass Sie keinem Phantom aufsitzen werden?" „Es gibt Ortungen und dort, wohin sie weisen, befindet sich irgendetwas. Außerdem haben wir die Zeichnung von Burckhardt." Ein Lächeln umspielte die Mundwinkel des Saudi. „Die kenne ich auch, aber die scheint mir als Beweis reichlich dürftig zu sein." „Wissen Sie, Majestät, sollte sich die Ruine tatsächlich als komplett drehuntauglich erweisen, suchen wir eine andere Lokalität. Das Geld für die Expedition wäre dann zwar in den Sand gesetzt – in des Wortes wahrster Bedeutung –, aber der Erkenntnisgewinn wäre es wert."

Letztlich erhielt ich die ersehnte Genehmigung, weil sich herausstellte, dass der König Fan meiner Produktionen war. Sie anzuschauen war der saudischen Bevölkerung natürlich untersagt, weil sie in sparsamen Einstellungen nackte Frauenhaut zeigte. Weit von pornografischer Quantität entfernt, genügten sie, um in diesem fundamental-islamischen Land der Zensur zum Opfer zu fallen. Aber – wie sagten schon die alten Römer? ‚Quod licet iovis non licet bovis' oder zu Deutsch: ‚Was sich Gottes geziemt, geziemt sich für den Ochsen noch lange nicht'. Wie Reichsmarschall Hermann Göring sich die wegen ihrer angeblich moralzersetzenden Wirkung im nationalsozialistischen Deutschland verbotenen Walt Disney-Zeichentrickfilme direkt aus den USA beschaffte und sich angeblich köstlich über sie amüsierte, bedrohten meine moralzersetzenden Liebesszenen die herrschaftliche Moral offenbar nicht. Ein König weiß sich selbstverständlich den Versuchungen des Fleisches besser zu erwehren als ein Untertan.

Zunächst war kein Einheimischer bereit gewesen, uns als Führer zu dienen. Die Bezeichnung wäre auch sinnlos gewesen, denn zu unserem Ziel hatte sich noch nie ein Mensch verirrt, der diese verdient hätte. So musste unser Navi das Wunder leisten, eine unauffindbare Stadt aufzufinden. Seit Tagen war unser Konvoi nunmehr nicht auf Kamelen, sondern mit vier Gelände- und zwei Pritschenfahrzeugen mit den Mitwirkenden und der Ausrüstung sowie zwei Wasser- und einem Mannschaftswagen unterwegs. Im Aufbau des Mannschaftswagens saßen acht Beduinen, die uns bei uns ungewohnten täglichen Verrichtungen wie Zeltaufbau und Herrichten der übrigen Infrastruktur für unser Filmcamp unterstützen sollten. Auch die Chauffeure waren Saudis, die die Fahrzeuge nach meiner Wegweisung über Stock und Stein zu hieven hatten. Wir übrigen hatten eine allgemeine Notrufnummer und Petra eine eigene mitgeteilt bekommen, über die wir notfalls einen Rettungshubschrauber anfordern könnten, waren aber ansonsten auf uns gestellt.

Ein bisschen nervös war ich schon, denn so einfach würde es nicht sein, im Land auf einen anderen Drehort auszuweichen; jeglicher islamische bliebe uns verwehrt, denn dort leichtgeschürzte oder gar nackte Frauen posieren zu lassen hätte zu deren ‚Schändung' geführt und uns auf direktem Weg ins Gefängnis befördert. Ich plante nämlich, einen Horrorfilm zu drehen, dessen Höhepunkt im Entkleiden einer von einem Nervenzusammenbruch ausgeschalteten Schönheit durch grässliche Wesen – Ghule oder was auch immer – bestand.

Die Schönheit sollte, wie zwei Absätze weiter oben angedeutet, Petra Molnow spielen. Ich hatte diese vor einigen Jahren für einen etwas schlüpfrigen, aber vermutlich deshalb gutdotierten Werbefilm entdeckt, weil alle meine damaligen weiblichen Stammdarstellerinnen sich geweigert hatten, sich für ihn zur Verfügung zu stellen. Notgedrungen heuerten wir – Gerd, der Vertreter der Auftragsseite und ich – eine Dame vom horizontalen Gewerbe an, die sich bei dem Fünfminutendreh als derart gute Mimin entpuppte, dass ich seitdem mit ihr meine Hauptrollen besetze. Das heißt, bisher waren es zwei: Die Carmen für eine freie, modernisierte Fassung von Georges Bizets bekannter gleichnamiger Oper und die Hexe Louhi in einer verfilmten Comicadaption der finnischen Sage ‚Kalevala'. Dann wurde Petra mir für ein halbes Jahr untreu, weil sie sich unbedingt auf der Bühne mit ihrer ehrgeizigen Kollegin Regina um die Rolle der Katharina in Shakespeares Machoklamauk ‚Der widerspenstigen Zähmung' zu prügeln gedachte. Nachdem es anfänglich beinahe tatsächlich so weit gekommen wäre, vertrugen sich die beiden plötzlich recht gut, da der Regisseur mit der wechselseitigen Rollenvergabe der Katharina und der Bianca einen salomonischen Ausweg aus seinem Dilemma gefunden hatte. Mir war währenddessen die Zeit gegeben, mein seit Jahren – seit ich als Jugendlicher Burckhardts Zeichnung in irgendeinem uralten Folianten entdeckt hatte – im Geist verfolgtes Projekt in die Wirklichkeit umzusetzen. Ich hatte gerade die Verhandlungen erfolgreich beendet, als sich Petra zurückmeldete.

Ich, der aus unerfindlichen Gründen zur Ikone erklärte Filmemacher Eike Haberstedt, hatte wie erwähnt Petra als Leib- und Magenaktrice auserkoren. Nun hatte ich einen Grund mehr, mich zu meinem Erküren zu beglückwünschen, denn während ihrer Vorstellung beim saudischen König hatte sich zu meiner grenzenlosen Verblüffung herausgestellt, dass sie arabisch beherrschte. Ich wusste, dass sie sprachbegabt ist, denn außer mit Englisch glänzt sie mit passablen Französisch- und Spanischkenntnissen. „Ich habe eine frühere Kollegin, Afiah, die aus dem Irak stammt und deren Muttersprache arabisch ist", erklärte mir Petra, als handele es sich um das Ausprobieren eines Kochrezepts, „und während meiner abendlichen Theateraufführungen und du hier zu Verhandlungen weiltest, blieb uns tagsüber genügend Zeit, ein bisschen zu üben."

Ich erinnerte mich, dass Petra beim ersten Gespräch mit Gerd erzählt hatte, dass sie ihr Studium nicht gepackt habe und sie deshalb im Rotlichtmilieu gelandet sei. Ich fragte mich seit langem, welche Anforderung in drei Teufels Namen Petras überragenden Intellekt überfordert haben mochte, und nahm mir vor, sie bei passender Gelegenheit danach zu fragen.

Die Begegnung zwischen Petra und seiner Majestät erwies sich als Katalysator meiner Bemühungen. Den Abschluss der Audienz krönte die allergnädigste Unterschrift unter die Anweisung, dass mir bei keinem meiner Vorhaben Hindernisse in den Weg gelegt werden dürften. Das hätte ich ohne meine Hauptdarstellerin kaum geschafft.

Der damalige Auftraggebervertreter des schlüpfrigen Werbefilms, Gerd, war einen Schritt weiter gegangen – den Schritt, Petras Ehemann zu werden. Seine Liebe gründete so tief, dass er ihren Namen angenommen hatte. Naja, Gerd Maiers gibt's ja genug in Deutschland.

Warum ich, die Ikone, mich hatte breitschlagen lassen, sexistischalberne Spankingszenen zu drehen, die mich meinen Ruf hätten kosten können? Gerd und ich sind eine klassische Sandkastenfreundschaft. Die überschlägige Rückrechnung auf unser beider Jahrgang bietet Petra den unschätzbaren Vorteil, nur noch den Rest seines und nicht ihres Lebens mit Gerd verbringen zu müssen.

305

Ich will nicht zynisch werden. Gerd hatte sich, damit ihm und Petra sich einige Male öfter als einmal jährlich zu Weihnachten zu sehen vergönnt wäre, unter die Drehbuchautoren gemischt, und sein Erstling war nunmehr die Vorlage für ‚Die Türme von Morgatón'. Ich hatte zunächst gemault, denn das Ganze erinnerte mich sehr an Richard O'Brians ‚Rocky Horror Picture Show' aus dem Jahr 1975. „Nicht ganz falsch", bestätigte Gerd mir, „aber das Musical kennen doch nur noch alte Säcke wie wir. Außerdem gerät das frisch verlobte Paar nicht während eines Gewitterregens im Osten der USA an die Pforten eines unheimlichen Schlosses, sondern verirrt sich auf einer Wüstentour in eine Stadt, die es keiner Karte nach gibt." „Na schön, der Schauplatz wird's 'rausreißen." Vollständig versöhnt war ich nicht.

Ich wäre erst versöhnt – auch mit dem alten Sack –, wenn diese geheimnisvolle Stadt endlich auftauchen würde. Mann, ist das ein Staub in so einer Wüste! Seit mehreren Tagen waren wir unterwegs, bauten abends unsere Zelte auf, morgens wieder ab und drangen weiter in das beinahe topfebene, geröllübersäte ‚leere Viertel' ein. Zum Glück waren die wenigsten Stellen so feinsandig, dass wir unsere Geländewagen über Bastmatten und Metallroste darüber hinweg zu lotsen gezwungen waren – aber Staub boten auch die weniger pulvrigen Etappen mehr als genug. „Auf einem Kamel säße man hoch genug, um darüber zu stehen oder besser gesagt zu sitzen", belehrte uns Chamed, unser Fahrer. Ich knurrte. „Wir müssten Morgatón doch allmählich in Sichtweite haben", fügte ich als konstruktiven Beitrag an, „wir müssten sie ja schon aus hundert Kilometern Entfernung sehen." Chamed schüttelte den Kopf. „Hast du schon einmal etwas von einer Fata Morgana gehört?" „Sicher!" „Genauso wie das Hitzeflimmern weit entfernte Objekte optisch ‚herzaubert', kann es auch solche verbergen. Es kann passieren, dass wir plötzlich davor stehen." „Lieber jetzt als gleich."

Ich grübelte. Morgatón klingt Fata Morgana unerfreulich ähnlich. Hoffentlich war nicht der Name das Programm – wir hatten die angegebenen Koordinaten nämlich erreicht. Wir ‚Stars' – Petra, Gerd und meine Wenigkeit – saßen im vordersten Wagen, dessen Sicht naturgemäß nicht vom aufgewirbelten Dreck vorausfahrender Reifen beeinträchtigt wurde. Petra hat die schärfsten Augen von uns und sagte plötzlich: „Da!" Auch Chamed kniff die Lider zusammen. „Ich glaube, Petra hat Recht", bestätigte er.

Wie aus dem Boden gewachsen erhoben sie sich unmittelbar vor uns – die Türme von Morgatón. „Boah!" stieß Gerd überwältigt hervor.

Wie soll man einen Eindruck schildern, der sich nicht schildern lässt? Zunächst die Tatsache, dass sich die Stadt nicht bei Annäherung allmählich über die Horizontlinie gehoben hatte, sondern plötzlich wie aus dem Nichts vor uns aus dem Boden gewachsen war. Tatsächlich eine Art negative Fata Morgana? Unsichtbar, bis ein bestimmter Blickwinkel eingenommen wird? Ich hatte von diesem Phänomen noch nie gehört.

Dann die gefühlt bis zum Himmel übereinander getürmten Stockwerke. Ich hatte mich ein bisschen über Lehmarchitektur kundig gemacht und erfahren, dass der Baustoff keinerlei Zugspannung verträgt, das heißt ein Gebäude daraus bei der kleinsten Erschütterung, beim schwächsten Erdbeben vollständig einstürzt, sofern es nicht in irgendeiner Weise federnd gelagert ist. Dafür hält er natürlich Druck aus, sonst wäre nicht einmal der Aufbau eines Dachs möglich und er zur Gebäudeerrichtung trotz wunderbarer Isolations- und Zirkulationseigenschaften unbrauchbar.

Nicht für möglich gehalten hatte ich, bis zu welchen Höhen derartige Gebäude errichtet zu werden möglich war. Ich zählte bis zu 13 Geschosse. „Das täuscht", erklärte Chamed, der wie Petra und Gerd neben mich getreten war. „Ihr seht, dass jede zweite Lage nur winzige quadratische Löcher als Fenster aufweist. In Wirklichkeit handelt es sich um keine Fenster, sondern um Luftschlitze, die für Durchzug in den Zwischenetagen sorgen, sozusagen als Art natürlicher Klimaanlage. Sie sind höchstens einen Meter hoch und ein Mensch kann sich kriechend oder bestenfalls gebückt darin bewegen. „Ein Gecko fühlt sich darin sicher pudelwohl." „Tut er und das ist beabsichtigt. Es gibt keinen besseren Mückenfänger als ihn. Wer Geckos im Haus hat, kann auf Ungezieferspray verzichten.

Zurück zu den Öffnungen. Die eben angesprochenen Durchzugslöcher sind schmucklos, während die richtigen Fenster von Kalkrahmen eingefasst sind, umso prächtiger, je wohlhabender der Erbauer oder die Erbauerfamilie war. Seht mal die da..." Chamed wies auf eine Wand weiter links „...ab der dritten Ebene dominiert die weiße Ornamentik schier den braunen Grund. Da steckt viel Mühe und vor allem Geld hinter." „Geld?" „Das Erdreich besteht aus Lehm. Man muss ihn nur ausgraben, von der Sonnenhitze zu Mauern zusammenbacken lassen und irgendwann sind vier

Wände und Dach fertig. Kalk und Holz hingegen müssen von weither geholt werden." „Holz?" „Um ein Gerüst zusammenzubauen. Die Ornamente müssen nach Fertigstellung des Gebäudes nachträglich angebracht werden. Fliegen konnten vermutlich auch unsere Vorfahren nicht.

Stellt euch allerdings so ein Gerüst nicht wie heute üblich mit breiten Stegen vor, die sorgfältig an Eisenstangen befestigt werden. Es genügten einige schmale, haarsträubend primitiv mit Binsen zusammengeflochtene Bretter, die einen schwankenden Grund bildeten, auf dem das, was die Arbeiter leisteten, bestenfalls als balancieren bezeichnet werden darf. Wenn ihr sowas noch sehen wollt: In usbekischen Dörfern wird das bis heute so gehandhabt und auch in indischen, dort aber unter verschärften Bedingungen, nämlich nicht auf schmalen Brettern, sondern auf Bambusröhren.

Das höchste Haus, das ihr vor euch seht, hat also keine 13, sondern ‚nur' sieben Geschosse, um auf deine Ausgangsvermutung zurückzukommen, Eike. Meinen Berechnungen nach ist das die höchstmögliche Druckspannung, die mit Lehm zu erzielen ist."

„Immerhin genauso hohe wie europäischer Backsteinbau zulässt. Das Kölner ‚Hochhaus' am Hansaring kommt auch auf sieben."

„So weit ist gebrannter von luft- oder sonnengetrocknetem Lehm nicht entfernt. Backsteine bestehen aus dem gleichen Material und Ziegel aus Kalksandstein, auch nicht viel strapazierfähiger."

„Du kennst dich sehr gut aus."

„Ich habe in Djiddah Architektur studiert."

„Und verdingst dich als Reiseleiter europäischer Neugieriger?"

„Als mir zu Ohren kam, dass eine Gruppe beabsichtigt, das sagenhafte Morgatón aufzusuchen, setzte ich alles daran, dabei sein zu dürfen. Es war zum Glück nicht schwierig, den Job zu ergattern, denn meine abergläubischen Landsleute haben eine panische Angst vor den hier hausenden Dschinnen...." „Gespenstern?" „So könnte man sie nennen oder Geister." „Ich dachte, es gäbe im Islam keinen Gott außer Allah und darum außer seinen Cherubin keine Geistwesen." „Offiziell. Des Menschen Seele ist jedoch ein Abgrund und niemand ist frei von Aberglauben." „Du anscheinend doch?!" „Was die Geister von Morgatón betrifft, mag das sein. Lass' dir aber gesagt sein: Auch ich habe meine geheimen Ängste und keiner von euch darf mir erzählen, er wäre völlig frei davon."

Mittlerweile hatte sich das Filmteam vollständig um uns geschart, während sich die arabischen Helfer weiterhin im Hintergrund hielten. „Du liebst demnach Lehmarchitektur?" „Ja. Ich bedaure, dass moderne orientalische Städte dem westlichen Betonideal frönen. Meines Erachtens ist unsere traditionelle Bauweise für den hiesigen Landstrich weitaus geeigneter als die importierten Methoden und Materialien."

Ich strich mir über das Kinn. „Nicht nur für hiesigen Landstrich, glaub' mir."

Ganz geheuer war den Beduinen die Umgebung nicht und sie bauten ihre Stoffbehausungen in beträchtlicher Entfernung von den Türmen und hinter dem Sichtschutz eines Felsens auf, während Chamed unsere drei Zelte für wohnen, arbeiten und kochen und essen in deren Angesicht und die vier Plastiktoiletten wiederum in respektvollem Abstand von den Wohnzelten errichten ließ. Nachdem die Arbeit getan war, verzogen sich die Heinzelmännchen schleunigst in ihr Refugium. Lediglich der bedauernswerte Koch und sein Gehilfe hatten auszuharren, bis wir unser Abendessen verzehrt hatten und uns der Verdauung hingaben. Allen Arabern war anzusehen, dass lediglich die selbst für saudische Verhältnisse außerordentlich gute Bezahlung sie bewogen hatte, sich für dieses Unternehmen zur Verfügung zu stellen.

Allen außer Chamed. Wir wollten erst am Folgetag mit den Dreharbeiten beginnen, aber er strich bereits zwischen den dräuenden Mauern umher, bis die Dunkelheit hereinbrach. Dann besuchte er uns kurz in unserem luftigen Aufenthaltsraum und unterhielt sich zu Gerds Unwillen mit Petra auf Arabisch, bevor er sich seiner eigenen Schlafstatt inmitten seiner Landsleute zuwandte.

Unser luftiger Aufenthaltsraum diente gleichzeitig als mit Etagenbetten bestückter Massenschnarchsaal, wodurch sich jede Vertraulichkeit von selbst verbot. Die sportliche Petra schwang sich auf eine der oberen Matratzen. Während sie es sich gemütlich machte, sagte sie für alle unüberhörbar: „Dann beginnen also morgen unsere Dünnpfiff..., äh Dünnbrettdreharbeiten." Wir hatten häufig genug über die etwas flach geratene Vorlage diskutiert, als dass ich mich über die respektlose Bemerkung meiner Diva aufzuregen vermochte.

Stattdessen nutzte ich die Gelegenheit zu meiner immer wieder aufgeschobenen Frage: „Was hast du eigentlich studiert, Petra?" „Romanistik mit den Schwerpunkten Französisch und Spanisch und als Nebenfächer Rhetorik und Dialektik." „Und das hast du nicht gepackt?" „Vielleicht hätte ich's, aber ich war meinen Profs zu frech. Da ließen sie mich fallen." „Inwiefern?" „Sabber' nicht; nicht, was du wieder denkst! Sie trietzten mich bei den Prüfungen so lange, bis ich keine Antworten mehr wusste. Ich fürchte, meine Reaktion enthielt unvorsichtigerweise das Wort ‚Arschloch'. Da war's ganz aus." „Soll ich dir 'was sagen, Petra?" „Was?" ‚Dass ich dir das aufs Wort glaube."

Petra: Der Dreh

Das profane Intro des Films war im Kasten. Mein Partner, gespielt von Waldemar, und ich sind auf einer Wüstentour im Geländewagen, verirren uns und landen unversehens vor den Toren einer Stadt, die auf keiner Karte verzeichnet ist. Da diese abweichend von ihrem Vorbild als bewohnt definiert ist, waren unsere armen Beduinen gezwungen, als Statisten zu dienen, was beinahe zu einer Revolte führte. Erst die Zusage eines satten Extrabonus weichte ihre strikt ablehnende Haltung auf und sorgte für einige weitere graue Strähnen auf Eikes Haarschopf, nachdem er am Abend das Budget überflogen hatte. „Bis jetzt sind es 15 Millionen Menschen, die unseren Geniestreich ansehen müssen, bevor wir den ersten Euro verdient haben", murmelte er, für alle vernehmbar, vor sich hin. „Heißt das ab jetzt Wasser und Brot für alle?" Eike wandte seinen Schädel Waldemars Bett zu, auf dem sich der Betreffende bereits fläzte, und grinste breit: „Du bringst mich auf eine fantastische Idee."

Vor den Toren, schreibe ich. Ein Teil von Morgatón war von den ansehnlichen Resten einer Stadtmauer umgeben, die wir als Kulisse nutzten. Einige Lücken hätten wir gern mit Sand und Steinen gefüllt, aber der Zumutung, an die Geistersiedlung Hand anzulegen, erlagen unsere Helfer nicht für Geld und gute Worte – doch, mit Geld hatte es Eike nochmals versucht. „Na gut", kommentierte er seinen Misserfolg, „jeder weiß, dass in orientalischen Städten nicht alles picobello in Schuss ist. Bei den Häusern ist's ja auch nicht anders." Eikes Schönreden erinnerte mich an Äsops Fabel vom Fuchs und den Weintrauben.

Schönreden oder nicht und auch wenn es stimmte: Das Vorgefundene befand sich in erstaunlich gutem Zustand. Dafür, dass das Ensemble bereits seit vorislamischer Zeit verlassen ist, hatte es sich trotz Wüstentrockenheit unglaublich gut gehalten. Bis auf die Kalkornamente waren die Gebäude unverputzt und hätten nach und nach zu nicht mehr als faustgroßen Brocken erodieren müssen. Im Rub al-Chali regnet es zwar selten – sehr selten! –, aber wenn, prasselt eine Art geschlossener See auf die knochentrockene Erde, der innerhalb von Minuten zu nachhaltigen Landschaftsveränderungen führt. Wehe dem, der sich gerade in einem Wadi, einem normalerweise wasserlosen Flusstal aufhält. Bevor er gewahr wird, was ihm geschieht, spült es ihn weg.

Ich fragte Chamed nach seiner Meinung. Er zuckte die Achseln. „Ich versteh's auch nicht. Bewohnte Lehmgebäude müssen im Schnitt einmal im Jahr aufgefrischt werden. Bei der berühmten Moschee von Djenné packen in jedem April alle Dorfbewohner mit an, um die schadhaft gewordenen Stellen auszubessern. Die marokkanischen Kasbahs wandern regelrecht von Westen nach Osten, denn von Westen greifen Wind und Regen an und machen die dort gelegenen Räume nach und nach unbewohnbar. Als Reaktion backen die Bewohner im Osten neue dran. Allerdings gibt es sowohl in Marokko als auch in Mali ausgedehnte Regenzeiten, was hier nicht der Fall ist. Speziell in der Senke, in der Morgatón erbaut wurde, scheint es nie zu regnen. Eine andere Antwort weiß ich nicht.

Im niederschlagsreichen Europa dürften Lehmbauten kaum Sinn haben." „Vor ungefähr 200 Jahren errichtete Wilhelm Jacob Wimpf in Weilburg an der Lahn mehrere Wohnhäuser, die er in Anbetracht unseres Klimas verputzte. Manche von ihnen stehen bis heute und sind von normalen Ziegelbauten nicht zu unterscheiden. Vereinzelt finden sich in Deutschland Gutshöfe in Pisébauweise, wie diese genannt wurde. Letztendlich setzte sie sich nicht durch, während das in Frankreich und Spanien flächendeckender der Fall war. Im Großen und Ganzen hast du Recht. Es gab eine kurze Begeisterungsphase Anfang bis Mitte des 19. Jahrhunderts. Danach schlugen alle Wiederbelebungsversuche fehl."

Die Dreharbeiten setzten sich innerhalb von Morgatóns Mauern fort. Wie bereits zuvor einige Male angedeutet wäre die Handlung nicht weiter erwähnenswert, geschähe nicht parallel zu ihrem Fortschritt einiges, das ihr einen gewissen Wahrheitsgehalt verlieh.

Die Einheimischen setzte Eike lediglich als Statisten, sozusagen wandelnde Kulissen ein, damit Morgatón nicht völlig menschenleer wirkte. Wir Schauspieler, deren einziger weiblicher ich war, trieben die Handlung, in Kaftane gehüllt, vorwärts. Ich komme als Amerikanerin Janet mit meinem Freund Brad versehentlich vor die Tore der geheimnisvollen Stadt, nachdem wir uns mit unserem SUV verirrt und in beispielloser Selbstüberschätzung beinahe den

Tank leergefahren haben. Wir beide sind in typischem Touristenoutfit – Jeans und T-Shirt – vorgefahren und stellen bald fest, dass das zum einen in der herrschenden Hitze unpraktisch ist und zum anderen von den Einwohnern nicht geduldet wird.

Brad und Janet – also Waldemar und ich – gefallen sich zu Beginn in Verkennung ihrer Situation darin, sich darüber in die Wolle zu kriegen, warum das Navy derart schmählich versagt hat, und zu glauben, dass die Bewohner ihnen gar nichts zu sagen hätten, da die überlegene westliche Kultur über jede Diskussion erhaben wäre.

Mittlerweile sind wir soweit, dass wir erkannt haben, dass wir vorerst den Rückweg nicht würden antreten können, da es vor Ort weder Treibstoff noch elektrischen Strom gibt. Auch beim Handyempfang heißt es: Fehlanzeige. Nach dieser Entdeckung steigt zum ersten Mal der Verdacht in uns auf, dass wir irgendwie aus der Zeit gefallen sind. Logisch, dass ohne Satellitenempfang auch das Navigationsgerät gestreikt hat.

Ich muss mich fügen und in eine Burka hüllen. Allmählich passen wir uns dem orientalischen Leben an, wie es vor und seit Jahrhunderten gelebt wird, und verdrängen schleichend unser bisheriges Leben, unsere Vergangenheit. Immer seltener statten wir unserem verlassenen Fahrzeug vor der Stadt einen Besuch ab, da uns dieses keinen Ausweg zu bieten vermag.

Um der Sache etwas Pep, das heißt den Kinozuschauern – nein, nicht den -innen! – etwas zu schauen zu geben, ist für mich eine Doppelrolle vorgesehen. Als Dschinnya bin ich in einen luftigen Seidenzweiteiler gewandet, der aus Pluderhose und Seidenbluse besteht und be-, aber nicht verdeckt. Um der Wahrheit die Ehre zu geben agiere ich im Höschen, was den einheimischen Statisten sehr miss- und meinen Kollegen dafür umso mehr gefällt. Dem ist hinzuzufügen, dass auch die Araber durchaus Gefallen an meinem Auftreten finden und sie lediglich von der Furcht befallen sind, die örtlichen Geister könnten zürnen.

Ich nehme mir vor, vorsichtig zu sein und nicht mutterseelenallein herumzulaufen. Der dramaturgische Sinn des Ganzen besteht darin, dass die Dschinnya zunächst für Verwirrung sorgt, bis sich herausstellt, dass Janet selbst sich immer öfter in die Geistererscheinung verwandelt. Zunächst bringt sie es durch Willenskraft fertig, sich in Janet zurück zu verwandeln, wann immer ihr danach ist; irgendwann jedoch versiegt ihr diese Kraft und sie darf nichts als hoffen, dass sie irgendwann wieder als Janet erwacht – eine weibliche Version von Dr. Jekyll und Mr. Hyde gewissermaßen.

Vorsichtig sein und nicht mutterseelenallein herumlaufen, hatte ich mir als Petra Molnow vorgenommen. Leider verhinderte eine gewisse Neugier, dass ich das konsequent durchzog. In der Filmhandlung geraten Brad und Janet immer häufiger in geheimnisvolle Kammern und Gänge, aus denen sie nur durch einen Zauberspruch der Dschinnya wieder herausfinden. Das klänge albern, wäre nicht das Filmteam selbst immer öfter in Situationen geraten, aus denen sie nur die Hilfe der Beduinen wieder befreite. Diese warnten uns unmissverständlich, dass sich die Geduld der Ortsgeister immer erkennbarer dem Ende zuneige. Eike lachte laut über diesen Aberglauben, aber ich vermeinte aus diesem Lachen ein Quäntchen Unsicherheit herauszuhören.

Ich verlor den Anschluss und fand mich allein in einem der oberen Stockwerke des höchsten Gebäudes. Ich suchte eine Treppe, fand aber keine. Dazu ist anzumerken, dass orientalische Städte extrem dicht bebaut sind und der Besucher von der Straße unmittelbar in die Stube der Bewohner tritt. Die meisten Bauten verfügen über Innenhof und Dachterrasse, die ab Sonnenuntergang zum Aufenthalt genutzt werden. Dafür wird der Platz nicht durch großflächige Korridore verschwendet, denn die Architekten haben keine Bedenken, gefangene Räume zu konzipieren. Das sind Räume, die nur durch andere und nicht von einem neutralen Flur aus erreichbar sind. Logischerweise befinden sich die für die Frauen am hinteren Ende einer Wohnung. Um die Dachterrasse zu erreichen ist natürlich eine Treppe nötig. Diese ist häufig achtlos in eine Ecke platziert; die Turmhäuser von Morgatón sind mit gesonderten Treppenhäusern ausgestattet und unterscheiden sich in diesem Punkt nicht von modernen Hochhäusern. Eine andere Lösung fanden die Pueblo-Indianer Nordamerikas, die Wohnkuben in respektabler Höhe aufeinanderschichteten, diese aber durch außen angelegte Holzleitern in der Senkrechten miteinander verbanden.

Ich sah aus einem Fenster und tief unter mir mein Team sich entfernen. Es konnte doch nicht sein, dass die Kerle ihre leichtgeschürzte Hauptdarstellerin vergessen hatten?! Ich rief durch die glaslose Öffnung hinunter, aber keiner schien mich zu hören. Verzweifelt sah ich mich um und hastete durch die Räume, fand aber keinen Weg hinab. Dazu ist zu sagen, dass mich häufig derartige Träume plagen: Ich befinde mich in einem riesigen Komplex, bin allein und finde nicht hinaus. Unten sehe ich Leute agieren, aber alle benehmen sich, als gäbe es mich, als gäbe es den ganzen Komplex nicht. Und jetzt war dieser Alptraum Wirklichkeit geworden!

In Tränen aufgelöst und keuchend hielt ich einen Augenblick vor Erschöpfung inne. Ich stützte meine Hände auf den Oberschenkeln ab, um in dem einrichtungslosen Gelass Halt zu finden. Ich spürte meine Hände nicht nur auf den Schenkeln, sondern auch meine Taille umfassen.

Ich fuhr hoch und sah mich um. Niemand. Litt ich bereits unter Halluzinationen? Ich stand aufrecht und atmete tief durch. Kein Zweifel, mich streichelte eine unsichtbare Hand. Meine Bluse ließ keine Anzeichen einer Berührung erkennen und dennoch näherte sich die Hand meinem Busen – nein, zwei Hände näherten sich von beiden Seiten. Zunächst tasteten sie meine Oberarme ab und griffen dann sanft nach....

„He, jetzt ist aber Schluss!" rief ich. Dann fuhr ich zusammen. War es eine physische Stimme oder meine Einbildung, die mich auf Arabisch ansprach?

Lass' mich doch ein bisschen. Ich habe so lange kein lebendiges weibliches Wesen mehr berührt.

„Aber...."

Ich tu' dir nichts, jedenfalls nichts, was nicht auch einer Frau gefällt. Gehst du bitte zum Fenster?

„Erst sagst du mir, was für ein Spiel du spielst."

Das ganz normale Spiel, das ein Mann mit einer Frau spielt.

„Du hast die Absicht...?"

Ja. schlimm?

„Ich finde das unfair. Du siehst ja, dass ich mich in einer verzweifelten Lage befinde und du nutzst das aus. Wer bist du überhaupt?"

Dein männliches Gegenstück.

„Ein Dschinn?"

Ja. Ich verspreche dir, dich hier herauszuführen, wenn du mir zu Willen bist.

„Du solltest dich wenigstens zeigen. Du siehst mich ja auch."

Du wirst mich sehen, wenn du eines Tages zurückkehrst. Gehst du jetzt bitte zum Fenster?

Was sollte ich zu dieser Prophezeiung sagen? Mir war klar, dass ich mich in einem Traum bewegte, und fand erstaunlich, dass ich nach dieser Erkenntnis nicht aufwachte. Sicher lag ich in unserem Schlafzelt mit den anderen in verdienter Nachtruhe, obwohl eben noch heller Tag gewesen war. Wo war der Nachmittag geblieben? Naja, in einem Traum ist alles erlaubt. Ich trat ans Fenster. „Und nun?"

Bück' dich und stütz' dich am Rahmen ab.

Ich tat wie mir geheißen. Ich spürte die Hände, aus denen gefühlt acht geworden waren, mich ausgiebig begrabschen. Beine, Po und Brüste hatten es den Händen offensichtlich besonders angetan. Sie strichen zart über meine Hautbereiche, wo es angenehm war, und packten dort fester zu, wo es schadlos geschehen durfte. Meine hinteren Backen empfingen herrlich kräftige Kneteinheiten, sodass ich wohlig erschauerte. Hatte ich denn überhaupt nichts an? Ich merkte, dass ich unten herum feucht wurde.

Angenehm?

„Wäre es, wenn ich wüsste, wer mich da bedient."

Du wirst es erfahren. Bist du bereit?

Ich wusste, was der Dschinn meinte. „Beine auseinander?"

Gern.

Ich schloss die Augen, als ich spürte, wie ich penetriert wurde. Ich hätte von einem Geistwesen solch' harte Stöße nicht erwartet. Es schien auch nicht zu erlahmen und sein Steifer hielt länger durch als der eines Mannes aus Fleisch und Blut je imstande wäre. In schier unendlicher Folge schwollen meine Lustwellen auf und ab. Mein ekstatisches Stöhnen müsste bis Riad zu hören sein, meinte ich.

Freut mich, dass es dir gefällt.

„Kannst du bitte aufhören? Ich bekomme allmählich Unterleibsschmerzen."

Natürlich. Ich danke dir. Ich musste einige Jahrhunderte nachholen. Du bist eine wunderbare Frau.

„Danke auch meinerseits. Denkst du an dein Versprechen?"

Selbstverständlich. Ich nehme dich an der Hand.

Die unsichtbare Hand führte mich durch eine verwirrende Vielzahl von Kammern, bis wir vor einer – Treppe standen, jener Rettung, die mir in meiner Panik zu finden nicht gelungen war.

Hier gehst du jetzt hinunter. Wenn du auf ebener Erde bist, stehst du direkt vor dem Ausgang. Von da aus einfach geradeaus und du findest euer Camp mühelos.

„Ich verlass' mich auf dich."

Darfst du. Wenn du in irgendwelche Schwierigkeiten gerätst, ruf' mich einfach.

„Wie?"

Dschinn genügt.

„Dein Name...?"

Du wirst ihn erfahren. Wenn du wiederkehrst.

Plötzlich wusste ich, dass ich allein war. Ich stieg die Stufen hinab und stand nach einigen hundert vor der Tür, die ins Freie führte. Zum ersten Mal seit dem seltsamen Ereignis sah ich an mir herunter. Ich war genauso vollständig – oder auch nicht – bekleidet wie ich als Filmdschinnya eben war. Mir war auch der Slip nicht hinuntergezogen worden. Offenbar war Stoffliches wie Stoff für einen echten Dschinn inexistent. Nichtsdestoweniger fühlte ich klebrige Kühle zwischen den Schenkeln. Ich griff unter meine Pluderhose, befühlte mit Zeige- und Mittelfinger die betreffende Stelle und roch an ihnen. Sperma, kein Zweifel. Hoffentlich sah keiner, vor allem Gerd nicht...; naja, so durchsichtig war das obere Beinkleid nun auch wieder nicht.

Keine Sekunde dachte ich mehr daran, dass alles ein Traum gewesen sei. Die besudelten Fingerkuppen bekundeten unstreitig die Wahrheit. Ich atmete tief durch und schritt zielstrebig los. Mit traumwandlerischer Sicherheit fand ich den Weg in unsere Zeltstadt.

Merkwürdigerweise schien mich niemand vermisst zu haben. Alle verhielten sich, als wären sie gerade erst eingetroffen, schmissen ihre Ausrüstungsgegenstände auf die Betten oder platzierten sie an den dafür vorgesehenen Ablagen und ließen sich auf die Stühle fallen. Auch Gerd fand nichts dabei, als ich zu meinem Gepäck griff, um meine ‚Zivil'-Klamotten hervorzuholen, sie in die Umkleidekabine zu schleppen und mich dort in Petra Molnow zurück zu verwandeln. Vorsichtshalber beseitigte ich mit einem parfümierten Reinigungstuch die Spuren der gespenstischen Vereinigung und wechselte die Unterhose. Ich hatte mich zunächst nicht getraut, mein Smartphone hervorzuholen und nachzuschauen, wieviel Zeit seit dem Abschluss der heutigen Dreharbeiten vergangen war. Gefühlt hatte mich der Dschinn stundenlang durchgef....

Nein, es waren nur ein paar Minuten verflossen.

An jenem Abend hatte ich weidlich Mühe, mich an den belanglosen Gesprächen zu beteiligen und zu tun, als wäre es einer wie jeder andere. Ich war froh, dass in unserem Massenschlafsaal Intimitäten nicht möglich waren, ohne die Aufmerksamkeit aller anderen zu erregen, denn ich hätte mich unmöglich meinem Gatten hingeben können, ohne mein Geheimnis zu verraten, und hoffte, dass ich über meine mentale Blockade hinweg wäre, bis wir uns wieder in abgeschlossenen Zimmern befänden.

Von nun an war nichts mehr wie vorher. Wir drehten zwar weiter nach Plan, aber ich hatte den Eindruck, dass nicht nur ich mich – beinahe furchtsam – immer einmal wieder nach irgendwelchen Geistwesen umsah. Peter, der Chef des Kamerateams, outete sich als einziger in einem Gespräch mit mir. Wir saßen allein am abgeräumten Esstisch, weil alle anderen sich entweder bereits hingehauen hatten, auf ihren Betten lasen oder auf ihren Smartphones herumdaddelten.

„Wenigstens ist hier der Mobilfunkempfang gewährleistet." „Wie meinst du das, Petra?" „Naja, irgendwie wirkt unsere Kulisse wie aus der Zeit gefallen. Wenn ich mich nach Abschluss des Tagespensums noch einmal umsehe und mein Blick über diese unwirklichen, vollständig verlassenen Lehmtürme schweift, dann kommt mir die Vision hoch, als befände ich mich im Jahr der Hadsch, im Jahr 622. Da hat das alles nämlich schon gestanden." „Bist du wirklich sicher, dass sie vollständig verlassen sind?" „Erlaube mir die Frage, wie du das meinst, Peter." Der Angesprochene wandte seinen Blick von mir ab. „Manchmal…; wie soll ich sagen? Manchmal spricht jemand mit mir, den ich nicht sehe. Lach' nicht, Petra, ich habe keine Halluzinationen und weiß genau, dass die anderen Ähnliches erleben."

Ich musterte Peter, der mich wieder ansah, meinerseits scharf. „Ich werde den Teufel tun zu lachen, Peter. Ich will eins wissen: Wirst du deutsch oder arabisch angesprochen?" „Arabisch. Ich versteh' leider nichts, weiß aber, wie diese Sprache klingt." „Hast du eine Idee, was die Stimme dir sagen will?" „Sie klingt irgendwie bittend." „Ist es eine weibliche oder männliche?" „Schwer zu bestimmen, Petra. Die Tonlage ist Alt, aber nicht unbedingt weiblich. Sphärisch wäre der richtige Ausdruck."

Das hörte sich nach ‚meinem' Dschinn an. Er schien sich wirklich einsam zu fühlen. Ich hätte gern gewusst, ob er sich auch an die einheimischen Helfer ‚rangemacht' hatte, glaubte das aber nicht. Diese hätten vermutlich sofort alles stehen und liegen gelassen, wären schreiend zu den Fahrzeugen gerannt und davongebraust. Alle Schätze König Krösus' hätten sie nicht mehr dazu bringen können, sich Morgatón jemals wieder auf eine geringere Entfernung als 300 Kilometer zu nähern. Ich sah ja und hörte sie auch reden, in welch' panischer Angst sie sich auf dem historischen Areal bewegten. Sie waren jetzt schon um nichts in der Welt dazu zu bewegen, auch nur einen Kiesel vom Boden aufzuheben, geschweige denn eine Mauer zu berühren.

Ich überlegte. Meine Geschichte werde ich dir auf keinen Fall auftischen, Peter, dachte ich, aber ein bisschen unterstützen werde ich dich. Er hatte bereits die Initiative ergriffen und mir eine Frage gestellt sowie eine Antwort in den Mund gelegt. „Ist dir das nie passiert, Petra? Du könntest dich ja mit dem – Wesen – verständigen." „Könnte ich und tat ich auch. Du vermutest richtig, Peter, es ist eine Art Bitte. Die Bitte eines Einsamen, ihn aus seiner Einsamkeit zu befreien." „Können wir etwas tun?" „Ich sehe keinen Weg, zumal ich mir nicht sicher bin, dass es sich nicht um eine kollektive Halluzination handelt. So etwas gibt's. Denk' bitte an die Jungfrauenerscheinung von Fátima in Portugal 1917. Am 13. Oktober sahen Zehntausende das später so genannte Sonnenwunder, bei dem alle ohne Sehschäden in die Sonne schauten und diese sich wie ein Feuerrad drehte." „Dagegen ist unser hiesiges Erlebnis ja geradezu harmlos."

Wir schwiegen eine Weile. „Eine letzte Frage, Peter. Geschieht dir die Stimme immer noch?" „Seit etwa zwei Tagen scheint sie verstummt zu sein."

Das passte. Vor zwei Tagen hatte mich der Dschinn genommen und ist seitdem anscheinend zufriedengestellt. Ob der Akt seinen Lenden wieder für einige hundert Jahre reicht? Ich hatte je länger umso weniger den geringsten Zweifel, dass er mir und uns tatsächlich widerfahren war. Wenig später sollte ein Beweis mit Hand und Fuß – in des Wortes wahrster Bedeutung – das Licht der Welt erblicken.

Ich hätte mich gern mit Chamed über alles unterhalten. Er war zwar vollkommen weltlich eingestellt und hatte wohl auch mit den täglichen Gebeten nicht viel am Hut, war aber als Spross seiner Umgebung und Erziehung eher in der Lage, gewisse Dinge zu erklären als jeder Europäer, mag dieser auch noch so einfühlsam an das Phänomen herangehen. Leider zeigte Gerd immer stärkere Zeichen von Eifersucht, sobald ich Chamed auch nur zu nahe kam, sodass ich von einem Gespräch mit unserem Reiseleiter Abstand nahm. Hätte ich gewusst, wie sich meine Ehe nach Rückkehr in die Zivilisation entwickeln sollte, hätte ich weniger Skrupel an den

Tag gelegt. Im Nachhinein muss ich natürlich zugeben, dass es Gerd als Europäer nicht zuzumuten war, mir meine Geschichte abzukaufen.

Die Dreharbeiten neigten sich ihrem Ende zu. Der Handlungsknoten löst sich ganz einfach dadurch auf, dass die Dschinniya Brads Bitte stattgibt, beide – ihn selbst und Janet – in den Zustand zurück zu zaubern, den sie vor Ankunft in Morgatón eingenommen hatten. Plötzlich stehen sie wieder in ihrem Touristenoutfit vor ihrem SUV in der Wüste. Von den Türmen ist nichts zu sehen und Brad navigiert auf seinem Smartphone herum, um Hilfe anzufordern. „Wird teuer, Janet. Sie retten uns mit Wasser und Sprit, aber wir müssen den ganzen Einsatz bezahlen." „Besser als kostenlos hier zu verdursten, Brad." „Klar. Aber sag mal…." „Ja?" „Hast du nicht in Erinnerung, dass wir uns monatelang in einer geheimnisvollen Stadt aufgehalten haben und das gar nicht heute, sondern vor Hunderten von Jahren?" „Dann haben wir beide dasselbe geträut, Brad." „Aber wir haben doch gar nicht geschlafen."

Brad lacht albern. „Dann hat uns eine Dschinniya das ‚Pulver des Vergessens' übergestreut." Janet lacht mit. „Dann müssten wir um Monate gealtert sein." „So fühl' ich mich jedenfalls." „War ja auch ein Schreck in der Morgenstunde, als wir bemerkten, dass wir uns hoffnungslos verfranzt hatten und der Tank beinahe leer war. Das bleibt nicht in den Kleidern hängen."

Einer unserer Wasserwagen nähert sich im Hitzegeflimmer der Wüste. Benzin wird umgefüllt, die Dürstenden werden gelabt und der Konvoi bricht auf, damit die gestrandeten Grünschnäbel baldmöglichst wieder den Komfort von Klimaanlage und WC in ihrem Riader Luxushotel genießen können.

Wir versammelten alle Fahrzeuge im Sichtbereich von Morgatón und begannen zusammenzupacken. Eine finale Zeltnacht stand uns an diesem Ort und einige weitere unterwegs bevor, ehe auch wir wieder in den Schoß der Glas-/Betonzivilisation zurückkehren würden. Ich wandelte ein letztes Mal zwischen den Türmen umher und betrat auch das eine oder andere Haus, in der Hoffnung – ja, welcher Hoffnung eigentlich? Mich noch einmal in aufreizender Pose an einer Fensterbrüstung abstützen, um…? Es hatte keinen Zweck, mich selbst betrügen zu wollen. Ich hatte den Liebesakt mit dem Dschinn genossen und hätte etwas darum gegeben, wenn er sich wiederholt hätte. Nur der Gedanke daran….

Indes herrschte außer dem unablässigen Wüstenwind Stille, vor allem geistige. Keine schmeichelnde Stimme versuchte mich zu

verführen und keine zarten Hände strichen mir sanft über die Haut. „Na denn", sagte ich laut auf Arabisch, „vielen Dank für die Liebe, die du mir geschenkt hast. Ich wünsche dir alles Gute. Leb' wohl."
Als ich nach draußen trat, meinte ich ein leises Säuseln, einen sprechenden Lufthauch zu vernehmen. *Nicht leb' wohl, Petra. Wir werden uns wiedersehen.* „Ich vor allem dich, wie ich hoffe. Ich freue mich drauf und danke dir nochmals."
Beschwingt kehrte ich zu meinen Kollegen zurück und half ihnen beim Einpacken. Ich registrierte, wie Gerd mich misstrauisch von der Seite musterte.
Alles war abfahrbereit. Wir legten uns zeitig schlafen, damit wir bei Sonnenaufgang das Frühstück hinter uns hätten und gleich aufbrechen könnten.
Dieses geschah folglich im Dunkeln und als wir nach draußen traten, waren wir zunächst mit uns selbst beschäftigt, sodass wir es nicht sofort sahen. Dann rief einer der Helfer entsetzt aus: „Allahu akbar – Gott ist groß!" Wir sahen ihn erstaunt an, aber er war keiner weiteren Worte fähig und deutete dorthin, wo wir einige Wochen lang gedreht hatten. Wir folgten dem Fingerzeig und auch uns kroch das Entsetzen in die Herzen.
Wo sich bis gestern die Türme von Morgatón trutzig und wie für die Ewigkeit errichtet erhoben hatten, ersteckte sich nunmehr eine geröllübersäte Ebene, die scheinbar nie zuvor eines Menschen Fuß betreten hatte.

Gerd: Die Ehe

Ich vermag nicht zu sagen, wem der Schreck mehr in die Glieder gefahren war, den Einheimischen oder uns, dem Filmteam. Wir bretterten ohne Rücksicht auf die Staubentwicklung der Reifen oder die Gefahr, dass eines der Fahrzeuge einen Achsenbruch erlitte, so schnell wie möglich weg von diesem unheimlichen, verfluchten Ort. Erst als wir uns soweit von ihm entfernt hatten, dass uns die Türme auch dann nicht mehr ansichtig wären, wenn sie nach wie vor stünden, verlangsamten wir unsere wilde Raserei zur normalen Geschwindigkeit einer Wüstenexpedition.
Petra sprach mit unserem Fahrer. Sie wählte Englisch als Konversationssprache, vordergründig, damit alle am Gespräch teilhaben konnten, vermutlich aber eher, um mich zu beruhigen, denn ich hatte ihr Verhältnis zu dem weltoffenen, gebildeten und elo-

quenten Saudi während der vergangenen Wochen mit wachsendem Missbehagen verfolgt.

„Was denkst du, Chamed?" Da sich in dem abgelegenen Gebiet, das wir gerade durchfuhren, selbst Pisten dadurch auszeichnen, dass sie aus einer gedachten Linie auf dem Navi bestehen, musste der Angesprochene konzentriert darauf achten, wohin er unseren Geländewagen lenkte. Dennoch fand er in einem Eckchen seines Intellekts die Kapazität zu einer Antwort. „Für einen rationalen Denker fände ich die Aussage passend, dass das, was wir gesehen haben, gar nicht sein kann, Petra." „Eine Massenhalluzination?" „Das wird die Filmausbeute zeigen. Wenn es sich um eine Halluzination gehandelt hat, müsstet ihr alle in leeren Raum agiert haben – und das vier Wochen lang." „Das glaubst du also nicht?" „Nicht so richtig. Wenn man das nicht glaubt – und wie gesagt, lassen wir erst mal die Kamerasensoren sprechen –, bleibt eine eher ungeheure Annahme." „Dass sich Morgatón mal manifestiert, mal nicht?!" „Dafür spricht die Tatsache, dass sich die Gebilde mal auf Satellitenaufnahmen erkennen lassen, mal nicht." „Burckhardt hat Morgatón jedenfalls erreicht und so gezeichnet, wie wir die Stadt kennengelernt haben." „Genau so. Wenn sie sich tatsächlich immer nur wenige Tage im Jahr, Jahrhundert oder was auch immer aus der Wüste erhebt, ist zumindest erklärt, warum die Zeit ihr nichts anhaben konnte. Denn dann wäre sie, seit sie verlassen wurde, eine relativ kurze Zeit der Erosion der realen Welt ausgesetzt gewesen."

„Dann hätten wir mächtig Glück gehabt", warf Eike ein, der den Beifahrersitz belegte. „Oder Pech." „Wie meinst du das?" „Ich habe keine Ahnung, ob es Glück oder Pech bedeutet. Burckhardt starb im Oktober 1817, drei Jahre nach seiner Entdeckung in Kairo an der Ruhr." „Das muss nichts zu bedeuten haben. Viele Afrikakreisende jener Zeit starben früh an irgendwelchen Krankheiten." Wegen des Gerüttels war nicht zu deuten, ob Chameds Schultern auf Grund dessen zuckten oder bewusst. „Völlig richtig. Beweisen tut das nichts." „Eine Erklärung für eine mal vorhandene, mal nicht vorhandene Lokalität hast du nicht, egal ob es Glück oder Pech bringt, sie zu Gesicht zu kriegen." „Keine, die die herkömmliche Wissenschaft zu geben imstande ist."

Irgendwann schlugen wir mitten in der Ödnis unser Nachtlager auf. Das Abendessen verging weitgehend schweigend, da jeden von uns das Geschehene beanspruchte. Wozu sich in verbalen Spekulationen ergießen, wenn ihnen jegliche Diskussionsbasis abgeht? Merkwürdigerweise brachte auch niemand den Mut auf, sich der Wahrhaftigkeit unserer Dreharbeiten zu vergewissern, Peter zuletzt.

Mehrere Tage später lief unser verdrecktes Geschwader in die pieksauberen Straßenschluchten von Riad ein. Während die Fahrzeuge nach dem Entladen sofort zum Säubern weggefahren wurden, bezogen wir unsere Hotelzimmer, um uns selbst zu säubern und frisch einzukleiden.

Ohne dass wir uns abgesprochen hätten, verschwand Petra als Erste in der Dusche. Wir hatten seit der Abfahrt von Morgatón kaum zehn Worte miteinander geredet und als wir uns jetzt am Wohnzimmertisch der Suite gegenüber saßen, überbrückte ich die Verlegenheit mit einigen belanglosen Bemerkungen zu meinem nächsten geplanten Drehbuch. Petra hörte mir erkennbar nicht zu, so sehr war sie in ihrem Gedankenkarussell gefangen.

Entweder traf sich Petra nach der Verabschiedung vom einheimischen Hilfsteam nicht mehr mit Chamed oder tat es mit so viel Geschick, dass ich ihr nicht auf die Schliche kam. Viele Gelegenheiten dürften sich ihr ohnehin nicht geboten haben, denn wenige Tage nach unserer Rückkehr aus Morgatón bestiegen wir das Flugzeug nach Frankfurt. Die aufwändige filmische Feinarbeit gedachten wir in bezahlbarer Umgebung und nicht in einem teuren saudischen Hotel abzuleisten.

Eins hatte uns dennoch interessiert und dessen wollte sich auch jeder vergewissern: Ob unsere ganze Szenenausbeute sich in Schall und Rauch oder gar in Nichts aufgelöst hatte wie unser Handlungsort, nachdem wir ihm den Rücken gekehrt hatten, oder die Kamerasensoren das bewahrt hatten, das wir mit viel Herzblut aufgezeichnet hatten.

Um es nicht zu spannend zu machen: Unsere abgedrehten Verwicklungen und Romanzen strahlten uns entgegen wie wir sie in Erinnerung hatten. Unwillkürlich kniffen alle die Lider zusammen, ob die Kulisse – die Türme von Morgatón – sich unwirklich transparent oder doch handfest geben. Einhellige Meinung: Handfest. „Wenigstens war nicht alles umsonst", stöhnte Eike. Petra entgegnete in ihrer typisch schlagfertigen Art: „Umsonst eh' nicht; wenn, dann vergebens."

Eike wandte sich uns zu. „Unter uns und ohne einheimischen Aberglauben: Was sagt ihr zu dem Geschehnis?" Peter, unser Kamerameister und Nüchternster, räusperte sich. „Wir haben die verschwundene Stadt ja nur wenige Minuten gesehen, das heißt

nicht gesehen; dann mussten wir gucken, dass wir hinter unseren in panischer Angst flüchtenden Führern hinterherkamen. Im von unserer rasenden Fahrt aufgewirbelten Staubgebirge wäre alles in Unsichtbarkeit verschwunden, auch das richtige Manhattan."
„Was ist nun deine Aussage?" „Naja, eine Fata Morgana. Genauso wie sie etwas vorgaukeln kann, wo nichts ist, kann sie auch vorgaukeln, dass nichts zu sein scheint, wo etwas ist. Erinnert euch daran, dass Chamed dasselbe sagte, als Morgatón damals bei der Anfahrt partout nicht auftauchen wollte, obwohl wir den Koordinaten nach unmittelbar davor standen. Was für atmosphärische Phänomene dafür zuständig sind, weiß ich natürlich nicht und im Nachhinein werden die erlebten Einzelfälle auch mit den ausgeklügeltsten Geräten nicht bestimmbar sein." „Das heißt, du glaubst, dass Morgatón immer noch so dasteht wie du es auf deinen Sensor gebannt hast?!" „Wenn wir uns morgen auf die Socken machen, werden wir die Stadt vorfinden, wie wir sie im Gedächtnis haben."

Zum Glück – oder Pech? – fehlte das Geld, den Wahrheitsgehalt dieser Behauptung zu überprüfen. In dem beruhigenden Bewusstsein, einer albernen Luftspiegelung aufgesessen zu sein, setzten wir uns in den Flieger nach Europa, dem rationalen Kontinent, der Geisterglauben jeglicher Art seinen hohnlachenden Rücken gekehrt hatte.

Ich weiß nicht, ob es gut war, dass ich neben Petra saß. Natürlich war es nicht zu vermeiden gewesen, denn wir waren ein Ehepaar. Ein bisschen lässt sich unser Verhalten auf die Lautstärke in einem Jet schieben, aber Tatsache war, dass wir auch im Airbus praktisch kein Wort miteinander wechselten. Die letzte Etappe zu unserer gemeinsamen Wohnung, nachdem uns der feste Boden wiederhatte, verlief wenig anders.

Zu Hause gab es so viele technische und organisatorische Einzelheiten zu bewältigen, dass ein unvoreingenommener Beobachter Normalität zwischen uns zu berichten Anlass gefunden hätte. Was besagtem unvoreingenommenen Beobachter verborgen geblieben wäre, war unser sexuelles Verhältnis oder besser gesagt Nicht-Verhältnis. Weder verspürte ich den inneren Drang, mich Petra zu nähern, noch schien sie das zu erwarten. Erschrocken stellte ich fest, dass ich morgens ohne ‚Morgensteife' erwachte und mich Fotos leichtbekleideter Frauen auf Illustriertencovern überhaupt nicht in Erregung versetzten. Nach und nach fragte ich mich, ob ich impotent geworden wäre und wenn, ob das zeitlich begrenzt bleiben und sich im Lauf der Zeit von selbst beheben oder ich irgendwann gezwungen sein würde, einen Arzt aufzusuchen. Noch schob ich das vor mir her. Um es vorweg zu nehmen: Ich schob es solange vor mir her, bis es sich von selbst erledigt hatte. Dass ich gut 25 Jahre älter als meine Frau bin, sei an dieser Stelle erwähnt und nicht außer Acht zu lassen.

Petra sagte zu alledem nichts. Ich war mir nicht sicher, ob das Verärgerung ausdrücken sollte, glaubte jedoch eher Anzeichen für Kummer entdecken zu dürfen.

Nach außen hin wandelte sich unser Verhältnis allmählich zur Normalität. Ich brütete über meinem neuen Drehbuch und Petra ging ihrem Theaterengagement nach. Ingo Stolzenbergs Theaterstück ‚Der widerspenstigen Zähmung', das er auf Grund des ins Gegenteil verkehrten Schlussplädoyers Katharinas in ‚Katharina, die Kratzbürste – frei nach Shakespeare' umbenannt hatte, kam in den Genuss eines neuen Aufgusses, weil sich das Stück in dieser männerfeindlichen Variante vor allem bei dem weiblichen Publikum ungebrochener Beliebtheit erfreute.

Immerhin hatte sich meine Frau die Zeit freigeschaufelt, um das Ergebnis der Postproduktion unserer ‚Türme von Morgatón' anzuschauen. „Wie ein James Bond", war die einhellige Meinung, „die Handlung dünn wie sächsischer Blümchenkaffee, aber die Kulisse – traumhaft!" „Das war doch verlangt", verteidigte ich mich, „als Hauptdarsteller waren die Lehmburgen vorgesehen, keineswegs eine Schauspielerin oder ein Schauspieler." „Geistloser als die ‚Rocky Horror Picture Show' ist der Film auch nicht, und die war 1975 Kult – soweit ich mir das habe sagen lassen." Wenigstens in diesem Punkt schlug sich Petra auf meine Seite.

Als besonders erfolgreich erwies sich die Produktion nicht. Ich glaube, sie lockte eher mit ihrem Versprechen, dass am Originalschauplatz gedreht worden sei, und den Proportionen der Hauptdarstellerin, die unter dem durchsichtigen Dschinniyastoff besser zur Geltung kamen als wäre sie völlig nackt aufgetreten, denn mit seiner mäßig mitreißenden Story – wie ich zugeben muss. Von Kult zu sprechen wäre jedenfalls mehr als geschönt.

Es war ein anderes Ereignis, das wenige Wochen später meinem Leben eine entscheidende Wende geben sollte. Mitten im flammenden Schlussplädoyer der Katharina stockte plötzlich ihr Redefluss und sie begann zu wanken. Zum Glück sind in dieser Szene praktisch alle Mitwirkenden auf der Bühne, sodass genügend

Hände zupackten, um Petra vor einem Sturz zu bewahren. Die Ambulanz fuhr sie ins Krankenhaus, wo die Ärzte zunächst vor einem Rätsel standen.

Als ich vor ihr Bett trat, war sie aus ihrer Ohnmacht erwacht. Wie sie so als hilfloses Bündel dalag, flammte meine Liebe in alter Frische wieder auf. „Was ist denn, mein Schatz?" „Ach Gerd, wenn ich das wüsste."

Unser Gesundheitssystem ist heute derart pervertiert, dass es sich Kranke nicht leisten kann. Taucht eine elend aussehende Gestalt in einer Praxis auf, wird sie zunächst auf ein halbes Dutzend Fehlfunktionen untersucht, die garantiert nicht vorliegen, damit das Geld für die Untersuchungen schon einmal sicher eingefahren sind. Dann mag sich der Mediziner Gedanken machen, an was der Mensch vor ihm tatsächlich leiden könnte. Dieser ist erfahrungsgemäß bis zu diesem Punkt entweder gestorben oder von allein genesen.

Eine befreundete Frauenärztin bekannte mir gegenüber einmal, dass sie 30 gesunde Patientinnen brauche, um eine kranke verlustfrei – verlustfrei für ihre Buchhaltung – durchzubringen. Ich schickte Petra zu ihr, nachdem die millionenteuren Apparaturen der Universitätsklinik keine Diagnose zustande gebracht hatten und das ratlose Personal anscheinend nicht zwischen Männlein, Weiblein und einer Seegurke zu unterscheiden wusste. Barbara sah meiner Frau in die Augen und verkündete: „Wäre doch alles so einfach. Du bist in Umständen, Petra."

Das führte zu zwei Schocks. Der eine zementierte meine Verachtung für übertechnisierte Diagnoseverfahren, deren Übertechnisierung dazu führt, dass Schwangerschaft für eine 35jährige Frau als undenkbar betrachtet wird.

Der zweite betraf ausschließlich mich persönlich. Der errechnete Empfängnistag fiel mitten in unsere Dreharbeiten für die ‚Türme von Morgatón', während denen in unserer Massenschlafstatt, dem gemieteten Armee-Sanitätszelt, zu intimen Beschäftigungen keine Gelegenheit bestanden hatte, ohne dass alle diese mitbekommen hätten.

Ich beherrschte mich eisern. Unter keinen Umständen würde ich eine Frau schlagen und eine mit einem Baby im Bauch schon gar nicht. Nichtsdestotrotz zitterte meine Stimme vor ohnmächtigem Zorn. „Auch seitdem haben wir nicht...; ich meine, selbst wenn sich Barbara verrechnet haben sollte, bin ich unmöglich der Vater." Petra hatte den Kopf in ihre verschränkten Arme gebettet und weinte hemmungslos. Sie kam gar nicht auf den Gedanken, mir irgendeine Fantasierechnung zu präsentieren. Folglich wusste sie genau, wann was vorgefallen war.

Ich überlegte. Ich verdächtigte keinen unseres Teams. Es gab aber jemanden, zu dem Petra unverhohlene Zuneigung gezeigt hatte, und dieser Jemand hieß Chamed. Die Szene stand mir vor Augen, als wäre ich dabei gewesen. Kurz in einem der verlassenen Räume Morgatóns oder hinter einem der mehrere Meter hohen Felsen, zwischen denen unser Lager errichtet worden war...; du lieber Himmel, Hose 'runter, gebückt, an Mauer oder Wand abgestützt, Beine auseinander und in wenigen Minuten wäre das Quickie durch gewesen. Ich ärgerte mich einen Augenblick über meine eigene Trägheit, aber gegen die Dynamik und den Einfallsreichtum eines kraftstrotzenden jungen Mannes sind die Ressourcen eines Mittsechzigers ziemlich beschränkt. Von deinem Standpunkt aus bedingt verständlich, liebe Petra, aber so einfach entlasse ich dich nicht in die Absolution.

Sie hatte sich etwas beruhigt. Ich war auf ihre Erklärung gespannt, aber was nun kam, schlug dem Fass den Boden aus und beerdigte alle meine guten Absichten zur Versöhnung. „Weißt du, Gerd", sagte sie, „die Geschichte ist so absurd, dass niemand sie glauben wird, auch du nicht." Ich sah meine Frau erwartungsvoll an. „Es ist so...; so, dass mich ein Dschinn geschwängert hat." „Ein was?" „Ein Dschinn, ein Geist...." Ich sprang auf und rief – beinahe hätte ich regelrecht gebrüllt, aber das zu verhindern gelang mir gerade noch –: „Ein Geist, dass ich nicht lache! Da wäre mir lieber, du würdest mir die Wahrheit sagen." „Aber das ist...." Jetzt schlug ich doch meine Faust auf den Tisch. „Nein, Petra, mit diesem Märchen hast du dich endgültig ins Aus katapultiert. Ich muss dir sagen, dass ich für zur Fortführung unserer Ehe keinen Anlass mehr sehe. Was in dir heranwächst, stammt nicht von mir, das hast du selbst zugegeben. Folglich geht es mich nichts an."

Ich wandte mich ab, um meine Koffer zu packen. Petra hatte wieder zu schluchzen begonnen. „Denk' an das Verschwinden von Morgatón", startete sie ihren ultimativen Rechtfertigungsversuch, den ich rigoros abblockte. „Dafür haben wir – hat Peter eine rationale Erklärung gefunden, wie du weißt.

Hör' mal", fügte ich eine Spur weicher hinzu, denn ich liebte sie allem zum Trotz immer noch ein bisschen, „ich werde dich nicht hier 'rausjagen, denn dass du im Frauenhaus Zuflucht suchst, möchte ich nicht. Und dein Kind, von wem auch immer es ist, hat natürlich das Recht auf ein menschenwürdiges Leben."

Als ich alles zusammen hatte und mich verabschiedete, sagte Petra leise: „Danke, Gerd. Dass du mir meine Geschichte nicht abkaufst, verstehe ich. Leider habe ich keine andere zu bieten. Ich versichere dir, dass meine Liebe zu dir ungebrochen bleibt, denn was ich erlebt habe, fand auf einer Ebene statt, die niemandem sonst zugänglich ist. Mir ist klar, wen du verdächtigst, aber ich versichere dir, dass du damit falsch liegst.

Ich werde versuchen, baldmöglichst eine eigene Bleibe zu finden und dir nicht auf der Tasche zu liegen. Ich fürchte, wir werden uns außer zu offiziellen Anlässen nicht mehr sehen."

Dass sich die offiziellen Anlässe in unserem Scheidungstermin erschöpfen würden, war zu jenem Zeitpunkt nicht abzusehen. Wäre das der Fall gewesen, hätte ich vielleicht anders reagiert.

Daryan: Der Geist

Nein, meine Geburt habe ich nicht in Erinnerung. Tatsache ist indes, dass mein Bewusstsein unglaublich früh einsetzt. Ich sehe aus dem Kinderwagen heraus das Gesicht meiner jungen Mutter, wie sie mich vor sich herschiebt. Ich sehe mich im Sportwagen nach vorn gucken und die spannende Welt mit allen Sinnen aufnehmen. Mit ihren Ermahnungen: „Fass' das nicht an, Daryan!" und „steck' das nicht in den Mund, Daryan!" unterschied sich meine Mutter nicht von allen anderen Müttern der Welt, vermutlich auch nicht von Müttern auf einem Planeten des Aldebaran oder Alpha Centauri.

Mit einem Jahr lief und mit 1½ Jahren sprach ich. Ich lernte mit Drei Klavier spielen, mit Vier lesen und mit Fünf rechnen und galt so als kleines Wunderkind. Mir kam das alles völlig normal vor und ich wunderte mich meinerseits, wie träge und dumm Gleichaltrige waren. Da ich schnell merkte, dass ein überheblicher Mitschüler schnell Opfer von Mobbing wird, das bis zu gemeinschaftlich ausgeübter Prügel geht, lernte ich, mich im normalen Umgang mit anderen zurückzuhalten. Körperlich war ich meinen Kameraden nämlich keineswegs überlegen. Wenigstens sind die Zeiten vorbei, in denen ein Kind wegen seiner dunkleren Hautfarbe gepiesackt wird – diesbezüglich hat Deutschland durch Zuwanderung viel gelernt.

Dass ein Orientale allerdings Wunderkind spielt, strapaziert die Toleranz der Indigenen doch etwas. ‚Altklug' ist der Erwachsenen-

Gegenbegriff zum ‚Streber' der Kinder und Jugendlichen. Die Folge war, dass ich mich meistens einsam fühlte und langweilte.

Abgemildert wurde das Ganze dadurch, dass ich häufig die Schule wechselte. Meine Mutter ist Schauspielerin und wohnte auf Grund wechselnder Engagements immer einmal wieder in einer anderen Stadt. Ein paar Monate hieß es dort auszuharren, bis ein neues Bühnenstück rief. Ich hatte nicht die geringsten Schwierigkeiten, mich anzupassen. Dass man als ‚Neuer' zunächst beschnuppert und in Ruhe gelassen wird, betrachtete ich als Vorteil. Mit dem Lernstoff hatte ich ohnehin keinerlei Probleme.

Nach der Grundschule war keine Frage, dass ich das Gymnasium besuchen würde. Ich entschied mich zu Gunsten des altsprachlichen Zweigs, obwohl mich mein Zeugnis durchaus auch für den mathematisch-naturwissenschaftlichen als geeignet auswies. Die Zeit ging flugs vorbei und ich baute, wie man so schön sagt, ein ‚Bombenabitur'.

Nun stehe ich vor der Wahl des Studienfachs und meine bisherige Lebensgeschichte wäre zu Ende, gäbe es nicht über das bisher Erzählte hinaus das eine oder andere Ungewöhnliche zu berichten.

Zunächst den Umstand, dass meine Mutter zu Hause mit mir konsequent arabisch redete. Ab dem zweiten Schuljahr brachte sie mir auch lesen und schreiben in dieser Sprache bei. „Du entstammst diesem Kulturraum und ich lege Wert darauf, dass du ihm zugehörig bleibst. Dein Vater hat mir versprochen, dass wir uns dereinst wiedersehen werden und ich möchte ihm einen Sohn präsentieren, auf den er stolz sein darf."

Damit ist das zweite große Thema angeschnitten, das mich von meinen Mitschülern unterschied: Der Vater. Eine intakte Familie, in denen Mann und Frau gemeinsam ein Kind oder deren mehrere großziehen, ist heute eher die Ausnahme als die Regel. Dennoch gibt es auch bei denen, die in der Obhut einer alleinerziehenden Mutter aufwachsen, hin und wieder den Besuch des Vaters oder sogar einen Ausflug oder ein Wochenende, der mit ihm unternommen beziehungsweise verbracht wird. Alleinerziehende Väter sind hingegen ausgesprochen selten. Für eine solche Konstellation muss die Mutter verstorben sein oder einiges auf dem Kerbholz nachgewiesen bekommen.

Diese Variante kam für mich nicht in Frage, da es schlichtweg keinen Vater gibt. Wie kurz angedeutet erwähnt meine Mutter ‚ihn' zwar hin und wieder, aber immer unkonkret und wenn konkret, dann mit mehr als merkwürdigen Worten. „Ich habe deinen Vater gar nicht gesehen", teilte sie mir einmal mit, „nur gespürt, aber das umso intensiver." Längst wusste ich, auf welch' kompliziertem Weg Nachwuchs bei Säugetieren erzeugt wird, sodass ihre Aussage für mich mehr Fragen aufwarf als beantwortete.

Wesentlich früher als die in diesem Absatz geschilderte Episode geschah, merkte ich, dass ich über Kräfte und Fähigkeiten verfüge, die außerhalb des ‚normalen' Wahrnehmungsvermögens liegen. Normal ist, dass ein Mensch hin und wieder geistig wegtritt und sich mitten im Unterricht oder dichtesten Verkehr Visionen hingibt. Nicht nur ich, sondern auch Klassenkameraden berichteten davon und nannten es wie ich ‚Traumgefühl'. Ich stellte allerdings fest, dass dieses Traumgefühl zuweilen derart real wurde, dass ich von außen meinen eigenen leblosen Körper auf der Schulbank sitzen sah. Als die Lehrerin plötzlich „was ist, Daryan?" ausrief, erkannte ich, dass ich etwas unternehmen musste, um nicht den Schulpsychiater auf den Plan zu rufen. Der Schock veranlasste meinen Geist, in seinen Körper zurückzukehren und erschrocken hochzuschauen. „Ja, Frau Lehrerin?" „Ich hatte dich gefragt, von wem das achte Buch ‚De bello Gallico' stammt." „Äh..., von Aulus Hirtius, Cäsars persönlichem Sekretär." „Und welchen Zweck verfolgt dieses achte Buch?" „Es soll die Lücke zwischen den gallischen Kriegen und dem anschließenden Bürgerkrieg schließen, der Cäsar zum Alleinherrscher über das Römische Reich machte." „Na also. Cäsar schrieb anschließend das Werk ‚De bello civili', das aber nicht so bekannt wurde und das wir auch nicht mehr lesen werden.

Bestens, Daryan. Ich rate dir allerdings, dich in Zukunft ein bisschen besser zu konzentrieren."

Ich atmete auf. Die Klippe war umschifft. Ich musste verhindern, dass mir das noch einmal derart auffällig widerfuhr. So übte ich zu Hause ‚Ausflug ins Körperlose', wenn meine Mutter abwesend war. Zunächst bestand das Problem darin, den Ausflug vom Zufall unabhängig zu starten. Zu diesem Zweck versenkte ich mich in den Wohnzimmersessel und ließ meinen Geist schweben. Hm, alles Mögliche durchschwirrte meine Gehirnwindungen, aber von ihrem Abheben in irgendwelche seligen Gefilde spürte ich nichts. Ich dachte an die Schule, meine Kameraden, ein dramatisches Fußballspiel oder schöne Autos...; nein, das war alles wohl zu weltlich. Mein Vater; wer mochte das sein? Plötzlich sah ich eine transparente Männergestalt, die mir freundlich zulächelte. „Bist

Du es?" fragte ich. „Ja, Daryan, ich bin es." Das gespenstische Wesen schien genau gewusst zu haben, was ich meinte. „Wie heißt du?" bohrte ich weiter. „Noch erfährst du es nicht, mein Sohn, denn noch ist die Zeit nicht reif. Du wirst es rechtzeitig erfahren, und wenn es soweit ist, wirst du deine Mama informieren und ihr reist beide gemeinsam zu mir."
Ich schreckte hoch. Hatte ich geträumt oder war Wirklichkeit gewesen, was sich mir gerade offenbart hatte? Außerhalb meines Körpers hatte ich mich nicht befunden, aber der Gedanke an meinen Vater hatte offenbar eine Art Trance zur Folge. Ich schloss erneut die Augen. „Baba?" „Ja, Daryan?" „Kannst du mir helfen?" „Wobei?" „Größeres zu sehen." „Du kannst es schon." Tatsächlich, ich sah mich leblos in meiner Sitzgelegenheit kauern. „Bin ich tot, Baba?" „Im Augenblick ist das so. Das braucht dich aber nicht zu erschrecken, denn du kannst zu genau dem Zeitpunkt in deinen Leib zurückkehren, an dem du ihn verlassen hast. Dann bemerkt niemand deine Starre." „Wie geht das?" „Die Zeit ist eine eigene Dimension, die sich auf ihrem Strahl nur vorwärts oder rückwärts bewegt. Als Dschinn, der du in deinem jetzigen Zustand bist, kannst du darauf nach Belieben vor- und zurückgleiten." Jetzt sah ich ihn, den Zeitstrahl. Ich ruckte an ihm ein Stück zurück in die Vergangenheit und sah meine Mutter, die gerade die Wohnung verließ. „Oh, das war ein bisschen viel." Vorsichtig hangelte ich mich wieder vorwärts, bis ich sah, wie sich meine weltliche Hülle auf dem Sessel niederließ. Jetzt darauf zu und....
Ich öffnete die Lider, riss mein Smartphone vom Beistelltisch und sah darauf. Ich wusste nicht genau, wann ich losgeflogen war, aber wenn es eine Abweichung gegeben hatte, dann nur um wenige Sekunden.
Ich wiederholte diese vorerst ziellosen Reisen einige Male, bis mir punktgenau zurückzukehren zur Routine wurde. Die Idee zur Erweiterung meiner Fähigkeiten kam mir ausgerechnet wieder während des Lateinunterrichts. Ich überlegte, ob ich, da ich nach Belieben im freien Raum herumzuschwirren vermochte, auch in die Köpfe anderer Menschen eindringen könnte. Als ich mich auf die Lehrerin konzentrierte, umzingelte mich plötzlich eine Kakophonie schriller Schreie und grellbunter Farben, die schmerzten und mich blendeten. Ich geriet in Panik, fuhr erschrocken in mein eigenes Ich zurück und sah, wie zwei kräftige Schüler aus der vorderen Reihe ans Pult eilten, um die Lehrerin aufzufangen, die taumelte und zu stürzen drohte. Im sicheren Griff ihrer Helfer

erholte sie sich rasch und stammelte. „Danke, Jungs. Plötzlich wurde mir schwarz vor Augen und die Welt gab es nicht mehr." „Eine Sekundenohnmacht, Frau Lehrerin. Hatten Sie das bisher öfter?" „Nein, noch nie." „Sie sollten einen Arzt aufsuchen. Kreislaufprobleme oder etwas mit dem Magen-/Darmtrakt könnte die Ursache sein." Vom betreffenden Schüler war bekannt, dass er Medizin zu studieren gedachte und sich bereits jetzt erschöpfend mit seinem künftigen Beruf beschäftigte. „Ja, danke, das werde ich tun. Wir können jetzt den Unterricht fortsetzen. Ich fühle mich erholt."

Nein, Frau Lehrerin, dachte ich, der Arztbesuch wird Ihnen nichts nützen. Für meinen Teil schwor ich mir, so etwas außer im Notfall nie wieder zu versuchen. Nichtsdestoweniger versuchte ich nach Schulschluss, das Empfundene zu katalogisieren – die Gedankenwelt eines anderen Menschen. Waren die Farben Gefühle und die Töne Ratio oder anders herum? Ich kam nicht dahinter und versuchte es mit einem Hilferuf.

Seit Baba mich bei meinen ersten Gehversuchen in der Welt des Nicht-Gehens unterstützt hatte, hatte er sich nicht wieder gemeldet. Ich war mir sicher, dass er es wieder tun würde, spätestens, wenn die Zeit gekommen wäre, sich mir und meiner Mutter zu zeigen. Es schadete vermutlich nichts, ihn zwischendurch kurz zu rufen. „Baba?" „Ja, mein Sohn?" „Darf ich dich jederzeit befragen?" „Nur zu wichtigen Anlässen. Ich denke, das ist jetzt der Fall." „Ich denke auch. Du weißt, was ich erlebt habe?" „Ja." „Was hältst du davon?" „Dschinnen haben eine hohe Verantwortung, da sie über große Macht verfügen." „Bin ich ein Dschinn?" „Ein Halbdschinn, denn du hast eine menschliche Mutter. Deswegen hast du mal deren Macht, mal nicht." „Warst du immer schon Dschinn?" „Nein. Während meines irdischen Lebens war ich ein ganz normaler Mann. Erst mit dem Übertritt in eine andere Welt wurde ich auserwählt." „Das wird nicht jeder?" „Nein. Man muss schon ein gutes Leben, ein Leben der Nächstenliebe und Barmherzigkeit gelebt haben. Ich bin der einzige aus Janub Alsharqiu, der es geschafft hat." „Janub Alsharqiu?" „Die Stadt, die ihr als Morgatón kennt. Zu meiner Zeit war sie eine blühende Oase mit Handelsrouten zum Meer, nach Europa und ins Zweistromland. Ihr werdet es sehen."

Ich spürte, wie sich mein Vater entfernte. „Baba, eine letzte Frage." „Sie sei dir gewährt." „Es geht um den Grund, warum ich dich zu erscheinen bat." „Richtig. Du siehst, auch Dschinnen sind nicht gegen Vergesslichkeit gefeit.

Du hast dich richtig entschieden. Dring' nie in fremde menschliche Gehirne ein außer in Notfällen. Und versuch' auch dann nicht, die fremden Ströme zu lesen – du gerietest in solch' finstere Abgründe, dass du an deinem Verstand zweifeltest." „Aber...; aber sind in mir auch solche Abgründe?" „In jedem Menschen, Daryan. Zum Glück ist er sich dessen nicht bewusst. Mach's vorerst gut, lieber Sohn." „Auch du, geliebter Baba."

Der Notfall sollte kurz nach dem Geschilderten eintreten. In mir waren die ersten Frühlingsgefühle erwacht und ich begleitete nach einem Abend, der über einen präsexuellen Grat zwischen hopsen und schmusen balanciert war, meine Diskothekenangebetete nach Hause. Vorab ist zu sagen, dass ich kein Riese bin und das auch nicht mehr werden dürfte, da ich mit 18 vermutlich ausgewachsen war. Meine Mutter überragt mich um beinahe einen Kopf und auch das Mädchen in meinem Arm maß einige Zentimeter mehr als ich. Dennoch hoffte ich, dass sie mich vor ihrer Tür noch auf einen Kaffee hineinbitten würde, um..., naja, um mit mir Kaffee zu trinken.

Ich bin auch kein Kampfsportler und so schlug mir das Herz bis zum Hals, als sich uns drei Riesenkerle in Bomberjacken näherten und mich lauthals aufforderten, ihnen gefälligst meine ‚Puppe' zu ihrer gemeinsamen Nutzung zu überlassen. Es war klar, dass ich das nicht dulden durfte, ohne sämtlichen Respekts verlustig zu gehen, dessen ich mich erfreuen durfte. Fäuste wie erwähnt njet, aber...; der Zeitpunkt war gekommen!

Wortlos fixierte ich den Mittleren, der der Massigste war und auch der Anführer zu sein schien, und merkte, wie sich mir seine Augen in rasender Geschwindigkeit näherten. Er schien das ebenso zu spüren, streckte mir seine flache Hand mit gespreizten Fingern entgegen und schrie mit vor Panik überschnappender Stimme: „Weg da, du böser Blick, weg da!"

Dann war ich ‚drin'. Um mich herum nur Chaos, Finsternis und Bosheit, wie sie kaum mehr überbietbar sein dürfte. Ich war weniger geschockt als Baba mir vorausgesagt hatte, denn ich hatte nichts anderes erwartet. Ich erkannte die Knoten und Synapsen, die ihren Träger zu einer Art Denktätigkeit verhalfen. Ich verhielt mich wie ein Vandale, der in einen Schaltkasten geraten war, riss und zerrte mit aller Kraft an griffigen Vorsprüngen und wunderte mich, wie handfest im Gehirninneren alles eingerichtet ist. Meine Umgebung schwankte wild und mir war plötzlich klar, dass der Höllenlärm, der an mein Ohr drang, das Gebrüll meines Opfers war. Es war an der Zeit, es zu verlassen, denn ich wollte keinesfalls hier eingesperrt bleiben.

Ich sah mich um, selbst in Panik geraten. Das Auge…; von links kam es hell! Nichts wie hin und nach draußen geblickt. Ich sah mich regungslos stehen, überprüfte die Zeitachse und huschte in meinen eigenen Körper zurück.

Ich hatte mich um wenige Sekunden vertan, denn ich sah den Angreifer sich in konvulsischen Zuckungen ergehen und in schrillen Tönen wie ein geistig Schwerstbehinderter schreiend die gesamte Bürgersteigbreite einnehmen, während seine beiden Komplizen ihn zu beruhigen versuchten. Sie hatten natürlich keine Ahnung, was geschehen war, aber mich angesichts der aufgetretenen Probleme zum Glück vergessen…; und meine ‚Puppe'. Ich sah mich um und sie gerade noch um die Ecke davonlaufen. Ob sie etwas von meinen Dschinnkräften ahnte? Jedenfalls schien ich ihr so unheimlich zu sein, dass sie jeglichen weiteren Kontakt mit mir ablehnte und ich wieder solo war, bevor überhaupt von einer Beziehung hatte die Rede sein können.

Schade.

Über den seltsamen Vorfall standen tags darauf einige lakonische Zeilen in der Zeitung: *Gestern Nacht erlitt der Anführer einer berüchtigten Schlägertruppe einen Kollaps, der ihn jeglicher Aktionsfähigkeit beraubte. Die Ärzte rätseln, ob es sich um einen Schlaganfall besonderer Intensität gehandelt hat oder sie es mit einem bisher vollständig unbekannten Krankheitsbild zu tun haben. Eine Schädel-Magnetresonanztomografie ergab die irreparable Zerstörung der Gehirnmasse. Die beiden Begleiter sagten aus, dass das Ereignis ganz plötzlich während eines Gesprächs mit einem Passantenpärchen geschehen sei und ‚Bulle' nur noch ‚weg da, du böser Blick, weg da!' geschrieen habe, bevor es in ihm aussetzte. Die Polizei bittet diese Personen, sich zwecks Zeugenaussage zu melden.*

Ich dachte natürlich nicht im Traum daran, mich ‚zwecks Zeugenaussage' zu melden und war mir sicher, dass das auch meine Begleiterin nicht tun würde. Ich hatte zudem Wichtigeres vor mir, denn wenige Tage später fand die Zeugnisausgabe statt, in deren Anschluss ich nach Hause rannte und meiner Mutter stolz den Reifenachweis ‚mit Sternchen' zeigte. Sie umarmte ihren kleinen Sohn – mich – und weinte Freudentränen. „Jetzt, Daryan", sagte sie unter Schluchzen, „kannst du dein Studienfach nach Belieben wählen."

Bis hierher war ich zu Anfang meiner Ausführungen bereits fortgeschritten und nun begannen die Ereignisse zu greifen, die meinem Leben und dem meiner Mutter ihre entscheidende Wende geben sollten.

Wir hatten bereits öfter über meine Zukunft gesprochen und ich schwankte zwischen Naturwissenschaft und Technik oder Philosophie und Soziologie. „Was meinst du, Mama?" „Ich werde mich hüten, dir irgendwelche Ratschläge zu geben. Wenn du dich gar nicht entscheiden kannst, mach's wie Mark Twain." Mir war der amerikanische Schriftsteller bekannt, aber worauf meine Mutter mit diesem Hinweis anspielte, entzog sich meiner Kenntnis. „Er warf eine Münze in die Luft." „Sich auf ein Zufallsergebnis zu verlassen finde ich...." „Lass' mich ausreden. Er richtete sich nämlich keinesfalls danach, wie die Münze gefallen war, sondern danach, ob er über den Ausgang des Gottesurteils glücklich war." „Ich verstehe. Er nahm die Münze als Katalysator, um sein Inneres zu durchschauen." „Genau. Es sind allerdings einige Monate Zeit bis Semesterbeginn. Vielleicht wachst du eines Morgens auf und weißt von allein, was dich bewegt."

Soweit sollte es nicht mehr kommen. Bereits am nächsten Morgen wachte ich nach einem Traum auf, der kein Traum gewesen war, und wandte mich zu meiner noch schlummernden Mutter. Wie erwähnt zogen wir auf Grund ihrer wechselnden Engagements häufig um und mieteten deshalb selten mehr als zwei Zimmer an. Folglich schliefen wir zusammen in einem und sprachen uns gern vor dem Einschlafen aus, sofern Mama keinen Auftritt hatte und so spät heimkehrte, dass ich vorher hatte ins Bett gehen müssen. Sollte sie sich während meiner Kindheit und Jugend jemals mit einem Mann eingelassen haben, hatte sie das nie in unseren vier Wänden getan. Erstaunlich für eine Schauspielerin, denn dieser Berufsgruppe eilt nicht unbedingt ein asketischer Ruf voraus.

„Mama!" flüsterte ich. Sie war sofort wach. „Was ist, Daryan?" „Ich habe etwas Komisches geträumt." „Und was?" „Von Baba." Sie war überhaupt nicht überrascht. „Und was konkret?" „Er ruft uns." „Dann ist es soweit." „Was?" fragte diesmal ich. „Das ersehnte Wiedersehen."

Petra: Die Brücke

Meine Entbindung verlief problemlos. Nichts deutete darauf hin, dass ich etwas Besonderes zur Welt gebracht hatte. Gerd hatte mich bereits verlassen, sodass ich den Knaben nach Gutdünken taufen durfte – oder besser gesagt benamsen, denn ich gedachte ihn keiner amtlichen Religion zu unterstellen. Sollte Daryan als Volljähriger den Drang verspüren, sich einer anzuschließen, bliebe ihm das unbenommen.

Ich war zu berücksichtigen gewillt, dass mein Sohn väterlicherseits dem Morgenland angehört, ohne dass sein Name in Europa zu exotisch klingt. Er bedeutet ‚Besitzer des Guten' oder ‚Der das Gute festhält'. Erst später stellte ich fest, dass er eigentlich persischen Ursprungs ist, aber das betrachtete ich nicht als schlimm. Noch später sollte ich erfahren, dass bereits zu Zeiten, die wir als primitiv bezeichnen, lebhafter Handel und kultureller Austausch zwischen den Ländern und Völkern stattfand, die wir heute als dem Nahen Osten zugehörig bezeichnen.

Die Versicherung der ungebrochenen Liebe zu Gerd erwies sich als leere Phrase. Ich sah ihn ein einziges Mal wieder, nämlich zu unserem offiziellen Scheidungstermin. Ich hatte während dieses Anlasses das Gefühl, einem Fremden gegenüberzusitzen. Allzu lange waren wir nicht verheiratet gewesen, aber während dieser vier Jahre hatte ich ihn ehrlich und inbrünstig geliebt. Aus meinem Bordell hatte mich zwar Eike geholt, indem er mich für seine Neuverfilmung von ‚Carmen' verpflichtete, aber das Kennenlernen war durch Gerds Vermittlung geschehen, da dieser in der Firma, für die Eike den Werbestreifen einer Spankingmaschine drehen sollte, für die Administration zuständig war. Nun war er mir nicht nur fremd geworden, sondern auch sehr gealtert.

Gerd hatte bei der Eheschließung meinen Familiennamen angenommen, gab ihn jedoch bei der Scheidung zurück und hieß ab jenem Tag wieder Maier. Ab unserer Trennung geschah es, dass sowohl seiner als auch der Stern Eike Haberstedts zu sinken begann. Ihre Sandkastenkameradschaft hatte Bestand, sodass Eike mich als treulose Gattin seines besten Freundes nicht mehr zur Hauptdarstellerin berief. Nachdem die ‚Türme von Morgatón' zum Flop geraten war, gelang ihm auch kein weiterer Bestseller. Ich bilde mir nicht ein, dass das daran lag, dass das Publikum seiner Werke Petra Molnow als Blickfang erwartete, aber irgendwie.... Ich war immer erstaunt gewesen, dass Gerd offenbar ohne Eifersucht zusah, wie mich Eike in eine schlüpfrige Rolle nach der anderen steckte. Das Vertrauen zwischen den beiden Männern schien grenzenlos zu sein.

Eike versuchte sich in Neuaufgüssen bewährter Klassiker, die leider niemand sehen wollte – oder jedenfalls so wenige, dass von einem finanziellen Erfolg zu reden sich verbot. Gerd...; das traue ich mich kaum zu schreiben: Gerd starb kaum ein Jahr nach unserer Scheidung, ohne dass ich das zunächst und je die Todesursache erfuhr. Er vollendete sein 59. Lebensjahr nicht. Eine tragische Geschichte, die mir unendlich leid tut. Ob er nicht besser daran getan hätte, sich mit dem unehelichen Sohn zu arrangieren? Ich hätte ihm gern ein eigenes Kind geschenkt.

Nun zu meinem weiteren Werdegang. Ich musste mich irgendwie über Wasser halten, da ich mich weigerte, von Gerd Unterhaltsleistungen einzufordern, obwohl er als der Wohlhabendere von uns streng juristisch gesehen zumindest für eine gewisse Dauer dazu verpflichtet gewesen wäre. So besann ich mich auf Ingo Stolzenbergs Gelddruckmaschine ‚Katharina, die Kratzbürste'. Streng genommen handelt es sich weniger um eine moderne Fassung von William Shakespeares ‚Der Widerspenstigen Zähmung' als vielmehr um eine Spontanvariante von Cole Porters ‚Kiss Me, Kate', denn nach Abschluss des fünften Akts versohlt der Regisseur der Katharina, das heißt ihrer Darstellerin wegen deren vorgeschützt eigenmächtiger Umkehrung des Schlussplädoyers zu einem männerfeindlichen Rundumschlag den entblößten Hintern. Während der Uraufführung war der Zusatz tatsächlich spontan geschehen, aber seitdem gehört der Popoklatsch organisch zum Stück. Vermutlich ist in ihm die Ursache für seinen bombastischen Erfolg zu suchen. Was soll's, ihr Kerle, ergötzt euch an meinen rosa Schinken; Hauptsache, ich generiere ein Einkommen, von dem Daryan und ich leben können.

Mein zweites Standbein wurde der Einakter ‚Duell um Helena' von Leah Cim. Es handelt sich um eine dramatisierte Version des dritten Gesangs von Homers Ilias, in dem sich Menelãos und Paris um die Titelheldin prügeln. Zur schönen Helena langte mein Aussehen oder mein nicht-mehr-taufrisch oder beides nicht, aber ich darf die Göttinnen-Doppelrolle der Iris und Aphrodite spielen. Iris spricht sogar einen Absatz, während sich die stumme Aphrodite auf mystische Nebelbildung beschränkt. Immerhin gilt sie als die Schönste des Götterpanoptikums im antiken Griechenland. Ich bin zufrieden.

Während meines Mutterschaftsurlaubs war meine frühere Rivalin und spätere Lieblingskollegin Regina Königshoff so freundlich, meine Rolle der Katharina nochmals zu übernehmen. Während der Zeit unseres ‚sister-sharings' hatte sich die Zahl der Regina- und Petrafans ungefähr die Waage gehalten. Nachdem sich meine ‚Schwester' wieder der Musik zugewandt hatte, musste das Publikum mit mir Vorlieb nehmen und tat das zum Glück auch.

Regina hatte sich bereits vor ihrem Debüt auf den Brettern, die die Welt bedeuten, von der Schlager-Hupfdohle zur Schwermetallerin mit entsprechend angepasster Glaubensgemeinschaft gemausert. Als sich herumsprach, dass sie kurzfristig wieder auf der Bühne zu sehen war, wandelte sich deren Zuschauerprofil in verblüffender Weise. Plötzlich saßen kahlgeschorene Ohrringträger in Lederjacken mit aufgenähten Runenzeichen in den Rängen, die höchstwahrscheinlich vorher kein Theater von innen gesehen hatten. Ich denke, dass sie an Reginas straffgefederter Kehrseite in gerötetem Zustand mehr als an Kultur interessiert waren.

Nachdem ich die Rolle wieder übernommen hatte, normalisierte sich der Betrieb im Handumdrehen. Das Schöne am Tourneedasein ist, dass die Kinder dabei sein können. In den Kindergarten schickte ich Daryan nicht, sodass er seine ersten sechs Lebensjahre vollständig in meiner und fallweise der Obhut meiner Mitspielerinnen aufwuchs. Auch die schöne Helena war sich nicht zu schade, sich ihm ab und zu zu widmen, wenn ich einen anderweitigen Termin wahrzunehmen hatte. Dass Daryan seine semitische Abstammung deutlich anzusehen war, störte die Künstlerinnen und Künstler überhaupt nicht – ethnische Vorurteile sind dieser Gilde völlig fremd.

In der Schule wurde das teilweise anders. Leider gefielen sich die Lehrerinnen – männliche Grundschullehrer sind heutzutage mit der Lupe zu suchen – darin, bei Mobbing geflissentlich wegzusehen statt einzuschreiten, denn sie meinten mit dem Abspulen der Lehrplanvorgaben ihr Brot schwer genug zu verdienen. So merkwürdig es klingt: Mein berufsbedingter ständiger Ortswechsel milderte das Problem. War es in einer Lehranstalt besonders arg zugegangen, traten annähernd sinuswellenförmig in der nächsten überhaupt keine rassistischen Entgleisungen auf. Ab Daryans Gymnasiumbesuch marginalisierte sich sein Anderssein. So leid es mir zu schreiben tut: Ein höherer Bildungsgrad führt auch zu höherwertigerer Erziehung. Selbstverständlich gibt es beiderseits Ausnahmen.

Ein bisschen Kummer bereitete mir, dass die Wachstumsphase meines Sohnes bei 1,65 Metern endete – nicht gerade Gardemaß für einen jungen Mann des 21. Jahrhunderts. Ich erinnerte mich – gern, wie ich zugeben muss – an den Zeugungsakt. Sein unsichtbarer Vater hatte von hinten genau die richtige Höhe aufgewiesen, was für einen modernen, normal großen Burschen trotz meines beachtlichen Fahrgestells ohne Zusatzmaßnahmen wie hochhackige Schuhe meinerseits oder einen niedrigen Hocker unter meinen Sohlen kaum zu bewerkstelligen ist. Ich weiß, dass der menschliche Riesenwuchs dank verbesserter Ernährung erst vor ungefähr 150 Jahren einsetzte, und war gespannt, wie weit südlich ich meinen Gatten orten würde, wenn es dereinst zum versprochenen Wiedersehen käme. Klein oder nicht: Kein Irdischer hält mit der Kraft eines Dschinns mit und eingedenk dessen unzähliger Glücksbringer war ich weit davon entfernt, mich in meiner Gegenwart erneut zu liieren. Vielleicht war es auch der Treuegedanke, der mich zum Bedauern einiger Verehrer zu diesem Verhalten veranlasste. Jahr für Jahr wartete ich sehnsüchtiger auf ein Wiedersehen und den denkbaren Verbleib im Morgenland.

Ich hatte von Beginn an das Gefühl, dass Daryan über Kräfte verfügt, die über das menschliche Vorstellungsvermögen hinausgehen. Mir gegenüber ließ er sich normalerweise nichts anmerken, aber hin und wieder fielen unbedachte Worte. So erzählte er mir eines Abends, er wäre in das Gehirn seiner Lateinlehrerin eingedrungen und hätte dort Erschreckendes vorgefunden. Im selben Atemzug versicherte er mir, so etwas nie wieder tun zu wollen.

Dann las ich jene Zeitungsmeldung, nach der ‚Bulle', der berüchtigte Bandenboss der ‚Stahlstädter', im Gespräch mit einem Passantenpaar plötzlich aufschrie: „Weg da, du böser Blick, weg da!" und danach sein Gehirn ohne erkennbare äußere Einflüsse komplett zermatscht worden war. Wenige Stunden später war er gestorben, da sein Steuerorgan nicht einmal mehr einfachste Funktionen wie Atmen auf die Reihe brachte.

Die Personenbeschreibung der beiden Komplizen auf den Mann passte und Uhrzeit und Ort auch. Das Mädchen war mir unbekannt; nichtsdestoweniger war ich überzeugt, in dem Gesuchten Daryan erkennen zu können. Als ich ihn zur Rede stellte, wand er sich im sichtbaren Bemühen, mich 'rauszuhalten, aber auch nicht direkt zu belügen. „Die Aussagen stimmen genau", gestand er schließlich zu, „und es war ein echter Notfall. Ich hatte Baba nämlich versprechen müssen, zu Maßnahmen wie dieser nur bei Gefahr zu greifen."

Damit beschied ich mich und beschloss, nicht nach seiner Begleiterin zu fragen. Offenbar war aus dem Techtelmechtel nichts geworden und falls sich diesbezüglich eine Wunde geöffnet hatte, wollte ich nicht auch noch Salz hineinstreuen.

Wenige Wochen später wurde alles hinfällig, denn Daryan brachte mit strahlender Miene sein Reifezeugnis nach Hause. Das war es aber nicht, was unser Leben nachhaltig verändern sollte, sondern ein Traum Daryans, der ihn in der anschließenden Nacht ereilte. Oder besser gesagt eine Vision.

Ich schlief noch tief, als mich ein geflüstertes „Mama!" schlagartig in die Wirklichkeit zurückrief. „Was ist, Daryan?" „Ich habe etwas Komisches geträumt." „Und was?" „Von Baba." Ich war überhaupt nicht überrascht, auch nicht davon, dass Baba seinem Sohn und nicht mir die Vision eingegeben hatte. „Und was konkret?" „Er ruft uns." „Dann ist es soweit." „Was?" fragte diesmal Daryan. „Das ersehnte Wiedersehen."

Nun beginnt ein Märchen aus tausendundeiner Nacht.

Es passte alles, als wäre es vorherbestimmt. Ich genoss einige Wochen Tourneepause und bis zum Semesterbeginn streckte es sich sogar noch einige Monate. Nach wie vor ist es nicht einfach, nach Saudi Arabien einzureisen. Ich erinnerte mich daran, vor der Abfahrt nach Morgatón vom König eine eigene Notrufnummer zugeteilt bekommen zu haben, die nichts weniger als sein privater Mobilfunkkontakt war. Mangels Notfall hatte ich sie nie benutzt, mir aber auf einem Zettel notiert, den ich seit nunmehr 19 Jahren in meinem Portemonnaie mit mir herumtrug. Er war so verwaschen, dass er beinahe unlesbar geworden war, aber als ich die Nummer sah, fiel sie mir sogar wieder vollständig ein. Beinahe schwärmerisch gedachte ich der üppigen Komplimente, mit denen mich seine Majestät überschüttet hatte. Ich hatte ihm wohl sehr gefallen.

Mittlerweile hatte er abgedankt und seiner Tochter Nora den Weg auf den Thron geebnet, die als erste Königin des Landes endlich die Reformen eingeleitet hatte, die nötig waren, um Anschluss an die Moderne zu erlangen. Das betraf selbstverständlich vor allem die Frauenrechte.

Nichtsdestoweniger genoss ihr Vater weiterhin großes Ansehen. Ich starrte auf meine vergilbten Krakel, die symbolisierten, an wen sich die Höchsten der Erde zu wenden hatten, wenn sie unmittelbar mit der saudischen Staatsführung zu kommunizieren begehrten. Die wichtigste Frage war: Existierte der Kontakt noch? Eher unwahrscheinlich, sagte ich mir. Andererseits: Mehr als ein ‚diese Nummer ist ungültig' drohte mir im Versagensfall ja nicht. Dann wieder fragte ich mich, ob der Königinnenvater überhaupt wissen würde, mit wem er sprach, falls ich doch durchkäme.

Ich schlich ungefähr einen Tag lang wie die Katze um den heißen Brei um mein Mobiltelefon, das mich vom Beistelltisch aus angrinste, bevor ich es wagte.

Das Freizeichen erscholl, dann ein Knacken und ein arabisches „naeam?" „Spreche ich mit Ihrer Majestät Mohammed, dem Königinnenvater von Saudi Arabien?" „Ich wüsste gern, mit wem ich es tun habe." „Ich bin die Schauspielerin Petra Molnow, die vor 19 Jahren...." Weiter kam ich nicht. Ein Freudenschrei gellte mir ins Ohr und ein akzentuiertes „Peeetra! Wie schön, dass du dich einmal meldest." Mir fiel ein Stein vom Herzen. „Ich würde Euch, Majestät, und meinen damaligen Drehort gern wiedersehen. Ist es möglich...?" „Nichts lieber und einfacher als das! Und für dich bin ich nicht mehr Majestät, sondern einfach Mohammed. Wie du weißt, habe ich abgedankt und bin nicht mehr als eine Privatperson." „Danke, Mohammed. Ich bräuchte Einreisevisa für meinen Sohn und mich. Kannst du mir die beschaffen?" „Wie gesagt: Nichts leichter als das. Du musst mir nur deine Adresse und eure Reisepassnummern mitteilen. Weißt du, ich bin zwar nur Privatperson, aber ein bisschen Einfluss ist mir verblieben." Diese Worte wurden von einem leisen Lachen untermalt.

Wir raspelten ein wenig Süßholz und dann war das Gespräch beendet. Ich war wohl nicht mehr ganz Herrin meiner Sinne, denn als Daryan aus dem Bad kam, fragte er verdutzt: „Aber Mama, was hüpfst du denn wie eine Sprungfeder im Zimmer herum?" Ich hielt mindestens ebenso verdutzt inne – ich hatte mein absonderliches Verhalten nicht wahrgenommen. „Soll ich dir 'was sagen, Daryan? Anscheinend habe ich dem damaligen König von Saudi Arabien so imponiert, dass er nach 19 Jahre sofort wusste, wer ich bin."

Ich sah bekümmert in den Spiegel, der auf der Kommode steht. „Ganz spurlos ist die Zeit nicht an mir vorübergegangen. Hoffentlich...." „Aber Mama! Auch der große König muss ja entsprechend gealtert sein."

Das Visum kam innerhalb einer Woche und stellte sich als persönliche Einladung an den Königinnenvater heraus. Ich brauche nicht zu erwähnen, dass sich nicht nur die Pass- und Zollkontrolleure fast bis zum Boden verneigten, ohne irgendetwas zu kontrollieren, sondern vor dem Terminal auch eine Luxuslimousine wartete, von der jeder Untertan wusste, dass es sich um Eigentum des Königshauses handelte. Ich ließ mich in die Polster sinken und schwärmte: „Zum ersten Mal in meinem Leben sitze ich in einem Rolls Royce."

Wir waren mehrere Tage Mohammeds lang persönliche Gäste. Er machte aus seiner Verehrung für mich keinen Hehl. „Schade, dass du ausschließlich im Theater auftrittst und nicht mehr in Filmen. Ich hatte mir ernsthaft überlegt, einmal in dein Heimatland zu reisen, nur um eine Aufführung mir dir zu sehen." Ich lachte. „Aber Mohammed! Du würdest doch kein Wort verstehen. Meine Texte sind alle deutsch." „Die Handlung des Stücks wäre mir völlig egal. Mir geht es nur um deine Ausstrahlung." Ich wurde rot. „So toll finde ich die gar nicht." „Bescheiden wie immer.

Weißt du, worüber ich besonders glücklich bin?" „Worüber?" Mohammed hatte mich erfolgreich abgelenkt. „Dass du Daryan mit Arabisch hast aufwachsen lassen. Er ist ein Ibn Arab, das ist deutlich zu sehen, und du hast ihm von vornherein die Wahl gelassen. Ich meine, falls er sich hier einzugliedern wünscht, muss er sich nicht erst mühsam einer neuen Umgebung anpassen."

Ich hatte während meiner Zeit in Riad alle Freiheiten. Mohammed hatte mir angeboten, dass ich aus allen Geschäften alles, was mein Herz begehrte, auf Rechnung des Königshauses mitnehmen dürfe. Ich nutzte das natürlich nicht aus, denn die Gastfreundschaft des Orientalen ist zwar grenzenlos, aber in ihrem Überschwang steckt auch eine Art Prüfung. Er sagt zwar: „Nimm alles", meint aber, „nimm, was du brauchst". Hat ein Darbender sich zu einem Beduinenzelt geschleppt, besteht jenes ‚alles' zunächst lediglich aus einem Schluck Wasser, der ihm selbstverständlich mit Freude gewährt wird.

Chamed Haafez war mittlerweile ein angesagter Architekt mit beeindruckenden Büros nicht nur in Riad, sondern auch in mehreren wichtigen westlichen Großstädten wie New York, Basel und Tokio. Als er damals ganz bescheiden unseren Reiseleiter abgegeben hatte, hatte ich mich ein wenig in ihn verliebt und bedauert, dass ich verheiratet war. Mein Pflichtbewusstsein hatte verhindert, dass ich ihm eine Annäherung gestattet hätte – möglich wäre vieles gewesen. Kurz in einem der verlassenen Räume Morgatóns oder hinter einem der mehrere Meter hohen Felsen, zwischen denen unser Lager errichtet worden war, Hose 'runter, gebückt, an Mauer oder Wand abgestützt, Beine auseinander und in wenigen Minuten wäre das Quickie durch gewesen. Dann wäre Daryan vielleicht nicht Sohn eines Dschinn, sondern einer irdischen Berühmtheit.

Denn letztendlich hatte ich meinen Mann doch hintergangen. Ich fragte mich, ob der Unsichtbare so anständig gewesen wäre, von mir abzulassen, hätte ich mich gegen sein Vorgehen gewehrt oder angedeutet, dass ich kein Eindringen wünschte. Hatte ich aber nicht, sondern mich willig seinen Bitten gefügt. Ich durfte mich nicht vor mir selbst herausreden, dass ich Angst gehabt hätte, aus dem Turmlabyrinth nicht mehr hinauszufinden – dazu hatte ich mich gar zu gern hingegeben.

Nun stand ich, umzingelt vom überbordenden Straßenverkehr Riads, vor Haafez' Bürogebäude, dem jüngsten Aushängeschild seines Wirkens. Ich lief auf und ab, schwankte innerlich und nahm nach einer ganzen Weile davon Abstand, am Empfang um eine Audienz zu bitten. Ich hatte keinen Zweifel, dass sie mir gewährt würde, aber mir war klar, dass ich damit nichts weiter täte als alte Wunden aufzureißen. Chamed war längst verheiratet und hatte Kinder und es ist unmöglich, die Zeit zurückzudrehen. Oder doch nicht? Was mir vorschwebte, war eigentlich nichts anderes. Das Wiedersehen mit Daryans Vater würde darauf hinauslaufen.

„Ich gebe euch eine Eskorte mit." „Nein, Mohammed, wir möchten allein dorthin." „Es sind drei Tage Fahrt bis Morgatón und wieder zurück und ihr müsst alles Lebensnotwendige mitnehmen." „Das weiß ich. Wir werden dort nicht lange bleiben – es geht lediglich ums Wiedersehen und dass Daryan den Ort seiner Zeugung kennenlernt." Mohammed als Geschöpf des Morgenlandes hatte mir meine Dschinn-Geschichte ohne weiteres geglaubt und brachte deshalb Verständnis für meine Wünsche auf. Dass er mich von meinen Plänen abzuhalten versuchte, war seiner Sorge geschuldet, dass ich in der Wüste verlorengehen könnte. „Den Weg finde ich dank GPS mühelos und die nicht-vorhandene Piste besteht durchweg aus festem Sand und Geröll und keinem Treibsand. Irgendwelche gefährliche Schluchten oder Abhänge gibt es auch nicht und ich kann in keinem Wadi absaufen, weil während der nächsten Woche kein Regen zu erwarten ist – abgesehen davon, dass ich sowieso nie in einem Flusstal übernachten würde." „Eine Reifenpanne…." „Ich kann Reifen wechseln und Daryan auch.

Weißt du, in unserer Heimat war ich nicht so auf Rosen gebettet, dass ich für jeden Handgriff einen dienstbaren Geist hätte rufen können."

Mohammed räusperte sich. „Also gut. Aber eins musst du mir versprechen, Petra." „Was?" „Sobald ihr in Schwierigkeiten geratet, nutzt du sofort die bekannte Nummer. Die Uhrzeit ist egal. Wir werden sofort unsere Hubschrauber starten, um euch zu helfen, und ich werde dabei sein." „Das verspreche ich dir gern. Ich danke dir, Mohammed."

Schwer zu sagen, was mich ritt, außer der üblichen Überlebensausrüstung einen Atlas und einige andere Bücher, einen Stapel Schreibhefte, einen Füllfederhalter mit Dutzenden von Tintenpatronen, eine luftdicht verschließbare Metallschatulle und einen beträchtlichen Vorrat an Medikamenten mitzunehmen, jedoch kein Schminkköfferchen und nichts, was von der Existenz einer funktionierenden Steckdose abhängig ist. Mein Smartphone war dem verbleibenden ‚Diesseits' vorbehalten, während Visionen mich auf ein ‚Jenseits' vorbereiteten, von dem ich im Vorfeld nicht wusste, wie genau ich es mir vorzustellen hatte. Im Idealfall als Garten Eden. Meinem Mutterinstinkt blieb nicht verborgen, dass Daryan die gleiche innere Unruhe beherrschte, obwohl wir nicht konkret darüber sprachen.

Am vorletzten Abend hatte ich mein Testament verfasst und es am Tag vor unserer Abfahrt in Riad zur Post gegeben. Ich hatte, da eltern- und geschwisterlos, Regina als meine Alleinerbin eingesetzt. Sie würde natürlich kein Vermögen einstreichen – das hatte sie wahrlich auch nicht nötig –, aber es war mir vor allem darum gegangen, dass mein Nachlass ordentlich verwaltet, meine Wohnung aufgelöst und alle anderen an der Zahl ins Unendliche gehenden administrativen Aufgaben erledigt würden. In einem kurzen Zusatzbrief hatte ich angedeutet, was möglicherweise geschähe, und den Ereignisfall als gegeben erklärt, wenn innerhalb eines Monats niemand mehr etwas von mir oder Daryan hören oder sehen sollte. Sie dürfe als gesichert betrachten, dass wir nicht ermordet worden wären und es uns wunderbar ginge.

Mohammed hatte darauf bestanden, unsere Expedition zu finanzieren. Na gut, dachte ich, du erleidest keinen Verlust. Außer was wir essen, trinken und an Treibstoff verfahren wirst du alles wiedererhalten, was du uns zur Verfügung stellst. Der Abschied war merkwürdig verlegen verlaufen – beiderseits verlegen. Als ahnte der Königinnenvater, was ich in Wahrheit vorhatte. Vielleicht ahnte er es tatsächlich.

Nach 2½ Tagen Fahrt begann sich die Landschaft zu wandeln. Daryan hatte das Steuer übernommen und ich Muße, mir die zahlreicher und üppiger werdende Vegetation zu verinnerlichen. Soweit ich mich erinnerte, hatte es vor 19 Jahren im gesamten Rub al-Chali keinen Strauch und schon gar keinen Baum gegeben. Heute hingegen säumte Gestrüpp Wasserläufe, die unverkennbar von Menschenhand gegraben und befestigt worden waren. In einer gewissen Entfernung sah ich Frauen auf Feldern ihrer Arbeit nachgehen. Da es hier keine ausgesprochenen Jahreszeiten, nicht einmal Regenzeiten gibt, waren einige beim Säen, andere bei der Pflege und dritte beim Ernten ihres Gemüses und ihrer Früchte beschäftigt. Teilweise warteten Männer auf zweirädrigen Karren, vor denen Esel hingen. Überall liefen Ziegen herum, die üppige Weiden fanden und mit Stöcken vertrieben wurden, wenn sie sich über zu kostbares Gewächs hermachten. Es sah genau so aus, wie David Roberts vor ungefähr 200 Jahren den Nahen Osten gemalt hatte. Auch die pastellfarbenen Töne passten. Ich ärgerte mich, keine Kamera mitgenommen zu haben. Da ich auch auf ein Powerpack verzichtet hatte, wollte ich den Ladestrom meines Smartphones nicht für Fotos vergeuden. Ich hatte gedacht, Peter hätte damals Morgatón und Umgebung gekonnter aufgenommen als ich es jemals schaffen würde.

„Wir sind doch im Rub al-Chali, Daryan?" „Wieso nicht, Mama?" „Weil es sich um die trockenste Region der Erde handelt, in der es praktisch nie regnet." „Es kann doch sein, dass wir uns einer Oase nähern." „Das gehört zum Titel ‚trockenste Region der Erde'; es gibt nämlich keine." „Mmh."

Nach einer Weile deutete Daryan nach vorn. „Guck' mal, Mama, Palmen." „Es wird immer besser. Die schlucken normalerweise enorm viel Wasser." „Tropische wie Bananen oder Kokosnüsse ja. Dattelpalmen finden sich eher in trockenen Gebieten." „Gut in der Schule aufgepasst." „Da hatten wir das nicht. Ich hab' mich einfach vorbereitet." „Ich war faul und verlass' mich auf meinen Instinkt. Mein höchstes Lob, Daryan." „Danke, Mama."

Wir schwiegen eine Weile, während wir durch die Plantage fuhren. Dann sagte ich: „Weißt du, was mir noch auffällt?" „Was, Mama?" „Dass sich keiner um uns kümmert. Sooo häufig werden hier kaum Fremde auftauchen." „Vielleicht sehen sie uns nicht." Das versetzte mir einen Nadelstich. Sollten wir einer so perfekten Fata

Morgana aufsitzen, dass die Illusion sogar beim Hindurchfahren bestehen blieb? Als hätte Daryan meine Gedanken gelesen, fügte er hinzu: „Ich meine nicht, dass das da draußen eine Fata Morgana ist. Ich meine, dass wir eine sind." Ein zweiter Nadelstich, der ein bisschen tiefer ging. Unwillkürlich zwickte ich mich in den Arm. Ich atmete erleichtert auf, als es wehtat. „Sie müssen aber die Staubwolke hinter uns wahrnehmen." Ich blickte zurück und stellte fest, dass wir auf dem feuchten Untergrund gar keine aufwirbelten.

Morgatón oder Janub Alsharqiu, wie die Stadt wirklich hieß und wir nach Daryans Gesprächen mit seinem Baba wussten, tauchte nicht wie mit Eikes Filmteam aus dem Nichts auf, sondern wurde wie gewohnt irgendwann hinter dem Horizont sichtbar und immer größer, je näher wir der Stadt kamen. Bald sahen wir sie in voller Schönheit – ja. Schönheit, anders ist der Eindruck nicht zu beschreiben. Die Stadtmauern waren vollständig erhalten und die wolkenkratzerartigen Gebäude bewohnt. Überall flatterte Wäsche aus den Fenstern und waren Gestalten dahinter zu erkennen, die sich bewegten.

Wir hielten in respektvoller Entfernung von der Mauer. „Sind wir nicht ein wenig unpassend angezogen, Mama?" Daryan hatte Recht. Er und ich würden in Jeans und T-Shirt wirken wie eine Currywurst auf Meißner Porzellan. Wir hatten Burnusse mit, aber jetzt war es vermutlich zu spät, uns umzuziehen. „Sie sehen uns doch nicht, Mama." „Wenn wir erst ausgestiegen sind, bin ich mir nicht mehr so sicher."

Es bedurfte eines gewissen Muts, das Vorhaben in die Tat umzusetzen. Als wir uns überwunden hatten, änderte sich schlagartig die Szene. Alle Menschen in Sichtweite hielten inne und starrten uns an. Langsam wurde uns mulmig, obwohl keinerlei Aggressivität in der Luft lag. Sie redeten miteinander und wir hörten immer wieder einen Namen heraus. „Memnun, Memnun." Ob das, durchfuhr es mich, ob das mein Gatte ist?

Eine Frau trat vor – auch sie brauchte dafür offensichtlich einigen Mut – und sprach uns an. Wir verstanden ihr Arabisch ohne weiteres und das, was sie sagte, bestätigte meine erste Vermutung. „Bist du Memnuns Frau?" „Ich bin die Frau eines von euch und weiß leider noch nicht, wessen genau. Wer ist Memnun?" „Unser Großwesir." Der Großwesir ist der oberste Minister eines Staatswesens, sozusagen der Kanzler. Nur der Kalif steht über ihm. „Kann sein. Was bringt dich dazu, das zu glauben?" „Es gibt eine Prophezeiung, dass eine große blonde Frau kommen und die

Seine werden wird." Jetzt erst fiel mir auf, dass es nicht nur unser Outfit war, das hierher passte wie besagte Currywurst, sondern auch, dass ich sämtliche Umstehenden locker um einen Kopf überragte – auch die Männer. Verglichen mit mir tauchte Daryan in die Menge ein, als gehöre er hierher.

Da mein Karma nach wie vor keinerlei feindliche Stimmung meldete, sagte ich: „Dann sehen wir, ob ich die Prophezeiung bin. Führt mich bitte zu Memnun." „Es ist bereits eine Abordnung auf dem Weg hierher. Der Großwesir wird dich abholen." „Danke." Ich wandte mich zu Daryan. „Wir sollten jetzt ein wenig zaubern." „Wie meinst du das, Mama?" „Bei dir mag es angehen, aber so figurbetont wie ich hier stehe und dass eine Frau überhaupt Hosen anhat, dürfte hier und heute als total unschicklich gelten. Unsere Burnusse liegen doch auf dem Rücksitz?!" „Ja, Mama." „Dann werfen wir sie uns über." Ich wandte mich an die Frau, die mich unverwandt anblickte. „Erlaube, dass wir uns euren Sitten anpassen." Sie wusste nicht, was ich meinte, das war ihr anzusehen. „Erschreckt nicht", beruhigte ich die anderen, schritt zum Fahrzeug, öffnete die Hintertür, ergriff unsere ‚schicklichen' Überwürfe und schlug die Tür wieder zu. Mit demselben Wimpernschlag, mit dem ich Daryan seinen Stoff zuwarf, stülpte ich meinen über mich. Schließlich war ich seit meiner Rolle in Carmen geübt, mich einer schweren und unhandlichen Mönchskutte mit einem Schwung zu entledigen.

Die „oooh"s klangen ungefähr genauso wie im Deutschen, als wir plötzlich wie Einheimische dastanden – wenigstens äußerlich. Gerade rechtzeitig, denn Getuschel erhob sich und in der Leiberphalanx öffnete sich ein Durchgang. Plötzlich klopfte mein Herz bis zum Hals. In wenigen Sekunden würde ES geschehen – dass ich meinen Gatten zu Gesicht bekäme.

Ich hatte kein Kommando vernommen, aber als wäre eins erfolgt, herrschte mit einem Mal Totenstille – lediglich der sanft säuselnde Wüstenwind versagte dem Mann, der nun vor mich trat, seinen Respekt. Er war in wenig prunkvolle Gewänder gekleidet. Sein kunstvoll gewundener Turban, der sich wie die Kuppel einer persischen Moschee wölbte, war das einzige sichtbare Zeichen seines Rangs. Er wirkte ungemein sympathisch. Sein Lächeln wurde durch schokoladenfarbene Haut verstärkt und seine leuchtenden braunen Augen gemahnten an einen Ozean. Wie üblich trug er einen schwarzen Vollbart. Dass er sogar etwas kleiner als Daryan war, hatte ich erwartet und schockierte mich folglich nicht. Er sah

zunächst mich und dann Daryan wohlwollend an. Dann sagte er seine ersten Worte: „Petra! Daryan! Seid willkommen!"
Ja, er war es! Die sanft bittende Stimme könnte und würde ich niemals vergessen. „Memnun?" fragte ich eingeschüchtert. „Ja, ich bin Memnun, dein Gatte und…" er blickte Daryan an „…dein Baba." Von dem Angesprochenen fiel jede Zurückhaltung ab und er rief: „Ja, Baba, du bist es! Ich erkenne dich wieder!" Mit einem Jubelschrei fiel er seinem Vater um den Hals und drückte ihn herzhaft.

Mir war bewusst, dass sich Vater und Sohn in der morgenländischen Öffentlichkeit so geben dürfen, aber kein Ehepaar. Darum begnügte ich mich damit, auf Memnun zuzugehen und ihn liebevoll anzublicken. Sein Ausdruck war ebenso liebevoll und er sagte zu seinem Volk, Daryan weiterhin drückend: „Ich danke euch, ihr Lieben, dass ihr nach mir geschickt habt. Die Prophezeiung ist erfüllt, Familie Haafez ist nunmehr vereint. Ich verspreche euch beizeiten eine prunkvolle Hochzeit, an der alle teilhaben dürfen. Für heute geht wieder an eure Arbeit."

Neugierde war immer schon eine menschliche Eigenart gewesen. Zum Glück, muss man sagen, denn gäbe es sie nicht, säßen wir vermutlich heute noch in unseren Höhlen. Die Menge zerstreute sich dementsprechend zögernd, denn möglicherweise verpassten die Untertanen das eine oder andere Wichtige.

Endlich waren Memnun, Daryan und ich mehr oder weniger unter uns. Memnun fragte uns: „Habt ihr kein Gepäck?" „Doch. Aber ich möchte dich nicht erschrecken, wenn ich es hole." „Warum denkst du, dass ihr mich erschreckt?" „Wir müssen es aus unserem Fahrzeug hieven." „Na und?" „Siehst du es denn?" „Das Fahrzeug? Sicher! Es wurde mir ja prophezeit." „Aber die anderen Leute…?" „Die anderen Leute nicht. Sie würden es nicht verstehen." „Was wird…?" „Später. Ihr habt einige Tage Zeit für eure Entscheidung."

Wir entnahmen unser persönliches Gepäck dem Kofferraum, beließen die Campingausrüstung jedoch darin. Memnun klatschte in die Hände und wie aus dem Nichts erschienen vier dienstbare Geister, die sich unserer Habseligkeiten annahmen. „In meine Wohnung!" befahl der Großwesir. Die Träger nickten, besahen sich verblüfft die auf dem sandigen Untergrund nutzlosen Rollen, platzierten die Koffer perfekt ausbalanciert auf ihren Köpfen und verschwanden im Laufschritt Richtung Stadt.

Memnun sah ihnen wohlwollend hinterher. Dann sagte er einfach „kommt" und komplimentierte Daryan rechts und mich links neben sich. Mutter und Sohn legten ihre Arme um die Schultern ihres Familienoberhaupts, wobei sich deren wiederum dort trafen. Memnuns linker Arm hatte sich mit meiner Taille zufriedenzugeben, da er sich bis zu meiner Schulter wenig würdevoll hätte strecken müssen.

Während wir durch das Stadttor schritten, wurde mir schlagartig klar, warum die Bewohner von Janub Alsharqiu ihre Stadt dermaßen in die Höhe gebaut hatten, obwohl wir unbedarftes Filmteam nach erstem Augenschein die Meinung gehegt hatten, dass sie sich getrost etwas breiter hätten machen können: Sie hatten möglichst wenig ihrer fruchtbaren Fläche dem Wohnen ‚opfern' wollen. Gute Beispiele sind die Flussoasen Todra-Schlucht in Marokko und natürlich der Nil in Ägypten. In beiden Fällen ist deutlich sichtbar, dass sich die historischen Bauten auf den trockenen Hängen drängeln, während sie das Tal ihren Feldern überlassen hatten, und das nicht nur wegen eventueller Überflutungen. Die Alsharqius wären sich hingegen von ihrer seeartigen Quelle so weit entfernt anzusiedeln gezwungen gewesen, dass sich der tägliche Gang zum Trinkwasser nicht hätte bewältigen lassen. So blieb nur die dritte Dimension, um sich möglichst dünn zu machen.

Memnun führte uns zu einem Gebäude, das mir bekannt vorkam. „Ich freue mich, euch meine geräumige Wohnung zur Verfügung stellen zu dürfen. Vom fünften bis zum obersten siebten Geschoss gehört alles mir." „Weil du Großwesir bist, Memnun?" „Ja, liebe Petra. Nur der Kalif bewohnt ein Gebäude für sich. Ihr werdet ihn beizeiten kennenlernen." Ich drückte Memnun an mich. „Ich freu' mich, geliebter Mann. Über alles, aber vor allem, dich zu sehen. Weißt du...?" „Wir werden alles heute Abend klären, geliebte Frau. Nun lass' uns hochgehen."

Ich erkannte alles wieder. Im obersten Geschoss, das ich künftig als mein Privatgemach würde betrachten dürfen, war es genau die Perspektive, von der aus ich meine gedankenlosen Kollegen hatte aufs Camp zumarschieren sehen, ohne darauf zu achten, ob ich bei ihnen sei. Ich durchquerte die einzelnen Räume und brachte es tatsächlich fertig, die Treppe erneut zu übersehen. Also nochmals kehrtum und durch diesen..., ah, da ist sie ja! Wie Schuppen fiel mir von den Augen, dass es in meiner damaligen – oder zukünftigen – Panik genügt hatte, an dem einen Mauerabsatz vorbeizurennen, um die Rettung jedes Mal zu verfehlen. Und alles nur, weil ich von Jugend an unter diesem seltsamen Traum leide. Ich befinde mich in einem riesigen Komplex, bin allein und finde nicht hinaus. Unten sehe ich Leute herumlaufen, aber alle benehmen sich, als gäbe es mich, als gäbe es den ganzen Komplex nicht. Ob er eine Vorahnung von Janub Alsharqiu ist – oder war? Ob ich ihn hier, am Ziel angekommen, für immer los sein würde? Um es vorweg zu nehmen: Es sollte der Fall sein.

Die Treppe machte einen Schwenk und führte weiter hoch auf die Dachterrasse. Nachdem die Sonne untergegangen war, saßen Memnun, Daryan und ich auf Kissen, um über unsere Zukunft zu debattieren. Alle Dienerinnen und Diener hatte der Großwesir nach unten beziehungsweise nach Hause geschickt, denn was wir zu besprechen hatten, betraf ganz allein uns.

„Erklär' uns bitte zunächst, was es mit den ganzen Prophezeiungen, Dschinnen und unsichtbaren Artefakten, aber auch mit dem Zeitgefüge auf sich hat, durch das wir – also Daryan und ich – offenbar gerutscht sind", forderte ich Memnun auf. Er holte tief Luft, um weit auszuholen. „Alles weiß ich auch nicht, geliebte Gattin und geliebter Sohn. Immerhin weiß ich seit Langem, dass auf mich eine große, blonde Frau wartet, die mir in ferner Zukunft einen Sohn gebären wird, den sie mir mit in meine Zeit bringt. Dieser Teil der Prophezeiung scheint heute eingetroffen zu sein." „Woher hast du sie?" „Unsere Alten haben mir das vor einigen Jahren eröffnet." „Und du hattest nie Zweifel daran, dass das nicht stimmen könnte." „Nein." „Und hast jahrelang auf mich gewartet. Dafür danke ich dir. Aber sag' mal, hast du nicht, ich meine...."

Memnun räusperte sich verlegen. „Naja, ab und zu öffnete sich mir eine willige Dienerin. Ich versichere dir aber, dass ich nie die Absicht hatte, eine andere Frau als dich, meine Verheißung, zu ehelichen. Es tut mir leid...." „Entschuldige dich bitte nicht. Ich habe dafür volles Verständnis und du wirst von mir nie ein Wort des Vorwurfs hören.

Eine andere Frage: Habt ihr keine Polygamie hier?" „Was bitte?" „Dass der Mann das Recht auf mehrere Frauen hat." „Nein. Wie kommst du darauf?" Mir fiel ein, dass es mich in vor-islamische Zeiten verschlagen hatte, die noch keine Scharia kannten. Ich sollte später feststellen, dass meine Geschlechtsgenossinnen bei der Feldarbeit Kopftücher trugen oder Kapuzen übergestülpt hatten, aber auch, dass diese Hüllen einzig der erbarmungslosen Sonne und dem sandversetzten Wind geschuldet waren. Sobald sie sich im Sonnen- oder Windschatten wussten, zeigten sie ihre Gesichter und Haarpracht in voller Schönheit. Und in welcher Schönheit! Ich wunderte mich, dass Memnun nicht zugegriffen und mich und die Prophezeiungen der Alten hatte eine hübsche Geschichte sein lassen. Abgesehen vom Aussehen wissen wir zudem nicht nur aus tausendundeiner Nacht, dass Orientalinnen fantastische Techniken beherrschen, die jeden Mann sämtlicher Bedenken berauben. Dass all' das gegen einen blonden Haarschopf verblasst, ist nur durch die südländische Neigung erklärbar, ihn über sämtliche anderen Merkmale zu stellen. Mir war diese Sinneshaltung bereits des Öfteren begegnet. Was einem selbst abgeht...? Dafür geht dem Europäer ‚knusprig-braune Haut' ab, was ihn gegen alle Vernunft veranlasst, sich bei intensiver UV-Strahlung und Hitze auszuziehen statt zu bedecken, wie es die wesentlich weiseren Bewohner des Morgenlandes tun.

Ich wechselte das Thema. „Bleibt eins zu klären, lieber Memnun. Was hat es mit dem Dschinn-Sein auf sich? Du wirst Daryan in gut 1½ Jahrtausenden zeugen, und zwar in deiner Eigenschaft als Dschinn." Memnuns Augen leuchteten auf. „Das ist so? Ich habe mir gedacht, dass mir das vorbestimmt ist, denn dass ihr aus einer Ära jenseits der Unsrigen stammt, steht außer Frage. Was eure Ankunft betrifft, so hatte ich vor einigen Tagen die Vision, dass eine Zeitbrücke heruntergelassen würde, über die ihr uns erreichen werdet." „Bleibt sie für immer gesenkt?" „Nein, noch zwei Tage. So lange habt ihr Gelegenheit, in euer Jahrhundert zurückzukehren. Ich füge hinzu, dass es eure freie Entscheidung ist. Wenn ihr bis morgen Abend den Entschluss zur Rückkehr fasst, so steht er euch frei. Ich hätte dafür Verständnis, so leid es mir täte."

Daryan protestierte. „Ich bleib' auf jeden Fall hier, Mama. Ich weiß, dass ich hierher gehöre und nicht ins 21. Jahrhundert. Mir steht als Sohn des Großwesirs eine glänzende Karriere ins Haus, während ich im Europa des 21. Jahrhunderts mit meiner Liliputaner-Konfektionsgröße selbst als Herr Professor Doktor eine Lachnummer abgäbe. Und bis ich das geschafft hätte, müsste ich weiter mit dir tingeln. Das nötigt mir nicht allzu viel Herzblut ab." Ich blickte die beiden Männer nacheinander an. Ich wäre die Gattin des Großwesirs, des Zweithöchsten in der hiesigen überschaubaren Gemeinschaft. Dagegen Theatertingeln? Und das ohne meinen Sohn? Seine Einschätzung des Lebens, das ich ihm bisher zu bieten mich abgemüht hatte, versetzte mir nichtsdestoweniger einen nächsten kleinen Stich im Herzen.

Diesmal räusperte ich mich. „Ich sehe es genauso, Daryan, Memnun. Ich werde morgen früh einen Rundgang unternehmen, um unseren Leuten in der Zukunft ein paar Hinweise zu hinterlassen, und dann sei deren Zukunft für immer unsere Vergangenheit." Darayn strahlte mich an und Memnun warf mir geradezu abgöttische Blicke zu. Ja, dachte ich, bei dir bin ich gut aufgehoben. Er kleidete das in passende Worte. „Danke, Petra. Ich sehe, ich werde nicht enttäuscht. Und ich werde alles tun, dass ihr nicht enttäuscht werdet."

Ich gähnte. „Entschuldigung, aber die Situation kostet mich Kraft. Ich ginge gern schlafen." Memnun nahm die Petroleumlampe, um vor uns die Stufen auszuleuchten. „Wo habt ihr eigentlich das Petroleum her, Memnun?" „Mehrmals im Jahr halten Karawanen bei uns Rast. Von denen beziehen wir die Dinge, die wir selbst nicht haben oder herstellen können wie das Petroleum oder das Glas, aus dem die Lampe besteht." „Und was gebt ihr dafür?" „Wir sind bekannt für sehr gute Töpferwaren und Stoffe. Unsere Oase ist so fruchtbar, dass wir sogar Gewürze exportieren. Dafür erhalten wir Salz, das es bei uns nicht gibt."

Am Folgetag stellte uns Memnun zunächst dem Kalifen vor. Er war ein freundlicher älterer Herr, dem ich ansah, dass er darüber glücklich war, dass jemand anders ihm Arbeit und Verantwortung von seinen Schultern nahm. Danach entschuldigte ich mich für den Rest des Vormittags. „Was hast du vor?" fragten mich Memnun und Daryan unisono. „Wie ich gestern Abend andeutete: Ich werde endgültig von meiner Vergangenheit Abschied nehmen, ihr aber auch einige Informationen hinterlassen."

Ich riss das hinterste Blatt aus dem Schulheft, das ich als erstes mit meinen Erinnerungen und Eindrücken vollzuschreiben beabsichtigte, füllte es mit einigen Zeilen und steckte es ein. Im Anschluss machte ich mich auf und begann die Stadt und die sie umgebende Oase mit meinem Smartphone zu fotografieren. Als ich den Akku beinahe leer hatte, war ich zufällig bei dem Jeep angelangt.

Einen Augenblick lang nahte der Versucher. Das Fahrzeug war für die Einheimischen nicht zu sehen und niemand würde mich hindern, einzusteigen, zu drehen und zurück nach Riad und in die beleuchtete Glitzerwelt mit ihren erdumspannenden Kommunikations- und Reisemöglichkeiten, Klimaanlagen und Toilettenspülungen zurückzufahren. Treibstoff und Wasser waren genug an Bord, um die Strecke zu schaffen – was Wunder, war das ja auch so vorgesehen gewesen! – und ohne Daryan dem fünften

Jahrhundert den Rücken zu kehren. Strom für das im Smartphone integrierte Navi hätte ich aus der Lichtmaschine bezogen.

Wie in Trance legte ich meine Notiz auf den Fahrersitz und das Smartphone als Gewicht darauf. Ich überlegte, ob ich auch das Codemodem – das, was früher als Autoschlüssel gedient hatte – dazulegen und die Türen offen lassen sollte, war mir aber nicht sicher, ob sich nicht moderne Autosoftware nach einer Stunde oder sonst einem Zeitraum von sich aus entschließt, diese zu verriegeln, wenn sich ihre Steuereinheit herrenlos im Innenraum befindet, und entschied mich dagegen. Ich entdeckte in der Rückspiegelhalterung eine Kuhle, in die das Teil passte und für einen halbwegs pfiffigen Entdecker leicht auffindbar war. So verrammelte ich das Fahrzeug, steckte das Modem in die Kuhle und schritt immer noch wie in Trance Richtung Stadt davon. Ich wagte mich nicht umzusehen, bis ich sicher sein durfte, dass die Brücke ins 21. Jahrhundert außer Sicht war.

Mitten in der Nacht riss mich eine Vision aus dem Schlaf, die mir zu fliehen befohlen hatte. Eine Sekunde, aber wirklich nur eine Sekunde war ich drauf und dran, 'rauszurennen, vor den Toren der Stadt den Geländewagen zu besteigen und doch noch davonzubrausen. Schweißgebadet sank ich auf den Diwan zurück. Ich kannte ja den genauen Zeitpunkt nicht, zu dem die Zeitbrücke hochgezogen wurde – vielleicht war es ohnehin zu spät.

Ich schlief wieder ein und den Rest der Nacht wie ein Säugling im Arm seiner Mutter. Am nächsten Tag wanderte ich nochmals zu unserem Ankunftsort und stellte zu meiner Erleichterung fest, dass sich der Jeep in Luft aufgelöst hatte.

Aleae jactae erant – die Würfel waren gefallen. Daryan hatte nicht zu erkennen gegeben, dass er an eine Rückkehr in ‚sein' Jahrhundert einen Gedanken verschwendet hatte. Umso besser für ihn und schlussendlich auch für mich.

Bevor ich den Kernbericht meiner Ankunft beende, nehme ich das Eintreffen einer Karawane vorweg, die von ein paar Christen begleitet wurde. Das ist deshalb wichtig, weil das Konzil von Nicäa bereits seit 1¼ Jahrhunderten Vergangenheit war und sie mir genau zu sagen vermochten, welches Datum nach Christus wir schrieben. Ich hatte mir von Beginn an eine Strichliste angelegt, wie viele Tage ich bereits in Janub Alsharqiu zugebracht hatte. Nun war mir möglich, den Kalender konkret zurückzurechnen. Ich nahm mir vor, diesen Wissensvorsprung nicht mehr aus der Hand zu geben und ihn jeden Morgen beim Aufstehen nachzuführen.

Interessant, wie sich die Alsharqius wieder zwanglos über die Stelle bewegten, die sie einige Tage lang gemieden hatten, als stünde dort ein unsichtbares Hindernis – was ja auch gestimmt hatte. Nun hatte es sich in Luft aufgelöst, wie ich halbwegs treffend formuliert hatte. Ich war hier, für immer hier, und es galt, meinem Gatten Mut für den endgültigen Schritt einzuflößen.

Meine Gemächer waren wirklich die, in denen ich mich damals hoffnungslos verfranzt hatte, und damit die, in denen ‚es' geschehen war. Ich gedachte, an derselben Stelle aufzusetzen.

Das Fenster war leicht gefunden. Da kein Wind wehte, waren die doppelten Holzläden geöffnet, deren Butzenscheiben zwar vor Zug schützten und dennoch Licht Einlass gewährten, dieses aber so stark brachen, dass die äußere Welt sich in Wellenlinien auflöste. Beinahe körperlich sah ich wieder Eikes Team, wie es sich in 1½ tausend Jahren Richtung Camp bewegte, ohne sich um mich zu kümmern. Ich bückte mich und stützte mich mit meinen Unterarmen auf die Brüstung, sodass mein Kopf ins Freie ragte. Hinter mir hörte ich leise Schritte. Memnun hatte mich gesucht und so, wie ich mich hindrapiert hatte, erkannte er meine Absicht. „War es hier, Geliebte?" fragte er. „Ja, Geliebter, es war hier."

Ich hatte nichts unter meinem Burnus und als Memnun ihn über meinen Hüftknick bis beinahe zum Busen hochschob, lud ihn mein weißer, entblößter Körper zum Handeln ein. Ich spürte Memnuns Hände, aus denen gefühlt acht geworden waren, mich ausgiebig begrabschen. Beine, Po und Brüste hatten es den Händen offensichtlich besonders angetan. Sie strichen zart über meine Hautbereiche, wo es angenehm war, und packten dort fester zu, wo es schadlos geschehen durfte. Meine hinteren Backen empfingen herrlich kräftige Kneteinheiten, sodass ich wohlig erschauerte. Als Steigerung umfasste Memnun meine Brüste und drückte sie sanft. Angesichts meiner 54 Lenze bin ich stolz auf sie, denn trotz guter Füllung sind sie schön straff geblieben und für normale Männerhände genau passend dimensioniert. Längst war meine Vagina feucht. „Gut so?" flüsterte Memnun erregt. „Wunderbar", schnurrte ich. „Bist du bereit?" „Mich dürstet, Geliebter."

Ich spreizte die Beine und schloss die Augen. Mein Schnurren schwoll zu leidenschaftlichem Stöhnen und Keuchen an, als meines Gatten Glied endlich, endlich in mich eindrang und die Ehe vollzog.

Hawk: Der Fund

Ich bin Hawk Veronicus Peaslee, Ururenkel jenes Nathaniel Wingate Peaslee, der vom 14. Mai 1908 bis 27. September 1913 eine Amnesie erlitt, die nicht nur aus Gedächtnisverlust bestand, sondern an einen Persönlichkeitstausch gemahnte, und zwar nicht mit einem anderen Menschen, sondern dem Vertreter einer völlig anderen Rasse. Angeblich fand ein Bergbauingenieur namens Robert B. F. Mackenzie auf 22° 3' 14" südlicher Breite und 125° 0' 39" östlicher Länge, also mitten in der ‚großen Sandwüste', uralte wie Steinkuben aussehende Blöcke, die er als aus Beton oder Zement bestehend klassifizierte. Nathaniel reiste in Begleitung seines Sohnes und meines Urgroßvaters Wingate dorthin und fand angeblich ein Schriftstück, das er vor 150 Millionen Jahren eigenhändig aufgeschrieben hatte. Leider geschah diese Entdeckung im Alleingang bei Nacht und Nebel und mein Vorfahre verlor es auf seiner überstürzten Flucht, sodass die ganze Geschichte nicht nachvollziehbar blieb.

Wingate bestätigte zwar die Reise und die Existenz jenes Mackenzie, aber von den erwähnten Blöcken wurde auch im größeren Umkreis nie eine Spur gefunden. Nathaniels Protokoll blieb zwar erhalten, aber selbst wenn ein Körnchen Wahrheit darin stecken mag, frage ich mich, worin das Weltuntergangsszenario besteht, das es heraufbeschwört. Oder, anders ausgedrückt: Was ist daran so schrecklich, wenn eine intelligente Spezies versucht, das Universum zu katalogisieren?

Weiter vertiefe ich meine Familiengeschichte nicht, beteure aber an dieser Stelle, dass außer der erwähnten Amnesie und deren Folgen niemals Fälle von Geisteskrankheiten in der männlichen Linie auftraten. Hingegen trifft es zu, dass wir Peaslees sehr sesshaft sind. Unser Familiensitz ist immer noch die Crane street 27 in Arkham, Massachusetts in fußläufiger Entfernung von der Universität der Stadt und als fünfter Nachfahre jenes Nathaniel Wingate bin ich auch fünfter Nachfahre einer Professorendynastie jener kleinen, aber feinen Hochschule. Nur die Lehrfächer wechselten mit jeder Generation. So bin ich nicht politischer Ökonom und auch nicht Psychologe, sondern Archäologe.

Unser Ruf – das heißt der unserer Anstalt – ist so ausgezeichnet, dass wir von der saudischen Regierung das Mandat erhielten, mitten im Rub al-Chali, dem berüchtigten ‚leeren Viertel' im Süden des Landes nach einer sagenhaften Stadt zu forschen, die aus einmaligen Wohntürmen aus Stampflehm bestanden haben soll und die der Schweizer Johann Ludwig Burckhardt noch 1814 gesehen und skizziert haben will. Eine Zeichnung offenbart natürlich nicht genau, wieviel von ihr als fotografische Wiedergabe und wieviel als reine Fantasie zu werten ist.

Meine Truppe war bereits bis zwei Meter Tiefe vorgestoßen und hatte eindeutige Anzeichen von ehemaliger Besiedlung nachgewiesen. ‚Mauern, vom Sand vergraben, und Reste von Mobiliar‘, notierte meine Assistentin Maureen in unseren Folianten. Der viele Staub sorgte für gehöriges Knirschen zwischen Bleistift und Papier. Er hatte auch dafür gesorgt, dass wir kurz nach Beginn der Arbeiten unsere elektronischen Aufzeichnungsgeräte hermetisch verpackt und seitdem nicht wieder angefasst hatten, denn deren Funktionsfähigkeit wäre mittlerweile den mikroskopischen Teilchen zum Opfer gefallen. Bedarf der Erwähnung, dass auch wir Menschen bei jeder Mahlzeit – egal woraus sie bestand – das Gefühl hatten, Sand zu essen?

Unser Wohnzelt war einigermaßen dicht, aber jedes Betreten und Verlassen verschaffte auch dem unerwünschten, feingemahlenen SiO_2 Zutritt. Einer von uns war den ganzen Tag mit Fegen und Wischen beschäftigt. Um das Zeug nach draußen zu befördern, musste er – oder sie – dummerweise wieder den Eingangslappen zur Seite schieben....

Im hinteren Teil befanden sich zwei besonders geschützte Bereiche, nämlich der Schlaf- und der Konferenzraum, die wir beinahe – beinahe! – sauber zu halten schafften. Im zweiten fand unsere allabendliche Lagebesprechung statt. „Hast du eigentlich Eike Haberstedts Film ‚Die Türme von Morgatón‘ gesehen, Hawk?" fragte mich Hank, mein Co-Professor. „Ich habe davon gehört. Warum?" „Weil er angeblich hier spielt." „Stünde die Stadt noch, wäre sie eine fantastische Kulisse." „Genau das bildet den Kern des Streifens. Die Handlung ist nicht der Rede wert, aber Haberstedt hat es irgendwie geschafft, Morgatón auferstehen zu lassen, als wäre alles real." „Naja, ein guter Bühnenbildner sollte das schaffen. Ich nehme an, nach der Burckhardt'schen Vorlage?!" „Könnte man meinen. Wenn man genau hinsieht, weicht aber einiges davon ab." „Ich schließe daraus, dass du dir den Film angeschaut hast."

Hank schwieg eine Weile. „Nicht nur das. Ich kam einer merkwürdigen Sache auf die Spur." Nun lauschten alle gebannt dem weiteren Verlauf unseres Gesprächs. „Na, dann lass' uns nicht zappeln, sondern spuck's aus, Hank." Der Angesprochene räusperte sich. „Wie du weißt – wie ihr wisst –, habe ich eine deutsche Mutter, die konsequent deutsch mit mir sprach. Ich darf deshalb deutsch getrost als meine zweite Muttersprache bezeichnen. Ich nutzte das, um den Regisseur in seinem pfälzischen Dorf aufzusuchen." „Kann er denn kein Englisch?" „Doch, doch. Aber in der Muttersprache ist vieles einfacher.

Kurz und gut, er rückte nicht mit der Sprache heraus, wo und unter welchen Umständen er den Film gedreht hat. Ihr müsst wissen, dass sein Stern nach und nach sank. ‚Die Türme von Morgatón' war ein Flop, denn das Werk war hauptsächlich für jene interessant, die sich für die Kurven der Hauptdarstellerin begeisterten. Und in besonderem Maß für jene schmale Gruppe von Kunsthistorikern, denen es orientalische Städte angetan haben. In besonderem Maß deshalb, weil die Kulisse als unglaublich wirklichkeitsgetreu gilt, besser als alle anderen Bühnenbilder, die sich bisher an diesem Thema versuchten. Nun kommt's."

Alle hörten schier zu atmen auf. „Er hatte einen guten Freund, Gerd Maier, der das Drehbuch schrieb und dessen Ehefrau Petra Molnow die Hauptrolle spielte. Haberstedt drehte mit ihr drei Filme, von denen ‚Die Türme von Morgatón' der letzte war. Danach verkrachte sich das Trio, denn die Molnow wurde schwanger und gebar einen Knaben, der lauf Maiers Aussage unmöglich von ihm stammte. Maier schrieb nie wieder ein Drehbuch, sondern verstarb wenige Jahre später, laut Sterbeurkunde an Darmkrebs. Er war zwar deutlich älter als seine Frau gewesen, aber es war wohl vor allem Herzeleid, das ihn vor Erreichen seines 59. Lebensjahres ins Grab brachte.

Jetzt zu Petra Molnow. Sie zog den Sohn allein groß, während sie als Theaterschauspielerin tingelte, um sich über Wasser zu halten. Der Sohn Daryan war wohl ein Überflieger, baute ein Traumabitur und wollte Philosophie und Journalismus studieren. Kurz vor Semesterbeginn reisten jedoch Mutter und Sohn nach Saudi Arabien, um, wie sie zum Besten gaben, die Heimat wiederzusehen." Wir starrten Hank mit brennenden Augen an. „Und?" „Beide verschwanden spurlos." „In Saudi Arabien? Man hört von dem einen oder anderen, der verschwindet. Allerdings handelt es sich um politisch Missliebige." „Das darf ausgeschlossen werden. Petra verstand sich mit dem Königinnenvater ausgezeichnet und dieser ließ den beiden wohl alle erdenkliche Unterstützung zukommen. Sie bestanden allerdings darauf, dass sie in einem Jeep allein hierherfahren wollten." „Hierher?" „Hierher nach Morgatón." „Und hier verschwanden sie spurlos?" „Es gab wohl Spuren, aber darüber ist nichts 'rauszukriegen." „Wann war das?" „Vor ungefähr zwei Jahren."

Die Geschichte hörte sich dramatisch an, aber der Zahn der Zeit hätte sie über kurz oder lang unter ‚ferner liefen' wegkatalogisiert, hätte Maureen nicht wenige Tage später einen Fund gemeldet, der der Sache eine Wende ins Realdramatische verlieh.

„Hawk, hier ist etwas, das ich nicht begreife." Inmitten von Staub, Schutt, maximal einmal wöchentlich zu wechselnder Wäsche und tausend Kilometer von der nächsten Dusche entfernt wäre ein ‚Herr Professor' fehl am Platz. „Ja, Maureen, was ist?" „Eine luftdicht verschließbare Metallschatulle."

Ich nahm das Ding in die Hand. „Aus unserer Zeit. Das hat wohl ein Tourist verloren." „Vergraben, meinst du." „Vielleicht für später." „In zwei Metern Tiefe?" „Schon seltsam. Käpt'n Kidd dürfte hier kaum vorbeigekommen sein." „Mach's doch auf!" „Du platzt vor Neugierde, gib's zu." „Ich geb's zu."

Dank radiometrischer Datierung bei anorganischen und der Radiokohlenstoffmethode bei organischen Stoffen wie Lederartefakten hatten wir das Alter unserer gehobenen Schätze auf 1500 bis 2000 Jahre geschätzt. Dieser Fund sah bedeutend jünger aus. Verschlossen war die Schatulle nicht. Es war aber aufgrund des Atmosphärendrucks mit der bloßen Hand nicht möglich, sie zu öffnen. „Hm. Beschädigen möchte ich sie nicht. Ich werde versuchen, mit einem scharfen Messer vorsichtig eine Luftbrücke zu bilden, damit der Druckausgleich stattfinden kann – ungefähr wie bei einem Glas mit eingekochter Marmelade." „Schade, einen Gumminippel wie bei Omas Gefäßbatterie sehe ich nicht." „Egal, was dabei herauskommt: Es stammt nicht aus der Blütezeit von Morgatón, sondern aus dem 21. Jahrhundert." „Das sehe ich auch so. Ob es langt, eine Weile zu warten, bis die Wüstenhitze den Druckausgleich herstellt?" „Hast du gefühlt, wie kalt das Teil ist, da es tief in der Erde versteckt war?" „Plötzlich geduldig, Maureen?" „Bevor wir es kaputtmachen. Ich möchte auf jeden Fall dabei sein, wenn du es öffnest." „Versprochen."

Dem feierlichen Augenblick während der Abendbesprechung wohnten nicht nur Maureen, sondern wie erwartet auch Hank und unsere zwei Studentinnen und drei Studenten bei. Nach Temperaturausgleich und einem kurzen Fummeln mit einer Klinge zwischen Deckel und Kiste gelang es tatsächlich leicht, jenen abzuheben. Dem Inneren entnahm ich fünf Schulhefte mit linierten

Seiten, wie sie in jedem Schreibwarengeschäft erhältlich sind, ein Etui mit einem sorgfältig verschraubten Füllfederhalter und einen Vorrat dazu passender Tintenpatronen. 3½ der Schulhefte waren vollgeschrieben, während das fünfte voller unverständlicher arabischer und römischer Ziffern und Strichen in Fünferbündeln war. Ich erkannte sofort die Sprache. „Hank, ich sehe eine Aufgabe auf dich zukommen; es handelt sich nämlich um deutsche Texte."
„Hm-m." Ich blätterte in den Kladden und mir fiel mehrmals ein Name auf, über den wir wenige Tage zuvor gesprochen hatten: Petra Molnow. „Nun wird's wirklich spannend." „Das heißt, der Fund ist gerade mal zwei Jahre alt." „Und wieso findet er sich in zwei Metern Tiefe zwischen Original-Ruinen?" „Das weiß ich doch nicht."

Ich blätterte einige Male vor und zurück. „Für zwei Jahre im trockenen Wüstensand ist das Papier brüchiger als zu erwarten wäre und die Tinte trotz Lagerung in tiefster Finsternis stark verblasst. Passt bitte auf, wenn ihr die Seiten anlangt.

Hank, du bist morgen von Buddelarbeit entbunden. Denkst du, du schaffst die Übersetzung an einem Tag?" „Ich werd's versuchen. Wenn Frau Molnow sich nicht übermäßig kompliziert ausgedrückt hat, sollte ich's hinkriegen."

Die unermüdliche Maureen hatte währenddessen im Internet recherchiert, was es über Petra Molnow wusste. Nicht viel mehr als uns bereits bekannt war, ist dazu zu sagen: *Petra Molnow, * 5. Mai 1974 in Frankfurt am Main, Schauspielerin, zunächst Film, später Theater. Vier Jahre verheiratet mit dem Drehbuchautor Gerd Maier (†). Verschwand mit ihrem Sohn Daryan (* 3. März 2010) vor ungefähr zwei Jahren spurlos in der berüchtigten Rub al-Chali. Zeitweilig führte das zu diplomatischer Verstimmung zwischen Deutschland und Saudi Arabien, aber Königin Nora gewährte den interessierten Journalisten uneingeschränkte Einsicht in alle verfügbaren Akten. Obwohl die Treibstoffvorräte nicht erschöpft waren, hat Frau Molnow mit ihrem Sohn aus nicht bekanntem Grund wohl den Jeep verlassen und nicht mehr zu ihm zurückgefunden. Eine umfangreiche Suchaktion erbrachte kein Ergebnis. Das deutsche Auswärtige Amt erklärte Frau Molnow und ihren Sohn ein Jahr später offiziell für tot.*

Soviel zu den bekannten Fakten. Ich gebe zu, dass wir anderen uns am nächsten Tag nicht recht auf unsere Arbeit zu konzentrieren vermochten, so gespannt waren wir, was aus Maureens gestriger Entdeckung werden würde. Das Abendessen, üblicherweise der Höhepunkt des Tages, schlangen wir achtlos hinunter. Dann setzten wir uns im Konferenzraum um Hank, den rot umränderte Augen zierten. Er hatte es geschafft.

„Ungeheuerlich. Anders kann man nicht beschreiben, was uns Frau Molnow mitzuteilen hatte." „Hatte? Demnach ist sie tot?" „Seit über 1½ tausend Jahren, wenn nicht alles Fake ist, was hier steht." „What the fuck…?" „Ich hab's nur einmal aufgeschrieben. Wenn ihr alle vor Neugierde platzt, lesen wir meinen Senf am besten reihum vor." „Okay. Maureen, fängst du an? Bevor du loslegst, noch eine weitere Entdeckung." „Welche?" „Im ersten Heft ist die letzte Seite 'rausgerissen. Sie ist nirgendwo zu finden. Ich hab' überall in dem Vermächtnis gesucht." „Hm", bemerkte ich, „da kann man wohl nichts machen. Ein Rätsel mehr. Maureen, bitte."

Die Petroleumlampen brannten herunter und mussten frisch aufgefüllt werden, aber keiner von uns war bereit, zu Bett zu gehen. Als Konsequenz verkündete ich: „Morgen kein Wecken. Weiter im Text."

Als der Text zu Ende verlesen war, sträubten sich uns leicht die Nackenhaare. „Wenn das stimmt, handelt es sich um ein Erlebnis der dritten Art." „Der fünften." „Auch gut." „Das ist das eine", warf ich ein, „das andere ist: Wie gehen wir damit um? Hängen wir es an die große Glocke?" „Wir werden ausgelacht und, wenn wir Pech haben, in eine Gummizelle gesperrt." „Das fürchte ich auch.

Gut, Leute, jetzt versuchen wir zu schlafen – versuchen, sagte ich! – und widmen uns ab morgen weiter unseren Ausgrabungen, als wäre nichts geschehen. Das wird die beste Methode sein, dass sich alles setzt. Nach einigen Tagen sehen wir eventuell klarer, wie wir mit dem Zeitzünder da…" ich wies mit dem Kinn auf die von Hank beschriebenen Blätter „…weiterfahren. Wer eine gute Idee zu all' dem hat, darf sich gern melden.

Maureen?" „Damit ist klar, was die Zahlenkolonnen im fünften Heft bedeuten." „Wenn dir das klar ist, alle Achtung!" „Na, ihr Kalender. Sie schrieb doch, dass wenige Wochen nach ihrer Ankunft eine Karawane eingelaufen sei, deren christliche Mitglieder genau wussten, was für ein Tag nach ihrer Zeitrechnung war. Frau Molnow hatte ab dem Tag ihrer Ankunft eine Strichliste in Fünferbündeln angelegt, wie viele Tage sie schon in Morgatón lebte. Dann wusste sie mit einem Mal das genaue Datum, rechnete zurück und führte ab da den Kalender. Ihr seht doch: Immer steht in einer Zeile allein eine dreistellige Zahl, der zwölf Zeilen folgen, die jeweils von römischen Zahlen von I bis XII angeführt werden. Die können nichts weiter als die Monate Januar bis Dezember bedeuten. Danach folgen Fünferbündel, und zwar genau passend: Sechs plus eins im Januar, fünf plus drei im Februar außer in Schaltjahren, das sind's plus vier, sechs plus eins im März und genau sechs im April. Deutlicher geht's doch nicht." Wir beugten uns zu Acht über die Seiten. „Die Jahre?!" flüsterte Hank heiser. „Sie beginnen bei 450 und enden bei 480."

Maureen sah uns ernst an. „Frau Molnows Aussage nach war sie 54, als sie in Morgatón eintraf. Wenn wir davon ausgehen, dass sie ihren Kalender up to date hielt, so lange sie konnte, wurde sie mindestens 84 biologische Jahre alt.

Das deutsche Auswärtige Amt erklärte Frau Molnow und ihren Sohn ein Jahr später offiziell für tot", zitierte sie den Interneteintrag über die Schauspielerin, mehr zu sich selbst als zu uns. Dann fuhr sie fort: „Das ist sie tatsächlich. Seit 1550 Jahren."

Kaum waren wir wieder mühsam zu unserer Routine zurückgekehrt, unterbrach diese ein weiteres unerwartetes Ereignis. „Es nähert sich ein Hubschrauber, Hawk." Ich grunzte. „Hoffentlich keine Armee." Wir erfreuten uns zwar einer Grabgenehmigung, aber in Ländern wie Saudi Arabien kann Gunst mir-nichts-dir-nichts in Verbot und Verhaftung umschlagen. Ich nahm das Fernglas zur Hand. „Hm. scheint nicht der Fall zu sein. Zivile Farben und auch sonst nichts Martialisches zu erkennen. Na gut, lassen wir ihn 'rankommen." „Was anderes bleibt uns ja auch nicht übrig." Ich bedachte den Studenten mit einem weiteren Grunzlaut.

Das Fluggerät, eins der teuersten Sorte mit großer Reichweite, landete in respektvollem Abstand. Während die Rotoren ausliefen, entstieg ihm ein Mann in Jeans und T-Shirt und hastete, eine Aktentasche an sich gepresst, geduckt auf uns zu. „Wer ist, bitte, Professor Peaslee?" Ich meldete mich. „Darf ich erfahren, mit wem ich die Ehre habe?" „Mein Name ist Chamed Haafez. Ich...." „Sind Sie nicht ein berühmter Architekt?" „Der eine oder andere kennt mich, das ist richtig. Ich bin aber nicht aus beruflichen Gründen hier." „Sondern?" „Sagt Ihnen der Name Petra Molnow etwas?"

Die Rotorblätter waren mittlerweile zur Ruhe gekommen und wir, die wir eine Art Spalier gebildet hatten, zu Wachsfiguren erstarrt. Allmählich wurde es gespenstisch. Ich räusperte mich. „Jaaa, der sagt uns 'was. Kommen Sie...; das heißt, ich darf Ihnen zunächst meine Gruppe vorstellen. Dann setzen wir uns in unser Konferenzabteil."

„Es ist so", hub Haafez seine Erklärung an, „dass ich damals, vor ungefähr 21 Jahren, Reiseleiter des Filmteams von Eike Haberstedt war." „Der Film ‚Die Türme von Morgatón' wurde also tatsächlich hier gedreht?! Wie um alles in der Welt haben Sie damals die Riesenkulisse aufgebaut?" „Haben wir nicht." „Äh...." „Die Türme haben damals in voller Größe und Schönheit gestanden." Maureen schenkte uns Kaffee ein. Sie hatte sich gern als Kellnerin zur Verfügung gestellt, da sie hoffte, auf diese Weise unser Gespräch mithören zu können. Klar, sie brauchte sich nur ruhig hinter den dünnen Zeltstoff zu stellen, dann bekäme sie jedes Wort mit. Im Augenblick bekam sie allerdings nichts mit, denn ich war verstummt. Ich glaube, ein Foto jener Szene würde einen Idioten mit weit aufgerissenem Mund dokumentieren.

Der Architekt ergriff wieder das Wort, da von mir keins zu erwarten war. „Fragen Sie mich nicht, wie das möglich ist. Jedenfalls suchte Frau Molnow den Ort hier vor ungefähr zwei Jahren zusammen mit ihrem Sohn Daryan auf. Zu diesem Zweck mietete sie einen Jeep und bestand darauf, dass sie und Daryan die Tour allein unternahmen. Ich kriegte das mit und organisierte eine aufwändige Satellitenüberwachung. Der Königinnenvater hatte das parallel auch angeordnet – was ich nicht wusste –, damit Frau Molnow auf keinen Fall im Rub al-Chali verloren ginge." „Aber sie ging trotzdem verloren." Ich hatte endlich meine Sprache wiedergefunden, auch wenn ich meine Modulation nicht wirklich wiedererkannte. „Zum Teil."

Ich reagierte ungehalten. „Was heißt das: Zum Teil?!" „Sie hinterließ einen Abschiedsbrief." Mit diesen Worten entnahm Haafez seiner mitgebrachten Aktentasche ein Papier, dessen Linien und vor allem dessen Schrift darauf mir mehr als bekannt vorkamen.

Ich erhob mich. „Warten Sie eine Sekunde." In der Ecke stand ein verschließbarer Blechschrank, den wir Tresor nannten. Natürlich hätte ihn jeder Strauchdieb zu öffnen geschafft; sein Zweck lag eher darin, wertvolle Unterlagen einigermaßen staubdicht aufzubewahren. Ich entnahm ihm die Schatulle, dieser das oberste Heft und öffnete es auf der letzten Seite. Verlangend griff ich nach Haafezs Zettel. Ich versuchte dessen Fransen mit denen der fehlenden Seite zu decken und siehe da: Sie passten. „Ein Rätsel gelöst." Der Architekt sah mir über die Schulter. „Da hat sie ihn also 'rausgerissen, beschrieben und in ihren Jeep gelegt." „Aber sehen Sie den Unterschied!"

Während wie bereits erwähnt das Papier im Heft grau und brüchig und die Tinte verblasst war, war das auf dem herausgerissenen Blatt nicht der Fall. Sowohl die Unterlage als auch die Lettern sahen aus, als wären sie eben erst produziert worden. „Zwei Jahre alt", kommentierte Haafez, „und das hier sieht wie seit langem verschollen aus." Er wog die Kladde in der Hand. „Deutsch, schade. Das kann ich nur sehr rudimentär." „Mein Co-Professor hat alles ins Englische übersetzt. Sie dürfen es gern lesen. Ich werde veranlassen, dass unverzüglich ein Radiokohlenstofftest angesetzt wird, der unsere Erkenntnisse und Vermutungen wissenschaftlich untermauert."

Während sich Maureen an dem betreffenden Apparat zu schaffen machte, beugte sich Haafez über Hanks Papiere. „Eine mehr als abenteuerliche Geschichte. Der erste Teil entspricht der Wahrheit, das bestätige ich hier und jetzt." „Nachdem sich Frau Molnow entschlossen hatte, in Morgatón oder Janub Alsharqiu, wie die Stadt bei ihren Bewohnern offenbar hieß…." „Südosten." „Interessant. Nachdem die direkten Ereignisse bis zu ihrer Ansiedlung beendet waren, hat sie sporadisch und eher unstrukturiert weiter Tagebuch geschrieben, aber umso sorgfältiger einen Kalender geführt. Sie fand hier ein Leben nach ihrem Geschmack und wurde mindestens 84 Jahre alt. Leider wissen wir nicht, ob ihrem Sohn der Aufbau einer Dynastie gelang."

Maureen stürmte herein. „Stellt euch vor: 1600±100 Jahre." Ich atmete tief durch. „Dann ist alles stimmig. Gewisse Gegenstände aus dem 21. Jahrhundert nahm Frau Molnow mit, darunter die Hefte und den Füllfederhalter, die wir hier vor uns liegen haben. Die liegen nun als Erzeugnisse der Gegenwart seit 1½ Jahrtausenden hier im Sand von Morgatón beziehungsweise Janub Alsharqiu verborgen." „Sollten wir nicht Regina Königshoff, die Frau Molnow dem Text nach als Alleinerbin eingesetzt hat, von der Flaschenpost in Kenntnis setzen?" Mir war klar, was Maureen mit ‚Flaschenpost' meinte. „Und wie sollen wir ihrer habhaft werden, meine Liebe?" „Hawk, du bist wirklich ahnungslos. Sie ist eine berühmte deutsche Metallerin." „Eine was?" Maureen lachte laut heraus. „So alt bist du doch gar nicht. Eine Musikerin, Rocksängerin in kompromissloser Härte. Daher der Begriff heavy metal." „Und du kennst sie?" „Ich bin Fan. Bitte lass' mir diese Aufgabe."

Ich lächelte und nickte zustimmend. Dass mich Maureen für einen Tattergreis hält, der mit den Erfordernissen der Moderne nicht mithält, war mir seit Längerem bewusst. Übel nahm ich ihr das nicht – vielleicht bietet das Ansehen von Rückständigkeit sogar den einen oder anderen Vorteil.

Haafez hatte mittlerweile interveniert: „Das Original überlasse ich Ihnen aber nicht." „Nur für zwei Minuten zum Einscannen, bitte. Ich verspreche Ihnen, das pdf nur Regina zum Lesen zu geben. Sie wird die Handschrift erkennen und den Bericht akzeptieren."

Haafez nickte ergeben. Maureens stürmischem Charme erliegt jeder Mann. Während wir warteten, wandte ich mich an ihn. „Was unternahmen Sie, als klar wurde, dass Frau Molnow nicht zurückkehrte?" „Wir merkten nach zwei Tagen, dass der Jeep sich nicht bewegt hatte. Der Heli des Königinnenvaters und meiner trafen ungefähr gleichzeitig ein." „Und Sie fanden ihren Brief?" „Wir fanden den Jeep. Petra hatte das Codemodem geschickt in eine Kuhle zwischen Rückspiegel und Karosserie deponiert, sodass es nicht weggeweht und dennoch leicht gefunden werden konnte. Danke." Maureen hatte Haafez sein Kleinod zurückgegeben. Dieser fuhr fort: „Auf dem Fahrersitz lag die Flaschenpost, wie Sie…" er sah Maureen ins Gesicht „…so schön sagten, die Petra mit ihrem Smartphone beschwert hatte. Mohammed überließ mir alles, als er merkte, dass es mir fast das Herz brach. Ich fuhr mit seiner Erlaubnis auch den Geländewagen zurück, kaufte ihn der Verleihfirma ab und stellte ihn mit – Petras – Mobiltelefon dort, wo ich es gefunden hatte, in meinem privaten Museum unter. Darin werden die Exponate bleiben, solange ich lebe. Zur Erinnerung an…; an SIE."

Ich musterte den Mann neugierig. „Bevor ich ins Intime gehe, zwei Fragen: Wo fanden Sie den Jeep?" „Ungefähr dort, wo jetzt mein Lufttaxi steht." „Inmitten blühender Gärten, wie Frau Molnow es beschreibt?" „Nein. Inmitten der Wüste, wie sie jetzt aussieht." „Und es gab weiter nichts Auffälliges zu sehen oder zu spüren?" „Nein. Die Zeitbrücke, von der sie schrieb, war offenbar nur für sie und ihren Sohn herabgelassen.

Ihre zweite Frage." „Gab es auf dem Smartphone Hinweise zu ihrem Verbleib?" „Keine gesprochenen Worte. Da hatte sie wohl geglaubt, mit der Papiernotiz ihrer Pflicht Genüge getan zu haben. Aber jede Menge Fotos. Als sie wusste, dass sie – dort – bleiben würde, hat sie wohl solange Aufnahmen von ihrer Umgebung verfertigt, bis der Akku leer war." „Was zeigen diese?" „Naja, Janub Alsharqiu aus allen Perspektiven und auch Oasenszenen; so wie es hier vor 1600 Jahren ausgesehen hat. Sie ähneln Zeichnungen von David Roberts." „Wo sind diese Bilder jetzt?"

Haafez wand sich etwas. „Mir ist bewusst, dass die Öffentlichkeit ein Recht hätte, sie sehen zu dürfen. Aber, Hand aufs Herz: Würden Sie einem Aussteller glauben, der Ihnen weismacht, er zeige Digitalfotos aus dem Jahr 450 nach Christus? Oder eher darauf drängen, den Kerl in eine geschlossene Anstalt zu stecken?" „Hm." „Ich habe sie bei mir unter Verschluss. Ich zeige sie Ihnen aber, wenn Sie sich vor Ihrem Rückflug zu mir bemühen würden." „Ihr Anerbieten nehme ich gern an." „Damit durchbräche ich erstmals ein – wie soll ich sagen? – Treueversprechen." „Das müssen Sie mir bitte erläutern." „Dass Petras letzte Bilder mir allein gehören. Jetzt Ihre intime Frage."

„Sie haben sie fast schon beantwortet. Ich stelle sie dennoch: Wieso brach es Ihr Herz?" „Ich glaube, ich brauche nicht drum herum zu reden, dass ich in Petra verliebt war. Sie ist eine großartige Frau. Nun war sie verheiratet und liebte ihren Mann ehrlich, sodass für mich ein Antrag nicht in Frage kam. Hätte ich vorausgesehen, wie schmählich Gerd sie im Stich lassen würde, hätte ich keine Kosten und Mühen gescheut, sie zu erobern. Als sie mein Land zum zweiten Mal besuchte, schöpfte ich natürlich Hoffnung." „Da war ihr Verschwinden ein böser Schlag?!"

Haafez nickte mit Tränen in den Augen, ohne sich deren zu schämen. „Nun weiß ich, dass sie mit ihrem geliebten Mann, der auch Daryan gezeugt hat, ein glückliches, langes Leben führte. Das ist ein großer Trost für mich.

Ich habe seitdem einiges Erhellendes recherchiert." Ich sah den Mann gespannt an. „Meine Familie ist uralt und es gab immer das Gerücht, dass sie ursprünglich aus Morgatón…, äh aus Janub Alsharqiu stammt. Tatsächlich finden sich dort Nachweise einer Familie Haafez, was Wächter oder Beschützer bedeutet. Sie haben ja gelesen, wie Petras arabischer Name lautet?!" „Steht ja da. Haafez…; oh!"

„Ihr ‚oh!' spricht Bände, denn Sie haben es erkannt. Es ist mehr als wahrscheinlich, dass Petra Molnow meine Urur-sowienoch-Großmutter ist. Ist das der Fall, gelang es Daryan tatsächlich, eine langlebige Dynastie zu gründen. Langlebig bis…." Chamed Haafez brachte es nicht fertig, weiter zu sprechen. Er vergrub sein Gesicht zwischen den verschränkten Armen und sein ganzer Körper zuckte vor Schmerz und Trauer.

Verlegen nahm ich den herausgerissenen Zettel zur Hand und las ihn zum ersten Mal.

Regina: Die Freundin

Mein Fanbüro meldete sich. „Regina, hier ist schon wieder eine, die behauptet, über den Verbleib deiner Freundin Petra Bescheid zu wissen." Ich schnaubte. „Du lieber Himmel, die wievielte ist das jetzt?" „Keine Ahnung. Die hier ist anscheinend Amerikanerin, obwohl ihr Name das nicht nahelegt. Sie heißt Maureen MacNeill." „Ach Sch…!" Da fiel mir etwas ein. „Moment mal. War nicht eine der Teilnehmerinnen der vor kurzem abgeschlossenen Ausgrabungen bei Morgatón eine MacNeill? Du weißt, wo damals Petra verschwand." „Ich schau' mal nach."

Nach kurzer Zeit erschien Frauke wieder am Bildtelefon. „Tatsächlich. Sie behauptet, eine Nachricht von ihr für dich zu haben." „Immerhin eine Archäologin und keine Medienschaffende. Wenn jemand Informationen haben kann, dann der oder die, die dort einige Monate herumgebuddelt hat. Was will sie?" „Sie hält sich derzeit in Deutschland auf und bittet darum, dich sprechen zu dürfen." „Hm. Die Arbeit für mein neuestes Album liegt in den letzten Zügen und die nächste Tournee wartet erst in ein paar Wochen auf mich. Eine Stunde werde ich erübrigen können. Mach' einen Termin ab.

Weißt du", erklärte ich der erstaunten Frauke, „ich habe die Grabung aus genau dem Grund verfolgt – weil sie dort abging, woher Petras letztes Lebenszeichen stammt. Ich habe mir auch erlaubt, den Abschlussbericht zu hacken." Frauke schüttelte den Kopf. „Was du für Sachen machst." „Normalerweise mache ich das nicht, wozu auch? Ich bin aber in diesem Fall mehr als froh über meine Neugier, denn ich fand den Bericht mehr als merkwürdig; und weißt du, warum?" Frauke schüttelte nochmals den Kopf. „Sie hatten Zeichnungen der rekonstruierten Gebäude verfertigt." „Ist das nicht üblich?" „Doch. Nur dass diese Rekonstruktionen überhaupt nicht wie Zeichnungen aussahen, sondern wie Fotografien, über die man vorsichtshalber einen Trickfilter hat laufen lassen, damit es nicht auffällt. Dasselbe gilt für die Oase drum herum. Gut, das ist keine Hexerei; da braucht man nur eine Zeichnung von David Roberts abzukupfern. Kurz und gut, mir kam das Ganze etwas unseriös vor. Nicht zuletzt deshalb möchte ich diese Maureen kennenlernen. Um sie nicht zuletzt ein bisschen auszuquetschen, welch' genialen Künstler sie bei sich hatten."

Als Metallerin irrlichtert mein Outfit bei Auftritten zwischen sexistisch und martialisch hin und her. Bewege ich mich ungeschminkt und mit verknoteten Haaren in der Öffentlichkeit, erkennt mich kein

Mensch. Ich sehe zwar auch im Naturzustand nicht schlecht aus, aber kaum besser als tausend andere Frauen in jeder beliebigen Stadt.

In dem renommierten Hamburger Café, in dem ich das Treffen anberaumt hatte, weiß zwar das Personal über meine Identität Bescheid, aber bei dem darf ich mich auf Diskretion verlassen. Als Maureen zu mir geführt wurde und sich vorstellte, sah ich an ihrem ‚Regina for president'-T-Shirt sofort, dass ich einen Fan vor mir hatte. Oje, dachte ich, wenn ich Pech habe, hat sie sich das Treffen unter Ausnutzen ihrer letzten Expedition erschlichen, um mich um Unterstützung für eine Musikerinnenkarriere anzuhauen. Jeder, der sich einigermaßen informiert, weiß, wo Petra vor 2½ Jahren verschwand.

Zum Glück wurde meine Befürchtung positiv enttäuscht. Zunächst bedankte sich Maureen, dass ich sie empfangen hatte, und zeigte Bedauern, dass sie kein Deutsch beherrsche. „Das kann ich nicht erwarten. Ihr wart eine US-amerikanische Forschergruppe?"
„Waren wir. Aber zum Glück hatte einer unserer Teilnehmer eine deutsche Mutter, die ihm auch deutsch beibrachte. Sonst wäre unser Fund, Petras Aufzeichnungen, im Archiv verschwunden und, einmal in den USA angekommen, möglicherweise jahrzehntelang unbeachtet geblieben. Wir Amerikaner neigen etwas zum Chauvinismus. Was nicht in Englisch oder einer antiken Sprache verfasst ist, ist der Untersuchung nicht wert."

Ich beugte mich vor. „Ihr habt Petras Aufzeichnungen gefunden?"
„Ja." Maureen holte fünf Schulhefte aus ihrer voluminösen Handtasche und legte sie vor mir auf den Tisch. „Das sind nicht die Originale. Ich durfte die Hefte nicht aus der Universität entfernen, um sie abzulichten oder zu scannen, aber im Lesesaal Einsicht nehmen – obwohl ich es war, die sie entdeckt und ausgegraben hatte! Wenn ich sie mir seinerzeit einfach unter den Nagel gerissen hätte...."

Okay, das wäre mir als wissenschaftlicher Mitarbeiterin nie eingefallen. Jedenfalls herrscht im Lesesaal Fotografierverbot, sodass ich alles so gut ich konnte abschrieb. Den einen oder anderen Fehler bitte ich dich zu entschuldigen; ich habe den Text 1:1 übernommen, ohne unbedingt zu wissen was. Ihr habt da ein paar komische Buchstaben...." Ich lachte. „Ich weiß, die Umlaute und vor allem das Es-zett. Keine Angst, ich werde schon 'rauskriegen, was Petra meinte."

Ich blätterte in den Kladden. „Du lieber Himmel, was für eine Arbeit! Hat Petra so detailliert beschrieben, wie die Stadt früher aussah, dass ihr sie bis auf jedes Fenster rekonstruieren konntet? Sie war ja Hauptdarstellerin im Film ‚Die Türme von Morgatón', und der Regisseur, Eike Haberstedt, und auch keiner seiner Leute hat je durchblicken lassen, wo er die tollen Kulissen hergezaubert hatte." „Petras Aufzeichnungen werden dir die Lösung verraten." „Weißt du, was drin steht?" Maureen nickte. „Hank, unser Halbdeutscher, hat uns den Inhalt ins Englische übersetzt. Aber das ist nicht alles."

Jetzt war ich wirklich gespannt. Maureen holte ein Blatt im amerikanischen ANSI-Letterformat hervor. Ein eingescanntes Blatt Papier war darauf abgedruckt, das sie mir herüberschob. Ich nutzte die Pause zu einer Zwischenbemerkung. „Wie ich sehe, magst du meine Musik." Maureen nickte schüchtern. „Dann hast du mindestens eine Backstage-Einladung verdient." Ihre Wangen röteten sich. „Vielen, vielen Dank. Die nehme ich gern an.

Nun zu dem hier." Mit dem Kinn wies Maureen auf das Blatt. „Bisher habe ich nicht bewiesen, dass ich dir kein Fake vorgelegt habe, denn die Schrift in den Heften ist ja meine und nicht die Petras. Sie hinterließ aber einen Abschiedsbrief. Auch den halte ich nicht im Original – das gibt der saudische Stararchitekt Chamed Haafez um nichts in der Welt aus der Hand. Er fungierte beim Dreh des besagten Films als Reiseleiter und verehrte Petra anscheinend abgöttisch." „Das verstehe ich. Sie ist – war – eine Ausnahmeerscheinung." „Wenigstens durfte ich den Zettel für zwei Minuten an mich nehmen und einscannen. Ich musste Chamed versprechen, dass ich den Text nur dir zeige. Er war einverstanden, weil du ja auch angesprochen bist."

Ich nickte, holte mein Smartphone hervor und zeigte Maureen das Display. „Ich habe Petras letzten Brief, den sie am Tag vor ihrer Abreise nach Morgatón in Riad an mich aufgab, eingescannt und trage ihn immer bei mir. Er enthält Anweisungen für den Fall ihres Verschwindens, die ich minutiös befolgt habe, zunächst als Verwalterin, später, nachdem sie offiziell für tot erklärt worden war, als Erbin." „Dieselbe Handschrift, das ist deutlich zu erkennen", murmelte Maureen.

Ich senkte den Blick und vermochte nicht zu verhindern, dass ich zu zittern begann. Ja, auch dieser Abschiedsgruß war in ihrer Handschrift verfasst. Was darin stand, hätte mich um ein Haar zu einem hysterischen Anfall hingerissen. Ich hoffe, seine Endgültigkeit dient als ausreichender Grund zur Nachsicht.

Petra hatte ihn in Deutsch, Englisch und Arabisch hinterlassen.

Liebe Freunde. Ich könnte über die Zeitbrücke des Jeeps zurück in mein Jahrhundert kehren. Ich möchte das aber nicht, denn hier habe ich mein Glück gefunden. Dasselbe gilt für meinen Sohn Daryan. Ich bin nicht tot, sondern einfach ganz woanders, fern in Eurer Vergangenheit.

Mohammed, ich weiß, dass Du für meine Entscheidung Verständnis aufbringen wirst. Ich hatte bei unserer Verabschiedung sogar das Gefühl, dass Du ahntest, was geschehen würde.

Chamed, ich liebe Dich. Noch mehr aber liebe ich meinen Mann Memnun.

Regina, auch Dich liebe ich, aber natürlich anders. Auch Dir sei versichert, dass es mir gut geht.

Holt bitte das Auto ab und trauert nicht um mich, sondern freut Euch mit mir über mein neues, erfülltes Leben. Ich wünsche Euch allen alles Gute.

Eure Petra

Ende des Märchens

Das Schachspiel
Nach einer Idee von Jürgen Siegmund

Zurzeit läuft es für Ewald nicht gut. Seine Freundin, der er in Kürze einen Heiratsantrag hatte unterbreiten wollen, gab ihm unvermittelt den Laufpass, bei seinem Arbeitgeber ist er nicht gut gelitten, weil er einige wichtige Aufträge in den Sand setzte, und bei seinen männlichen Freunden wächst die Verachtung täglich, weil er ihnen weder im Sport noch in handwerklichem Geschick noch im Kartenspiel das Wasser reicht. Einzig im Schachspiel wäre er besser, aber das wiederum beherrscht keiner seiner eher grobschlächtigen Kumpel.

Mit einer Ausnahme. Edgar spielt Schach, aber so schlecht, dass Ewald stets gegen ihn gewinnt und wenn einmal aus Unachtsamkeit nicht, ist das auch nicht schlimm – das hält den anderen bei der Stange. Ewald weiß, dass er bei einem Mindestmaß an Aufmerksamkeit auf jeden Fall obsiegt und das bei einem Spiel, zu dessen Beherrschung nach landläufiger Meinung eine hohe Kombinationsgabe und große Intelligenz vonnöten sind. Und er braucht nach all' den frustrierenden Ereignissen der jüngsten Zeit dringend ein Erfolgserlebnis.

Da wäre Edgar genau der richtige Sparringpartner. Komisch, dass er ausgerechnet von ihm seit längerem nichts mehr gehört hat. Was soll's, sagt sich Ewald, ein Anruf kostet heutzutage praktisch nichts mehr und einen Versuch ist es wert. Beide halten eisern am Festanschluss fest und so nimmt Ewald den Hörer seines Funktelefons, fläzt sich in den Sessel und tippt den Code der vorprogrammierten Nummer ein.

„Edgar?"

„Ja. Ewald? Schön dich mal wieder an der Strippe zu haben. Wie geht's denn so?"

„Eher bescheiden. Vor allem fehlt mir ein Schachgegner. Du hast dich lange nicht mehr gemeldet. Warst du weg?"

„Ja, ein paar Wochen. Jetzt, wo du's sagst.... Ich hätte auch Lust auf eine Partie. Sollen wir uns am Samstag treffen?"

„Bei mir? Für Bier und Salzstangen sorge ich. Kaffee ist sowieso im Haus"

„Super. Um Zwei wie immer?"

„Gern. Ich warte auf dich. Tschüss bis übermorgen."

„Tschüss."

Es hätte Ewald auffallen sollen, dass während des kurzen Wortwechsels dauerhaft das Freizeichen ertönte, aber das tat es nicht, weil er es nicht wahrhaben wollte.

Wie Ewald es gewohnt ist klingelt es Punkt 14:00 Uhr. „Komm' 'rein", lädt er Edgar mit einer begleitenden Handbewegung in das Innere seiner Wohnung ein. Nachdem dieser seine Jacke abgelegt hat, gibt es zunächst Kaffee. Das Gespräch verläuft freundlich, aber zurückhaltender als es für zwei langjährige Freunde üblich ist. Ewald behält keine zwei Minuten im Gedächtnis, über was gesprochen wurde und wundert sich, dass keine rechte Stimmung aufkommt. Er hofft, dass sie sich während des Schachspiels bessern wird.

Wie üblich beginnt Edgar als Gast mit Weiß. Mit Vergnügen, obwohl es bereits Jahre zurück liegt, erinnert sich Ewald an ein Spiel, in dem er in derselben Konstellation seinen Gegner in vier Zügen matt setzte: Weißer Bauer f2 → f3, schwarzer Bauer e7 → e5, weißer Bauer g2 → g4 und schwarze Dame d8 → h4. Damit steht die schwarze Dame in der Einflugschneise zum weißen König auf e1 und weder ein Bauer noch ein Offizier seiner Truppe ist in der Lage, sich schützend vor ihn zu stellen; er selbst kann als einzig möglichen Zug der schwarzen Dame entgegengehen, womit er im Schach bleibt und somit Schachmatt ist. Die Zugfolge erfreut sich sogar eines eigenen Namens, nämlich Schäfermatt, der dem französischen *Coup du berger* entstammt; im Englischen heißt sie *scholar's mate*, Schülermatt.

Ganz so schlimm wurde es bei keinem weiteren Spiel mehr. Die desaströse Niederlage ist erklärlich, denn Edgar versucht stets im Wechsel von Bauernzügen einen oder zwei Felder vorwärts eine Art Zinnenschutzwall vor der Reihe der Offiziere aufzubauen, ohne zu überlegen, dass so ein Wall zwar gut vor den waagerecht und senkrecht operierenden Türmen schützt, den diagonal zuschlagenden Läufern und der Dame hingegen Tür und Tor öffnet. Ewald arbeitet gern mit den Pferden, denen als einzigen nicht nur über Eck, sondern auch über andere Figuren hinwegzuspringen erlaubt ist und deren Einsatz Edgar eher meidet. Ewald scheut sich wiederum vor dem der Dame, bis es wirklich brennt – was gegen Edgar selten geschieht.

Heute geht zu Ewalds Überraschung Edgar anders vor und zieht zunächst mit dem Pferd von g1 nach f3. Damit nimmt er vorweg, was Ewald seitenverkehrt plante und veranlasst diesen, mit dem klassischen Bauernzug g7 → g6 zu beginnen.

Die nächsten sieben Spielzüge seien kurz wiedergegeben, damit klar wird, wie schnell Edgar mit seinem Pferd in die Bastion der gegnerischen Offiziere einbricht und wahlweise die schwarze Dame oder ihren König bedroht: Weißer Bauer h2 → h4, schwarzer Bauer f7 → f5, weißer Bauer g2 → g3, schwarzer Bauer e7 → e6, weißer Läufer f1 → h3, schwarzer Läufer f8 → d6 und weißes Pferd f3 → g5.

Nun steht die Konstellation, dass Edgars Pferd zwar im Schussfeld von Ewalds Dame steht, aber vom Bauern auf h4 geschützt ist – und niemand mit einem Funken Verstand außer König Richard III. in William Shakespeares gleichnamigem Drama tauscht ein Pferd gegen eine Dame. Zudem ist sein Läufer vom Turm auf h1 gedeckt, aber auch Ewalds Läufer vom Bauer c7.

Ewald runzelt die Stirn. So hat Edgar noch nie gespielt; dieser pflegt eher so zu beginnen wie dieses Mal er selbst – beinahe gezwungenermaßen. Meistens versucht er mit einem seiner Läufer in einen von Ewald mit Absicht gebildeten diagonalen Kanal einzudringen, um Dame oder König zu bedrohen und neigt dabei zu übersehen, dass er nach spätestens dem dritten Zug dessen Deckung aufgibt und ihn deshalb verliert. Als Antwort auf den misslungenen Angriff startet Ewald seinerseits einen und schafft entweder im Verlauf dieses oder einer der nächsten Attacken, Edgars König in Bedrängnis zu bringen. Manchmal schafft es dieser, mit einer Rochade dem direkten Schachmatt zu entgehen, aber spätestens drei Züge weiter ist es soweit: Er verfügt über keine Möglichkeit mehr, den König zu schützen. Sollte er seine Dame noch besitzen, kann diese sich selbstmörderisch vor ihren Herrn stellen, aber das Ergebnis besteht stets darin, dass diese auch verloren ist und der König wieder im nicht entrinnbaren Schach, das heißt im Schachmatt steht. Die beiden Freunde spielen so gut wie nie remis und noch nie hat ein Spiel länger als eine Stunde gebraucht, obwohl sie ohne Taktgeber arbeiten.

Diesmal ist jedoch alles anders. Ewalds Lauern, dass einer von Edgars Offizieren plötzlich frei steht, ist vergeblich und führt in seiner Verblüffung soweit, dass sein Turm auf a8 der gegnerischen Dame auf f3 schutzlos preisgegeben ist. Die einzige Rettung, ihr mit dem Bauernzug d6 → d5 den Weg zu blockieren, führt dazu, dass das Feld e5 ungedeckt ist und das Pferd, das bis dahin geduldig ausgeharrt hatte, den dort stehenden Bauern schlägt und die schwarze Dame bedroht. Fairerweise sagt Edgar ‚Gardé', was die Regeln erlauben, aber nicht verlangen, während ein ‚Schach' nicht gilt, wenn der Angreifer es auszusprechen versäumt. Ewald bleibt zwar die Möglichkeit zum Zug d8 → a5, aber das eröffnet dem weißen Pferd den Zug e6 → g7 und von diesem Feld aus....

„Schach", sagt Edgar.

Nun ist guter Rat teuer. Der König, der bisher unberührt auf Feld e8 steht, darf weder auf f7 noch auf f8 ausweichen, denn damit stünde er in der Schusslinie der weißen Dame auf f3, noch auf d7, denn dann hätte der weiße Läufer auf h3 freie Bahn. Es bleibt die Flucht nach c7. Der Rücksprung des Pferds nach e6 genügt, um den König wieder mit ‚Schach' zu bedrohen. Der schwarze König zieht auf d7 und das Pferd springt auf f8, sodass der König sowohl von diesem als auch vom Läufer im Schach steht. Das weiße Pferd auf c6 darf er nicht schlagen, denn dann käme er in das Schussfeld der Dame; nach d5 käme er in das des weißen Läufers, den Edgar vor längerer Zeit unauffällig dorthin platziert hatte, und nach d8 geriete er ins Zielfeld dessen zweiten Pferdes. Bleibt einzig der Weg nach e8, seinem ursprünglichen Standort. Zurück auf Los ist immer schlecht, im wirklichen Leben wie im Spiel. Ewald fasst den Plan, Edgars erstes Pferd, das direkt neben ihm steht, zu schlagen und sich so frei Bahn zu verschaffen, aber dieses vernichtet den ungedeckten Bauern auf g6 und Ewalds König kann nicht mehr links noch rechts. Folglich lässt Ewald ihn stehen und zieht mit seiner Dame a5 → b4, ein Verzweiflungszug, den Edgar nutzt.

Er zieht seine Dame f3 → f8, steht damit unmittelbar neben dem schwarzen König und hat ihn in der Zange, sprich im Schachmatt. Er darf nicht stehenbleiben, aber auch die Dame nicht schlagen, denn dann würde er Opfer des Pferdes auf g6. Geht er nach f7, bleibt er im Schach der Dame. Dasselbe gilt für e7, aber da steht ihm sein letzter, bisher nicht in Bewegung gesetzter Bauer im Weg. Auf d8 ausweichen geht wegen des zweiten Pferdes auf c6 und auf d7 wegen des Läufers auf h3 nicht.

„Schachmatt", sagt Edgar triumphierend.

Da sieht Ewald rot. Noch nie hat Edgar ihn außer aus Unachtsamkeit besiegt und ausgerechnet in seiner jetzigen Frustphase gelingt ihm das. Was war nur in ihn gefahren? Er hatte so unendlich viel besser gespielt als gewohnt und ihm, Ewald, genau die Fallen gestellt, die dieser sonst auszulegen pflegt und – er hatte sie nicht durchschaut!

„Du Mistkerl!" schreit Ewald außer sich vor Zorn. Edgar sieht seinen Freund fassungslos an. „Was denn Mistkerl?" echot er arglos. „Darf ich denn kein Spiel gewinnen? Bist du so ein schlechter Verlierer?" „Schlechter Verlierer, wenn's das nur wäre! Verlierer auf der ganzen Linie. Und du bist schuld!" „Was?"
Weiter kommt Edgar nicht. Ewald umrundet den Tisch, packt ihn an der Gurgel und drückt zu, in seiner nicht mehr steuerbaren, maß- und mitgefühlfreien Verfassung fester als ihm bewusst ist. Schon sieht er seinen Freund zu Boden sinken.
„Edgar? Edgar?! Edgaaar!!!" In der Erkenntnis, dass Edgar nicht mehr antworten würde, weil er ihn umbrachte, schwinden Ewald die Sinne.

Edgar kehrt tatsächlich von einer längeren Abwesenheit zurück, geht die erste Woche nach seinem Urlaub wie gewohnt zur Arbeit und denkt am Samstagmorgen daran, dass er von seinem Freund Ewald lange nichts mehr gehört hat. Er verwirft die Idee, ihn anzurufen, und beschließt, ihm am Nachmittag einen Spontanbesuch abzustatten.
Gesagt, getan. Edgar klingelt wie gewohnt an der Tür der Etagenwohnung im dritten Stock und wundert sich, dass Ewald nicht öffnet. Samstags ist er doch normalerweise zu Hause, nachdem er am Morgen für die kommende Woche eingekauft hat. Edgar zuckt die Schultern. Manchmal weicht jemand eben von seinen Gewohnheiten ab. Er will sich gerade zum Gehen wenden, als sich schräg gegenüber ein Zugang öffnet und eine Frau heraustritt, offenbar zum Ausgehen gerüstet.
„Wollen Sie zu Ewald?"
„Ja. Er scheint nicht da sein."
„Er ist schon lange nicht mehr da, das heißt, ich – wir! – haben ihn schon lange nicht mehr gesehen."
„Haben Sie eine Ahnung, wie lange?"
„Mindestens eine Woche."
„Hat er gesagt, was er vorhatte?"
„Nein. Wissen Sie, so genau achten wir hier nicht aufeinander."
Nachdenklich geht Edgar heim. Probehalber versucht er mehrfach während des Wochenendes zunächst über das Festnetz und dann über das Mobilfunkgerät Ewald zu erreichen, aber vergeblich. Nun könnte er denken, Ewald wird sich schon wieder melden, aber ihm lässt das merkwürdige Verschwinden seines Freundes keine

Ruhe. Er weiß, wo dieser seine Brötchen verdient, und versucht am folgenden Montag, ihn an seinem Arbeitsplatz zu erreichen. Mit der Auskunft: „...ist nicht da" gibt er sich nicht zufrieden und bohrt solange, bis ein Kollege entgegen den Vorschriften durchsickern lässt, dass Ewald bereits die gesamte vorige Woche unentschuldigt fehlte und sich auch heute bis jetzt nicht blicken ließ.

Edgar hat genug gehört und meldet Ewald als vermisst. Zunächst wird seine Anzeige ungnädig aufgenommen, denn erwachsene männliche Singles neigen zu Eskapaden, die nachzuvollziehen zuweilen ins Peinliche abgleiten, aber Edgar kennt seinen Ewald und ist überzeugt, dass etwas Unschönes vorgefallen sein muss, das aufgeklärt zu werden verdient, auch wenn es sich später als peinlich herausstellen könnte. Länger als eine Woche am Stück im Puff gäben Ewalds Vermögensverhältnisse nicht her und mit einer eventuellen neuen Freundin hätte er in seinem gesamten Umfeld geprahlt.

„Es genügt, wenn Sie mich in die Wohnung begleiten – oder ich Sie begleite, wenn Ihnen das lieber ist. Sollte sie verlassen sein, vielleicht sogar ordentlich aufgeräumt wie nach einem geplanten Rückzug, nehme ich alles zurück und entschuldige mich. Überzeugt Sie das?"

Brummelnd sagt der Freund und Helfer: „Aber einen Bericht müsste ich schreiben." „Ist das so schlimm? Sie dürfen mich gern als Anstifter erwähnen." „Das sowieso."

An einem geschulten Polizisten ist üblicherweise ein Einbrecher verloren gegangen und im Nu steht der Eingang zu Ewalds Reich offen. Edgar ist sich bewusst, dass alle Nachbarn in Hör- und Sichtweite, die unter normalen Umständen nicht aufeinander achten, ihre blumenkohlgroßen Ohrwascheln und Schnüffelnasen auf höchste Leistung ausfahren, wenn sich Uniformierte in ihr Refugium verirren. Was soll's, denkt Edgar, es kommt sicher nichts bei der ganzen Affäre heraus. Je mehr Zeit verstreicht, denn der Dienstweg braucht für eine Wohnungsdurchsuchung eine unter administrativem Aufwand zu beschaffende Genehmigung, desto weniger glaubt er, dass die von ihm losgetretene Lawine zu einem Ergebnis führen würde.

Glaubt er, bis der einbestellte Beamte sehr undienstlich „ach du Scheiße!" ausruft. Edgar eilt ins Wohnzimmer, aus dem der Ruf zu ihm gedrungen war, und steht vor einer beispiellosen Szene.

Der Wohnzimmertisch, auf dem sie beide üblicherweise Schach spielen, ist von einem relativ gefüllten Brett bedeckt, auf dem der schwarze König im Schachmatt steht. Auf dem freien Teil des Tischs stehen ordentlich zwei leer getrunkene Kaffeetassen, wie der eingetrocknete braune Film in ihren Innenseiten auch dem Laien verrät. Daneben auf dem Teppichboden liegt Ewald in einer unglaublichen Position. In sich verdreht erweckt er den Eindruck, als habe er sich selbst erwürgt.

„Nichts anfassen", bestimmt der Polizist, zu seiner Routine zurückfindend.

„Sicher nicht."

Edgar als Ewalds bester Freund und naheliegender Ansprechpartner wird während der Spurensicherung freundlicherweise auf dem Laufenden gehalten. Als Letzter berichtet der Gerichtsmediziner, dem Ewalds sterbliche Überreste zur Obduktion anvertraut wurden.

„Sowas habe ich noch nie gesehen. Gewalt von außen ist ausgeschlossen, Suizid aber auch. Nach schulmedizinischem Wissen ist es unmöglich, dass sich ein Mensch mit bloßen Händen selbst erwürgt. Auch die Luft solange anzuhalten, bis er stirbt, ist ihm verwehrt. Die Grundfunktionen des Nachhirns oder des verlängerten Marks schalten ab akuter Lebensbedrohung den individuellen Willen ab und übernehmen wieder das Atmen."

„Aber bei Ewald scheint genau das passiert zu sein?!"

„Hm, ja. Das Geschehen ist unerklärlich."

„Wissen Sie, Suizid ist nicht ganz ausgeschlossen. Ewald hat während der vergangenen Monate einige Rückschläge hinnehmen müssen. Deshalb bestand ich so beharrlich darauf, die Wohnung knacken zu lassen. Ich hatte ein sehr ungutes Gefühl. Und das hat mich, wie Sie sehen, nicht getrogen."

„Haben Sie denn eine Erklärung?"

„Wenn, ist sie reine Spekulation. Ich denke an das Schachbrett, das auf dem Tisch stand und auf dem wiederum das Ende einer Partie per Schachmatt erkennbar war. Ewald war stolz darauf, ein guter Schachspieler zu sein, und spielte wohl nur mit mir, weil er keinen anderen Partner fand. Ich selbst bin ein Dilettant und erinnere mich nicht daran, jemals gegen ihn gewonnen zu haben, außer er war unkonzentriert. Ich nahm das hin, denn uns verband vieles und ich gönnte Ewald die Freude, wenigstens in diesem Bereich der Überlegene zu sein. Er war sonst nämlich ein bisschen vom Pech verfolgt."

Der Gerichtsmediziner nickt verstehend. „Könnte ein verlorenes Spiel zu einem ultimativen Ausraster geführt haben?"

„Könnte. Aber es war ja zum Todeszeitpunkt niemand außer ihm in seiner Bleibe, wie die Spurensicherung eindeutig feststellte."

Voller Zweifel begibt sich Edgar auf den Heimweg. Er erinnert sich, mit Ewald mehrfach darüber diskutiert zu haben, dass ein Mensch zwar Backgammon gegen sich selbst spielen könne, da das Ergebnis des nächsten Wurfs nicht vorherzusagen sei, aber keinesfalls Schach, es sei denn, der Spieler wäre schizophren. Wie weit kann ein Gehirn auf diesem Weg gehen...?

Nichtsdestoweniger, schüttelt Edgar diesen Gedanken ab, kann sich ein Mensch nicht mit bloßen Händen selbst strangulieren. Das ist wissenschaftlich erwiesen.

⌘

Im Gegensatz zu exogenen Geisteskrankheiten, die durch äußere Einflüsse wie bakterielle Erkrankungen oder Gewaltanwendung entstehen, bezeichnet die heutige Gehirnforschung solche als endogen, die sich von innen heraus entwickeln. Zu ihnen werden die Gemütskrankheiten manisch-depressiv, Paranoia und Schizophrenie gezählt. Eine Unterart der letzten Gruppe und für Außenstehende besonders gefährlich ist der Verfolgungswahn, denn der Befallene glaubt, dass sich sein gesamtes Umfeld gegen ihn verschworen habe und erkennt nicht, dass seine Misserfolge aus seiner eigenen, sich immer mehr steigernden Unzulänglichkeit resultieren. Typisch ist ein finaler Gewaltausbruch gegen Dritte, unter Umständen mit tödlichen Folgen, denn der Kranke verliert zumindest vorübergehend jegliche Kontrolle über sich und jegliches Maß und Mitgefühl.

Von dieser Unterart abgesehen zeigen die meisten endogenen Krankheitsbilder ein Gefährdungspotenzial gegenüber dem Betroffenen selbst.

Dreieinigkeit

Der folgende, völlig unglaubwürdige und an den Haaren herbeigezogene Bericht wurde auf einem in ein wasserdichtes Etui verstauten, halb in die Nesselzell-Wülste einer Anthozoa gedrückten Speicherchip auf einem Überbleibsel des Maagoipolhu-Atolls gefunden. Dieses wurde bekanntlich während der letzten Weltklimakonferenz vom verheerendsten Tsunami, der je gemessen wurde, bis auf wenige Korallenbrocken zerstört.

Ebenso unglaubwürdig sind die übereinstimmenden Berichte abergläubischer einheimischer Fischer, die kurz nach der Sturmflut drei nackte Männer auf den nur wenige Zentimeter aus dem Meer ragenden Resten des Atolls ausgelassen haben tanzen sehen wollen.

Tatsache ist allerdings, dass die drei Professoren Linnœus Weidenbaum, Irenœus Ginsterburg und Giselher Ottenhagen spurlos verschwanden, Professor Weidenbaum sogar aus einer geschlossenen psychiatrischen Anstalt, in die er eingewiesen worden war, nachdem er das Eintreten und den Tag besagten Tsunamis genau, aber zweifellos zufällig vorausgesagt hatte.

Nichtsdestoweniger ist erwiesen, dass die Naturkatastrophe als Folge des Klimawandels zu betrachten ist, den einzugrenzen das Ziel der abrupt beendeten Tagung war. Leider war den Besten der Erde nicht vergönnt, ihre überragenden Visionen in verbindliche Verträge umzusetzen.

⌘

Während der schweren Überflutungen im Ahrtal am 30. Mai 1601, 21. Juli 1804, 12./13. Juni 1910 und 14. Juli 2021 wurden vereinzelt seltsame Wesen wahrgenommen, die offenbar unter Wasser leben. Die abergläubischen Landbewohner im 17. und 19. Jahrhundert nahmen diese Erzählungen für bare Münze, ohne aus Furcht vor unerwünschten Erkenntnissen ihrem Wahrheitsgehalt nachzugehen, während das 20. und 21. Jahrhundert darüber lachte und die Verbreiter dieser Gerüchte verspottete. 2021, mitten in der Coronakrise, wurde solches Gemunkel in die Schublade

Verschwörungstheorie gesteckt. Seit die Politik dank des Virus die Möglichkeit erfolgreich ausgelotet hatte, unerwünschte Ansichten und Beobachtungen, zu denen an vorderster Front Verschwörungstheorien gehören, zu Fakes umzuetikettieren und Fakes als Delikt zu ahnden, auf das bis zu 25.000 € Geldstrafe oder drei Jahre Gefängnis stehen, hüten sich die Durchschnittsuntertanen, falsche Meinungen auch nur zu denken.

Ich bin der Soziologe und Historiker Linnæus Weidenbaum und gebe zu, mich damals zu besagten Durchschnittsuntertanen gezählt zu haben. Da ich neben meinen akademischen Abschlüssen über handwerkliches Geschick verfüge, meldete ich mich zu freiwilliger Fronarbeit im Ahrtal, da gerade vorlesungsfreie Zeit herrschte und ich mir sagte, dass tiefschürfende Forschungen bezüglich seit Jahrtausenden vergangener Kulturen ein bisschen länger würden warten können, ohne dass die real existierende Welt unterginge.

Im Ahrtal hingegen war sie beinahe untergegangen. Sämtliche Brücken und Straßen und beinahe die gesamte Infrastruktur waren vernichtet. Es würden Monate vergehen, bis die Bewohner wieder zuverlässig mit Strom, Gas und Wasser versorgt werden könnten, wobei vor allem das fehlende Trinkwasser zu starker Beeinträchtigung der Lebensqualität führte.

Kaum hatte meine Freiwilligenbrigade ein Straßenstück einigermaßen sauber wieder instand gesetzt, rollten sofort Lastwagen mit Trinkwasser darüber, um von allen Leitungen abgeschnittene Familien damit zu versorgen. So schlecht das für die frische Asphaltdecke war, so notwendig war nichtsdestoweniger dieses Vorgehen. Es war allerdings klar, dass nach dem Wiederaufbau die Straßen nochmals würden in Angriff genommen werden müssen, um auf Dauer normalem Verkehr gewachsen zu sein.

So deprimierend der Anblick unzulänglicher künstlicher Anlagen war, die ein Zucken des äußersten kleinen Fingerglieds von Mutter Natur innerhalb weniger Stunden sozusagen pulverisiert hatte, so befriedigend war es, nach getaner Tagesarbeit das Abendessen aus dem Henkelpott zu genießen und sie mit meinen Mitstreitern Revue passieren zu lassen. „Tand, Tand ist das Gebilde von Menschenhand", zitierte ich aus Theodor Fontanes Ballade ‚Die Brück' am Tay' und stieß damit bei meinem Nachbarn, Herrn Professor Irenæus Ginsterburg, auf lebhaftes Interesse. „Du hast völlig Recht", bekannte er. „Ich hätte gern die drei Hexen gesehen, als sie das Unheil hier beschlossen."

Ich zitierte unter Irenæus' zustimmendem Nicken die Schlussstrophe.

> Wann treffen wir drei wieder zusamm'?
> Um Mitternacht, am Bergeskamm.
> Auf dem hohen Moor, am Erlenstamm.
> Ich komme.
> Ich mit.
> Ich nenn' euch die Zahl.
> Und ich die Namen.
> Und ich die Qual.
> Hei! Wie Splitter brach das Gebälk entzwei.
> Tand, Tand ist das Gebilde von Menschenhand!

„Du glaubst doch nicht ernsthaft", hakte ich nach, „dass hier drei echte Hexen am Werk waren?" Irenæus lachte. „Natürlich nicht. Für die erste Strophe hat Fontane Anleihen bei Shakespeares Macbeth genommen. Dort heißt es:

> Wann treffen wir drei wieder zusamm'?
> Um die siebente Stund', am Brückendamm.
> Am Mittelpfeiler.
> Ich lösche die Flamm'.
> Ich mit.
> Ich komme vom Norden her.
> Und ich vom Süden.
> Und ich vom Meer.
> Hei, das gibt einen Ringelreih'n, und die Brücke muss in den Grund hinein.
> Und der Zug, der in die Brücke tritt um die siebente Stund'?
> Ei, der muss mit, muss mit.
> Tand, Tand ist das Gebilde von Menschenhand!

Es besteht kein Zweifel über den Sinn der Metapher. Die Hexen, von Shakespeares Macbeth als Gebieter über Elementarkräfte beschrieben, versteht dieser als personifizierte Naturgewalten, die nach Belieben des Menschen Werk zunichtemachen." „Und was sind das für Gewalten, denkst du?" „Eigentlich nur zwei, die Goethe Kräfte nennt: Die plutonischen und neptunischen, das heißt die der Erde und des Wassers." „Es gibt aber eine dritte, nämlich die Windkraft." „Stimmt, aber die lässt sich namentlich keinem Planeten zuordnen." „Sollen wir sie atmosphärische Kräfte nennen?" „Einverstanden. Hier hat zweifellos Neptun gewütet." Nach Irenæus' treffender Analyse wandten wir uns wieder unseren Henkelpötten zu.

Aufräumarbeiten führen zwangsläufig dazu, dass die Akteure spätestens ab zehn Uhr morgens unter ihren Staub- und Dreckschichten nicht mehr voneinander unterscheidbar sind, sodass ihnen ebenso zwangsläufig jegliche Hierarchie zum Opfer fällt. Auch der Unterschied zwischen Männlein und Weiblein marginalisiert sich und der mitgeführte Toilettenwagen bot zwar getrennte Aborte, aber vier Unisex-Duschen. Die einzige geschlechtsspezifische Unterschied bestand darin, dass die Männer den Frauen bei der abendlichen Grundreinigung den Vortritt ließen.

So knirschte uns der Kartoffelsalat wenigstens nicht zwischen den Zähnen, als wir ihn verzehrten. Da Irenæus und ich auch beim Ausspülen des kargen Geschirrs nebeneinander standen, ergab sich die Gelegenheit, unser Gespräch fortzuführen. „Ist dir beim Studium der Hochwasseranalen nichts aufgefallen?" fragte ich ihn. „Nein, was sollte mir aufgefallen sein?"

Unsere Unterkunft bestand aus einem Sanitätszelt der Bundeswehr, in den unsere zwölfköpfige Gruppe dank sechs Etagenpritschen bequem hinein passte. Ein voluminöser Kühlschrank, der mehrere Fünfliterfässchen Bier fasste, und zwei Vierer- und zwei Zweiertische vervollständigten das Mobiliar. Der Stromgenerator, der seinen Saft immer noch aus einem alten Käfer-Benzinmotor bezog, befand sich außerhalb in einiger Entfernung und beeinträchtigte unser Wohlbefinden kaum.

Einige Funzeln, die das Dunkel eher unterstrichen als dass sie für Erleuchtung sorgten, sorgten immerhin dafür, dass wir unsere Absacker-Biere ohne herumtasten zu ergreifen und an die Lippen zu führen imstande waren.

Irenæus und ich hatten einen Zweiertisch okkupiert und führten zu Viert – zwei mit Pils gefüllte Halbmaßkrüge leisteten uns Gesellschaft – unsere im Abwaschraum begonnene Unterhaltung leise fort. „Hast du dir einmal die Hochwasserdaten zu Gemüte geführt, Irne?" „Ich hab' sie einmal überflogen", erwiderte er, „aber nichts Besonderes dabei gefunden. Ungefähr alle hundert Jahre – außer im 18 Jahrhundert – traten sie auf. Hältst du das für bedeutsam?" „Durchaus. Für mich ist der Rhythmus 103, 106, 104 und 111 und immer zwischen Mai und Juli ein komischer Zufall – das erwähnte 18. Jahrhundert lasse ich einmal unbeachtet." „Aber genau das durchbricht doch die Serie, wenn es denn eine sein soll. Es sind nämlich 203 und nicht 103 Jahre zwischen der ersten und der zweiten Katastrophe, Linn. Abgesehen davon, dass von ähnlichen Ereignissen noch früher nichts zu finden ist."

Ich nahm einen kräftigen Schluck. „Daran würde ich mich nicht aufhängen, Irne. Davor gab's vermutlich keine Aufzeichnungen. Zwei Dinge gilt es zu bemerken. Erstens fanden unvorstellbar zerstörerische Naturkatastrophen bereits lange vor der Erfindung von Auto und Spraydosen statt und zweitens ist stets die Katastrophe, von der ich gerade jetzt betroffen bin, die Schlimmste aller Zeiten."
„Das war die vor ein paar Wochen sicher. Niemals zuvor gab es solche Schäden." „Ach, Irne, das liegt doch nur daran, dass heute alles und jedes versichert ist. Vor 500 Jahren sagten die Überlebenden ‚der Herr hat's gegeben, der Herr hat's genommen, der Name des Herrn sei gelobt', schnürten ihre verbliebenen Habseligkeiten und zogen woanders hin. Noch vor hundert Jahre war es nicht groß anders. Eine Gebäudeversicherung gab es doch vor dem Ersten Weltkrieg gar nicht. Wozu auch? Der nächste Krieg würde sowieso wieder alles zunichtemachen und Kriegsschäden bezahlt dir bis heute keine Versicherung."
Irenæus dachte eine Weile nach. „Ganz von der Hand zu weisen ist nicht, was du sagst, Linn. Was aber willst du überhaupt aussagen?" Das war eine gute Frage, denn außer einem vagen Gefühl, dass das Ganze seltsam sei, hatte ich kein Argument zu bieten. Mit den Worten: „Lass' gut sein, es war nur so eine Idee", beendete ich das Thema und wir wandten unsere geistigen Kräfte Frauen und Autos zu.
Es ließ mich aber nicht los – das Thema. Längst war Nachtruhe eingekehrt, als ich noch einmal, vorsichtshalber mit meiner Hochleistungstaschenlampe bewaffnet, an das Ahrufer trat. Das Flüsschen tat längst wieder friedfertig wie ein neugeborenes Kätzchen. „Birgst du ein Geheimnis und wenn ja, welches?" fragte ich das glitzernde Wasser.
Wie erwartet gab es keine Antwort. Zunächst schaute ich versonnen über die schaukelnde Oberfläche und ließ meinen Blick immer tiefer dringen. Waren das Fische, die sich asynchron zu Wellenbewegungen und Fließrichtung bewegten? Was sollten sie anderes sein, obwohl die sich schlangenartig bewegenden Körper an schlanke nackte Frauen erinnerten? Ein Bier zu viel, mein lieber Linn, sagte ich mir und wollte mich bereits abwenden, als ich von einem der Körper eine Geste wahrnahm, die eindeutig als Winken zu identifizieren war. Ehe ich mich selbst einen Narren zu schelten begann, ertappte ich mich dabei, wie ich zurückwinkte.
Ich kniff die Augen zusammen. Nein, jetzt sah ich wieder nichts. Ich ging in die Hocke und tauchte meine Hand in das strömende

Wasser. Brrr! Trotz der auch nachts fühlbaren sommerlichen Hitze empfand ich die Berührung mit dem neptunischen Element, als umfingen mich klamme Finger. An dieser Stelle kann ich zuzugeben nicht umhin, dass ich seit meiner Kindheit an Hydrophobie dritten Grades, sprich Wasserscheuheit leide. Auf den Gedanken, freiwillig in ein Schwimmbad zu gehen käme ich nie. Und doch...: Irgendetwas in diesem so normalen und doch merkwürdigen Nass zog mich unwiderstehlich an.

Die Vision war verflogen und ich stand vor einem gurgelnden Bachbett wie ich schon vor Hunderten von gurgelnden Bachbetten gestanden hatte. Ich schüttelte den Kopf und begab mich zurück zum Zelt, um meine Koje aufzusuchen. Schließlich sollte ich morgen früh wieder ausgeschlafen und mit frischen Kräften versehen meinen Mann stehen.

Am nächsten Tag erwähnte ich mein Erlebnis oder vermeintliches Erlebnis gegenüber niemandem, denn allzu vage war das, was ich gesehen oder auch nicht gesehen hatte.

Das hielt mich aber nicht davon ab, allabendlich nach unserem üblichen Umtrunk mit belanglosen Gesprächen wie hypnotisiert zu der Stelle zurückzukehren, an der mich die – Halluzination? – heimgesucht hatte. Tatsächlich, wieder sah ich unter der glitzernden Oberfläche seltsame Wesen, die mich mit Kusshändchen begrüßten und mit einladenden Handbewegungen aufforderten, zu ihnen zu stoßen.

Während meines dritten Besuchs fiel mir das Stichwort Nereiden aus der griechischen Mythologie ein. Bei diesen handelt es sich um die 50 Töchter von Doris und Nereus, deren Aufgabe darin besteht, das feuchte Element und dessen Gäste vor Unbill zu behüten. Es gibt Erzählungen, dass nicht nur sie selbst auf Delfinen reiten, sondern mitunter Schiffbrüchigen welche zu deren Rettung aufboten. Allerdings werden sie zu furchtbaren Seehexen, wenn die Besatzung eines Schiffs ihre Gastfreundschaft zu üblen Taten missbraucht. Dann schicken sie keine Helfer, sondern die Frevler allesamt in ein nasses Grab.

Interessant an der Geschichte ist vor allem, dass die Nereiden betörend schön und unten herum nicht mit Fischschwänzen ausgestattet sind – höchstens ein wenig transparent. Der Sage nach passen sie ihre Farbe stets dem des sie umgebenden Wassers an.

Das wär's! Schöne Meerjungfrauen mit Beinen und dazwischen...! Dynamene, Eudora, Galateia, wartet auf mich! Du Trottel, meldete sich ein zurechnungsfähiger Teil meines Gehirns, glaubst du allen

Ernstes, sie gäbe es? Und vor allem: Wenn es sie gäbe, wie willst du als Nichtschwimmer und neptunischer Hasenfuß mit ihnen in Kontakt treten? Schon gut, schon gut, beschwichtigte ich meine durchgegangene Fantasie, war ja nicht so gemeint.

Während meines vierten Besuchs wagte ich mich einige Zentimeter weiter vor. Ich folgte den verlockenden Handbewegungen und setzte meinen rechten Schuh in die Strömung. Idiot! wies ich mich zurecht, davon hast du nichts als triefende Socken. Aber merkwürdigerweise stellte sich der erwartete Effekt nicht ein. Ich runzelte die Stirn. Was ist das denn? Um meinen Knöchel wogten lediglich Blasen, die keinerlei Unheil anrichteten. „Nun komm' doch", vernahm ich ein leises Flüstern, das zweifellos in der Tiefe seinen Ursprung hatte, „dir wird nichts passieren."

Zu meinem Entsetzen hörte ich mich antworten. „Noch bin ich nicht soweit, ihr Lieben. Ich brauche ein bisschen mehr Mut." Hatte ich das wirklich gesagt? Oder nur gedacht? Ich wusste es nicht, aber der Dialog war so intensiv gewesen, dass kein Zweifel bestand, dass er stattgefunden hatte. Als ich mich umdrehte, um zum Zelt zurück zu schlendern, hörte ich es hinter mir „wir warten auf dich" säuseln. Als ich mich auf meiner Pritsche niederließ und zu entkleiden begann, verwirrte und verstörte mich nicht unerheblich, dass meine rechte untere Extremität von keinem Tropfen benetzt war.

„Das Ahrtal", dozierte ein Geologe, der für eine Stunde bei meiner Gruppe auftauchte und uns den Grund für dessen Anfälligkeit zu Überschwemmungen erläutern sollte, „weist extrem steile Hänge auf, die zudem aus hartem, wasserundurchlässigem Gestein bestehen – eine natürliche Betonröhre sozusagen. Leider haben die Winzer ihre Rebstöcke in senkrechter statt in waagerechter Reihe angepflanzt, sodass von oben herunterschießende Sturzbäche freie Bahn haben und den dünnen Humusboden wie nichts wegschwemmen. Vermutlich lassen sich die Trauben so leichter ernten, aber an Hochwasserschutz hat dabei niemand gedacht."

Klar, dachte ich, betriebswirtschaftlich sinnvolles Handeln steht volkswirtschaftlich sinnvollem häufig diametral entgegen. Zum ersten Mal seit mehreren Tagen brachte ich es fertig, mich dem Vortrag mit ganzer Konzentration zu widmen und die Nereiden aus meinem Kopf fernzuhalten. Mittlerweile war allen aufgefallen, dass ich nicht mit ganzem Herzen bei der Sache war, wenn ich den Asphalt vom Kocher auf die Schubkarre lud und zur Anschlussstelle brachte. Die Absackergespräche mit Irenæus verliefen oberflächlicher als von zwei Akademikern zu erwarten war. Ich ertappte mich dabei, unsere drei Frauen unter dem Gesichtspunkt zu mustern, ob sie als Nereiden taugten. Die Musterung ging bedauerlicherweise zu ihren Ungunsten aus. Ihre robusten, strapazierfähigen Körper spotteten jeder Vorstellung von Grazie und Eleganz.

Am fünften Tag arbeiteten wir mehrere Stunden lang parallel zu den Schienensetzern, die ich darum beneidete, dass zwar auch sie im Schweiß ihres Angesichts schufteten, aber in der glühenden Sonne wenigstens keinen Asphaltkochtopf als Zusatzheizung erdulden mussten.

Am Nachmittag desselben Tages machten wir blau und spazierten am Fluss entlang, um für wenige Stunden der Hitze zu entrinnen. Wir plauderten über dies und das und ich schaffte es, mich daran ausreichend zu beteiligen, um nicht aufzufallen, warf aber immer wieder verstohlene Blicke auf die Ahrstrudel, ob nicht....

Nein, im Hellen ging von ihnen keinerlei Magie aus.

Auch die fünfte Nacht sah mich am Ufer der Ahr auf die Nereiden warten und siehe da – mit Erfolg. Bisher hatte ich keine bessere Bezeichnung gefunden, obwohl mir bewusst war, dass sich sicher keine Sagengestalten des antiken Griechenland ausgerechnet in das Bett eines drittrangigen deutschen Flüsschens verirrt hatten, um meine Emotionen in Verwirrung zu bringen. Keinen Augenblick zweifelte ich daran, dass meine nächtlichen Beobachtungen real waren. Nur – warum hütete ich mich so strikt davor, sie anderen mitzuteilen? Aus Furcht, ‚andere' könnten nichts sehen und hören und mich für verrückt erklären?

Die Stimmen klangen immer betörender, die mich aufforderten, mich zu ihnen zu gesellen. Diesmal ging ich weiter als zuvor und schritt bis zur Hüfte ins Nass. Wie bei meiner Fußtaufe stellte ich fest, dass das Nass das keineswegs war. Um mich herum waberten Blasen wie aus Seife, aber daraus bestanden sie nicht – sie dachten nämlich nicht daran, bei einer Berührung zu zerplatzen. Zwischen ihnen glitten meine Freundinnen mit unnachahmlich lasziven Schlangenbewegungen ihren mir unbekannten Zielen entgegen.

„Schwebt ihr oder wie bewegt ihr euch fort?" fragte ich ins Blaue und war nicht erstaunt, eine Antwort zu erhalten. *Wir schwimmen.* „Aber das hier ist doch gar kein Wasser." *Doch, doch. Aber für plutonische Besucher wie dich verändern wir die Dichte, sonst würden sie ertrinken.*

Ich wagte mich tiefer und stellte fest, dass ich weiter zu atmen vermochte, nachdem ich nach einigem Zögern meinen Kopf unter die blubbernde Oberfläche des seltsamen Gebräus geduckt hatte. Ich fragte mich, wie ich mich mit den Wesen verständigte, denn dass das nicht mit dem Mund über menschliche Sprache geschah, stand fest.

„Was heißt Dichte?" fragte ich weiter. *Vergrößern. Jede Blase, die du siehst, ist ein Wassertropfen.* „Tritt dann die Ahr nicht wieder über die Ufer?" *Wenn wir das über die ganze Flusslänge machten, wäre das so. Es sind aber nur wenige hundert Meter, über die wir die Veränderung durchgeführt haben; die fallen nicht ins Gewicht.*

Mir kam ein ebenso dramatischer wie schmerzlicher Gedanke. „Das Hochwasser vor drei Wochen...; habt ihr das verursacht?" *Sicher, das ist uns ein Leichtes.* „Aber warum macht ihr das? Tausende menschliche Existenzen standen vor den Trümmern ihres Lebens und weit über hundert verloren es gänzlich." *So? Darum kümmern wir uns nicht.*

Diese Bemerkung versetzte mir einen Stich ins Herz. Den ätherischen Nymphen scheinen uns unvorstellbare Kräfte zu Eigen zu sein, dank denen sie aus purer Langeweile Tod und Verderben über die ahnungslosen Trockenbewohner bringen und sie kümmert das nicht. Am liebsten hätte ich ihnen fluchend sofort den Rücken gekehrt und wäre losgerannt, aber da fiel mir ein, dass sie wohl nur den Blasenzustand der Fluten rückgängig zu machen brauchten, um mich jämmerlich absaufen zu lassen. Außerdem brannte mir eine weitere Frage auf der Seele.

„Können euch eigentlich alle Menschen sehen?" *Die Wenigsten. Warum das so ist, wissen wir nicht. Auch nicht, warum du dazugehörst, alle anderen deiner Gruppe jedoch nicht.*

Wie betäubt taumelte ich dem Zelt und meiner Schlafstatt entgegen. Niemals zuvor hatte ich bemerkt, dass ich über esoterische Fähigkeiten oder wenigstens Affinitäten verfügte. Und nun gehörte ich zu den Auserwählten, die die Nereiden nicht nur sehen, sondern auch mit ihnen kommunizieren konnten. Oder war ich einer Halluzination aufgesessen? Das wäre beinahe noch schlimmer, denn mehrere Tage nacheinander von derselben heimgesucht zu werden ließe auf einen bedenklichen Geisteszustand meinerseits schließen.

Kurz bevor ich mein Ziel erreichte, lief mir Giselher über den Weg, der offensichtlich ebenfalls einen Abendspaziergang absolviert hatte. Abgesehen von einem beiderseitigen „hallo" kam es zu keinem weiteren Gedankenaustausch – zum Glück, denn ich wäre kaum imstande gewesen, konzentrierte Antworten zu geben. Ruhelos wälzte ich mich herum, bis mich Irenæus' Ermahnung „Mann, Linn, verscheuch' mal deine Alpträume; du lässt ja keinen schlafen" von der Matratze über mir zur Besinnung brachte. Als hätte der Ruf eines Menschen aus Fleisch und Blut mich in die Realität zurückkatapultiert, schlief ich nach dieser Ermahnung tief und fest und erwachte am nächsten Morgen einigermaßen erholt.

Am Folgetag setzte sich während der Mittagspause Giselher zu mir. Zunächst löffelten wir schweigend an unserer Erbsensuppe, bis mein Nachbar meinte: „Puh, diese Hitze und dann noch Eintopf. Mir läuft der Schweiß in Strömen das Gesicht hinab."

Ich grunzte zustimmend, gespannt, ob etwas folgen würde, und wurde nicht enttäuscht. „Du gehst auch gern in der Abendkühle zur Ahr hinunter." Ein weiteres zustimmendes Grunzen. Giselher fasste das als Aufforderung auf, sich in Einzelheiten zu ergehen, und geriet in Fahrt: „Ich hab' dich gestern gesehen, nicht nur bei der Rückkehr zum Zelt, sondern auch eine Stunde zuvor." „Soso." „Du schautest ganz versonnen in die Strudel und warst plötzlich verschwunden."

Diese Eröffnung führte dazu, dass ich mich verschluckte und mich mehrmals räuspern musste, bevor ich zu einer Antwort fähig war. Diese Antwort bestand, da ich keine plausible wusste, aus einer Gegenfrage: „Wie meinst du das, Gisi?" „Wie ich es sagte. Eben noch da und plötzlich weg."

Ich lachte. „Du glaubst doch nicht, dass ich ins Wasser gegangen wär'?!" Ich hatte den richtigen Ton getroffen, denn Giselher lachte ebenfalls und meinte: „Sicher nicht. Erstens hockst du ja jetzt hier neben mir und zweitens weiß jeder, wie wasserscheu du bist."

Ich hatte mich gefangen und zuckte mit den Schultern. „Im Dunkeln ist gut munkeln, wie es so schön heißt. Einmal ums Eck hinter ein Gebüsch und schon ist man weg." „Anders kann es wohl kaum gewesen sein, Linn. Siehst du gern in Fließgewässer?" „Du hast mich erwischt. Ich sehe die unmöglichsten Konturen und Gestalten darin und finde es atemberaubend, wie sich alles innerhalb von Sekunden auflöst und Neuem Platz macht." „Dann hast du eine lebhafte Fantasie?!" „Normalerweise nicht, aber sich bewegende Elemente…" „…auch in flammendem Feuer?" „Nein, da seltsamerweise nicht. Du?" „Eher. Und auch in Wolken."

Ich holte zu meiner wichtigsten Frage aus, die mir im Zusammenhang dieses Gesprächs erfreulich unverfänglich erschien: „Du

hast also gestern im Fluss überhaupt nichts gesehen, keine Frauen, Ungeheuer oder Neptun persönlich?" Giselher lachte erneut. „Nein, garantiert nicht. Sag bloß...?" „Naja, so dick natürlich nicht. Aber das eine oder andere Auge, das mir zuzwinkerte, schon." „Frauenauge?" „Was denn sonst?" „Dann sei glücklich."
Nach Feierabend wagte ich keinen Ausflug ans Ufer. Zudem hatte ich während der vergangenen Tage so wenig Schlaf gefunden, dass ich beinahe bereits beim Absacker nach dem Essen weggetreten wäre. Mit Mühe hielt ich ein bisschen Geplänkel mit Irenæus und Giselher aufrecht und verkrümelte mich unter meine Decke, sobald es der Anstand erlaubte.

Der Folgetag bedeutete das Ende unseres Froneinsatzes. Morgen würden wir von einer anderen Freiwilligengruppe abgelöst werden. Zufrieden begutachteten wir, was wir innerhalb einer Woche geleistet hatten, und beschlossen einen gemeinsamen Umtrunk mit den Dorfbewohnern, die aus Dankbarkeit für einen überreichlichen Vorrat an Flüssignahrung gesorgt hatten, der – was Wunder im Ahrtal! – weitgehend aus einem guten Tropfen Wein bestand.

Ich feierte fröhlich mit, denn ich hatte meine seltsamen Erlebnisse unter Wasser – oder wo immer ich mich auch aufgehalten haben mochte – beinahe verdrängt. Dennoch hütete ich mich, dem Alkohol zu intensiv zuzusprechen, denn einen ultimativen Besuch gedachte ich den Nereiden abzustatten, um mich zum Abschied davon zu überzeugen, dass ich mir alles nur zusammengegaukelt hatte und mir morgen ein beruhigter Heimweg vergönnt wäre.

Ich starrte in die Fluten und sah sie. Erst die Blasen und dann die transparenten Frauenkörper. *Willst du nicht zu uns stoßen?* „Nein, ihr Lieben. Ich möchte mich von euch verabschieden, denn morgen fahre ich nach Hause." *Wo ist das?* „In Bonn." *Das liegt doch am Rhein. Auch da kannst du Kontakt mit uns aufnehmen.* „Vielleicht."

Wie betäubt betrat ich das Zelt. Hatte ich zu den zerstörerischen Hexen wirklich ‚ihr Lieben' gesagt? Hatte ich so viel Angst vor ihnen, das ich sie keinesfalls zu beleidigen wagte?

Nach dem Wecken und dem Frühstück zogen wir unsere Betten ab und bereiteten uns auf den Abmarsch vor. Wir hatten gegenseitig unsere Email-Adressen ausgetauscht und planten hin und wieder einen Treff, da uns das Lagerleben und die gemeinsame Aufgabe zu einer verschworenen Gemeinschaft zusammengeschweißt hatten. Mit Irenæus würde ich allerdings nolens volens bei Semesterbeginn wieder zusammentreffen, denn wie ich an der Universität Soziologie und Geschichte dozierte, tat das Professor Ginsterburg für die Fächer Volks- und Betriebswirtschaft. Wir hatten gerade unsere Utensilien zusammengepackt, als der Mannschaftswagen der Bundeswehr auftauchte und unsere Ablösung samt Gerödel entlud.

Wenige Wochen später begann das Wintersemester und meine Pflichten nahmen mich in ihrer üblichen Weise gefangen. Ich finde im Gegensatz zu den meisten meiner Kolleginnen und Kollegen Onlineschulungen, auf die wegen der damals immer noch herrschenden Coronakrise vermehrt zurückgegriffen werden musste, ätzend, obwohl sie in gewissem Sinn weniger Arbeit verursachen. Eine befreundete Gymnasiallehrerin vertraute mir einmal während einer gemeinsamen Joggingrunde an, dass die Schülerschar zwar beste Zeugnisse erhalten, aber null und nichts gelernt hätte. Ich hielt das für ein wenig übertrieben, aber sie bestand auf ihrer Aussage – unter dem Siegel der Verschwiegenheit, denn im Kollegium dürfe sie derart destruktive Ansichten selbstredend nicht äußern. Offiziell müsste sie die vom mit unfehlbarer Weisheit gesegneten Kultusministerium ergriffenen Maßnahmen mindestens hymnisch loben – euphorisch genüge nicht –, um sich nicht dem Verdacht des Sympathisantentums zu Querdenkern, Aluhüten und sonstigen von der Obrigkeit dazu ernannten Spinnern auszu- und die Übernahme für das nächste Schuljahr aufs Spiel zu setzen.

Dass die Lehrerin nicht ganz Unrecht hatte, stellte ich bei einem Besuch in der nachbarschaftlichen Wohnung während des Schulbetriebs fest, bei dem es um die gemeinschaftliche Gartenarbeit am kommenden Wochenende ging. Aus den Augenwinkeln nahm ich wahr – ein bisschen bin ich ja auch Lehrer –, wie der 15jährige Sohn am Unterricht teilnahm. Das Notebook war diesem zugeschaltet und der Junge tippte alle Viertelstunde auf ENTER, was heißen sollte: Ich bin da und aufmerksam. In Wirklichkeit daddelte er auf seinem Smartphone herum, auf das er das neueste Trendspiel geladen hatte, und kämpfte mit Teilnehmern (und vermutlich auch Teilnehmerinnen) in aller Welt um Gold, Land und Völker. Ich muss zugeben – trotz meines Pädagogengens –, dass ich mich in seiner Situation nicht anders verhalten würde.

Mit meinen Élèven habe ich weniger Mühe, denn mir obliegt nicht die Verpflichtung, ihre Werdegänge zu überwachen. Schließlich sind sie es, die sich ihren Bachelor oder Master an ihre Revers heften möchten. Für mich auf der anderen Seite des Katheders bedeutet Onlinevorlesung nicht nur wegen weniger Arbeit, sondern auch psychologisch eine gewisse Erleichterung. Dieses Jahr war wieder einmal meine gefürchtete Soziologie-Serie ‚Vom Einfluss des Fleißes auf den persönlichen Wohlstand und den Frust, doch keinen zu erringen' dran. Im Hörsaal ist deprimierend, nach und nach die anfangs begeisterte Zuhörerschaft allmählich wegdämmern zu sehen. Online erschließt sich mir das nicht. Es besteht zwar die technische Möglichkeit, mit den Studentinnen (Studenten finden sich für das Thema erfahrungsgemäß keine) zu kommunizieren, aber vorsichtshalber verzichte ich darauf. Sollte mir ein Neider vorwerfen, ich risse ohne Herzblut einfach meine Stunden ab und kassiere meinen Lohn dafür, wüsste ich darauf nichts zu erwidern. Es steht allerdings außer Frage, dass sich die Argumente und Gegenargumente meiner Ausführungen etwas zäh und sperrig dahinschleppen.

Das Semester plätscherte dahin und das Erlebnis mit den Nereiden verblasste mehr und mehr – hatte ich mir leichtfertig eingebildet. Dennoch verhinderte eine innere Stimme, dass ich nachts die Rheinuferpromenade aufsuchte. Tagsüber hatte ich keine Bedenken und ich sah auch nicht mehr als jeder andere, der sich versonnen an eines der Geländer lehnte und sich dem Gurgeln von Strudeln und Strömung hingab.

Da kam mir mein Onkel Eduard in den Sinn. Er war das schwarze Schaf der Familie, denn er war stets von Halluzinationen und Depressionen befallen gewesen und dementsprechend geschehen, was hatte geschehen müssen: Dass er eines Tages hinter den Toren einer geschlossenen psychiatrischen Anstalt verschwand.

Wie der Blitz kam mir die Erinnerung an ihn, als ich einmal wieder in den Anblick des Rhein versunken war. Nicht das war es allerdings, was mich erstaunte, sondern die Tatsache, dass er nicht viel früher eingeschlagen hatte. Hin und wieder hatte ich nämlich mit Onkel Eduard Kontakt gehabt, bevor er der Sichtbarkeit der Allgemeinheit entzogen wurde, und fassungslos seinen Erzählungen gelauscht. Und diese Erzählungen gaben in gewisser Weise das wieder, das ich selbst an der Ahr erlebt hatte.

Bedauerlicherweise neigen ‚Gesunde' dazu, mit ‚Kranken' möglichst wenig zu tun haben zu wollen. Folglich hatte ich meinen Oheim nach seiner Einweisung aus dem Gedächtnis gestrichen. Seit Jahren hatte ich nichts mehr von ihm gehört und ich hoffte, dass er noch lebte. Denn es war an der Zeit, ihm einen Besuch abzustatten.

Es erwies sich als erstaunlich leicht, einen Besuchstermin zu erwirken. „Sie brauchen keine Sorge zu haben", beruhigte mich der leitende Anstaltsarzt im Lauf der Besuchsvorbereitung, „Ihr Onkel ist überhaupt nicht aggressiv." „Warum ist er dann hier drin?" fragte ich, den Naiven vortäuschend. „Weil er allein nicht lebensfähig ist, das heißt keinen Haushalt zu führen fertigbringt." „Aber dann genügte doch, ihm einen Pflegegrad zuzubilligen und ihm eine Hilfe zur Seite zu stellen." „Na hören Sie mal! Jemanden, der ständig von Wassernymphen und Meerjungfrauen faselt, dürfen wir doch nicht auf die Menschheit loslassen!" „Auch wenn er niemandem etwas tut?" „Bisher hat er das nicht getan; wir wissen aber nicht, ob das nicht jederzeit geschehen kann." „Auch jahrelange Beobachtung haben Sie da nicht sicher werden lassen?"

Der Arzt beugte sich vor. „Geistig endogen Erkrankte, die nicht ausgerechnset an Verfolgungswahn leiden, sind normalerweise für andere ungefährlich. Sehr wohl aber für sich selbst. Wir haben die Pflicht, diese Personen vor sich selbst zu schützen." „Haben Sie das tatsächlich? Soweit ich weiß, dürfen Sie nach jüngerer Gesetzgebung nicht einmal einen Suizidgefährdeten ohne Weiteres in eine Gummizelle sperren, denn dass des Menschen Wille sein Himmelreich ist, beginnt sich in der modernen Weltanschauung durchzusetzen – die amtskirchlichen Edikte spielen in der aktuellen Justiz keine Rolle mehr."

Der Arzt runzelte ob meines Widerspruchs die Stirn. Grob zu werden unterließ er, denn auch mich schmücken schließlich Doktor- und Professorentitel, aber ich erkannte deutlich, dass er vom Selbstbestimmungsrecht des Einzelnen nicht viel bis nichts hielt. Für mich war leicht zu durchschauen, dass nicht nur er, sondern auch 90% seiner Kolleginnen und Kollegen arbeitslos wären, sollte sich meine Sicht der Dinge flächendeckend durchsetzen. Diese war er eingedenk der hoch dotierten Einkommen seiner Gilde in aller wissenschaftlicher Ausgewogenheit und Neutralität abzuwehren verpflichtet.

Um mich zu überzeugen, senkte er seine Stimme zu einem Flüstern, als er mir offenbarte: „Ich bin der Meinung, dass jemand wie Ihr Onkel keinesfalls auf die Menschheit losgelassen werden darf. Stellen Sie sich vor: Er hat im April einem der Pfleger für den 14. Juli schlimmes Hochwasser vorausgesagt, vor allem an der Ahr. Und Sie wissen ja, was passiert ist."

Mit dem Kloß dieser Eröffnung im Schlund betrat ich meines Onkels Zelle. Zelle ist ein irreführender Begriff, denn ich stand in einem gemütlich eingerichteten Zimmer mit Ess- und Wohnzimmertisch, um die je zwei Stühle beziehungsweise Sessel gruppiert waren. Eine Couch in einer Ecke, ein Bett in einer anderen, ein Schreibtisch mit einem Laptop darauf unter einem der Fenster, ein Kleider- und eine Art Küchenschrank mit einer Arbeitsplatte, einer Spüle und einer Kaffeemaschine, aber keiner Kochplatte an der fensterlosen Querwand vervollständigten das Mobiliar. Lediglich die Gitter vor den Fenstern wiesen darauf hin, dass ich mich nicht in einer normalen Wohnung befand. Wobei ich mir vorstelle, dass auch Behausungen ab Millionären aufwärts durch Gitter geschützt sind, die dort allerdings nicht der Flucht-, sondern der Einbruchsverhinderung dienen.

Onkel Eduard erkannte mich sofort. „Mensch Linn, dass du dich mal hier blicken lässt. Das hast du in Jahren nicht getan." Noch nie seit du hier bist, beichtete ich innerlich, um laut zu verkünden: „Deshalb wurde es ja auch langsam Zeit."

Als Mitbringsel hatte ich zwei Pfund tansanischen Kaffees und eine Flasche Sekt durch den Zoll gebracht und präsentierte es freudestrahlend meinem Onkel. „Hast du Gläser?" „Ja, sogar passende mit Stiel." „Deine Bewacher scheinen keine Angst zu haben, dass du dir mit den Scherben die Pulsadern aufschlitzst."

Eduard lachte. „Nein, überhaupt nicht. Sie kommen auch nicht während der Nacht alle zwei Stunden und leuchten mir heim, wie es eigentlich Vorschrift ist. Ich darf am Nachmittag im Anstaltspark allein auf- und abgehen und freitags in die Stadt in meine Stammkneipe, um mal ein Bier zu trinken mit wem ich will. Du siehst, ich kann fast normal leben."

Ich sah mich um und rasch hatte mein geschultes Auge entdeckt, was ich suchte. „Außer dass du endgültig hier 'rauskommst." Ich baute mich vor dem Sofa auf, über dem die Überwachungskamera installiert war. „Naja, lass' uns erst einmal anstoßen. Holst du die Gläser? Du weißt ja, wo sie stehen."

Der Sekt diente keineswegs dem Anstoßen. Die Gläser standen auf dem Wohnzimmertisch und ich schüttelte die Sektflasche unauffällig, aber ausreichend, dass sie als Feuerlöscher einsetzbar war. Vorsichtig ruckelte ich am Korken und als ich merkte, dass er sich langsam von selbst nach oben drückte, zielte die erste freiwerdende Düse auf den Sensor unter der Rundum-Kamera, sodass sich der dünne, aber druckvolle Strahl in die vorgesehene

Richtung zerstäubte. Auch die neuesten Entwicklungen der digitalen Technik bringen es nicht fertig, Feuchtigkeit und Elektronik miteinander zu versöhnen. Ein Geräusch wie das Brutzeln eines Steaks und ich wusste, dass ich Erfolg gehabt und einen Kurzschluss erzielt hatte.

Eduard grinste mich an. „Ein bisschen Schampus ist noch drin. Das reicht, um die beiden Gläser halb zu füllen." Ich grinste zurück. „Nun, da wir unter uns sind, ist Zeit, dass wir uns ein bisschen unterhalten."

Ich informierte meinen Onkel, dass ich ähnliche Erlebnisse wie er zu vermelden habe, mich aber angesichts seines Schicksals gehütet hatte, sie auszuposaunen. „Wie nennst du sie, Linn? Nereiden?" „Sie haben mir nicht gesagt, dass sie so heißen, aber ich fand, es passe. Wie nennst du sie denn, Eddi?" „Nymphen." „Nymphen können recht böse sein." „Mitunter sind sie das auch. Zu mir allerdings nicht."

Der Kaffee war zubereitet und wir hatten uns auf den Sesseln am Wohnzimmertisch wie im trauten Heim niedergelassen. „Hast du mit deinen – Nymphen – denn immer noch Kontakt? Du kommst doch an kein Wasser." „Doch, doch. Im Park ist ein Teich und der ist mit der Erft verbunden." „Kannst du sie denn auch tagsüber sehen?" „Nein, aber an dem bewussten Freitag habe ich Ausgang bis Mittenacht. Wenn ich dann wieder hier bin, hindert mich niemand daran, im Park eine Abschlussrunde zu drehen. Das ist mein Fenster zur Parallelwelt." „Du kannst doch sicher im Blasenteich trockenen Fußes zu deinen Freundinnen?" „Klar." „Und könntest durch den Abfluss zur Erft gelangen und wärst frei?!" „Vermutlich. Das wär's dann aber, denn wo soll ich hin? Meine saubere Verwandtschaft hat längst meine Wohnung aufgelöst und ich wäre, in der Landschaft herumirrend, so schnell wieder eingefangen wie ich 'rausgekommen bin und nach meiner Flucht würden weniger komfortable Bedingungen auf mich warten als ich jetzt genieße. Das einzige, was ihnen zu denken gäbe, wäre, wie ich die Anlage verlassen konnte, nachdem ich mich zurückgemeldet hatte. Ich glaube aber, die Holzköpfe hier würden sich kaum in Gedanken darüber ergehen."

Ich schürzte die Lippen. „Wenn ich mich vergewisserte, wo der Abfluss in die Erft mündet, und dort mit meinem Auto auf dich wartete? Ich brächte dich zunächst in meiner Bonner Stadtwohnung unter, denn dahinter, dass ich dein Komplize bin, werden sie so schnell nicht steigen und wenn, müssten sie einem Richter

gegenüber dringenden Tatverdacht auf Beihilfe nachweisen, bevor der einen Durchsuchungsbefehl unterschreibt. Und dann..."
„...werden wir uns den Nymphen oder Nereiden anvertrauen und dann kriegt uns sowieso niemand mehr auf dieser Erdoberfläche, mein lieber Linn."
Das lag zwar – noch – nicht in meiner Absicht, aber wenn ich meinen Onkel in dem Glauben ließ, stellte ich sicher, dass er mit vollem Herzen mitmachte. Eins galt es allerdings schnellstens zu erledigen.
„Hast du Aufzeichnungen, Eddi?" „Jede Menge. Ich hatte ja Jahre Zeit, mir Gedanken zu machen. Das ist auch ein Punkt. Das wird alles verloren sein, wenn ich hier abhaue." „Nicht unbedingt. Weißt du, was das ist?" Ich hielt einen kleinen Gegenstand in die Höhe. „Klar, ein USB-Stick. Hast du etwa vor...?" „32 Giga. Da passt sicher alles drauf, was du je geschrieben hast. Ich kopiere es und du formatierst vor deiner Flucht die Festplatte. Vertraust du mir deine intimsten Geheimnisse an?"
Ich sah Eduard an, dass das nicht ohne weiteres der Fall war. Nach einer Weile brummte er: „Naja, hier kann ich mit all' meinen Überlegungen und Reflexionen ohnehin nichts anfangen. Also gut, mach'."
Ich war gerade fertig, als es klopfte und ein Pfleger seinen Kopf in den Türrahmen steckte. „Entschuldigung, Ihre Kamera ist defekt oder der Sensor. Wir müssten ihn austauschen. Erschrecken Sie bitte nicht, wenn gleich ein Handwerker hereinstapft."
Beim Mittagessen, das alle Anstaltsinsassen gemeinsam einzunehmen hatten, durfte ich nicht zugegen sein, aber am Nachmittag war mir erlaubt, mit Onkel Eduard einige Runden im Park zu drehen. Bei dieser Gelegenheit besprachen wir die Flucht, die in sechs Tagen steigen sollte, in allen Einzelheiten. Wir machten aus, dass ich mich bis dahin nicht mehr blicken lassen sollte, damit ich gar nicht erst in den Kreis der Verdächtigen Eingang fände, und ich verabschiedete mich im Beisein seines Pflegers herzlich von meinem Onkel.
Zwei Eindrücke nahm ich von dem ersten Besuch einer psychiatrischen Anstalt in meinem Leben mit. Erstens, dass Krankenpfleger viel besser, sozialer klingt als Irrenhauswärter, und zweitens, dass mein Onkel Eduard ganz und gar nicht geistesgestört ist. Eher seine Irren..., ich meine seine Pfleger.

Der Freitagabend war angebrochen. Ich hatte mich kundig gemacht, wo der Abfluss des Anstaltsteichs in die Erft zu suchen sei, und mich vorsichtshalber noch im Hellen vergewissert, dass die topografischen Karten stimmten. Dann parkte ich mein Auto so nah an der bewussten Stelle wie möglich und harrte der Dinge, die da kommen würden.

Finsterer und finsterer wurde es und unangenehm kalt. Wenn ich an die heißen Tage dachte, die ich bei den Asphaltkochern an der Ahr zugebracht und während denen ich Bekanntschaft mit den Nereiden geschlossen hatte....

Da waren sie! Ich sah mich um, ob menschliche Zeugen in Sicht waren und schritt, da das nicht der Fall war, entschlossen auf das Gewässer zu, von dem ich wusste, dass es sich für mich auftun würde. Die Nixen sahen mich gespannt an und lächelten zufrieden, als sie mich ihnen nähern sahen. Die kompakte Flüssigkeit löste sich in Blasen auf und ich trat auf den flachen Grund. „Ist Eduard frei?" fragte ich ins Blaue. *Er ist gerade dabei, es dir nachzutun. Wir gehen ihm entgegen.*

Eins der Wesen nahm mich an der Hand. Die Berührung wirkte elektrisierend, geschah sie doch zum ersten Mal zwischen einer Bewohnerin des neptunischen Elements und mir. Aber es war zweifellos eine, ich spürte den Griff der Finger, so ätherisch sie aussahen, und mich hinter ihrer Besitzerin herziehen. Drei Monate hatte ich davor zurückgeschreckt, dem Rhein im Dunkeln nahe zu treten, und nun fühlte ich mich unter meinen Begleiterinnen so wohl, als hätte ich nie etwas anderes getan als mich in ihrer Umgebung aufzuhalten. Es fiel der eine oder andere belanglose Satz, bis ich einer Gestalt ansichtig wurde, die mir ähnlicher sah als alle anderen um mich herum.

„Eddi?" rief ich. „Linn?" scholl es zurück. „Wer sonst? Komm', lass' uns von unseren Freundinnen führen, damit ich dich entführe." „Gern."

Kaum dem metamorphosierten Wasser entstiegen standen wir im Dunkeln, denn die Blasen, die stets schwach schimmern und dem lichtempfindlichen menschlichen Auge Anhaltspunkte zur Orientierung bieten, lagen hinter uns und die Winternacht hatte uns wieder. Ich fasste in meine Jacke und angelte eine Hochleistungstaschenlampe heraus, die neben anderen Eigenschaften die aufwies, nässeunempfindlich zu sein. Das war aber nicht nötig, denn sowohl Eduard als auch ich waren einzig vom Schweiß unserer Anstrengungen leicht feucht, aber sonst zeigten unsere

Körper und Kleider nicht den geringsten Hinweis darauf, dass wir soeben der Erft entstiegen waren.

„Ah, da lang", sagte ich, nachdem ich einige Markierungspunkte wiedererkannt hatte. Kurz darauf hatte ich mein Auto gefunden und wir ließen uns auf die Vordersitze fallen. „Das hat ja bestens geklappt", sagte mein Onkel. Es waren seine ersten Worte, seit wir uns ‚unter Wasser' wiedergesehen hatten. Ich startete den Motor und während der Fahrt fiel kein weiteres Wort mehr. Die Umstände des zurückliegenden Ausbruchs waren so absurd, dass es uns beiden die Sprache verschlagen hatte.

Ich komplimentierte Eduard in die Stadtwohnung und wies ihn ein. „Du hast ungefähr meine Statur, sodass du dich am Inhalt meines Kleiderschranks bedienen kannst. Alles andere ist auch da wie eine vollständig eingerichtete Küche für ein opulentes Mahl. Ich erinnere mich daran, dass du früher ein ausgezeichneter Hobbykoch warst.

Sollte dir ein Mitbewohner über den Weg laufen, sagst du wahrheitsgemäß, du seist ein Onkel von mir und für eine Weile hier einquartiert, weil dir deine eigene Bleibe abhandengekommen sei. Das ist ja wirklich die Wahrheit. Morgen schauen wir im Internet nach, ob deine Flucht Wellen geschlagen hat."

Das hatte sie. Am Sonntagmorgen fanden sich mehrere Meldungen, von denen der Polizeibericht die erhellendste war. *Gestern entkam ein Einsitzender aus der bekannten psychiatrischen Anstalt unserer Kreisstadt. Bemerkenswert sind die Umstände seiner Flucht. Er hat am Freitag Ausgang und kehrte auch kurz vor Mitternacht ordnungsgemäß zurück, betrat aber offensichtlich sein Zimmer nicht mehr. Wie er es schaffte, die hohe Grenzmauer zu überwinden, ist ein Rätsel. Er wurden keinerlei Hilfsmittel wie Leitern, Stricke o. Ä. gefunden. Zum Tor hinaus spazierte er jedenfalls nicht mehr.*

Es handelt sich um einen langjährigen Patienten, der außer durch wirres Gerede nie auffiel. Er galt und gilt als harmlos und ist mit an Sicherheit grenzender Wahrscheinlichkeit unbewaffnet. Es ist eher zu befürchten, dass er in seiner dünnen Kleidung hilflos umherirrt und der Gefahr des Erfrierens ausgesetzt ist. Für sachdienliche Hinweise….

Ich lachte. „Wie alt ist denn das beigefügte Bild von dir?" Eduard stimmte in mein Lachen ein. „Als ich 'reinkam, war es schon zehn Jahre alt." „Dann brauchst du dich keiner Gesichtschirurgie zu unterziehen. Kein Mensch wird dich erkennen." „Umso besser."

Es entzieht sich meiner Kenntnis, wie intensiv nach meinem Onkel gesucht wurde. Ich las und hörte von dem Fall jedenfalls nichts mehr, bis es mich ganz unerwartet treffen sollte, und wir richteten uns häuslich ein. Meinen Bungalow im Vorgebirge bewohnte ich nunmehr ganzwöchig, was weniger Fahrerei als erwartet nach sich zog, denn nach einiger Vorbereitung war mir möglich, etliche Onlinevorlesungen von den eigenen vier Wänden aus zu halten. Schnell hatten wir herausgefunden, dass mein ursprünglich als Wochenaufenthalter vorgesehenes Stadtdomizil für zwei Personen in dauerhafter Belegung unerfreulich eng war. Was nicht hieß, dass wir für vertiefte Diskussionen über Nymphen und Nereiden nicht so manchen Abend dort verbrachten.

Ich hatte während der Woche, die mir bis zum Ausbruchstag geblieben war, Eduards Unterlagen gründlich durchgearbeitet. „Mich erstaunt, auf welch' freundschaftlichem Fuß du mit den Nereiden stehst." „Also Nereiden, von mir aus. Zu deiner Frage oder besser gesagt deiner Aussage: Warum sollte ich nicht?" „Sie zerstören und töten, ohne sich um die Folgen zu scheren." „Sie machen's ja nicht aus Bosheit."

Ich gedachte aufzufahren, aber Eduard legte mir seine Hand auf meinen Arm. „Sie sind bei aller Macht, über die sie verfügen, sehr naiv. Sie waren ohne weiteres bereit, mir die Daten ihrer nächsten Unternehmungen zu verraten." Unternehmungen! Welch' eine Beschönigung für verheerende Sturzfluten! Wohlweislich schwieg ich, da ich gespannt war, wie mein Onkel weiterargumentieren würde. Nicht ganz überraschend erregte er sich beinahe, als er fortfuhr: „Ich hatte doch taggenau vorausgesagt, dass die Ahr am 14. Juli von einem schrecklichen Hochwasser heimgesucht werden würde. Statt das aber als Warnung weiterzugeben, lachten sie mich aus und erklärten mich zum Spinner."

Lieber Onkel Eddi, ganz auf der Höhe der menschlichen Psyche bist du doch nicht! Wollte man auf jeden Irren in einer Anstalt hören.... Andererseits erinnerte ich mich an den diensthabenden Arzt, wie dieser noch lange nach dem Ereignis empört getan hatte – oder es wirklich war –, dass ein Patient offenbar in die Zukunft zu blicken vermochte. Auf Unerklärliches reagiert der Mensch häufig mit Wut und Abscheu.

„Ich habe", plauderte Eduard beim abendlichen Bier in seiner vorläufigen Bleibe, „schon seit Jahren Kontakt mit den Nereiden." Auch er bediente sich mittlerweile meiner Bezeichnung, weil sie weniger vorbelastet als Nymphen klingt. „Der erste verlief ungefähr wie bei dir", fuhr er fort. „In einer lauen Sommernacht starrte ich in den Rhein und mir war, als sähe ich ätherische Wesen, erfreulicherweise weibliche. Wie es weiterging, brauche ich dir nicht zu erzählen. Dummerweise erkannte ich nicht, dass ich besser den Mund gehalten hätte, denn kaum hatte ich begeistert meine Beobachtungen weitergegeben, tauchten die ersten Herren bei mir auf, die Genaueres über meinen Geisteszustand herausfinden wollten – nur zu meinem Besten, wie sie zu beteuern nicht müde wurden.

Du weißt, dass ich immer schon als verschroben gelte, weil ich mir um Erscheinungen und Vorkommnisse Gedanken mache, die der ‚normale' Mensch als esoterischen Unsinn abtut. Heute ist mir klar, dass meine sauberen Kinder die Chance mit den Nereiden nutzten, mich zu entmündigen und mein lächerliches Vermögen einzusacken."

Er grinste. „Ganz von den Geschehnissen der Welt war ich nicht ausgeschlossen. So erfuhr ich, dass deren Habgier dazu führte, dass sie sich darum, als es einmal freigegeben war, so zerstritten, dass keiner von ihnen etwas davon hatte, sondern alles bei Anwälten und Gerichten liegenließen. Manchmal gibt es himmlische Gerechtigkeit."

„Und du hast vom Ahr-Hochwasser bereits im April erfahren?" brachte ich Eduard auf das Thema zurück, das mich brennend interessierte. „Ungefähr, ja. Da sagten mir meine Freundinnen, dass dann der Flusspatron wieder einmal Geburtstag habe und der liebe es, ihn mit großer Kelle anzurühren." „Und das ist eine Überschwemmung?!" „Genau." „Und warum ist dann nicht jedes Jahr eine?" „Die Wasserwesen haben eine andere Zeitrechnung. Für sie ist nach ungefähr 105 Jahren unserer Zeitrechnung ein Lebensjahr vergangen."

Ich pfiff durch die Zähne. „Genau 105?" „Das nicht. Manchmal wird nachgefeiert und einmal, vor 300 Jahren, fiel er ganz aus, weil das Geburtstagskind unpässlich war." Das saß! Von der erstaunlichen Information abgesehen, dass auch Nereiden und ihre Mitbewohner unpässlich sein können, erklärte sich plötzlich der Rhythmus der Katastrophen dieses Tals. „Und vor dem 17. Jahrhundert? Gab es da den schrecklichen Patron noch nicht?" „Das weiß ich nicht, Linn, ebenso wie ich nicht weiß, ob die Nereiden und sonstige Wassertreter unsterblich sind. Besonders wahrscheinlich finde ich es nicht. Auf jeden Fall gibt es aus so ferner Vergangenheit keine lokalen Berichte. Wann Cäsar ermordet wurde und wann Karl der Große die Sachsen besiegte wissen wir, aber nicht, wann eine Bauernhütte an einem unbedeutenden Bach weggespült wurde."

Das Weihnachtsfest und der Jahreswechsel waren vorüber und das Semester schritt mit Siebenmeilenstiefeln seinem Abschluss entgegen. Winter bedeutet in der Kölner Bucht, eingeschlossen Bonn an ihrem südlichen Ausgang, keineswegs klirrenden Frost und meterhohen Schnee, aber Mantel, Mütze und Schal waren durchaus angebracht, als ich zum ersten Mal nach meinem Freiwilligendienst im Sommer wieder bei Nacht an ein Gewässer trat – abgesehen von meiner Fluchthilfe an der Erft.

Es dauerte nicht lange, bis ich sie sah. „Besuchst du uns?" flehten sie beinahe. Ich überlegte. Die steil gemauerte Mole der Rheinuferpromenade verbot einen Versuch, aber nachdem ich ein paar Meter weitergegangen war, stieß ich auf eine Bootsanlegestelle. Deren Betreten war natürlich ‚für Unbefugte' verboten, aber wer kann schon befugter sein als jemand, der ein paar Freundinnen besuchen möchte? Ich sah mich um, fand mich allein und stieg die Stufen ins Nass, das heißt in die für mich gebildeten Blasen hinab. Rasch war ich von den betörenden Nereiden umringt. Sie freuten sich ehrlich, mich wiederzusehen. Woran lag das? Was ist an mir – und meinem Onkel – Besonderes, dass wir ihre Gunst errungen hatten?

Mehrere Hände führten mich in eine Art Sitzecke, in der ich mich auf einem Fauteuil niederließ. Es war das erste Mal, dass ich in dieser Welt Mobiliar begegnete und fragte mich plötzlich, wie die Nereiden überhaupt leben. Sie haben annähernd menschliche Körper mit dem einzigen Unterschied, dass ihnen alles fehlt, was meiner Spezies Unappetitliches anhaftet. Ich ergriff die Gelegenheit, die fünf von ihnen, die die anderen Plätze mit Beschlag belegt hatten, danach zu fragen. Zunächst brannte mir allerdings etwas anderes auf der Seele.

„Habt ihr eigentlich Namen?" „Haben wir. Aber wir nehmen sie nicht so wichtig wie ihr." Die Antwort eröffnete mir eine neue Dimension unserer Verständigung. Zum ersten Mal hatte ich das Gefühl, dass meine Dialogpartnerin ganz normal mit mir sprach. „Darf ich dennoch wissen, wie du heißt?" „Arethusa. Und du?" „Linnæus oder einfach Linn."

Ich erhob mich und näherte mich Arethusa. Ihre vier Gespielinnen rückten beiseite, um mir Platz zu verschaffen. Ich streckte die Hand aus und berührte die linke Wange der Nereide. Sie fühlte sich wunderbar an. Nicht nur wie zarte Frauenhaut, sondern eine weitere Nuance ätherischer. Ich bückte mich, näherte meinen Mund dem Ihren und küsste sie. Sie schmeckte nicht nur wie eine Frau, sondern erreichte auch hier eine weitere Ebene erotischer Begehrlichkeit. Und alles war real, war Wirklichkeit! „Ich bin Dein", hauchte Arethusa, stieß sich ab und blieb in passender Höhe in der Schwebe.

Ich beeilte mich, mich meiner störenden Kleidung zu entledigen und meine zum Leben erwachte fünfte Extremität zwischen die einladend geöffneten Schenkel zu schieben. Was hatte ich bei meiner dritten Sichtung der Nereiden gedacht: Schöne Meerjungfrauen mit Beinen! Was konnte es Sinnlicheres geben als das?! Arethusa verstand ihr Geschäft, umschlang meine Taille mit ihren unteren Extremitäten und kitzelte mein Rückgrat mit ihren Füßen. Ihr Oberkörper schien wie für meinen geschaffen, sodass während des Akts unsere Münder miteinander verschmolzen wie Stecker und Steckdose weiter unten. Auch ihre Brüste, die mir zuvor nicht aufgefallen waren, drückten zart, aber spürbar gegen die Meinen. Meine Hände fanden Arethusas zarten Rücken und streichelten und drückten ihn, bis ich die Intensität unserer Nähe als genau richtig empfand.

Ich habe keine Vorstellung, wie lange unsere Vereinigung währte, aber gefühlt hatte ich es bisher bei keiner willigen Studentin geschafft, sie so lange zu bedienen. Das einzig Irritierende war, dass Arethusa keine Anzeichen von Leidenschaft erkennen ließ. Sie verhielt sich mir nach Belieben geschmeidig, aber kaum anders als eine Gummipuppe. Ob sie für sich Erregung empfunden hatte, blieb ihr Geheimnis. Ich tröstete mich damit, dass Männer diesbezüglich gewissenlos sind und es auch sein dürfen.

Nachdem ich von ihr abgelassen hatte, setzte sie sich wieder hin wie vorher und tat, als wäre nichts geschehen. Vermutlich war das für sie auch nicht der Fall gewesen.

Ich fand meine Kleider ordentlich aufgestapelt auf dem Tisch. Die vier anderen Nereiden hatten uns interessiert und ohne eine Spur von Eifersucht zugeschaut. Die, die sich meiner Garderobe angenommen hatte, lächelte mich nun an und sagte: „Ich bin Ianeira. Das nächste Mal darf ich von dir empfangen."

Empfangen? Hatte ich soeben tatsächlich bei den Nereiden für Nachwuchs gesorgt? Waren sie folglich sterblich und existierten in ihrem Aggregatzustand überhaupt Männer oder waren sie auf Nachschub von außen, von meiner Welt angewiesen? Fragen über Fragen, die ich aber heute nicht mehr beantwortet wissen wollte, denn die herrliche Erinnerung an einen Akt, wie ich ihn soeben erlebt hatte, krönt jedes Beisammensein und darf nicht durch anschließendes belangloses Geplauder entweiht werden.

Bevor sich bei meinem nächsten Besuch Ianeira bereit machte, nutzte ich die Anbahnung zu unserem Verkehr zu den Fragen, die mir bereits beim vorigen im Kopf herumgeschwirrt waren. Sie antwortete mir freimütig.

„Wir sind unter uns und sollten ab und zu neue Nereiden erschaffen. Dazu eignet ihr euch als plutonische Geschöpfe am besten." „Euer Nachwuchs ist nichtsdestoweniger neptunisch?" „Sicher. Meistens bleiben die Menschen, die wir erwählt haben, bei uns und metamorphieren ebenfalls." „Zu neptunischen Geschöpfen?" „Ja. Das geht ohne weiteres, denn alles Leben kommt aus dem Wasser. Zurück geht es allerdings nicht mehr. Wir zwingen niemanden, aber wer diese Straße wählt, wählt eine Einbahnstraße."

Ich überlegte, ob ich schockiert sein sollte oder nicht. Immerhin schien die Entscheidung nicht dringlich zu sein. „Ich habe von anderen Wasserwesen gehört. So erzählte mir mein Onkel Eddi vom Flusspatron der Ahr." „Es gibt jede Menge. Auch Vater Rhein mit seiner Tochter Undine gibt es." „Das heißt, dass alle oder viele der alten Märchen und Sagen wahr sind?!" „Auf Wahrheit beruhen. Wie du an dir siehst, sind wir nicht berührungslos. Wir und unsere Kolleginnen und Kollegen werden immer mal wieder gesehen und so entstehen Sagen. Als lautere Wahrheit zu verkünden wagt es glücklicherweise niemand, denn wer das wie dein Onkel tut, wird ausgelacht und landet, wenn er Pech hat, hinter Gittern."

Ich sah Ianeira neugierig an. „Wie ist denn euer Verhältnis zu den anderen Flusswesen?" „Fluss- und Meerwesen. Unser Einzugsgebiet endet nicht an Flussmündungen. Um deine Frage zu beantworten: Wir lassen uns weitgehend in Ruhe, treffen uns aber ab und zu zu einem gemütlichen Beisammensein." „Esst und trinkt ihr dabei etwas?" „Was sollen wir essen und vor allem trinken, umgeben von Flüssigkeit? Licht und Strömung liefern genügend Energie zum Leben." „Du sagtest, ihr lebt auch im Meer?!" „Auch dort gibt es Strömungen." „Reitet ihr tatsächlich auf Delfinen?" „Nur im Meer. Hier gibt's ja keine."

Zum Abschied vertraute mir Ianeira ihre nächste Unternehmung an. „Der – euer – Februar ist angebrochen. Am 17., 18. und 20. dieses Monats wird es starke Sturmfluten an der Nordseeküste geben. Solange du Plutonier bist, hältst du dich am besten davon fern." „Zu Sturmflut gehört Wind, viel Wind." „Mit den Æolen verstehen wir uns gut. Zum hundertsten Geburtstag unseres aller Herrn Neptun helfen sie uns mit, einen tollen Zirkus zu veranstalten. Ich bin gespannt, welche Namen ihr Menschen unseren kleinen Vorführungen dannzumal verleihen werdet."

Als ich in jener Nacht mit den Zahlen 17, 18 und 20 in den Gehirnwindungen meine Stadtwohnung betrat und überlegte, ob sie als Grundlage für sechs Richtige im Lotto taugten, fand ich keinen Onkel Eduard vor, aber meinen Schlüssel und einen Zettel auf dem Küchentisch.

Lieber Linn,

ich habe schon länger das Gefühl, dass sie hinter mir her sind. Ich habe nie einer Seele etwas zuleide getan, scheine aber mit meinen unkonventionellen Meinungen für gewisse Vertreter unserer Obrigkeit als Gefahr wahrgenommen zu werden – nicht für Menschenleben, sondern für die ‚öffentliche Ordnung', wie es so schön heißt. Flugs wird eine Meinung zum Fake umkatalogisiert und Fakeverbreitung ist ein Delikt, das mit drei Jahren Gefängnis oder 25.000,-- € Buße bestraft wird, wie Du sicher weißt. Bevor ich nochmals gesiebte Luft atmen darf – abgesehen vom eigenen CO_2 aus unseren angeblich vor Viren schützenden ‚Masken' – werde ich metamorphieren und der Gilde der Nymphen oder, wie Du sie nennst, der Nereiden beitreten. In der Tiefe gibt es weder Gefängnisse noch andere Zwänge, denen das elende menschliche Leben unterworfen ist. Genieße Deine Stadtwohnung, die ab jetzt wieder Dir allein gehört, solange Du sie brauchst. Ich bedanke mich für all' die Unterstützung, die Du mir hast angedeihen lassen.

Da ich weiß, dass auch Du zur Anarchie neigst, erwarte ich Dich in Kürze im Schoß unserer Gemeinschaft. Lass' Dich bis dahin nicht erwischen!

Herzliche Grüße und bis bald!

Eddi

Ich hielt den Zettel eine ganze Weile in der Hand und merkte, dass diese leicht zitterte. Onkel Eduard hatte seine Wahl getroffen! Er war vermutlich besser als ich informiert, was ihn dort ‚unten' erwartete. Da er den Weg dorthin freiwillig angetreten hatte, würde es kaum die Hölle sein.

Die die Sturmfluten auslösenden Tiefs hießen Ylenia, Zeynep und Antonia, von denen sich das zweite als das verheerendste erwies. Als der Bürgermeister von Wangerooge im Radio erzählte, dass Zeynap 300 Meter Strand aus seiner Insel gerissen habe, die nun dem Tourismus nicht mehr zur Verfügung stünden, reifte in mir der Entschluss, ihr einen Besuch abzustatten.

Über Wangerooge weht keine schwarz-rot-blaue Flagge, sondern eine dunkelblaue. Obwohl die Insel zu den ostfriesischen zählt, gehört sie als deren östlichste zum Oldenburgischen. Die Sturmflut vor wenigen Tagen war keineswegs die erste, die das Eiland heimsuchte. 1862 zerstörte eine das Westdorf, das daraufhin verlegt werden musste. Die Landmasse wandert stetig weiter nach Osten, im Lauf der vergangenen 300 Jahre um ihre volle Längsausdehnung. Zeynap hatte den wunderschönen Sandstrand, das Kernstück des touristischen Lebens, getroffen.

Wie die meisten ostfriesischen Inseln ist Wangerooge autofrei, sodass ich mein Fahrzeug in Harlesiel abstellen und die Fähre als Fußgänger nutzen musste. Normalerweise wäre ich nicht auf den Einfall gekommen, für diesen Ausflug meinen eigenen Pkw zu benutzen, denn von Bonn aus ist Wittmund per Bahn sehr gut zu erreichen und die Busse zur Fähre schließen nahtlos an, aber stundenlang eine FFP2-Maske tragen zu müssen schreckte mich seinerzeit von der Nutzung des öffentlichen Verkehrs ab – 75 Minuten hinter diesem Ding entsprechen dem Lungenschaden, den eine Schachtel Zigaretten hervorruft, und geraucht hatte ich noch nie. Auch eine Einschränkung, von der ich bei den Nereiden unbehelligt bliebe, durchfuhr es mich, als ich mir auf der Fähre den frischen Nordseewind um die Nase wehen ließ, was auf Deck erfreulicherweise erlaubt war.

Wangerooge gehört neben Borkum und Langeoog zu den Inseln, auf denen eine meterspurige Eisenbahn im Einsatz steht. Vom Westanleger bis zum Dorf gilt es 3,4 Kilometer durch das Watt zurückzulegen.

Hatte ich vermutet, ich wäre um diese Jahreszeit der einzige Tourist, sah ich mich getäuscht. Zum Glück hatte ich tags zuvor eine

Unterkunft online gebucht, nachdem ich gemerkt hatte, dass großer Andrang bestand.

Ich hegte den Verdacht, dass es sich hierbei um Sensationstourismus handelte. Häufig erblüht solcher nach Naturkatastrophen; man denke nur an den Lawinenabgang im Februar 1999, der das österreichische Galtür praktisch verschüttete und 38 Menschen das Leben kostete. Neben dem menschlichen Leid beklagte kurz nach dem Unglück der Bürgermeister, dass der Gastbetrieb des Dorfs für lange Zeit zum Erliegen kommen würde. Es stellte sich heraus, dass das Gegenteil der Fall war: Heerscharen wollten die ‚Todesschneise' sehen.

So willkommen der Einnahmesegen betroffenen Gemeinden und Gebieten sein mögen: Eine gewisse Morbidität ist diesem Verhalten nicht abzusprechen. Dementsprechend zwiespältig geschah die Aufnahme bei meinen Gastgebern.

Nun war ich kein Sensationstourist, aber das konnten die guten Leute nicht wissen. Tagsüber gehörte ich nicht zu denen, die den zerstörten Untergrund zusätzlich zertrampelten. Kaum hatte es dagegen gedunkelt, kam meine Stunde. Ich näherte mich der See, die sich gutmütig verhielt. Ich sog heftig Luft ein. Würde ich auch hier auf meine Freundinnen stoßen?

Wangerooge liegt nahe einer der meistbefahrenen Schifffahrtslinien der Erde. Folglich schimmerten von See her die Positionslichter der ‚Pötte', während von hinten die Dorfbeleuchtung mein Wahrnehmungsvermögen unterstützte. Soweit die Erklärungen, die auf natürliche Ursachen zurückzuführen waren. Dennoch: Mir war, als wäre meine Sehleistung, verglichen mit Tageslicht, kaum beeinträchtigt.

Hier war nichts zu wollen, das Strandufer war einfach zu flach. Tiefer und tiefer schritt ich ins mörderische Nass. Gerade als ich mich fragte, ob nicht Menschen, die ‚ins Wasser gehen' und deren Leichen nie gefunden werden, dies aus demselben Grund wie ich gerade tun und keineswegs Suizid begehen, sah ich sie. Waren es nicht sogar Arethusa und Ianeira, die mir winkten? Tatsächlich! Freudestrahlend gesellte ich mich zu ihnen. Meine Freude wurde dadurch erhöhte, dass sie sich erkennbar genauso freuten.

„Wie schafft ihr es, jedes Mal genau da zu sein, wo ich euch treffen möchte?" fragte ich. „Physisch tun wir das nicht. Wir sind aber zu erdweitem Persönlichkeitstausch in der Lage und können jederzeit auftauchen, wo wir wollen. Dabei behalten wir unsere äußere Gestalt, sodass du aktuell mit Arethusa und Ianeira sprichst, wie du sie kennst. Solltest du uns einmal im Amazonas besuchen wollen, sind wir in Nullzeit auch dort." "Das sind ja unglaubliche Fähigkeiten." "Es geht nicht anders. Da wir im Vergleich zu euch sehr alt werden, wäre unsere Weiterentwicklung gehemmt, wenn uns Kenntnisse und Erfahrungen nur von Generation zu Generation nach unten abzugeben gegeben wäre. Wir können das auch quer durch unsere gerade lebende Generation." "Aber ihr seid doch gar nicht unsterblich." "Das hat eine andere Bedeutung als bei euch. Nach unserer Rechnung werden wir ungefähr so alt wie ihr. Wir haben dir aber erzählt, dass der Patron der Ahr alle 105 Jahre Geburtstag feiert. Dasselbe gilt für uns Nereiden. Du darfst also unsere Lebenserwartung mit dem Faktor hundert versehen, verglichen mit eurer menschlichen. Entsprechend länger würde jede Entwicklung für uns dauern."

Als ich mir diese Erklärungen anhörte, zweifelte ich daran, dass Onkel Eduards Worte *Sie sind bei aller Macht, über die sie verfügen, sehr naiv* den Tatsachen entsprachen. Vielleicht können sie kein Latein, dachte ich, aber über Kenntnisse über sich selbst und logisches Denkvermögen verfügen sie sehr wohl. Außerdem – genau so, wie sie sich mit mir vordergründig in Deutsch verständigten, könnten sie sich wahrscheinlich auch mit den alten Römern unterhalten, ohne deren Grammatik schulstoffmäßig zu beherrschen. Welche beneidenswerte weitere Fähigkeit wohl dahinter stecken mochte? Und alle diese Fähigkeiten winkten mir im Fall einer Metamorphose…? Ich verscheuchte diesen Gedanken.

„Hast du eigentlich gemerkt, dass du dich in keinem Blasenmeer mehr, sondern wirklich im Wasser befindest?" Ich war schockiert. „Was…; wie…?" „Mach mal einen Schwenker mit deinem Arm." Ich gehorchte und merkte den großen Widerstand, den mein umgebendes Medium ausübte. „Und nun spring' hoch!" Ich schwebte beinahe, so stark war mein Auftrieb. Klar, die Verdrängung…. Obwohl ich wie in normaler Atmosphäre zu atmen vermochte, sprachen alle anderen Indizien dafür, dass ich mich unter Wasser befand.

Ich sah fasziniert, dass Arethusas und Ianeiras roten Haare wie im Wind flatterten, obwohl es sich um eine Meeresströmung handelte, und war erschrocken. „Heißt das, dass ich nicht mehr von hier weg kann?" „Natürlich nicht. Wir haben dir gesagt, dass wir keinen Zwang ausüben. Sobald du auf dem Trockenen stehst, bist du wieder ein normaler Mensch, ein Plutonier, bis du dich endgültig entscheidest."

Die Prophezeiung erwies sich als richtig. Obwohl ich soeben dem nassen Element entstiegen war, gaben weder ich noch meine Garderobe darauf einen Hinweis; alles war trocken und salzfrei. Einerseits war ich fürs Erste beruhigt, andererseits hatte Ianeiras Formulierung keinen Zweifel daran gelassen, dass sie sich ihrer Beute, das heißt meiner sehr sicher wähnte. „Denk' dran", hatte sie mir zum Abschied mitgegeben, „bei uns hast du hundert Mal soviel Zeit, dir über dein Lebensmodell schlüssig zu werden."

Während ich durch die Dünen zum Dorf marschierte, überkam mich das Gefühl, dass ich verfolgt würde. In finsterer Nacht sind normalerweise keine Strandwanderer unterwegs und wenn, dann nicht ohne Taschenlampe, denn im Gegensatz zu mir können sie bei bewölktem Himmel wie heute nicht die Hand vor Augen sehen. Der Mensch – wenn es denn einer war – hinter mir bewegte sich jedoch auch ohne Leuchthilfe genauso sicher auf dem sandigen Untergrund wie ich.

Ich blieb stehen. Mein potenzieller Feind befand sich nurmehr wenige Zentimeter hinter mir, das spürte ich. Während ich überlegte, was ich tun solle, wurde mir meine Handlungsfähigkeit entrissen, indem sich eine Gestalt in klarer Mordabsicht auf mich stürzte. Der Einsatz all' meiner Kräfte nützte mir nichts, denn ich lag unten, vom Gewicht eines erwachsenen Mannes dort festgehalten, während zwei Hände meinen Hals umklammerten, um mich mit ihnen zu strangulieren. „Solange du wie ein Mensch atmen musst", hörte ich eine Stimme keuchen, die mir seltsam bekannt vorkam.

Meine letzten Sekunden nahten unaufhaltsam. Die Vision eines Eimers voll Wasser stieg in mir hoch, das in ein Bett glühender Lava geschüttet wird und dort verdunstet, innerhalb von Sekunden zu Dampf metamorphiert.

Plötzlich entspannte sich meine prekäre Situation. Ich vernahm ein dumpfes Geräusch, die zudrückenden Hände lockerten sich und die Gestalt auf mir rollte zur Seite. Ich richtete mich zur Liegestütz auf, röchelnd und nach Atem ringend. „Geht's dir gut, Linn?" Ich sah mich verwirrt um, soweit mir das in meinem lädierten Zustand möglich war. Verwirrt, denn auch diese Stimme hatte ich erkannt. „Bist du's, Irne?" brachte ich heraus. „Ja sicher. Ich hatte das dumme Gefühl, dass du in Gefahr bist. Deshalb folgte ich dir bis vor das Wasser und wartete, bis du wieder herauskamst. Offenbar war ich nicht der einzige, der das tat." „Aber wer...?"

Ich erhob mich zur Gänze, schüttelte und streckte mich und fühlte mich nach wenigen Minuten wieder einigermaßen erholt, obwohl mein Kehlkopf weiterhin Phantomdruck meldete. Ich wiederholte meine Frage.

Irenæus hatte sich mittlerweile neben meinen Möchtegernmörder gekniet und machte sich an ihm zu schaffen. „Gottseidank", schnaubte er, „zumindest lebt er." Auch er erhob sich und wandte mir sein Gesicht zu. „Kannst du auch sehen?" fragte ich, da mir die Auskunft darüber vordringlich schien. „Ja, kann ich." „Bist du auch ein Neptunier?" „Nein, ein Æole. Ich erklär's dir später. Zunächst sollten wir unseren Kollegen hier wieder fit kriegen. Es ist schwer, mit einem Knüppel einem Menschen so auf den Schädel zu schlagen, das er zwar ohnmächtig wird, aber nicht verreckt oder bleibende Schäden zurückbehält." „Und wer…?" „Da du das nun zum dritten Mal gefragt hast, sag' ich dir's jetzt. Unser alter Kollege Giselher." „Gisi? Was um alles in der Welt…?"

Irenæus legte mir beruhigend die Hand auf die Schulter. „Er gehört zur dritten Kategorie oder befindet sich vielmehr auf dem Weg dorthin, nämlich zu der der Plutonier. Du weißt, kein Mensch, sondern einer, der für Erosionen und Erdbewegungen zuständig ist." „Und Vulkanausbrüche?" „Nein, das sind die Vulkanier. Die sind ganz schlimm. Während Neptunier und Æolen stets zusammenhalten, gelingt das mit den Plutoniern selten. Gisi…."

Ein Stöhnen unterbrach Irenæus' Ausführungen. Er bückte sich und sprach beruhigend auf Giselher ein. Nach einer Weile formte sich das Stöhnen zu sinnvollen Worten. „Wo…; wo bin ich? Was ist passiert?" „Du bist überfallen worden, Gisi. Zum Glück befanden sich Linn und ich auch auf Nachtwanderung und konnten dir zu Hilfe eilen. Leider ist uns der Unhold entwischt. Hier liegt der Knüppel, mit dem du niedergeschlagen wurdest."

Ihn beidseitig stützend begleiteten wir Giselher zu seiner Unterkunft. Irenæus und mir fiel auf, dass unser Patient offenbar im Dunkeln nichts sah. Vor seinem Angriff auf mich war das anders gewesen; der Schlag auf den Schädel hatte seine Psyche oder Physis oder beides verändert.

Zum Glück bestand Giselher nicht darauf, zum Notarzt gebracht zu werden, sondern war mit dem Bett in seinem Zimmer zufrieden. Irenæus untersuchte seinen Schädel und stellte außer der Hiebwunde, die bereits zu verschorfen begann, keine weiteren Verletzungen fest.

„Gehirnerschütterung?" fragte ich. Irenæus zuckte mit den Schultern. „Da hilft sowieso nur Ruhe und die hat Gisi ja jetzt." Wir saßen bei mir im Zimmer, Irenæus mir zugewandt auf dem Schreibtischstuhl und ich auf dem Bett

„Na gut. Es wird Zeit, dass du mir einiges erklärst, Irne. Soweit ich sehe, weißt du mehr als ich." „Ich bekam deine Anwandlungen bereits vorigen Sommer an der Ahr mit, wobei mir dein zeitweiliges spurloses Verschwinden unerklärlich war. Das blieb es zunächst, bis ich wenige Wochen nach unserem Einsatz meinte, meine Wohnung mit mir sprechen zu hören. Natürlich glaubte ich zunächst an Halluzinationen und mir wurde angst und bange.

Dann stellte sich heraus, dass es nicht meine Wohnung war, die mit mir sprach, sondern die Luft darin. Während deine Nereiden das Thema offenbar nur angeschnitten haben, wurde ich von meinen Æolen über das Verhältnis von ihnen zu den Neptuniern vollständig aufgeklärt. Da dämmerte mir, wo du abgeblieben warst, während ich das Ufer nach dir absuchte." „Das ging so weit, dass du mir hierher nachgereist bist?!"

Irenæus lachte. „Nein, das war purer Zufall. An den drei Frühjahrsstürmen waren beide Kräfte gleichermaßen beteiligt. Folglich zog es auch mich hierher, um das Ergebnis der gemeinsamen Bemühungen zu begutachten. Ich sah dich gestern mit Sack und Pack dem Inselbähnchen entsteigen." „Und Gisi?" „Das weiß ich nicht. Ich weiß auch nicht, warum er dich attackiert hat. Mir wurde von meinen neuen Freunden lediglich mitgeteilt, dass ein Dritter unserer Gruppe sich dem dritten Element zum Diener machte."

Giselher verzichtete wohlweislich auf eine Anzeige und begnügte sich damit, während seiner verfließenden Urlaubstage Aktivitäten weitgehend zu unterlassen. Die Blutkruste war unter seinem üppigen Haarschopf nicht sichtbar. Irenæus und ich besuchten ihn einige Male, um uns nach seinem Befinden zu erkundigen, und stellten fest, dass er tatsächlich seine plutonischen Fähigkeiten verloren zu haben schien – ihn unterschied nichts von einem ganz normalen Menschen. Die Geschichte mit dem Überfall auf ihn kaufte er uns vollumfänglich ab. Ob irgendwann ein blutbesudelter Knüppel in den Dünen gefunden wurde, entzieht sich unserer Kenntnis. Bis in die Medien schaffte es der Fund jedenfalls nicht.

Ob Giselher seinen Zugang zu Pluto je wiedererlangen würde, blieb uns bis auf weiteres verborgen und sollte sich erst 1½ Jahre später auf dramatische Weise offenbaren.

Das Sommersemester nahte und erforderte im Gegensatz zu den vergangenen zwei Jahren weitgehende Präsenz in den Wandelhallen der Fakultäten. Da nunmehr meine Stadtwohnung dank Onkel Eduards Metamorphose frei war, nahm ich den üblichen Lebenswandel wieder auf, den ich während der Jahre vor Covid-19 gepflegt hatte.

Einmal erhielt ich in besagter Stadtwohnung Besuch von offizieller Seite. Ein Kommissar klingelte und fragte äußerst höflich, ob er herein dürfe. „Selbstverständlich", antwortete ich, der ein reines Gewissen vortäuschte, „worum geht es denn?"

„Es geht um Ihren Onkel Eduard", erklärte mir der Beamte, als wir am Küchentisch saßen und er Kaffee aus der Tasse trank, die das Objekt seiner Nachforschungen mehrere Wochen lang benutzt hatte. „Der, der im Irren...; ich meine in der psychiatrischen Anstalt einsaß?" „Genau. Sie wissen vermutlich, dass er vergangenen Herbst flüchtete und spurlos verschwand." „Ich habe davon gehört, ja." „Hatten Sie ihn nicht ein- oder mehrmals besucht?" „Einmal. Da schien es ihm recht gut zu gehen und er gab in keiner Weise zu erkennen, dass er zu türmen beabsichtigte." „Darf ich fragen, worüber Sie sich unterhalten haben?"

Ich tat, als dächte ich intensiv nach. „Ich erinnere mich nur an Belanglosigkeiten. Onkel Eduard jammerte mir vor, wie ihn seine Familie eingeseift habe, um an sein Vermögen zu kommen, und dass er sich trotz seiner Entmündigung nicht unterkriegen ließe." „Haben Sie darüber gesprochen, warum er einsaß?" „Nur gestreift, denn das wusste ich ja. Er gab vor, mit Wassernymphen, sogenannten Nereiden in Kontakt zu stehen und im Vorhinein über Überschwemmungen Bescheid zu wissen. Das Ahrhochwasser hat er wohl, wie mir der Anstaltsleiter mitteilte, auf den Tag genau vorausgesagt." „Fanden Sie das nicht merkwürdig?"

Ich begann zu erraten, worauf der Kommissar hinauswollte. „Zunächst ja. Dann studierte ich den Rhythmus der Katastrophen in dem Tal und kam zu der Erkenntnis, dass eine geschickte Extrapolation zum Sommer 2021 führen könnte." „Aber auf den Tag genau...?" „Das ist ein seltener Treffer für einen Propheten, aber nicht unmöglich. Es hat, glaube ich, keinen Zweck, sich darüber allzu tiefschürfende Gedanken zu machen.

Übrigens kam mir während unserer Unterhaltung mein Onkel vollständig vernünftig vor. Anscheinend glaubten auch die Wärter...; ich meine die Krankenpfleger, dass von ihm keine Gefahr ausgeht, und ließen ihn weitgehend in Ruhe. Am Nachmittag unternahmen

wir unbehelligt einen gemeinsamen Spaziergang im Park, der der Anstalt angeschlossen ist."
Der Fahnder schwieg eine Weile. Dann fuhr er ein erstes Geschütz auf. „Während des Besuchs im Zimmer Ihres Onkels fiel die Überwachungskamera aus." „Eine Ungeschicklichkeit von mir. Ich hatte zur Feier des Wiedersehens eine Flasche Sekt mitgebracht. Leider bin ich im Öffnen dieser Geschosse nicht geübt. Ein Spritzer verirrte sich leider auf den Sensor der Kamera und verursachte in diesem einen Kurzschluss. Ich hatte angeboten, die Kosten für eine eventuelle Reparatur oder einen Ersatz zu tragen, habe dann aber von der Sache nichts mehr gehört."
„Hm." Mein Gegenüber rieb sich am Kinn. „Ihr Onkel verschwand eine Woche nach Ihrem Besuch." „Tatsächlich? Komischer Zufall." „Wirklich ein Zufall?" Ich schützte vor, schockiert zu sein. „Hören Sie mal, Sie wollen doch nicht andeuten, dass ich damit etwas zu tun hätte?!" „Wir gehen lediglich allen denkbaren Spuren nach."
Der Kommissar verließ mich unverrichteter Dinge. Ich hatte allerdings bemerkt, mit wie scharfen Augen er sich während seines Besuchs links und rechts umgeblickt hatte. Ich war mir sicher, alle Spuren meines Onkels aus der Wohnung getilgt zu haben und ebenso sicher, dass dem Fahnder keine entgangen wären, wäre mir das nicht gelungen.
Nichtsdestoweniger galt es in Zukunft auf der Hut zu sein. Entgegen meiner ursprünglichen Annahme schien behördlicherseits das Verschwinden Eduards nicht auf die leichte Schulter genommen zu werden und ich hatte mit dem Anstaltsleiter kontrovers über gewisse Dinge diskutiert. Das hatte dieser bestimmt nicht vergessen. Ärzte sind nachtragend.
Abgesehen von der geschilderten Episode verlief das Sommersemester ereignislos. Ab und zu besuchte ich Arethusa und Ianeira. Dazu nutzte ich eine Bucht oberhalb von Königswinter, die ich als weitgehend unbeachtet aufgespürt hatte.
Ich sah zu, wie ihre Bäuche wuchsen, und fragte: „Ihr seid nicht 75 menschliche Jahre lang schwanger?" „Nein, ungefähr ein Jahr. Wie kommst du auf diese Zahl?" „Ich rechnete euren Zeitablauf in den menschlichen um." Ianeira lachte. „Das ist doch nur unsere Lebenserwartung. Alles andere läuft ähnlich ab wie über Wasser. Wir sind ja auch nicht hundert Mal so langsam wie du."
Arethusa fügte hinzu: „In einem Jahr sind unsere Neugeborenen da und wir können im Sommer am großen Spektakel teilnehmen." „Welchem Spektakel?" „Du weißt doch, dass dannzumal wieder

409

eine große Klimakonferenz auf einer wunderschönen Insel im indischen Ozean stattfinden wird? Die Vorbereitungen dazu sind bereits in vollem Gange. Ein Flughafen und ein riesiger Hotelkomplex werden gebaut und weiträumige Absperrungen sind vorgesehen. Aber nur für Menschen."

Ich erinnerte mich. Die sogenannten Klima-‚Rettungs'-Konferenzen werden mit Vorliebe an den schönsten Badeorten der Erde abgehalten, die während Monaten für gemeine Untertanen Sperrgebiet sind, damit sie für wenige Tage den Mächtigen der Welt zu deren Ergötzen dienen. Dabei nutzt jeder der Hochwohlgewählten mindestens ein Großraumflugzeug exklusiv für sich, während der Gemeine bereits als Umweltverbrecher eingestuft wird, wenn er mit 300 anderen Urlaubern in ein solches eingepfercht zu seinem Erholungsort fliegt. Natürlich haben die Flughäfen von Badeorten selten die Kapazität, Hunderte der Riesenblechbüchsen für mehrere Tage zu parken, sodass diese leer zu diesem Zweck irgendwohin gebracht werden müssen. Nach ein paar Tagen wird alles umweltschonend wieder zurück abgewickelt. Dazu Mengen an kulinarischen Köstlichkeiten aus aller Welt, die einen afrikanischen Flächenstaat für ein Jahr ernähren könnten, ein Stromverbrauch, der besagtem afrikanischen Flächenstaat genügen würde, seinen Bedarf über Monate zu decken, Trinkwasser-, aber auch Spirituosenmengen, die jedes vorstellbare Maß überschreiten, und Ressourcen aller Art, die dem Rest der Welt für nützliche Dinge zu verwenden verwehrt bleiben.

Wenn alles vorbei ist, steht der Gastgeber vor Tausenden Tonnen Abfall, die er je nach Entwicklungsstand direkt ins Meer befördert – das trifft für die ärmeren Länder zu – oder aus Kostengründen zum fachmännischen Entsorgen zu den Chinesen spediert, die ihn nach Entfernen wertvoller Metalle ins Meer werfen – das trifft für die Industrienationen zu, die sich mit dieser Methode ein reines Gewissen einreden dürfen.

Dazu kommen Tausende Tonnen nicht verzehrter Lebensmittel bester Qualität, die ebenfalls auf dem Müll landen. Milliarden von Menschen würden sich die Finger danach lecken, aber bedauerlicherweise lassen die modernen Hygienevorschriften diese Art der Verwertung – das Essen von Nahrungsmitteln – nicht zu.

Ich hatte mich über diese ‚Rettung' stets aufgeregt und bin der Meinung, ihr Unterlassen trüge deutlich mehr zum Wohlbefinden unseres Planeten bei als jeder Konferenztourismus jemals bewirken wird. Und nun – was hatte Arethusa mit ihrem abschließenden Halbsatz gemeint?

Sie erklärte es mir ohne Umschweife. „Wir verbünden uns zweckgebunden mit den Plutoniern, denn ein Tsunami entsteht durch ein Seebeben, also ein Erdbeben auf dem Grund des Ozeans. Das müssen sie besorgen. Für den verstärkenden Effekt durch 40 Meter hohe Wellen sorgen wir und für Windgeschwindigkeiten von über 100 km/h, die über das Atoll blasen, die Æolen. Da bleibt kein Stein auf dem anderen und wir haben praktisch alle Regierungen der Erde auf einen Schlag geköpft. Ist das nicht herrlich?" Sie vermochte die unumwundene Begeisterung über diesen Plan nicht zu unterdrücken.

Ich war hingegen schockiert. „Aber…; aber dann sind doch alle tot?" „Nur die, die sich während dieser Zeit auf dem Atoll aufhalten, und die haben's nicht anders verdient." „Aber die Chauffeure, Saaldiener, Friseure…?" „Die gehören dazu. Warum verdingen sie sich auch als Speichellecker bei ihren Feudalherren und -damen?"

Ich überlegte, ob ich weiter gegenargumentieren solle, fand mich aber in der Zwickmühle, gewisse Aspekte des Vorhabens gut zu finden. Sollte ich das versuchen, wäre ich folglich gezwungen, den advocatus diaboli zu spielen. Während ich überlegte, doppelte Ianeira nach: „Solltest du dich bis dahin uns angeschlossen haben, wirst du einige gute alte Bekannte wiedertreffen." „Wann denkst du denn…?" Arethusa hakte subtil nach und versprach mir Aufklärung, sobald ich zu ihnen stieße.

„Ich habe mir einen Plan zurechtgelegt", erwiderte ich zu beider Beruhigung. „Ich möchte nicht einfach verschwinden. Ich werde das Semester zu Ende bringen und eine Auszeit beantragen, während der ich in Tibet den Kailash zu umrunden gedenke. Danach kommen in Pakistan die Rundwege von Nanga Parbat und K2 dran. Es ist ein leichtes, irgendwo dort irgendwann abzutauchen. ‚Was muss der Schwachkopf auch in solche Länder reisen', höre ich meine Kollegen bereits sagen, aber niemand wird daran zweifeln, dass ich ganz ehrlich von islamischen Extremisten abgemurkst wurde."

Arethusa und Ianeira klatschten erfreut in die Hände. „Ein guter Plan. Folglich dürfen wir im August mit dir rechnen?!" „Ja, das dürft ihr. Dann sehe ich auch meine Kinder das Licht der Welt erblicken."

Das war durchaus ehrlich gemeint. Dennoch taten mir die Tausendschaften leid, die nächstes Jahr dran glauben sollten, und ich begann, meinen Mitbürgern, auch den prominenteren, versteckte Warnungen zuzuflüstern. Nach und nach wurden aus den versteckten immer offenere.

Das sollte sich als schwerer Fehler herausstellen.

Ich hatte das Semester bewältigt und meinen Antrag auf Sabbatical gestellt, als sie vor meiner Tür standen. Zwei Polizisten und eine Zivilperson, die offensichtlich im Sanitätsdienst stand. „Sind Sie Herr Linnæus Weidenbaum, ordentlicher Professor für Soziologie und Geschichte?" fragte einer der Uniformierten, vermutlich der Ranghöhere. „Ja, bin ich. Womit kann ich dienen?" „Wir haben einen Einweisungsbefehl in die psychiatrische Anstalt für Sie. Wir geben Ihnen eine Stunde Zeit, einige persönliche Habseligkeiten zusammenzupacken. Dann kommen Sie bitte mit uns."

Ich war wie vom Donner gerührt. „Waaas??" Nein, es war kein böser Traum. Die Polizisten ließen mich keine Sekunde aus den Augen, während ich meinen Kleiderschrank nach Brauchbarem durchsuchte und als solche erkannte Utensilien in eine Reisetasche packte. „Darf ich fragen, wer Sie schickt und was das Ganze soll?" „Das wird Ihnen der diensthabende Arzt mitteilen."

Die beiden Uniformierten nahmen auf den Vordersitzen Platz, während sich der Sanitäter neben mich lümmelte, angeblich, um mich zu betreuen und mich von ‚Dummheiten', wie er es nannte, abzuhalten. Immerhin musste ich die Fahrt nicht in Handschellen absolvieren.

Wie erwartet und befürchtet war der diensthabende Arzt der, mit dem ich damals bei dem Besuch meines Onkels über Sinn und Unsinn oder implizit über medizinische oder politische Gründe einer Einweisung diskutiert hatte.

Wie gut er sich an unser Gespräch erinnerte, bewies der Satz, mit dem er mich empfing: „So sehen wir uns also wieder, verehrter Herr Weidenbaum." „Die Umstände behagen Ihnen wahrscheinlich." „Ich bitte Sie. Jeder Fall wie der Ihre stimmt mich traurig." „Und was bin ich für ein Fall?" „Wahnvorstellungen und Gefährdung der öffentlichen Ordnung." „Ich kann mich nicht erinnern, jemals ausgerastet zu sein." „Darum geht es nicht. Es geht nicht um die Gefährdung einzelner bei einem Wutanfall oder so etwas, sondern darum, dass Sie unser gesamtes Gesellschaftssystem in Frage stellen." „Von wem haben Sie das?" „Das wurde mir, wie soll ich sagen, angetragen." „Von wem?" „Konkret werde ich Ihnen das nicht sagen. Dass ich mich auf mehrere Quellen berufe, verrate ich Ihnen allerdings." „Und was ist die Beschuldigung?"

„Fakeverbreitung der verantwortungslosesten Sorte. Wie Sie wissen, ist das ein Delikt." „Angenommen, das stimmt: Warum nimmt sich dann nicht die Staatsanwaltschaft meiner an und setzt mich in U-Haft, sondern komme ich gleich in ein Irrenhaus?" „Aber Herr Weidenbaum, so ein böses Wort! Wir sind da, um unseren Patienten beste Betreuung angedeihen zu lassen und ihnen zu helfen."
Zwei Riesenkerle, die Krankenpfleger zu sein vortäuschten, aber trotz ihrer weißen Kittel unverkennbar vom Typ ‚Gorilla' waren, flankierten mich. Ich bin ein normaler Mann mit akzeptabel trainierten Muskeln, hätte aber keine Chance gehabt, diese beiden Kraftprotze zu überwältigen. Deshalb schluckte ich meinen aufkeimenden Zorn hinunter und fragte so sachlich mir möglich war: „Und worin besteht mein verantwortungsloses Handeln?"
Der Arzt sah mich strafend an. „Das wissen Sie wohl selbst am besten?!" „Wenn ich das weiß, bin ich offenbar Herr meiner Sinne und gehöre nicht hierher." Mein Gegenüber räusperte sich, da er erkannte, dass ich ihn argumentativ an die Wand gespielt hatte. „Die Behauptung, dass die internationale Klimakonferenz im indischen Ozean nächsten Sommer einem Tsunami nie gekannter Intensität zum Opfer fallen wird, spricht doch wohl Bände.
Sie und Ihr Onkel, der leider bis heute abgängig ist, tragen wohl dieselben Gene in sich. Er hatte ja bekanntlich das Ahrhochwasser vorausgesagt." „Und auf den Tag genau Recht behalten." „Pah, purer Zufall.
Ich komme jetzt zu Ihren Einsitzbedingungen." Das Wort ‚Haftbedingungen' vermied der Herr Doktor ängstlich. „Zunächst Einzelunterbringung ohne Kontaktmöglichkeit zu anderen Personen. Sofern Sie sich verständig verhalten, dürfen Sie in ungefähr vier Wochen mit den übrigen Insassen Ihre Mahlzeiten einnehmen. Bleiben sie weiter verständig und widerrufen Sie Ihre Verschwörungstheorien, bekommen Sie Ausgang, zunächst bewacht, dann unbewacht auf dem Anstaltsgelände und irgendwann vielleicht sogar außerhalb. Sie werden allerdings verstehen, dass wir damit seit dem Ausbruch Ihres Onkels sehr zurückhaltend sind." „Ich habe gehört, mein Onkel sei keineswegs während des Ausgangs, sondern aus den hiesigen ausbruchssicheren Mauern ausgebrochen." Ein Grunzlaut quittierte meinen Einwurf. Ich hatte einen weiteren in der Hinterhand. „Noch etwas: Ich vermisse in Ihren Ausführungen den Begriff ‚Entlassung'." Der Arzt sog hörbar Luft ein, als hätte ich ihn beschuldigt, Kinder zu essen. „Die, mein lieber Herr Weidenbaum, liegt in sehr, sehr ferner Zukunft."

Er gab den beiden fürsorglichen Obelisken links und rechts neben mir einen Wink und entließ mich mit den tröstenden Worten: „Wie gesagt, solange Sie sich einsichtig benehmen, dürfen Sie Herr ihrer Gliedmaßen bleiben. Ich erinnere Sie allerdings daran, dass wir im Falle eines Falles über Zwangsjacken verfügen."
Mein Zimmer war bei weitem nicht so gemütlich wie einst Onkel Eduards Appartement, sondern glich eher einer Gefängniszelle mit Küchentisch und -stuhl, Pritsche an der Wand und einer abgetrennten Toilette mit Dusche. Wenigstens bestanden die Wände nicht aus Gummi. In einem mikroskopischen Schrank brachte ich meine Habseligkeiten unter, setzte mich auf die Pritsche und lehnte mich gegen die graffitiverzierte nackte Wand, um wieder Herr meiner Sinne zu werden.
So viel zur Meinungsfreiheit in unserem Land! In solchen, in denen diese tatsächlich herrscht wie in Dänemark und den USA, darf jeder den größten Bockmist erzählen, ohne in irgendeiner Weise juristisch belangt zu werden. Und hier? Der neudeutsche Begriff Fake, der wörtlich Falschmeldung bedeutet, ist der Schlüssel zum Unterdrücken jeglicher unerwünschter Laute – systemkonforme Äußerungen sind natürlich jederzeit und immer erlaubt. Toleriert wird auch, sich über den Billardkugelkopf des Bundeskanzlers oder den einen oder anderen Politikerversprecher lustig zu machen, aber das bisschen Gefrotzel rührt ja nicht an den Grundfesten unserer Verfassung, die längst ihrer verfassungsmäßigen Garantieen für das Individuum verlustig ging. Was muss unsere Obrigkeit für eine Angst vor der Wahrheit haben!
Ich erinnerte mich an Erzählungen meines Vaters über Kabarett in der DDR. Das gab es dort nämlich und so mancher unbedarfte westdeutsche Besucher hätte sich wohl gewundert, was so alles zur Sprache kam. Dass die Bonzen schicke Volvos fahren, während der Gemeine sich in Trabis zu quetschen hat, die selektive Behandlung bei Behörden je nach Parteirang und ähnliche Dinge klangen verdächtig nach Dissidententum. Das war es aber nicht, sondern wurde aus politischem Kalkül als Parodien über menschliche Schwächen geduldet, deren es eines Ventils bedurfte. Was jedoch nicht ging, war, an dem Verständnis des Sozialismus, das heißt an dessen unausweichlichem Endsieg zu zweifeln – das hätte sofort zu unnachsichtigen Sanktionen geführt.
Mittlerweile haben wir dank der Corona-Krise die DDR wieder. Die heutigen Kabarettisten, Comedians und Cartoonisten ziehen unnachsichtig über Impfverweigerer, echte oder vermeintliche

Verschwörer und Anhänger rechter Parteien her und halten den Regierenden die Stange. Wer das nicht tut, wird ausgegrenzt – das heißt, verliert seine medialen Plattformen zur Kommunikation – und brutal kaputt gemacht. Die auftreten dürfen, verhalten sich erkennbar ‚linientreu', wie es in der DDR so schön hieß. Natürlich gibt es in der freiheitlich ausgerichteten Bundesrepublik keine offiziell so genannte Zensurbehörde, aber von irgendjemandem müssen die Anweisungen ja stammen, einen bestimmten, nicht genehmen Beitrag auf einem sozialen Medium zu löschen, nachdem dieser jemand (oder diese jemandin?) ihn zum ‚Fake' deklariert hat. Vom Innenministerium? Vom Gesundheitsministerium? Ich weiß es nicht. Nur, dass wir keine offizielle Zensurbehörde unterhalten, das weiß ich. Die klänge genauso hässlich wie Irrenhaus.

So stehen wir heute vor der Situation, dass die Allgemeinheit sich Im Namen ihres Schutzes vor Infektionen zufrieden und dankbar entmündigen, einsperren und knebeln ließ, ohne zu erkennen, dass diese Maßnahmen der möglicherweise zunächst angesichts der neuen Gefahr tatsächlich erschrockenen Obrigkeit das Zepter in die Hand gaben, die unveräußerlichen Rechte des Einzelnen und damit das Grundgesetz außer Kraft zu setzen. Dann folgten weitere äußere Umstände wie der Überfall Russlands auf die Ukraine, die erlaubten, das Aussetzen der garantierten Freiheit weiterhin unter Hinweis auf die nunmehr äußere Gefahr ausgesetzt zu lassen.

Und nun saß ich als Opfer dieser Entwicklung auf meiner Pritsche, jeglicher Kontaktmöglichkeit zur Außenwelt beraubt, und überlegte fieberhaft, wie ich es schaffen könnte, mit meinen Nereiden wieder Verbindung aufzunehmen und mich dank ihnen ebenso elegant wie mein Onkel aus der Affäre zu ziehen.

Und, überlegte ich voll Ingrimm weiter, sollte ich das bewerkstelligt kriegen, werde ich mit vollem Herzen dabei sein – bei dem Super-Tsunami nächstes Jahr im indischen Ozean!

Mein Weg bestand zunächst in dem angemahnten Wohlverhalten, sodass ich nach vier Wochen an den gemeinsamen Mahlzeiten der ‚ungefährlichen' Mitinsassen teilnehmen durfte. Interessant waren deren Erzählungen, was sie in unser Etablissement verschlagen hatte. Durchweg waren es niederschmetternde Prüfungen wie der Tod von Kind oder Ehepartner, Privatkonkurs oder schlicht unablässiges Mobbing von Vorgesetzten und Kollegen, die zu Depressionen, Alkohol- und Drogensucht, aber auch zu öffentlichen Ausrastern geführt hatten. Keiner von ihnen war im klassischen Sinn als ‚verrückt' zu bezeichnen, das heißt dass sich eine für ein Huhn oder einer für Napoleon hielt. Ob sich überhaupt gemeingefährliche Psychopathen, deren Sehnsucht im Bomben Bauen oder mit einem Maschinengewehr Um-sich-Schießen bestand, in den Hallen der Anstalt aufhielten, entzieht sich meiner Kenntnis. Wenn, blieben sie von uns anderen streng abgeschottet.

Noch lange war nichts mit Spaziergängen im Park, und allein und im Dunkeln schon gar nicht. Der Herbst war beinahe vorbei und der Winter nahte. Hin und wieder überlegte ich, was aus meinen Liegenschaften geworden sein mochte, die ich Knall auf Fall hatte verlassen müssen, ohne dass mir etwas zu regeln möglich gewesen wäre, aber so wichtig war mir das gar nicht. Vermutlich hatte sich das Ordnungsamt dem angenommen, da diesem mein Verbleib ja bekannt war, alles versilbert und den Erlös – nach Abzug eines erklecklichen Anteils zur Deckung seiner angeblich immensen Kosten – auf ein Sperrkonto eingezahlt, das nach meiner Entlassung für mich freigegeben werden würde. Haha! Nach meiner Entlassung! Wenn es nach der Leitung, vor allem dem Chefarzt ginge, würde ich auf legale Weise hier niemals wieder herauskommen.

Ich saß nächtens in gelinder Verzweiflung auf der Kante meiner Pritsche – sie als Bett zu bezeichnen weigerte ich mich nach wie vor –, als ich am Schloss meiner Zelle ein Geräusch vernahm. Ich wunderte mich. Alle zwei Stunden kommt ein Wärter – auch gegen die Bezeichnung Krankenpfleger für die Bodybuilder sträube ich mich –, leuchtet mit einer Taschenlampe den Raum aus und geht wieder. Ich hatte bereits überlegt, mich auf die Lauer zu legen, ihn zu überwältigen und hinaus zum Teich zu rennen – weiter bräuchte ich ja nicht zu kommen –, aber angesichts der Riesenkerle verließ mich jedes Mal wieder der Mut. Wohlweislich befand sich in meinem Refugium nichts, das sich als Schlaginstrument eignete.

Nun war erst eine Stunde vergangen und der stählerne Zugang öffnete sich. Ich wollte mich gerade erheben, um eventuell doch meine Chance zu ergreifen, als ich die nackte Gestalt erkannte, die sich hereinschob und die Tür geräuschlos wieder hinter sich zudrückte, ohne sie allerdings zu verriegeln. „Eddi!" rief ich erfreut. Onkel Eduard legte den Zeigefinger auf die Lippen, um mir

zu bedeuten, mich leise zu verhalten. „Pssst!" fügte er überflüssigerweise hinzu. „Bist du bereit?" Ich wusste sofort, was er meinte. „Sicher, jederzeit. Du willst mich holen?"
Jetzt war er es, der „sicher" sagte. „Wie hast du es denn geschafft, einzudringen und dich der Schlüssel zu bemächtigen?" Onkel Eduard kicherte. „Du wirst dir denken können, dass ich längst metamorphiert, also einschränkungslos ein Neptunier bin. Als solcher bin ich für normale Plutonier unsichtbar. Der Wärter wurde kurz aufmerksam, als er die Schlüssel klingeln hörte, aber da er sich allein wähnte, wandte er sich wieder seiner Pornozeitschrift zu, und ich schlich mich hierher, nachdem ich auf der ausgehängten Liste der Zelleninsassen deinen Namen gefunden hatte. Da ich mich hier auf Grund eigener Erfahrung bestens auskenne, war mir ein Leichtes, deine Zelle zu finden.

Ich musste dennoch vorsichtig sein, denn der Schlüsselbund bleibt ja sichtbar. Ich deponierte ihn also hinter einen Vorhang auf die Fensterbank und wartete, bis eine Wachrunde abgeschlossen war und sich alle wieder im Gemeinschaftsraum versammelt hatten.

Und nun bin ich hier." „Wie um alles in der Welt habt ihr erfahren, wohin sie mich gesteckt hatten?" Mein Onkel grinste wieder. „Du siehst doch, dass wir auch als Neptunier Möglichkeiten haben, auf dem Trockenen zu recherchieren. Außerdem lag der Verdacht für mich nahe, nachdem ich erfahren hatte, dass du denselben Fehler wie ich begingst, die Menschheit vor einer drohenden Gefahr warnen zu wollen. Für mich lag auf der Hand, dass du denselben irdischen Weg gehen würdest." „Und warum kann ich dich sehen?" „Erstens bist du seit Langem Auserwählter und zweitens gehörst du schon beinahe zu uns. Wenn du nachher mit mir in den Teich steigst und wir durch den Verbindungkanal zur Erft vorstoßen, wird deine Verwandlung endgültig und unwiderruflich sein."

Das hörte sich nach einer schweren Entscheidung an. Ich schluckte. Onkel Eduard erkannte meine innere Zerrissenheit und doppelte als geschickter Psychologe nach: „Fast hätte ich's vergessen: Schöne Grüße von Arethusa und Ianeira. Sie stehen kurz vor ihrer Entbindung und wenn wir uns beeilen, erlebst du sie mit."

Nun gab es kein Halten mehr. Mein Onkel ließ den verräterischen Schlüsselbund in meiner Zelle liegen und wir schlichen uns durch die schummerbeleuchteten Gänge bis zum Aufenthaltsraum, aus dem erregte Stimmen drangen: „Du Trottel, wie kann dir der Passepartout abhandenkommen? Wenn wir ihn nicht wiederfinden und der Boss steigt dahinter, gibt's einen mächtigen Anschiss."

Onkel Eduard und ich glucksten vor Vergnügen. Die Herren schienen im Augenblick ausreichend mit sich selbst beschäftigt und keinen Sinn für ihre Runden aufzubringen. Mühelos erreichten wir den Mitarbeitereingang, öffneten ihn und standen im Park. Wenige Minuten später tauchten wir in den idyllisch im Mondlicht glitzernden Teich.

Der Sommer nahte mit Riesenschritten und mit ihm das große, weltpolitisch so wichtige Ereignis der Klimakonferenz. Ich selbst sah mit Vergnügen meine kleinen Nereiden aufwachsen, war aber auch als wichtiges Mitglied unserer Elemente-Konferenzen auserkoren, die den Klimaschützern zeigen sollte, was Klimaschutz bedeutet.

Zu meiner Überraschung saßen am runden Tisch zwei weitere mir bekannte Personen: Irenæus Ginsterburg als Vertreter der Æolen und Giselher Ottenhagen als der der Plutonier. Für uns sahen wir unverändert aus, obwohl das sicher nicht der Fall war. Lediglich, dass keiner der drei Gattungen Kleidung kannte, unterschied uns vom irdischen Leben, denn es wäre sehr merkwürdig, wenn die Herren über die Elemente es nötig hätten, sich vor den Elementen zu schützen.

„Erinnerst du dich, wie ich dich damals bei unserem Ahr-Einsatz wegen deiner Scheu vor Wasser aufgezogen habe?" war Giselhers Begrüßung zu unserem ersten Treffen, „und ausgerechnet du bist bei den Nixen gelandet." Es schüttelte ihn schier vor Lachen.

An ihn hatte ich in Erinnerung an ein prekäres Erlebnis eine persönliche Frage. „Warum hast du mich damals auf Wangerooge zu töten versucht?" Giselher wurde ernst. „Komischerweise habe ich es nicht im Gedächtnis, weiß aber, dass es der Wahrheit entspricht. Ich denke, ich war von meiner neuen Sippe – den Plutoniern – dazu beauftragt, weil sie dich für einen Verräter hielten." „Wie kamen deine Leute darauf?" „Auch das weiß ich nicht mehr. Ein Schlag auf den Schädel hat mir die Erinnerung an meine erste Mitgliedschaft ausgelöscht. Die Plutonier mussten mich erst wieder an sich heranführen." „Denkst du, weil ich zu den Neptuniern tendierte – als Grund für deinen Anschlag, meine ich?" „Nein, denn das wäre und war egal. Eher, weil sie die Gefahr sahen, dass du uns alle verrätst."

Ich nickte. „Na schön. Allerdings habe ich selbst erlebt, dass ich das gar nicht fertiggebracht hätte. Ich wär genauso im Irrenhaus gelandet wie es letztlich nach meiner Warnung der Fall war. Ich bin mir nicht sicher, ob das nicht auch ein kleiner Verrat war." Giselher winkte ab. „Auch das ist im Nachhinein egal. Es sind besagte Methoden, die uns alle veranlassten, der durchorganisierten modernen Zivilisation den Rücken zu kehren.
Was soll's. Wir sind zuerst dran", fuhr er geschäftsmäßig fort. „Hundert Kilometer südlich des Atolls werden wir ein Seebeben auslösen, aber keine einfache Erschütterung, sondern eine Art rhythmisches Stampfen, das euch…" damit wandte er sich an mich „…immer weiter auftürmt." „Dann sind wir an der Reihe", nahm Irenæus den Ball auf. „Wenn ihr…" das war wieder an mich gerichtet „…eine Höhe von 40 Metern erreicht habt, fangen wir an zu blasen, bis der Wind Mindestens 100 km/h erreicht. Das ist ungefähr die Dachhöhe des gläsernen Konferenzraums, der das Ensemble krönt. Der Wellenberg wird sich langsam in Bewegung setzen und beinahe Windgeschwindigkeit erreicht haben, bis er am Ziel ist."

„Einige Stunden zuvor werden die Teilnehmer sicher merken, dass etwas im Busch ist", gab ich zu Bedenken. „Werden sie, aber das macht nichts. Meer und Atmosphäre werden dann so aufgewühlt sein, dass weder Hubschrauber abheben noch Boote auslaufen können, ohne sich selbst größten Gefahren auszusetzen. Die Konstruktion hat keinen Keller, sodass den Politikern kein Ausweg bleibt. Ein bisschen Todesangst, bevor es sie erwischt, schadet ihnen nichts."

Wir besahen uns das Wunderwerk vom Wasser aus und wie in ununterbrochener Folge Flugzeuge landeten, hochkarätige Personen ausspuckten und wieder starteten. Schiffe voller Versorgungsgüter dockten ebenso ununterbrochen an und wurden entladen.

„Wirklich ein Wunderwerk", urteilte ich, der sich im früheren Leben für Architektur interessiert hatte, „ein sogenanntes Minergiegebäude, das heißt jegliche Energie, die es verbraucht, erzeugt es mit Sonnenkollektoren und -sensoren selber. Sehr ihr, wie filigran und luftig es wirkt, beinahe zu schweben scheint? Das ist das Glas, in das die energieerzeugenden Komponenten integriert sind. Beinahe schade, es zu zerstören. „Es geht ja um die Potentaten und nicht um das Drumherum." „Weiß ich, Gisi, aber schade ist es doch. Vergiss nicht, dass sich Milliarden arbeitender Menschen noch ein wenig mehr als bisher krummlegen durften, um die angeblich zweckgebundene Sondersteuer für das Aushängeschild ihrer kritikresistenten, weil unfehlbaren Obrigkeit zusammenzubringen." „Wenigstens soll die ganze Anlage nach Abschluss der Klimakonferenz für die Öffentlichkeit freigegeben werden." „Was denn für eine Öffentlichkeit? Für Multimillionäre und Milliardäre, aber nicht für die, die das Ding bezahlt haben."

Der erste Konferenztag stieg und die Teilnehmer widmeten sich ahnungslos ihren Tagungsordnungspunkten, die sich, soweit ich erfahren hatte, in gegenseitigen Beteuerungen erschöpfte, wie gut es sei, sich wieder einmal zu treffen und auszusprechen. Der zweite Tag war den Tagesordnungspunkten gewidmet und ob daran etwas zu bemängeln sei. Die aufreibenden Diskussionen wurden den gestressten Teilnehmern selbstverständlich durch ständigen Nachschub an kulinarischen Köstlichkeiten und den besten Wein- und Bier-, aber auch Spirituosenerzeugnissen erleichtert, die die Erdkugel hergibt.

Am dritten Tag begannen die Plutonier mit ihrer Arbeit. Von dem Beben war auf dem Atoll nichts zu spüren und noch türmten sich die Wellen unerkannt, da ortsfest immer höher. Erst als die Æolen mit ihrem Sturm einsetzten, der die Metereologen vor ein Rätsel stellte, da er sich offensichtlich aus dem nichts aufgebaut hatte, begannen über Wasser die Alarmglocken zu schrillen.

Obwohl der Stararchitekt, der bestbezahlte der Erde, die Ausschreibung unter anderem auf Grund der Behauptung gewonnen hatte, seine Kreation sei absolut sturm- und flutresistent, blieb denen, die sich auf Maagoipolhu aufhielten, keine Chance. Wie von Giselher vorausgesagt wäre kein menschliches Vehikel in der Lage, zwecks Evakuierung auszulaufen, ohne selber vernichtet zu werden.

Ich stellte mir plastisch vor, wie die Politiker ihre bis eben so wichtigen Tagesordnungspunkte sausen ließen, sich verängstigt im Foyer in der Hoffnung versammelten, dort gemäß dem Versprechen des Stararchitekten vor der Macht der Elemente geschützt zu sein, vor Angst die zugänglichen Toiletten in höherem Maß frequentierten als ursprünglich geplant gewesen war und sicher die eine oder andere Fäkalhavarie auslösten.

Vor der kinetischen Energie von Millionen Tonnen Wasser, die sich auf 40 Meter auftürmen und mit einer Eigengeschwindigkeit von 100 Stundenkilometern vorwärtsdringen, gibt es keinen zuverlässigen Schutz von menschlicher Hand, mag die Hand auch

noch so hochdotiert sein. Beinahe enttäuscht beobachteten wir
– Irenæus, Giselher und ich –, wie die filigrane und laut Garantiesiegel sturmflutsichere Konstruktion hilf- und widerstandslos wie ein Kartenhaus um- und ins Meer gespült und geblasen wurde. Innerhalb von Sekunden war von ihr nicht einmal mehr das Fundament übrig. Bedauerlicherweise war uns das erwartete gänsehauterzeugende Krachen zerberstender Substanz zu genießen nicht vergönnt, da es vom Heulen der æolischen Kräfte und dem Donnern der Brandung übertönt wurde. Lediglich ein überlautes Platschen drang an unsere Ohren.

„Es ist gut; ihr könnt mit stampfen und blasen aufhören", gaben wir an unsere Leute durch, „es ist vollbracht."

Wir betraten den Ort unseres Akts der himmlischen Gerechtigkeit. Davor hatte das Riff ungefähr drei Meter über Normal Null hinausgeragt; jetzt waren es nur noch wenige Zentimeter, bar jeglichen Zeugnisses, dass jemals mehr als eine Windhose darauf gestanden hatte.

„Schade um die schönen Korallen", sagte Giselher.

„Schade um das leckere Essen", sagte Irenæus.

„Schade um die drallen Nutten", sagte ich und fuhr fort: „Wie konnten die Schwachköpfe auf die Idee kommen, ihre gesamte sogenannte Elite auf derart fragilem Grund zu versammeln? Das war eine klassische Falle." „Die Mächtigen der Erde lieben halt schöne Orte, vor allem schöne Badeorte. Und sie lieben sie besonders, wenn sie sie exklusiv für sich haben."

Ich zuckte mit den Schultern. „Jetzt sind ein Haufen Länder der Erde ohne Staats- und Regierungschefs." „Macht das 'was, Linn? Ich denke, das tut ihnen eher gut." „Hast Recht, Irne. Die Sektierer, Aktivisten und Intellektuellen reden und wünschen den Klimawandel herbei, um daraus politisch Kapital zu schlagen. Was glaubt ihr, unter welche Rubrik die Katastrophe von eben eingeordnet werden wird?" „Er ist unausweichlich, der Klimawandel." Giselher wurde beinahe pathetisch. „Und zwar durch uns. Wir werden ihn ab jetzt mit Macht vorantreiben."

Wir sahen uns in die Augen. „Also, Æolen, Plutonier und Neptunier, ich denke, unsere Zusammenarbeit war großartig und ich schlage vor, sie beizubehalten." „Recht hast du, Linn." Irenæus atmete tief durch. „Wären wir Menschen, würden wir jetzt mit einem Maß anstoßen." So ballten wir unsere Fäuste und stießen sie kräftig gegeneinander. „Auf unsere Dreieinigkeit!" erscholl es im Chor.

Wir beobachteten, dass sich die ersten Fischernachen bereits wieder in die Nähe trauten. „Als wüssten sie, dass nun jede Gefahr vorbei ist." „Sie wissen es, Linn. Sie sind nämlich viel näher an der Natur als all' die Möchtegern-Klimaexperten, die wir soeben in ihr nasses Grab befördert haben." „Meinst du, sie können uns sehen?" „Möglich, macht aber nichts. Ihnen wird genauso wenig geglaubt werden wie uns, als wir die Behörden noch warnen zu müssen glaubten. Ich denke, wir können mit unserem Siegestanz beginnen, ohne dass irgendeine Kommission fantastischem Gemunkel abergläubischer Einheimischer nachzugehen versucht."

Es mag für drei nackte Männer anrüchig klingen, dass wir uns an den Händen fassten und uns im Kreis aufstellten, aber Männer im geschlechtlichen Sinn waren wir ja nicht mehr. Dann huben wir um einen imaginären Mittelpunkt zu kreisen an, beim Kreisen zu hüpfen und unser Lied anzustimmen – zunächst falsch und nach und nach immer melodischer.

Wann treffen wir drei wieder zusamm'?
Am Mittag auf dem Küstendamm.
Vor'm Bauwerk auf Korallenschwamm.
Ich komme.
Ich mit.
Ich nenn' euch die Zahl.
Und ich die Namen.
Und ich die Qual.
Hei! Wie Pappe knickten Glas und Stahl.
Tand, Tand ist das Gebilde von Menschenhand!

Einundzwanzig oder sechsunddreißig

Zusammen mit Helga Jäger, Berwulf Klugwart und ihrer fünfjährigen Tochter Anna Lena hatten wir uns auf Rügen ein Ferienhaus gemietet. Wir sind Elmar und meine Wenigkeit Emilie Wawel mit unseren Kindern, der zwölfjährigen Maja und dem zehnjährigen Thilo. Zum Glück verstanden sich die Kinder gut genug, dass unsere Älteren Anna Lena überall in ihr Spiel miteinbezogen. Jetzt hatten wir sie endlich in ihre Betten komplimentiert, wobei ich überzeugt war, dass Maja den beiden anderen noch eine Geschichte vorlas – das tut sie mit dem größten Vergnügen. Ich befürchtete allerdings, dass Otfried Preußlers Kinderbuchklassiker ‚Die kleine Hexe' so spannend ist, dass Maja bequengelt würde, bis sie ihn zu Ende gebracht hatte. Naja, es waren ja Ferien.

Helga und Wulf hatten eine der Gebäudehälften in Göhren bereits während ihrer Hochzeitsreise vor sechs Jahren gebucht gehabt und sie uns für diesen Sommer schmackhaft gemacht. Das Haus besteht aus zwei gleich geschnittenen, aber spiegelbildlich angeordneten Wohnungen mit genügend Platz für bewegungsfreudige Heranwachsende.

Jeden zweiten Abend verbrachten wir wechselweise gemeinsam. Wenn es ans Verabschieden ging, trug Helga ihre Anna Lena in deren Refugium, ohne dass diese es merkte, beziehungsweise wir weckten unsere ‚Großen' für kurze Zeit, damit sie verschlafen auf eigenen Füßen zu ihren Betten tapsten. Das lag für heute noch in einiger zeitlicher Ferne.

„Wenn das Wetter weiterhin so schön bleibt, haben wir unseren Backgammonkoffer umsonst mitgenommen", erklärte Elmar unvermittelt, nachdem das Geschirr des Abendessens seinen Weg in die Spülmaschine gefunden hatte. „Ihr spielt Backgammon?" fragte Wulf überrascht. „Ja. Findest du das so daneben?" „Nein, überhaupt nicht. Weil wir das nämlich auch spielen."

Jetzt war es Elmar, der verdutzt schaute. „Habt ihr auch ein Brett mit?" „Sicher." „Dann können wir ja ein kleines Turnier veranstalten." „Jeder gegen jeden, also drei Spiele für jeden und sechs insgesamt und das beliebig oft bis zur Schlafenszeit." „Bist du ein Blitzrechner, Wulf?" „Na, das ist doch Allgemeingut. Eigentlich müssten 3^2, also neun Spiele gespielt werden, aber gegen sich selbst braucht niemand anzutreten und wenn A gegen B gespielt hat, braucht nicht mehr B gegen A zu würfeln." „In der Bundesliga ist das aber anders." „Weil Heim- und Auswärtsspiele unterschiedlich gewichtet werden, Elmar. Das brauchen wir hier nicht zu berücksichtigen."

In der ersten Runde saßen sich Elmar und Helga sowie Wulf und ich gegenüber. „Ich bin gespannt, wie du dich schlägst", raunte mir Helga zu, „Wulf ist nämlich ein fanatischer Statistiker, der bereits im Vorfeld weiß, wie er setzen wird." „Wie kann er das? Er weiß doch nicht, wie die Würfel fallen werden." „Er kann's ausrechnen." „Das geht doch gar nicht!" „Du wirst's sehen."

Ich wollte es nicht wahrhaben: Wulf gewann so souverän, dass ich meinte, seine Würfel würden von himmlischen – oder höllischen? – Mächten gelenkt. Darauf angesprochen bemerkte er lediglich trocken: „Nein, das ist kein Zufall. Du musst einfach zusehen, dass möglichst viele Kombinationen einen sinnvollen Zug ermöglichen." „Das mag dir das eine oder andere Mal gelingen, aber nicht immer – je nach Glück", warf Elmar ein. „Wie ich sagte, ist dabei kein Glück oder Pech im Spiel, sondern reine Wahrscheinlichkeitsrechnung." „Dann müsstest du jeden Zug im Voraus berechnen können." „Kann ich auch." „Bei 36 Möglichkeiten?" „Wie kommst du auf 36?"

Elmar holte Luft. „Girolamo Cardano, ein genialer Mathematiker des 16. Jahrhunderts aus Mailand, hatte ein Laster: Das Würfelspiel. Um sich ein wenig zu rechtfertigen, schrieb er ein vierteiliges Buch, das er als Schachbuch tarnt, weil es mit diesem Spiel beginnt. Bald dringt er jedoch zu den Würfeln vor und erstellt ein Quadrat der möglichen Kombinationen bei zweien von ihnen. Das sieht so aus." Elmar holte ein Blatt und einen Bleistift und kritzelte Folgendes darauf:

1+1	1+2	1+3	1+4	1+5	1+6
2+1	2+2	2+3	2+4	2+5	2+6
3+1	3+2	3+3	3+4	3+5	3+6
4+1	4+2	4+3	4+4	4+5	4+6
5+1	5+2	5+3	5+4	5+5	5+6
6+1	6+2	6+3	6+4	6+5	6+6

Elmar blickte stolz hoch. „Seht ihr, 6^2 Felder und denkbare Würfe." Wulf schüttelte den Kopf. „Alle Kombinationen des Dreiecks unter der obersten Reihe und vor der hintersten Kolonne sind Dubletten. Die kannst du streichen." Er drehte den Bleistift um und radierte die Dubletten aus.

1+1	1+2	1+3	1+4	1+5	1+6
	2+2	2+3	2+4	2+5	2+6
		3+3	3+4	3+5	3+6
			4+4	4+5	4+6
				5+5	5+6
					6+6

„Wie ihr seht, bleiben entgegen Cardanos Meinung lediglich 21 Kombinationen übrig." „Damit hältst du den Wurf 3+5 und 5+3 für identisch, Wulf?" „Beim Backgammon ist das so, da die Würfel gleichberechtigt sind. Übrigens seht ihr an dieser bereinigten Tabelle noch etwas." „Was?" „Alle links-unten-rechts-oben-Diagonalen zeigen die Anzahl von Kombinationen, um einen bestimmten Wert zu erzielen. In der vollständigen Tabelle gibt es deren sieben für die sieben, in der unteren lediglich drei. Die vielerorts – auch in Fachbüchern – behauptete Meinung, die Sieben wäre die am häufigsten gewürfelte Zahl, stimmt folglich nicht. Die Sechs und die Acht halten mit, während es die Vier, die Fünf, die Neun und die Zehn auf zwei bringen und die Zwei, Drei, Elf und Zwölf sich mit einer Kombination zufriedengeben müssen."

Elmar kraulte sich am Kinn. „Was meintest du eben mit gleichberechtigt, Wulf?" „Ich komme auf die Bundesliga zurück, wo Heim- und Auswärtsspiele unterschiedlich gewichtet werden. Die Backgammon-Spielregel überlässt mir völlig, in welcher Reihenfolge ich setze. Angenommen, ich kann mit einer Zehn aus einem ungeschützten Stein einen besetzten Point machen und würfele auch 4+6; nun blockiert der Gegner aber den Point im Abstand vier. Was mache ich? Ich setze erst die Sechs und dann die Vier, denn der sechste Point ist unbesetzt.

Angenommen nun, die Spielregel wird eingeengt und es müssen zwei unterschiedliche Würfel eingesetzt werden, sagen wir ein weißer und ein schwarzer. Dazu verlangt sie, dass erst die Augenzahl des weißen und dann erst die des schwarzen gesetzt werden muss. Dann wäre es entscheidend, welcher der Würfel die Sechs zeigt. Wäre es der weiße, könnte ich ziehen wie oben dargelegt. Wäre es jedoch der schwarze, ginge das nicht, weil die Vier vom Gegner blockiert ist. In diesem Fall gälte auch das mit der Sieben als häufigste Kombination – deren sechs gegen je eine weniger bei je einer drüber oder drunter."

Wulf fixierte Elmar. „Dann, mein Lieber, hättest du und hätte Girolamo Cardano Recht. Allerdings ist mir kein Spiel bekannt, das auf einer derartigen Basis aufbaut."

Ich vermeinte Stolz in Helgas Augen aufblitzen zu sehen, nachdem Wulf seine Ausführungen beendet hatte. Kein Wunder, denn auf einer derartig professionellen Ebene hatten wir uns bisher nicht mit dem Brettspiel beschäftigt, obwohl Elmar gern in Büchern alter Mathematiker schmökert.

Unser Turnier brachten wir, durch die jüngste solide Theorie unterfüttert, in bester Stimmung zu Ende. In mir keimte allerdings der Verdacht, dass Wulf hin und wieder etwas nachlässig zog und so manche Chance vergab, einen feindlichen Stein auf die Bar zu befördern. Man soll ja ab und zu auch dem Gegner eine Chance geben.

Das Haar der Medusa
Die Rezension einer Rezension

‚Das Haar der Medusa' ist das wohl wirrste, schwülstigste und albernste Werk, das Lovecraft während seiner gesamten Karriere verfasste. [...] Daneben überarbeitete er [Lovecraft] drei Geschichten von Zealia Bishop, von denen eine, ‚Der Hügel', herausragend, eine weitere, ‚Der Fluch des Yig', eher mittelmäßig und die dritte, ‚Das Haar der Medusa', ein völliger Fehlschlag ist. S. T. Joshi, Kapitel Lünettenfenster und georgianische Kirchtürme in H. P. Lovecraft, Leben und Werk Band 2

⌘

Schauen Sie sich an, wie Derleth es macht – ein gesunder, kräftiger Egoist von 23 Jahren kann sich für eine gewisse Zeit in einem psychologischen Sinne buchstäblich in eine schwermütige, verblühte alte Dame verwandeln, mit all den Gedanken, Vorurteilen, Gefühlen, Standpunkten, Ängsten, Eitelkeiten, geistigen Manieriertheiten und sprachlichen Ticks, die einer solchen Dame eigen sind. Oder er kann zu einem ältlichen Arzt werden – oder einem kleinen Jungen – oder einer geistesschwachen jungen Mutter – wobei er in jedem Fall den Typ so vollständig begreift und durchdringt, dass für den Augenblick seine Interessen, Ansichten, Schwierigkeiten und Worte die einer Figur sind, während die entsprechenden Eigenschaften August William Derleths nicht die geringste Rolle spielen schreibt Howard Phillips Lovecraft an Edgar Hoffmann Price in einem Brief vom 26. November 1932.

Der Auszug sagt alles über Lovecrafts Einschätzung zu seinem eigenen Werk, denn er selbst tat sich schwer mit der Ausgestaltung seiner Figuren, vor allem, wenn es sich um Frauen handelte. In seinen eigenen Geschichten vermied er ihren Einbezug deshalb mit der einen Ausnahme des Dreiecks-Persönlichkeitstauschs zwischen Asenath und Ephraim Waith einerseits und Edward Derby andererseits. Dass mit dem Persönlichkeits- gleichzeitig ein Geschlechtertausch stattfindet, übergeht er in der Erzählung ‚Das Ding auf der Schwelle' (The Thing on the Doorstep) als Problematik geflissentlich.

Was ihm überlassen blieb, wenn Lovecraft selbst als Autor zeichnete, durfte er keinesfalls außer Acht lassen, wenn er Lektorats- und Überarbeitungsaufträge übernahm, in denen ihm die Protagonist(inn)en vorgegeben waren. Zufällig waren mit Zealia Brown Reed Bishop und Hazel Heald zwei Frauen seine wichtigsten Einkommensquellen. Um Zealia Bishops ‚Das Haar der Medusa' (Medusa's Coil) geht es in der vorliegenden Rezension.

Seine Charakterisierungsschwäche umschifft Lovecraft, indem er häufig eine zufällig von auswärts auf den Schauplatz geratene Person als Ich-Erzähler wählt, der von seltsamen Vorkommnissen hört, sich nach und nach in sie vertieft und zum Schluss der Leserschaft die Erklärung präsentiert. Ein geschickter Trick, denn sich selbst braucht ja niemand zu charakterisieren. Beruht ein Großteil des weiteren Handlungsfortschritts auf Gesprächen mit Einheimischen, spart er auch deren Charakterisierung, denn die spielen keine Rolle. Außerdem spart er in kapitellangen Monologen die wörtliche Rede, den Dialog, den anzuwenden auch nicht zu seinen Stärken gehörte.

Medusa's Coil ist ein herausragender Vertreter dieser Methode. Lovecrafts Biograf Sunand Tryambak Joshi übersieht das, wie seine Beurteilung der Erzählung beweist: *Das Hauptproblem der Erzählung ist – neben der reißerisch zusammengestoppelten Handlung – der Umstand, dass die Charaktere so hölzern und stereotyp sind, dass sie zu keinem Zeitpunkt das geringste Eigenleben entwickeln. [...] Doch bei seinen Überarbeitungen, wo er zumindest in den Grundzügen einem vorgegebenen Handlungsgerüst folgen musste, konnte er die Notwendigkeit, überzeugende Charaktere zu schildern, nicht umschiffen.*

Doch, lieber S. T. Joshi, konnte er. Erst auf den letzten sieben Seiten geschieht tatsächlich etwas, während 33 der 58 aus der während der Nachtwache nüchtern wiedergegebenen Familiensaga des Antoine de Russy bestehen, eines Mannes, den der namenlose Ich-Erzähler zum ersten Mal im Leben sieht und über den folglich keine individuellen Eigenschaften bekannt sind. Die Erzählung selbst ist glaubwürdig, denn das gesprochene Wort wird normalerweise nicht romanhaft ausgeschmückt. Die Dreiecksbeziehung zwischen seinem Sohn Denis, dessen Freund Frank Marsh und Ehefrau Marceline Bedard schildert Antoine so, wie es jemand im Freundeskreis normalerweise tun würde. Allenfalls gesamthaft die Methode als Flucht aus dem Zwang zu mitreißender Erzähldichte sei als zweifelhaft zu bewerten.

Schwierig zu beurteilen ist der Anteil Bishops am Ergebnis. Lovecraft selber erwähnte 70%-95%, die in diversen Arbeiten von ihm stammen. Das stimmt sicher, wenn ausschließlich die Wortwahl als Kriterium herangezogen wird. Ob es wirklich so ist, wie das Intro des Bandes ‚Das Grauen im Museum' beschreibt, sei dahingestellt: *Möchtegern-Schriftsteller, deren zumeist hoffnungslose Arbeiten er [Lovecraft] für winzige Summen überarbeitete und verbesserte, das heißt in der Regel komplett neu schrieb und aus ihnen, obwohl sie dann unter anderen Namen erschienen, echt lovecraft'sche Erzählungen machte.* Das Urteil sei Franz Rottensteiner, von dem es vermutlich stammt, nachgesehen, denn 1984, dem Jahr der Erstauflage, war über Lovecraft erst Rudimentäres bis zum Publikum vorgedrungen.

Zumindest war den Klient(inn)en das fertige Werk bekannt, denn sie waren es ja, die zur Veröffentlichung schritten. Damit entkräftet sich auch der letzte Anlass zu Joshis herber Kritik an Medusa's Coil: *Als ob dieser einfältig rassistische Schluss nicht schon schlimm genug wäre, wird der Geschichte ein zweites Ende angehängt: Es stellt sich heraus, dass das Gut bereits vor vielen Jahren zerstört wurde.* Unabhängig von Lovecrafts problematischem Rassedenken ist in diesem Fall die Verbindung Tanit-Isis', wie Marceline wirklich heißt, nach Afrika auf Grund der Huldigung durch die uralte Zulufrau Sophonisba und der mehrfachen Hinweise auf die geheimnisvollen Zimbabwe-Ruinen – lange bevor der gleichnamige Staat aus der Taufe gehoben wurde – glaubwürdig. Auch dass der Erzähler für die bewusste Nacht einige Jahre in die Vergangenheit zurückversetzt wird, um Zeuge der bestürzenden Geschehnisse zu werden, ist für eine fantastische Geschichte zur Steigerung des Unerklärlichen zulässig. Der einzige unglaubwürdige Sachverhalt erschöpft sich darin, dass ein Holzhaus, das bereits bei Ankunft des Erzählers nach modriger Feuchtigkeit riecht und in das während des nächtlichen Gewitters Wasser durch alle Ritzen dringt, durch eine umgefallene brennende Kerze ‚wie Zunder' in Flammen aufgeht.

‚Das Grauen im Museum' enthält acht Kundenarbeiten Lovecrafts: Drei von Hazel Heald (von insgesamt fünfen), alle drei von Zealia Bishop, eine von Adolphe de Castro, der als Gustav Adolph Danziger das Licht der Welt erblickte, eine von Wilfred Blanche Talman und eine von Winifred Virginia Jackson unter dem Namen Elisabeth Berkeley. Das ist insofern irreführend, als Jackson und Lovecraft zwar unter dem Doppelpseudonym Elisabeth Neville Berkley und Lewis Theobald, Jun. eine gemeinsame Geschichte veröffentlichten, aber nicht ‚Das wimmelnde Chaos' (The Crawling Chaos), sondern ‚The Green Meadow'. Ob das überflüssige oder unterzählige ‚e' auf einen Druckfehler in einer der Quellen und in welcher zurückzuführen ist, ist nicht mehr ermittelbar und auch nicht wichtig, da die Person fiktiv ist. ‚Das wimmelnde Chaos' passt insofern nicht in die Anthologie, als es sich um eine Gemeinschaftsarbeit der damaligen Amateure unter beider Namen und nicht um eine Auftragsarbeit gegen Entgelt für Lovecraft handelt.

Während Castros ‚Das letzte Experiment' (The Last Test) sich geradezu quälend dahinschleppt, obwohl Lovecraft die Länge schon halbiert hatte, und Bishops von Joshi hochgelobte Novelle ‚Der Hügel' (The Mound) sich über 86 Seiten in reiner Sozialutopie oder besser gesagt -dystopie ergießt, ist ‚Das Haar der Medusa' trotz Lovecrafts (oder Bishops?) ‚Trick' der einzige Beitrag des Bandes, den der übergeordnete Rezensent in atemloser Spannung ohne aufzuschauen durchlas.

Quellen

H. P. Lovecraft, Das Grauen im Museum, herausgegeben von Franz Rottensteiner, Übersetzung Rudolf Hermstein, Suhrkamp, 10. Auflage 2016

S. T. Joshi: H. P. Lovecraft, Leben und Werk Band 2, Übersetzung Andreas Fliedner, Golkonda 2019

Sie blicken auf das Meer, um die Rückkunft der ‚Götter' zu erwarten, behauptet Erich von Däniken und viele mit ihm. Leslie Klingers monumentale kommentierte Werkausgabe H. P. Lovecrafts zeigt als Illustration zu der Geschichte ‚Der Schatten über Innsmouth' (The Shadow over Innsmouth) ein Bild des Ahu A Kivi mit der Unterschrift: *Diese Statuen auf den Osterinseln blicken alle aufs Meer.* Die Zeremonienanlage ist leider die einzige, die mitten im Land steht, sodass der Fantasie jedes Einzelnen überlassen bleibt, wohin deren Statuen blicken. Lassen wir an dieser Stelle außer Acht, dass nur eine Osterinsel existiert. Vielleicht handelt es sich ja um einen Übersetzungsfehler.

Alle anderen Anlagen bekränzen die Küste und deren Gesichter blicken ins Inselinnere, wie das Umschlagbild beweist. Sie bewachten symbolisch die unterdrückten Kurzohren und ersetzten die persönliche Anwesenheit der zweiten, technisch überlegenen Siedlergeneration durch ihre bedrohlich wirkenden Stellvertreter. Die Schöpfer der Maois wurden nicht auf Grund einer anatomischen Eigenheit Langohren genannt, sondern weil Schmuck die Läppchen bis zur Höhe der Mundwinkel hinunterzog, was auf dem Umschlagfoto gut erkennbar ist. Zu hoffen ist, dass Thor Heyerdahl historisch korrekt handelte, als er 1955 begann, die umgestürzten Figuren aufrichten zu lassen. Falls das nicht der Fall war, hätte allerdings von Däniken 1968 über keine anderslautenden Informationen verfügt als wir heute. Selbst die Insel besucht haben kann der Götterverkünder jedenfalls nicht, wie seine Unkenntnis der Sachlage beweist.

Es ist müßig darüber zu diskutieren, ob Heyerdahls Theorie der südamerikanischen Herkunft, die er für die zweite Einwanderungswelle annahm, stimmt oder nicht. Wer die Mauern von Sacsayhuaman oberhalb von Cuzco in Peru mit Ahu Vianpu I und II im Südwesten der Osterinsel oder die Steingestalten von Tiahuanacu nahe des Titicacasee mit den Maois vergleicht, kommt nicht umhin, die Ähnlichkeit zuzugestehen. Das ist kein Beweis, macht aber den Gedankengang des Norwegers nachvollziehbar.

Wir sollten uns mit der Erkenntnis bescheiden, dass auch mit modernsten Mitteln nicht möglich sein dürfte, alle Geheimnisse der Menschheit schlüssig zu enträtseln. Wenigstens besitzen wir mit wenigen bedauerlichen Ausnahmen heute die Reife, historische Stätten zu bewahren und zu pflegen und nicht einfach als Steinbruch zu benutzen.